बाँझ सपूती

बाँझ सपूती

वीरेन्द्र सारंग

वाणी प्रकाशन

वाणी प्रकाशन

4695, 21-ए, दरियागंज, नयी दिल्ली 110 002

फ़ोन : +91 11 23273167 फ़ैक्स : +91 11 23275710

शाखाएँ

अशोक राजपथ, पटना 800 004, बिहार

कॉफ़ी हाउस कैम्पस, महात्मा गांधी मार्ग, इलाहाबाद 211 001, उत्तर प्रदेश

महात्मा गांधी अन्तरराष्ट्रीय हिन्दी विश्वविद्यालय, वर्धा 442 001, महाराष्ट्र

सुल्तानिया रोड, मोतिया पार्क, भोपाल 462 001, मध्य प्रदेश

www.vaniprakashan.com
marketing@vaniprakashan.in
sales@vaniprakashan.in

Baanjh Sapooti
by Virendra Sarang

ISBN : 978-93-87409-94-1
Novel

प्रथम संस्करण 2017
द्वितीय संस्करण 2021
मूल्य : ₹ 595

आर. टेक ऑफ़सेट प्रिंटर्स, दिल्ली-110032 में मुद्रित

वाणी प्रकाशन का लोगो मक़बूल फ़िदा हुसेन की कूची से

सुशीला के लिए

•

स्त्री की अनेक पीड़ाएँ हैं, जो करती हैं क्रियाएँ—प्रसव-पीड़ा के बाद भी। स्त्री का व्यक्तिगत स्वभाव है कि वह बहुत बचती और बचाती है अपना बूँद आकार—यही शरीर है। शायद यही कारण है कि हर व्यक्ति उसे पहले शिशु लगता है।

आदमी घर रौंदता रहता है, बड़ा होकर भी गन्दा करता रहता है और साफ करती औरत हँसती रहती है, और रहती है साफ-पाक!

एक बार तो पीड़ा की पराकाष्ठा ने कसम खायी कि ऐसे दर्द से बाज आऊँ, और दर्द शान्त होते ही आनन्द की अनुभूति से भर गयी पीड़ा। स्त्री यही सुख लूटना चाहती है और मनाना चाहती है दूसरा सुख!

पुरुष सोच के बाहर है स्त्री का यह जीवन कि पूरा बोझ पेट पर और फिर पूरा एक आकार पा लेने के बाद भी तमाम दावेदार हैं कि मैं हूँ इस व्यक्ति को बनाने वाला, और फिर औरत करती रहती है झाड़ू-बहारू, एक कोने से दूसरे कोने तक...

स्त्री चाहती है जीवन देना भले उसे मृत्यु का जोखिम उठाना पड़े। यही तो है उसका सार्थक जीवन और मौत भी। यही तो वह सुनती रहती है, फँसती है और वंशबेल बढ़ाती रहती है।

...वाह! कितनी बड़ी इच्छा है कि प्रसव पीड़ा हो!!

संसार के जितने भी प्राणी हैं, जिन्हें हम देखते हैं, उनकी अपनी कथा है। कथा छोटी है कि बड़ी, कोई अर्थ नहीं। जीवन है तो कथा है। दया अपने बड़े-बूढ़ों से कहानी-कथा सुनते रहे हैं। उनका कथा-स्वभाव जग-जाहिर है। यही कथा-प्रेम आज उनकी चिन्ता का कारण है। वे अपनी कथा लिखना चाहते हैं। वे अपने मित्र वकील राजवंश से कथा लिखने का आग्रह करते हैं। उन्हें लगता है कि राजवंश मुकदमों की वजह से तमाम घटनाएँ जानते होंगे और पोथी-पुराण भी तो वे पढ़ते रहते हैं। वे अखबार की हर पंक्ति का महत्त्व जानते हैं। लेकिन राजवंश ने दया का निवेदन अस्वीकृत कर दिया है।

दया और राजवंश न तो लेखक हैं न कथावाचक। लेकिन लिखने के इस संकट को राजवंश ने सुलझाया—'देखो दया, लेखक के पास तीसरी आँख के साथ-साथ चौथा दिमाग होता है। अब पहले जैसा भी लिखना ठीक नहीं कि 'एक समय की बात है, एक था राजा एक थी रानी।' मैं यह भी नहीं चाहता कि तुम जितना चिपरी पाथ चुके हो, सब मैं लिखूँ। अपना चूतियापा तुम खुद लिखो। कितनी तुमने लड़बहेरई की है मैं क्या जानूँ। यह सही है मैं मरी हुई अकिल वालों का मुकदमा अपनी अकिल लगाकर लड़ता हूँ। चार पैसे कमाता हूँ, तब खाँची भर बात निकलती है। यह तुम्हारा पोथन्ना लिखकर क्या उखाड़ लूँगा। जीवन पर लिखना ओल्हापाती का खेल नहीं है। तुम दोस्त हो एक थाली में खाने वाले, तो मैं तुमसे झूठ नहीं बोल सकता। हाँ एक काम हो सकता है। रोज शाम को बैठो अपनी दया-कहानी कहो फिर उस पर मीन-मेख हो तब उसे कागज पर उतारो। बस थोड़ा अभ्यास, थोड़ी बेशर्मी, थोड़ी बुद्धि...बस काम बन गया। कविता भी घुसा दो साले को! फिर देखो मजा अपनी कहानी का।'

दया फूलकर कुप्पा हैं। वे कई कलमें, सादे पन्ने, स्याही और शीर्षक के लिए सरकण्डे की एक और कलम जुटा लिए हैं।

यह पीड़ा सही नहीं जाती और इसके बाद जीवन ही जीवन

'अक्टूबर नवम्बर दिसम्बर...और यह जुलाई...', दया दिन गिन रहे थे। अँगुलियों के कई बार चक्कर और हर बार वही अँगुलियों के पोर। उन्होंने डायरी पलटी—'कहीं लिखा जरूर हूँ कि 'माँ के पेट में गर्भ इतने दिन रहता है' एक बार अखबार में छपा था, तभी लिखा था डायरी में। ...पहले के लोग बात दिमाग में याद कर रख लेते थे, अब ससुरी इस डायरी के भरोसे...। दिन गिनना बड़ा झंझटी और झुँझलाहटभरा काम है...वैसे नौवाँ महीना तो चल ही रहा है।' दया बुदबुदाते थे और फिर गिनने लगते थे अपने पोढ़-पोरों के साथ अँगुलियाँ।

दिन गिनते-गिनते दया रात में तारे गिनने लगते थे और पेट निहारते समय किसी कुम्हार की माँघी गगरी याद आती थी। कभी वे सीधा-टेढ़ा दोहा गा देते-'माटी कहे कुम्हार से...।' कभी कोई फिल्मी गीत—'मैंने तेरे लिए ही सात रंग के सपने...।' खुशी दया के पेट में समाती नहीं थी और वे पेट पर हाथ रख सो जाते। पेट पर हाथ रखकर सोने का मजा और है। यदि स्त्री का पेट हो और वह पेट से न हो, लेकिन खाली पेट!...नींद नहीं आयेगी। किसी ने पेट पर हाथ रख दिया तो जिन्दगी सँवर गयी। पेट में समाता बहुत है, पेट का संसार बड़ा है। जिन्दगी भी पेट से शुरू होती है।

वर्तमान से भूतकाल की कथाएँ बड़ी लगती हैं, जैसे पूर्वजन्म की कथाएँ पुराणों में लिखी हैं। दया को जब से होश है तब से सुन रहे हैं। उन्हें पुराण-सच पर विश्वास नहीं होता जबकि इसी सच पर मनुष्य का खास मानसिक हिस्सा टिका है। कोई पुराण दया को नहीं दिखा जो पूर्वजन्म न जानता हो। और पुराण को तो अगले जन्म का भी पता है। उस समय के ऋषि-लेखकों ने अपना समय कितना व्यर्थ किया! दया सोचते है कि 'अभिमन्यु को गर्भ की बात याद थी तो मुझे क्यों नहीं याद आती है कोई बात...शायद जीवन में चार चाँद लग जाय! फिलहाल तो एक चाँद भी नहीं है, सिर्फ तारे हैं और उनमें भी घुसा है सप्तर्षिमंडल। अभिमन्यु को गर्भ-कथा याद न रहती तो शायद जीवन बच

जाता। हो सकता है अभिमन्यु की गर्भ-कथा झूठी हो और युद्ध में उसके जाने का उसका बालहठ हो।'

दया ने एक बार माँ से पूछा था–'अम्मा, जब मैं तुम्हारे पेट में था तो क्या तुम सोती रहती थीं या तुम्हारे जागने पर बाबूजी कोई बात किये ही नहीं?' गौरा चुप रहतीं। उन्हें समझ में नहीं आता था।

दया के पिता शिवरतन किसान हैं, दो बीघे के मालिक, और उनकी पत्नी गौरा एक गृहिणी–पीसना, कूटना, घर और किसानी के काम, कभी-कभी सी-पूर लेना। उनके दो बेटे–दया और भगवान, भगवान को सब छोटकन बुलाते थे। दया का विवाह हो गया था, बहू बनकर बासमती ने घर का काम सँभाल लिया था। बासमती पढ़ी-कढ़ी और गम्भीर, लेकिन गीत-गवनई, कजरी-सोहर में आगे। बासमती का खुलकर हँसना सबको भाता। ठोस कद-काठी की बासमती साँवली थी, देखने में दया से उन्नीस नहीं पन्द्रह थी, लेकिन दया के घर में उसका सम्मान था। प्रेम की मिसाल जाना जाता था दया का घर। दया के घर पेट में चूहे कभी नहीं कूदे और फाके तो कतई नहीं। पनिगर दाल, चटनी-चोखा, साग-भात, समय पर भरपेट भोजन...तीज-त्योहार पर नीक-नोहर। दो जोड़ी कपड़े सबके पास। घर की दीवार ईंट की, बिना पलस्तर, और छत खपरैल की। शिवरतन मेहनती और जुगाड़ से काम चलानेवालों में से हैं, नहीं तो दो बीघे में ठीक-ठाक इन्तजाम किसके बस की बात है! शिवरतन को सन्तोष भी था। वे दया से कहते–'मरेंगे तो लाद के नहीं ले जायेंगे। खूब काम करो, खाओ-पहनो और खूब पढ़ो। काहे की है-है!' दो बीघा खेत कभी खाली नहीं रहता, सब्जी-नर्सरी से भरा रहता। खेत पैसा उगलते। शिवरतन रोज के समाचार से अवगत होते। गाहे-बगाहे दया को सीख भी देते–'आज की पढ़ाई ठीक नहीं लगती बेटा! न शरम है न लाज। लड़के बड़े-बूढ़े की कदर नहीं करते। ...आज के नेता, अधिकारी, मंत्री कितने घुसहे होइ गये! का पढ़ाया गया है ससुरों को? तनखाह से तो ई पेट और बच्चे पाल लें, किसी तरह सिर पर छाँह कर लें, बहुत है। लेकिन ई हरामी हम गरीबन का खून चूसके रुपया में बदल देत हैं। इनकी कोठी पर कोठी बनी है। मेहरारून को देखो तो गहना-गुरिया से लदी। खेत पर खेत खरीद रहे हैं। बैंक में पैसा जमा है, वह भी घर के सबके नाम से। ई कौन पढ़ाई का मतलब कि बिसवास नाहीं रहा! तू दया, ऐसा मत होना, भले थोड़ी तकलीफ सहना। अरे बेटा, ई जिनगी में कोई दाग न लगे तो समझो सुफल हुआ। सरग के सीढ़ी...बिना पूजा-पाठ के आगे दिखी।'

दया का गाँव, गाँव जैसा नहीं था। कस्बे का पूरा प्रभाव था। तहसील

मुख्यालय तीन किलोमीटर और जिला मुख्यालय तीस किलोमीटर। बी.ए. पास करने के बाद दया को नौकरी की तलाश थी। सरकारी नौकरी में एक जगह के लिए हजारों आवेदन, सैकड़ों सिफारिशें, दसियों हैवी पौवा वाले। जिसको मिल गयी, समझो पेंशन पा रहे हैं। पलकधारी का बेटा अभी हाल में प्राइमरी स्कूल में मास्टर हुआ है। उसकी माँ कहती है—'सरकारी स्कूल में नौकरी पा गया तो पढ़ाने काहे जायेगा!' अवधेश पुलिस में भर्ती हो गया। सिपाही है। पाँच हजार देकर मलाईदार चौकी पर पोस्टिंग पा गया, वो भी एक साल के लिए। खूब लूटा और घर का कच्चा मकान झट पक्का!

दया यह सब सुन-सुन अपने बाल नोचते। उनका मन करता कि चलें, पलकधारी के बेटे की आँख फोड़ दें और अवधेश के घर को बुलडोजर से गिरा दें। किस किसान-मजदूर में दम है जो पेट जिलाने के अलावा कुछ कर ले? अपना चूतड़ ढँक ले, यही बहुत है! उसके लिए तो बेटी का ब्याह जग जीतने के समान है। सरकारी नौकरियों में ये कैसी कार्यशाला चल रही है? गरीब किसान का श्रम खून कितना सहज और सस्ता है! किसान को सिर्फ शब्दों में भगवान मानते हैं। यह और अजीब लगता है कि इसी किसान के बेटे अपने अभावों में रहते जी-जान से पढ़-लिखकर कोई बड़ा पद पा जाते हैं तो किसान की क्या बात, अपने माँ-बाप को भूल जाते हैं। उन्हें सिर्फ सुविधा के उपकरण दिखते हैं। राजसी ठाठ-बाट के नीचे सोच नहीं सकते। दया को पता था कि सारी बुराइयों की जड़ है भ्रष्ट शिक्षा-व्यवस्था। बालक के मस्तिष्क को जैसा चाहो ढाल दो। दया की नौकरी कचहरी में लग गयी, वे तहसील में क्लर्क हो गये। चाहकर भी इस नौकरी को इनकार न कर सके। उनके सामने उनका घर-परिवार था, थकते पिताजी की पीड़ा थी, बासमती के अरमान थे, अम्मा की आस-भरी आँखें थीं। पिता ने समझाया—'बुजुर्गों से सीखना और नौजवानों के साथ रहना। ईमानदारी बहुत जरूरी है। लेकिन कठिन है यह रास्ता। जहाँ सभी चोर, ठग और निकम्मे हों, वहाँ मगर से बैर लेने के समान है। रहना तो उसी पानी में है!'

दया ने डायरी को अन्तिम बार देखा। अचानक एक जगह पहली तनख्वाह की तारीख मिल गयी। वे बासमती के गर्भ का दिन गिनते-गिनते नौकरी के दिन गिनने लगे। एक बैंक की पासबुक मिली। जमा-खाता देखा, जो किसी तरह जी रहा था। डायरी में कृष्ण का फोटो था; वे देखकर मुस्कराए दया। ईश्वर में विश्वास नहीं था, फिर भी कृष्ण का चित्र चिपका था डायरी में। ईश्वर को आज

के युग में इतनी फुरसत कहाँ जो सबका हिसाब रखे! यह तब सम्भव था, जब लोग अँगुली पर गिने जाते थे। अब ईश्वर के वश की बात नहीं। मन्दिर-मस्जिद के बाद लोग ईश्वर के बताए मार्ग भूल जाते हैं। नहीं तो आज पूरी पृथ्वी बिना डर-भय के रहती-नीरोग और मस्त। आज इतने लोग हो गये हैं कि सँभालना असम्भव है। लोग ऐसे जनम गये जैसे गेहूँ के दाने...एक दाने में बीस दाना। क्या ईश्वर इस समस्या से परिचित नहीं है?

कृष्ण का चित्र उसी जगह छोड़ दया ने डायरी रख दी। वे बासमती का पेट देखना चाहते थे।

'बहुत चिकनी हो गयी है पेट की चमड़ी।' दया ने कहा।

'आज कचहरी तो जाना नहीं है, छुट्टी है तो निहारिए दिनभर पेट। आज आप पाँचवीं बार देख रहे हैं।' बासमती खीझी।

'साड़ी नाभि से नीचे करो जहाँ तक पेट का आकार है।'

'बहुत बदमाशी बतियाते हैं। लीजिए देखकर सन्तोष कीजिए।'

'बेटा होगा! शायद बेटी है।' दया ने हाथ फेरना चाहा तो बासमती ने झट साड़ी ऊपर खींच ली।

दया सोचने लगे—'अब फैलने की जगह नहीं है पेट को। जैसे चाम फटा जा रहा है। कितना कठिन है गर्भ पालना! स्त्रियाँ जीने-मरने को नहीं डरतीं। जीवन सुफल करती हैं। पुरुष का जीवन अपने-आप सुफल है। वह बिना किसी कष्ट के बच्चे पर अधिकार स्त्री से अधिक मानता है। एक किलो पेट पर बाँध दो तो दो घंटे में ननिहाल के सारे रिश्ते याद आ जायेंगे। पुरुष महान क्यों? श्रेष्ठ क्यों? सिर्फ मुसुकदार भुजा की वजह से...कि मार दें औरत को एक घूँसा तो ऐंठा जायेगी। मैं तो बासमती को अपने से श्रेष्ठ मानूँगा। बाप रे! कितनी पीड़ा है! हगना-मूतना, चलना-बैठना...कितना कष्टकर है! अब बासमती का पेट फैला तो फट जायेगा। मैं भी पेट में रहा होऊँगा तो अम्मा का पेट ऐसा ही रहा होगा। जन्म होने तक अम्मा कैसे बच-बचाकर लाई होंगी! मैं गर्भ में खराब होकर गिर भी सकता था। माँ जीवन की प्रथम सुरक्षा-प्रहरी होती है। मेरे लिए माँ ही ईश्वर है।

दया के विवाह को दस वर्ष हो चुके थे। नौकरी उसी साल लगी जिस साल शादी हुई। दस साल तक मित्रों के बीच बड़ी जग-हँसाई हुई थी। कुछ लोगों ने दया को नपुंसक समझ लिया था और गाँव की स्त्रियाँ बासमती को बाँझ। किसी तरह पौरुष ठहरा था और चुभनेवाले शब्दों से पीछा छूटा था। प्रायः सभी सोचते हैं कि बेटा होगा या बेटी, लेकिन दया सोच रहे हैं—अगर हिजड़ा हुआ

तो? हिजड़े मानेंगे नहीं, ले जायेंगे। यदि ऐसा हुआ तो कोई उपाय ढूँढ़ना होगा, बच्चे को रहना तो मेरे साथ ही है, चाहे जो पैदा हो। यह भी हो सकता है कि बच्चा होते ही बासमती चल बसे या मरा हुआ बच्चा जनमाकर भोंकरने लगे।

दया का सिर भारी हो गया, वे बड़बड़ाए—'ससुरा दिमाग है कि गोबर!'

खेत थोड़ी दूरी पर था, लेकिन घर से पुकारने पर खेत तक आवाज जाती थी। दया इतने खुश थे कि प्रसन्नता बोझ बन गयी थी। प्रसन्नता यदि आपे से बाहर हो तो अनेक सुख-दुख के चित्र उभरते हैं जो दर्द पैदा करते हैं। दया को लगा कि उनका माथा जल रहा है। वे शिवरतन से बतियाना चाह रहे थे। न चाहते हुए उनके मुँह से निकला, 'वह शक्ति हमें दो दयानिधे!' मन हल्का नहीं हुआ। दया ने लय बदली—'हूँऽऽऽ...मुसाफिर हूँ यारो, न घर है ना ठिकाना...' और फिर 'तू कितनी भोली है, तू कितनी सुन्दर है ओऽमाँऽऽ ओऽमाँऽऽ!' बार-बार दोहराते तो ओऽआँऽऽ ओऽआँऽऽ टेरने लगते।

गर्भ नहीं छिपता। कानो-कान खबर हो गयी थी कि दया बाप बननेवाले हैं। खास बातों के लिए तो अलाउद्दीन की दीवारें कानवाली हो जाती हैं। अब कान से भी आगे नाक और आँख भी मौजूद है। दया का बाप बनना तो शोर मचाकर बताने लायक था। और यहाँ तो संकेत भी मुहावरों में बात करने लगे थे।

कचहरी के कर्मचारी-साथी आज दया पर केन्द्रित हैं।

'कैलेण्डर कब आ रहा है दया बाबू?' वंशधारी ने पूछा।

'अरे पंचांग कहो भाई! दस बरस की करम-कूट तपस्या है।' दया की पीठ पर थपकी देते महेश बोल पड़े।

'बिल्कुल ठीक!' विजय बोले—'पंचांग छपने की पूर्व-संध्या पर जम के पार्टी हो जाये।'

'भई, पहले मुँह तो खुलवाओ दया का।' वंशधारी बोले।

आखिर दया ने मुँह खोल ही दिया, 'दस साल का तप मात्र पंचांग तक रहा! इसके आगे आप सब नहीं सोच सकते! अरे पंचांग का बाप ही कहते। आप जानते हैं कि मैं पंचांग की कई बातें नहीं मानता हूँ, बाप-दादों से लेकर आज तक सभी पंचांग के गुलाम। और रही बात दस वर्ष के तप की तो भाई, शौक नहीं चर्राया था। कौन नहीं चाहता कि साल-दो साल में बाप बन जाया जाये! वैसे कृष्ण को भी दस वर्ष प्रतीक्षा करनी पड़ी थी। फिर वे कई पुत्रों के पिता हुए। ...और धृतराष्ट्र के सौ पुत्र! बाप रे! जरूर जनसंख्या की समस्या के लिए

हमारे पूर्वज दोषी हैं। कोई कान से आ रहा है, कोई जाँघ से, तो कोई देख लेने से जनम जा रहा है। आज ही मैंने सुना है कि एक नेता जी को ग्यारह बेटियाँ हैं। बेटे के चक्कर में होती गयीं। कोई ईमानदारी से इतने बच्चे पाल पायेगा? यहाँ तो हाल यह है कि एक के बाद दूसरा आ गया तो आत्महत्या की नौबत आ जायेगी। अवसाद...और अवसाद को तो रास्ता चाहिए कि कब जान दे दें।'

तय हुआ कि दया की बात किसी जोरदार पार्टी से कम नहीं। ईमानदार व्यक्ति की चाय को पंचसितारा होटल का डिनर समझो। सच भी था, कोई वेतन के पैसे से चाय पिलाता था न पीता था, दया के सिवाय।

पन्द्रह-बीस दिन से दया वंदना टाइप के गीत गाने लगे थे। उनका प्रिय मुखड़ा जो कई दिनों से चल रहा था वह यह कि—'भर दे झोली मेरी या मोहम्मद, लौटकर मैं न जाऊँगा खाली रे खाली लौटकर मैं...।' उन्हें खुद पता नहीं कि वे गाते क्यों थे। शायद गर्भ को लेकर दया के मन में डर बैठ गया था। डर सन्देह पैदा करेगा, कार्य में बाधा डालेगा, विश्वास की हत्या होगी, विचार-प्रवाह धीमा...और किसी कार्य को शीघ्र निपटाने की इच्छा होगी, तब काम बिगड़ेगा। दया जानते हैं कि डर में बड़ी ताकत है। डर का अमूर्त होना बेहद खतरनाक है। भविष्य में घटनेवाली घटनाओं के अप्रत्याशित रूपों पर अधिक सोचा गया तो भय व्यक्ति के अन्दर स्थायी जगह बना लेगा। तब आस्था सिर चढ़कर व्यक्ति को आस्तिकता की ओर ले जायेगी।

दफ्तर में दया वंदना नहीं गुनगुनाते। यहाँ अपनी पहचान का संकट था। दूसरे किस्म का डर दया को दबा रहा था। और वंशधारी ने सुन लिया तो हलुआ-पिसान निकाल लेंगे। कल ही घेरे थे सब दया को। बात महेश ने शुरू की थी—'बाप बनते ही दया पूजा-पाठ करेंगे, घंटी हिलाएँगे, तिलक भी...।'

'अपने पर पड़ता है तब सारे नियम ताख पर धरे रह जाते हैं।' वंशधारी बोले थे—'घर के लोग क्या बेधर्मी हैं? अरे भौजाई जब पीछे से डंडा करेगी तब देखना!

'मैं तो कहता हूँ' महेश तो जैसे पीछे पड़े थे—'क्या भौजाई झड़वाने-फुकवाने बच्चे को नहीं ले जायेंगी? बच्चों को तो नजर-टोना रोज की बात है। मेरी बिटिया को सुखण्डी हो गया था। लाख दवाई किये, कुछ फायदा नहीं हुआ। जब सुखण्डी झड़वाए और सिर पर चाँद दगवाए, तब जाकर ठीक हुई।'

'अरे भाई, हर रोग-बियाध के झाड़-फूँकवाले हैं...अपने क्षेत्र के जानकार।' विजय ने धीरे से कहा, लेकिन सुना सभी ने—'भई एक बात साफ है कि विवाह के समय उटक-नाटक तो करना ही पड़ेगा। मैंने तो एक कम्युनिस्ट का विवाह

देखा है, एक पंडित जी विधिवत् मंत्रों के द्वारा गोबर का गणेश बनाकर विवाह करा रहे थे। चलो माना कि दया यहाँ भी बच गये तो मरने के बाद मिट्टी के समय 'राम नाम सत्य है' नहीं कहेंगे क्या? भई मैं तो साफ जानता हूँ कि धरम-करम से जान नहीं छूटेगी। पीछा छुड़ाने का उपाय तो और झंझटी है।'

दया इस विषय पर बहस करना चाह रहे थे, लेकिन 'राम नाम सत्य' उन्हें अच्छा नहीं लगा। इस समय मृत्यु से सम्बन्धित कुछ भी सुनना नहीं चाह रहे थे। दया सोचने लगे—समाज पर अन्धविश्वासी धर्म का कितना दबाव है! कहीं न कहीं मैं भी घेरे में हूँ। न चाहो तो भी निभाना है। अभी तो पहला बच्चा होनेवाला है और मेरे विचारों पर हमला हो गया। दूसरा हो गया तो! महेशवा साला जो हग कर धोता भी नहीं होगा, बासमती के गर्भ ठहरने पर कह रहा था—'दयवा की औरत सैक्सी लगती है, इतनी गदराई देह दयवा के वश में रहेगी? उस साले में दम कहाँ! पास-पड़ोस में मुँह मार आयी होगी। औरत को तो बेटा चाहिए, चाहे जो विधि अपनानी पड़े।'

महेश की बात से दया को तकलीफ हुई थी। परन्तु करते क्या? दूसरे की स्त्री का सेक्सी लगना आम बात है और पुरुष तो स्त्री को स्वाद समझता ही है। यही कारण है कि खूबसूरत पत्नी के बाद भी कई पुरुष अन्य की चाह रखते हैं और कोठे पर भी देखे गये हैं। क्या चाहता है पुरुष? पत्नी भी परिवार की सम्मानित सदस्य है। हमेशा तो नाज-नखरे में नहीं रहेगी! वह सेक्सी अंग को ढाँक-तोपकर अवश्य रखेगी। स्त्री पुरुष को जन्म देती है, नस-नस पहचानती है। पुरुष मिलन के सिवाय जानता ही क्या है? जब देखो तब स्त्री की ओर देह-सुख की नियति से...। स्त्री के ऊपर से पानी बह रहा है। पानी से अभी नाक बची है...फिर देखना उसकी ताकत। स्त्री ही पूरी पहचान रखती है पुरुष की। उसके बिना घर के सारे काम अधूरे हैं। व्यंग्य के सारे हथियार सहती है वह। उसके बिना क्रोध चढ़ता नहीं। भला स्त्री के बिना कोई गाली पूर्ण हुई है? प्रायः घटनाओं की जिम्मेदार स्त्री को माना जाता है, यह कितना अजीब है!

बासमती का साफ होता साँवलापन, देखकर दया अघाते थे। पीछे देखते तो उभरे नितम्ब अधकचरी काम-वासना को पूरी तरह जगा देते जो दूध-भरे ठोस स्तन को देखकर थोड़ी-बहुत जागी थी। हालाँकि पेट देखकर सारी कामवासना नत हो जाती और श्रद्धा से दया झुक जाते। उनका मन करता कि यहीं फूल-पत्र चढ़ा दें और कोई आरती बासमती के लिए गा दें।

दया किसी बच्चे को देखते तो चहक जाते और होनेवाली सन्तान की कल्पना-तुलना करते—'सुन्दर तो होगा ही...नाक मेरी तरह चपटी न होगी।...

जमकर दूध-फल खिलाएँगे। बासमती को पड़ गया तो? अम्मा कहती हैं कि बेटे माँ को पड़ते हैं, लेकिन मेरा चेहरा तो बाबूजी पर गया है। ...हे गुरुनानक साहेब! कृपा करो! हे शिव जी! अब आपकी ताकत के भरोसे है सन्तान का रूप-सौन्दर्य।

'आज बड़ी गर्मी है!' दया ने कहा और कपड़े उतारकर जाँघिया पर हो गये। जून का अन्तिम सप्ताह चल रहा था। पानी बरसने का नाम नहीं; प्रतीक्षा थी कि आजकल में आयेगा मानसून और होगी झमाझम बरसात।

'पुरवाई है तो चिपचिपी गर्मी रहेगी' बासमती पंखा झलने लगी—'और आज आपको गर्मी का चेत हुआ है। अप्रैल-मई बीत गया, आपके मुँह से गर्मी शब्द नहीं सुनी। आप आजकल बहुत सोचा करते हैं। क्या सोचते हैं?'

'क्या बताऊँ बासमती!' दया ने साँस खींची—'तुम्हारे पेट और आनेवाली सन्तान से दिमाग हटता ही नहीं!'

'चिन्ता न कीजिए श्रीमान! मनलुभावन होगा!'

'वैसे अब बहुत कुछ बदल गया है। वो लकीर नहीं रही कि सुग्गे जैसी नाक, हिरणी जैसी आँख। अब तो फूले-फूले गाल का सौन्दर्य भी नहीं रहा।'

'यह सब कैसे बदलता है और कौन बदलता है?'

'समय, साहित्य, बार-बार एक ही तरह की चीज से ऊब...। अब तो अपनी तरह का लुक होना चाहिए। तुम्हें पता होना चाहिए बासमती! मर्द भी सेक्सी दिखने की चाह रखता है। चर्बी हटाने के चक्कर में, कई औरतों-मर्दों ने खाना-पीना तक छोड़ा है। यह अखबार में छपा था। लपर-लपर होना चाहिए।'

'मुझे अच्छा नहीं लगता। देह भरी-भरी ठीक लगती है।'

'अब तो हँसना, बोलना, चलना सब बदल रहा है।' दया को बोलने की जगह मिल गयी—'बासमती! शरीर भी कुछ कहता है, आज इसी पर जोर है। इतनी दूर तक सोचा जा चुका है कि आसानी से पहुँचना कठिन है। इसके लिए सूचना-क्रान्ति और साहित्य ने बहुत काम किया है।'

'आपकी बात ठीक से समझ में नहीं आती। मैं तो इतना जानती हूँ कि मैं आपसे कम सुन्दर हूँ।'

बासमती के इतना कहने से मानो दया को काठ मार गया! आज पता चला कि 'थोड़ा साँवलापन ही बासमती की हीनभावना का कारण है। हीनभावनाएँ प्रतिभा को दबाती हैं। बासमती माँ बननेवाली है। उसे ऐसी भावना से निकालना होगा। दया कुछ देर चुप रहे और फिर बोले—'बासमती! तुम ऐसा क्यों सोचती

हो? तुम मुझसे सुन्दर हो, चाहो तो पूरे गाँव की सबसे खूबसूरत औरत बन सकती हो। चमड़ी के रंग से मतलब नहीं है। सौन्दर्य व्यक्तित्व में है, कर्म में है। नेल्सन मंडेला, ब्रायन लारा, अब्दुल कलाम, विलियम्स बहनें, कोफी अन्नान के सौन्दर्य के आगे कोई नहीं है। ये कोई फिल्मी हीरो नहीं कि हँस-हँस दाँत दिखाकर रोटी कमाने-खाने का धंधा करें। कबीर और बिरसा मुण्डा कम खूबसूरत नहीं थे।'

'लेकिन सभी कहते हैं कि मैं आपके आगे अठन्नी-भर नहीं ठहरती।'

'कहने दो! सुनो और ऐसी बातों को झटक दो, तब तो सुन्दर! मेरे लिए तुम इतनी अच्छी हो कि दूसरी औरतों की ओर आँख उठाकर देखने को जी नहीं करता, सभी फीकी लगती हैं। अब यह सोचो कि बेटे को कितना सुन्दर बना सकती हो। तुम पहली टीचर हो, सब तुम्हारे हाथ में है। व्यक्तित्व वंश-परम्परा और वातावरण से बनता है, लेकिन वातावरण को इतना प्रभावी बना दो कि अपने अनुरूप किसी चीज को बेहद खूबसूरत बना सको।'

दया को लगा कि वे बासमती को ठीक से समझा नहीं सके हैं। एकाध बार और मेहनत करनी पड़ेगी। बासमती अब दया के लिए पूजनीय हो चुकी है। वे उसे रूप-कुरूप के दबाव में नहीं रहने देंगे। अभी वे पुत्र के दबाव में हैं और मोह भी नहीं गया है। पिता बनने के पूर्व पुत्र-मोह से ग्रसित होना ठीक तो नहीं था, लेकिन दया जानकर भी लाचार थे। वे अपनी कल्पना में गर्भ-पीड़ा और गर्भ-सुख भोगते रहे। जब भी बासमती का पेट निहारते, अपना जरूर देखते। अपने पेट में बच्चे का होना महसूसते तो उन्हें गुदगुदी होने लगती—'अरे! बैठ गया! अभी तो चला रहा था, अब चुप है' कहकर दाल सूँघते कि महक रही है कि नहीं। दरवाजे के पास इमली की डाल लटकी थी, दो-चार गिरी ही रहती थी। दया इमली चखते। बासमती कहती—'बहुत खटाई खा रहे हैं, जब देखो तब अचार, इमली। लगता है आपके ही पेट में...।' दया पर कुछ असर नहीं। और अपना हाथ नाभि के नीचे तक ले जाते। आश्वस्त हो मुस्कराते, फिर होनेवाले बच्चे का चेहरा गौरा से मिलाते। गौरा का खूब स्माइली चेहरा है। संसार का सबसे बड़ा सुख मुस्कराहट ही है। सारे कर्म इसी हेतु किये जाते हैं। पशु और मनुष्य में यही बड़ा फर्क है। जानवर खुश हो सकता है, मुस्करा नहीं सकता। चेहरा देखकर व्यक्ति के विषय में बहुत-कुछ पढ़ा जा सकता है।

एक बात और दया के मन में आयी कि पुत्र-मोह क्यों? क्या कारण हैं? मोह स्वयं में एक दोष है, सिर चढ़ जाये तो सामान्य क्रियाएँ बाधित होंगी। काम, क्रोध, मद, लोभ, भय, मोह सामान्य अवस्था में तो उचित हैं, ऊर्जा भी

देंगे, प्रेरणा भी, लेकिन ग्राफ ऊपर चढ़ा नहीं कि खतरा बढ़ा! महाकाव्य गवाह हैं—दशरथ...धृतराष्ट्र...। आज भी तमाम उदाहरण मौजूद हैं। मोह का इतिहास भरा पड़ा है। दया किस खेत की मूली हैं! मोह पालें चाहे काम, कौन पूछेगा? नाली के कीड़े-भर हैं, जन्मे...रेंगे...बजबजाये और मर गये, लेकिन समाज दया जैसों से बना है, इतिहास के उदाहरण से नहीं। और यहाँ इतिहास है न उदाहरण। दया की चाह है कि मोह से ऊपर उठ जायँ। लोग कहते हैं कि राम को मोह नहीं था। बुद्ध, ईसा, मुहम्मद, गाँधी को भी हद तक पुत्रमोह नहीं था। कवि नागार्जुन भी इसी कड़ी में हैं। सुनने में आया है कि नामवर सिंह भी पुत्रमोह से ग्रसित नहीं हैं, उन्हें तो परिवार मोह रहा ही नहीं। तुलसी को मोह था तो अपने पात्रों से। यह मोह धनात्मक था, तभी तुलसी अपनी रचना के बल पर आज भी जिन्दा हैं—स्वस्थ।

प्यास खूब लगी है। दया ने गुड़ खाना चाहा, फिर एक लोटा पानी। गुड़ को देखा तो तमाम चींटे लगे थे। इतने चींटे कहाँ से आ गये? दया की समझ में नहीं आया। वे मोह को लेकर गहरे पानी में डूबे थे। तल तक जाने में खतरा था। गहराई अभी नीचे तक है। अपनी औकात देखकर वे ऊपर आ गये। कोई गूढ़ कारण समझ में नहीं आया। वे सुने, देखे और पढ़े गये पर विचार करने लगे—'पुत्री की तरह पुत्र को विवाह के बाद अन्य घर में नहीं जाना है, आजीवन साथ रहना है। बुढ़ापे में पुत्र ही सहारा है; दूर से बेटी क्या सहारा देगी? पानी-पिंडा पुत्र ही देगा—उसे मान्यता मिली है समाज से। मरने के बाद तक का पुख्ता इन्तजाम। पुरुष में बल है, शक्ति है, सत्ता-पक्ष मजबूत है। लाठी लेकर घर-खेत की रखवाली कर सकता है। बड़ी बात तो यह कि स्त्री की तरह पुरुष खिलौना नहीं है। पुरुष की इज्जत नहीं जाती। स्त्री की इज्जत सिर्फ सेक्स तक है, उसी का बलात्कार होता है। परिणाम वही भोगती है। कई पुरुष ऐसे भी हैं जो पत्नी के रहते हुए दूसरा विवाह कर मौज करते हैं। एक और खास बात कि पुरुष को स्त्री के लिए व्रत-उपवास-पूजा नहीं करना पड़ता और गर्भ-पीड़ा तो बिल्कुल नहीं। प्रसव-पीड़ा पुरुष-सोच के बाहर है। आदमी कमाता है, रुपया जमा करता है, यह तो ठीक है, किन्तु इसके एवज में वह हमेशा बन-ठनकर समर्पण-भाव से प्रस्तुत रहे—यह दया को ठीक नहीं लग रहा था।

दया को स्वयं से घृणा होने लगी। वे उठे और बाल झाड़ने लगे, बीच से माँग निकाली, सिन्दूर भुरककर टिकुली लगाई, धोती को साड़ी की तरह बाँधा। इस समय वे स्वयं से जूझ रहे थे—'बेटी भी सहारा हो सकती है। बेटा जब दूर देश कमाने चला जायेगा तो पिंडा-पानी क्या खाक देगा! और सहारा तो...भगवान

मालिक है! क्या पुरुष की पहचान होने से ही बेटा देगा पिंडा-पानी। मेरी तो बेटी देगी पिंडा, देखूँ क्या कर लेते हैं गाँववाले! मैं तो इंडा-पिंडा मानता भी नहीं, मरने के बाद देखता ही कौन है! अगर अधिकार बेटी को मिल जाये, तो वह भी ताकतवर हो सकती है। वह घर-खेत की रखवाली कर सकती है। लेकिन ऐसा दण्ड भी बनाना पड़ेगा जिससे पुरुष स्त्री का बलात्कार करने पर मरे भी न, और भोगे जीवन-भर...घुट-घुटकर नारकीय जीवन। यदि पुरुष को बलात्कार के कारण न्यायालय सजा दे तो उसके ललाट पर कोई स्थायी चिह्न अंकित हो जिससे लोग थू-थू करें। पुरुष भी व्रत रखे—करवा चौथ...पूजा-प्रार्थना भी स्त्री के लिए...उसके सुखी, स्वस्थ, लम्बी उम्र के लिए।'

पुत्र-मोह से दया बाहर आये; बुरी तरह थक गये थे, जैसे वे कई दिनों की अनवरत यात्रा से लौटे हों। पसीने से भीगे दया का जी मिचलाने लगा, लगा कि उल्टी हो जायेगी। देह में चुनचुनाहट बढ़ गयी।

दया को अब बेटी की इच्छा थी जिसे वे बासमती से बताना चाह रहे थे।

जुलाई का मध्य यानि मानसून पूरे जोर पर। पानी शाम से ही बरस रहा है। बरसात और बादल का चरित्र देखकर लगता है कई दिन बाद आसमान खुलेगा। पूरा गाँव खुश है। पानी का जलस्तर कुएँ को देखकर लगाया जा सकता है।

'बहुत पानी गिर रहा है अम्मा!' ज्यादा पानी से दया घबरा गये हैं।

'बेटा! किसानी में पानी पर पेट धरा है। ई है, मुँह आहार!'

गौरा को अन्न दिखाई दे रहा था; दया को मूसलधार का संगीत और डर दिखाई दे रहा था कि इसी पानी-कीचड़ में बासमती को दर्द उठा तो? कुछ देर की चुप्पी के बाद गौरा ने बासमती को पुकारा—'बासमती! दया को खाना देइ दो। जल्दी से खा-पी के सब लोग ठहर पकड़ि लें। दया के बाबू भी भींजत-भागत आवत होइहैं।'

बासमती दूसरे कमरे में थी। पानी की झाँव-झम में कुछ सुनाई नहीं दिया। कुछ देर ठहरकर सिर पर खाली बोरा ओढ़े गौरा रसोई में गयीं और चोखा-भात ढाँक-तोप कर ले आयीं।

'बासमती की देह बहुत भारी है अम्मा!' दया ने चेताया।

'हम तो मना करत हैं कि मत करौ कवनों काम, बाकी उ माने तब न! कहती है, चुप बैठ के हाथ-गोड़ टेढ़ा नाहीं करना है।'

पानी से आँगन भरा था। बुलबुले उग-बुझ रहे थे। बचपन से दया इन्हें

देखते रहे हैं। वे इन्हीं बुलबुलों से संघर्ष करना सीखे हैं। वैसे अभी तक वे मानसिक रूप से अपनी संवेदनाओं के साथ ही लड़ते रहे हैं। उन्हें ऐसी बरसात में चादर ओढ़कर आधी नींद सोना अच्छा लगता था, बासमती साथ हो तो सोने पर सुहागा! छः माह हो गये बासमती से अलग सोते।

'पानी बरसता है तो मैं क्या चाहता हूँ।' दया बोले।

बासमती क्या बोलती! वह तो अजीब-सी बेचैनी में सुख तलाश रही थी। कोई शब्द नहीं मिल रहा है कि वाक्य बनाए और दया से कह दे। उसे कोई व्यवस्था नहीं जँच रही है। पानी बरसना भी अच्छा नहीं लग रहा है। पेट से बेबस न होती तो अब तक वह दया से लिपट ही जाती।

'घर में कोई बन्धन नहीं है। सभी अपनी तरह जीने के लिए आजाद हैं। तुम भी छाती उतान किये चलती थी। तबीयत ठीक नहीं है तो बोलो! या किसी ने कुछ कहा? जानती हो मैं अम्मा से पूछ रहा था कि जब मैं पेट में था तो दादी तुमसे काम-धाम करवाती थीं? इस पर अम्मा बोली कि—'कैसे कहूँ दया! मेरी सास थीं तो तुम्हारे बाबूजी की अम्मा ही...लेकिन खूब सताया। तुम पेट में थे और आखिरी दिन तक बाजरा कूटना पड़ा था। कोई काम नहीं जो हम न किये हों। भरपेट भोजन भी नहीं था तब। सूखकर काँटा हो गयी थी।' अब तो वो बात नहीं। अम्मा कभी सास नहीं बनी, माँ ही रही। जितना औरत की औरत दुश्मन है उतना आदमी नहीं।'

बासमती चुप तो चुप। उसे खुद पता नहीं कि दया ने क्या कहा और वह प्रतिक्षण किससे समझौता कर रही है। वह महासागर में मानो डुबकी लगा रही है कि थोड़ा चैन मिले, लेकिन जस की तस। बासमती को अम्मा की बात याद आयी कि, बार-बार पेशाब करना जरूरी है। बासमती उठकर जाने लगी तो दया ने चेताया, 'बोरा ओढ़ लो और देखना गोड़ न बिछले!' लगता है बासमती की मांसपेशियों ने सिकुड़ना शुरू कर दिया है।

कोठरी में घुसते ही बासमती के मुँह से निकला, 'तबीयत ठीक नहीं लगती।' चुप रहने की कोशिश में बासमती बोल गयी।

'मैंने तो डायरी देखी थी, कहीं तारीख नहीं दिखी। टाइम पूरा हो गया क्या?'

'मालूम नहीं...अम्मा से पूछ-पूछकर चलना है।'

'अम्मा से पूछ लिया है?'

बासमती बोल नहीं पाई। वह सोचने लगी, 'जन्म देनेवाली माँ की यह कैसी अनुभूति! अजीब तरह की बेचैनी...। आज तक जितनी माएँ हुई होंगी, सब इस पीड़ा से गुजरी होंगी। देवकी को भी दर्द हुआ होगा। ताज्जुब है कि पहरेदारों ने

नहीं सुना। यह पीड़ा दबाई नहीं जा सकती। सोता हुआ पूरा गाँव जाग जाये, जब पीड़ा चढ़े ऊपर। अभी तो मुझे सिर्फ बेचैनी है तो यह हाल है। कृष्ण जब पैदा हुए थे तो पानी बरसा था, मूसलधार पानी...भादों था। आज भी पानी बरस रहा है तो क्या आज मेरे कृष्ण का जन्म होनेवाला है—नटखट...चुलबुला...श्याम रंग...। नहीं चाहिए मुझे कृष्ण जैसा। जनमते ही माँ छूट गयी, पला यशोदा के घर और एक बार भी देवकी की सुध नहीं आयी...और जब देवकी के यहाँ चला गया तो एक बार भी यशोदा की ओर नहीं झाँका।'

...अम्मा कहती थी कि जब दया हुए थे तो पानी बरसा था, लेकिन भादों नहीं था माघ की मघबदरिया थी। माघ के लड़के बाघ! तो क्या लड़की होती तो कोई बाघिन कहता? बेचारी लड़की कब शेरनी हुई है? उस पर जब बन जाती है तो भले दुर्गा हो जाये। शायद यही कारण हो कि औरत दुर्गा न बने, नहीं तो मर्द का जीना हराम! ...लोग दुर्गा-सप्तपदी का पाठ करते हैं। अम्मा ने ही बताया था कि—बाबूजी जब हुए थे तब आसाढ़ था, गरज-दमक के साथ पानी आया था। आसाढ़ के लड़के बाढ़ पर रहते हैं। लेकिन बाबूजी का कद तो ठिगना है। बासमती यह भी जान चुकी थी कि दस पीढ़ी पहले जो बाबा गाँव में आकर बसे थे उनका नाम बरसाती था। मुझे भी खूब मिला है दया का पानीदार खानदान! मेरा भी नाम अनाज का नाम है 'बासमती'...लेकिन खुशबू है!' बासमती मन ही मन इतरा गयी।

'...मैं अपने बेटे का नाम किसी वस्तु पर नहीं रखूँगी, मौसम पर भी नहीं। कोई सावन रखेगा तो उसे मनभावन बना दूँगी। पूरे परिवार पर पानी का असर है। अब अम्मा को ही देखो तो वे बात-बात में रो देती हैं। भले मुस्काती रहती है। उस दिन चाची अम्मा से लड़ बैठीं और अम्मा को 'कठकरेजिन' कह दिया। अम्मा कई दिन रोती रहीं। पता नहीं क्यों देवरानियाँ अपनी जेठानियों को दीदी नहीं मानतीं, कहती भले 'दीदीजी' हैं। चाची तो अम्मा पर नुक्खुस काढ़ती रहती हैं। चाची बड़ी चढ़बाँक हैं, चाचा पर सवार रहती हैं। दो कौड़ी की इज्जत नहीं रखतीं चाचा की। गोरी चमड़ी का गुमान है, परन्तु अम्मा से सुघर नाक-मुँह नहीं है। सिंगार-पटार करना चाहती हैं, लेकिन आता नहीं है। एक दिन किसी बात पर चाचा से खूब लड़ीं और साँझ होते ही घर से भाग गयीं। मारे डर के चाचा ओसारे में उकड़ूँ बैठे थे, मुँह बनाए। अम्मा ने समझाया और मना-चोनाकर लाने को कहा, तब हिम्मत बँधी चाचा की। पीछे-पीछे भागे थे चाचा। चाची दूर निकल गयी थीं। पीछे से अम्मा भी गयीं, देखा तो एक पुलिया पर बैठी चाची का मनावन कर रहे थे, हाथ जोड़कर। अम्मा ने डाँटकर कहा—'का तुम लोग

जग-हँसाई कराय रहे हो! कुछ खियाल है इज्जत-आबरू का? औरतन के कारन इज्जत जात है। मरद की भले गलती हो, लोग औरत को दोसी ठहरावत हैं। घर की लाज होती है मेहरारू, और अपने मरद से कैसी लड़ाई! खाओ-पीओ, सुतो-बैठो, हँसी-मजाक करो। जो है वोही में संतोख करो, काहे की हो-हौ पट-पट! मेहरारू को बहुते दिमाग लगाके रहे के पड़त है।'

इस पीड़ा की घड़ी में बासमती को बीती घटनाएँ याद आ रही हैं। आँख बन्द किये करवट लेटी बासमती को देखकर पीड़ा समझी जा सकती है। दया छेड़ने का साहस नहीं कर सके। लेकिन सोचते हैं कि 'थोड़ा हँस-बोल लेती तो पीड़ा कम होती। हो सकता है हँसना मना हो। पीड़ा कम करने का कोई दूसरा ही उपाय हो। जन्म देना हँसी का खेल नहीं है। यहाँ सहवास जैसा सुख भी नहीं है। सम्भोग में आनन्द की जो चरम स्थिति होती है शायद प्रसव-पीड़ा की भी वही चरम स्थिति हो! जैसे वीर्य के बाहर आते ही आवेग शान्त हो जाता है, वैसे ही जन्म होते ही पीड़ा का आवेग भी शान्त हो जाता होगा! बासमती उसी चरम बिन्दु की ओर बढ़ रही है।'

दया अपनी औकात भर कल्पना करते और मुठभेड़ भी—'मृत्यु करीब होती है तब जिन्दगी के अर्थ का एहसास होता है। जो कई दिनों तक कोमा में रहते होंगे वे जिन्दगी के बारे में क्या सोचते होंगे! देह त्यागना तो ऐसा लगता होगा जैसे शिशु का गर्भ त्यागना। शिशु के लिए नया संसार, नयी खुशियाँ और पीड़ाएँ। तो क्या देह त्यागने के बाद भी नया संसार होता होगा? यह किसे पता है! जन्म के पूर्व और मृत्यु के बाद की स्थिति का ज्ञान किसे है? पुराणों ने जोर लगाया, लेकिन पुराण-कथाएँ विश्वसनीय नहीं हैं। यह तब का बाजारवाद है जिससे एक वर्ग पीढ़ी-दर-पीढ़ी लाभ लेता रहा है। तमाम कल्पनाएँ भरी पड़ी हैं जिसे भेड़स्वभाववाली जनता ने स्वीकार किया। बाबूजी आज भी कहते हैं 'होइहै सोई जो राम रचि राखा।' मुझे तो 'पुराण-कथा', 'पुराण-पीड़ा' की तरह लगती है। नेता या अफसर कभी पुराणों के पीछे नहीं भागे। उन्हें 'पद-पीड़ा' का तनाव है। इनके आगे कोई पीड़ा टिक नहीं सकती। यह उनकी अन्तिम पीड़ा है, जहाँ कोई संवेदना काम नहीं करती। पुराणों से जनता के 'भेड़स्वभाव' होने का पता चलता है, जिसे कई नेताओं ने समझा और लाभ लिया। पद के लिए कुकर्मों का इतिहास भरा पड़ा है। ईश्वर-खुदा सब ताख पर धरे रहते हैं। ईश्वर कुछ करता भी नहीं। जनता देखती है, जानती है कि यह अपराधी-खूनी है, जो आज श्वेत वस्त्र धारण कर जनता की सेवा करने की शपथ खा रहा है। यह गुण्डा-मवाली है, यह डाकू है लेकिन अभी सजा नहीं हुई, यह थूककर चाट रहा है, यह तो

नंगा नाच रहा है! गाली सुनकर ये श्रीमान दाँत निपोर रहे हैं—सत्ता के लिए सारे कर्म करेंगे; और सत्ता आ गयी तो मन-माफिक अपने कुकर्म रबड़ से मिटा देंगे। तब सिर्फ मलाई पर ध्यान रहेगा। धन के आगे कौन नहीं झुकता! मन-माफिक भोग-सम्भोग...देशाटन...सोच के बाहर आनन्द की हर वस्तु उपलब्ध। पूरी मानव-जाति बिला रही है इसमें। ये जान के दुश्मन...धन के लोभी...देह-सुख की प्रबल इच्छा लिए बड़े मजे में जी-खा रहे हैं। यदि ईश्वर जन्म-मृत्यु तय करता है तो ऐसे लोगों को क्यों जन्माता है? माँ की पीड़ा भी जन्म देकर पीड़ित हुई होगी, ऐसी माओं की प्रसव-पीड़ा मिट्टी में मिल गयी—व्यर्थ। ईश्वर वहीं काम करता है जहाँ उसका कोई काम नहीं होता।'

'मैं अपने वीर्य को आकार में देखने की ललक में हूँ, लेकिन कुकर्मी आकार में नहीं। ऐसे आकार से पहले वह मरा हुआ मिले तो मुझे खुशी होगी। मैं वह पीड़ा भोग लूँगा और बासमती के दुख को सँभाल लूँगा, लेकिन जो आकार अवसाद में रखे उससे पहले वह नष्ट हो जाये तो भला है। ...बासमती फिर उठी! पेशाब करने हर आधे घंटे में उसे उठना पड़ रहा है! बिना चैन के नींद नहीं आती। सीता को हरने के बाद रावण को चैन नहीं था, राम भी चैन में नहीं थे। बुद्ध, गाँधी, सुभाष को कभी फुर्सत ही नहीं थी, नामवर को भी नहीं, लेकिन नींद सबको आती थी। सिर्फ प्रसव-पीड़ा में नींद नहीं आती। चुनावी जंग में नेता की नींद चौथाई रहती है। सचेत विद्यार्थी भी परीक्षा के समय पता नहीं कब सोया कब जाग गया। जीवन में समय को जानना और चैतन्य रहना आवश्यक है। यदि अक्ल के साथ सचेत रहे तो आतंक और अराजकता खत्म हो जाये। नेता और पुलिस को हमेशा जागते रहना चाहिए, इन्हें जगाने के लिए जनता का जागना जरूरी है! लेकिन करें क्या 'नींद न जाने भाई टूटी खाट' और कान में तेल डालकर मजे से सो रहे हैं। सोना कितना घटिया काम है! लेकिन विश्राम के लिए तो ठीक है। अपने आवश्यक विषयों में 'घोड़ा बेचकर सोना' बहुत हानिकारक है। नींद ने हमेशा नुकसान किया है। बाबूजी कहते थे कि हमारे खानदान में एक पुरखा थे जो बड़े आलसी थे। उन्हें नींद से फुर्सत नहीं थी। घर, खेत सब बँट गया, तब भी नहीं चेते। सब बिक-बिला गया। वे ऊबकर गंगा में कूद गये, डूबकर मरे। उनके परिवार में अब कोई जिन्दा नहीं है, वही एक परिवार गलवंशी चला रहा है।'

रात के एक बजे हैं। पानी की मूसलाधार थम गयी है। कभी-कभी बूँदें टपक जाती हैं। बासमती कुछ ज्यादा ही अनमनी लग रही है। दया क्या करें! किससे पूछें? दया गौरा को जगाना नहीं चाहते।

'तुम्हें तकलीफ ज्यादा है, जाऊँ डॉक्टर को बुला लाऊँ?' दया ने पूछा।

'अम्मा कहती है ऐसा ही होता है, रात कट जाने दीजिए, सबेरे जाइएगा।' बासमती पीड़ा बर्दाश्त कर रही है।

'कहो तो चमइनिया मइया को बुला लाएँ?'

'नहीं...सोइए!'

'नींद नहीं है...रामबचन डॉक्टर को दिखाकर राय ले लें। इतनी रात में वे मिल जायेंगे...आ भी जायेंगे।'

'उनके बस की बात नहीं है, वे होमोपैथिक हैं।'

'होमियोपैथिक में भी दवाएँ तो होंगी ही!'

बासमती चुप।

'जाता हूँ, अम्मा से पूछ लूँ कि इस समय क्या किया जा सकता है।'

'अरे सोइए जी! बकबक से फायदा नहीं है...ज्यादा मत बोलवाइए।'

चुप होके भी दया के भीतर एक शोर था—एक ऐसा शोर, जो चुप रहना चाहता था। गुपचुप शोर उमाच बाँधता, लेकिन दबकर चुप हो जाता। प्रसव-पीड़ा न होती तो बासमती चुप न रहती। दया अकेले न सोते। प्यार करते-करते थक जाते, तब नींद आती। कुछ ऐसे भी सिरघुमाऊ हैं जो बिना पत्नी के रहना चाहते हैं। उनके बड़े-बड़े काम में पत्नी रोड़ा है। कितने मूर्ख हैं! एक महत्त्वपूर्ण सुख, जीवन की आवश्यक पीड़ा, प्राकृतिक दुख-दर्द, चिन्ताओं से वंचित रहकर क्या पूर्ण जीवन जीया जा सकता है?

पानी बन्द हो चुका था। आँगन में बुलबुले नहीं थे। था तो दया के भीतर चुप्पीवाला शोर! ...रात अपने आखिरी पड़ाव की ओर थी। जोर देकर निहारने से भोर दूर से आता दिखाई दे रहा था। बादल छिटपुट थे...फटी-फटी बदली ...और उसमें बने थे अनेक चित्र—शेर, हाथी, घर, नेता, भीड़, मोटर और कहीं बासमती और दया...

दया का हाथ जाँघों के बीच दब गया। करवट लेटे दया को कब नींद आ गयी उन्हें खुद पता नहीं।

हाँ, प्रसव-पीड़ा को मुट्ठी में बाँधे बासमती जाग रही थी।

अपनी पीड़ा की सिर्फ बासमती गवाह थी। लाख चाहने पर भी पीड़ा की तासीर ठीक-ठीक नहीं बता सकती थी। यह स्त्री की विशेष पीड़ा है जिसे पुरुष कभी नहीं भोग सकता। यह पीड़ा स्त्री को महती बनाती है।

बासमती सोच रही थी कि रात जल्दी से भागे और भोर हो जाये।

अलौकिक शक्तियों का क्या भरोसा कि वे साथ देंगी और बासमती को निहारती होंगी! हवा बहेगी, दूर चली जायेगी। चन्द्रमा अपनी यात्रा पर अनवरत आगे बढ़ता रहेगा। बासमती के माँ-बाप-भाई भी क्या जानें कि वह किस हाल में है। वे भी तो इस वक्त दूर हैं।क्या अभी कोई कृष्ण आकर बासमती को बहन स्वीकार करेगा और पीड़ा हर लेगा? क्या कोई राम अपना वाण चलाकर बासमती के दर्द दूर कर देगा? क्या हनुमान बिना कहे कोई बूटी ला देगा? शायद कोई नहीं है इसी पीड़ा को हरनेवाला। ...अब तो किसी का जन्म होगा तभी दूर होगी पीड़ा।

मनुष्य दर्द से पैदा होता है, लेकिन दर्द को ठीक से समझता नहीं; और दूसरों के दर्द को देखकर मजा लेना, हँस देना तो आम बात है।

बासमती को विश्वास था कि वह जाग रही है, फिर भी सुबह होते ही कोई जगाने आयेगा!

पहली सुबह

'अरे उठो भइया!' गौरा दया को जगाती हैं।

'क्या हुआ? तबीयत ज्यादा गड़बड़ हो गयी क्या।' हड़बड़ाकर उठ बैठे हैं दया।

'दरद कवनों बीमारी नाहीं हैं।'

बासमती पसीने से भींगी है। बासमती पीड़ा की मार पहली बार झेल रही है। उसकी पहली लड़ाई सीमा पर जूझने-मरने से ज्यादा कठिन है। खूब गुत्थमगुत्था है, कूँथ रही है। बासमती को अपनी खबर नहीं है, जैसे वह इस संसार में ही न हो। वह बड़बड़ाती है—'माँ बनने के लिए इतनी तकलीफ! अरे, यह दरद तो प्राण लेकर ही रुकेगा।' प्रत्येक प्रसव-पीड़ा रची-रचाई देह को जन्म देती है, धरती को सौंपती है एक मनुष्य। मनुष्य के जन्म की यह कूँथ-कराह उसकी ही है जो माँ के माध्यम से व्यक्त हो रही है।

आज रविवार है, छुट्टी है। दिन चढ़ आया है। बादल के बाद खुले आसमान की धूप चटकीली है। छोटकन घर में नहीं है। दया उसे 'बेहूदा' कहते तो गौरा 'बहेतुवा'। शिवरतन से तो लड़ जाता है। माँ-बाप से लड़ना कितना आसान है और बूढ़े की लाठी होना कितना कठिन! दया को समझ में नहीं आ रहा था कि पहले छोटकन को खोजें कि चमइनिया मइया के घर जायँ। लेकिन दया मड़ई की ओर भागे।

'बाबूजी, जल्दी चलिए! बासमती को दरद उठा है।' दया ने साँस की परवाह नहीं की।

'घबरा मत बेटा! ठीक हो जायेगा। ऐसा ही होता है। कई घंटा रहेगा ई दरद...दबाके दरद को नहीं रखा जा सकता है।' शिवरतन ने तोष दिया और जफर को पुकारने लगे, 'हे जफर मियाँ! हे जफर...!'

शिवरतन जोर से चिल्लाए—'हे! जफर मियाँ!'

जफर ने सुन लिया और बोले, 'आय रहे हैं भइया!'

'बाबूजी, चमइनिया मइया के यहाँ जाऊँ?' दया घबरा रहे हैं।

'पहले तो तुम घबराओ नहीं। एतना घबराए होते हम तो तुमको जनम देने के पहिले मरि गये होते। ...जमाना बदल गया बेटा, अब चमइनिया भउजी के हियाँ ई काम नाहीं होत।'

यही एक ऐसा अवसर है जहाँ पिता-पुत्र के बीच लाज की दीवार छोटी हो जाती है। सेक्स पर भी आड़ लेकर बात हो जाती है। जफर को आने में दस-पन्द्रह मिनट का समय लग सकता है। हो सकता है दिशा-फरागत होकर आयें। शिवरतन के तोष देने से दया की घबराहट कम हो गयी है। माँ-बाप के रहते बेटे को क्या चिन्ता! दया का दिमाग चमइनिया मइया पर लगा था। उनसे रहा नहीं गया; बोले—'बाबूजी, ये अछूत जाति के लोग बड़े गुनी होते हैं। आज भले जमाना बदल गया, लेकिन पहले इनके बिना जन्म-मृत्यु वाला काम पूरा नहीं होता था।'

'हमारे समय में चमाइन न आवे तो कितने मरि-बिला जायें। लेकिन बेचारे रहे अछूत के अछूत।'

'बाबूजी, ई चमाइनें बाभन-ठाकुर, बनिया, लाला के घर बच्चा पैदा कराने तो जाती थीं। सबसे पहले तो यही छूती थीं बच्चे को। अछूत के हाथ से बच्चा पेट से बाहर आया। यही पहला हाथ है जो हमारी जान बचाता है। चमइनिया मईया चाहती तो टेंटुआ दबा देती, लेकिन नहीं वह अपने बच्चे की तरह देखती है। वैसे भी हर आदमी जन्म से अछूत है। चमाइन माई का हाथ लगते ही गन्दगी साफ और हो गया शुद्ध। बाबूजी इन्हीं अछूत औरतों का बलात्कार होता है तब कहाँ चला जाता है छूत-अछूत।'

शिवरतन समझ गये कि दया बुद्धिमान है। वे सोच-समझकर बोले—'कुछ आँख से दिखात नाहीं,जब कामक्रोध लोभ मोह सिर पर सवार होत है। काम तो अन्धा बनाय देत है बेटा! भेद तब मिटत है जब जान-परान पर आय जाय।'

'उहाँ भौजाई जोह रही है और तुम लोग इहाँ बतकुच्चन फाने हो।' जफर करीब आ गये।

'अरे चल भाई!' शिवरतन ने चलने का संकेत किया—'अबे जफरा, तुम्हार भौजाई समान-वमान बाँध ली हैं का? अस्पताल अइसे जाय रही हैं का?'

शिवतरन और दया को चार बात सुनाती गौरा बासमती को सहारा देकर इक्के पर चढ़ाने लगीं। बासमती जब गर्भवती नहीं थी तो उछलकर इक्के पर बैठ जाती थी, आज सहारे की जरूरत है।

गौरा चुप न हुईं तो जफर मियाँ बोले—'अब चुप्पे रहो भौजाई, हम बहुते-कुछ कह दिये हैं। एह समय बोले के ना।...बहू बिटिया को बीच बैठाओ, धर लो!'

दया चाहते हैं कि बासमती मेरे ऊपर भार देकर बैठे, लेकिन दुबके रहे किनारे। चाची अपने दरवाजे खड़ी रहीं, पास नहीं फटकीं। शिवरतन दूर खड़े हैं।

'जफर भइया, देखो! नजदीक नाही आयी फलाने बो।' गौरा जफर को सुनाती बोली—'अइसन करम में लिखाय गया कि का कहें...कवनों सुक्खम-दुक्खम में साथे ना, कहती हैं कि हमहीं सटते नाहीं हैं। आपे बतलाओ भइया, एकै हाथ से थपोरी कब तक पीटीं?'

'अरे जाये दे भउजी!' जफर कुछ और कहना चाहते थे, लेकिन बात बदल गये—'दयाद-पट्टीदार सबके अइसे होत हैं। कहे बदे सगे हैं।' जफर घोड़े की पूँछ के पास गुदगुदाने लगे—'जा बेटा! अरे धीरे में...हड़बड़ी नाहीं...आगे गचकी है रे! देख के बाबू...दउड़े बदे हमेसा जल्दी मचावल है ससुरा...शब्बास बेटा जा... जा आगे बढ़के।'

गाँव का कोई उनके इक्के पर बैठता तो वे बैठनेवाले से सम्बन्धित बातें बतियाते। किसी की विदाई तो किसी को स्टेशन छोड़ना या ले आना। रात-बिरात डॉक्टर के यहाँ चलने को मौजूद। तभी तो जफर कहीं नाते-रिश्तेदारी में नहीं जाते कि किसी को कोई जरूरत पड़ गयी तो? यह लाभ के साथ-साथ गाँव के भले के लिए समर्पण का भाव था। '...दया जब बीमार हुए रहे तो हमहीं लिवा गये अस्पताल।...ई बहू के बिदाई त हमीं कराते रहे हैं।...हमार इ खानदानी पेशा है भउजी! तोहार जब गवना भवा रहा तब हमरे अब्बा इक्का ले गये रहे।' जाने कौन-कौन-सी स्मृतियाँ!

दया जानते हैं कि ये काम करनेवाले समाज के लिए कितने आवश्यक हैं, फिर भी नीच कहे जाते हैं।...और जफर खानदानी पेशा छोड़ दे तो? वे तो जी-खा लेंगे कोई और काम-धंधा करके, लेकिन गाँव की आवश्यकता का क्या होगा? अब तो वे बड़े बेटे के लिए भी इक्का बनवा दिये हैं, बस घोड़ा लेना है।

'सवरी के घर में ताक-झाँक नाहीं?' दया को कान लगाए गौरा ने देखा।

दया बाहर पड़ी बेंच पर ढह गये। उन्हें अच्छी तरह पता था कि जगत की

माता दुर्गा-काली को यह पीड़ा नहीं हुई होगी। शायद उनके गर्भ से कोई जीव नहीं निकला। यदि किसी देवी को पुत्र-पुत्री रत्न प्राप्त भी हुआ होगा तो वह सीधे प्रकट हो गया होगा। देवियाँ किसी को पालती-पोसती भी नहीं। ये सिर्फ वंदनीय हैं। पता नहीं कैसे इनकी पूजा-वंदना होने लगी। इनके चित्रों-मूर्तियों को देखकर क्यों उपजती है श्रद्धा? जिसे हमने बनाया, उसी के वश में हो गये! जरूर किसी गहरी चाल के जाल में हजारों वर्षों से फँसे हैं हम। निश्चित रूप से यह जाल एक-दो साल में नहीं बुना गया होगा। यों भी किसी देवी-देवता की नाभि में दम नहीं जो ऐसी पीड़ा सह ले। ...देवी मइया अपने भक्तों को क्यों नहीं सिखातीं कि स्त्री को दासी न समझो! बलात्कार करोगे तो आँख फूट जायेगी! ये तो केवल आशीर्वाद की मुद्रा में हाथ उठाए ऐसे खड़ी हैं जैसे कह रही हों—'स्त्रियों! बलात्कार ही तुम्हारी नियति है! तुम वस्तु हो, अपने को परोस दो! तुम देवी नहीं, स्त्री हो! देवी तो मैं हूँ, मेरा कोई कुछ बिगाड़ नहीं सकता। मेरा आशीष तुम्हारे साथ है।' देवी मइया! तुम्हारे साथ बलात्कार होता तो तुम जानती! और पाँच-पाँच पुरुष बलात्कार के लिए लगे होते तब ठीक से पता चलता! तुम कहीं मुँह नहीं दिखा सकती थी। तब तुम्हारे चित्र फट जाते, मूर्तियाँ खण्डित हो जातीं...चूर-चूर! तब सारी वंदना घृणा में बदल जाती, सिर्फ रह जाते तुम्हारे अंगों के शब्दों से बने गालीवाले वाक्य। देवी जी! आप कब तक आशीष देती रहेंगी ऐसे ही?

दया को जब पेशाब लगी तब कहीं ध्यान टूटा। इस समय बासमती का दर्द सीमा से बाहर था।

'हे भगवान! हे माई! अरे अम्मा...अम्मा हो! आह्!! हे राम जी, सीता जी! माई रे! ऊँऽऽ हूँऽऽ हूँऽऽ उँह्-उँह्...।' दया ने सुना और हाथ जोड़कर बैठ गये।

'हिम्मत रख बेटी! बसमतिया, हिम्मत रख! हे परभू जी! हे शंकर-पार्वती, दुख को काटिए परभू जी! उरिण करिये भगवान बासमती को! हमरी लाज तोहरे हाथ परभू जी!' दया गौरा की आवाज सुन रहे हैं।

तहसील से सटा हुआ कस्बे का सरकारी अस्पताल है। डॉक्टर, नर्स, दाई, सभी परिचित हैं दया से। डॉक्टर को खबर हो गयी है। लेडी डॉक्टर नहीं हैं। पहले थीं, कमाई भी थी यहाँ, लेकिन कस्बाई जीवन उन्हें पसन्द नहीं था। पति अधिकारी थे, सो तबादला कराकर इलाहाबाद सदर अस्पताल चली गयीं।

दया चुपके से झाँक रहे थे लेबर रूम में। दरवाजा जालीदार था, भीतर का पूरा दृश्य साफ दिखता था। दया ने डॉक्टर को आते देखा तो झट किनारे हो गये। डॉक्टर के ऊपर बासमती की कराह का कोई असर नहीं—यह उनकी चाल से पता चलता था।

अब दया के सामने पूरा अस्पताल था—डॉक्टर साहब जवान हैं और नर्स भी...खूबसूरत और गोरी। कम्पाउंडर कम पढ़ा है, मुँहफट है, नर्स के पीछे खड़ा रहता है। यहाँ यह एकमात्र स्टाफ नर्स है, शेष मिडवाइफें हैं। कम्पाउंडर बहुत उम्मीद में होगा कि नर्स भी चाहती होगी। दोनों टीप-टाप से रहते हैं। दाई को कोई नहीं पूछता होगा। डॉक्टर, कम्पाउंडर का सेक्स मर जाता होगा। काम ही ऐसा है। डॉक्टर को एक से बढ़कर एक बेहद आकर्षक नितम्ब, जाँघें, स्तन देखने-छूने को मिले होंगे, लेकिन तब कोई वासना न जन्मी होगी। इस समय वह रोग-ग्रसित है, पीड़ा में है। डॉक्टर को भगवान समझकर रोगी आया है। वैसे भी इस अस्पताल में कभी ऐसी कोई बात सुनने को नहीं मिली।

'...बासमती आज डॉक्टर के सामने नंगी लेटी है। वह अपनी ओर से मर चुकी है। डॉक्टर ही जानता है देह की दशा-दिशा। कल यही बासमती बच्चे को लेकर डॉक्टर को दिखाने आयेगी तो अपने अंग ढँक-तोपकर रखेगी। डॉक्टरों का तो दिन-रात वही काम है। वह सामान्य व्यक्ति नहीं है। ...कम्पाउंडर खूब बतिया रहा है नर्स से—हँस-हँसकर, नर्स भी हँस-मुस्करा रही है। औरत का मुस्कराना कितना सन्देह पैदा करता है! शक के दबाव में औरत को तमाम मानसिक कष्ट होते होंगे। तो क्या वह मुँह गिराकर रहे? जबकि आदमी औरत का हँसना-मुस्कराना ही देखना चाहता है। और मर्दों को देखो तो दाँत बाए घूमते रहते हैं। खड़े-खड़े धार मारते हैं।...डॉक्टर, कम्पाउंडर को किसी औरत के सेक्सी अंगों से क्या मतलब! और नर्स को किसी मर्द की कसरती काया से क्या वास्ता! उसे सिर्फ रुपये से काम है। यहाँ जितने आये, कमाकर लाल हो गये। गाँव-देहात के लोग आते हैं; उनसे गाँठ खुलवाने में आसानी रहती है। लेडी डॉक्टर को कुत्ते ने काटा होगा, जभी तो तबादला करा लिया! यहाँ गर्भ-समापन के लिए औरतें खूब आती हैं। कुँवारी लड़कियों का केस तो और भी फायदेमंद है। यह काम चुपचाप और चोरी-छिपे जो होता है!

लेबर रूम से आ रही आवाज दया सुन रहे थे—'बासमती, धीरज धरो! हिम्मत बसमतिया, हिम्मत...! जोर लगा...। करेजा पोढ़कर तनिक और जोर... साबस बेटी! ...बच्चे का सिर बाहर निकल रहा है...।' दया दस-दस कदम आगे-पीछे टहलने लगे। उनकी नजर अस्पताल पर थी।

और अस्पताल! बाप रे! कूड़े की टोकरी में हफ्ते-भर की गन्दगी! लेबर रूम के अगल-बगल खून-लगी रुई का ढेर! बेड पर दाग! धूल से पटे फर्श! पंखे हैं तो बिगड़े हुए, और कहीं हैं ही नहीं! लेबर रूम में बल्ब है, बाकी अँधेरा। बरामदे में दया ने अपना बल्ब लगा दिया है। अस्पताल की दीवारें तो सालों से

बिना पुताई के दाग-काई बटोर रही हैं। बाहर का फर्श पूरी तरह टूट चुका है। झाड़-झंखाड़, घासों का घना जंगल लगा है। मच्छर और फतिंगे पल-भर न बैठने दें। दया की मजबूरी है, वे गमछे से मच्छर हाँक-भगा रहे हैं।

दया को लगा कि वे अपराधी हैं और अब अस्पताल की सजा काट रहे हैं, या किसी अन्य देश में भटक गये हैं। साफ-साफ दिखता है कि सरकार ने अस्पताल की औपचारिकताएँ निभाई हैं। ऐसा नहीं कि इसके रख-रखाव हेतु धनराशि न दी जाती हो, लेकिन लगभग सारा पैसा अधिकारी-मंत्री डकार रहे हैं। कोई क्या कर लेगा! सब हाथ धोते हैं गंगा में। यहाँ का हेड डॉक्टर तो किसी को दवा देता नहीं, न किसी मरीज को देखता है, फिर भी लाल होकर पान चबाए घूमता है। उसको बजट के एडजस्टमेंट से फुर्सत नहीं। कागज पर सारा काम दुरुस्त है। जनता ने अपना काम निपटाया और चली गयी। दया के मन में आया कि यहाँ के हेड से लेकर जिला हेड डॉक्टर, परिवार एवं स्वास्थ्य कल्याण के सुप्रीम, सचिव और मंत्री तक के मुँह पर थूक आयें और मुख्यमंत्री से जाकर साफ कह दें कि आपकी व्यवस्था से पीड़ित होकर मैंने थूक दिया है। एक दिन पूरी जनता एक साथ थूकने लगेगी तो डूबते देर न होगी। यदि आपको वोट का लोभ न हो तो सीधे जनता से जुड़ें और ऐसे लोगों को 'सजाये-सड़क' सुना दें। जाति, धर्म, पार्टी से ऊपर उठें मान्यवर! एक बार गौर से सोचें कि आप क्या इस संसार से मरने के बाद लाद-फाँद के ले जायेंगे? शायद आपके अधीनस्थ कर्मी मृत्यु के बाद का इन्तजाम करने में लगे हैं। आपको सब पता भी है मान्यवर, कि आपका कोई भी विभाग ऐसा नहीं है जहाँ आवंटित धनराशि का शत-प्रतिशत उचित उपयोग हो। जो दस प्रतिशत भी खर्च कर देता है तो वह समझता है कि 'उपकार किया है मैंने' और ढोल लेकर पीटने लगता है।

और फिर बच्चे के रोने की आवाज 'के-हाँ...के-हाँ...'! दया दौड़कर लेबर रूम की ओर बढ़े, लेकिन यह सोचकर कि 'अम्मा डाँटेगी' बेंच के पास ही खड़े हो गये। फिर दो-चार कदम आगे-पीछे होने से जी नहीं माना।

दया के मुँह से निकला—'चलो दर्द दूर हुआ, कराह खत्म! बच्चे ने तुरन्त रोना शुरू कर दिया, संसार को जल्दी समझ लेगा। बासमती को दूध भी खूब उतरेगा।' दया मन ही मन मुस्कराए कि मैं चखकर देखूँगा माँ के दूध का स्वाद जो भूल गया था। कुछ देर के लिए मान लूँगा कि बासमती मेरी माँ है। देखूँ कि ऐसा करने पर कैसा महसूस होता है। और बासमती अब किसी की माँ तो है ही, उसे माँ का सम्मान मिलना चाहिए। मैं भी तो किसी का बेटा हूँ, उसे मेरा खयाल करना चाहिए बेटे जैसा।

नर्स और दाई बाहर निकलीं, दया को घेर लिया—'बेटे की बधाई टेंट से निकालो साहेब!' दाई चहकती बोली।

नर्स भी उसकी बात में अपनी बात मिला रही थी—'इतने दिनों बाद बच्चा हुआ और वो भी बेटा! दया जी, आपने पत्थर पर दूब जमा ही दी!'

दया ने बीस-बीस के नोट निकाले। नोट देखते ही दोनों चढ़ बैठीं—'बीस रुपये? भीख माँग रहे हैं क्या? लड़की होने पर सौ रुपया खुशी-खुशी लोग दे के जाते हैं। पहिला बच्चा में तो दो सौ...। इतने दिन बाद भगवान ने गुहार सुनी है, पाँच सौ से कम नहीं लेंगे!' दाई ज्यादा बोल रही थी। नर्स एक-दो वाक्य के बाद चुप हो गयी—'पाँच सौ हमको चाही साहेब, मेम साहब आपन बात कर लें।' ढीठ दाई ने कहा।

गौरा बाहर निकल आयीं, लेबर रूम में अकेली पड़ी थी बासमती। गौरा को देखते ही दाई फिर बोली—'अम्मा, तुम्हीं बताओ केतना मिहनत हम-सब करत हैं, पूरा नरक साफ करत हैं। जच्चा-बच्चा को टट्टी हो जाये तो उहौ साफ करत हैं। ई साहेब तो एक मिनट नाहीं रह सकत हैं...और ऐसी घड़ी बार-बार थोड़े आवत है!'

'तुम सबन अब जाओ...बच्चा को आ बासमती को देखो, तुम्हारा हक नाहीं मारा जाई, हम इहाँ हैं।'

दाई जाते हुए भी यह कहना न भूली—'हम लेबर रूम में जाय रहे हैं साहेब! हम मेहनत करि के माँगत हैं, काम किया जात है, फोकट में नाहीं। हियाँ कागज पर चिड़िया बनावे का पैसा नाहीं माँगा जात। काम देखकर दाम दो साहेब, हम खुद हराम का खाना नाहीं चाहत हैं।'

माता निर्माता होती है। बासमती बच्चे को एक अच्छा नागरिक बनाएगी। अपने गर्भ-भ्रूण को आकार और जन्म देने के बाद भी स्त्री की जान नहीं छूटी। अब तो प्रारम्भिक व्यक्तित्व के निर्माण की पूरी जिम्मेदारी पुरुष को ओढ़ लेनी चाहिए। पुरुष है कि सिर्फ शरीर-सुख...। स्त्री ने अपना दूध क्या पिला दिया कि सारी जिम्मेदारी गिर पड़ी सिर पर। बस इतना कह दिया—'माता पहली गुरु है, उसमें ममता है, माई का जीव गाई।' पुरुष निर्माता क्यों नहीं? वह प्रथम गुरु क्यों नहीं? पुरुष के लिए 'ममता' जैसा शब्द क्यों नहीं ईजाद होता? क्या पितृता कहें? पिता पालनेवाला है! क्या खाक पालेगा शिशु! कोई बच्चा कुर्ते-धोती पर हग दे तो चिल्लाएँगे—'अरे कहाँ हो? दौड़ो! देखो टट्टी कर दिया, साफ करो! ...नरक

मचा रखा है! इसे तुम देखा करो भई, मैं डिस्टर्ब हो जाता हूँ। बच्चे-फच्चे का टेंशन तुम अपने पास रखो।' बच्चे को एक अच्छा व्यक्ति बनाना बड़े संघर्ष का काम है, जोखिम-भरा भी कि कहीं बनाते-बनाते बिगड़ न जाये। पुत्र कुपुत्र हो जाये तो पहली मार स्त्री ही झेलती है—'कैसी कोख ने जनम दिया रे!' यह कोई नहीं कहता कि 'किस वीर्य से आकार पाया रे!'

दया सुख-दुख, भूख-प्यास, प्रतीक्षा-बेचैनी के बारे में दिमाग दौड़ाने ही वाले थे कि छोटकन आता दिखा। उसके हाथ में झोला था, खाना ही होगा।

'क्या बना-वना के ले आये छोटकन?' दया झोला थामते बोले।

'बाबूजी ने खिचड़ी बनाई है—सूखी...अचार भी है।' छोटकन ने बताया।

'तुमने मदद की?'

'बाबूजी को खिचड़ी और बाटी-चोखा पसन्द है, और जब वे इसे बनाते हैं तो किसी की मदद नहीं लेते हैं! वे बोले कि तुम चुपचाप बइठो।'

'बड़े-बुजुर्ग के काम में हाथ बँटाना चाहिए। उनके छोटे-मोटे अनुभव जो वे बता नहीं सकते, सीखने चाहिए।'

छोटकन जान गया कि बेटा हुआ है, वह देर तक दाँत निपोरे खुश होता रहा।

दया को यह पता है कि इस उमर में ऐसा ही होता है। बाबा ने दया से एक बार कहा था—'गदहपचीसी की उमर में कोई बात समझ में नहीं आती।' दया ने अपनी इच्छा, उच्छृंखलता दबा दी तो क्या छोटकन भी अपने 'किशोर-आनन्द' का गला घोंट दे, मुँह बनाए बैठा रहे, कुढ़े? दया ने चुपचाप पिता की बात सुन-मान ली। छोटकन अपनी बात कहेगा। कई बार टीवी-टेप के लिए झगड़ चुका है। रामायण के बहाने सिनेमा देखेगा, भजन के बहाने फिल्मी गीत पर झूमेगा। गाँव में दो-तीन टीवी आ गयी हैं। दया के घर को छोड़ टेप तो घर-घर है।

'कल ही टीवी-टेप ले आता हूँ। छोटकन बेटे जैसा ही तो है, बाद में यह टीवी-टेप तो इस्तेमाल मेरा बेटा ही करेगा...कुढ़ने से बचेगा। मैं दुलार-प्यार में कोई कमी नहीं करूँगा, वह अपना पूरा बचपन भोगेगा। बहाने से ही सही, टीवी-टेप से छोटकन की भी बन आयेगी।' दया ने मन ही मन कहा।

'अम्मा, तुमने खाना नहीं खाया?' दया ने देखा कि खाना वैसे ही पड़ा है।

'यहाँ गन्दगी भी तो बहुत है। और सवरी का घर नरक होत है। चमइनिया दीदी भी बिना नहाए घर में घुसुरती नहीं थी। हम तो वोके बाभनै मानत हैं।'

सवरी के घर को गन्दा या नरक मान लें तो हर प्राणी इसी में जन्म लेता है।

गन्दे नरक से जन्मा मनुष्य अपनी ही गन्दगी साफ करनेवाले से दूर भागता है। दया की नजर फिर अस्पताल पर गयी, जैसे किसी जानवर का बाड़ा हो—'आम आदमी अस्पताल के बारे में क्या सोचता है? जनता यही जानती है कि अस्पताल का अर्थ गन्दगी है। कचहरी, सरकारी दफ्तर का अर्थ बिना रुपया दिये एक काम नहीं होना है। जेब में कुछ धरा है तो जाइए काम कराने। अब तो जनता का स्वभाव बन गया है। यह अर्थशास्त्र और नीतिशास्त्र का नया व्यापारिक मेल है और गन्दगी की नयी परिभाषा।'

दया को भूख लगी थी लेकिन दिमाग तो घूम रहा था—'जन्म लेनेवाला बेटा भी भूखा होगा। अभी बासमती को दूध नहीं उतरा होगा। अम्मा जानती होगी सब। भूख के कई प्रकार हैं—अभी हम और बासमती पुत्र के लिए भूखे थे। सेक्स की भूख के बाद पुत्र की भूख जागती है। बाद में पुत्र की भूख नहीं रहती, परन्तु सेक्स की भूख समय-समय पर जागती रहती है। यही भूख हमें बताती है कि हम कार्य हेतु सक्षम हैं। अम्मा को पोते की भूख थी, पोती की नहीं। बेटा मूल है, पोता सूद। सूद की चिन्ता अम्मा को थी। बाबू जी भी मूल से बढ़ते सूद को देखना चाहते थे। अब सबकी माथापच्ची खत्म। पिताजी कहते हैं कि 'सबसे आसान काम है पढ़ना।' अब पढ़ूँ कि बच्चा पालूँ? यह निश्चित है कि बासमती पर बोझ नहीं लादूँगा। सभी रट लगाए थे 'बेटा हो, बेटा हो'। मिल गयी न माँगी मुराद! असली भोगान तो हमें भोगना है। सबकी मान-मनौती पूरी हुई। अब सबके पीछे-पीछे भागना पड़ेगा—इस मन्दिर...उस मन्दिर...तीर घाट...मीर घाट। कोई डीह-डिहवार नहीं छूटेगा।...ग्रन्थों में पुत्र की इच्छा की गयी है, कितनी तुच्छ है यह इच्छा! पुरुष-मानसिकता का एकतरफा नृत्य। कहा गया—दूसरे के पुत्र को अपना पुत्र समझो, और दूसरी तरफ यह भी कह दिया कि दूसरे के पुत्र को अपना पुत्र केवल मूर्ख ही मानते हैं, और यह भी कि 'हे अग्नि, हमें एक शक्तिशाली पुत्र दो।' अग्निदेव पुत्र कहाँ से देंगे? कैसे एक्स और वाई का संयोग बनाएँगे? हो सकता है गर्भ को अग्नि कहा गया हो—मिलन की अग्नि।

सुबह हो गयी, जीवन की पहली सुबह। दया रात भर जागते रहे। एक अच्छी सुबह उनकी अंजुरी में समा गयी है।

दया इक्का ले आये—'बासमती को लेकर चलो अम्मा, मैं पैदल आऊँगा।'

'अरे, चल रे! जमाना बदलि गया। सभे आय-जाय रहे हैं अपनी औरत के साथ...लाज काहे की?' गौरा दया की शर्म पहचान गयीं।

दया नहीं माने। पुत्र होने पर लाज तो आती है और बिना पुत्र के तो और...। लोग पूछेंगे, मजाक करेंगे, बोली-ठोली बोलेंगे। यह भी सोच सकते हैं

कि खूब सोता होगा अपनी औरत के साथ। दया का मिलन प्रमाणित हो गया था। लोगों का ध्यान पता नहीं कहाँ-कहाँ जायेगा।

दया का सबसे बड़ा सहारा विचार था, जिसे वे मथते रहते। विचार मस्तिष्क में आते ही मूर्त हो जाता और दया संवाद करने लगते। तमाम रास्ते, रातें और दुख की घड़ियाँ, दया ने विचार को मूर्तरूप देकर, बोल-बतियाकर काटी थीं।

—'यह प्रसव-पीड़ा बासमती को जीवन देनेवाली थी, जीवन ले भी सकती थी। बासमती अस्पताल चली गयी तो बच गयी। घर होती तो कतई न बचती, शायद बच्चा भी हाथ न लगता। अब तो चमरटोल में कोई गुनी चमाइन नहीं है। चमइनिया मइया की ताकत खत्म हो गयी है। अम्मा तब कितनी बेचैन हुई होंगी जब मैं पेट में रहा होऊँगा! बाबूजी दूर...झोंपड़ी पर कान लगाए! मेरी तरह थोड़े कि औरत के पीछे-पीछे...। गाँव में अब बहुत-कुछ बदल गया है—'कपड़े... बोली...रहन-सहन...और मानसिकता भी।'

—'आखिर इतना दर्द क्यों? कितनी छटपटाहट है शिशु में कि देख लें संसार। जब बड़ा होगा और समाज, सरकार, व्यवस्थाओं की कुव्यवस्था देखेगा, दर्द झेलेगा, तब कहेगा, 'जन्मते मर गया होता तो ठीक था।' अम्मा कहती हैं कि 'दर्द भगवान देते हैं' जैसे उनके झोले में है, निकाला और दे दिया। और दर्द क्यों देते हैं? पागल हैं भगवान! कोई प्रसव-संकेत क्यों नहीं देते? पूरा घर भगवान पर आश्रित है। मुझे भगवान पर विश्वास नहीं है, लेकिन लाचार हूँ।

'दया!...ओ दया!'

'यह तो राजवंश की आवाज है!' दया बोले।

'अरे ओ दया श्रीमान!'

दया रुक गये, बोले नहीं। राजवंश को देख थोड़ा मुस्कराए।

'क्या बात है? कहाँ चल रहे हो? अस्पताल आये थे क्या? सब ठीक तो है?' राजवंश ने कई प्रश्न किये। 'अबे! लजाता क्यों है?' राजवंश लाज भाँप गये—'मुर्ग-लड़इया लड़ रहे हो क्या? कि खेत में हगने बैठे हो? सीना तानकर कहो कि बाप बन गया हूँ। मैं भी पहले बेटे का बाप बना था। किसी साले के सामने मुँह निपोरकर नहीं बोला, हँकड़कर कहा था, 'बाप बन गया!' सोलह आने मर्द होने का बिन माँगे यह प्रमाण-पत्र है।...अच्छा बता, बेटा हुआ?'

'हाँ, बेटा ही हुआ।'

'जियो राजा भागलपुर! अब कुछ पूजा-पाठ, दान-पुन्य कर लो।'

'विश्वास ही नहीं बनता राजवंश भाई!'

'विश्वास को मारो गोली! समाज और घर देखो!'

दया कुछ नहीं बोले।

'भगवान ने ताकत दी है, अपनी ताकत से ही आदमी महान है।' राजवंश बात नहीं रोकना चाहते थे।

'औरत में क्या शक्ति नहीं है, 'योनि-शक्ति?' तुमको औरत के गर्भ की ताकत का अन्दाजा है? उमाचते रहते हो, कुछ उखाड़ पाए? किसी आदमी में है दम जो सह ले बच्चा पैदा करने वाला दर्द?' दया ने स्त्री का पूरा पक्ष लिया।

राजवंश भी माननेवाले नहीं हैं—'तुम हमेशा प्रसव-प्रसव का रट्टा मारते हो। यह क्यों भूल जाते हो कि शक्ति के साथ-साथ आदमी के लिंग की सत्ता चलती है? शिवलिंग की पूजा आज से नहीं हो रही है।'

'यह भी जान लो राजवंश, कि बिना योनि के शिवलिंग अधूरा है। योनि, लिंग को धारण करती है, तब वह पूर्ण शिवलिंग बनता है और पूजा के योग्य माना जाता है। जहाँ तक सत्ता की बात है, प्राचीन इतिहास देख लो—पहले मातृसत्ता थी सौ परसेन्ट। क्या कैकेयी का शासन नहीं था भीतर-भीतर। शूर्पणखा, ताड़का, रजिया बेगम, रानी लक्ष्मीबाई, बेगम हजरत महल, इन्दिरा गाँधी तक देख लो।'

'अब इतना न लाद दो कि हवा निकल जाय, लगते हो किताबी ज्ञान घुसेड़ने। अच्छा, बोलो! अब तो ईश्वर में विश्वास करोगे? यदि तुमने भगवान की चादर ओढ़ ली तो कोई कुछ नहीं बिगाड़ सकता। धरम-करमवाले की इज्जत होती है।'

'मुझे ऐसी प्रतिष्ठा झूठी लगती है। दिखावे की इज्जत! यह क्यों नहीं मानते कि नास्तिकता के धुले कपड़े पहन लोगे तो अलग दिखोगे? विचार जन्मेंगे, मुक्त रहोगे, विचारों को विस्तार देने के लिए खुली जगह मिलेगी। मनुष्य जन्म से स्वतन्त्र है, फिर ईश्वर की दासता स्वीकार क्यों? क्या तुम्हें नहीं लगता कि ईश्वर से होती हुई दासता मनुष्य तक आती है और ईश्वर भी चाहता है कि कोई उसकी गुलामी करे? यही दासत्व-बोध प्रस्थान-बिन्दु है। तुम वकील हो, तुम्हारी रोजी-रोटी है, तुम ईश्वर की शपथ दिलाओगे, गीता-कुरान पर हाथ रखवाकर सच कहने के लिए धार्मिक भय दिखाओगे, लेकिन तुम्हें पता है कि कोई ईश्वर के डर से सच नहीं बोलता, उसे सामने दण्ड दिखता है।...हम सब मजबूरी से अपने को धोखा दे रहे हैं।'

'वाह दया! मान गये! लगता है बेटा हो जाने से अक्ल भी बढ़ गयी। बेटी हो गयी होती तो...फटकर हाथ में आ जाती...सब अकिल घुस जाती।'

'तुम्हारे इस गलत बयान से मैं सहमत नहीं। बेटे-बेटी में फर्क कैसा? जैसे मेरा बेटा आजाद रहेगा, वैसे बेटी भी रहेगी। शिक्षा और साहस से भय दूर होता

है। बेटी होती तो सिखाता कि चाहे पति ही क्यों न हो, गुलामी स्वीकार न करना। औरत माँ बनकर दूध पिलाती है, अपना प्रोटीन देती है। आदमी क्या करता है और क्या करने लायक है? तुम कुछ पिला सकते हो अपनी देह से? बच्चा रोने लगे तो मनाने में नानी याद आ जाये। सिर्फ लिंगधारी होने से महान् हो गये? काम-शक्ति से भी आदमी का बल अधिक नहीं है।'

'यह तो मानोगे दया, कि लिंग योनि का सम्बन्ध ठीक बैठना चाहिए, जहाँ लिंग का महत्त्व ज्यादा है।'

'ये बातें मूर्खतापूर्ण हैं। ये क्यों नहीं मानते लिंग को स्त्री स्थान देती है। वीर्य को सहेजती है। विचार बदलो राजवंश! यह भी जान लो, अब समय आ गया है कि औरत किसी से डरेगी नहीं। खुलकर आदमी की तरह रहेगी, उसकी मर्जी चलेगी। ...बेटी पैदा होती तो मैं उसे हर स्थिति का सामना करने के लिए तैयार करता।'

'तुम औरत होते तो बड़े लड़ाकू होते।' राजवंश हँसी नहीं रोक सके—'कोई बलात्कार करता तो तुम उसका ऐंठकर तोड़ देते, दाँत काट लेते, फोता नोचते पूरी जान लगाकर तो वह लकड़ा जाता। मिर्च लेकर चलते और ऐसी घटना पर मिर्च उसकी उसमें भर देते।...मैं तो मौज लेता, लेकिन यह झंझट और जोखिम हमसे न होता।'

राजवंश और दया खूब हँसे। दोनों के हाथ कभी आगे, कभी पीछे जाते रहे, हँसी रुकती नहीं। दोनों हँसी के कारण आगे नहीं बढ़ पा रहे थे। ऐसे चलते जैसे दारू पीकर टुन्न हों—'तुम मर्द की हवा निकाल देते—पुर्ऽऽऽ...'

'चुप रह भइया! चुप्प! मार डालोगे क्या? हँसीवाली गैस सूँघ लिए हो का!'

'पत्नी का पहला गुरु पति ही तो है!' राजवंश गम्भीर हो गये हैं।

'अब पत्नी गुरु होगी, आदमी का मालिकपन मानसिक रूप से बदलेगी। औरत शिक्षित तो हो!'

'क्या चाहते हो औरत सिर पर मूते? अधिकार देकर तो देखो, औरत ने भूसा न भर दिया तो कहना! टेढ़ी अँगुली हमेशा किये रहेगी, जब चाहेगी डालेगी और निकाल लेगी। उसकी भड़ास दबी है।'

ज्यादा हँसने से थकावट आ गयी थी। दया आगे बोले नहीं। घर भी दूर नहीं। दिन चढ़ गया था। दिन में कुत्तों के भौंकने का तुक नहीं था, लेकिन भौंक रहे थे। दया डर रहे थे कि कुत्तों की वजह से लोगों का ध्यान उनकी तरफ जायेगा और हाल-चाल बताना पड़ेगा। दया ने मन-ही-मन कहा—'ये कुत्ते साले हरामी हो गये हैं। जानवर भी अपने जानवरपन से दूर होता जा रहा है। ये खूब

पहचानते हैं, लेकिन आदमी की तरह पहचानना भूलकर भौं-भौं पर तुले हैं, साले आदमी कहीं के!'

दया अब बहस के मूड में नहीं हैं। लेकिन राजवंश खोद रहे हैं—जब तुम्हारी बीवी दर्द से कराह रही थी तो 'हे भगवान, हे भगवान!' नहीं कह रही थी?'

दया बोले नहीं, सोचने लगे—अजीब चूतिया आदमी है! प्राण बचाने का अनुरोध तो किसी से भी किया जा सकता है। सीमा पर लड़नेवाले दुश्मन को भी अस्पताल पहुँचाया जाता है, जान तो जान है।

कुत्ते अभी भी भौंक रहे थे। एक भौंकता तो दो-तीन दौड़कर पास आ जाते, सूँघते और भौंकने लगते थे। दया दुर्र-दुर्र करते आजिज आ गये। राजवंश पर कुत्तों का असर नहीं था।

दया बोले—'तुम्हें तो कुत्तों से भी डर नहीं है। गाँव आ गया और उल्टा-सीधा खी-खी करोगे।'

'अबे चूतिया हो क्या? ऐसा अवसर रोज-रोज नहीं आता। बाद में इस विषय पर सोचोगे तो एक शब्द याद नहीं आयेगा। घटना घटी है तो सब दिमाग में ताजा है।'

'अब क्या कहोगे? यही न कि जब मैं पैदा हुआ तो नाल हँसिया से काटी गयी।'

'यह कहने की बात है? कौन नहीं जानता कि तब ब्लेड का चलन नहीं था! मेरी नाल तो खुरपी से काटी गयी। अभी भी वह खुरपी अम्मा ने रखी है सँभालकर।...मैं तो यह जानना चाह रहा था कि पहले से भाभी को कुछ खिलाए-पिलाए तो हो? बच्चे के लिए दूध खूब उतरना चाहिए।'

'पहले से क्या खिलाऊँ-पिलाऊँ? अब खाएगी...तो दूध उतरेगा। अम्मा सब जानती हैं।'

'पहले से दूध बड़ा हो गया होगा भाभी का, अपने को सँभालना।'

दया समझ रहे थे कि पूरे मजाक के मूड में हैं राजवंश। दया के हाथों ने हरकत की तो फिर राजवंश बोले—'अरे साले, अपनी छाती छू रहा है? बाप को दूध नहीं उतरता।'

दोनों हँसने लगे।

'बाप को भी दूध उतरे तो मजा आ जाये। बच्चा भुखाएगा तो छाती से दूध टपक पड़ेगा। तुम तब मुकदमा छोड़कर भाग खड़े होते।'

'भगवान को धन्यवाद कहो कि हिंजड़ा नहीं हुआ। नहीं तो गाजीपुरवाला भोलवा ले जाता, ताली पीटता अलग से। तब तुम कहते कि बाँझ रहना ही अच्छा था।' राजवंश हँसी नहीं रोक पा रहे थे।

'अभी तुम भगवान-भगवान कह रहे थे। कभी किसी देवी को हिजड़ा पैदा हुआ?' दया खीझ रहे थे।

...और राख लिपट जाती देह में

वर्तमान और भूतकाल की घटनाएँ हों या भविष्य के स्वप्न-चित्र, इनके बिना जीवन अधूरा लगता है। दया एक वर्ष पीछे चले गये। तब वे हार मान चुके थे। बहुत हुई दवाई। आस टूट चुकी थी। अस्पतालों, डॉक्टरों का चक्कर लगाते-लगाते दया थक चुके थे। ओझाई, झाड़-फूँक पर विश्वास नहीं था और वे स्वीकार भी नहीं करते थे। प्रयास बहुत हुआ था, लेकिन बासमती गर्भवती न हुई।

गाँव में शोर था 'बाबा कीनाराम आये! बाबा आये!' कहते हैं कि जब से इस बाबा को कीनाराम मठ की गद्दी मिली है, बाबा में अतिरिक्त शक्ति आ गयी है। बाबा के साथ एक हाथी, चार घोड़े, पाँच गौएँ, दो कुत्ते और सात चेले थे। गाँव में खूब मान-सम्मान था।

दया ने गौरा से कहा—'अम्मा, तुमने कीनाराम बाबा को देखा? मैं देखकर आ रहा हूँ। ये वही हैं जो पाँच साल पहले कभी तहसील, कभी बाजार में घूमा करते थे—काला कुर्ता-लुंगी पहनकर चिमटा लिए।'

'हाँ वही हैं। समय की बात है, अब गद्दी पाय गये हैं...शकती आ गयी है।' गौरा बोली थीं।

'क्या तुमको गद्दी मिल जाये तो शक्ति तुममें चली आयेगी? अब भी ये उसी तरह गाँजा-शराब पीते हैं। तब तहसील पर लोग इनसे पिंड छुड़ाते थे, बहुत गन्दे रहते थे। टट्टी करके हाथ भी नहीं धोते थे...खाँसते रहते थे।'

गौरा को आस्था थी, कहने लगीं—'औघड़ अइसे ही होत हैं, न नहात हैं, न धोवत। इनकी सफाई भीतर होत है। ई तो जगता होइ गये बेटा, अइसे मत बोल!'

दया जानते थे कि अम्मा का ब्रेनवाश नहीं किया जा सकता। सारा तर्क व्यर्थ था गौरा के आगे। गौरा कुछ देर चुप रहीं, फिर बोलीं—'हमरे आँखी के समने क बात है दया!...बिजावन की माई गयी रहीं असीरबाद लेने, उनको बाल-बच्चा नहीं था। तब के कीनाराम में बहुत शकती रही, जइसे भगवान परगट होवें...जमाय दिये बाबा बिजावन की माई के पीठ पर चार मुक्का, भभूत फूँकि के अपनी चुटकी से खिलाय दिये। बस फिर का! मिल गयी माँगी मुराद। एक पख बीता कि ऊ पेट से होई गयीं, तब उहै बिजवना क जनम भवा।'

दया को लगा कि अपना ही ब्रेनवाश हो जायेगा।...बड़ी ताकत है बाबा में!

क्यों न हो? पाँच सौ बीघा खेत है, अपार सम्पत्ति है—सोना, चाँदी, रुपया, गहना की गिनती नहीं है। तीन हाथी हैं, घोड़े बीस, गाएँ पचास, चेले-चापड़ सैकड़ों। पूरा क्षेत्र बाबा घूमते रहते हैं। चेले भी ले आते हैं वर्ष में एक बार हर गाँव, हर घर से। धन बरस रहा है तो शक्ति तो रहेगी ही। धन-शक्ति का धर्म-शक्ति के साथ जबरदस्त मेल है यह।

शिवरतन की अच्छी जान-पहचान थी बाबा से। जब शिवरतन जवान थे, तब बाबा अपनी भरी जवानी में सधुवाई शुरू किये थे। शिवरतन मौज लेते—'अरे बाबा! काहे जवानी बरबाद किये हो, फिर नाहीं आवेगी। बहुत बाँबरी होत है ससुरी! मौज-पानी ले लो! फिर नाहीं मिली कब्बो औरत-मरद का सुख। मजे में जान तौ लो कि का होत है औरत!'

वही पागल की तरह घूमनेवाला! साधु-संन्यासी बनने के चक्कर में मारा-मारा फिरता था। आज पूरे गाँव के सामने महन्थ बना बैठा है। ईश्वर से साक्षात्कार करता है, हठयोगी है।

'पूरा गाँव जगता जोगी समझत है, बिसवासो करत हैं। हम तौ आपन फरज निभाय दिये।' शिवरतन खुद से बतिया रहे थे और हाथ झाड़ते, पगड़ी हटा, सिर खुजलाते घर में घुसे थे। अन्तिम वाक्य गौरा ने सुना तो बोल पड़ीं—'कइसन फुरसत होइ गयी दया के बाबू?'

'एक बोझ चरी कीनाराम की गइयन को देई के आय रहे हैं। कुछ माँगत नाहीं बेचारा। पहिले से जान पहचान है, तो हमीं को नाम लेइ के बुलावत हैं।' शिवरतन थोड़ा तनकर बैठ गये।

'दया के खातिर कुछ नाहीं माँगे? उ चाहें तौ लीख से लाख करैं।'

'काहें नाहीं माँगे भाई!...चरी का बोझ गइयन के आगे पटकि के पसर गये बाबा के आगे। पहिले पूरी बात कहा, फिर दया के खातिर बेटा माँगा।'

'का कहे बाबा? कुछ आस-पियास बनी?' गौरा शिवरतन का मुँह ताक रही थी।

'साँझी के बेला में बुलाए हैं। हम तो मतलब समझि गये। कवनों साल नाहीं बीता कि एक बोतल शराब न लिए हों। हमके देख लेत हैं तो ठर्रा नाहीं... अंग्रेजी माँगत हैं।'

'एतने से काम बनि जाय तो समझो सेत में भवा। हमके तो काम बनि जाये के उम्मीद लागत है। औघड़ साधू हवा में बात नाहीं करत हैं, उनकी बात का बकत है, भगवान भी झुकि जात हैं।'

दया सब सुन रहे थे; अच्छा नहीं लग रहा था। खीझकर बोले—'क्या अम्मा,

तुम बाबा-काबा के चक्कर में पड़ी हो! वो साला हगण्डी, रोगी, गन्दा, नशेड़ी हमें बच्चा देगा? कोई फूँक मारकर धान तो उगा दे!'

इतना सुनना था कि शिवरतन बिगड़ पड़े—'तुम तो आर्यसमाजी हो। ई सब नाहीं मानत हो तो मत मानो। चुप तो रह सकत हो! भला का जात है आसीरबाद लेवे में!'

'बाबूजी!' दया को थोड़ी जगह मिली—'जिसे दिमाग स्वीकार न करे वह काम नहीं करना चाहिए।...बेवजह तनाव क्यों मोल लें? और मेरे पल्ले तो आर्यसमाज भी नहीं पड़ता। आर्यसमाजी आडम्बर का विरोध करते हैं—यह तो ठीक है, लेकिन उनके द्वारा जपे गये 'ओ३म् विश्वानि देव...' से क्या होगा? क्या पूजन नाटक नहीं है? पत्थर को ईश्वर नहीं मानते, तिलक और अवतार का विरोध करते हैं, लेकिन जनेऊ पहनते हैं। हवन के समय कहेंगे कि इस हाथ पर पानी रखो...आँख पर छुवाओ...बाँह पर लगाओ...सब कहीं न कहीं आडम्बरी हैं।'

'हम लोग जौंन कर रहे हैं। उसमें रोड़ा न डाल दया! हमहूँ छुआछूत कहाँ मानत हैं!' गौरा तनकर बोलीं—'जियादा पढ़ि लिए हो तो तोहरी बुद्धि अकासे चली गयी है का? तोहार एक बात समझ में केहू के आवत है?'

'अम्मा! चमइनिया मइया को बगल में बैठाने से, हाथ छू लेने से छुआछूत नहीं मिटेगा। बताओ तो, चमइनिया मइया को थाली में खिलाती हो? खाने के लिए केले का पत्ता आता है।' दया का प्रश्न भेदनेवाला था।

गौरा बिगड़ पड़ी—'कवनो काम करो, तुम डंडा लेकर सवार होई जात हो। बना काम बिगड़ जाय, तब चैन होई? बाकी इज्जत देत हैं चमइनिया दीदी को तो ई मत समझो कि हम फूल-पीतल की थाली में खिलावें! हाँ, तुम जो खरीदे हो स्टीलवाला बरतन, उसमें खियावो चाहे जो करो। लेकिन कान-खोलकर सुनि लो, हम लोगन के काम में छेड़-भेड़ ठीक नाहीं।'

दया आगे कुछ नहीं बोले। वे जानते थे कि उनकी एक न चलेगी। सबकी मिट्टी एक है, भले कुम्हार के आँवें की तरह कोई गोरा कोई काला। कम कोई नहीं है।

सब हवा में तीर मारते हैं। काल्पनिक कथाओं को सत्य मानकर जीवनभर घिसनी खेलते हैं। किसी का काम सफल हो गया तो सफलता का कारण कीनाराम बाबा होते हैं। यह प्रमाण बड़ा स्थायी है, सभी गवाह बन जाते हैं—झूठे।...देवी, देवता, व्रत, त्योहार, नहान, कथाएँ इसी तरह प्रमाणित होती रहती और गवाह बनाती रहती हैं। पता नहीं कौन-सी ग्रंथि प्रभावित करती है लोगों को।...और कीनाराम को देखो तो दो बोरी राख में पूरे मठ की ताकत लिए घूम रहे हैं। सारी माया राख में है। मठ को भरोसा है राख पर!

कीनाराम बाबा के पास स्त्रियों की भीड़,...बाप रे! सभी अपना दुख-दर्द लेकर बैठी थीं। कहनेवाली बात सीधे बाबा से कहतीं; जिस बात को कह नहीं सकती थीं वह मन-ही-मन उसकी माँग करतीं। किसी तरह बाबा से लिंक जुड़ना चाहिए—'...बाबा, कोई सन्तान नहीं हुई, कोख भर दो बाबा!...मरद नाराज रहता है, साल-भर हो गया घर की दुआरी नहीं झाँका; दूसरी औरत के फेर में है, बाबा! उसकी अकिल लौटा दो!...मेरा मरद जवानी में कमजोर हो गया, मरद का सुख नहीं मिल रहा बाबा! मरद की जाँघ में जोर भर दो बाबा! ...बाबा, मरद मेरा खियाल नहीं करता, ससुर पियक्कड़ है, पी-पा के आता है तो बहुत तंग करता है। ई पाप से मुक्ति दिलाओ बाबा, तोहरी सरन में आय गये हैं।'

ऐसे ही मिलते-जुलते कष्टों का अम्बार!

बाबा सबके कष्टों का निवारण करते, दुख हरते सिर्फ राख से। पीड़ित अपनी बात पूरी भी नहीं किया और राख उसके हाथ में! राख का कमाल! चावल, दाल, आटा की भरमार...। एक का सिक्का और दस-पाँच के नोट खूब सारे। एक चेला यहाँ तैनात है। पहली बोरी की राख धीरे-धीरे खत्म हो रही है।

दूसरे दिन—हाथी मनगर था। कई साल बाद हाथी आया था, पिछले कई साल से हथिनी आती थी। हाथी मन से कहीं और था। अपनी संगिनी के लिए तैयार हाथी को पहली बार स्त्रियाँ देख रही थीं। कुछ खड़ी थीं, कुछ बैठी...कनखी से देख रही थीं, मुँह कहीं और, लेकिन तिरछी आँख हाथी पर। भूल भी जाती थीं कि क्या माँगने आयी थीं बाबा से। देर तक रुकने का बहाना खोज रही हैं औरतें, सो आपस में बतिया रही हैं। कुछ घूँघट में, कुछ सिर पर आँचल रखे... बात-बात में एक नजर हाथी पर और थोड़ी हँसी या मुस्कान चेहरे पर...फिर बात। दो-चार औरतों को तो खयाल ही नहीं...और आश्चर्य में हाथ खुले मुँह पर चला जाता। मनुष्य और पशु के बीच कितना अंतर है! पशु में लाज नहीं है। मनुष्य लाज की आड़ में सारे कुकर्म करता है। पशु अपनी पशुता के प्रति सचेत है और मनुष्य ने तो कब की हत्या कर डाली है मनुष्यता की।

हाथी को कीनाराम से कुछ नहीं माँगना था। राख हाथी का कोई भला नहीं कर सकती। यदि ऐसा भला होता तो हाथी एक बोरी राख चट कर जाता। पूरी देह में पोत लेता और इसी वक्त पा लेता अपनी प्रिया हथिनी को। मनुष्य को हाथी की जरूरत है, हाथी को आदमी नहीं चाहिए, उसे जंगल और हथिनी की जरूरत है...और यह पीपल का पेड़, जिसकी छाल और पत्ते हाथी खाता है। पीपल पर वासुदेव का निवास है—यह गाँववाले कहते हैं। वासुदेव यानी कृष्ण। गाँव के लोग नहीं जानते कि वासुदेव कृष्ण को कहते हैं, वे अलग देवता मानते

हैं—बसदेव बाबा। ऐसे देवघर से निकली डालें काट देता है महावत, हाथी के लिए। कृष्ण कुछ बिगाड़ नहीं सकते—न हाथी का न महावत का। और कीनाराम का तो प्रश्न ही नहीं। अपने घर को उजड़ता देखते हैं कृष्ण और गाँववाले बसदेव बाबा का घर। पीपल से श्रद्धा उछलकर कीनाराम और हाथी पर बैठ गयी। रोज पीपल के आगे दीप जलानेवाले, कच्चे सूत से तने को घेरनेवाले भी कान में तेल डाले हैं।...और पीपल जीवन का सबसे महत्त्वपूर्ण वृक्ष! कीनाराम के आगे असहाय! लाचार! ठूँठ होने की ओर एक-एक कदम बढ़ता हुआ।

दया का ज्ञान व्यर्थ था यहाँ। कहाँ किताबी ज्ञान, कहाँ व्यवहार! दया क्या करेंगे अपनी समझ बढ़ाकर, जब लोगों के आगे लाचार ही होना है! दया को पुस्तकें व्यर्थ लगतीं। एक वर्ष पहले वे गरुड़ पुराण पढ़े थे, अभी-अभी चन्द्रकान्ता खत्म किये हैं। दया के सारे तर्क, उदाहरण, आस्था के आगे कमर झुका लेते। घर की दस-बारह किताबें काटने दौड़तीं और लाइब्रेरी की पुस्तकें भौंकतीं। उनका मन खट्टा हो गया, मानो वे कोई स्वाद जानते ही न हों।

राख 'भभूत' बनकर घर में आ गयी थी।

प्रतिदिन बासमती को दया अपनी बाहों में भर लेते। वे मिलन की क्रियाओं के समय भिन्न-भिन्न तरकीबें अपनाते थे, कभी-कभी तांत्रिक मुद्रा भी।

'हम लोगों को थोड़ी आशा रखनी पड़ेगी, सन्तोष भी...। घर में भभूत आ गयी है। आज नहा-धोकर पूरब मुँह होकर एक चुटकी खाई हूँ।' बासमती मचलती हुई बोली।

'धत् तेरे की!...भभूत!' दया धीरे से बोले।

'देखिए, आप चुप रहिएगा। किसी का दिल दुखाने से क्या लाभ? भभूत खाने में नुकसान ही क्या है! अम्मा ने मुझसे कहा है कि मैं आपकी बातों में न आऊँ, सच्चे मन से कीनाराम बाबा का नाम लेकर भभूत खाऊँ।'

दया अपना तर्क लेकर रह गये। बासमती का जी दुखाना ठीक नहीं था। वैसे भी बिना सन्तान के स्त्री का दिमाग खुश नहीं रहता और दया बासमती को उदास नहीं रखना चाहते थे।...बासमती राख के विषय में बता रही थी जो अम्मा से सुन रखी थी कि कई लोगों को लाभ हुआ था।

गोद में बच्चे की तरह चिपटी बासमती का गाल सहलाते हुए दया ने कहा—'कल मैंने एक सपना देखा—एक राजा हाथी पर बैठा है...एक घोड़ा बैल पर बैठा है। पता नहीं कैसे हाथी राजा पर सवार हो गया। फिर बाढ़ आ गयी,... तुम तैरकर मेरे पास आ रही थी। किनारे हजारों बिच्छू थे, आपस में डंक-लड़ाई खेल रहे थे। कई तो पानी में कूदे थे। एक बिच्छू मुझे बार-बार डंक मार रहा

था। तुम जल्दी-जल्दी तैर रही थी।...एक मुर्गा मुर्गी को दौड़ा रहा था, चूजे दाना चुग रहे थे। कहीं से एक बगुला आ गया था। वह दौड़ना चाहता था, लेकिन उसने इरादा बदल दिया, वह मेरे सिर पर बैठ गया था।'

'देर तक सपने में रहे आप...।' बासमती दया का कान सहलाती बोली, मानो संकेत कर रही हो कि मेरी हरकत से तुम्हारे कान पर जूँ भी नहीं रेंगी।

'बस हो गया, थोड़ा बाकी है।' दया सपने से हटना नहीं चाहते थे—'सपना अपना रास्ता बदलता रहता।...हाँ तो सुनो—'आँगनवाला नीम का पेड़ कदम्ब हो गया है। कृष्ण बाँसुरी लिए एक डाल पर बैठे हैं। आँगन में बाढ़ का पानी घुस रहा है। पता नहीं कहाँ से भागकर कबूतर कमरे में आ गये हैं...अब वे चोंच लड़ा रहे हैं। तुम नंगी लेटी हो और मैं भी...। धीरे-धीरे बाढ़ थम गयी है, आँगन में पानी कम हो गया है,...आँख खुली तो सूरज चढ़ आया था।'

'अरे! यह सपना तो सोलह आने शुभ है जी!' बासमती पूरी तरह दया से लिपट गयी।

...बासमती की आँख बन्द थी और साँस तेज। दया की भी आँख बन्द थी। पसीने की बूँदें उग आयी थीं। आँगन से पानी निकल चुका था। सपने की बाढ़ नहीं थी...न कबूतर। घोड़े पर सवार अब बासमती और दया नहीं थे।

दया और बासमती की आँख कब लग गयी, किसी को पता नहीं था।

भभूतवाली बात घर से बाहर कोई नहीं जानता। शिवरतन और गौरा का आदेश था कि यह बात गोपनीय रहे। छोटकन को भी पता नहीं था। बासमती रोज नियम से भभूत को प्रणाम करती और खा लेती—निराहार।

सपनेवाली बात में मिर्च-मसाला मिलाकर दया उगलते रहते। दया का सपना एक कहानी बन चुका था। सपना मनोवैज्ञानिक रूप से आवश्यक हो गया था, दया के लिए। राजवंश तो सपने पर बहस करने को उतावले थे। घर, गाँव, दफ्तर...सभी मित्र दया के सपने से परिचित हो गये।

लालचन्द बाबू कह रहे थे—'सपना तो दया के हक में है। रिजल्ट अच्छा होना चाहिए।'

'दया को तो एक बच्चा चाहिए, ताकि आदमी का जनम सार्थक हो।' वंशधारी बोले।

'बच्चा तभी होगा, जब ये पढ़ना छोड़ेंगे। दिमाग से इतना सोचते हैं कि साला सेक्स मर जाये।' महेश ने चुटकी ली और बात आगे बढ़ा दी—'हमेशा

किताब-किताब किया करते हैं। यह भी कोई जिन्दगी है! पूरी किताब पढ़ने को मुझसे कोई कह दे तो बुखार आ जाये। किसी तरह किताब-कापी से पिंड तो छूटा।'

'महेश तो पाँच साल में ऐसा दाँव मारे कि तीन बेटियाँ गच्च से बाहर!' वंशधारी ने तारीफ की।

इतना सुनते ही लालचन्द को ताव आ गया—'अरे चोप्प!...मैं तो मुँह पर कह रहा हूँ कि मैं महेश को चूतिया समझता हूँ। जब देखो मर्दानगी दिखाते हैं। सीधे दया हैं; जो उल्टा-सीधा बक लें आप सब, दबोच लें। झूठी शान और मर्दानगी झाड़ लें, लेकिन भूलें न कि जितनी नॉलेज दया को है उतनी यहाँ के एसडीएम को भी नहीं है। अरे यह कहो कि हम सभी की नौकरी लग गयी नहीं तो गोबर ढोते। हें-हें करना बड़ा आसान है। दया को जब बेटा होगा तब देखना—राजा रामचन्द्र की तरह होगा। महेश की तरह नहीं कि झटपट घानी, आधा तेल आधा पानी।'

यकायक सबकी बोलती बन्द हो गयी। लालचन्द ने दया को धैर्य बँधाया—'घबराने की बात नहीं है दया! रामसखी को दस साल बाद बेटा हुआ था, महावीर को तो! तेरह साल बाद...तुम्हारे सामने की बात है।...ये सब दफ्तरी दोस्त मूर्ख हैं। इन्हें हगना तक तो आता नहीं। आप इनसे बात ही न करें। भला यह भी कोई अपराध हुआ कि 'बच्चा नहीं है'...दया से अधिक कौन 'कामशास्त्र' के विषय में जानता है? आप बहुत करेंगे तो चौराहे से थर्डक्लास की नंगी तस्वीरोंवाली अश्लील किताब लेकर आयेंगे और रामायण में रखकर पढ़ेंगे।'

महेश चुप कहाँ रहते—'हम सभी बाबू हैं, ठीक है, लेकिन दया ज्ञान बढ़ाकर कौन-सा कलक्टर हो गये?'

'बात हो रही है, लड़ाई नहीं। सिवाय बतकुच्चन के किसी को आता ही क्या है? अरे दया को कोई उपाय बताओ, हो सकता है कुछ लह जाये।' वंशधारी बचाव करते।

अब तक चुप बैठे विजय बोले—'दया कुछ माने, तब न! न जात-पात न धरम-करम। ग्रह-नक्षत्रों में विश्वास नहीं और झाड़-फूँक से कोसों दूर...न कभी किसी पंडित को हाथ दिखाये न ज्योतिषी से जन्मकुंडली जँचवाये। हम क्या कद्दू मदद करें!'

'दया को बेटा होगा तो हम पाँच किलो बेसन का लड्डू भोले नाथ को चढ़ाएँगे।' लालचन्द बोले।

'मैं महावीर जी को पाँच किलो...।' महेश ने स्वर में स्वर मिलाया।

'मैं सत्यनारायन की कथा सुनूँगा।' वंशधारी ने कहा।

'पुत्र-लाभ मैं लूँ और लड्डू-कथा आप...। आप मेरे हित की सोच में हैं, यही बहुत है।' दया को बोलने की जगह मिली–'आप बुरा न मानिएगा। शिव को ही लें तो वे कामदेव को जीतनेवाले हैं, काम फटकेगा नहीं...लेकिन वे कहाँ के काम-विजयी! पार्वती, उमा, गौरी को क्या मिलन सुख नहीं मिला था! शिव ने मोहनी को देखा तो मुग्ध हो गये, संयोग था कि विष्णु की जान बची, नहीं तो...। काम के आवेग में शिव ने क्या-क्या नाटक नहीं किया। हनुमान को ब्रह्मचारी ही मान लें, तो जिसने कभी सेक्स नहीं किया वह पुत्र-लाभ क्या देगा? हाँ, राम, कृष्ण पावर रखते हैं। धृतराष्ट्र यदि देवता-भगवान होते तो औरतें खूब मानतीं-जानतीं। सन्तानहीन औरतें खूब मनौती मानतीं। धृतराष्ट्र को सौ बेटे थे। सोचो, यदि सौ बेटियाँ होतीं तो बेचारे उनकी शादी के चक्कर में बेमौत मर जाते, और महाभारत तो होता ही नहीं। कृष्ण जैसा योगी सैकड़ों सखियों के साथ रास रचाया, जो मेरे लिए पूज्य हैं। आप गीत-गोविन्द पढ़ लें, कृष्ण का भूत उतर जायेगा। इन्द्र सेक्स के एक्सपर्ट...औरत-सुख उनका मुख्य कार्य हो जैसे! ...परशुराम ने माँ को काट डाला! इतने बुद्धिमान थे तो पिता को समझा सकते थे। पुरुष-समाज स्त्री को अपने समाज से भिन्न समझता है–सिर्फ एक वस्तु, जैसे घर का बरतन। हमारे प्राचीन पूर्वज खूब आग मूतते थे। पढ़ेंगे आप? कई चेहरे मिल जायेंगे। आदमी अपने कुकर्म छिपाता है, इसी कारण कोई कान में वीर्य डालता है, कोई वृक्ष से पैदा होता है, कोई प्रकट हो जाता है। ब्रह्मा के मुख से ब्राह्मण, बाँह से क्षत्रिय, पेट से वैश्य और पैर से शूद्र जन्मे। भला ये जगह जन्मने की हैं। प्रतीकों में बात क्यों होती है, सीधे क्यों नहीं कहते? साधारण आदमी क्या समझेगा! मैंने अपना सपना क्या कह दिया कि आप सभी मेरे ऊपर पिल पड़े।'

'देखो! और उलझो दया से! सबको बाएँ हाथ से पटक दिया। अब लगाओ दाँव!' वंशधारी बोले और सबका चेहरा देखने लगे। सभी चुप थे। सबके शब्द चुक गये थे। दया के पास तो अभी और कहने को शेष था।

विश्वास, ज्ञान और प्रेम के बीच में

'हटिए! आज छूना मना है।' बासमती के चेहरे से ही दया जान गये कि आज वह कपड़े में है। तभी ऐसा कह रही है। भभूत ने अभी काम नहीं किया, पन्द्रह दिन से वह फाँक रही है। दया को नौ वर्ष का अनुभव था। बासमती का ऐसा चेहरा अनेक बार वे देख चुके थे।

बासमती का उदास चेहरा भी गरिमामय लगता था। जब वह अपने को छिपाती थी तो उसका सौन्दर्य बोलने लगता था। सिर पर पल्लू रखकर दोनों कानों में जब फँसा लेती थी तो उसका छिपना और खुलना फबता था। गौरा और शिवरतन को यह रूप और अच्छा लगता। वे कहते—बहू हमारी पढ़ी-लिखी है।

ऋतुस्नान हो चुका था। बासमती को देख गौरा मुस्करा रही थीं, जैसे वे इसका गूढ़ रहस्य जानती हों। हो सकता है बासमती को भी पता हो आज के ऋतु-स्नान का रहस्य। स्त्री की भाषा स्त्री समझती है। मर्द की भाषा मर्द नहीं समझता। मर्द को स्त्री खूब समझती है। मर्द स्त्री को नहीं समझ पाता। संकेत समझने में पुरुष मूर्ख है। औरत जान लेती है कि सामने बैठा अमुक आदमी मेरे अंगों को देख रहा है, जबकि औरत की निगाह कहीं और होती है, वह झट आँचल ठीक करती है।

'कीनाराम की राख ने काम नहीं किया' यह कहकर मजा किरकिरा नहीं करना चाहते थे दया। ...लेकिन अभी भी बासमती का राख पर विश्वास अटल है, रोज नियम से खा रही है।

दया रोज अपने को तैयार करते। बासमती का साथ मिलता और समाधि लग जाती, जहाँ हर वस्तु शून्य...संयम-नियम ताख पर...बाल-ब्रह्मचर्य की परिभाषा सिर्फ पुस्तकों में...। यहाँ सिर्फ जोश था, दो हृदय एक थे, बासमती की सम्पूर्ण देह दया की और दया बासमती के। गर्म पानी की तासीर ठंडी और चरम बोध में दया की एक विशेष आराधना पूरी। अगली सुबह कार्य करने की नयी प्रेरणाएँ मुस्कराती मिलतीं दया को। कहीं-न-कहीं दया बासमती के विश्वास में फँसते रहते।

'केवल सन्तान पैदा करने के लिए ही वीर्य को बाहर निकालने की शास्त्र आज्ञा देता है।' दया बोले।

'लेकिन आप तो रासलीला रचाते हैं। मैं आपकी राधा हूँ!' बासमती अब तर्क करना सीख गयी थी।

'भोजन की तरह वो काम भी जरूरी है, यह भी शास्त्र कहता है। एक भूख है यह सेक्स। और वह न हो तो कोई काम ही न हो...जवानी जान दे दे, जिसको कहते हैं 'आग लगे तोहरी जवानी में।'

'आपसे मैं बहुत सीखती रहती हूँ।'

'अच्छा बताओ, भभूत ने काम किया?'

'अम्मा कहती हैं कि भभूत खाते रहना नियम से, और माहवारी से सोलह दिन गिनना।' गौरा के मना करने पर भी बासमती बोल गयी।

'औरत होने का भी बहुत सुख है—बस एक समझदार आदमी चाहिए।'

'जो आप हैं...सुख देनेवाले।' बासमती ने दया को गौरवान्वित किया।

'औरत को एक और सुख चाहिए–सन्तान-सुख।'

बासमती सोचने लगी–लगता है इन्हें भी सन्तान को लेकर तनाव हो रहा है, इसीलिए आजकल ईश्वर के मामले में नरम पड़े हैं।...कृष्ण रास रचाते थे, अपनी सखियों के साथ...तो क्या सभी सखियाँ बेटे की इच्छा करती थीं? इन्द्र ने क्या बेटे के लिए अहिल्या से बलात्कार किया था? रावण का सीता को मनाना क्या पोथी की आज्ञा थी, क्या रावण या सीता पुत्र चाहते थे? विश्वामित्र, अगस्त्य ने कभी पुत्र चाहा। क्या शूपर्णखा बेटे की चाह में राम के पास आयी थी? सभी मौज मारना चाहते थे। दया ने खूब सुख दिया है। मेरा बस चले तो एक साल का बच्चा दया की गोद में धर दूँ।

'चुप हो गयी? मेरी बात से दुख पहुँचा? या पेट फुलाने की बेचैनी है?'

'चुप रहिए, मजाक मत करिए।'

'बड़ी आस जगी है! लगता है कि कीनाराम बाबा पर पूरा विश्वास है। ...कोई शंका हो तो मुझसे समाधान करवा लो। शंका प्रेम की हत्या कर देती है। मैं तो अब सन्तान के लिए 'शिव-शिव' भज रहा हूँ।'

बासमती अपने सोच में थी। कभी दया को सुनती, कभी किसी देवता को स्त्री के साथ देखती–खेलते, हँसते, सम्भोगरत...नाचते।

दया पुनः बोले–'मेरे घर में औरतों की पूजा होती है बासमती! देवता बिना बुलाए रहते हैं, फिर पूजा-पाठ और राख-भभूत की क्या जरूरत! देवता तो स्वयं जानते हैं कि बासमती को क्या चाहिए और सुनो देवता वहीं क्यों रहते हैं जहाँ औरत रहती है।'

'जीये आसा, मरे निरासा।' बासमती बोली तो, लेकिन मुहावरा।

'आस पराई जो तके जीवत ही मर जाये।' दया का उत्तर था।

'मैं पराई आशा पर विश्वास नहीं करती और भभूत मेरी है, मेरे लिए मँगाई गयी है। कभी कोई दवा पराई होती है? कीनाराम बाबा भी अम्मा-बाबूजी के लिए पराए नहीं हैं...और मैं तो बस आपके प्यार के भरोसे जीती हूँ। मेरा प्रेम सच्चा है। हम दोनों प्रेम में कोई लड़ाई नहीं हारी है।'

'चलो मान लिया कि राख तुम्हारी है, मतलब भभूत, लेकिन क्या मैं इधर बीच कुछ खास सेक्सी मूड का हो गया हूँ? मेरे दोस्त मुझमें कुछ और देखने लगे हैं। दोस्त तो और भी कहते हैं...।'

'क्या कहते हैं?'

'कहते हैं कि 'दया ने भरपूर औरत का सुख लिया है। जब तक बच्चा न

हो, औरत टनाटन रहती है। हमारी औरतें तो जल्दी-जल्दी बच्चा निकालकर बुढ़ा गयीं। सब बर्बाद हो गया...ससुरी जवानी का मतलब खत्म हो गया।'

कुछ ठहरकर दया बोले–'बासमती! यहाँ सेक्स की पढ़ाई का अभाव है। बच्चा बड़ा हो जाता है, उसे ठीक से शिक्षा नहीं दी जाती, वह अप्राकृतिक सेक्स का शिकार हो जाता है। जानने की जिज्ञासा में अपना क्रीम-समय बर्बाद करता है। हर आदमी के लिए सेक्स के मर्म को जानना बहुत जरूरी है। इसी पलभर के सुख पर पूरी दुनिया ठहरी है।'

'हमारा बच्चा हुआ तो इसके बारे में ठीक से बताएँगे।'

'वह तो बताएँगे ही, लेकिन हमारा बड़ा स्वार्थ क्या पुत्र नहीं है? बेटे के जरिए से वह लोक-परलोक, धन-सम्पत्ति और सहारे की तमाम बातें सोचकर अपने हित में सोचता है। पुत्र न हो तो हम ढीले-ढीले...कि क्या करेंगे ये-वो। मनुष्य, धर्म में स्वार्थ लिए बैठा है। मोक्ष पाना क्या स्वार्थ नहीं है? मान-मनौती तो तुम देख ही रही हो।'

'आप कभी-कभी न समझनेवाली बात करते हैं।'

'अच्छा लो! कह रहा हूँ कि तुम गर्भवती होगी। मुझे विश्वास है राख पर। यह देखो! मैं साहस बटोर रहा हूँ, ये नये-नये प्रयोग हैं...अब क्या मजाल कि बीज न ठहरे! मुझे तुम्हारे औरत पर सन्देह नहीं है, अपनी मर्दानगी पर भी नहीं। क्या तुम्हें है कोई शंका?...तो बोलो!' 'कैसी बात करते हैं आप! सन्देह क्यों होगा?' बासमती का माथा सिकुड़ गया।

'अब मिलने के वक्त ओ३म् नमः शिवाय कहा करूँगा।'

...बासमती को लगा था कि वह एक गहरी झील है, दया डूब रहे हैं... भरपूर। वह एक झरना है और दया दूर तक बहे चले जा रहे हैं।...और कभी आहिस्ता बहती नदी, जिसका किनारा छूने की ओर बढ़ रहे हैं दया!...वह एक पर्वत है जिस पर चढ़ रहे हैं वे और कभी-कभी थककर सुस्ताने की जगह खोज रहे हैं। हरे-भरे जंगल में आग से धधकते दया के दिमाग में केवल वह है...अरे यही है बासमती! उसके ऊपर पानी पड़ रहा है, वह झुक गयी है...कभी मुँह ऊपर कर सीधे खड़े होकर उरोजों को तान रही है। दया छूने की कोशिश में हैं।

दया चले थे लड़ाई लड़ने। अपने विचारों की लड़ाई। उन्हें लगा कि वे मुख्य लड़ाई हार रहे हैं। दया कारण जानकर भी करते क्या! वे अपने जाल में बुरी तरह फँसे थे, अपनों से पराजित होकर। दया सिर्फ प्रेम में विजयी थे।...दया का ईश्वर मजबूरी में जनम गया था और ऐसे पीछे पड़ा था जैसे शुगर की बीमारी। दया ने देखा था कि आँगन के एक कोने में पेड़ की छाया पड़ रही है। चाँदनी रात की

उस छाया में उन्हें कभी शिवलिंग दिखाई देता, कभी विलास करते शिव-पार्वती और साफ चाँदनी में छाया के बाहर उनके दूत खड़े पहरा देते। मानो कह रहे हों—'प्रभु रास रचा रहे हैं! वहाँ जाने की मनाही है।'

प्रतीक्षा चाहे जिसकी हो, चैन नहीं लेने देती, दिन नहीं कटता। बीस-पच्चीस दिन बाद ही पता लगेगा कि बासमती कपड़े से हो गयी या नहीं। ये पच्चीस दिन तो जैसे पिछले आठ-नौ साल। प्रतीक्षा दया के सिर पर इस कदर सवार हुई कि रोज पूछते 'माहवारी आ गयी क्या?' बासमती उनकी बात पर हँसती, 'अभी आठ दिन हुए हैं।'...एक माह की प्रतीक्षा इतनी लम्बी होगी—दया सोच नहीं पाते। दया की तरह बासमती का भी यही हाल था। वह रोज अपना पेटीकोट निहारती कि कहीं खून तो नहीं लगा?...दिन करीब आते ही गौरा भी बासमती पर नजर रखने लगीं। उधर शिवरतन कान लगाए थे। छोटकन को कोई फिक्र नहीं थी। उसे ठीक से कुछ ज्ञात नहीं था, बस इतना समझता था कि घर में कुछ खास चल रहा है। आखिर सबके कान क्यों खड़े हैं?

और वह दिन आ गया, वह तारीख जिसकी प्रतीक्षा थी। लेकिन सब ठीक-ठाक। पूरे दिन बासमती अपना पेटीकोट निहारती रही, हर घंटे। दया कुछ पूछ नहीं रहे थे आज, सिर्फ बासमती का चेहरा देखकर 'कभी हाँ, कभी ना' का अन्दाजा लगाते। बासमती भी खूब थी—कभी खुश होती, कभी उदास। गौरा को तो विश्वास था, लेकिन वे भी कभी-कभी पूछ बैठतीं, 'बासमती, तबीयत कैसी है?'

पूरा दिन कुशल से बीत गया। दया और बासमती में कोई बातचीत नहीं हुई। रात में दोनों चुप लेटे थे। नींद किसी को नहीं आ रही थी। बासमती जब कभी पेशाब करने उठती तो गौरा पूछतीं, 'बहू, क्या बात है?' दया चुप साधे रहते। गौरा भी जाग रही थीं तो दया कैसे बोलते रात में!

और...एक, दो, तीन, चार दिन बीत गये। बासमती उदास नहीं हुई। दया की बेचैनी कम हो गयी थी। मुस्कान जाती न थी, न दया की न बासमती की। गौरा तो मानो किसी मेहमान के स्वागत में कोई काम कर रही हो। दया कभी आँगन में, कभी घर की कोठरियों में, कभी बाहर सड़क पर और कभी झोपड़ी पर...। प्रसन्नता अड़ाती न थी, फिर भी शिवरतन को दया बता नहीं सके कि बासमती...। जब गौरा ने बताया तो शिवरतन मारे खुशी के देर तक दाँत निकाले रहे—'भभूत का कमाल है गौरा' कहते तो गौरा दुहाई देने लगती—'हे कीनाराम बाबा, लाज रखिलो हमार! अब तोहरे आसरा बाबा, जै हो बाबा!'

दया ने प्रेम का मूल्य वसूल लिया। दया और बासमती के प्रेम की चर्चा पूरे गाँव में थी। बासमती के पेट से होने पर प्रेम शक्ति के रूप में प्रमाणित हो गया। दया को अपनी ताकत पर गर्व था और बासमती को अपनी कोख पर। दया अपनी जाँघ ठोकते, मुसुक निहारते, छाती फुलाकर अपनी शक्ति का अनुमान करते। बासमती अपना पेट निहारती, स्तन सहलाती, वजन जानने की कोशिश करती। कभी-कभी योनि पर भी ध्यान जाता। उसे भी अपनी स्त्री-ताकत पर गर्व हो रहा था।

बासमती बची राख पोटली बनाकर रखने के जुगाड़ में थी।

'अब यह राख क्या होगी?' दया ने पूछा।

'इसे सहेजकर बक्से में रखूँगी, अम्मा ने यही कहा है।' बासमती बोली।

'यह किसी के काम तो आ जायेगी, जिसको सन्तान नहीं है उसे दे दो।'

'यह कोई दवाई नहीं है कि किसी को बुखार हो तो क्रोसीन खिला देना।'

'तुम तो यही कह रही थी कि यह दवा है?'

'वो तो है, लेकिन यह प्रसाद भी है बाबा का। यह केवल मेरे लिए है। इस पर मेरे नाम की फूँक मारी होगी बाबा ने।'

'अब इसका कोई काम नहीं है तो इसे फेंक दो।'

'इसे तो जीवनभर रखूँगी।'

दया हारते जा रहे थे। कभी अम्मा आ जातीं, कभी बासमती तो कभी शिवरतन या और कोई, जहाँ दया बेबस हो जाते।

बासमती अब 'तुम' में नहीं रही 'आप' हो गयी। दया सम्मानित ढंग से बासमती को आप कहते। गाँव में शोर हो गया, 'अपनी औरत को दया खूब मानता है, माई की तरह। अब तो वह औरत को 'आपजी' कहता है।'

गौरा अनुभवी थीं—चार बच्चों की माँ। दो बच्चे पैदा होते ही गुजर गये थे। उन्हें गर्भ-काल की सावधानियों, अनुभूतियों-संवेदनाओं का अनुभव था। बासमती को भारी काम करने की मनाही थी। बाल्टी उठाना तो बिल्कुल मना था। काम इतना कि बच्चा ठीक से हो, तकलीफ न हो।

छोटकन की समझ में आ गया था कि भाभी के पेट में बच्चा है। हमेशा अपनी भाभी की मदद हेतु आगे-पीछे घूमता रहता। शिवरतन गौरा से बासमती का हाल पूछते। सबकी नजर बासमती पर।

दया की हालत तो छोटकन से भी बढ़कर थी। वे प्रेम की ऊँचाई तक जा चुके थे, जितनी उनकी औकात थी और खूब प्यार उँडेलना चाहते थे। इसी सोच में रहते कि कैसे करूँ व्यवहार कि पिछले प्यार के सारे रिकार्ड टूट जायें?

लेकिन वे पीछे रह जाते। वे चाहते थे कि रोज बासमती के पैर दबाएँ। वह उन्हें माँ लगती थी, अपनी माँ...आखिर किसी न किसी रूप में वे ही तो थे पेट में। सम्बन्धों में प्रेम प्रगाढ़ होता था तो कहीं प्रेम पूज्य होकर श्रद्धा का स्थान ले लेता था।

बासमती जब घर से बाहर निकलती थी तो स्त्रियाँ घेर लेतीं। चाची तो पीछे पड़ी थीं। न काम न धाम, बस बासमती को ताकतीं कि कब बाहर निकले और मजा लिया जाये।

'किस ओझा-फकीर से फुँकवा-झड़वा आयी हो, हमें तो बताओ?' चाची के चुभते शब्द थे।

'यह सब संयोग की बात है चाची!' बासमती कम बोलती।

'हाँ भई, तुम लोग के घर की खिचड़ी दूसर का जाने!...बाकी बच्चा खातिर तो कौनों करम से चूके के ना चाही। हम त कहत हैं कि दूसर मरद भी मिले तो...। हाँ, केहू जाने-देखे न!'

'ऐसा परिवार मेरा नहीं है चाची!'

'घर के बात घर में रहे, कोई तुमसे सीखे। तुम सब घरभर तो बुद्धीमाने हो। लेकिन हमसे बतावे में कवनो हरज नाहीं बसमतिया। हमसे कसम किरिया खिवाय ले। हम कब्बों केहू से जो कुछ कहि दें तो भगवान हमार उड़ास करि दें। चल बता दे कि कवन मरद, डकटर देख-सुन के दवाई देई दिया कि तू पेट से होइ गयी...अरे सुन रे! बहुते बाँझ हई गाँव में, तोके जस मिली बसमतिया।'

बासमती, चाची की मूर्खता पर मुस्काती। उसकी मुस्कान से चाची को शक होता कि कोई गूढ़ बात है जो बासमती बताना नहीं चाहती। दूसरी स्त्री होती तो चाची से लड़ बैठती। खूब होती झोंटा-झोंटी।

पत्थर पर दूब जमीं कैसे, गाँव में यह दया से पूछा जाने लगा था।

दया के प्रेम ने अपना रास्ता थोड़ा-सा मोड़ दिया था। वासना थोड़ी किनारे खिसक आयी थी। प्रेम के आनन्द का स्वाद थोड़ा बदल गया था। अब वे होनेवाली सन्तान के नाम को लेकर घंटों तकरार करते रहते। सेक्स का ध्यान जब आता तो दया को मित्रों की बात याद आती—छः महीने तक तो आप सुख ले ही सकते हैं। हर अंग के तनाव का अजीब सुख मिलता है। थोड़ा ध्यान देना होगा कि जोर-आजमाइश न करें। शान्ति से...दिमाग से की गयी क्रियाएँ आनन्द देती हैं। और मनुष्य का जन्म पाए हैं तो अन्य सुखों से वंचित क्यों रहे? यह तो नहीं कहने को रहेगा कि मैं यह अमुक स्वाद नहीं जानता। छछूँदर का जनम छुड़ाना भी तो जरूरी है।

दया को यह सब व्यर्थ लगता। कैसा पुरुष-मन है कि अपने सुख-आनन्द के लिए कहानियाँ तो गढ़ी ही, मुहावरे भी ईजाद कर लिए हैं। कैसी शिक्षा है कि सिर्फ वीर्य-स्खलन हो जाये किसी तरह। स्त्री की भरपूर भागीदारी, सोच और स्वीकृति का कोई अर्थ नहीं। दया को तो लगता कि वे सचमुच बासमती के पेट में उकड़ूँ बैठे हैं...इधर-उधर चलकर अपने होने का पता बासमती को दे रहे हैं। कभी उन्हें लगता बासमती छोटी-सी बच्ची है, जिसकी देखभाल जरूरी है। 'देखो तो चादर फेंक दी!' यह कहते दया बासमती को चादर ओढ़ा देते और सिर पर हाथ फेरने लगते।

दया को बासमती का चेहरा सुर्ख लगता। लाल-लाल गाल सहलाने को जी चाहता। नितम्बों पर हाथ फेरते तो साँस रुक जाती। एक अच्छा-सा आकार, जिस पर टिक जाते दया...और घुंडियाँ तनी-तनी। दया को लगता कि सीमा लाँघ जायेंगे, लेकिन साँस रोककर उत्तेजना शान्त करते और 'ओइम् नमः शिवाय' कहकर अपने को बचा लेते। उन्हें डर था कि गर्भ-मुख पर थोड़ी-सी चोट भी घातक हो सकती है।

प्रथम वर्ष

'अम्मा! चन्दू का सिर बहुत बड़ा है?' दया ने आश्चर्य से पूछा।

'छोट बच्चन का सिर बड़ा होत है!...सिर बड़ा सरदार का, गोड़ बड़ा कंगाल का।' गौरा जवाब देतीं।

'अम्मा, मेरा तो पैर ही बड़ा है!'

'तो का हुआ? तोहरी बुद्धी तो तेज है। गाँव में तुम्हरे जैसा कोई है का? 'माय गुन गाय, पित गुन घोड़। बहुत नहीं तो थोड़हि थोड़।'

गौरा और दया की बात पर बासमती हँसती। जब गौरा घर में न होतीं तो दोनों खुलकर बातें करते, जो गौरा के मुँह पर कर नहीं सकते थे।

'चन्दू का सिर बड़ा था, इसलिए अस्पताल की दाई जोर लगाने को कह रही थी।' दया बोले।

'पता नहीं...लेकिन मैं जोर लगा रही थी।' बासमती ने कहा।

'हिम्मत बाँधकर, साँस रोककर पूरा दम लगाया न!'

'जीने-मरने पर आता है तब कुछ दिखता है क्या?'

'मुझे याद है, मैंने सब सुना था और खुद पेट दबाकर जोर लगाने लगा था। मेरी जाँघिया खराब हो गयी थी।'

बासमती ठहाके मारकर हँसने लगी।

'तुम हँस रही हो! मेरे बाकी समय की स्थितियाँ जान लोगी तो जीवन-भर हँसती और सोचती रहोगी।'

'बात ही ऐसी कर रहे हैं आप! कहीं कोई मर्द ऐसा करता है?'

'तुमने जानवरों को बियाते देखा है?'

'एक-दो बार छिप-छिपकर देखा है।'

'मैंने ठीक से देखा है। जब जानवर बच्चा देता है तो पहले खुर निकलता है, किसी-किसी का सिर। सिर निकल जाये तो बाकी देह तो सरकती चली आती है।'

'मेरी तो जान ही निकलने वाली थी कि रुक गयी। जैसे ही चन्दू बाहर निकला, जान लौट आयी।'

'देवता कभी पैर से पैदा हुआ? नहीं न! आदमी जो पैर से पैदा होता है, वह पीठ या गरदन की चमक पैर से रगड़-रगड़कर झाड़ता-फूँकता है। क्या सिर से पैदा होनेवाला अपना सिर पीठ पर रगड़कर झाड़ नहीं सकता?'

दया की बात बासमती पहले गम्भीर होकर सुनती थी। अब हँसती है।

विश्वास बड़ी दुर्लभ वस्तु है, जल्दी मिलती नहीं, किसी को ठीक-ठाक। प्रगति के लिए तो विश्वास बनाना जरूरी है। लेकिन आस्था का विश्वास, आडम्बरों, रूढ़ियों और परम्पराओं का विश्वास दया के गले नहीं उतरता। दया एक ऐसे विश्वास की कल्पना में रहते, जहाँ सभी चित्र साफ हों और मीन-मेख कोई न निकाले—बिल्कुल सत्य, प्रमाणित चौबीस कैरेट खरा।

'दया की माई!...हे गौरा! कोई है नाहीं का घर में?' रामअवतार पाण्डे साँकल बजा रहे थे।

'देखो तो दया, पांडे हैं का?' गौरा ने दया से कहा।

दरवाजा अन्दर से बन्द नहीं था। जब तक दया जाते, रामअवतार बोलते घर में घुसे—'कहाँ हो?'

'आवैं पंडी जी, अँगने में बइठे हैं...आवैं बइठैं।'

'अरे का दया की माई! हद हो गयी! बरही बीत गयी और तुम चुप्पी साध गयी। न दान-दछिना, न बताशा-मिठाई। बच्चा होते लोग हमारे हियाँ आय के पोथी-पतरा देखवावत हैं, नहाए-धोए...बाल धोए की साइत जँचवावत हैं। तुम तो मौन साध गयी। अरे ई दया तो आर्यसमाजी है, का भरोसा इसका!' रामअवतार बैठते ही आने का कारण बिना पूछे बताने लगे।

'जौन चला आ रहा है पंडी जी, ओह्में नाहीं-नुकुर कइसन! दया चाहे जौन समाजी हो, बाकी जौन चला आवत है वोके माने के पड़ी।'

'हमारे देखे में तो दया की बड़ी छीछालेदर है। समाज से कटके रहना कवनो अच्छी बात नाहीं गौरा। गाँव मानता है कि दया जानकार है। हमहूँ मानते हैं। लेकिन ई कौन ज्ञान कि बेटा हुआ, फिर भी न हवन न पूजन, न कथा–बारता, न पर-परसादी। हमको कवनों लालच नाहीं गौरा! शिवरतन बचपन के लंगोटिया यार हैं, तब हम एतना ध्यान देते हैं तुम्हारे घर पर। कहो तो ग्रह-नक्षत्र देख लेवें, जनमकुण्डली बना देवें।'

'बात पैसे की नहीं है चाचाजी! बात है मन बैठने की।' दया ने साफ-साफ कहा।

'देखो दया, हम भी थोड़ा-बहुत पढ़े हैं, समझत-जानत भी हैं। ई आर्यसमाजी पंडितन की खूब बुराई करत हैं।' रामअवतार भी स्पष्ट बोलते थे–'पंडित एक ऐसी जात है बेटा, कि तोहार धरम-करम पाँच रुपया और एक पाव आटा-पिसान लेकर निबटा दे, लेकिन आर्यसमाजी अपना मेहनताना रेट से लेता है। हमारे यहाँ जैसा जजमान, वैसा दान।'

'बात छोड़ दया, पंडीजी को गुड़-पानी तो दे।' गौरा डाँट रही हैं दया को।

'दया को मन बइठावे दो गौरा। हमको तो विश्वास है अपने देवी-देवता पर, पोथी पर और अपने जजमान पर।'

'ईश्वर में विश्वास'...शायद मनुष्य का बहुत बड़ा हिस्सा अपने कब्जे में कर रखा है इस विश्वास ने। ईश्वर से ग्रन्थ भरे पड़े हैं। ईश्वर के सहयोगी उपकरण ईश्वर के खिलाफ सुन नहीं सकते, जान देने पर तुले हैं। आलोचना चाहे जिसकी हो, सुननी-पढ़नी चाहिए। बिना आलोचना के ज्ञान का अर्थ नहीं। कम से कम दया के घर में कमोबेश आलोचना सुनी तो जाती है, यह दया के कारण है। दया के घर में 'ईश्वर में विश्वास' का गला भी नहीं घोंटा गया। सब बर्दाश्त करते हैं–कभी दया, कभी गौरा-शिवरतन। कम से कम आलोचना सुनने की ताकत तो आयी। यही हाल दया के बाहरी जीवन में भी है।

रामअवतार पाण्डे घर आकर बैठे थे। अब तरह-तरह के उदाहरण, परिभाषाएँ सुनाएँगे, बे-सिर-पैर के। दया को लगा कि उनके किये-कराए पर क्षण-भर में पानी फिर जायेगा। पूरा घर ईश्वरमय हो गया है। और यह सब चन्दू के कारण था।

'बालक से बड़ा ईश्वर कोई नहीं है।' रामअवतार ने पोथी खोल ली है–'बड़ा भाग्य लेकर जन्मा है बालक।'

दया चुप, सारी क्रियाएँ देख रहे थे। दया की मुस्कान में व्यंग्य था और गौरा की मुस्कान में प्रसन्नता। बासमती सामान्य थी। रामअवतार ने एक सादा

कागज निकाला और पहले 'श्री गणेशाय नमः' लिखा, फिर आड़ी-तिरछी रेखाएँ खींचकर वर्ग और त्रिभुज बना लिए और उनमें कुछ लिखे—गिनती और अक्षर। रामअवतार के मुँह से निकला 'हूँऽऽ'

'का है चन्दू के भाग में पंडी जी? सब ठीक है कि कवनो भेड़-खोंच? नाम करेगा न?' गौरा पूछतीं।

रामअवतार ने हाथ के इशारे से गौरा को चुप कराया और गम्भीर मुद्रा में सोचने लगे। थोड़ी देर चुप्पी छाई रही।

रामअवतार पोथी देखते, कभी आड़ी-तिरछी रेखाओं वाला कागज...फिर बोले—'ऐसा बालक तुम्हारे परिवार में कभी नहीं भवा गौरा! जनम की राशि कन्या है। साफ-सुथरा और विचारवाला होगा, बहुते भावुक...यानि कि तुरन्ते पसीज जावेगा। स्वाभिमानी बालक है यह, पूजा-पाठ भी करेगा। धार्मिक विचारों का अंक मिल रहा है। कब हुआ बिफै को न!...तो बृहस्पति स्वामी है, मतलब बुद्धी श्रेष्ठ होगी।'

रामअवतार तिरछी नजर से दया को देखते हैं और दया रामअवतार की निगाह पढ़ लेते हैं। दया सोचते हैं कि इस पाण्डे से तो मैं अधिक जानता हूँ। पाण्डे बहुत चालाक गुरु हैं। शुभ-शुभ बता गये और विपरीत छोड़ दिये। कौन विषवमन करने का जोखिम उठाए? जन्मा है पुत्र और राशि है कन्या। वह भौतिकवादी भी होगा और आस्थावान भी। यदि ऐसा हुआ तो मेरे विचार बेटे से मिल पाएँगे? विचारों को लेकर बाप-बेटे में वाक्‌युद्ध होगा। वैसे भी पुरुष का मस्तिष्क आक्रमणकारी होता है। कहीं धावा बोल दिया चन्दू ने तो? लेकिन कन्या राशि वाले आक्रमण करना या देखना पसन्द नहीं करते।...खुदा न करे कि ऐसा हो। मैं किस खेत की मूली हूँ! ...कोई जन्म से लड़ाकू नहीं होता। संसार के हर प्राणी का युद्ध करना प्राकृतिक गुण है यदि जान पर बन जाये। ...और चन्दू तो गुरु है। गुरु की आकृति लम्बी और स्थूल होती है, कफ-प्रधान रहेगा। गुरु की धातु चर्बी है...धत् तेरे की! रामअवतार कह रहे थे कि चन्दू अन्न खाने लगे तो पुखराज पहनाना ठीक रहेगा। रामअवतार को क्या पता कि पुखराज का प्रभाव तीस वर्ष तक रहेगा। अरे! चाँदी भी गुरु के हिस्से में है। ...जन्मकुण्डली के हिसाब से चन्दू को मीठा ज्यादा खाना चाहिए, पंडित जी की तरह। स्वस्थ और प्रसन्न रहेगा, परन्तु हेमन्त में कष्ट होगा। मुझे तो जाड़ा सताता है, निहुर जाता हूँ। चन्दू की राशि भले कन्या है, लेकिन गुरु पुल्लिंग है। भला हुआ यह गुरू स्त्रीलिंग नहीं हुआ, नपुंसक होता तो भगवान ही मालिक था। ...गुरु का पूरा आकाश होता है, चलो इतना काफी है मेरे सन्तोष के लिए। ...रामअवतार

पांडे तो गौरा, बासमती को खुश कर ही गये हैं। बदले में पांडे को मिला सिर्फ इक्कीस रुपया और उनके खाने-भर आटा, दाल, चावल, नमक...।

'चन्दू सवा महीने का हो गया। गोल-मटोल होता जा रहा है। पहचानने भी लगा है।' चन्दू को बासमती का दूध पीते देख दया कहते हैं—'दूध पीता है तो यहाँ गुदगुदी होती है?' दया का संकेत दूध की तरफ था।

'शुरू-शुरू में बहुत होती थी...बड़ा खींचता है चन्दू...और यह अपना हाथ यहाँ से हटाइए।' बासमती दया का हाथ हटाती है।

'गुदगुदी तो मैंने खत्म कर दी थी।'

'गुदगुदी जल्दी जाती नहीं। मुझे तो और लगती है, अँगुली देखकर हँसने लगती हूँ।'

'मुझे लगता है कि तब एक पत्नी की गुदगुदी थी और यह माँ की गुदगुदी है।'

दया अपना वक्ष छूते-टटोलते आकार मापते थे, 'खूब दूध भरा है!' मुँह से निकला था।

दया बासमती का दूसरा स्तन पकड़कर उसकी घुंडी चन्दू के मुँह को लगाते और अपना मुँह सटाकर दूध पीने का अभिनय करते। चन्दू साँस खींच-खींच दूध पी रहा था। चन्दू का ध्यान दूध पर और दया का बासमती पर।

'अभी चार-पाँच महीने ठीक से रहिए।' बासमती दया के मन का भाव समझ गयी—'दूध के दाँत निकलने के बाद ही...।'

'मैं तो यह कहने आया था कि हम लोगों का किया-धरा बेकार नहीं हुआ।'

'इसे आप कई बार कह चुके हैं। मैं औरत हूँ, आपके मन की बात जानती हूँ।'

बासमती जानती थी कि स्त्री के रहते पुरुष कितना धैर्य रखेगा। और दया थे कि धैर्य को ऐसे बाँध रखे हैं जैसे नागफाँस, और सन्तोष तो मानो ठहर गया हो गेंडुरी मारकर।

'का होइ रहा है बासमती?' गौरा घर में घुसती सीधे बासमती की तरफ बढ़ती हुई बोलीं।' दया को देखते ही वह समझ गयीं कि दया बासमती के दूध को निहार रहा है।

'माँ निर्माता है' दया बार-बार सोचते हैं—'तो पिता क्या सेक्स-सुख तक की सीमा में है। शिशु का माँ के दूध से सम्बन्ध कितना गाढ़ा है! शिशु पिता पर

छोड़ दिया जाये तो वह क्या पिलाएगा? माँ के दूध का कोई विकल्प नहीं है। पिता को दूध उतरना चाहिए, माँ के दूध का आधा हिस्सा तो होना ही चाहिए। वह निर्माता बन सकेगा, माँ का भार हल्का कर सकेगा। ईश्वर को कोई उपाय करना चाहिए कि पुरुष को दूध हो—खूब दूध भरा हुआ। एक बड़ा फायदा तो यह होगा कि वह बलात्कार करने से डरेगा, कहीं दूध उतर गया तो पकड़ा जायेगा। और भी तमाम तरह के सुख हैं, जो स्त्री-पुरुष दोनों ले सकते हैं।'

बासमती माँ बन गयी है। बच्चे के लिए उसे खुद खाकर दूध बनाना है। वह उर्द की दाल, दूध, हॉरलिक्स, चना खूब खाती है। डकार लेती है तो लगता है कि सौ ग्राम दूध बन गया। बासमती की लाज भी खत्म हो रही है। उसकी बात में ढीठपन है। वह पुराने ढर्रे पर नहीं है। दया का इस समय बासमती पर बहुत प्यार बढ़ गया था। लेकिन वैसे ही थे,—जैसे कोई बैल सानी-पानी से भरी नाँद के पास जोर मारकर भी न पहुँच पाए और डाँय-डाँय करता रहे।

'चन्दू का नाम रखि जात तो ठीक होत।' गौरा बोली, 'छठा महीना लग जाय तब चटावन होई जात। चटावन के बाद इनसान में गिनती होत है।'

'अम्मा, कहो तो नाम रख दूँ?' दया बोले।

'चुप! अइसे नाहीं रे!...सतनरायन के कथा के बाद, भाई-पट्टीदारन को भोजन भी...!'

'कुछ भी करोगी, नाम ही तो रखा जायेगा। लो सावन में हुआ है तो 'रिमझिम प्रसाद' नाम रख लो।' दया हँसे।

दया की एक भी बात गौरा नहीं मानीं थीं। बिना विज्ञापन के किसी पुरुष का जीवन व्यर्थ है। पशु-पक्षी भी विज्ञापन के भरोसे जीवन चला रहे हैं। चन्दू का विज्ञापन होना जरूरी था। गौरा ने काम शुरू कर दिया था...अनजाने ही सही।

बासमती ने चन्दू को दूध पिलाकर लिटा दिया था। वह गौरा के पास आ गयी थी।

'अम्मा! चन्दू किस पर गया है?' बासमती पूछती थी।

'रंग तोहार, देह तोहार, मुँह पूरा-पूरा दया को पड़ा है।' गौरा ने चन्दू को निहार कर कहा।

'लेकिन बच्चा तो माँ पर जाता है और पिता का दिमाग पाता है।' दया बीच में कूदे।

'अब तू चुप्पे रह दया! बहू से बतियावे दे। जाके आपन किताब पढ़-लिख।' गौरा दया को हटाना चाहती थीं।

बासमती गौरा खूब बतियाईं। कभी चन्दू को लेकर, कभी दया, कभी

छोटकन की सम्भावित शादी और तमाम नाते-रिश्तेदारों की घटनाएँ। घर की स्त्रियाँ अपना दिन ऐसे ही काटती हैं।

संस्कार कितना जरूरी है यदि आडम्बर न हो! संस्कार एक अच्छा नागरिक बनने में सहयोगी है। लेकन तमाम शिक्षाओं, संस्कारों, धर्म-साहित्य के लगे रहने के बावजूद हम अनैतिक, अपराधी, सनकी क्यों हो जाते हैं? खोट कहाँ है? ...अब सत्यनारायण कथा। वाह रे! ...कथा!!...हम सत्यनारायण की कथा सुननेवालों की कथा सुनते हैं तो सत्यनारायण की असली कथा? ...रामअवतार पाण्डे से एक बार दया ने पूछा था तो वे ऐसे भाग खड़े हुए जैसे गेहुँवन साँप देख लिया हो।

दया ने गर्भाधान संस्कार किया था—दस वर्ष तक। गर्भाधान की क्रिया सफल हो इसके लिए दया पौष्टिक आहार लेते, योग करते। मन-मस्तिष्क साफ रखते। कोई अनिष्ट विचार नहीं आने देते। मित्रों ने खूब कहा 'शराब पीकर जाओ तो मजा आता है, भाँग से आकाश में उड़ने जैसा। गर्मी में ताड़ी भी मजा देती है, आसाढ़-सावन की ताड़ी तो गाढ़ी और भरपूर नशा करनेवाली, पियो तो इंगलिश फेल।' लेकिन दया वंचित। वे अपने अंगों की सफाई ऐसे करते जैसे वही उसका सब कुछ हो। सेक्स की नजर से किसी स्त्री को देखा-छुआ तक नहीं। हाँ, दया गर्भाधान के लिए वेदमंत्रों की उलझनों से दूर थे। जब भी कुछ किया, पुत्र की कामना से किया।

दया को क्रिया से मतलब था, नाम और दिखावे से नहीं। जब चन्दू बासमती के पेट में था तो खूब देखभाल होती थी चन्दू की। छोटकन पीछे पड़ा रहता था। दया को यह भी ध्यान था कि उसका कोई अंग पीड़ित न हो। ...चौथे माह में भ्रूण जब आकार पा गया तो दया ने बासमती को नख से केश तक खूब सहलाया-सँवारा। मीठी-मीठी बातें कीं, महापुरुषों की कहानियाँ सुनाईं। प्रसन्नता के सारे उपाय किये। नियमित दो घंटा चला जाता, एक अच्छे जीवन की ललक में। दया प्रारम्भ से ही सचेत रहना चाहते थे कि आगे की लड़ाई आसान हो सके और यह कहने को न रहे कि फलाँ काम छूट गया, नहीं तो...।

'चन्दू जब पैदा हुआ तब खूब सफाई हुई थी। बासमती को देखकर नहीं लगता था कि बच्चेवाली औरत है। चन्दू भी नहा-धोकर टंच था। डॉक्टर की सलाह से पूरी व्यवस्था की गयी। ...बाबूजी को केवल मूँछें ऐंठना है और छोटकन को उछलना-कूदना। अम्मा नामकरण और चटावन तक जानती हैं। दया सोचते कि 'संस्कारों की शिक्षा उचित और सही, वैज्ञानिक होनी चाहिए। शायद प्राचीन

काल से ही ये संस्कार हमें अपना सही रूप नहीं दिखाते। संस्कारित कृष्ण विवाह के पूर्व रास क्यों रचाते हैं? दुर्वासा को बात-बात पर क्रोध क्यों आता है? क्रोध एक दोष है...काम, क्रोध, लोभ, मोह। ठंडे दिमाग की दुहाई देने वाले ऋषियों में क्रोध कैसा! क्या ऋषियों को संस्कारित नहीं किया गया? अष्टावक्र को देखकर सभा में उपस्थित ऋषि हँसे क्यों? विश्वामित्र को काम कैसे जाग गया, जबकि वे तप में लीन थे? और...किसी के पिता को स्त्री-सुख लेना था, तो उन्हें बेटे से सहायता लेनी पड़ी। शान्तनु के काम-भूत ने भीष्म को स्त्री-सुख से वंचित कर ही दिया और महाभारत के युद्ध का कारण वहीं से बनना प्रारम्भ हो गया।... संस्कार कार्यक्षेत्र का व्यावहारिक पक्ष है, इसे प्रयोग में लाकर सीखने-समझने की आवश्यकता है। सिर्फ अनुष्ठानों से छुट्टी पा लेना बुद्धिमानी नहीं है। यह तो एक व्यापार-मात्र ही है।'

'अम्मा, मेरा नामकरण हुआ था?' दया ने गौरा से प्रश्न किया।

'तुम जब भए, तब तुम्हारा नाम हमरे बाबू जी रखे थे—सुग्रीव!'

शिवरतन वहीं बैठे थे जो गौरा से पहले बोले—'दस दिन भी नाम नाहीं चला कि तुम्हरे मामा की चिट्ठी आ गयी, नाम लिख के भेजे थे—'अंगद'! एक महीना बीता तब कथा भई, हवन भी...साथी-संघाती जुटे और सोच-बिचार के नाम पड़ा—दया।'

इस बार दया सुग्रीव नाम से लसलसा गये हैं। किसी वस्तु से चिपक गये हैं। दया ने अपनी गरदन देखी—'इतनी सुन्दर तो नहीं है कि इसे सुग्रीव कहा जाये। बाबा सुग्रीव को बालि का छोटा भाई जानते थे। कहाँ मैं सीधा-सादा और कहाँ सुग्रीव भारी-भरकम!'

दया का ध्यान अंगद पर गया तो वे अपना पैर धरती पर टिकाने लगे। जाँघ पकड़कर हिलाते कि देखूँ हिलती है कि नहीं। उन्हें लगा कि वे बाजूबन्द पहने हैं। कुछ भी हो, वानर जाति तब सबसे बलवान थी। हो सकता है दया के पूर्वजों का उनसे सम्बन्ध रहा हो।

बज गया शंख, हो गया चन्दू का नामकरण। आर्यसमाजी मुँह फुलाए थे कि जब सत्यनारायण की कथा ही कहलवानी थी तो हमें क्यों बुलाया? क्या जरूरत थी वैदिक रीति की? पौराणिक विधि ही अपनाते! दोनों का घालमेल क्यों? यहाँ दो इच्छाएँ थीं। गौरा रामअवतार को छोड़ना नहीं चाहतीं, साकार कोई आशीष दे—यह उन्हें अच्छा लगता। दया को रामअवतार से ठीक आर्यसमाजी लगते।

नाम पर थोड़ी चर्चा हुई और चन्दू 'बलवन्त' हो गया। गाँव के लड़के बल्लू या बिल्लू कहेंगे।

रामअवतार इस मामले में सुलझे व्यक्ति थे। जजमान की खुशी में हाथ बँटा देते। बौद्ध समुदाय में जाकर भी कथा बाँचनी हो तो एतराज नहीं था। आर्यसमाजियों की तरह वे लयबद्ध पाठ करते—'ओ३म् विश्वानि देव सवितर्दुरितानि परासुव। यद् भद्रं तन्न आसुव...।'

आर्यसमाजी गाँव के ही थे, दया के मित्र। बिना मानदेय लिए 'यज्ञ-रूप प्रभो हमारे भाव उज्ज्वल कीजिए, छोड़ देवें छल-कपट को मानसिक बल दीजिए...ओ३म् शान्तिः...शान्तिः...शान्तिः' कहते चले गये। रह गये रामअवतार पाण्डे। उन्हें बिना गौरा से बतियाए कहाँ चैन!

'गौरा! बलवन्त नाम से इसकी राशि वृष बनती है।' रामअवतार बोले—'बहुतै मेहनती, मजबूत बालक होवेगा। इसकी जगह मुँह से कंठ तक लिखी है। बहुतै सहनशील और कल्पना करनेवाला होगा। बड़ा नाम कमाएगा।'

गौरा अघा गयीं। पाँच किलो पुराना चावल ले आयीं और दया से पंडी जी के घर पहुँचाने को कहा। दया ने इनकार कर दिया तो रामअवतार ने खुद ही सिर पर रख लिया चावल।

और दया खड़े रहे एक प्रश्नचिह्न की तरह—'वृष राशि...आकृति बैल। जहाँ बैल बैठता है वही उसका स्थान। वृष राशि का स्वभाव स्त्री और दूसरों की आलोचना करनेवाला। वाह से वृष राशि का बालक इस दया के मत्थे। और वाह रे रामअवतार पाण्डे! आपको दिये गये चावल से प्रश्न निकलते हैं...हर एक दाना एक प्रश्न।

दया का सिर दुखने लगा। अब वे राजवंश से मिलना चाहते थे।

बलवन्त पाँच माह का हो गया था। दया अन्नप्राशन से छुट्टी पा गये थे। कड़ाके की ठंड थी, परन्तु धूप खिली थी। आँगन में खाट पर बैठा बल्लू रो रहा था। सामने ही बासमती नहा रही है। घर में दया थे, और कोई नहीं है। कई महीनों से दया अपनी किताबें नहीं खोल रहे थे।

बलवन्त का रोना दया को अच्छा नहीं लगा—'क्या चाहिए इसे? दे क्यों नहीं देतीं?...क्यों रुला रही हैं? चुप कराइए, मुझे गुस्सा आ रहा है।'

'रोने दीजिए, बदमाश हो गया है।' बासमती पैर में साबुन लगा रही थी। हाथ रोककर बोली—'नहा लेती हूँ तो पीटती हूँ। चूना लगा था वह भी ठीक हो गया, पेट भी भरा है। रोने की आदत पड़ गयी है, जब देखो पें-पें...।'

दया को थोड़ा गुस्सा होता था। किताबें छोड़ देते थे और बलवन्त को चुप कराने की व्यर्थ कोशिश करते थे। बासमती भीगी देह पेटीकोट पहनती और गमछे जैसा एक टुकड़ा कन्धे पर डाल स्तन ढँकती थी। दूध-भरा पूरा आकार लिए बासमती बेहद आकर्षक लगती थी। पानी की एक-दो बूँदें टपकने से रह गयी थीं। दया एकटक देखते रहते थे।

'ले पी! जब देखो तब भूख!' बासमती दूध पिलाती थी। दया सटकर बैठते थे। दया को लगा कि आज पहली बार वे दूध-भरा स्तन देख रहे थे। उनके छूने पर बासमती की कोई प्रतिक्रिया नहीं होती थी। वे दूसरे स्तन पर नाक रगड़ते तो दूध निकल आता था। दया सोचते हैं कि 'मैं भी अम्मा को दूध पीने के लिए रो-रोकर परेशान किया करता था।'

'दूध पीने के लिए इतना रोते हैं बच्चे?' दया बलवन्त का मुँह घुंडी से छुड़ाने की कोशिश करते हैं तो बलवन्त मुस्कराता है और कसकर चिपक जाता है बासमती से।...'आप समझ जाती हैं बल्लू के मन की बात...कैसे?'

'नौ महीना पेट में पाली हूँ तो नहीं जानती क्या! मैं नस-नस पहचानती, रोआँ-रोआँ समझती हूँ। पेट में बच्चे का संसार पेट तक और उस संसार की सारी मालकिन मैं...अरे मैं तो आपको भी जानती हूँ। आप पिता होकर बल्लू को नहीं जान पाएँगे। जाइए पहले माँ बनिए! कोई बच्चा पेट में छः महीना तो रखिए, पता चल जायेगा। लेकिन आपको क्या! प्यार किया...पसीना बहाया... गर्मी शान्त, इससे आगे का क्या मतलब माने? ...औरत भावना से जुड़ती है, आदमी कर्म से।'

दया को अच्छा लगा था कि बासमती बात-बात में हिस्सा लेती है। तर्क और बहस करने लगी है। बासमती दया को भेदिया लगती है। उन्हें अपना कद छोटा लगने लगा था।

'मेरे मन की बात जानती हैं?' दया ने आश्चर्य से पूछा।

'अपने मन से पूछिए मेरे मन की बात!'

'इसका मतलब...छः महीने हो गये?'

दया किसी वस्तु या व्यवहार से आश्वस्त होते तो वस्तु छोड़ देते या दूसरी बात करने लगते।

'देखो! बल्लू चूँटा पकड़ने के लिए सरक रहा है!' दया ने कहा।

'इस समय तो साँप-बिच्छू भी पकड़ लेगा।' बासमती बोली।

'दूध पीता है तो एक हाथ से फुन्नी पकड़े रहता है बल्लू...दूसरा हाथ दूसरे दूध पर।'

'चुप रहिए! हमेशा उसी की बात।...अम्मा कहती है कि फुन्नी न कहा करो! हमारे घर में फुन्नी को भिण्डी कहते हैं।'

'मैं जानता हूँ क्यों पकड़ता है फुन्नी...और तुम्हारा दूध।'

'आप तो बहुत जानते हैं...बताइए क्यों पकड़ता है?'

'बच्चा जन्म के कुछ दिन बाद से ही सेक्स समझता-सीखता है। सेक्स ही हमारे विकास का कारण है। इसका गलत अर्थ नहीं है। किसी चीज की पहली जानकारी माता जैसी टीचर से ही मिलती है। माता हमारी अनुभूति है और सीखने का प्रमाण भी। बल्लू जो करता है उससे हरकत पैदा होती होगी, हो सकता है ऊर्जा मिलती हो और आनन्द भी। जब मैं कक्षा दो में पढ़ता था तब खेतों में टट्टी होने जाना पड़ता था। हम टट्टी होने का अभ्यास और अभिनय करते थे। गुदा को बार-बार संकुचित करने पर बड़ा अच्छा लगता था, उठने का मन नहीं करता था। तब मैं यह थोड़े जानता था कि ऐसा क्यों करता हूँ।'

'चुप रहिए, कैसी-कैसी गन्दी बात निकालते हैं। मुझे तो आपकी बात ठीक से समझ में भी नहीं आती।'

दया चुप हो गये थे। उन्हें पता था कि बासमती समझ नहीं रही है। कितने पिछड़ गये थे दया कि जिसे वर्षों से जानते थे उसे भी समझा नहीं पा रहे थे। दया के बहुतेरे प्रश्न बिना हल के रह जाते थे। शुरुआत में बच्चा न होने के कारण तनाव था...अवसाद जैसा। इसी अवसाद में उनका परिश्रम व्यर्थ चला जाता था। तेज भागते संसार के साथ वे कई मील पीछे हो गये थे। बासमती कभी घायल नहीं होती। दया घायल होते थे। दया को बल्लू से चोट मिलती, बासमती को नहीं। बल्लू बासमती के हृदय से जुड़ गया था तो क्या बड़ा होकर दया के दिमाग से जुड़ सकेगा? बच्चे का माँ से जुड़ना ही ममता का बोध होना है। इसी से जन्मती है ममता। बलवन्त बासमती की संवेदना जी रहा था, दया की नहीं। काम के संवेदनात्मक स्थल से आज वह बासमती के साथ खेल रहा था, और जब बलवन्त बड़ा होगा तो वह किसी जवान स्त्री के साथ होगा।...तो क्या दया का वैचारिक भविष्य बलवन्त पर टिका है? दया तो नहीं भूले हैं 'प्रथम प्राण आधार', बिल्लू भूल सकता है। तब कौन जाने बासमती और दया उसके लिए आदरणीय हों, न हों! तब का समय दया का नहीं, बलवन्त का होगा।

दया बार-बार यही सोचते कि–'मेरी लड़ाई तो भ्रष्टाचार से, अनैतिक और अव्यावहारिक आचरण से, और आतंकवाद से हैं। जो रास्ते अपराध की तरफ जाते हैं उसे मिटा देना चाहिए, न होगा कोई रास्ता न बनेगा कोई अपराधी।

लेकिन मैं क्या अपनी लड़ाई जीत पाऊँगा? कोई लड़ना ही नहीं चाहता परम्पराओं और कुप्रथाओं से। सब चाहते हैं कि झट आम पक जाय और खाकर अघा जायँ। मैं सोचता था कि बासमती मुझे शक्ति देगी, ऊर्जा देगी और मैं एक से दो होऊँगा। फिर छोटकन, बाबूजी और अम्मा का साथ मिलेगा तो निश्चित रूप से मेरा रास्ता सुनसान नहीं होगा, और राजवंश यदि मेरा मार्ग अपना लें तो मेरे कदम बाहर निकल पड़ेंगे।'

बासमती दया की बेचैनी और गम्भीरता देख चिन्ता में पड़ जाती थी। क्या करे बासमती? कैसे साथ दे? दया की बात आधी-अधूरी ही समझ में आती थी। बासमती सोच लेती थी कि दया की बात 'बस के बाहर की बात है।'

बलवन्त के नामकरण पर चाची नहीं आयीं। यह किसी को अच्छा नहीं लगा। चाची के न आने से कोई काम रुका तो नहीं। शिवरतन दुखी थे कि इकलौता भाई है और उसकी पत्नी का यह व्यवहार! गौरा पर असर नहीं पड़ा। वे स्त्री-स्वभाव से परिचित थीं और चाची को ठोक-बजाकर जान चुकी थीं। चाची के न आने पर गौरा ने कहा था—'अपनी नाक कटै तो कटै, दूसरे का सगुन तो बिगड़े!' दया इन्हीं में अपना उपकरण तलाशते, माँजते और व्यवहार की उन छोटी से छोटी वस्तुओं का अध्ययन करते जो जाने-अनजाने मस्तिष्क को भीतर तक प्रभावित करती हैं।

बासमती तब नंगी लेटी थी लेबर रूम में सबके सामने। बच्चा जनने के बाद स्त्री का संकोच दूर हो जाता है। वह शब्दों से परिपक्व लगने लगती है। दया सोचते कि मैं डॉक्टर होता तो मैं बासमती से कैसा सम्बन्ध बनाता।

वे आईने के सामने खड़े होकर खुद को देखते थे कि वे कितने पानी में हैं। क्या दया उल्लास से भरे रहकर संवेदनात्मक रिश्ते तैयार कर पाएँगे? मुँह, आँख, नाक, गाल, त्वचा, लिंग, गुदा आदि दैहिक अंगों के सम्बन्धों का मनोवैज्ञानिक विश्लेषण कर पाएँगे? दया सुख का अनुभव कर रहे थे। दया को पुत्र याद आया। बलवन्त का खयाल आते ही उन्हें लगा कि उनका प्रेम वासना नहीं है। प्रेम के और भी विभाग हैं। प्रेम को कई कोणों से देखने के बाद ही ग्रन्थ तैयार हुए हैं।

दया देर तक अपने से संवाद करते रहे। वे चूना-पानी लगाकर अपना आदमकद आईना साफ करने लगे। वे देखने की कोशिश भी करते रहे कि कहाँ गलती हुई है, और कैसे ठीक होगी। उनके मुँह में लार भर गयी। वे उठे और आँगन में चादर ओढ़कर बैठ गये। इस समय उनका मन ठीक नहीं था। हाँ, गौरा की नाक बज रही थी।

'इतनी ठंड है और आप बाहर बैठे हैं!' बासमती ने जैसे जगा दिया—'बल्लू सो गया है। आइए अन्दर...बैठे-बैठे गाय-भैंस गिनने से काम नहीं चलेगा।'

दया की मुस्कान लौट आयी।

पूर्व का द्वंद और बाँझ समय की आँखें

हर बार एक अन्तिम प्रयास करते दया, लेकिन इस बार उन्होंने जैसे शपथ खा ली। अस्पतालों-डॉक्टरों का चक्कर खत्म कर चुके थे, लेकिन उनका भीतरी प्रयास जो निहायत निजी था, उससे उम्मीद थोड़ी बची थी। बासमती से तो दया यही कहते कि 'छोड़ो बच्चा-फच्चा।' लेकिन उनका मन उन्हीं का झूठ पकड़ लेता। पूरा गाँव बासमती को बाँझ मान चुका था और दया के दोस्त दया को नपुंसक। जिस निजी विश्वास पर दया को अभी आशा थी, उससे अधिक आशा तो बासमती को थी। गौरा को भी पूरा विश्वास था। वे कहती रहतीं—'अभी उमर ही क्या है! फलाने को बारह बरस में बेटा हुआ तो ढेकाने को तो बुढ़ौती में बेटी हुई।' बासमती के मायके वाले कान लगाए रहते कि कब खबर आ जाय। घर में कहीं निराशा नहीं थी। हाँ, दवा बन्द हो गयी थी।

फूल खिलते रहते। ऋतुएँ आती जाती रहतीं। जीवन उम्मीद और मजबूत सम्बन्धों के सहारे आगे बढ़ता जाता।

'तुम मेरी सत्यवती हो, मैं पराशर।' दया ने कहा।

'सत्यवती तब कुँवारी कन्या थी...अविवाहित।' बासमती भी पढ़ती थी किताबें और दया तो रोज कोई न कोई कथा सुनाते रहते—'सत्यवती और पराशर के संयोग से व्यास पैदा हुए थे न!'

'हाँ, लेकिन सन्तान न हुई तो कुढ़-कुढ़कर मरोगी तो नहीं?'

'मरनेवाला क्यों कुढ़ता रहे?'

'जिन्हें बच्चे नहीं होते वे निराश रहते हैं'

'मैं नहीं हूँ निराश...मैं अपने को बाँझ नहीं मानती और आपकी यह बात सही भी नहीं है कि जिसके बच्चे नहीं हैं वे जलते हैं दूसरों से।'

'ठीक कहती हो। औरत देवी होती है और देवियाँ बिना बच्चा के भी बाँझ नहीं कहलातीं।'

'एक बात पूछूँ?'

'कई बात पूछ लो।'

'आपकी जाँघ में बहुत जोर है। इतनी ताकत कहाँ से आती है।'

'अम्मा ने खूब खिलाया है। और सुनो जब सारी ताकत एक जगह आ जाय तो जितनी ज्ञान की इन्द्रियाँ हैं सब एक लय में काम करती हैं, साँस भी। हमारे दफ्तर में जब बड़े साहब कहते हैं कि अमुख काम आज हो जाय, मंत्री जी आने वाले हैं, सस्पेंड भी कर सकते हैं वे। तब सारी ताकत एक जगह हो जाती है, दस दिन का काम चार घंटे में पूरा।

पता नहीं दया का उत्तर-उदाहरण बासमती समझी कि नहीं, लेकिन उत्तर पर कोई खास ध्यान नहीं था, बासमती का ध्यान कहीं और था—'मर्द को कोई बाँझ नहीं कहता!'

'मर्द को नपुंसक कहते हैं।'

'आप जो किताब ले आये हैं उसमें बाँझ-बाँझिनी दोनों कहीं लिखा है।...तो बाँझ आदमी हुआ और औरत बाँझिनी, यही न! और नपुंसक तो वह हुआ 'जो मिल-मिला न सके।' यही आप एक बार बताए थे।'

'व्यवहार में नपुंसक ही कहते हैं। जिसके शुक्राणु कम हैं या कमजोर हैं। लड़ते-लड़ते एक बीज बच जाता है वही मर्द को पहचान देता है।'

दया कुछ देर मौन रहे। वे कोई रास्ता खोज रहे थे, जो तर्कपूर्ण हो। बासमती भी चुप थी।

दया ने चुप्पी तोड़ी—'तुम चाहो तो किसी अन्य आदमी से वीर्यदान ले सकती हो।'

'कैसी बात करते हैं आप!' बासमती बिफरी—'आप मेरे मन की थाह ले रहे हैं? बातचीत का यह मतलब नहीं कि आप उल्टी-सीधी बात करें, गाज मेरे ऊपर गिराएँ। भला कोई मर्द अपनी औरत को ऐसे बोलेगा? बच्चा-सच्चा जाये चूल्हे में! बेटा-बेटी के बिना जीवन काट लेना बड़ा आसान है, लेकिन यह कुकरम करके मैं तो नहीं जी सकती। पूरा जीवन लाज में रहूँगी। मैं ऐसा कोई काम नहीं करना चाहती जिससे इज्जत चली जाये, मूँड़ी नीचे रहे। और अपना करम सोच-सोचकर रोग का घर कर ले'

दया की सिट्टी-पिट्टी गुम हो गयी। उन्होंने अपने को सँभाला; बोले, 'मैंने कोई दिल दुखाने को थोड़े कहा है! मैं तो चाहता हूँ कि कोई उपाय निकले और जीवन में व्यावहारिक खुशी आये। किसी प्रकार यह बाँझ शब्द हटे। ग्रन्थों में लिखा है कि सन्तान के लिए नियोग-विधि अपनाई जा सकती है।'

'इतना कमजोर कलेजा मेरा नहीं है। मैं उन औरतों में से नहीं हूँ जो दूसरे मर्द के साथ...। कहे कोई बाँझ-साँझ! जब देखो तब पोथी लेकर बैठ जाते हैं!' बासमती का तेवर ढीला नहीं था।

बासमती को सामान्य करने का दया ने भरपूर प्रयास किया—'नियोग में सम्बन्धों को ताक पर रख देते हैं। यहाँ सिर्फ एक काम का ध्यान रहता है। यदि सम्बन्धों को भावना देंगे तो काम हो चुका! प्राचीन काल में नियोग-विधि वही अपनाता रहा होगा जिसका अधिकार होता होगा अपने दिल दिमागपर। अनेक उदाहरण हैं! कुन्ती को ही देख लो। यह एक मान्यता-प्राप्त विधि है। सिर्फ पति हाँ कर दे।'

'मुझे किसी विधि या शास्त्र-पात्र से मतलब नहीं। मुझे चिढ़ाइए नहीं। मान लीजिए कि मेरी ही कोख में खोट हो तो क्या आपके बीज को कोई औरत ग्रहण करेगी राजी खुशी से।'

दया के पास उत्तर नहीं था।

दया रोज एक गिलास दूध पीते थे, या उसी दूध में एक रोटी मसलकर खाते थे। दया ने गाँव में कहे जाने वाले अनेक मुहावरे सुन रखे थे—'मांस खाए मांस बढ़े, घी खाए खोपड़ा, दूध पिए वीर्य बढ़े ना होंगे निपुतरा।' कभी-कभी दूध में छुहाड़ा या शतावर भी लेते थे।

'दूध लेने जा रहा हूँ।' बड़ावाला लोटा उठाते दया बोले।

'जाइए।' बासमती के शब्द अभी रूखे थे।

दया का स्वभाव था, कहीं भी जाते, घर में बताते जरूर थे, भले ही पेशाब करने जाना हो।

दूध बृजपाल के यहाँ से आता था। बृजपाल दया से दस वर्ष बड़े थे। चार बेटी और एक बेटे के बाप। इंटर पास। घर का ही काम रोजी-रोजगार था। थोड़ी खेती और दूध का उत्पादन...दूध घर बैठे बिक जाता था। चार भैंसें थीं, जिनमें दो-तीन दूध देती रहतीं। दूध बेचकर बेटियों की शादी के लिए पैसे जमा कर रहे थे। बृजपाल दूध में पानी नहीं मिलाते। कभी-कभी दूध का बरतन बदलते तो बाल्टी धोकर चिपके दूध छुड़ाते, घोलकर दूध में डाल देते...पाव-आधा किलो। इसे वे पानी मिलाना नहीं कहते। दस-पाँच किलो में पाव-भर पानी, वो भी दुधार पानी, कोई मायने नहीं रखता। दूध बचता नहीं था। गाँव के लोग जिन्हें जरूरत थी, वे हाथ फैलाए रहते थे। बृजपाल कहते 'साँच को आँच क्या और क्या डर! सुच्चा दूध है, कोई ले चाहे हमारे उससे न ले। खाँटी माल कभी रुकता नहीं।'

दया की गाय-भैंस जब दूध नहीं देती तो बृजपाल तैयार रहते। उस दिन बृजपाल के घर रिश्तेदार आये थे—रामनगीना। बृजपाल के साथ पढ़े भी थे।

किस्से-कहानी खूब सुनाते थे। अपने बुजुर्गों से सुनी-सुनाई अनेक कथाएँ उन्हें जबानी याद था। रामनगीना दया को भी जानते थे।

'आइए! आइए, दया भाई! रामनगीना भी आये हैं।' बृजपाल दया को देखते बोले।

'आपके बिना बात का आनन्द नहीं है। चार आदमी में एक जानकार, समझवाला, बुद्धिमान हो तो कहने-सुनने में मजा आता है।' रामनगीना दया को देखते ही खुश हो गये।

दया ने सोचा कि 'हो सकता है मेरे कोई आद-औलाद नहीं है, सो मजाक के मूड में हो।' जहाँ भी जाते दया, अपने हमउमर के लोगों के बीच तो पुत्र, गर्भ, स्त्री, सेक्स की बात जरूर होती।

'मेरी भैंस ने तो पैर उठा दिया। बिना दूध के मेरा काम नहीं चलता, और दूध बिना जोर-जंग कहाँ!' दया बोले।

'जिस गाय का दूध आपको देते थे' बृजपाल बाल्टी उठाते हुए बोले—'आज उसने भी लात मार दी, लेकिन दूध लेकर जायेगी कहाँ? अब उसे सोहराना पड़ेगा।'

'सोहराओ भैया! आपकी मान जायेगी। मेरी भैंस तो उठा दी तो उठा दी... अब करो इन्तजार। गाभिन भी नहीं हुई। भैंसा आता है, सूँघ-साँघकर चला जाता ससुरा।' दया की यही पीड़ा थी।

'जब तक जिन्दा हूँ, आपको दूध की काहे फिकर है!' बृजपाल ने तोष दिया—'पैसा हो न हो कोई फर्क नहीं पड़ता। परमानेंटवाली अपनी का क्या हाल है जो आँगन की रौनक है?'

'वो लात मारे चाहे हाथ, बेचारी जायेगी कहाँ? और मैं तो देवी मानता हूँ, बस पूजा-भर बाकी है।...और बृजपाल जी! मुझे तो लात खाने की आदत है।'

'भई, दया जब तक नहीं थे, हम भकुआ बने थे। रौनक आ गयी!' रामनगीना हँसने लगे।

बृजपाल ने दया से कहा—'जाइए दूध रख के आइए तो कुछ कहानी-किस्सा हो।'

दया को कहानी खींच लाई। पास-पड़ोस के लोग भी जमा थे। गर्मी में रात को बाहर सोना-बैठना अच्छा लगता था। लालटेन जला दी गयी और तीन-चार खाट बिछ गयीं।

रामनगीना ने भूमिका दी और शीघ्र ही मूल कथा पर आ गये।

'...राजा परताप सिंह बड़े नामी राजा थे। उनसे कोई लोहा लेने की सोच

भी नहीं सकता था। उनके पास सबकुछ था। बस कमी थी तो औलाद की। एक के बाद एक राजा ने तीन विवाह किये। सन्तान का मुँह देखने को नहीं मिला। मंत्री की सलाह पर राजा ने चौथा विवाह किया। पंडितों ने बताया कि थोड़ी बाधा है जीवन में, परन्तु राजा ने धीरज रखा तो जरूर पुत्र-सुख मिलेगा। भइया हो! समय जाते देर नहीं लगती। राजा का पूरा ध्यान चौथी रानी पर था और वह सबसे सुन्दर भी थी। बढ़ती उम्र में नयी जवान औरत पाकर राजा तो वैसे ही फूल के कुप्पा थे। अब तीनों बड़ी रानियों को डाह होने लगी। वे जुलने-भुनने लगीं। राजा आँख-भर देखता तक नहीं था। ...का भाई, सब लोग कहानी सुन रहे हो कि भागवत पुराण की कथा? ऐं...अरे बिना हुंकारी के कहानी! जोश चला जाता है। बृजपाल! चलो हुंकारी भरो!' रामनगीना ने श्रोताओं को जगाया।

अच्छा आगे सुनो—'...भगवान की ऐसी कृपा हुई कि छोटी रानी पेट से हो गयी। राजा के बुन्द को छोटी रानी ने सँभाल लिया।'

'राजा-महाराजा का बीज छोट-मोट के बस के बात नाहीं!' एक श्रोता बीच में बोल पड़ा।

'बात सही है।' रामनगीना आगे बढ़े—'अब तो तीनों रानियाँ इसी बात की चिन्ता में थीं कि कौन-सा उपाय खोजा जाय जिससे छोटकी का गर्भ गिर जाये। अनेक ओझा, तान्त्रिक आये। चुपके से प्रसाद के रूप में गर्भ-गिरानेवाला मंत्र खिलातीं। अनेक प्रकार के भूत-प्रेतों की छाया पड़वातीं। लेकिन भाई, सब व्यर्थ।'

'यह सब बेकार की बात है।' दया से न रहा गया—'ऐसे मंत्रवाले बाण और भूत-प्रेतों से भला गर्भ का क्या सम्बन्ध? और है भी तो क्यों बने ये मंत्र? किसने बनाए? अगर यही होता तो इन्दिरा गाँधी जन्म न दे पातीं राजीव को। एक से बढ़कर एक जड़ियल विरोधी थे इन्दिरा के।'

'ए भाई दया! कहानी में तर्क करेंगे तो मजा बिगड़ जायेगा। ज्ञान को मत घुसेड़ो। कहानी का मतलब—जो हुआ उसका वर्णन। अब गलत हुआ कि सही—इससे क्या वास्ता? रानियाँ फेर-कोंच में थीं, भूत-खेल में था उनका विश्वास।'

'आगे बढ़ो भाई नगीना! तूम्हूँ कहाँ उलझि गये!' दूसरे श्रोता ने कहा।

'हाँ तो...रानियाँ बेचैन थीं। रानियों ने तरह-तरह की हवा उड़ाई। कोई कहती कि पेट में जलोदर रोग है, कोई कहती बाई बोला से पेट फूल रहा है, कोई कहती नाटकबाज है नाटक कर रही है। यहाँ तक कह डाला कि किसी नौकर-चाकर से फँस गयी है, मजा मार रही है। अब अँटक गया तो राजा का ही कहलावेगा। हमारी कोख कोई खराब है? अरे एक की कोख में गोबर भरा

होगा, तीनों को तो नहीं न!...छोटी रानी को घायल करने, किसी तरह से पेट में चोट लगे...अनेक उपाय करने लगीं; लेकिन भगवान का सहारा। सारे उपाय बड़ी रानियों के बेकार हो गये। छोटी रानी का पेट दिखने लगा। राजा खुशी से पागल! राजा से इस समय कोई एक चीज माँगता तो दो मिलती। बड़ी रानियों के उपाय राजा तक नहीं पहुँचे, उनका ही राज था। बड़ी रानियों की आज्ञा के बिना एक भी पत्ता महल में नहीं हिलता था। राजा ने बड़ी रानियों के लिए तो खजाना ही खोल दिया।'

दया सोचते—वाह रे ईश्वर! राजा को इतनी मानसिक पीड़ा देने के बाद बच्चा! बेकार में एक जवान औरत अधेड़ के गले लगी। क्या सुख पाएगी वह!

रामनगीना की कहानी जारी थी—'ठीक समय पर बच्चा हुआ। एक सुन्दर मोटा-ताजा, राजा की ही शक्ल-सूरतवाला बच्चा धरती पर आया। बड़ी रानियों के होश उड़ गये। उन्हें लगा कि धरती फट गयी और वे उसी में भद्द-भद्द गिर रही हैं। बच्चा होते ही बड़ी रानियों ने बच्चे को छिपा दिया। दर्द से बेचैन छोटी रानी जैसे सुध ही नहीं थी। बड़ी रानियों ने झट से सिल-बट्टा लाकर रख दिया। राजा के पास खबर पहुँचा दी गयी कि छोटी रानी ने सिल-बट्टे को जन्म दिया है। राजा तो क्रोध से पागल हो गये—'रानी के रूप में कौन है यह? भला ईंट-पत्थर लेकर आयी है।' राजा ने बड़ी रानियों से सलाह ली। तीसरी रानी बोली—'यह राक्षसी है स्वामी, इसकी छाया महल पर न पड़े!' अन्त में तय हुआ कि राज्य के अन्तिम छोर पर एक झोंपड़ी बनाकर इसे वहीं छोड़ दिया जाये। छोटी रानी बेचारी! उसे तो किसी बात का पता ही नहीं चला। वह पूछ भी न सकी कि क्यों हमें यहाँ लाया गया। कोई डर था जो छोटी रानी के अन्दर बैठ गया था। भला राजा के आदेश के खिलाफ कोई एक जुबान बोल सकता है? काँटा दूर हो गया। बड़ी रानियाँ मौज मनाने लगीं।'

दया फिर कहानी के क्रम से हट गये—खूबसूरत होना अच्छा है तो यह ईर्ष्या का कारण क्यों है? कौन-से कारण बनते हैं जिससे पुरुष खूबसूरत और गोरी स्त्री के प्रति आकर्षित होता है? नयी स्त्री क्यों चाहता है? प्रत्येक स्त्री देह-दिमाग से स्वस्थ है तो वह सुन्दर लगेगी और सुख भी देगी। राजा छोटी रानी पर मोह गया था। नये आस्वाद की चेष्टा थी। सन्तान की आड़ में वह उत्तेजना नहीं रोक पाया होगा। भला हुआ मेरी बासमती इतनी खूबसूरत नहीं कि वह किसी को रिझा सके। बासमती मेरे लिए तो किसी हिरोइन से कम नहीं है। मेरे खानदान की सुन्दरी। मुझे जो चाहिए वह बासमती से मिल रहा है। बासमती किसी से ईर्ष्या भी तो नहीं करती।

...और कहानी जारी थी—

'...छोटी रानी भाग्य का खेल समझकर झोंपड़ी में रहने लगी। सब पीड़ा पी गयी रानी, और पूरा ध्यान अपने बच्चे पर देने लगी। समय के साथ बच्चा बढ़ता गया। लेकिन वाह रे होनी! बारह बरस बीत गये। समय किसी का सगा नहीं है। राजा एक दिन अपनी सीमा देखने की गरज से रानी की झोंपड़ी के रास्ते से गुजरा। बहुत देर से वह प्यासा था। प्यास के मारे जान जा रही थी। अरे भाई, पानी में बड़ा दम होता है।...घोड़ा भी थका था, पसीने-पसीने। झोपड़ी देखकर राजा की जान में जान आयी। पानी पीने की गरज से उसने झोपड़ी के सामने खड़े होकर आवाज लगाई। छोटी रानी निकली। राजा देखकर दंग रह गया! उसे देखते ही राजा घबरा गया! उसे लगा कि आज मेरा अन्तिम दिन है। यह किस घड़ी में प्यास लगी? क्यों मैंने सीमा देखने की बात सोची? छोटी रानी ने पैर पकड़ लिए। अपनी गलती पूछी और स्वागत-सत्कार के साथ जलपान ले आयी। तभी बारह बरस का स्वस्थ बालक राजा के सामने खड़ा हो गया। राजा ने पूछा—'रानी, यह बालक कौन है?' रानी ने सारा हाल कह सुनाया। राजा को काटो तो खून नहीं! कितना अनर्थ! हाय रे! वह तुरन्त उठा और छोटी रानी और अपने बच्चे को महल लिवा लाया। बड़ी रानियों पर आग बरसनी ही थी। तीन गड्ढे तुरन्त राजा ने खुदवाए और गरदन तक तीनों रानियों को गड़वा दिया—खड़े। सिर पर गुड़ और दही लपेटकर कुत्तों से नुचवा-नुचवाकर मरवा दिया।...कहानी खतम, पैसा हजम! जाओ भाई अपने-अपने घर!'

स्त्री, स्त्री की बुराई पुरुष की अपेक्षा अधिक करती है। सम्बन्धों में जहाँ वह मधुर होती है और भावना की उस ऊँचाई तक जाती है जहाँ पुरुष का जाना बेहद कठिन है, वहीं वह पुरुष से अधिक कठोर, स्वार्थी और ईर्ष्यालु भी हो जाती है। इसका कारण? हो सकता है वह लम्बे समय से बन्धन में रही हो। उसने आँगन के आगे का संसार ठीक से जाना ही कहाँ!...राजा को भी चाहिए था कि ईंट-पत्थर जनम गया तो उसे फेंककर रानी को धैर्य बँधाते, प्यार करते, स्नेह देते। प्रेम कितना स्वार्थी है यहाँ! पुत्र का स्वार्थ जो न करा दे।...छोटी रानी की हिम्मत थी कि धैर्य नहीं टूटा। स्त्री के भीतर एक विशेष प्रकार का साहस छिपा होता है। जब वह इसे पहचान लेती है और इस्तेमाल करती है तो पुरुष उसके आगे फीका ही नहीं, सौ मील दूर नजर आता है। स्त्री में सामर्थ्य सीमा से अधिक होती है।

दया ने फिर सोचा—'मैं तो सम्बन्धों द्वारा दी गयी बेवजह सजा बर्दाश्त नहीं कर पाता। स्त्री को दासी बनते देर नहीं लगती और देवी तो वह सिर्फ पत्थरों

और चित्रों में ही है। पुरुष बुरा होकर भी बड़े करीने से अच्छा बना रहता है।'

दया ने थूका तो कुछ छींटे पैरों पर भी पड़े। देह काँप गयी। लगा कि ठंड लग रही है। गर्मी में शीत की अनुभूति! दया शीघ्र ही बासमती के यहाँ पहुँचना चाहते थे।

चाची और उनकी सहेलियाँ बासमती को देखते ही उच्छृंखल हो जातीं। उनका अभीष्ट समझ में नहीं आता। बासमती साहस दिखाती, लेकिन हार जाती। उसको मौज और बोली-ठोली का अनुभव नहीं था। चाची जब भी उसे नये कपड़े पहने या सजी-सँवरी देखती तो मुँह रोक न पाती। बासमती को चबर-चबर करने की आदत नहीं थी।

बासमती झोंपड़ी पर जाती तो आँख बचाकर कि कोई देखे न। कभी चाची की पहचानवाली मिलतीं-बोलतीं तो बासमती पीछा छुड़ाकर भागती। कभी मुस्करा दिया, कभी 'जल्दी है' का संकेत किया और आगे बढ़ गयी। बासमती को रोज झोंपड़ी पर जाना था। नहाने के बाद वह तुलसी को जल चढ़ाती। दो पत्ती मुँह में डालती और चार पत्ती घर ले आती चाय में डालने के लिए। तुलसी की पूजा करने की आदत जब वह छोटी थी तब से है। दया को पता नहीं था कि बासमती तुलसी की पूजा करती है।

दया घर में नहीं थे। बासमती नहाई, इत्मीनान से बाल सँवारा, सिन्दूर लगाया, टिकुली सटाकर थोड़ी-सी क्रीम मुँह पर लगाई। लिपस्टिक लगाकर पोंछ दी कि लाली बनी रहे और लिपस्टिक लगाने जैसा भी न हो। बासमती ने ताँबे का लोटा लिया और झोंपड़ी की ओर चल दी। रास्ते में आम के दो पेड़ थे। बासमती ने देखा कि चाची अपनी सहेलियों के साथ बैठी हैं। आम के टिकोरे छील-छीलकर खा रही हैं।

'आज चाची झण्डा गाड़कर बैठी हैं।' बासमती ने मन-ही-मन कहा।

'अरे ओ! दयवा वाली, तनिक बइठ। तुलसी मइया में पानी डाले से गाभिन नाहीं होगी रे!' चाची की तीखी बोली ने बासमती को रोक दिया।

बासमती ने लोटा धर दिया। आज थोड़ी हिम्मत से बैठी वह।

'टिक्का-बुन्ना ओठलाली के आगे बसमतिया को कहाँ सुध है कि बच्चा बियाए, और जब होइ जाई बच्चा तो देह एतनी चिक्कन ना रही।' पहली स्त्री फूहड़ता से बोली।

'आप भी समय पर करती रही होंगी टिक्का-बुन्ना।' बासमती ने मुँह खोल दिया।

'बाह रे बाह! आप जी! बोलती तो अइसे है जइसे मस्टरानी जी हों।' दूसरी स्त्री का भी वही मूड था।

'अरे छोड़ रे!' तीसरी बोली—'हम तोके एक बात बताई। जब बच्चा होत है तो हमके पहिलका दरद याद आवत है। अरे! बसमतिया उ हमार पहिलका लड़का! मूसर के तरह मोट था। लगा कि अब्बे जान चलि जाई। बाप रे बाप!... उ तौ कहो कि चमाइन गुनी मिल गयी और अस्पताले की दाई को जेठ बुलाय लाए रहें। पहिले गोड़ निकला...अरे उ चमाइन! धन्न हो भगवान!!...पकड़ि के गोड़ बच्चा का खींच लिया। लगा बहिन की ढोंढ़ी में परान आइ गवा। हम तो मरि कर जिन्दा बचे। हमार तो ई दूसर जनम है।'

'काहे बसमतिया को डराय रही हो? पहिले तो उ बेचारी पेट फुलाय नाहीं पावत, और तू सब हो कि बात छेड़ के दिल दुखावत हो।' चाची व्यंग्य से बोली, लेकिन मरहम लगाकर।

'कहो बहिन!' पहली स्त्री चाची से पूछने लगी—'कवनो जनावर अइसनो है कि जवन मुँहै से बच्चा बियात है?'

'अरे ई दुनिया है, एक से एक बात मिली, जीव मिलिहैं...केहू ऐसे केहू वैसे...' चाची का संकेत बासमती को लजवा रहा था।

सभी हँस पड़ीं तो बासमती बोली—'जानवर की तुलना हम अपने से क्यों करें। भगवान ने सबको अपने ढंग से बनाया है।'

'देखो बहिन! पीड़ा तो होती है। बाँझ का जाने दरद!' तीसरी बोली तो बासमती तिलमिला गयी, लेकिन भाव प्रकट नहीं होने दिया।

'देर-सबेर तो होती है न चाची! डॉक्टर ने कोई खराबी नहीं बताई है, न हमारे में न उनके में। जिस दिन संजोग होगा उस दिन मैं भी भारी पाँव होऊँगी।'

'बुरा न मानियो बासमती!' दूसरी स्त्री बोली—'जब कवनो खराबी नाहीं है तबौ गाभिन नाहीं हो रही...तबै तो बाँझ भई औरत! हम तोहरी बात नाहीं करत हैं, तुमको तो अब्बे टाइम है।'

'अरे ई बड़ी चालाक है।' पहली स्त्री दुखी थी—'मौज कर रही है। कई बरस तक मजा काटने का सुख हमको कहाँ बदा है बहिन! मरद मुँह फेरे रहत है। हम तौ एही उमर में बुढ़ाय गये बहिन! केतनों बाड़ी पहिनों लेकिन अब उ बात कहाँ! पाँच बेटा-बेटी होइ गये—झट्ट-पट्ट।'

'बासमती को तो सुखे-सुख है, रोज बइठें न गोदी में दया के।' तीसरी भी अपना दर्द कहती है—'जेकरे कई लरिका-परानी रहें, तो ऊ का करे?...रात भर पे-पाँ।'

'अरे तुम सभन अपने तकलीफ फाने रहोगी कि बसमतियों का सुनोगी?' चाची व्यंग्य बोले बिना नहीं रहतीं—'एतना कोसिस भई, बाकी बुन्द नहीं ठहरा। उहै मसल है कि 'आठ साल मिमियाई, एको बच्चा ना बियाई।' चाची को भी पीड़ा थी—'हम सभे त इतना बच्चा देई दिहे हई कि ढोढ़ी के नीचे लुगरी होई गया है। हम त उनसे छिपा के रखे हई आपन सब...कहीं देख न पावैं।'

चाची ज्यादा बड़ी नहीं थी बासमती से; चार-पाँच साल का फर्क रहा होगा। बासमती को ठिठोली सूझी—'पहले आप वही दिखा के ललचवाती थीं क्या? चाची, क्या-क्या दिखाती थी? 'आज बासमती का ढीठ बाहर निकल आया था।

बासमती का तेवर देख चाची मुँह ताकने लगी। और सभी हँस पड़ीं। बासमती भी खिलखिला पड़ी। देर तक की हँसी ने तुलसी में पानी देना भुला दिया।

'आज फिर मिल गयीं सब? कुछ कहीं हैं का?' बासमती का मौन स्वीकृति देता तो गौरा आपे से बाहर हो जातीं—'सब हरामजादी हैं, बुजार हैं। आपन पेट पहिले देखें तो दूसरे की ढोंढ़ी निहारें। चूतर उठाय के चलती हैं, घूमती रहत हैं खेत-खेत...। कवनो अइसन नाही हैं जो पेटीकोट में दाग ना लगाय लिहे हों! आपन इज्जत एही में है कि उनसे मुँह न लगो। कवनो ठीक नाहीं कब कौन बात उड़ाय दें।'

गौरा की ऐसी भाषा पर बासमती को आश्चर्य होता। लेकिन चिढ़ने पर भाषा काबू में नहीं रहती। व्यक्ति के स्वभाव को भाषा का यह अधिकार प्रभावित करता है। किसी को गाली दे दो तो वह देह में चिपकेगी तो नहीं, लेकिन गाली सुननेवाला मारने-काटने पर उतारू हो जायेगा। सभी बुद्ध नहीं हो सकते।

बासमती जानती थी कि 'आती बहू जन्मता पूत सबको अच्छा लगता है।' पूत की कमी पूरा होते ही घर में दोगुनी खुशी होगी।

शिवरतन को घर की ये सब बातें पता नहीं हो पाती थीं। वे खेती के कार्य में जुटे रहते थे। गेहूँ की कटाई का काम जोरों पर था। शिवरतन का हाथ बँटाने दया सुबह-शाम झोंपड़ी पर जाते। गौरा भी वहीं रहतीं। थके-माँदे दया घर आकर सो जाते। बासमती से बहस नहीं हो पाती। बासमती ने उस दिन की चाची और सहेलियोंवाली बात बताई तो दया सिर्फ मुस्कराए। उन्हें बासमती के ढीठपन पर हँसना आ रहा था।

कचहरी का संसार रोज एक कथा रचता था। घटनाएँ ही उठकर चली आती थीं

कचहरी। दया को कचहरी के काम से मतलब था, कथा से नहीं। वे जानते थे कि कचहरी में कथाएँ अपना स्वरूप बदल देती हैं और आदमी की अहमियत कथा से हटकर पैसे पर टिक जाती है। यहाँ पेपर उठाने, फाइल बाँधने और नमस्कार करने पर भी पैसे देने पड़ते हैं।...यही एक ऐसा स्थान है जहाँ घटनाओं की कमी नहीं है—एक से बढ़कर एक! और हर घटना एक कथा! कथाओं में पड़ना दया को अच्छा लगता, लेकिन कचहरी उनके स्वभाव के अनुरूप स्थान था न कार्य! लेकिन दुआ-सलाम करते, चुप एक किनारे अपने काम में जुटे रहते दया।

दया घर से निकलते तो लगता था कि साइकिल में एक लोटा वीर्य टँगा है, ढेर सारे शुक्राणु ऊधम मचा रहे हैं। सड़क के किनारे पेट फुलाए कुछ औरतें खड़ी हैं। कुछ को पीड़ा हो रही है, वे दाईयों की प्रतीक्षा कर रही हैं। जो पढ़ी-लिखी खाते-पीते घर की हैं वे नर्सों के घर गयी हैं।...कभी-कभी लगता है कि टोकरियों में अपनी-अपनी पहचान लेकर बैठें हैं, शुक्राणु भी...जरूरत के मुताबिक खरीद-बिक्री हो रही हैं।

दया मानसिक रूप से अस्वस्थ हो गये थे। डॉक्टर को चाहकर भी दिखा नहीं रहे थे। डॉक्टर से कुछ कहने से संकोचते थे। इधर बीच वे अश्लील किताबें ज्यादा पढ़ने लगे थे। भद्दे चित्रों ने तो दिमाग ही खराब कर दिया था। दया ने तय किया कि वे ऐसे सारे सतही साहित्य जो कामुक हैं, फेंक देंगे।

दया कई किताबें जो ऐतिहासिक थीं, खरीद लाए थे। इतिहास में जाने पर अवसाद नहीं रहता। घटनाएँ अस्तित्व की पहचान कराती हैं। बहस के लिए जगह रहती है, समीक्षा करने से मानसिक खुराक मिलती है और दिमागी कसरत भी होती है। किसी अन्य को मस्तिष्क पर चढ़ने का अवसर भी नहीं मिलेगा।

उन्नति-अवनति के बीच दया कई महीने रहे इतिहास के पृष्ठों में।

दफ्तर का एक दिन

'आइए! आइए महराज! आपका स्वागत है!' महेश ने दया का आदर किया।

'जन्मदिन की बधाई! मुबारक हो! आपको पाकर हम धन्य हुए! ...आज का दिन आपका, दफ्तर आपका! ...जन्मे दया हो जन्मे! कचहरी में बाजे बधाई हो कि जन्मे दया!' सभी अपने-अपने तरीके से बधाई दे रहे थे। दया को अपना जन्मदिन याद नहीं था। जन्मदिन मनाने की प्रथा गाँव में नहीं थी, यह शहर में प्रचलित था। ...लेकिन ऑफिस में लोग शुभकामनाएँ जरूर देते थे। वैसे भी जन्मदिन मनाने का कोई तर्क दया को नहीं समझा पाता। कृष्ण जन्म, राम जन्म,

गाँधी जयन्ती से हमने कुछ सीखा? नहीं! हम योगी हुए? हम आज्ञाकारी हुए? हमने सत्य-अहिंसा का पालन किया? ...और आम आदमी का क्या जन्मदिन! रोज-रोज मरना है। जीने लायक एक भी जगह है? कहीं अपराध है तो कहीं अपराधी का डेरा...महँगाई की मार...प्रदूषण का बढ़ता दबाव...जनसंख्या का भार...भ्रष्टाचार में पूरा देश लिप्त...कोई सही नहीं। सबका जीवन त्रुटियों से भरा। स्वार्थ, लोभ, ईर्ष्या...अभावों-संत्रासों में पूरी उमर, यह प्यारा जीवन घुट-घुटकर मृत्यु की ओर बढ़ता हुआ।

'आप सभी की शुभकामनाएँ जो एक झोला-भर हैं, लेता हूँ और इसे डबल करके अभिवादन सौंपता हूँ। ...लेकिन मित्रो! याद रहे दुअन्नी खर्च नहीं करूँगा।'

'इस बार हम आपको शानदार पार्टी देंगे' महेश जैसे नशे में हों—'लेकिन शर्त यह है कि भाभी का पेट फूलना चाहिए मतलब पाँव भारी...। प्रभु ने चाहा तो हम सबकी शुभकामनाएँ काम आ जायेंगी।'

'वाह! भई मजा आ गया!' वंशधारी खुश हो गये—'हमारा तो बुरा हाल है...बिना कण्डोम के गये नहीं कि विपत्ति पड़ी!'

'हम लोग तो चाचा बनने को तरस रहे हैं।' विजय बोले।

'मेरी जिम्मेदारी सिर्फ कार्य करने की है।'दया ने मौन तोड़ा।

'लगे विद्वत्ता झाड़ने भाई!' वंशधारी गम्भीरता नहीं चाहते थे।

'इसमें विद्वत्ता क्या है?' दया बिगड़े—'आप अपना ही तो काम कर सकते हैं। दूसरे के अधिकार-क्षेत्र में आप क्या करेंगे? कितने डॉक्टर पड़े हैं जिनके बच्चे नहीं हैं। पुरानी कथाओं की भरमार है! लुच्चई बतियाना आसान है। अब हमारे ऊपर पड़ा है तो जो चाहे कह लो...।'

'गम्भीर-सम्भीर को गोली मारो!' विजय मुस्काए—आज तो असली ताकत दिखा ही दीजिए दया बाबू, कोई कहे कि है गिजा देह में!'

माहौल हल्का हो गया।

'शादी से पहले दया ने जमकर जवानी का प्रारम्भ किया है। एकदम गींज दिये थे।' लालचन्द बिल्कुल हल्के थे।

'ये श्रीमान जी कहें तो सही!' महेश ने बहस आगे बढ़ाई—'यहाँ हकीमों की कमी नहीं है। शाही दवाखाना का बोर्ड कई जगह मिल जायेगा।'

'कौन ऐसा है व्रती? कौन है बाल ब्रह्मचारी कि जिसका वीर्यपात न हुआ हो?' दया का जवाब खरा था—'जवानी की शुरुआत में बदलाव आता ही है।'

'बुरा न मानिए दया, तो एक बात कहूँ?' महेश गम्भीर हो गये।

'कहो।'

'बाँझ पशु को कोई पूछता नहीं, कसाई को देना पड़ता है। आप अपना जीवन व्यर्थ न कीजिए। उमर है, दूसरी शादी कर लीजिए।'

'हद हो गयी भाई! कैसी-कैसी बातें उठाते हैं आप सब! खोज-खोजकर चुभनेवाली बातें! केवल बच्चा नहीं है इसलिए आप हमें नपुंसक कह रहे हैं। मेरी पत्नी को बाँझकहकर प्षु से तुलना कर रहे हैं। शादी के पहले की बातों और युवा संवेदनाओं की सेक्सी क्रियाओं से गुदगुदी पैदा करने का प्रयास कर हमें लज्जित कर रहे हैं। मैं हारनेवाला नहीं हूँ महेश! मैंने अन्दर झाँककर खूब देख-परख लिया है जीवन को। आप भी अपने जीवन के भीतर झाँक लीजिए। तमाम कूड़ा-कचरा मिलेगा। बच्चा ही जीवन का एकमात्र लक्ष्य नहीं है। व्यक्तिगत भावनाओं से थोड़ा ऊपर उठकर देखें तो, कि संसार कैसा है और कितना बड़ा!'

और दूसरे दिन

'कल दया भाई बुरा मान गये। महेश ने राजवंश से अपनी गलती स्वीकार की।

'तुम सब साले मौका पाए होंगे। तुम सब तो दया को चूतिया समझते हो।' राजवंश ने लताड़ लगाई–अब आ गया हूँ, कुव्वत हो तो आ जाओ! हो जाये एक-दो हाथ! ...मूत न मुता दिया तो कहना!'

'इन लोगों ने यहाँ तक कहा कि बाँझ पशु मार दिया जाता है।' दया ने अपनी व्यथा कही।

राजवंश के आगे सभी सिर झुकाए बैठे थे–'महेश, तुम तो चुप रहते! तुम तो औरत के काबिल ही नहीं थे। मेरी सलाह पर तुमने अपना इलाज करवाया, तुम मानसिक रूप से कितने अस्वस्थ थे मैं जानता हूँ, मैंने कभी हँसी उड़ाई है? बोलो!...और तुम लालचन्द, वंशधारी...मैं देखता हूँ तुम्हारी औरतों को बाजार-हाट करते। धक्का मारते हुए चलती हैं। जब देखो तब दरवाजे पर बैठी मिलेंगी। जब तक गैर-मर्द से बतिया नहीं लेतीं, चैन नहीं पड़ता। क्यों वंशधारी! एक बार तुम जान देने नहीं जा रहे थे? मैंने तुमको बचाया। महीनों समझाया-बुझाया। याद है? जब तुम्हारी बीवी बड़े साहब के ड्राइवर के साथ तीन दिन गाड़ी में घूमी थी। तुम अपनी बीवी से बहुत दिनों तक झगड़ते रहे। खाना-सोना मुहाल हो गया था। आत्महत्या की नौबत तक पहुँच गये थे।'

सबकी बोलती बन्द! और दया मुस्करा रहे थे।

राजवंश धाकड़ वकील थे। कोई उनसे उलझता नहीं था और उलझ गया

तो चारों खाने चित! राजवंश का मुँह बन्द नहीं हुआ था—'एक-एक की पोल जानता हूँ।...भागने की जगह नहीं मिलेगी। और तुम मेरा क्या उखाड़ लोगे? बहुत करोगे तो कागज दबाए रहोगे, लेकिन यह मत भूलो चूतियो! कि जनता समझदार हो गयी है। अंग्रेजों का जमाना नहीं है। सीने पर चढ़ जायेंगे लोग। तुम लोग कुछ पढ़े-बढ़े भी हो! चार पैसे की नौकरी मिल गयी तो हेंकड़ी झाड़ रहे हो। बैल को देखा है? जब तक उसे बधिया नहीं किया जाता वह परिश्रम के लायक नहीं बनता, और सुनो! आज के इस लोकतंत्र में हम कहीं न कहीं बैल ही हैं, जुत रहे हैं। कभी इस पर बहस छेड़ो, विचार करो। जब देखो तब दया को पा जाते हो और उसे चाटने लगते हो।'

दया ने राजवंश को चुप कराना चाहा लेकिन वे माने नहीं।

'ये क्या बहस करेंगे! दो कौर खाए और हग आये। दिन-भर वही फाइल निपटाए जिसमें चार पैसे की उम्मीद थी।...पागलों की तरह मुँह चिपोरे, पिछाड़ा खुजलाते, सुर्ती मलते घर गये। आँचा-पाँचा किया। बीवी ने घास नहीं डाली। मुँह बनाए बैठे रहे, पादते रहे, फिर अगले दिन कचहरी।...पूछ लो कि कुछ आता भी है?

राजवंश ने समझा दिया कि दया को बाँझ समझना बहुत बड़ी भूल है। बाँझ समय तो अब आनेवाला है। इस नपुंसक और संवेदनहीन लोकतंत्र में पहचान खो जायेगी। धीरे-धीरे ऐसी व्यवस्था हो रही है कि न समाज को रास्ता मिलेगा न राजनीति को दिशा। सिर्फ एक अभिनय रहेगा। बिना अभिनय को समझे भारत के लोकतंत्र को नहीं समझा जा सकता, चरित्र तो कतई नहीं। दया तो समय की पहचान रखते हैं। इनसे हम बहुत कुछ जान-सीख सकते हैं।

राजवंश ने कविता दर्शन और कबीर पर खूब बात की। कई कवियों कथाकारों का नाम वे गिना गये और यह भी कहना नहीं भूले कि दया अपनी पत्नी को प्रेमिका मानते हैं और पत्नी को प्रेमिका मानना बूते की बात है।

'इन्दिरा ने भी कोई किताब लिखी है?' विजय बाबू अब ऊब रहे थे।

'...' राजा होइके खाएँगे क्या? रानी होइके पहिनेंगे क्या?' वाली कहावत। अरे कोई अचरज है?'

'अमिताभो तो अभिनेता से नेता हो गये।' लालचन्द बोले। वे भी बोरियत से हटना चाहते थे।

'अमिताभ नेता नहीं हैं। पता नहीं कौन सनकबाई सवार थी कि...आखिर इस्तीफा दे ही दिये। आप जिस कार्य के लिए नियुक्त हैं, वही करें। जहाँ अनुभव न हो, वहाँ टाँग अड़ाने से क्या फायदा? एक बात और...नेता की एक्टिंग और

अभिनेता की एक्टिंग में बड़ा फर्क है। नेता के लिए कोई डाइरेक्टर नहीं होता।' राजवंश ने विमर्श जारी रखा।

'सुना तो यहाँ तक गया था कि'जब अमिताभ इलाहाबाद आये तो लड़कियों ने अपने दुपट्टे सड़कों पर बिछा दिये थे?' वंशधारी बीच में टपके।

'यही तो जनता है जिसे चाहे सिर पर बिठाए।' विजय बोले।

'जनता मूर्ख है। एक गड्ढे में गिरेगा तो पीछे से लाइन लग जायेगी।' महेश ने सोचकर कहा–'बहुगुणा चिल्लाते हुए गये थे कि खम्भों और बम्बों से पूछ लो कि क्या किया है मैंने। लेकिन उनका कहा व्यर्थ गया था। अमिताभ जीत गये।'

'एक बात साफ जान लो कि ये सब जो कुछ कहते हैं, उसमें सिर्फ उनका व्यक्तिगत हित छिपा होता है। खम्भा लगे चाहे बम्बा, कमीशन से मालामाल यही होते हैं! तुम्हारी तरह नहीं कि दुइ रुपया पाए, एक कप चाय पिया, एक बीड़ा पान खाया और फिर फुस्स!' राजवंश भ्रष्टाचार की पोल खोलने लगे।

'जितने नेता बूढ़े हो गये, बड़े खूसट टाइप के हैं।' लालचन्द क्रम नहीं तोड़ना चाहते–'इनको समझना बड़ा कठिन है। भीतर क्या पक रहा है पता नहीं चलता। संजय गाँधी मर गये बेचारे! नहीं तो बूढ़ों से निजात मिल ही जाती। एक-एक को किनारे करता। नया दिमाग था, नौजवानों में चमक आती।'

राजवंश बहस और तर्क से खुश थे।

उस दिन रात हो गयी, बहस अधूरी रह गयी। कचहरी के अधिकारी मीटिंग में गये थे। कोई काम नहीं था। चाय के पैसे भी जुटाना मोहाल था।

दफ्तरी बाबुओं की एक छोटी सी सभा–

'जगजीवन राम स्वर्ग सिधार गये, बेचारे! हरिजन अनाथ हो गये!' वंशधारी ने शुरुआत की।

'अरे ये कहो कि हरिजन को सरकारी इज्जत दे गये।' महेश को जनजीवन राम से चिढ़ थी।

'यह झूठ है! कोई हरिजन भाई जनजीवन का नाम नहीं लेना चाहता।' लालचन्द ने महेश की बात काटी।

'मैं लालचन्द से सहमत हूँ।' दया बोले–'प्रधानमन्त्री बनना चाह रहे थे, मुराद पूरी नहीं हुई। चरण सिंह बाजी मार ले गये।'

'अरे माल तो बड़ा कमाया, क्या दिया अपनी जाति-बिरादरी को?'

विजय ने कहा तो महेश बीच में बोल पड़े–'लाद के तो नहीं ले गये।'

'आज मैं खुश हूँ।' राजवंश बोले—लेकिन यह भी विचार करिए कि जो शुरू हो जाता है, जल्दी रुकता नहीं। गौर करिए! विभाजन के समय जो दंगा हुआ था, रुका? अभी दंगे का रूप और बिगड़ेगा। राजनेताओं का दिमाग इसी ओर है। अपनी रोटी कैसे सेंकें—यही चिन्ता उन्हें है, बस। इन्दिरा जी की हत्या हो गयी। अपने देश में अपने लोगों ने की हत्या। विश्वास है कहीं? घूम सकेगा कोई प्रधानमन्त्री खुलेआम? मुझे याद है जब इन्दिरा जी प्रधानमन्त्री बनीं और इलाहाबाद आयीं तो खुली कार में घूम रही थीं। जनता सड़क के किनारे हाथ जोड़े खड़ी थी। न बम का डर न गोली का। अब क्या मजाल कि राजीव गाँधी का नाखून भी कोई देख ले!'

'मैं तो कह रहा हूँ' दया बहस के भीतर घुसे थे—'अब नपुंसक समय आनेवाला है। राजवंश ने भी यही कहा था—मर्द की एक न चलेगी। बदमाशों की चलेगी, वही मर्द होंगे, बाकी सब सियार...। ऐसे-ऐसे संघ-संगठन बने हैं कि सरकार को प्रतिबन्ध लगाना पड़ रहा है। ऐसे संगठनों की क्या जरूरत है जो मनुष्य को जाति, धर्म, देश, क्षेत्र के आधार पर बाँट दे? अब तो एक-दूसरे के देखा-देखी संगठन बन रहे हैं।'

'इसका अर्थ तो यह हुआ कि संगठित होना ही नहीं चाहिए?' वंशधारी ने प्रश्न किया।

'ऐसा संगठन जो आम आदमी के लिए उपयोगी हो, तो बने। घर-घर संगठन बने। लेकिन जो धर्म पर आधारित है, जाति पर टिका है, वह क्या सोचेगा? उसकी सीमा कितनी होगी? पूर्वाग्रहों से ग्रसित होना तो होगा ही। ऐसे संगठन ही देश के लिए काल होंगे।' दया ने समझाया। 'काल तो होंगे ही बल्कि यह कह लीजिए दया भाई, कि समाज को एक ऐसा घाव होने जा रहा है जो ठीक नहीं होगा। कोई धर्म की राजनीति करेगा कोई जाति की। और ये संगठन भी राजनीति करेंगे, जमकर। गुण्डे, मवाली, बदमाश, चोर, उचक्के, डकैत, कतली सब नेता हो जायेंगे, जनता के सेवक। सफेद कुर्ते का दाग देखकर भी कोई हिम्मत नहीं जुटा पाएगा कि बोल सके। सब अपनी-अपनी सेनाएँ तैयार करेंगे। विचारों का युद्ध नहीं होगा, मारकाट होगी। जनता पार्टी बनी तो लगा कि अब कुछ अच्छा होगा, लेकिन टाँग खींचने की प्रथा नहीं गयी। सब गुड़ गोबर कर दिया। जे.पी. का सपना धरा रह गया। अब जे.पी. किताबों में पढ़े जायेंगे जैसे गाँधी।' दया के सामने राजवंश बोले, इसलिए वे खुश थे।

'यार, तब बड़ा नाटक था।' लालचन्द ने मुँह बनाया।

'सौ परसेन्ट नाटक।' राजवंश बोले—'कोई मूत पी रहा था, कोई पगड़ी बाँध

रहा था, कोई दाढ़ी ठीक करा रहा था। कोई हनुमान बना था कोई राम। कोई शुद्ध हिन्दी बोलने के चक्कर में था। अजीब टाइप का रंगमंच बना रखा था सबने मिलकर। अन्त में सब अपना-अपना ढोल पीटने लगे थे।'

'अजी, 'स्वमूत्र पान' पर किताब भी आ गयी!' दया ने जानकारी दी।

'आयी होगी, यह आपका विषय है।' राजवंश ने बहस जारी रखी–'...मैं तो यह कह रहा था कि जनता पार्टी चित हो गयी, छितरा गयी। फिर वही कांग्रेस का राज। ...इस बार राजीव गाँधी हैं तो आस बढ़ी है, नयी तकनीक आयेगी! इन्दिरा से आगे रहेंगे। अभी उम्मीद ही की जा सकती है।'

'आगे नहीं, ठेंगा रहेंगे।' महेश को विश्वास नहीं था–'विश्वनाथ प्रताप सिंह खुद प्रधानमन्त्री पद की फिराक में हैं। चन्द्रशेखर धोती उठाए जोर मार रहे हैं। भाजपा के लोग नाभि से दम लगा रहे हैं। सब अवसर तलाश रहे हैं। जो पा जाये...।'

'देश ही ऐसा है, पद और उपाधि की लड़ाई में हमेशा आगे रहा है। अंग्रेजों ने उपाधियाँ बाँटकर चूतिया बनाया, तब उपाधि से लाभ नहीं था, सिर्फ शब्द-शान का खेल था। उपाधि दे दो, मुँह बन्द! उपाधि से देश और पेट चलेगा! किसी भी प्रकार की उपाधि बन्द होनी चाहिए।...और आज तो पद की लड़ाई है जो लाभकारी भी है।'

कई हफ्ते चर्चा चली थी। बात खत्म नहीं होती थी। बात से बात निकलती, जैसे अमरबेल।

'दया को सन्तान नहीं है की बात छोड़िए। अपने अटल बिहारी को देख लीजिए, शादी ही नहीं हुई। है कोई सन्तान-मोह?' वंशधारी ने कहा।

'हाँ, भाजपा में तमाम अविवाहित मिल जायेंगे, लेकिन वे ब्रह्मचारी नहीं हैं। 'राजवंश बोले देश की जनसंख्या को कम करने का यह बड़ा योगदान है।' दया ने कहा।

'इन्दिरा गाँधी का क्या कम योगदान था?' लालचन्द ने कहा।

'वाह रे योगदान!' महेश बोले–'...ऐसी नसकटाई चली कि मर्दों का बधिया हो गया। जुते रहो बैल की तरह और काम लायक भी नहीं–बिना अंडकोश!'

'सिर्फ बच्चा पैदा नहीं कर सकते।' दया ने महेश की बात काटी–'और कोई कमी नहीं।'

'आप तो चुप रहते दया भाई!' विजय के माथे पर बल आ गया–'जब तक

इन्दिरा जी प्रधानमन्त्री रहीं, औरतों का तेवर देखते बनता था।' विजय अपनी औरत से दुखी थे—'सिर पर चढ़ी रहती थीं।'

'अब तो इन्दिरा जी नहीं हैं।' वंशधारी बोले।

'एक बार चढ़ गयीं तो चढ़ गयी। अब हमारे-आपके मान की हैं!' विजय ने कहा।

'हाँ भाई, दया वाली सिर पर काहे...वो तो पति को परमेश्वर माननेवाली है!' लालचन्द की बात से सभी हँसने लगे।

'मेरी औरत तो कहे में नहीं है भाई!' वंशधारी की भी वही समस्या थी—'कहती है अब हम भी दिखा देंगे अपनी औकात। भइया, देखावें औकात! अब नस तो कट गयी। बड़ा बाबू...बेचारा बूढ़ा आदमी! कई नसबन्दी का केस दिया, तब जान छूटी।'

'इसका मतलब औरत एक बार चढ़ गयी तो उतरेगी नहीं?' महेश ने बोली मारी।

'मजाक का वक्त नहीं है।' दया बिगड़े—'हमेशा हँसी-ठिठोली ठीक नहीं। औरत को समझो! अभी क्या, उसे जरा बाहर निकलने तो दो, सारी गँड़मोटाई मर्दों की न निकल गयी तो कहना! मैं तो औरत के पक्ष में हूँ। आदमी का खराब पन्ना खत्म तो हो।'

'तो क्या कामसूत्र भी पढ़ेंगी औरतें?' महेश ने पूछा।

'क्यों नहीं पढ़ेंगी!' दया बोले—'वे वह सब करेंगी जो एक आदमी को करना चाहिए। पशु नहीं, वे भी मानव हैं। घर में बैठी-बैठी औंसाय गयी स्त्री जब बाहर निकल आयेगी तब देखना! और तब आपके घर का तरीका बदला होगा। स्वस्थ और साफ आदमी की औकात बढ़ जाती है। जिसके घर की औरतें आदमी से इज्जत पाती हैं, उनका घर देखिए—चमाचम। उनकी ऊर्जा को मौका तो दीजिए। और यह भी समझ लीजिए कि कामसूत्र पढ़ने से कोई कामुक या बदचलन नहीं हो जायेगा।'

दया के रूप में एक अच्छा मित्र पाकर सभी गद्‌गद थे। और आश्चर्य में कि जनसंख्या पर वह व्यक्ति बहस कर रहा है जिसके पास सन्तान नहीं है।

बहस में कई दिन तक दया का मस्तिष्क उलझा रहा—'स्त्री को सब हीन समझते हैं जबकि वह माता है, पत्नी है, बहन है। पूज्य और भावुक सम्बन्ध स्त्री से ही जुड़ते हैं। प्रेम हो या पूजा, स्त्री का जुड़ना जरूरी है। प्राचीन काल में स्त्री

के सम्मान में कुछ अधिक ही लिखा गया है, तो क्या अतिसम्मान देकर स्त्री की आवाज को दबाया गया था? शायद इसी मान-सम्मान के बोझ-तले ही वह प्रताड़ित होती रही, सारा दर्द झेलती रही, मुँह तक नहीं खोला। जिस औरत का मुँह खुला, उसकी प्रतिष्ठा धूमिल करने के लिए जबर्दस्ती सेक्स किया गया। कैसी-कैसी कथाएँ हम पढ़ चुक हैं! क्या लाभ पढ़ने का? थोड़ी देर के लिए स्त्री बाहर निकली नहीं कि पुरुष का शक पीछे लगा। वह अपनी योनि के कारण ही तमाम तनाव झेलती है। पुरुष अपने लिंग के कारण क्यों नहीं झेलता दबाव? इन्दिरा गाँधी के राज में कहाँ स्त्री सिर चढ़ी थी? स्त्री द्वारा कोई तल-विचल होता तो झट पुरुष बकने लगता कि औरत का राज है, अब दिमाग भी सातवें आसमान पर है, जबकि नसबन्दी से औरतों को ज्यादा मानसिक दिक्कत थी कि मेरा मर्द काम-लायक नहीं रह जायेगा। स्त्रियों को स्त्री से प्रेरणा लेनी चाहिए, ईर्ष्या नहीं। शायद स्त्री को मानसिक वातावरण नहीं मिला। कोई भी घर में बन्द रहेगा तो ईर्ष्या ही पनपेगी, कुंठा होगी, तनाव और अवसाद बढ़ेगा, चिड़चिड़ापन होगा। स्त्री को प्रेरणा-भर मिल जाये, बराबर खड़े होने में देर न लगेगी। मर्द उसकी काबिलियत देख लजा जायेगा। स्त्रियाँ देख रही हैं—इन्दिरा गाँधी, भण्डारनायके, रजिया बेगम, सरोजनी नायडू, हजरत महल को। भूख, संत्रास, अभाव झेल रही स्त्रियाँ, जो भूमि से जुड़ी हैं, वे भी अछूती नहीं रहेंगी। सती सावित्री, अनसूया, सीता, अहिल्या, मन्दोदरी, अंजना, राधा, रुक्मिणी, देवकी की कथाओं से स्त्रियाँ ऊब चुकी हैं। स्त्री को वर्षों की छटपटाहट का गहरा अनुभव है। उन्हें रास और प्यार के अतिरिक्त भी कुछ चाहिए। उनका जीवन सिर्फ सेवा के लिए नियुक्त नहीं है। वह यह भी जान चुकी है कि हर स्त्री को बाहर निकलकर संसार का अनुभव करना चाहिए। वह बन्धन ढीला कर चुकी है, सड़ी रस्सी देख रही है, बस थोड़ा जोर लगाने की जरूरत है।

दया मुस्कराते कि सोच के हर वाक्य के साथ दूर खड़ी गौरा दिखती और पास आती बासमती। ...प्रेम की परिभाषा गढ़नेवाले पुरुष कौन होते हैं? वे स्वयं नया सौन्दर्य-शास्त्र गढ़ेंगी। पुरुष भी होंगे ताड़न के अधिकारी। स्त्री के अंग ही गाली में प्रयुक्त नहीं होंगे, पुरुष के भी अब होंगे...पुरुष के पास भी वह सब है जो स्त्री के पास है।

दया को याद आया—घर में एक भैंस थी। जब पाँड़ी थी तब से बाबूजी उसे पाल रहे थे। गाभिन होगी...दूध देगी तो बच्चों के मुँह तक दूध-भरा कटोरा होगा। सेर-भर दूध बेच देंगे तो खली-चूनी का काम भी चल जायेगा। बहुत कोशिश हुई...भैंसा नहीं चढ़ा। झुण्ड में भेजी गयी, लेकिन व्यर्थ रहा। मान-पत्ता

खिलाया गया, बाँस की करील खिलाई गयी, अम्मा रोज नमक चटाती रहीं, बाबूजी सहलाते रहे...सारे प्रयास व्यर्थ हुए। थक-हारकर बेचना पड़ा। लेकिन बासमती भैंस तो नहीं है।

बहुत अकेले हो थे गये दया। पढ़ा-कढ़ा व्यर्थ लगने लगा था। कोई युक्ति सूझ नहीं रही थी। वे हार गये थे। इतने के बावजूद उनका जीवन था। कुछ शेष था जो ठहरने नहीं देता था। आलमारी में रखी किताबें मुँह चिढ़ा रही थीं, उपन्यास बेध रहे थे, कविताएँ काटने दौड़ती थीं। डायरी में लिखे गये नोट्स फालतू लग रहे थे, जिसे वे फाड़ देना चाहते थे।

दया को बिगड़ते पर्यावरण की चिन्ता थी। बढ़ते लोग बढ़ा रहे थे प्रदूषण। दया के सामने सब नाचने लगता—पृथ्वी आकाश। लगता कि पृथ्वी आग का गोला हो जायेगी। आकाश बजबजाते हुए देह पर गिर पड़ेगा। उनके मुँह में खखार आ गयी, वे उठे और कोने में थूककर बैठ गये। अब जैसे वे देख रहें हो कि लोग कीचड़ में धँस रहे हैं।

दया के लिए सन्तान का महत्त्व इस समय नहीं था। वे डायरी उलटते-पलटते रहे—'जो बड़े हैं और बड़े होने के प्रयास में लगे हैं, जो अपने कर्म के आधार पर बड़े हुए और मान पा गये, वह तो ठीक है। उनके नाम के पीछे-आगे पुरुषोत्तम, योगी, बुद्ध, बापू, शान्तिदूत, देशबन्धु, बंगबन्धु, सीमान्त गाँधी, गुरुदेव, लगा तो ठीक लगा। लेकिन आ़ज सामान्य मुख्यमन्त्री भी चाहता है कि विशेषण उसके नाम पर भी लग जाये। मेरे नाम के आगे भी कुछ लगना चाहिए। मैं बासमती के साथ कुछ नया क्यों न करूँ? एक 'बाँझ दम्पती संघ' क्यों न बनाऊँ और 'बाँझ बन्धु' के नाम से विख्यात हो जाऊँ? यह विशेषण मरने के बाद भी लगे तो बुरा नहीं है। यहाँ तो मरणोपरान्त सम्मान, उपाधि, विशेषणों का रिवाज है।'

दया का सिर बुरी तरह दुखने लगा। वे लौंग पीसकर माथे पर लेप लगाने लगे। बालों में तेल डाला। फिर सोने का प्रयास करने लगे। जब आँख बन्द हुईं तो भीड़, लोकतन्त्र, पुत्र, वोट के अनेक चित्र जड़ जमाए बैठे दिखे...और अँधेरे का विद्रूप भी।

सुबह बासमती को जगाना पड़ा, जब दिन चढ़ आया और गौरा बड़बड़ाने लगीं।

जाड़ा कम हो गया था। फरवरी की अन्तिम तारीख। चन्द्रमा ने पूरा मुँह दिखाया था। एक मौसम के बाद दूसरे मौसम की अनुभूति प्यारी लगती है। आलस्य और

उल्लास के बीच मन मौसम का अभिनन्दन करता है। और अब रजाई के ऊपर एक टाँग फेंककर सोया जा सकता है। बड़ा अच्छा लगता है अधओढ़े सोना। गर्मी और सर्दी का संगम। रात के दस बजे थे। दया झोंपड़ी से अभी आये थे। किसी जरूरी काम से खाना-खाकर चले गये थे झोंपड़ी पर।

दया ने देखा कि बासमती रजाई ओढ़कर खर्राटा ले रही है। दया समझ गये कि सोई नहीं है, नाटक कर रही है। दया ने रजाई झटके से खींच ली—'कुछ पहनी नहीं हो क्या?'

'चाँदनी रात है, उजाले से आये हैं इसलिए पता नहीं चल रहा है। मैं पेटीकोट और ब्रा में हूँ। '...इस तरह क्या देख रहे हैं? लगता है कि कभी देखा नहीं है पेटीकोट। ये देखिए! कत्थई रंग का है, रंग छूट गया है, अब देह के रंग का हो गया है। ब्रा भी मटमैली उसी के रंग में हो गयी है।'

'अम्मा सो गयीं?' बगल में बैठते हुए दया ने पूछा।

'कब की सो गयीं।'

'छोटकन आज बाबूजी के साथ सोएगा। वहीं सोने की जिद कर रहा था।'

'खिड़की खोल दूँ? जाड़ा कम है, रजाई ओढ़ लेंगे।' बासमती ने खिड़की-दरवाजे सब खोल दिये। खिड़की से आती चाँदनी बासमती की देह पर पड़ रही थी।

'चन्द्रमा के उजाले में तुम्हारी देह औटाए दूध की तरह लग रही है।'

'बड़ी छूट मिली है हम लोगों को।' बासमती हँस दी।

'दफ्तर के लोग बहुत लजवाते हैं बासमती!' दया ने गहरी साँस ली।

'क्यों?...किस बात पर लजाते हैं आप?'

'अरे पुराना राग अलापते हैं ससुरे!...कि बच्चा नहीं...नपुंसक हो तुम...!'

'कह क्यों नहीं देते कि भेज दें आपको अपनी औरतों के यहाँ तो पता लग जाये, डर काहे रहे हैं?'

दया कुछ नहीं बोले। अन्दर-ही-अन्दर खुश थे।

'ठीक से समझा दीजिए कि हम बच्चा चाहते ही नहीं। हम दोनों परानी ऐसे मोह से दूर रहना चाहते हैं।'

दया को बासमती बहुत ठोस लगी। वे अपने को बहता हुआ देख रहे थे। दया यह भी समझ गये कि 'बासमती हर हाल में खुश रहनेवाली औरत है। उसके जीवन में सन्तान होना न होना एक सामान्य बात है। सुनी-सुनायी बातों से तो वह भी प्रभावित है लेकिन मेरी तरह नहीं। बासमती को प्रेम चाहिए और मुझे भी सिर्फ प्रेम, जहाँ कोई भाषा नहीं होती। भाषा से तर्क का जन्म होता है। प्रेम में कोई तर्क नहीं होता। प्रेम का रूप विकृत होने के बाद ही अन्य उपकरण घेरते हैं जो बाधा पहुँचाते हैं।'

'सब कहते हैं कि मरने के बाद कन्धा देनेवाला होना चाहिए।' दया ने बासमती को कुछ और टटोला।

'कन्धा बेटों से नहीं, व्यवहार से मिलता है। जाकर अपने मित्रों से कह दीजिए कि तुम जब मरोगे तो तुम्हारे बेटे अपनी बीवियों के साथ दूर देश में रहेंगे। उनके इन्तजार में तुम्हारी मिट्टी सड़ जायेगी। हम तो पूरे गाँव के कन्धों पर रहेंगे। ...रामप्रसाद को देखा आपने? पाँच बेटे हैं उनके। जब वे मरे, तब दो बेटे ही पास में थे। क्या रामप्रसाद घाट पर नहीं गये?'

'ठीक कहती हो बासमती!' दया को सन्तोष हुआ–'बुद्ध तो सन्तान के होते हुए भी किस तरह से रहे! पूरा संसार उनका था। कबीर की लाश के लिए जनता में मारा-मारी थी। रावण के इतने नाती-पोते! क्या दुर्गति हुई? मरने के बाद कौन करता है, क्या पता! फिर देह तो मिट्टी हो गयी, चाहे जो करो, बेजान का मतलब ही क्या? ...बासमती! पुत्र का विचार बहुत संकुचित है, छोटी सीमा। कोई अच्छा और बड़ा काम करके ही महान् बना जा सकता है। देश या समाज की सेवा की जा सकती है। बेटा जन्मा देने से कुछ होनेवाला नहीं। मुझे तो लगता है बेटा मनुष्य के दुख की अगली कड़ी है।'

'आप इतना कुछ जानते-समझते हैं तो अपने पागल मित्रों को क्यों नहीं बताते? लजाते क्यों रहते हैं?'

'वे मेरी बात सुनने को तैयार नहीं हैं और सुन भी लिए तो हरगिज नहीं मानेंगे। वही बात कि जितना रात को खाया उतना सुबह टट्टी फिर दिया।'

'आपके मित्र सोते तो औरत के साथ ही होंगे?' बासमती वही अटकी थी।

'ये लोग बिना झंझट किये बिना नहीं सोते। पहले किचकिच करेंगे फिर एक दूसरे की कमी निकालेंगे, और जब मन दुखी हो जायेगा तब चलेंगे सोने।'

'बहुत खोद-बिद करते हैं आप!' बासमती थोड़ी शर्माई।

'यही दोस्तों के साथ नहीं कर पाता। वे तुरन्त सन्तान पर आ जाते हैं। अच्छा मान लो कि सन्तान ईंट-पत्थर हुई तो?'

'किस्सा-कहानी की बात असल जीवन में नहीं होती।'

'क्यों नहीं होती! अजीब-अजीब किस्म के जुड़वाँ बच्चे पैदा होते हैं। किसी का सिर जुड़ा रहता है, किसी की पीठ, किसी का पाखानेवाला रास्ता एक ही होता है।'

'ऐसी सन्तान से तो बाँझ ही रहना अच्छा है।'

'ये हुई बात! अपराधी बच्चे से भी बाँझ रहना अच्छा है।'

दया और बासमती बच्चे के अपराधी होने के कारणों को मन-ही-मन तलाश

रहे थे। रात भागी जा रही थी। रात को भोर छू लेने की जल्दी थी। दया और बासमती उतावले न थे। वे चाँदनी से भी बेखबर थे। उनका विमर्श जैसे अनंत आकाश, जिसका अन्त नहीं। मानो दही में गूलर का फूल गिर गया हो—चाहे जितना बेचो, खत्म नहीं होगा। दया और बासमती सन्तान को केन्द्र में रखकर बाँझ की परिधि में घूमते रहते।

उस रात दया ने सपना देखा—कमरे की दीवारों पर महापुरुषों के चित्र टँगे हैं। दया ने एक स्कूल खोल लिया है, लड़के पढ़ रहे हैं। 'गुरु का स्थान ऊँचा है'—यही सोचकर नयी जिन्दगी जीने और मरने के बाद भी कथा में रहने का उपक्रम कर रहे हैं। दया का पूर्ण विश्वास ईश्वर में हो गया है। कई आस्थाएँ पल रही हैं, शीघ्र ही ठोस और अमिट होंगी। लोग जायेंगे कहाँ बिना मान-जान किये? और अब तो मन्दिर भी बना है। दया खुद पुजारी हैं। भला उनसे अच्छा कौन पढ़ेगा श्लोक! वे बासमती को पुजारिन बना चुके हैं।...बड़ा-सा हाता है, मन्दिर बीच में है। किनारे दो कमरे बने हैं। एक कमरा सोने का, दूसरा रसोई का। दया फूल के पौधे रोप रहे हैं और तिरछी नजर से बासमती को देख आम, आँवला, नीम, पीपल, और अमरूद के पौधे जो किनारे रखे हैं, माँग रहे हैं। एक शिला पर नाम खुद चुका है 'संस्थापक—दया-बासमती।' दया मन-ही-मन पढ़ रहे हैं।'

'छोटकन को गोद तो ले सकते हैं?' बासमती ने पूछा।

'वह तो बेटे जैसा ही है।' दया ने जैसे स्वीकार कर लिया हो—'कोई बेटा मानकर तो देखे! सगे बेटे से ज्यादा सुख मिलेगा। कोई औरत देवर का गू-मूत बर्दाश्त नहीं करती। और जो करती है उसका देवर फिर देवर नहीं रह जाता, बेटा हो जाता है।'

'मेरे गाँव में एक चचेरी चाची हैं, सबसे बड़ी। छः देवर उनके हैं। छोटा देवर तब पैदा हुआ जब वे गवने आयीं। उनकी सास ने कुछ नहीं किया दूध पिलाने के सिवाय। चाची पूरी देखभाल करती थीं।'

दया को बासमती बहुत आकर्षक लगी। वे रीझने लगे।

मैं जवान अत्रि लग रहा हूँ।' दया जाँघ ठोकते बोले—'अनसूया अत्रि की दाढ़ी सहलाकर मस्त कर देती होगी।'

'आपकी दाढ़ी बनी है।'

'मान लो बढ़ी है और मैं गौतम हूँ।' दया खुद दाढ़ी सहलाने लगे।'

'जब आप ऋषि होते तो दाढ़ी बढ़ी होती, तब अच्छा लगता।' बासमती ने

दया का हाथ नितम्बों से हटा दिया—'गौतम का नाम न लीजिए, अहिल्या और इन्द्र दिमाग में आते हैं।'

'इन्द्र से चिढ़ती हो?...मान लो इन्द्र आ जाये।'

'मैं उसका सब तोड़ मरोड़ दूँगी!'

दया को हँसी आ गयी। वह अपनी नहीं, बासमती की जाँघ ठोककर ताल देने लगे।

बाहर सड़क पर एक कुत्ता रो रहा था, कुतिया झाँव-झाँव कर रही थी। धूप भी थी और पानी भी झटके से आया था, सियारों की चाँदी है। पपीहा का मुँह ऊपर है। दो कौए लड़ रहे थे, जोड़ खाएँगे। कौए का जोड़ खाना अच्छा नहीं माना जाता। देखना भी अशुभ है।...भैंसवाला भैंस को पकड़े ले-जा रहा है, भैंसे की तलाश है। एक ध्वनि गूँज रही थी। दया की भैंस एक बार आधी रात को चिल्लाने लगी थी। भैंस खूब गरम थी। उसी रात दया और शिवरतन भैंसे की खोज में चल पड़े थे।

संसार के सारे तर्क और ज्ञान दया को बेवजह लग रहे थे।

बहुत खराब लगता है यह समझ लेना कि स्त्री की बुद्धि कुंद है। स्त्री के मौन को धैर्य समझना चाहिए। सन्तान प्रेम का अन्तिम सत्य नहीं है। प्रेम का शिखर हमेशा रिक्त है। जैसे पुरुष का वर्तमान, भूत, भविष्य है, वैसे स्त्री का भी है। पुरुष अपने तीनों कालों में अच्छा-अच्छा सोचता और कहना चाहता है। स्त्री को नागिन, काली माई समझता है। कुछ नहीं तो यही कह दिया जाता है कि पूर्वजन्म में बाँझ थी। 'भतारकाटी पूतकाटी' तो वर्तमान में सुन ही रही है। स्त्री का अगला जन्म भी पुरुष की दूषित भावनाओं के आधार पर कल्पित होता है। अगर ऐसी भावनाएँ स्त्री के आसपास घूमेंगी तो उसकी बुद्धि कुंद तो होगी ही।...कभी स्वस्थ और स्वच्छ वातावरण नहीं मिला उसको। इसके बावजूद, वह कुंद बुद्धि को धैर्य में बदलती है।

'बासमती, तुम पिछले जनम में सती सावित्री, अनसूया, गंगा थीं कि लोपामुद्रा?' दया ने पूछा।

'मैं नहीं जानती। कुछ भी रही होऊँगी, लेकिन औरत ही न!'

'मैं तुम्हारे शब्द पढ़ लेता हूँ। तुम बहुत सरल हो।'

'और आप पढ़ाते तो कठिन ही हैं!'

'मैं जानता हूँ...तुम अगले जनम में सुप्रीम कोर्ट की जज बनोगी या महिला विश्वविद्यालय की वाइस चांसलर, चाहे राज्यपाल।'

'आप बहुत कठिन बोलने लगते हैं।'

धीरे-धीरे दया खूब प्रेम भरते थे और बासमती को अथाह सागर तक ले जाते थे। दया बासमती को भीतर तक खुश करते थे। पूरी तरह तनाव-मुक्त बासमती संकोच छोड़ती चली जाती थी।

'बिजली कड़कती है तो ऊर्जा मिलती है।' दया बोले।

'मुझे तो तेज बरसात में मजा आता है।' बासमती बोली।

'तुम्हें जाड़े में अच्छा नहीं लगता मुँह ढँक के सोना?'

'तब, जब आप भी घुसे हों मेरी रजाई में।'

'झुर-झुर हवा बहे तो आँगन में अच्छा लगता है।'

'तब, जब चाँदनी रात हो और तारे गिनने लगें।'

'तुम नहाती हो तो अपनी भीगी पीठ क्यों दिखाती हो?' दया ने पूछा।

'आप देखते हैं, मैं नहीं दिखाती।' बासमती बच निकली।

'कल जब तुम नहाकर पेटीकोट बाँध रही थी तो मेरी ओर रह-रहकर नहीं देख रही थी? नाड़े से एक अँगुल ऊपर नाभि थिरक रही थी।

'आप सामने बैठे रहेंगे तो आँख नहीं उठ जायेगी?'

'कल यह सब अम्मा भी देख रही थीं।'

बासमती लजा गयी। स्त्री की लाज एक कथा है। बिना कहे पूरी कथा स्पष्ट हो जाती है। पुरुष को लजाना नहीं आता। पुरुष की लाज समझ में नहीं आती। दया को मौका मिला तो वे लजाने का अभ्यास करेंगे, कई प्रकार की लाज...!

'आज पूर्णिमा है। पूरी रात अँजोरिया रहेगी, चकाचक!'

'हाँ...दिन में हवा बन्द है। रात को झुरुकेंगे पवन महाराज!'

'तुम्हें देख चन्द्रमा के मुँह में लार भर जाती होगी।'

'हम दोनों को देख चन्दा मामा खुश होते होंगे।'

'जवान औरत देखकर ठहरना पड़ता है।...क्या तुम भी किसी जवान आदमी को देख ठहरती हो?'

'मैंने कभी ऐसी निगाह डाली नहीं। हाँ, चाची और उनकी सहेलियाँ खूब ताकती है गैर मर्द को।'

'चन्द्रमा को तो निहारती रहती हो!'

'चन्दा मामा तो सबके हैं और वे कोई मर्द थोड़े हैं! बचपन में उन्हें देखकर

हम भाई-बहन आँगन में खेलते और खाते थे। उस दिन खाना ज्यादा खा लेते थे।' बासमती आसमान ताकने लगी।

'आदमी औरत के अंग को देखना चाहता है, परखने की इच्छा बनी रहती है। औरत कपड़े से ढँकी रहती है, आदमी औरत के कुच, नितम्बों, जाँघों के पुष्ट होने का अनुमान लगाता है। तो क्या औरत भी आदमी के देह का अनुमान लगाती है?'

'मुझे क्या पता! यह तो चाची की सहेलियाँ बता सकती हैं।'

'यह आकर्षण शायद हमें कर्म की ओर बढ़ाता है। औरत अपना सौन्दर्य लजा-लजा कर दिखाती है। आदमी अपनी ताकत दिखाता रहता है।'

बासमती चुप रही।

'मैं घोड़े की तरह दौड़ सकता हूँ, तुम दौड़ सकती हो?'

'आप मौका तो दीजिए।'

दया और बासमती आज चाँद पर निगाह रखेंगे कि चाँद ठहरता और मुस्कराता है कि नहीं। बासमती दया को समझ रही थी और दया बासमती को। मन बहुत गहरा था, दया और बासमती डूब गये थे।

बाँझ शब्द भावना से निकलकर मुँह तक आ गया था

झोंपड़ी के बगल में शिवरतन ने दो बिस्वा जमीन खरीदी थी। दो साल हो गये अभी तक दाखिल-खारिज नहीं हुआ था। शिवरतन इसी कार्य हेतु कचहरी जाना चाहते थे। आज की घड़ी शुभ थी। बिल्ली रास्ता न काटे—इसका ध्यान रखना जरूरी था। एक आँखवाला आदमी सामने न पड़े। गोद में कोई स्त्री बच्चा लिए हो या कोई बाल्टी-भर पानी या दूध लिए जा रही हो और सामने पड़ जाये तो काम बनना ही है। बाँझ स्त्री या पुरुष तो कतई सामने न आये, नहीं तो बनता काम बिगड़ जायेगा, खासतौर पर घोषित बाँझ स्त्री। शिवरतन जब भी बाहर जाते, दही-गुड़ खाकर ही बाहर निकलते। वे एक कटोरे में दही-गुड़ मिला रहे थे।

मुँह पोछते हुए शिवरतन गौरा के कान में बोले थे—'बासमती को सामने से हटाय दो। हमरी नजर न पड़े, कचहरी का काम है!'

'हमें खियाल है, धीरे बोलो! दया पीछे खड़ा है।'

दया तो पुत्र है। बाँझ होकर भी वह अपशकुन नहीं हो सकता। पुत्र से हमेशा शुभ की सुगन्ध आती है और बाँझ बहू से बदबू!

दया ने बाकायदा सुन लिया था। एक-एक शब्द, एक-एक मात्रा। दया के

नीचे धरती थी न ऊपर आकाश। इस वक्त कोई उनके टुकड़े-टुकड़े कर दे, तो भी पता न चले।

दया ने इधर-उधर झाँका-देखा। शिवरतन चले गये थे। बासमती अभी भी रसोई में बैठी रोटी सेंक रही थी। गौरा बोरे से गेहूँ निकाल रही थीं। दया उठे और सीधे झोंपड़ी पर चले गये—'आज जीते-जी बासमती तुम विधवा हो गयी। आखिर कितना दौड़ोगी मेरे शव के पीछे-पीछे? तुम्हारा सिन्दूर सिर्फ एक रंग है, सँभलो! या तो पोंछ दो इसे, यह काला हुआ जाता है। मैं जामा-जोरा पहनकर दूल्हा नहीं बना था। वह तो कफन के समान 'बाँझ-वस्त्र' था जिससे तुम्हारी गाँठ बँधी थी। मेरे यहाँ आने के बजाय किसी और घर में गयी होती तो अवश्य ही तुम्हारी कोख हरी हो गयी होती। मेरे प्रारब्ध में क्या बदा है रे बासमती! सगे माता-पिता के मुख से यह क्या सुन लिया मैंने! अवश्य ही अनेक प्रकार की ऐसी ही भावनाएँ उनके मुँह तक आती होंगी, जिसे हम-तुम नहीं सुन पाते। अवश्य ही तुम्हें बाँझ भैंस समझते होंगे जिसे कसाई को देने पर भी उन्हें कोई पीड़ा न होगी...और मुझे, अण्डकोष कूटा हुआ बैल, जहाँ कोई संवेदना नहीं रहती। बैल सिर्फ खटता है। श्रम के अतिरिक्त बैल के साथ कौन-सी भावना!'

दया थोड़ा चैतन्य हुए। बासमती झोंपड़ी पर नहीं है, फिर क्यों बात कर रहे हैं? दया स्वयं से उलझते, बात करते रहे।

दया के सामने एक जलती चिता है जिसमें खुद जल रहे हैं। ठीक से उनकी लाश जल जाये, इसका उपक्रम वे स्वयं कर रहे हैं। वे बासमती को भी जलने को कहेंगे? नहीं, बासमती को कुछ नहीं बताएँगे। दया को लगा कि आज तक वीर्य और रज की समिधा जिस हवन-कुण्ड में डाली जा रही थी, वह कूड़े की आग थी। आग कोई हो, समिधा की सुगन्ध फैलनी चाहिए थी। दया को आभास हो रहा था कि उन्हें कोई जीवित नहीं मानता, बासमती को भी नहीं। स्वयं को मरा हुआ जानकर वे खाट पर चित लेट गये थे।

दया को लगा कि बासमती मेरे सामने खड़ी है।

'हमारी-तुम्हारी हर नींद एक मृत्यु रही है बासमती! अम्मा तो कहती ही है कि 'सोना मरने जैसा है।' हम मृत्यु की नींद सोए। जागते हुए सोते तो यह नौबत न आती। तुम्हें भींचना धूल में रस्सी पूरना रहा। हम तो पानी में मथानी चलाते रहे कि घी निकलेगा। तुम खुद देख लो, मेरे घर के लोग मेरे मुँह को आग देने के लिए कण्डे सुलगा रहे हैं। मैं कितना असम्भव हो गया बासमती!'

'...लेकिन बासमती, मैं जीऊँगा। तुमसे कोई बात नहीं बताऊँगा। खुद मर-मर जी लूँगा। इसका भी एक सुख होगा। लोगों के जवान बेटे मर जाते हैं,

घर में आज की आयी बहू प्राण त्याग देती है, बचपन में माँ-बाप का साया उठ जाता है। धीरे-धीरे सामान्य हो जाता है कि नहीं? मैं तुम्हारे लिए जीना चाहता हूँ, खुश रहकर जीना!'

दया ने छाती ठोंकी, जैसे वो अपने को मजबूत बना रहा हो—'लाओ! मेरे सगे आदरणीय सम्बन्धी! कई शिलाएँ लाओ! मेरी छाती पर रख दो! बड़ी ताकत आ गयी है इस छाती में। मैंने दिमाग का दायरा भी बढ़ा दिया है...।'

सुख-स्नेह-संवेदना के दिन

एक पीढ़ी के बाद परिवार, समाज, देश का व्यवहार-व्याकरण बदल जाता है, लेकिन परम्पराएँ नहीं बदलतीं। विचार को और समय लगता है। दया का स्वर विरोधी था। कभी-कभार घर के लोग दया से सहमत भी होते तो उन्हें परिवेश दबोचता और फिर वे अपनी पुरानी जगह पर आ जाते। शायद घर के लोगों को लगता कि अब अपने को बदलकर क्या कर लेंगे? यही सोचने की क्रिया पूर्व-स्थान से हटने नहीं देती हैं और परम्पराएँ अपनी जगह जस की तस रहती हैं।

दया पाठ पढ़ाते, बहसते, नया वस्त्र चढ़ाने की फिराक में रहते। उन्हें लगता कि गाड़ी लाइन पर आ जायेगी, लेकिन उनके बाद सब ढीला हो जाता।

बासमती इधर भी हाँ और उधर भी हाँ में रहती। बासमती किसी का दिल दुखाना नहीं चाहती। कमाऊ मर्द पाकर बासमती फूले न समाती और बड़ों के स्नेह से इतराती रहती। अब तो बटोरे गये स्नेह, प्यार, दुलार बलवन्त पर उँडेलती रहती। बासमती घर की व्यवस्थापिका बन गयी थी और दया घर की मजबूत दीवार।

दया के हाथ में अक्सर किताब रहती। गाँव के कुछ लोग ऐसा भी कहते कि 'अब नौकरी मिल गयी है तो क्या पढ़ते हैं दया? अब का कलक्टर होंगे? इतना पढ़ने-लिखने से ही हाल यह है कि काँख-पाद के एक बच्चा निकाल पाए। पढ़ के क्या उखाड़ेंगे अब?...अरे इनके घर का हाल कोई जाने तब न! ई तो कहो कि पढ़ने में तेज रहे, नौकरी लग गयी, नहीं तो बाप के साथ घास छीलते। खेती का काम करते तो घट्ठा पड़ जाता। बोझ ढोते, रोपनी-सोहनी करते, कटिया-दँवरी करते, तब पता लगता।' और दया थे कि इन बातों से बेखबर खुद की तलाश करते।

बलवन्त के गँड़तरों से छुट्टी मिल गयी थी। वह अब बिस्तर पर पेशाब नहीं करता था। सोने में पेशाब लग जाती तो कूँ-काँ करने लगता। कहीं टट्टी कर लेता तो

गौरा चल देतीं पानी लेकर धोने, तब तक बासमती धो-धा देती। मानो होड़-सी लगी है। झोंपड़ी में शिवरतन बलवन्त को तेल लगाकर मालिश करते, नहलाते और शौच करता तो वे भी गर्व से धोते।

गौरा भी इसी तरह बलवन्त की मालिश करती। 'छू-छा...नकिया छुआ' बोलती रहती। बलवन्त पुष्ट नितम्बों को देख फूले न समाते दया। वे चुपके से उठते और आईने के सामने नंगे होकर अपने नितम्ब निहारते। 'पहले यह भी बलवन्त जैसा रहा होगा, अब कैसा हो गया!' क्या बासमती के नितम्ब सिर्फ कामवासना जगाने के लिए हैं? दया ने तय किया कि वे बासमती के नितम्बों की रोज मालिश करेंगे जिससे रक्त-संचार बढ़े और वे अधिक पुष्ट हो सकें। बासमती भी सोचेगी कि दया आखिर इतना स्नेह क्यों जताने लगे हैं!

एक दिन बलवन्त को गौरा अपने पेट पर खड़ा कराके दुलार रही थीं कि बल्लू ने धार मार दी, सीधी धार मुँह में गयी। गौरा अघा गयी, बोली–'अरे ई पेशाब नाहीं, अमरित है...बड़े भाग से ऐसा होता है।'

दया को अच्छा नहीं लगा था मुँह में मूत का जाना।

'अम्मा, जब से बिल्लू पैदा हुआ है, चाची का और मुँह टेढ़ा है। लगता है बिल्लू को देख जल-भुन जाती हैं।' बासमती गौरा से बोली।

'अपनी चाची का बात ना करो बासमती! उ औरत के नाम पर कलंक है।'

बासमती के मन में जो था वह कहने लगी–'अपनी सगी होकर वे हमारा बनता नहीं देखना चाहतीं। कहीं अपना पड़ोस बिगाड़ा जाता है! वैसे चाचा में खोट नहीं है अम्मा! चाची ही एक बार में चार जोड़कर बतियाती हैं।'

'देख बासमती! हमरे इहाँ से तो गाँठ पड़ी गयी। हम अकेले थोड़े सुलझाय सकत हैं।'

'अम्मा, आपकी दुश्मनी तो किसी से है नहीं? आप कभी जली-भुनी भी नहीं?'

बासमती पूछी तो गौरा बिगड़ पड़ी–'तुमको भी बहुतै आवै लगा!'

बासमती ने मनावन किया तो गौरा तुरन्त सामान्य हो गयी। उन्हें अतीत के कई पृष्ठ मन ही मन याद आने लगे–'मैंने किसी से बिगाड कभी नहीं किया। गाँव में किसी के घर जाने में हिचकी भी नहीं। चाहे सोहर गाना हो, पूजा-पाठ हो, कथा-हवन के गीत हों, शादी-ब्याह का अवसर हो...खुशी-खुशी सिर पर आँचल डाले हाजिर रहती हूँ। कभी किसी का मीन-मेख नहीं निकालती। ...देवर को मैंने बेटे की तरह पाला। नहाने के बाद मड़ई पर जाँघिया छोड़ देता था, बड़ा था फिर भी...। मैं कचारती थी। वह थक जाता था, रोज तलवे में तेल लगाती थी। बल्लू

की तरह जब छोटा था तो भरी बाल्टी गिराकर पानी में छप-छप करता था, तब कुएँ से पानी मैं ही लाती थी।...देवर के पीछे मैं दया के बाबू का खयाल नहीं रख पाती थी...हर घड़ी देवर! समय से खाना पकाती कि बस छूट गयी तो दूसरी दोपहर को आयेगी और स्कूल छूट जायेगा। उस समय दो बसें सरकारी चलती थीं। गौरा को विश्वास था कि देवर पढ़-लिखकर बड़ा आदमी बन जायेगा और घर सँभाल लेगा। दया को पढ़ा देगा तो वह भी भी साहेब बन जायेगा। सब पानी की तरह प्रेम-व्यवहार बह गया नाली में। देवरानी के आते ही दोनों भाई अलग हो गये। घर में दीवार पड़ गयी, दो चूल्हे हो गये। छोटकन भी दया के साथ ऐसा तो नहीं करेगा?'

...घर तो आने वाली बहू पर निर्भर है कि चूल्हा एक जगह जले।

गौरा की आँख भर आयी। बासमती से देर तक अतीत की कथा कहती रहीं। बासमती की भी आँख गीली थी।

गौरा बलवन्त को तेल लगाकर जो मालिश करती, वह साधारण नहीं थी। विशेष प्रकार की मालिश, जो अनुभव से जाना था गौरा ने। बलवन्त के अंगों को एक सही आकार प्रदान करने की क्रमबद्ध क्रिया थी। मजबूत होते अंग, आकार पाते हुए क्रम में दया देखते। बासमती सीखती-समझती। देखते बनता था बलवन्त! काजल करती कि बल्लू की आँख बड़ी लगे। बासमती कहती—'अम्मा, काजल चिपोर मत दीजिएगा। पूरा मुँह काला कर लेता है आँख मलकर।'

दया को पुत्र-स्नेह ने ऐसा घेरा कि वे बिल्कुल बच्चे बन गये। जो क्रियाएँ बल्लू पर होतीं वे स्वयं अपने ऊपर करते, जैसे आँख में काजल लगाकर आँख मलते, खड़े-खड़े पेशाब करके मूत्र चुवाते नाड़ा बाँध लेते। दया को बड़ा मजा आता। वे जिद करने और तुतलाने की भी कोशिश करते रहते।

कई दिनों से उमस थी। पानी नहीं बरस रहा था। बादल आते तो थे, लेकिन हवा के साथ उड़ते चले जाते थे। चिपचिपी गर्मी में भला कौन काम करेगा! सबको हवा की दरकार थी। चाची भी हवा खोजने बाहर निकली थीं। साथ में वे तीनों थीं जो चाची का साथ नहीं छोड़तीं। सब साथ हों तो कहाँ उमस! कहाँ गरमी! इस उमस-भरे दिन में कोई व्यंग्य-वाण सहने आ जाय तो चारों के लिए सोने पर सुहागा। ये अपने मर्दों पर इतना अंकुश लगा रखी थीं कि बेचारे मर्द अपनी मर्जी से एक कौर कुछ खा नहीं सकते। गौरा तो बात नहीं करतीं, भले काम बिगड़ जाये इनके बिना। ये सामने दिख जायें तो गौरा घूमकर रास्ता तय करतीं, भले

एक कोस का डेढ़ चलना पड़े। गौरा को यह भी चिन्ता रहती कि कहीं बासमती को ये सब बिगाड़ न दें। छोटकन की शादी अभी करनी है। परिवार बहुत-कुछ बड़ी बहू पर निर्भर करता है।

झोंपड़ी खाली थी, शिवरतन अपने समधी से मिलने गये थे। परसों आयेंगे। झोंपड़ी देखने की पारी बँध गयी थी। बासमती को झोंपड़ी पर जाना था। बासमती भी चाहती थी कि जल्दी झोंपड़ी पर चलें तो गर्मी से चैन मिले। ब्लाउज भीग गयी थी, बल्लू भी गर्मी से रो रहा था। अभी दिन का एक बजा था, चार बजे तक वह वहीं रहेगी।

झोंपड़ी पर चाची और उनकी तीनों सहेलियाँ जमी थीं। बासमती ने देख लिया था। अब बासमती कैसे बचे? किस ओर से जाये? शिवरतन के न होने का पता वे पहले से ही लगा बैठी थीं। कितनी ढीठ हैं कि साड़ी का पूरा पल्ला नीचे गिरा है, चेत नहीं है, सिर्फ ब्लाउज ऊपर है, नाभि, छाती साफ दिख रही है।

'कितनी बेलज्ज हैं।' बासमती के मुँह से निकला।

'लो आय गयी लोचर थामे।' चाची हाथ चमकाकर बोलीं।

'गुस्सा में हो का बासमती? दया नजर नाहीं मिला रहे का?' पहली बोली।

'दया काहे नाहीं ताकेंगे? ई कहो की बेटा हो गया तो घमण्ड है कपारे!' दूसरी ने बासमती की बाँह पकड़कर बैठाया।

'ई तो कहो कि बेटा गोर नाहीं है। करिया है। नाहीं तो तू देखतू इसका दिमाग असमाने पर रहता।' तीसरी ने हाथ चमकाया।

'उहै मसल कि 'करनी न करतूत, चलियो मेरे पूत'।' पहली आग लगा रही थी।

बासमती मुस्कराती रही। कुछ बोली नहीं तो चाची ने बात बढ़ाई—'गोर-गार ई होती तो इहौ आग मूतती।'

बासमती अब चुप न रही—'चाची, आप तो मूतती होंगी।'

'बोलो, लेकिन कुछ मान-मर्जाद रखो। एतनी खुली बात चाची को तो ना कहो, आखिर हैं तो तुम्हरी सगी चाची न!' दूसरी ने समझाया।

'ज्यादा फूलेगी तो डार-पात से जायेगी!' चाची ने जवाब दिया—'सीता सुन्दर रहीं, रवनवाँ हर लिया कि नहीं! हमरे पास भी एक से एक किस्सा है। ...और तो छोड़ो, ऊ जौन फलनवाँवाली मटकती छाती ताने चलती थी। बिलाउज तो अइसे कटवावे आगेवाला गला कि आधी छाती दिखात रहे। का भवा...हो गया कैनसर, कट गयी एकगो छाती...करो अब उतान।'

'आप लोग कुछ भी कहें! मैं वही बात आप पर बोल दी तो मिर्चा लग गया!' बासमती ढीठ होकर बोली।

'अरे तू चुप रह बसमतिया!' दूसरी ने बचाव किया—'जियादा शेखी उसी में घुसुर जात है। हम त साफ जानत हैं कि मरद को बहुते न ललचवावे, जो मन में हो साफ कह दे। नाहीं तो दोष होता है।'

'हमार तो खुला खेल है।' चाची ने साफ-साफ कहा—'कुछ लेना-देना न हो तो ठीक से रहो, मटको-चटको मत! ...चित या पट!'

'बसमतिया के आगे कछु बोल भर दो, बात काट के एक किनारे, बहुत पढ़ी है। पाँयलागू नाहीं कहत, नमसते बोलत है।' तीसारी ने हाथ चमकाकर कहा।

'बहुत-कुछ बदल गया चाची!' बासमती गम्भीर हो गयी—'अब कोई औरत घूँघट में रहना पसन्द नहीं करती। आखिर क्यों दम घोंटकर रहें? जमाना बदल गया! और आप लोग केवल वही बात—कि मरद के साथ सोनेवाली। कुछ देश-दुनिया भी जानो चाची! और दीदी, आप भी। अपने मरद का मान करेंगी, बोलेंगी-बतियाएँगी तो वे खुद आपको सब बात बतायेंगे। हमसे भी आप पूछ सकती हैं नयी-नयी बातें। तब आपको लगेगा कि जमाना कितना आगे निकल आया है। साथ चलना जरूरी है चाची!'

कुछ देर मौन हो गयीं सब। लेकिन उम्र ज्यादा होने से ढिठाई आ जाती है। संकोच नहीं रहता।

'तुमसे हम सब सहमत हैं बासमती!' चाची बोलीं।

'उ तेा ठीक है।' दूसरी ने कहा—'लेकिन ई दया से खूब मजा भी मारी और पहिला बेटा भी धर दिया कि लो! राम जब तलक नाहीं सुने तो नाहीं सुने, जब सुन लिए तो लो—कई बार का छँटाक, एकै बार का पसेरी।'

'भगवान से पहले तो आपकी कृपा है दीदी!' बासमती ने दिल पिघला दिया—'और चाची आशीष न देतीं तो कुछ नहीं होता।'

फिर सब चुप हो गयीं। लेकिन गम्भीर बातें करना नहीं जानती थीं। सेक्स के सिवाय कोई बात आती नहीं थी।

'लड़का के चक्कर में चार बेटियाँ होइ गयीं, अब जाके पचवाँ बेटा भवा।' पहली ने दर्द कहा—'कुल मजा गड़बड़ा गया, मरद भी ठीक से साथ नाहीं देता।'

'अरे तोहार जुगाड़ तो बनाय दिया, अब का टें-टें करत हेा?' चाची चमकी।

'मजा हमेशा नहीं मिलता दीदी! हर काम की एक उमर होती है। बेटे-बेटी में फर्क काहे? और बेटा तो हो गया न! उसी को पालो-पोसो दीदी!'

'बासमती समझाती खूब है, सहेबाइन की तरह।' दूसरी बोली।

बासमती ने बोलना चाहा, लेकिन बलवन्त भैंसों की ओर जा रहा था। वह उसे पकड़ने दौड़ी।

'तुम ही कुछ बोल रे! गियान की बात बाद में होई। कुछ आपन नया पुरान सुनाव बुजरी!' चाची ने तीसरी को चुटकी काटी।

'हम कवनो बात अपने बीच छिपावत नाहीं हैं।' तीसरी गर्व से बोली—'जब से हमार बियाह भवा, तबै से जेठ आँख गड़ाए था। हमार आदमी बहुते सीधा है, बिना हमरे मटकी मारे घर नाहीं आवत, झोंपड़िये पर रहत है। ऊ फेर में ज्यादा नाहीं रहत। ...और जेठ रहे कि हमार दूध निहारे तो निहारते रहे, पलक न झपके बहिन! और सास से खूब बतियावे, कवनों न कवनों बहाना लगाय के। मौका पाय के एक दिन धर लिया हमरी बाँह। हम त बूझत रहे...। अब चिन्ता नाहीं, मरद आवै न आवै।'

चाची ऐसे सुन रही थीं जैसे किसी देवता की कथा। बासमती ने सुना और मुस्कराई कि इससे आगे ये सब जानती ही क्या हैं!

दूसरी कैसे पीछे रहती! बोली—'हमरा तो देवर से है।'

बासमती चुप ही रही। ये अपने घर किस मानसिकता से रह रही हैं? देवर तो बेटे की तरह होता है, और जेठ का पद कितना आदरणीय है—पिता-तुल्य!

अब चाची को बोलना था—'असल जवानी का मजा तो तीस बरस की उमिर के बाद आवत है।...हम तो जौन जानत है, बक देत हैं। के है दूधे से धोवा! जफर का नाहीं बोलत-बतियात हैं दया की अम्मा से। बासमती भले न कछु बोले...अरे, एकर भी देवर तैयार होई गवा है।'

आखिर बासमती बिगड़ ही पड़ी थी—'चाची, लाज आनी चाहिए! ऐसा सोचने से पहले दिमाग में कीड़े नहीं पड़ गये चाची! जफर चाचा अम्मा का पैर छूते हैं, मुसलमान होकर भी सलाम नहीं करते और छोटकन तो हमारा पहला बेटा है। बल्लू न होता एक-दो साल, तो हम छोटकन को ही गोद ले लेते।'

इस बार भी कोई नहीं बोला। बासमती ने शालीनता से, कभी तल्खी से, कभी निवेदन करके सबको समझा दिया था कि दुनिया और भी है। घर में सेक्स के अतिरिक्त भी संवेदनाएँ, भावनाएँ हैं। स्त्री का जीवन कहीं कठिन नहीं है। उसे भागीदारी करनी चाहिए। तब वह जान सकेगी समाज। वैचारिक दृष्टि से अपने सम्बन्धों के साथ जीना चाहिए।

बलवन्त को किसी से क्या मतलब! वह खेल रहा था। उसने गिरे जामुन एकत्र कर लिए थे। झोंपड़ी के आगे जवान जामुन का पेड़ था।

चाची की भी अपनी छोटी सी कथा थी—

रामधनी शिवरतन के दोस्त हैं, साथ के पढ़े। पुलिस में दरोगा हो गये। चाची के घर के बगल में उनका घर है। तीन-चार महीने में एक चक्कर गाँव आ जाते

हैं। चाची पन्द्रह साल से फेर में पड़ी हैं, सफलता नहीं मिली। आज भी आये हैं। शिवरतन की झोंपड़ी के बगल से गाँव का रास्ता है। रामधनी उसी रास्ते से चले जाते थे, बिना अगल-बगल देखे। चाची मन मसोसकर रह जाती थीं।

'तुम्हारा वाला गया!' रामधनी को देख पहली ने चाची को चुटकी काटी।

चाची ने जवाब दिया—'इसी दरोगवा के चक्कर में सनेहिया टपक गया।'

'सनेहिया में तो जान-परान नहीं है चाची!' दूसरी ने मुँह बनाया—'टाँग बझती है, मरी भी तो किस पर चाची।'

'जिसके किसमत में जो लिखा होय!' चाची ने बोलने से ज्यादा संकेत किया।

बासमती ने अपना ध्यान इनकी बातों से हटा लिया। वह बलवन्त से खेलने लगी। अपनी कोख से जन्मे बेटे के साथ खेलने का आनन्द ऐसी सेक्सी बातों से लाख गुना अच्छा है। बलवन्त द्वारा एकत्र किये गये जामुनों के बासमती ने छः हिस्से किये और सबको नाम दिया—ये पापा हैं, ये बाबा, ये दादी, ये मम्मी, ये छोटू पापा और ये तुम। बलवन्त के दोनों हाथ पकड़कर गोल-गोल घूमकर कोई कविता गुनगुनाने लगी।

तीसरी चाहती थी कि बासमती बातचीत में शामिल रहे। वह बासमती से बोली—'हे बसमतिया, तोहरे बिल्लू की फुन्नी बड़ी लागत है, जइसे कुछ खोंसा होय। बड़ा होकर उपदरव नाँधेगा।'

'मेरे घर में ऐसा नहीं सिखाया जाता।' बासमती ने दो टूक जवाब दिया और फिर बल्लू के साथ छुपम-छुपाई खेलने लगी।

बासमती ने स्वयं को निहारा और फिर बल्लू के साथ किसी नये खेल की रचना में लग गयी। चाची और चाची की सहेलियाँ अपनी सतही बातों में इतना रम गयीं कि बासमती के होने-न-होने का खयाल भी न रहा। कहीं हँसी-ठहाके थे तो कहीं बलवन्त के साथ खेलती बासमती।

दशहरे की रामलीला में पूरा गाँव शाम को मेले में जुटता था। मेला क्या सिर्फ एक मंच था जिस पर नाटक खेला जाता था? रामलीला वाले बिहार के थे, हर साल आते थे। पेट खाकर दिखाते थे रामलीला और इसी बहाने शादी-ब्याह के अवसरों हेतु सट्टा-बयाना लेते थे, यही लाभ था यहाँ आने का और आगे की कमाई का आगम।...जब वे रामलीला की तैयारी में जुटे रहते तो गाँव के किशोर, जवान, बच्चे आसपास मँडराते-झाँकते रहते। ये राम को नहीं, नाचने-गानेवाले लवण्डों को बनता-ठनता देखते थे। राजवंश के कहने पर दया भी एकाध बार

हो आये थे। वैसे हर घर में टीवी है। लेकिन गाँव है, जो आ गया उटक-नाटक करने, सबका सम्मान है। अब तो रामलीला, नौटंकी भी खत्म हो रही है। रामलीला बीच में रोककर राम-सीता की आरती होती थी, फिर आरती के बहाने कलाकार अपनी झोली फैला देते थे। नाचनेवाले लवण्डे भी अश्लील गीत-डाँस पर ईनाम पा जाते। एक बार तो एक बुजुर्ग ने ताव में आकर यहाँ तक कह दिया कि 'अगर लवण्डा मेरी जाँघ पर बैठ जाये तो पचास रुपया उसका।'

गाँव कुछ दिन के लिए रामलीलामय हो गया था।

बासमती दया से पूछती—'आज रामलीला में क्या होगा?'

'दशरथ की रानियाँ खीर खाएँगी, इसके बाद वे गर्भ धारण कर लेंगी।' दया कहते।

बासमती ने पहले पेट पर हाथ रखा, फिर स्तन छुआ और बलवन्त के सिर पर हाथ रख सहलाने लगी। वह भभूत खानेवाली बात याद करने लगी थी।

'देखिएगा, दशरथ को बेटा होगा।' बासमती ने घोषणा की।

'यह कोई नयी बात नहीं, सबको पता है।' दया ने बासमती की घोषणा पर पानी फेर दिया।

शिवरतन, गौरा भी रोज रामलीला की बात करते। शिवरतन रोज सब्जी पहुँचाते, इस समय नेनुआ खूब था। पितृपक्ष में और उसके बाद नेनुआ जल्दी कोई खाता नहीं, अच्छा नहीं लगता। गाँव में यह भी कहा जाता है कि नेनुआ खाने से पितृपक्ष में दोष होता है। लेकिन रामलीलावालों को पेट चलाना था। ...और यहाँ आंचलिक परम्पराएँ नरम पड़ जातीं हैं।

दया का घर श्रद्धा-भक्ति से भरा तो था, लेकिन कोई पूरी रामलीला देख नहीं पाता था। दया को लगता था कि यह मेरी आलोचना का असर है और अब गाड़ी लाइन पर है। और इधर बलवन्त को स्नेह-दुलार देने की होड़ सी लगी थी। ऐसा जान पड़ता कि भावनाओं के मिश्रण से कोई नया उपकरण तैयार हो रहा है, जिसके आगे-पीछे पूरा परिवार घूम रहा है।

'राम का जन्म हो गया?' बासमती ने दया से पूछा।

'हाँ, कल हुआ।' दया ने उत्तर दिया।

'जनम कैसे दिखाएँ होंगे? कौशल्या को दर्द उठा होगा तो लोगों को कैसा लगा होगा? डॉक्टर भी आया था?' बासमती के एक साथ कई प्रश्न थे।

'नाटक करना है। मतलब समझ में आना चाहिए। किसी को बच्चा होते कोई दिखा सकता है?...अरे कोई बल्लू जैसा छोटा बच्चा आया होगा।'

'बल्लू को हम भी देख लेते रामजी के रूप में!'

'मंच पर जाने से कोई राम नहीं बनता। कल देखा था, हनुमान जो बनता है वह ताड़ी पीकर लुण्ड था। राम अभी किशोर है, लेकिन बंडल का बंडल बीड़ी पी जाता है। दशरथ को दारू चाहिए रोज! आरती का पैसा इसी में खर्च कर देते हैं।...राम, कृष्ण...ये सब बनाए गये हैं। ऐसा वातावरण दिया गया कि वे महान हुए, बुद्धि भी थी। अच्छा मेल हो तो क्यों नहीं बनेगा लायक।'

'बल्लू को क्या बनाएँगे?'

'यह बाद में सोचेंगे।'

'बल्लू को कुछ अच्छा बनना चाहिए। आप बनाएँगे न?'

'कहाँ है बल्लू? दिखा नहीं।'

'सो रहा है।'

'इस टाइम! शाम को! सूरज के उगते और डूबते समय नहीं सोना चाहिए। इस समय वातावरण बदलता है। रात का तापमान कुछ और दिन का कुछ।'

दया उठे और बल्लू को टटोलने लगे—'अरे बुखार है!...तेज है!'

बासमती घबरा गयी। गौरा ने सुना तो भागी आयीं। शिवरतन को खबर हो गयी। सानी-पानी छोड़कर वे भी भागे आये। छोटकन हाँफता घर में घुसा। बलवन्त पहली बार बीमार पड़ा था। छोटा-सा बुखार...जैसे आफत आ गयी। सबके मन में मृत्यु का भय जाने-अनजाने समा गया। पहली घटना प्रभावित करती ही है।

सभी बलवन्त के बुखार की तासीर जानने लगे। बार-बार छूने से वह जाग गया। दया किसको दिखाएँ, कहाँ ले जायें? बिना डॉक्टरी सलाह के दवा देना ठीक नहीं, जबकि वे क्रोसीन रखते थे।...बल्लू की आँखें लाल थीं। जागते ही उसने उल्टी की। चारपाई से उतरने लगा...पतली टट्टी हुई—छर्रऽऽ...पानीदार टट्टी में मल के गुटके। दया काँपने लगे। दया को काटो तो खून नहीं! घबरा सभी रहे थे, लेकिन दया ने अति कर दी। बासमती दया की घबराहट भाँप गयी—'आप इतना घबराते क्यों हैं? बच्चों को यह सब लगा रहता है।'

गौरा ने भी हिम्मत बँधाई—'कई लड़कन की माई हूँ। तुम एक से घबराय गये बेटा! दिन गजबज है। दवाई से ठीक हो जावेगा।'

शिवरतन ने सलाह दी—'घबराए से काम ना चली। अन्सारी डॉक्टर आवत है रोज दिलदार नगर से। साँझ के टाइम बइठत हैं। खूब रुपया कमा रहे हैं। चलो दिखाय लो।'

स्त्री में ममता के साथ-साथ हिम्मत है, पुरुष में दोनों की कमी है। दया को यह लगा कि आज स्वयं वे सब ज्ञान खो बैठे हैं। इसे कहते हैं—जब अपने

पर पड़ता है तब सच्चे ज्ञान के अर्थ का पता चलता है। शिवरतन ने कितनी अच्छी जाँच-परख की—जो जितना कमाएगा वह उतना ही विशेषज्ञ होगा। चाहे डॉक्टर हो या वकील। यही कारण है कि राजवंश अच्छे वकीलों में हैं। कमाई के हिसाब से प्रतिभा को परखा जा सकता है, यही परखने का सबसे आसान तरीका है।

डॉक्टर अन्सारी ने बलवन्त को देख लिया था। दया हाथ जोड़े थे। डॉक्टर ने संकेत से बताया 'सब ठीक है, कोई खास बात नहीं है।' डॉक्टर अन्सारी की मुस्कराहट से दया की जान में जान आयी।

बलवन्त को एक बोतल पानी चढ़ाया जा रहा था। दया कभी बोतल को हाथ जोड़ते तो कभी डॉक्टर से बल्लू का हाल-चाल पूछते।

दया के बार-बार पूछने पर बिना झुँझलाए डॉक्टर अन्सारी बोले—'अरे भई, डरने की कोई बात नहीं। मौसम ही ऐसा है। पानी चढ़ रहा है, अभी चंगा हो जायेगा। बोतल में ही इन्जेक्शन लगाया गया है। उल्टी बन्द हो जायेगी, लेकिन लेट्रिन में एक-दो दिन लगेगा। इसे यकायक बन्द नहीं कर सकते, पेट फूल जायेगा। देखिए, जरा गौर से देखिए! चेहरा चमक रहा है न! मतलब पानी की कमी खत्म! ऐसे कारणों में पानी देह खींचने लगे तो तुरन्त कन्ट्रोल हो जाता है।'

डॉक्टर इतना नहीं बोलते, लेकिन दया नये ग्राहक थे, उन्हें पूरी तरह सन्तुष्ट करना था।

बासमती देख रही थी किडॉक्टर का हाथ लगते ही रोग-बियाध दूर होते देर नहीं लगती। गौरा सोचतीं कि कीनाराम का प्रसाद है तो हारी-बीमारी पहले तो पास नहीं फटकेगी, और पास आ भी गयी तो चट से चंगा। शिवरतन को चिन्ता नहीं थी। वे जानते थे बच्चा है मिट्टी वगैरह खा लिया होगा। बच्चे हमेशा अँगूठा चूसते रहते हैं। बच्चों का हाथ कभी साफ रहता नहीं। अब दवा हो रही है तो दवा का असर होते ही ठीक हो जायेगा।

दया को जो भी मिलता, बलवन्त के बीमार होने की विधिवत् सूचना देते। इसके सिवाय इस समय कोई बात जेहन में नहीं आती थी। राजवंश टोकते, 'इतना मोह न पालो दया! तुम तो मोह जानते हो। आगे दिक्कत होगी, लड़का बिगड़ जायेगा। जब मान में नहीं रहेगा तो अकिल काम नहीं करेगी। दुलरुआ बेटा आग मूतता है!'

दया पर कोई असर नहीं। वे बल्लू में अपना प्राण, रक्त, मांस, हड्डी सब देखते। मोह-संवेदनाओं से जकड़े दया पर किताबी ज्ञान का प्रभाव नहीं था।

कभी कभी सोचते कि 'कैसी मानसिकता में फँसता जा रहा हूँ!'...वे और उलझते चले जा रहे थे।

दया कचहरी के अलावा कहीं नहीं जाते। थोड़ा-बहुत बाजार-हाट किया, फिर बल्लू के साथ। नाते-रिश्तेदारों के यहाँ जाना बिलकुल बन्द। राजवंश ने एक बार टोका भी था—'का भाई दया! बेटे को कपार पर चढ़ा लिए! तुलसी की जीवनी तो पढ़े हो! इतनी मुहब्बत ईश्वर से करते तो सीधे दर्शन मिल जाता। कम्पटीशन के लिए इतनी मेहनत किये होते तो डीएम होते, लेकिन इतना पढ़ने के बाद भी फँस गये मोह-माया में। पहले तो बीवी के मोह-प्यार में फँसे रहे, अब बेटा हो गया!'

दया पर कोई प्रभाव नहीं।

जाड़े की शुरुआत थी। गरम कपड़े सबको चाहिए, लेकिन दया का ध्यान सिर्फ बल्लू पर था कि उसे ही चाहिए गर्म कपड़े! और सबके पास तो पुराना-धुराना है ही। बल्लू के पास भी पिछले साल का था। फिर भी बासमती ने अपने दो पुराने ऊन के ब्लाउज उधेड़ दिये थे। इससे बल्लू का ऊनी पैजामा तैयार हो जायेगा। इसी प्रकार दया के स्वेटर को उधेड़कर बल्लू की टोपी बुनी गयी थी।

स्वेटर बुनते हुए गौरा गाती रहती थीं—

'हमरे बल्लू का स्वेटर बिनाई, जाड़ा मजे-मजे कटि जाई
कतनो बयार चली सरदी ना लागी, झींक जोखाम दूरै से भागी
जमीनी पर बिछ जाई चटाई, जाड़ा मजे-मजे कट जाई।'

सबके पास अपने-अपने गीत थे, चाहे बासमती या गौरा, चाहे छोटकन या शिवरतन।

दया कचहरी जाने से पहले बासमती को चेता जाते—'बासमती! देखना बल्लू सड़क पर न जाये। रोड बहुत चालू है। नये-नये लड़के ड्राइवर बने हैं ससुरे...।'

बाहर का दरवाजा बन्द हो गया था। आँगन से बाहर कोई निकलने नहीं देगा बल्लू को।

दफ्तर पहुँचकर भी बल्लू ध्यान से नहीं उतरता—'कहीं बाहर निकल गया होगा तो जरूर टक्कर लगी होगी। कहीं खून ज्यादा न बहता हो। घर में सिर्फ

बासमती होगी तो अकेली क्या कर लेगी! आज ही प्राथमिक उपचार का एक बॉक्स बनाऊँगा। डिटॉल, एकाध मरहम, पट्‌टी, रूई, पुदीन हरा, ग्लूकोज, इलेक्ट्रॉल रखूँगा। मेडिकल स्टोरवाला बता देगा कि क्या-क्या रखा जा सकता है बॉक्स में।'

किसी को अपनी ओर आते देखते दया तो उन्हें लगता कि अमुक व्यक्ति बुरी खबर लेकर आ रहा है।

'क्या सोच रहे हैं दया भाई?...जब से बेटा हुआ है हमेशा खोए रहते हैं?' वंशधारी टोकते हैं।

'बेटे के लिए आकाश बाँध रहे हैं।' महेश ने हँसी उड़ाई।

'आकाश बाँधो चाहे पाताल, बेटा हो गया तो अब भोगो। और उसे आदमी बनाने की जुगत में लग जाओ।' विजय बोले।

'और हो गया अवारा लहेण्डा तो सारा ज्ञान घुस गया पिछाड़े में।' लालचन्द ने कहा।

'भई इनके घर में खुला खेल फर्रूखाबादी है। दया का खेल तो जानते ही हो!' वंशधारी बोले।

'खेल चाहे जो हो, लेकिन घर में आजादी जरूर है। हम प्रगतिशील है भाई!' दया का सीना तन गया।

'तो क्या आजादी के लिए चूमेंगे चाटेंगे नहीं, बेटे से नाता तोड़ लेंगे?' लालचन्द जवाब चाहते थे।

'नहीं लालचन्द भाई, ऐसी कोई बात नहीं।' दया ने विस्तार दिया—'पुत्र दिमाग बाँट तो देता ही है! पत्नी और बच्चे के हिसाब से मानसिक स्थिति रखनी पड़ती है। मेरी औरत तो मेरी मित्र भी है, आपकी तरह। औरत को मैं सिर्फ सेक्स की वस्तु नहीं मानता। उसमें प्रेम, स्नेह, ममता, आसक्ति, रति, प्रशंसा और लालिमा भी है। बस अनुराग होना चाहिए। बच्चे के सेक्स में रति नहीं है, उसमें स्नेह है, दुलार है, गुदगुदी है। और आप औरत को क्या समझते कि जब चाहा नाता तोड़ दिया! अरे भाई, औरत तो आदमी का विवेक है। बिना औरत के आजाद रहते आप अपनी आजादी की कल्पना सोच कैसे सकते हैं! चूमना-चाटना तो एक व्यवहार है, इससे व्यक्ति की चेतना का विस्तार होता है। आप खुद देख लीजिए—औरत का व्यवहार कितना प्राकृतिक और मनोवैज्ञानिक है। एक अशिक्षित मर्द को अशिक्षित स्त्री के सामने खड़ा कर दीजिए, फर्क तब समझ में आयेगा।'

सबकी बोलती फिर बन्द! आखिर महेश को बोलना पड़ा—'लो एक खाँची

लद्द से धर दिये दया। किसी से यह सँभलेगा नहीं। किताब की बात! अरे लाइब्रेरी लो!'

...कल दया को बल्लू का चूना लगा दिखा था। अब चूना काटता तो बल्लू पाखाने के जगह अँगुली लगा खुजलाता और छटपटाता-सिसकता। टट्टी के बाद ठीक से न धोने से वहाँ कीड़े लग जाते थे, वही काटते रहते थे। ठीक से सफाई होनी चाहिए थी। गौरा गरम तेल से सिंकाई कर रही थीं। बच्चे पालना बड़े दिमाग का काम है। दया ने मन ही मन कहा—'इसकी भी कोई किताब होनी चाहिए, जैसे-मुर्गी पालन, भेड़ पालन, वैसे बच्चा पालन।' दया पहले बासमती के लिए ब्रा और पैन्टी की किस्में, लिपिस्टिक, गोरा बनाने वाली क्रीम और काजल के विज्ञापन पत्रिकाओं, अखबारों में तलाशते रहते थे और अब तो वे बलवन्त के लिए विज्ञापन देखने लगे हैं।

•

एक कथा है, जो जीवन नहीं है। एक जीवन है, जिसमें कथा नहीं है। यह भी सोचिए कि कथा बिना स्त्री के हो तो! या बिना पुरुष के...और बच्चे को तो आप अलग कर ही नहीं सकते। एक पीढ़ी देना जरूरी है, जो जीवन और कथा में रहे।

कथा में पात्र रहते हैं तो प्रेम आता है। बिना प्रेम के कोई बँधना नहीं चाहता। प्रेम में नियम नहीं होते, यह एक भावनात्मक क्रिया है जिसे बच्चा भी बखूबी जानता है।

प्रेम और पीड़ा की अपनी दोस्ती है। यहाँ कथाएँ तंग करती हैं और अपना काम करती रहती हैं। ...तमाम क्रियाओं-व्यवहारों से रोजनामचा तैयार होता रहता है और फिर तैयार हो जाता है एक लेखा-जोखा।

यहाँ सिर्फ एक अनुबन्ध है...और कथा है कि विश्वासों को ठेस लगती रहती है, कि कहीं सच होने का विश्वास नहीं होता।

‘दया हैं क्या घर में?’ राजवंश ने कुंडी खटखटायी।

‘यह तो वकील साहब की आवाज है!’ दया ने मन-ही-मन कहा।

‘आप तो बच्चे में इतना उलझ गये कि बाहर ही नहीं निकलते।’

दया सोच रहे थे—बासमती को ‘आप’ कहने लगा, लेकिन अम्मा को ‘तुम’ जैसा शब्द! अम्मा तुम होकर भी कितनी पास हैं! मैं माँ से अलग कैसे हो सकता हूँ? मैं ‘मैं’ नहीं, अम्मा हूँ...पुलिंग अम्मा! तो क्या बासमती मेरे अति निकट नहीं है? बासमती दूसरे घर से आयी है। उसे हमारे घर के नियम में रहना है। सम्मान पाएगी तो सम्मान करेगी, खुश रहेगी। लेकिन अम्मा को भी ‘आप’ कहना पड़ेगा, नहीं तो लोग मुझे बदनाम करेंगे कि बीवी से डरता है, जोरू का गुलाम है, नौकर है।

‘क्या सोचने लगे दया?...मैं आपसे बड़ा दुखी हूँ। कुछ बोला नहीं कि मुँह बनाकर चुप...!’ राजवंश अधूरी बात छोड़कर दया का मुँह ताकने लगे।

‘मैं मुँह नहीं बना रहा,’ दया ने सफाई दी—‘मुँह ही ऐसा है तो क्या करूँ! पहले बेटे के लिए परेशान था, अब इतनी मान-मनौती है कि कोई देवता-दानी नहीं छूटा है। जिसे देखो वही कुछ न कुछ मान रखा है। मामा-फूफा तक ने न जाने क्या-क्या पत्थर के भगवान से कह रखा है। अब पूरा करो, खर्चा दो, साथ-साथ रहो। यह नयी समस्या खड़ी हो गयी है। अब मुँह न भी बनाऊँ, तो भी बना रहेगा।‘

‘जो भी है आपके फायदे के लिए ही तो है।’ राजवंश ने कहा।

‘क्या फायदा है? भिखारी हो गया हूँ। अरे एक-दो हों तो चलो भाई...। वही बात हुई कि तीन बुलाए तेरह आये...अब तो तीस से भी अधिक।’ दया दुखी थे।

‘कमाया ही जाता है खर्च के लिए। अम्मा, आप दया को समझाती क्यों नहीं? अभी तो जीवन की शुरुआत हुई है। विवाह है, शादी है...मानो चाहे न मानो, लेकिन लोकलाज है कि नहीं, कुछ डर-भय कुछ मान-सम्मान...आखिर कैसे दया जीयेंगे? और आप तो पूजा-पाठ भी शुरू कर दिये थे। फिर कैसे भगवान की बुराई करने लगे?’ राजवंश समझाते, लेकिन दया पर कोई असर नहीं।

‘का समुझावें राजवंश बेटा! उहै मसल कि होई गया जूँजा, बिसर गया

गूजा। एतना सोचत है कि देही में अन्न लागत नाहीं। गौरा को दया के स्वास्थ्य की चिन्ता थी।

'क्यों नहीं दुबराऊँ? जब से बलवन्त हुआ है, तब से कोई न कोई आफत है। कुछ कहूँ तो पूरा घर चढ़ बैठेगा। हर दस दिन पर कोई न कोई बीमारी, एक हफ्ते से ज्यादा बल्लू ठीक रहा कभी? क्या भगवान नहीं जानते कि बल्लू पत्थर पर दूब की तरह जमा है? तबियत ठीक तो रख सकते हैं! और ई पूजा-पाठ बीमारी का घर है। सत्यनारायण की कथा हुई तो इतना धुआँ हुआ कि खाँसते-खाँसते बुरा हाल था। आग जल ही नहीं रही थी। सावन में आम की लकड़ी सूखी मिली नहीं। बल्लू को खाँसी जो आयी तो बीस दिन में ठीक हुई। इसके पहले सर्दी लगी थी। बुखार ने दोहरा दिया था। जानते हैं आप?...गंगा मइया की माला उतरी थी—आर-पार की। माली ने गंगा की चौड़ाई तक की माला बनाई थी। इस पार खूँटा गाड़कर माला बाँधना था और नाव से पानी में माला छोड़ते हुए उस पार जाना था, वहाँ एक खूँटा गाड़कर बाँधना था। पचासों औरतें थीं, दो बड़ी नाव करनी पड़ीं। जगह-जगह रुपये का खर्चा।...और फिर बल्लू की दवाई पन्द्रह दिन। कुछ भी कहो, कोई सुनता है भला! और राजवंश जी, अब तो बासमती के मुँह में भी शब्द भर गये हैं। मैं कुछ नहीं हूँ, घर का नौकर हूँ...बैल समझो बैल!'

'आपका लेक्चर हो गया शुरू!' राजवंश ने बीच में टोक दिया—'हम सब क्या बाल-बच्चेवाले नहीं हैं? आप ऐसे ही बड़े तो नहीं हुए! अरे भाई! इसी का नाम जीवन है, करते-मरते जीवन बीत जायेगा।'

वास्तव में दया तंग आ गये थे, लोग भी कहते हैं कि 'दया का बेटा हगना-पोकना हो गया! रोगिहा नहीं होगा तो का होगा? कोई धरम-करम मानत हैं दया? जब देखो तब भगवान के गरियावत रहत हैं।' दया कहाँ सोचते थे कि पुत्र हो जाये तो फुरसत मिले और अपना सोचा पूरा करूँ, लेकिन यहाँ तो और काम बढ़ गया। बल्लू बीमार रहता तो पूरी रात दया ही जागते, पूरा घर सोता। फल यह हुआ कि दफ्तर में सोने लगे, कुर्सी पर बैठे-बैठे। लाख स्वयं को समझाते, लेकिन बल्लू से अपना दिमाग हटा नहीं पाते। बल्लू, दया की दिनचर्या, स्वभाव और भाषा प्रभावित करता रहता। एक दिन राजवंश से झगड़ पड़े! जब बल्लू नहीं था तो बासमती को लेकर फब्तियाँ सुनते थे और अब पुत्र को लेकर। पता नहीं कौन-सी क्रिया कार्य कर रही थी कि वे निकल नहीं पा रहे थे। गन्ने की तरह पेरा रहे हैं, भले रस न निकले।

इतना बीमार रहने के बाद भी बल्लू की सेहत अच्छी थी, जिससे दया खुश

रहते थे। वे गुपचुप ईश्वर से प्रार्थना करते रहते—'हे भगवान, रक्षा करना! मैं आपका विरोध करता हूँ, यह मेरा सामाजिक और बाहरी व्यक्तित्व है, जिस पर मैं टिका हूँ। यही क्या कम है कि मैं आपके प्रति सोचने के लिए लोगों को विवश कर रहा हूँ, नहीं तो लोग एक दिन भूल जायेंगे आपको।' फिर न जाने कहाँ से विरोधी स्वर आ गया—'भगवान नहीं बिगाड़ सकता कुछ भी।' फिर उनके मुँह से निकला 'हे भगवान!'

...कोख की उलझन

दया और बासमती को आज दो वर्ष पूरे हो रहे हैं। दो वर्ष पूर्व पहली बार विदा होकर दया के घर बासमती तेरह अप्रैल को आयी थी। पन्द्रह अप्रैल को पहली बार मिले थे। आज भी पन्द्रह अप्रैल है। दया को याद है। बासमती ऐसी तारीखें याद नहीं रखती। वर्तमान का विश्वास दृढ़ हो तो भूतकाल याद नहीं आता।

'तुम्हें याद नहीं बासमती, आज पन्द्रह अप्रैल है—हमारे मिलन की पहली रात।'

'तो क्या! कोई ढोल पीटना है?' बासमती इठलाई।

'नहीं बासमती, ढोल नहीं। लेकिन आज तुम्हारा मुँह घूँघट में अँट नहीं रहा है।'

दया वे अक्सर अपनी पिछली दुनिया में जाते। यहाँ वर्तमान प्रभावित होता और उनके निजी सम्बन्धों में थोड़ी दरार भी पड़ जाती। जो ठीक से निहारने पर भी दिखाई नहीं देती थी। संयोग से ऐसी यादगार तारीख याद आ गयी थी कि उन्हें पीछे जाना पड़ा था। इस पीछे जाने में आज वह अकेले नहीं थे, साथ में बासमती भी थी।

...गाँव में कोई दुल्हन कार से नहीं आयी थी। दया और बासमती पहली बार एक साथ कार से आये थे। गाँव में शोर था कि शिवरतन की बहू मोटर से आयेगी। भीड़ लगी थी दरवाजे पर। गाँव में अभी तक डोली ही उतरती रही है। कोई इक्के से भी विदा कराकर अपनी बहू ले आता था, लेकिन शिवरतन दया और बासमती के लिए एक पुरानी एम्बेसेडर कार किराए पर लिए थे। खर्चा भी ज्यादा नहीं पड़ा था। उनके दोस्त का लड़का नया-नया ड्राइवर बना था। काम सस्ते में निपट गया था। शिवरतन का सीना चौड़ा था कि वे बड़े आदमी की गिनती में आ गये हैं, आधुनिक हैं, भले ही घर में भूँजा-चना न हो।

बासमती लिपे-पुते घर के एक कमरे में बैठा दी गयी। गाँव की औरतें भीड़ लगाए थीं। गौरा बार-बार मना करती थीं कि 'अभी घण्टा-दो घण्टा बाद बहू का मुँह देखना, अभी दूर से चलकर आयी है, काहे सिर पर सवार हो?'

घण्टेभर का समय पलभर में बीत गया। जिन्होंने बहू देखी, वो ऊपर से ही खुश दिखीं—कहाँ दया, कहाँ बहू! गौरा तो देखते ही कठुआ गयीं। लेकिन स्त्री होकर मन मारकर खुशी में सम्मिलित हो गयीं। कभी अगुआ को कभी शिवरतन को कोसतीं।

उस दिन भीड़ थी। भोज-भात था। नाते-रिश्तेदार जुटे थे। शाम होते-होते भीड़ छँटने लगी। दूर के रिश्तेदार रुके थे। दया सीधे झोपड़ी पर चले गये थे। यह एक ऐसा यादगार दिन था जिसे कोई नहीं भूलता।

बासमती को देखने की जिज्ञासा का इतना जोर था कि दया पूरी रात सो नहीं पाए थे। दूसरे दिन, दिन में सोना सन्देह पैदा करता कि दया आज नयी-नवेली संगिनी से मिल चुके हैं। दया की उम्र ही क्या थी! यही कोई बाइस साल और बासमती सिर्फ अठ्ठारह की। दया को विवाह और स्त्री-सम्बन्धों एवं काम-कलाओं का किताबी ज्ञान था। प्रेम के विषय में भी जानकारी रखते थे। और बासमती तो इण्टर की परीक्षा ही दे पाई कि विवाह हो गया। जिस दिन हल्दी लगनी थी उस दिन सुबह की पाली में उसका अन्तिम पेपर था। परिणाम की प्रतीक्षा में वह पति के आँगन में आ गयी थी। अभी उसका पूरा बचपन नहीं बीता, खेलने-खाने के दिन अभी शेष थे। पत्नी की परिभाषा, जिम्मेदारियों, व्यवहारों से उसका सामना होना था, लेकिन वह इससे शायद बेखबर थी। आँगन, कोठरी, और सुबह-शाम दिशा-मैदान के लिए बाहर जाना—लम्बा-सा घूँघट डालकर। हलाँकि घर में शौचालय बन गया था। शिवरतन दया की शादी से एक वर्ष पहले ही शौचालय और नहाने के लिए आड़ कर दिये थे। अभी गाँव में किसी के घर शौचालय नहीं था।

अब तीसरा दिन था। घर खाली जैसा, एक-दो महिलाएँ और सिर्फ दया के मामाजी, जो झोंपड़ी पर शिवरतन से गप्पें मारते हुए अभी अड़े थे। अवसर उचित था। घर की महिलाओं के व्यवहार से दया को लगा कि आज भोजन करके झोंपड़ी पर नहीं जाना है। खाना सबसे बाद में मिला, जिसे बासमती ने परोसा था। दया सोचते कि 'हो सकता है निर्देश दिया गया हो कि तुम खाना देना।' दया ने देखा कि सभी बेसुध सो रहे हैं। बाहर का दरवाजा खुला पड़ा है। इसका अर्थ यह हुआ कि दरवाजा बन्द करने की जिम्मेदारी आज दया की है। किवाड़ तो रोज बन्द होता था। लेकिन आज दया का नाम लिख गया। जीवन

की सामान्य क्रियाओं की ये स्मृतियाँ समय-समय पर मुस्कान बिखेरती हैं।

दया ने साँकल लगा दी। आवाज नहीं हुई लेकिन सोई महिलाएँ जान गयीं। आँगन में ही तो सोई थी। एक ने करवट बदली जिसे दया ने देखा और रास्ता बदलकर घड़े से पानी निकालने चले गये। लौटे तो दूसरी महिला सोने का नाटक करते हुए पैर खुजलाने लगी, मानो मच्छर ने काटा हो। दया फिर ठहर गये। वे गौरा के निकट पहुँचे, गौर से देखा। गौरा सो रही थी, लेकिन चेहरे की मुस्कान उनके सुध में होने का संकेत था। दया उन दोनों महिलाओं की ओर गये जो सोने का नाटक कर रही थीं। ठीक से देखा, एक की आँख मुचमुचा रही थी। दया फिर पानी पीने चले गये। अबकी वे खखारकर थूके, गला साफ किया, अपनी उपस्थिति दर्ज की। वे अपना आत्म-विश्वास बढ़ा रहे थे। सोई महिलाएँ सट्ट मारकर चुप—जैसे निर्जीव।

पत्नी से मिलन का पहला दिन क्रियाशील होते हुए भी कितना चुप रहता है! यदि पुरुष या स्त्री पूर्व में किसी के सम्पर्क में न आये हों तो चुप्पी जल्दी टूटती नहीं। कभी-कभी यह भी लगता है कि जाने क्या होनेवाला है। हृदय का तेज धड़कना, बिना कोई ध्वनि किये पैरों का बढ़ना, एक-एक वस्तु निहारना...लेकिन चुप। दया का किताबी ज्ञान धरा रह जाता। वे सामान्य दिखने की कोशिश करते हुए बासमती के पास पहुँचे थे। बासमती खाट पर लेटी थी। उसी तरह नाटक करके सोई थी जैसे बाहर सोईं वे दोनों महिलाएँ। उसकी देह गवाही देती कि बासमती पूरी तरह जाग रही है। आज एक महत्त्पूर्ण अध्याय के पृष्ठ खुलने थे।

दया को एक कथा याद आयी—एक राजा था। वह जब मिलन की इच्छा करता तो हाथी पर बैठ जाता, उसके पीछे दो-तीन हाथी और होते। खूबसूरत वेश्याओं की सूची उसके पास होती। वह वेश्याओं के साथ दिन में रहना चाहता था। हाथी चल पड़ता, शीघ्र ही खूबसूरत वेश्याएँ प्रस्तुत कर दी जातीं। राजा का हाथी जब चलता तब सारी सवारियाँ बन्द रहतीं। वाहन जहाँ के तहाँ दुबके रहते। राजा सब प्रकार की स्त्रियों के साथ रमण करने की इच्छा करता तो रूप-कुरूप की पहचान किये बिना भिन्न-भिन्न आकृतिवाली स्त्रियाँ राजा के सामने उपस्थित की जातीं। राजा प्रश्न पूछता और गुण-दोषों के हिसाब से स्त्रियों को छाँटता। वात, पित्त, कफ प्रधान स्त्रियों को वह रात्रि के लिए आमंत्रित करता। शेष स्त्रियों को पद्मिनी, मृगी, चित्रिणी, हस्तिनी के हिसाब से वर्ग बनाता। राजा कामक्रीड़ा का जानकार था। पद्मिनी स्त्री से प्रियवाक्य में बात करता, दंश और चुटकी काटता। मृगी स्त्री के साथ ताड़न और चाटुकारिता की बातें करता हुआ राजा नख गड़ाता। हस्तिनी स्त्री के साथ उसकी परम्परा के अनुसार और चित्रिणी स्त्री

के साथ अनेक प्रकार के बिस्तर पर काम का खेल खेलता। '...लेकिन मुझे तो पहचान ही नहीं है कि कौन-सी स्त्री पद्मिनी है कौन-सी मृगी।'...राजा की दृष्टि सेक्स को लेकर गहरी है। राजा तो गुण के हिसाब से व्यवहार में प्रवीण है। वह समझ लेता कि यह सद्यःयौवना मुग्धा नायिका है, इसके क्रोध में भी मिठास है, यह प्रतिकूल मिलन में मन रमाती है। मुग्धा स्त्री में भी वयोमुग्धा छाँटता जैसे स्त्री के बड़े स्तन, पेट पर रेखाएँ...मध्यभाग में रोम उग आये हों। फिर राजा शीघ्र ही काम-मुग्धा की तलाश कर लेता, जो मिलन सम्बन्धी वार्ता में मन लगाती है। राजा यही चाहता था। सब आनन्द लेता हुआ राजा रतिक्रिया नहीं करता था। उसे मध्या स्त्री की चाह रहती, जो अन्त तक प्रेम मिलन में लीन होकर देर तक सुख देती, जिसके स्तन और नितम्ब में पूर्णता होती। राजा चालाक था। वह काम-स्वाद बदलना चाहता था। शीघ्र ही उसे प्रगल्भा स्त्री मिल जाती जो अपने यौवन के मद में अन्धी होती, मिलन-क्रिया में निपुण जैसे वह पुरुष के अंगों में प्रवेश कर जायेगी। ऐसी उन्मत्त स्त्री को पाकर राजा अघा जाता।

दया क्या करेंगे? वे सिर्फ किताबी ज्ञान रखते थे। उन्हें स्त्री की पहचान ठीक से नहीं थी। उन्हें तो घूँघट भी उठाना नहीं आता था।

'तुम मेरे लिए बहुत सुन्दर हो।' दया को यह कहने में देर भी हुई थी।

दया और बासमती बैठे-बैठे थक गये तो लेट गये। दया नियम, आचरण, व्यवहार और प्रेम पर भाषण देते रहे। अन्त में दया ने कहा—'आज पूजा का दिन मान लिया जाये तो कैसा रहेगा?'

बासमती कुछ बोली नहीं।

'बासमती! आज हमारे संग-साथ का पहला दिन है। एक जरूरी बात जेहन में आ रही है कि मैं हमेशा यह प्रयास करूँ कि तुम्हें कोई तकलीफ न हो।...और तुम कोशिश करती रहो कि मुझे कोई कष्ट न हो।'

बासमती चुप ही रही, बस एक नजर देख-भर लेती थी। दया बिना रुके अपनी बात कहते रहते—'...ऐसा कहा गया है कि पति की सेवा करने से स्त्री के लिए स्वर्ग का द्वार खुला रहता है। यहाँ मैं स्वर्ग को लेकर भले सहमत न होऊँ, लेकिन सेवा होनी चाहिए। स्वर्ग कहीं और नहीं है बासमती, यहीं है। लेकिन तब, जब पति भी पत्नी की सेवा करे और दोनों एक-दूसरे का विश्वास करें।

पूरी रात जागने से देह थक गयी थी। आँख पर नींद जमी थीं। सुबह दया को तो माफी थी, लेकिन बासमती को सूर्य निकलने से पहले उठना था। सोने का समय समाप्त हो गया था। कभी भी ठकुराइन चिड़िया बोल सकती थी।...और दया-बासमती नींद में बेसुध, बेतरतीब!

यहाँ एक खबर थी

शिवरतन 'कामशास्त्र' की किताब कहीं से ले आये थे, जिसे दया ने छिपाकर पढ़ा था। शायद इसी किताब से पढ़ने में उनकी रुचि भी बढ़ी थी।

दया की दार्शनिक और व्यावहारिक बातें जो बासमती कभी सुनी नहीं थी, समझ नहीं पाती थी और चुप रहती थी।

'काम का अर्थ है इच्छा...।' दया ने आँखें बन्द कीं और काम की स्तुति करने लगे। वह तरह-तरह के व्यवहार से बासमती के सिर पर काम-भाव चढ़ाना चाहते थे, कामना करते कि दोनों इस सुख को अन्तिम सीमा तक ले जायें।

परन्तु यह क्या! सारी कामनाएँ, स्तुतियाँ और व्यवहार व्यर्थ, बासमती तो बहुत दूर बैठी है। हो सकता है ऐसे कार्य की जानकारी न हो बासमती को।

...और रात बीत रही थी, भोर हो रहा था। मुँडेर पर एक कौवा बोलने ही वाला था।

प्रेम मिलन में एक नयी मुस्कान के साथ खुश थे दोनों। प्रेम के सिवाय अन्य कोई भी कार्य व्यर्थ और औपचारिक लगता था।

'तुम अपनी अहमियत समझो बासमती! तुम नयी जगह में आयी हो। अपने को समझना जीवन की बड़ी सफलता है। इससे परिवार बिगड़ता नहीं हैं।' दया को उम्मीद भी थी कि बासमती अब खुलकर बात करेगी और मेरी बात ठीक से समझ लेगी।

'अपने को क्या समझना! मैं जानती हूँ कि मैं कौन हूँ और मेरा काम क्या है।' बासमती को लगा कि उसने थोड़ा दिमाग लगाया है।

दया बासमती के साहस से अघा गये; बोले— तुम मेरी किताब हो, जिसे हम पढ़कर ऐसी ऊँचाई पा लेंगे, जहाँ मेरी कल्पना नहीं जाती। तुम मेरी बोली-बानी हो जहाँ मैं अपने को तलाशता रहूँगा।'

मुश्किल यह थी कि दया की कोई बात बासमती की बुद्धि में घुसती नहीं थी। दया यह समझते रहे कि बासमती समझती है।

'बर्फी नहीं लाया हूँ, बासी थी।' दया रोज दूध की बर्फी लाने लगे थे—'दूध तो होगा, चीनी डालकर गर्म कर देना।'

'दूध नहीं है।' बासमती बोली।

'क्यों?'

'छोटकन मँड़ई पर से दूध ला रहे थे कि रास्ते में साँढ़ हूँफते हुए दौड़ा लिया। दूध गिर गया।'

'उसे चोट तो नहीं लगी?'

'नहीं, इसी डर के मारे मँड़ई पर रह गये, आये नहीं। अम्मा खाना खिलाने मँड़ई पर गयी थी।'

'जानती हो दूध क्यों पीता हूँ? इससे थकान मिटती है, ऊर्जा मिलती है। कल शतावर ले आऊँगा, उसे कूटकर महीन कर लेना। चीनी-मिले दूध में एक चम्मच शतावर घोलकर पीऊँगा। ताकत आती है।'

बासमती नहीं जानती कि ताकत क्या बला है। दया थे कि रोज दो घण्टे अपना भाषण सुनाते। सुनने के अलावा बासमती के पास रास्ता ही क्या था! दया फिर बोले—'बासमती, तुम जानती होगी कि आदमी अपनी ताकत दिखाकर औरत के बीच अपने को बड़ा साबित करता है। औरत भी अपनी ताकत से बड़ा बनना चाहती है? यह मुझे पता नहीं।'

'मैं नहीं जानती। मैं तो आपसे जिन्दगी भर प्यार करना चाहती हूँ।'

'इसका मतलब यह है कि तुम मुझे बड़ा मानती हो। जानती हो औरत अपने से बड़े को प्यार देना चाहती है।'

'आप बड़े तो हैं ही।'

'एक बात और कहना चाहता हूँ, हमारे बीच एक साल तक कोई बच्चा न आये तो ठीक रहेगा।'

'कोई काम इतनी जल्दी नहीं हो जाता है। मेरी अम्मा बताती है कि मैं सात साल बाद पैदा हुई थी। माँ का असर बेटी पर पड़ता है।' बासमती खुलकर बोली थी।

'मैं भी तीन साल बाद...लेकिन हमें सावधान तो रहना ही है। तुरन्त पेशाब कर लेना भी फायदा करेगा। हम किसी चीज को ठहरने का मौका ही न दें।

बासमती लजा गयी थी।

'तुम चुम्बन के लिए तड़पती हो?' दया ने पूछा।

बासमती चुप थी, और दया ने हाँ मान लिया था।

'तब विरोध क्यों करती हो?' औरत समर्पित होते हुए भी विरोध करती है। यह उसका अपना गुण है। आदमी बेहया की तरह पीछे पड़ा रहता है। यह ताकत का दिखावा ही तो है! आदमी ना-नुकुर करेगा तो वह कमजोर समझा जायेगा।'

'क्या मेरा व्यवहार ठीक नहीं?' बासमती ने आश्चर्य से पूछा था, वह डर भी रही थी।

'नहीं भई, तुम्हें नहीं कह रहा हूँ। अच्छा यह बताओ कि तुमने पहली बार जब देखा था तो आँख क्यों नहीं मिलाई थी?'

'मुझे लाज आती थी। अभी भी मैं भर आँख देखने से लजाती हूँ।'

'मुझे देखने में क्या दिक्कत थी! मर्द ससुरा आँख फाड़े रहता है।'

'अम्मा कहती हैं कि किसी मर्द की तरफ देखने से बदनामी होती है।'

'मैं गैर थोड़े हूँ! और जमाना बदल गया बासमती! गैर-मर्द को भी किसी भाँति देखो उसे, पहचानो।'

इसके बाद तो बासमती दया को भरपूर देखने लगी—कभी आँख तरेरकर, कभी तिरछी नजर, कभी टेढ़ी आँख बनाकर। दया फूले नहीं समा रहे थे। लेकिन वे बासमती में कोई नायिका की परिभाषा नहीं तलाश पाते थे।

दया स्वयं से विमर्श करते—बासमती पूरी तरह पद्मिनी नहीं लगती। नेत्र कँटीले तो हैं, स्तन भी पुष्ट हैं, लज्जा है, मृदु व्यवहार है, कम बोलती है, पति-भक्त लगती है, लेकिन चन्द्रमा के समान मुखमण्डल नहीं है। बहुत सुकुमार और कोमल भी नहीं है—अप्सराओं की तरह। मुझे नहीं लगता कि बासमती पद्मिनी है।

दया का ध्यान चित्रिणी पर जाता—मदभरी आँख है, कठोर और आकर्षक कुच हैं, जाँघ भी ठोस है, आलिंगन-चुम्बन में रुचि है, मिलन-क्रिया खूब पसन्द करती है, किसी पुरुष को नजर उठाकर देखती नहीं है, क्षमा-दया भी है, मेहमान का स्वागत-सत्कार भी करती है, खीर-मिठाई खूब खाती है, देह करीब-करीब ठीक-ठाक है। ...लेकिन नील कमल के समान कांतिमय मुख नहीं है, भौंहें कँटीली नहीं हैं, ओठ भी पतले नहीं, बहुत छरछरी नहीं है—भरा-पूरा बदन! बासमती को सूँघता हूँ तो शहद जैसी गन्ध का पता नहीं लगता। धर्म में निष्ठा रखेगी—यह कौन जाने! अभी तो नहीं दिखता पूजा-पाठ का अभ्यास। ठीक-ठीक चित्रिणी भी नहीं कह सकता बासमती को।

दया शंखिनी पर ठहरते थे—बासमती की आँख तिरछी नजरवाली है, बाल लम्बे हैं, दन्तक्षत और नखक्षत से काम जागता है। मुझे पसन्द भी करती है। मिलन के समय कष्टों को इत्मीनान से मुस्कराकर झेलती है। लेकिन बासमती की देह छोटी नहीं है, स्तन भी छोटे नहीं। न तो स्वभाव टेढ़ा है न वाणी अप्रिय। क्रोध-कलह तो बिल्कुल नहीं, अभिमान नहीं है। स्वेच्छाचारिणी भी नहीं और अन्य मर्द की इच्छा भी नहीं रखती। सभी अंग सुडौल हैं, भोग-विलास में लिप्त भी नहीं रहती, मैं असन्तुष्ट भी नहीं। बासमती शंखिनी तो हो ही नहीं सकती।

दया अब हस्तिनी नारी के गुण-दोषों में भी अपनी बासमती को तोल लेना

चाहते थे—बासमती की देह स्थूल नहीं है। न तो वह क्रूर है न भयंकर। बाल छोटे और स्तन जरूरत से ज्यादा बड़े नहीं हैं, बासमती के ओठ सुन्दर भले नहों। लेकिन भद्दे नहीं हैं। न तो निर्लज्ज है न भद्दी हँसी वाली। मेरी बासमती हस्तिनी नहीं हो सकती।

'बासमती! मैं तुम्हें किताबों में खोज रहा था। बिलावजह ही औरत का भेद लिखा गया है। हो सकता है औरत को नीचा दिखाने का मतलब हो।'

'मैं नहीं जानती कि औरतों में भेद होता है...तब तो आदमी में भी भेद होता होगा?' बासमती को जिज्ञासा हुई।

'हाँ, भेद हैं। किताब में है, चार भेद हैं पुरुषों के—शशक, मृग, वृषभ, अश्व। मैं अपने को कहीं नहीं पाता हूँ। मुझमें गुण कम और अवगुण ज्यादा दिखाई देते हैं।'

'मैं तो नहीं देखती कि कोई कमी आप में है।'

'ऊपर-ऊपर ठीक लगता है, भीतर का नहीं दिखता। मैं अपने भीतर देख रहा हूँ।'

'क्या है आपके भीतर?' बासमती सटकर बैठ गयी।

'नहीं मानोगी! तो सुनो—बहुत कोमल शरीर नहीं है मेरा, आम की फाँक जैसी आँख नहीं है। झूठ भी बोलता हूँ। बहुत कम भी नहीं खाता। धर्म में, पूजा-पाठ में पहले लीन रहता था, अब नहीं हूँ। एक-पत्नी व्रत तो हूँ, लेकिन कभी-कभी परस्त्री की इच्छा होती है। भला मैं शशक पुरुष कैसे हो सकता हूँ?'

'आपने चार तरह के पुरुष बताए हैं तो शशक में चारों हैं क्या?'

तुम इतना जल्दी भूल जाती हो? बताया था न कि मृग, वृषभ, अश्व। मैं मृग भी नहीं—मेरा कद लम्बा नहीं है और देह काठ के समान कठोर भी नहीं। आँख बड़ी नहीं। न दरिद्र हूँ न कर्कश स्वरवाला। दूसरे की धरोहर को मार देनेवाला भी नहीं। ...मैं वृषभ भी नहीं लगता—न भारी-भरकम देह है न गर्दन मोटी। न कम सोता हूँ न बहुत अधिक खाता हूँ। ...मैं अश्व भी नहीं—देह विशालकाय नहीं है, बेडौल अंग नहीं हैं। मैं बहुत नीच नहीं हूँ। स्त्री को तो कतई मोह नहीं सकता। औरतें करीब तो आती हैं लेकिन कोई मोहक वाण मैं चलाना नहीं जानता। पाचन-शक्ति बहुत ठीक नहीं है। कपटी, अधर्मी, दरिद्र भी नहीं। बोलो बासमती! मैं अश्व तो नहीं।' दया ने स्त्री-पुरुष-भेद का लम्बा व्याख्यान दे डाला, वे एक कापी पर यह सब लिखे थे।

बासमती ने कभी ऐसी बातें सुनी नहीं थीं। उसने पूछा—'पुरुषों के भेद पशुओं से सम्बन्धित हैं?'

'हो सकता है, मनुष्य भी तो पशु जाति का ही प्राणी है, इसलिए एक बात सोच लो कि तुम्हें थोड़ा आधुनिक बनना है।'

'कैसे बना जाता है? आप बताइए, आज से ही बन जाऊँगी।'

'पहला काम तो यह है कि तुम डांस करो। नाचना आज के जमाने में जरूरी है—स्टाइल से। तुमने पिक्चर देखी है?...अरे भई सिनेमा! बनारस चलेंगे तो कई देखेंगे। देखना, हीरोइनें कैसे मटकती हैं। स्टाइल जानने-समझने के लिए बहुत-कुछ देखना पड़ता है। नाचने से चाल बनती है। फिर गाना भी जरूरी है। माता माई का गीत नहीं, फिल्मी गीत गाना है।'

पूरा गाँव गहरी नींद में था और दया आधुनिक बनने का अपना तरीका सुझा रहे थे।

अब बासमती कभी चिरौंजीवाली उबटन तैयार करती। कभी चोकर-बेसन में हल्दी तेल गुलाबजल मिलाती। और ग्लिसरीन नींबू, गुलाबजल भी।

दया कभी ब्रा पहनाते, कभी पैन्टी। ब्रा बासमती पर जँचती, लेकिन कोई पैन्टी वह बात न बना पाती जो दया चाहते। भला चित्रों या मूर्तियों जैसा उभार कहाँ! दया का मुँह लटक जाता, जैसे उनकी बदनामी हो गयी हो। फिर भी दया मस्त थे।

बासमती की चर्चा थी। इसके पहले शिवरतन का परिवार इतनी सूचना में नहीं था जितना आज है। कारण बासमती ही थी।

'पूरे गाँव में तुम्हारी चर्चा होती है।' दया बोले।

'मैं कौन-सी महारानी हूँ!' बासमती इठलाती हुई बोली।

'औरतें तो यही कहती हैं कि शिवरतन की बहू तो जैसे महारानी, बड़ी बन-ठन के रहती है। जानती हो? तुम गाँव की पहली औरत हो जो साड़ी तो उल्टे-पल्ले की बाँधती ही हो, ऊपर से ओठ-लाली, क्रीम, पाउडर, काजल, नाखून पालिश लगाती हो। अपने जूड़े में प्लास्टिक का ही सही गजरा बाँधती तो हो! कोई रोज सिंगार-पटार नहीं करता, यहाँ सब मौके-मौके से होता है। यह भी चर्चा है कि बसमतिया रोज सास-ससुर के पैर छूती है, अपने मरद को नमस्ते कहती है—रोज सबेरे।'

बासमती को मुस्कराने के सिवाय शब्द नहीं मिलते थे।

'मर्द भावना के मामले में दरिद्र हैं।...कभी सोचता हूँ बासमती कि काश! मैं औरत होता, जो चीजें छूट गयी हैं या आदमी होकर नहीं मिल पातीं उन्हें मैं हासिल करके सुखी होता।'

'मैं भी आदमी होती तो आपको जान जाती?'

'तुम मेरा सुख जानती, मैं तुम्हारी अनुभूति समझ लेता...बड़ा मजा आता औरत होकर।'

'धत! आपको तो वही सूझता है।'

'इतना तो जान लो बासमती, पूरे संसार में सेक्स ही है। यह भीतर की मुस्कान है।'

बासमती की समझ में नहीं आया कि कहाँ सेक्स व्याप्त है। समय से वो भी जरूरी है लेकिन, जानवरों का भी एक टाइम है।

आदमी सिर्फ आनन्द के लिए औरत नहीं चाहता। औरत सामाजिक जरूरत भी है। आदमी औरत पर ताकत दिखाता है और इसका सबूत भी चाहता है।'

'औरत कैसे विजय पाती है?'

दया के पास उत्तर था, लेकिन वे कहना नहीं चाहते थे।

'बताइए कैसे जीत जाती है औरत।' बासमती ने फिर पूछा।

'लड़-भिड़कर, जिद करके, रो-गाकर।' दया का छोटा सा उत्तर था।

'अब कल बात करिएगा...सोइए!' बासमती मुँह बनाकर करवट हो गयी।

'जहाँ उत्तेजना है, जहाँ दिखाई नहीं देता कुछ, जहाँ सुख पाने की पूरी इच्छा है, जहाँ बिना बोले सब कुछ व्यक्त हो जाता है। वहाँ न किसी की जीत होती है न हार।'

बासमती कुछ बोली नहीं।

'जिसके पास औरत नहीं है वह यज्ञ-पूजा भी नहीं कर सकता, ऐसा कहते हैं। और मिलन एक यज्ञ ही है।

'अन्तिम बेला में बातें बहुत हो जाती हैं। अन्तिम बेला भगवान की होती है। साधु-संत जाग जाते हैं।'

'आग पानी में नहीं लगती, और लग गयी तो?'

'आग पर काबू पाना भी सीखिए, आप तो समझदार हैं। यह समय गाय-भैंसों के जागने का समय है। खटपट हो रही है।' बासमती धीरे से बोली।

तारों भरी रात बीत गयी। भोर की पहली चिड़िया जाग गयी थी। पता नहीं कौन-सी ध्वनि थी जो भोर के साथ तालमेल बिठाती गुम होती जा रही थी।

सावन कितना मस्त था

एक वर्ष ऐसे बीता जैसे एक रविवार से दूसरा। तीन सौं पैंसठ दिन आये, रातें गयीं। पता नहीं चला कि कैसे आठ हजार सात सौ साठ घंटे दया के बीत गये।

गर्मी का अपना सुख है, न तन पर वस्त्र न नहाने का भय। थोड़ी हवा हो और लू-लपेट से बच जायें तो वाह रे गर्मी! गर्मी में गर्म होने का उपाय नहीं करना पड़ता। वैसे गर्मी में थोड़ी हवा हो, चाँदनी रात हो, आँगन बड़ा हो, घर के लोग आँगन में सोए हों, अपनी भी एक खाट हो तो...। ऐसे ही बरसात का बरामदा...झमाझम पानी हो, अँधेरा हो, काले बादल छाए हों, साथ में पत्नी हो तो...। जाड़ा भी रजाई लिए-दिये सिर पर चढ़ा रहता है। इस मौसम में देर तक सोने में बड़ा मजा आता है। दया के साथ बासमती भी रोज घुसरी रहती थी।

दया और बासमती बनारस घूम आये थे। वहाँ रथ-यात्रा का मेला देखा था। उमस-भरी गर्मी में भगवान के रथ को खींचते लोग पुण्य कमा रहे थे।...भगवान क्या जो अपना रथ न खींच सके? भगवान के जीवन का पहिया मनुष्य चलाता है! दया और बासमती रथ नहीं खींच सके, भीड़ में जगह नहीं मिली। लोगों के द्वारा दया ने सुना था कि वहाँ जाकर रथ न खींचा तो क्या किया जीवन में? व्यर्थ जीवन! रथ खींचना बड़ा अर्थ रखता है, तभी उसके अर्थ का ज्ञान नहीं हो पाता। बड़े को कोई जान पाया है क्या? हाँ, दया ने नानखताई खरीदी थी, बासमती के साथ खाते-पीते चले गये थे सारनाथ। बुद्ध की प्रतिमा जैसे बैठे-बैठे सो रही थी। शान्ति थी। बड़ी हरियाली थी। अशोक ने जो स्तूप बनवाया था, उसे भी देखा। संकटमोचन के हनुमान जी और आधुनिक मानस-मन्दिर का लकधक, फिर दुर्गाकुण्ड की देवी माँ...।

दुर्गाकुण्ड में वह तालाब जहाँ स्त्रियाँ पुत्र की कामना से स्नान करती हैं। दया ने देखा-परखा। बाँझ स्त्री की गोद भरती है, इस कुण्ड में नहाने से! दया के मुँह से निकला, 'कितना गन्दा पानी है!' फिर वे सोचने लगे कि बासमती को नहाना पड़ा तो...? बनारस एक हफ्ते रहना था और जेब तीसरे दिन खाली हो गयी थी। दया और बासमती रोज एक पिक्चर देखते। बासमती ने शायद पहली बार टॉकीज में पिक्चर देखी थी। दया और बासमती रामनगर का किला देखने गये। राजा-रानी के किस्से तो बासमती ने सुन रखे थे लेकिन पहली बार वस्त्र, डोली-पालना, पालकी, रथ, हथियार, सिक्के जानवरों की खालें देखी थीं। सुनी हुई कहानियों के चित्र सजीव हो उठे थे। दया को कई साइन बोर्ड दिखे —निःसन्तान मिलें...पुत्र ही होगा...बाँझपन का शर्तिया इलाज। लेकिन उनकी

नजर देर तक टिकी रही डॉ. भटनागर के बोर्ड पर—एम.डी. स्त्रीरोग-विशेषज्ञ ...भर्ती की सुविधा।

दया बनारस से घर आये तो सारी कथा-घुमक्कड़ी गौरा को सुना गये। बनारस से ही दया और बासमती ने तय किया कि अब पुत्र की इच्छा करेंगे। बासमती देर तक लेटी रहती, तुरन्त न तो खड़ी होती न पेशाब करने जाती। यह अन्दर की बात थी जो गौरा नहीं जानती थीं। मन-ही-मन पुत्र की कल्पना में देव-मूर्तियों के आगे मनौती मान चुके थे बनारस में दया। यह भी नहीं वे बता पाए थे गौरा को, मानो यह भी कोई छिपानेवाली बात हो।

छः महीने और बीत गये। कोई आगम नहीं। दया ने मित्रों से राय ली। राजवंश ने व्यंग्य किया—'और लो मजा! अब काहे की जल्दी है? दो-चार साल और बिना बच्चे के रह लोगे तो मर नहीं जाओगे। वह मर्द ही क्या जो पाँच साल अकेले बीवी के साथ न रहे और वह औरत क्या जो बच्चा-बच्चा करे! स्वर्ग यहीं है तो नरक भी यहीं है। लो स्वर्ग का सुख...बनो देवता! हम भी कह लेंगे कि हमारा दया देवता हो गया है।'

दया ने दफ्तरी मित्रों से बात की। विजय ने समस्या सुनी तो हँस पड़े, बोले—'तुम तो कहते थे, हमारी पत्नी रेखा जैसी है। कभी किसी, कभी किसी हिरोइन से तुलना करते थे तो देख लो न कुछ पिक्चर! तब पड़ना बच्चे के चक्कर में।'

किसी ने सलाह दी कि डॉक्टर को दिखा दो, अपना वीर्य टेस्ट करा लो। अपने को ठोस होना जरूरी है। दया अजीब चक्कर में फँसे थे। चले थे काम के अनुभवी मित्रों से बात करने और यहाँ तो हँसी उड़ाई जा रही है! हँसी उड़ाना भी हँसी का खेल नहीं है, जैसे दया को नहीं आता हँसी उड़ाना। दया अपने मुद्रित शब्दों की ओर मुड़े जिसे वे प्रमाणित सच्चा मित्र मानते थे। दया ने आयुर्वेदिक पत्रिकाओं के कई अंक जुटाए थे, कुछ किताबें भी। कामवर्धक औषधियों के विज्ञापन खूब पढ़ते और नोट करते थे, दवा की दुकान पर लुक-छिपकर जाते। दवाओं की उपयोगिता पढ़ते। वीर्यवर्द्धक जिस पर लिखा होता उसका दाम पूछते। लेकिन वे कोई औषधि खरीदने से हिचकते। दया को उन्हीं पत्रिकाओं में मिला था घरेलू इलाज, जैस—प्याज का रस और शहद...दूध में छुहारा आदि। इसे वह प्रयोग करने लगे थे।

राजवंश दया की बेचैनी जान गये थे। उन्होंने सुझाव तो दिया लेकिन अन्य दोस्तों की तरह गन्दा मजाक नहीं किया।

बासमती और दया की अजीब स्थिति थी। कहाँ पहले वर्ष कोई बच्चा नहीं

चाहते थे। और अब अनेक दोषों पर दृष्टि, और बढ़ती चिन्ता कि क्यों नहीं गर्भाधान हो रहा है। बच्चे के पूर्व का यह संकट माता-पिता झेलते हैं, जो बच्चा नहीं जानता।

दया ने तकिया नया-नया खरीदा था। गाँधी आश्रम का तकिया पहली बार घर में आया था। सबने बारी-बारी से देखा। गौरा और बासमती सोचतीं कि तकिया तो घर में कई हैं, फिर काहे लाए?

दया एकटक निहारते रहे बासमती को, जैसे प्रथम मिलन की रात को संयोग से पूर्व निहारे थे। खुद को वे किसी हीरो से कम नहीं आँक रहे थे। बासमती को तो मान ही चुके थे हिरोइन, जैसे किसी पुरानी फिल्म के आदिवासी परिवार का फिल्मांकन हो!

'नवम्बर का महीना बड़ा मजेदार है। आज धनतेरस है। अम्मा गयी है बरतन खरीदने, शाम तक लौटेंगी।' दया के मन में जो था, नहीं कहकर भी कह गये थे।

'तो क्या अभी आप भी जायेंगे?' बासमती की तिरछी नजर छोटी हो गयी थी।

'चलो कोठरी में बतियाएँगे, आँगन में मन नहीं कर रहा है।'

'बहुत काम है...देखिए सब बिखरा है।'

'जिन्दगी तो नहीं बिखरी...सब हो जायेगा, मैं लग जाऊँगा।'

जिद काम नहीं आयी बासमती की। दया बात में जीत गये थे।

'एक कहानी सुनाऊँ?' दया बोले।

दया ने सोचा कि शतावर और मकरध्वज खा रहा हूँ, जरूर फर्क है । और बासमती का भी साँवलापन कम हो रहा है, उसने अपने ऊपर ध्यान देना शुरू कर दिया है।

'जब देखो तब...कहानी सुनाएँगे।' बासमती खीझी।

'ऐसी कथा ही है...सुनो तो!' और दया ने कहना शुरू किया—'मालती नाम की एक वेश्या थी। रंग तो साँवला था, पक्का पानी, देह भरी, ...जैसी तुम हो वैसी ही थी।'

'हटिए!' बासमती गुस्सा गयी—'कैसे हैं आप? रण्डी से मेरा जोड़ बैठा रहे हैं। ...मर्द का क्या विश्वास कब औरत को क्या कह दे!'

'अरे, पहले सुनो तो! हर बात में टाँग अड़ाती हो। मेरा मतलब उसके देह की सुन्दरता से है, गुण-स्वभाव से नहीं, कर्म से तो कतई नहीं। भला तुम्हारे लिए मेरी मानसिकता भद्दी क्यों होगी?'

बासमती चुप हो गयी।

दया ने फिर कोशिश की—'वेश्या शब्द से तुम्हें पीड़ा हो रही है। पहले के जमाने मे औरत बड़े भाग्य से वेश्या होती थी, राजनर्तकी का दर्जा पाने के लिए यत्न करने पड़ते थे। जो सौन्दर्य में सबसे टॉप रहेगी वही तो वेश्या होगी। वेश्या के लिए नाच-गाना-बजाना आना चाहिए। काम-कला में निपुण होना तो अति आवश्यक, नहीं तो काहे की वेश्या! इसीलिए लोग मर-मिटते थे उसपर। तुम बुरा न मानो, आगे सुनो—मालती नितम्ब दिखा-दिखा कपिल मुनि को रिझाने लगी। पहले उसने कुच-कमर से प्रयास किया, लेकिन कपिल मुनि भला कब झाँसे में आने वाले! जब मालती ने नितम्बों के करतब दिखाए तो कपिल मुनि अपना मुनिपन भूल गये। समाधि-अमाधि गयी ताखे पर!'

दया का इतना कहना था कि बासमती हँस पड़ी। उसका गुस्सा चला गया था।

तंत्र का मायाजाल

शिवरतन के घर में चिन्ता पैठ गयी। गौरा मनाती रहती कि कब बासमती के पाँव भारी हों। कम से कम देवरानी की व्यंग्य-बोली तो नहीं मिलेगी सुनने को। गौरा सोच-सोच अपना सिर भारी कर लेती—'...कि कहेगी फलाने बो। बाँझ का मुँह भी कोई नहीं देखता...पिछले जनम में अपने पूत खा-चबा के आयी है, नागिन है गौरा की पतोहू...ऐसी औरत अपने भतार को भी खा जाती है। ...वह झगड़ती है तो जरूर जीत जाती है।

दो साल बीत गये थे, तब तक कोई खास चिन्ता नहीं थी। अब तो तीसरा वर्ष भी बीत रहा है, न कोई आगम-जोगम न आशा। आशाएँ कितना जिन्दा रखती हैं मनुष्य को! इसी के बल पर जनता का जीवन चलता है। जिस घर में आशा नहीं वहाँ तो जीना दूभर है। पहले आशा होती है, तब कहीं विश्वास बनता है।

शिवरतन विश्वास बनाना चाहते थे। बासमती को देखकर उन्हें नहीं लगता कि बहू में कोई कमी है। एकाध बार जेहन में बात आती कि कहीं दया में खोट तो नहीं? यदि ऐसा हुआ तो मेरी बदनामी होगी कि कमजोर पुत्र को जन्म दिया हूँ। शिवरतन नियोग-क्रिया जानते थे। बेटी का दर्जा दे चुके बहू से कैसे कहें? ...और एक दिन मन बना लिया कि वे अपनी इच्छा लिखकर जाहिर करेंगे।

शिवरतन जल्दी लिख भी न पाए; सात-आठ महीने सोचते रहे। वे एक ऐसी

इच्छा व्यक्त करने जा रहे थे जिसकी स्वीकृति पुराणों-कथाओं में है, आज के समाज में नहीं। लेकिन वंश-वृक्ष बढ़ाने का मोह और अल्प ज्ञान बासमती के लिए पत्र लिखने को विवश कर रहा था।

बासमती उदास है। आदरणीय सम्बन्धों से हुई त्रुटियों का वह क्या करे? और ऐसी गलती कि किसी से कहते बने न सलाह लेते। मर्यादाओं को कलंक लगना था तो क्या इसका कारण बासमती बनेगी? सिर्फ एक मोह के लिए। वह यह तो नहीं जानती थी कि मनुष्य-जीवन की सार्थकता बच्चा पैदा करने में है। ससुर की चिट्ठी सँभाले बासमती को तीन माह हो गये। बासमती ने हिम्मत को कसकर जकड़ा और दया के आगे चिठ्ठी बढ़ा दी।

दया ने पत्र पढ़ा। उन्हें लगा कि पाँव के नीचे धरती नहीं है! काटो तो खून नहीं! सिर पर पूरा आकाश गिर गया है! कलेजा मुँह में आ गया, 'अरे जीते-जी मर क्यों नहीं गया' वे यह भी नहीं कह पाये। दया की अनुभूति शायद शब्दों से ऊपर थी, व्यक्त करना दया के लिए कठिन था। ...लेकिन दया तो दया ठहरे! पत्र पढ़ते ही मुस्कराने लगे। वे अपने पिता को खूब समझते थे, इतना कि शायद ही कोई पुत्र समझ सके। दया ही ऐसे थे अपने गाँव में जो पिता के व्यवहार का, उनकी संवेदनाओं, अनुभूतियों और स्नेह-दुलार का बारीकी से अध्ययन करते थे।

'तो इसीलिए तुम उदास हो? अरे यह तो सामान्य बात है। पिता हैं, कुछ भी कहें, लिखें। हाँ, यदि वे गलत हैं तो मानना न मानना तो अपने हाथ में है। कई महीने का पुराना पत्र है तो क्या अर्थ इसका? ...तुमने स्वीकार तो नहीं किया?'

बासमती को आश्चर्य कि दया पर असर नहीं! 'अजीब दिमाग है!' वह कहते-कहते रुक गयी।

बासमती सँभली थी। जरूर दया अपने पिता को ठीक से जानते-समझते हैं। किसी को भली प्रकार जान लेने से कठिनाई नहीं रह जाती। बात एक उत्तर देती है, अर्थ निकलता है, सुलझते देर नहीं लगती। लेकिन किसी को चाह तो हो अपने सम्बन्धों को भीतर तक जानने की।

'चिठ्ठी ठीक से पढ़ो बासमती! पिता का अन्दरूनी चेहरा जो दुलार और चिंता से लबालब है, तुम्हें दिख जायेगा। लिखा है—'चिठ्ठी लिखते बखत जइसे हाथ कटि गया। नियोग किसी किताब में पढ़ा हूँ, सो एही बिधि से बंश बढ़ावे के लिए इच्छा जाहिर भई है। हम जानत हैं कि तुम करेजा पर पत्थर रख के यदि

तैयार होना होगा तो होवोगी। हम तो कुछ किये से पहिले केवल लिख दिये से मुँह पर कालिख पोत लिए हैं। एक बात मन में आवा है कि तुम दया से कहि दो कि पहिले आपन बीज का जाँच कराय ले। हो सकता है कि लजाय रहा होय। मरद अपनी कमजोरी छिपाता फिरता है। बस बंस बढ़ावे के खातिर हमरे मन में आ गया ई बिचार माफ कर देना बहू! हमरे मन में कवनो कालापन नाहीं है, न तो काम-भोग के आनन्द की इच्छा। हमार मन साफ-पाक है। बहू का बतावें हम! जौन पीड़ा रही मुँह से निकल गयी।'

दया शिवरतन का पत्र पढ़ चुके थे। एक-एक शब्द बासमती ने अपने दिमाग में बैठाने का प्रयास किया था।

'देखा तुमने कैसे हैं मेरे पिता? यह बेटे के लिए सोची गयी पीड़ा है। कहीं तुमको काला मन नहीं दिखेगा।' दया प्रशंसा कर रहे थे—'तीन-चार महीना हो गया, बाबूजी की ओर से कोई संकेत मिला? ...नहीं मिलेगा। उनका दोष नहीं है। सड़क की पटरी पर तमाम ऊल-जलूल किताबें बिकती हैं। कोई-कोई पुरानी कथा-कहानी भी जो पुराणों से या कथा-संग्रहों से ली गयी होती हैं, वे उसी में कहीं पढ़ लिए होंगे नियोग...भाई का बहन से...पुत्र-वधू के साथ ससुर...और पिता पुत्री के साथ...।'

'मैं तो अब झोंपड़ी पर जाती नहीं।' बासमती हल्की हो गयी थी।

'बाबूजी से लजाना ठीक नहीं, वे बहुत सुलझे हैं।'

'बाबूजी भी खाना खाने आते हैं तो बोलते नहीं, सिर नीचे किये आते-जाते हैं। अम्मा से भी ज्यादा नहीं बोलते।'

'बासमती, तुम बाबूजी से सामान्य बातें किया करो। मड़ई पर जाओ। जैसे पहले रहती थी वैसे ही। बाबूजी तनाव में हैं, कहीं वे चिठ्ठी को ही अपराध मानकर अवसाद न ओढ़ लें। यदि ऐसा हुआ तो सँभालना मुश्किल हो जायेगा। तुम जान लो कि चिठ्ठी-पत्री की बात हुयी ही नहीं।'

यह घटना शिवरतन, दया और बासमती के अलावा कोई नहीं जानता।

शिवरतन को यह पता भी नहीं लगा कि दया यह घटना जानते हैं। लेकिन दया तो यह सोचकर दुखी थे कि बाबूजी ने कैसे पत्र लिख दिया? आखिर किस भाँति वे बासमती से मिलते? कौन-सा मुँह लेकर सामने जाते? और यदि बासमती तैयार हो गयी होती तो? बासमती तब सुन्दर न लगती, और बाबू जी...? इसी का तो उत्तर ढूँढ़ना है। चलो जो हुआ नहीं, उसके विषय में सोचना बेकार है। इतना जरूर है कि घर में इस समय सबको प्रतीक्षा है कि कब बासमती के पेट में बच्चा पड़े। यही बड़ा काम था और पूरे परिवार का ध्यान इसी ओर लगा

था। लेकिन यह तो ऐसा था कि जैसे हथेली पर सरसों जमाना जो उगता नहीं, या लोहे के चने चबाना जो चबाया नहीं जा सकता।

दया के मुँह से निकला—'जिन्दगी में कैसा दिन आ गया? बिला-वजह का अन्दरूनी झमेला! ...सारा ज्ञान बेकार ही लगा हुआ है गर्भ-वीर्य की ओर...।'

बासमती निश्चिन्त थी तो दया चिन्तायुक्त। यह कैसी चिन्ता थी कि दया को जिन्दा जला नहीं रही थी? हथेली में गड़े काँटे जैसी चिन्ता जो कभी-कभी करकती रहती, काँटा निकलने का नाम नहीं ले रहा था और इसके जिम्मेदार बनते दया और बासमती जैसे एड़ी का कचट हो, चाहे जितना काटो दर्द देने लायक जगह बना लेता है। इतना होने के बाद भी कहीं न कहीं एक आशा दया के भीतर थी जो कल्पना में सहायक होती। बिना आशा-विश्वास के कल्पना भी तो नहीं होती। यही कारण था कि दया के भीतर का संगीत जवान था, जो बजता तो लगता कि उनकी झोली भर गयी है। हाँ, एक बेचैनी थी जो गम्भीर थी।

दया शिलाजीत ले आये थे और एक माह विधिवत् सेवन करने के बाद, फिर चन्द्रप्रभा वटी। गर्मी में बेदाना घोलकर पीते थे। लहसुन का प्रयोग तो रोजाना करते। आँवले का मुरब्बा भी भरपूर खाते रहते थे। किसी ने बता दिया कि 'गेहूँ के दाने भिगो दें, जब अंकुरण हो जाये तब उसे दूध में मिलाकर सुबह नाश्ते में लें, चीनी डालने से स्वाद अच्छा रहेगा।' घर में कोई नहीं जानता कि दया यह सब क्यों कर रहे हैं।

दया बासमती के लिए हेमपुष्पा ले आये। हेमपुष्पा ने और काम किया हो या नहीं, आत्मविश्वास अवश्य बढ़गया था। गर्भ और वीर्य से सम्बन्ध रखनेवाले आसन, व्यायाम भी नियमित होते रहते थे। किसी भी काम में मन और तन पूरी ताकत से लगे हों, पूरी संवेदनाएँ एक ही केन्द्र पर कार्य कर रही हों, दिमाग एक ही बिन्दु पर शक्ति के साथ लगा हो तो भला काम पूरा क्यों न हो! हाँ, सफलता मिलने में देर हो सकती है। यह विश्वास दया और बासमती को था, लेकिन मन-ही-मन। हाँ, शिवरतन का पत्र अब भी दया का पीछा नहीं छोड़ता था।

गौरा के छोटे चाचा आये थे। क्यों आये—यह दया को पता नहीं था। रात में रुके थे। कितने दिन ठहरेंगे यह भी पता नहीं। अक्सर गाँव में आनेवाले रिश्तेदार कई दिन ठहरते थे, सुख-दुख बतियाते थे, खेती के काम में मदद भी करते थे।

लेकिन सुबह का दृश्य दया की कल्पना में नहीं था।

'बासमती! इधर पीढ़ा पर बइठ जा।' गौरा ने कहा।

बासमती नहाई-धोई, भीगे बाल, आधा घूँघट निकाले पीढ़े पर बैठ गयी। गौरा के चाचा ओझाई करते थे। उनके यहाँ झाड़-फूँक से बाधा दूर करवानेवाले दूर-दूर से आते थे। अब गौरा के घर की बात थी, तो बिना कुछ लिए-दिये विधि-विधान से तन्त्र-मन्त्र का विश्वसनीय नाटक शुरू कर दिया था चाचा ने।

पूरे आँगन में चाचा घूमे। बासमती की परिक्रमा की पाँच बार। दसों दिशाओं में जल चढ़ाया। कभी तेज ध्वनि से, कभी धीमे स्वर से मंत्र पढ़ा। बासमती के आगे अगरबत्ती जल रही थी। कण्डे की आग सुलग रही थी, धुआँ उठ रहा था। लाल कपड़ा, नारियल और तमाम वस्तुएँ जो दया जानते न बासमती...बेतरतीब पड़ी थीं। दो घण्टे की झाड़-फूँक के बाद चाचा पस्त होकर गिर पड़े। उठे तो ऐसे कि देह में जान ही न हो। ऐसा लगता था, जैसे वे चाहते हों कि बासमती के सिर पर प्रेत सवार हो जाय और थोड़ा-बहुत भूतखेल हो जाये। उनकी विद्या अपने निकटतम सम्बन्धी के यहाँ प्रमाणित हो जाती। लेकिन बासमती न कमजोर दिल थी न कमजोर दिमाग। जबकि चाचा बीच-बीच में कई बार कह चुके थे कि 'बेटी, खेलने का मन कर रहा है तो खेल ले, प्रेत पकड़ में आ जायेगा और दुख को भागते देर न लगेगी।' बासमती तो जानती ही नहीं थी कि यहाँ खेलना क्या होता है।

दया को कहीं कोई वस्तु न अच्छी लगती, न कोई क्रिया। वे कुछ कह भी नहीं सकते थे। उन्हें तो दूसरी चिन्ता यह हो गयी कि बासमती के दिमाग में ऐसा कूड़ा-कचरा न डाल दें जिसे वे जीवन-भर साफ करते रहें।

गौरा के चाचा ने घोषणा कि—'गौरा! बिटिया के ऊपर तो कवनो भूत-प्रेत नाहीं, लेकिन नइहर से पहिलकी बिदाई...अचरा में कोख मारन अच्छत कवनो मेहरारू फेंकि दिये है, एही कारन बेचारी का कोख मरि गयी है। अच्छत में कवन बैठा रहा! ई पकड़ में नाहीं आवत है, नाहीं तो दबोच देइत। तनिक बिटिया खेलि देत तो बात बनि जात।'

दया मन-ही-मन बासमती की दृढ़ता पर प्रसन्न हो रहे थे। चाचा के जाने के बाद दया गौरा से कई दिनों तक उलझते रहे। गौरा भी इस पचड़े में नहीं पड़ना चाहती थी, लेकिन एक तो पढ़ी-लिखी नहीं, दूसरे पौत्र-मोह जो न कराए। चाचा की बात न चाहते हुए भी टाली नहीं जा सकती थी। वैचारिक सहमति के बिना भी सम्बन्धों का सम्मान करना था और बहुत-कुछ घोलकर पीना था। दया के मन में न भी आये तो क्या, लेकिन गौरा के मन में एक बात बैठ गयी

कि 'बासमती की कोख उसके नैहर की किसी दुष्ट महिला द्वारा अक्षत फेंककर मारी गयी है'।

तंत्र-मंत्र का सतही स्तर समाप्त नहीं हुआ था। अन्धविश्वास का रास्ता तो दिखा ही दिया गया था। जब कहीं से सफलता नहीं मिलती तो अन्धविश्वास पर विश्वास करना पड़ता है और इस रास्ते की सीमा है न कहीं सफल यात्रा। कहीं मंजिल नहीं मिलती और मिल गयी तो अन्धविश्वास का विश्वास पक्का। बासमती के साथ जुड़े अन्धविश्वास का यह प्रस्थान-बिन्दु था।

दया खूब जानते थे कि स्त्री को समझना कठिन है। उन्हें लगता कि स्वयं स्त्री भी अपने को समझ नहीं सकी है।...और स्त्री द्वारा किये गये अन्धविश्वास पर विश्वास और आडम्बर को समझाना तो जैसे मधुमक्खी के छत्ते में हाथ डालना। वैसे दया की बासमती ऐसी न थी। जब भी हाथ डाला, दया ने मधुरस ही पाया। यही सौन्दर्य दया को ऊर्जा देता था।

अन्धविश्वास के आगे शक्ति या विज्ञान का अर्थ वैसे ही था जैसे भैंस को इत्र सुँघाना। दया को खीझ होती और बार-बार उन्हें याद आता—नर में शुक्राणु अधिक उत्पन्न होते हैं, ये आवेग पौरुष के रूप में निखरते हैं...तो क्यों नहीं कोई पुरुष ठहरता? स्त्री की गर्भ-शक्ति से हार जाता है क्या पौरुष बल? शायद पुरुष हार कर भी स्वयं को विजयी घोषित करता रहता है। तमाम आरोहों-अवरोहों और फिजूल की मानसिकताओं के बाद वे एक नये अध्याय से जुड़ गये थे। यह नया पाठ-परिशिष्ट वैसे तो शिवरतन, गौरा को स्वीकार नहीं था, लेकिन पौत्र-मोह के कारण चुप थे और किसी विधि से वे इस कलंक को दूर करना चाहते थे। दया तो कतई पक्ष में नहीं थे। वे विरोध करते थे, उनका विरोध आदरणीय सम्बन्धों के आगे चित हो जाता। हारा हुआ विरोधी स्वर भीतर सुलगकर राख बनाता, बावजूद इसके दया की जड़ मजबूत थी।

शिवरतन का परिवार प्रेतछाया की दहशत में आ गया था। कोई किसी से साफ-साफ भले न कहे, लेकिन एक डर भीतर स्थान घेर रहा था। दया ही इस भय से मुक्त थे। बासमती को क्या? उसे तो जो कहो, मानेगी ही। किसी ने कह दिया तो वह सन्तोषी माता का व्रत हर शुक्रवार को रखने लगी। गौरा सोमवार को व्रत रहती और बृहस्पतिवार के व्रत के लिए मन बना रही थीं। गौरा चींटी को आटा-चीनी भी खिलातीं। शिवरतन को बुजुर्गों ने सलाह दी कि वे नवरात्र का व्रत रखें तो देवी सारे संकट हर लेंगी। ले-देकर ये सारे कर्म व्यक्तिगत रूप

से होने लगे थे, लेकिन बासमती का गर्भ जैसे था, वैसा रहा। गौरा दयादिनों का ताना सुनतीं, 'बंजर में कुछ उगा है कि उगेगा!'

बासमती की कोख नैहर में मारी गयी—यह बात गाँव का कोई व्यक्ति भले न जाने, लेकिन बासमती की माँ को इसकी जानकारी हो गयी। मानो कोई कबूतर प्रेत-पत्र पहुँचा आया हो। बासमती की माँ ने बासमती को कुछ दिनों के लिए बुला लिया।

दया को जिसकी शंका थी वही हुआ। बात बासमती के नैहर चली गयी थी, नहीं तो विदाई कराने का कारण क्या था! दया को फुर्सत मिली। वे सरकारी काम में मन रमाने लगे थे। वैसे भी उनका कोई काम दूसरे दिन के लिए नहीं रहता और सीट कमाऊ भी नहीं थी। नौकरी में उस्ताद भी नहीं बने थे। दफ्तर में कुछ राजनीतिक, कुछ सामाजिक और बहुत-कुछ सेक्सी बातें ही होती थीं। वैसे भी दफ्तर में बातचीत का स्तर काफी नीचे था।

दया रोज की खबर रखते थे और एक खबर यह थी कि शायद कोख मारने के कारण की जाँच हो और दूर करने का अन्धविश्वासी उपाय। दया की दृष्टि बासमती के नैहर पर थी।

और उधर...पता लगाया जा रहा था कि कौन 'कोख-मारन' है। बासमती की माँ अपनी सफलता पर खुश थीं, मानो वे झुलसा रोग से निजात पाकर पूरी फसल अब काट लेंगी। उन्हें एक गुनी मिल गया था जो गाँव से एक कोस दूरवाले गाँव में रहता था।

'परसों का दिन दिया है सोखा बाबा ने।' बासमती के पिता बोले।

'केहू जाने ना! तुम खूब चबर-चबर करत हो। लड़की की बात है। कवनो बात होइ जाये तो!' बासमती की माँ चाहती थी कि चुपचाप बेटी से प्रेतछाया उतरे और यह बात बासमती की ससुराल न पहुँचे। लेकिन दया तो पूरे सचेत... एक-एक दिन की थी सूचना।

सोखा बाबा मशहूर थे। पढ़े-लिखे भी उनकी गिरफ्त में आ जाते थे। सोखा पढ़े नहीं थे, लेकिन मनोविज्ञान पर पकड़ थी, व्यवहार जानते थे। आँख देखकर भाषा और चरित्र, हाथ देखकर कर्म, बाल देखकर शौक, पैर देखकर साफ-सफाई का अनुमान लगा लेते थे। उनके यहाँ गाँव का पढ़ा-लिखा मूर्ख बनकर बैठा रहता। इच्छा जो न कराए। सोखा को पता लगाते देर न लगती कि अमुक अनपढ़ गँवार हैं। ऐसे ग्राहक को पाते ही फूले न समाते सोखा। पैसा, अनाज, कपड़े आदि की प्राप्ति तो होती ही, शब्द-चक्र में फँसाकर ऐसी स्त्रियों को जिनको सन्तान या पुत्र नहीं होता, उनको अमावस और पूर्णिमा की रात तंत्र के बहाने

बुलाते भी थे। संयोग से किसी को लाभ होता तो सोखा का गुणगान करता फिरता, नहीं तो सोखा साल-दो साल फँसाए रखते। फिर 'भाग्य का खेल' या 'नहीं बदा है' से सन्तोष होता।

अब बासमती बेटी ही नहीं थी, किसी की बहू थी। वह अब रिश्तेदार हो गयी थी। सिर्फ गोपनीयता ही लाज बचा सकती है। बासमती की माँ कहती, 'पता नाहीं ऊ का कहें, सोखा राती को रोक भी सकत हैं।' बासमती का इकलौता भाई विरोध करता, लेकिन डाँट दिया जाता। छोटा व्यक्ति डाँटा ही जाता है चाहे वह उम्र में हो या जाति में, धन में, देह में हो। छोटे की औकात ही कितनी।

दया को खबर लग गयी। मई का महीना था, दिमाग पर गर्मी चढ़ी थी। बेसुध भागे थे वे। साइकिल तो जैसे हवा की हवा निकाल देगी अपनी रफ्तार से। दस बजते-बजते सोखा के ठिकाने पर हाजिर हो गये दया।

दया ने वही चित्र देखा, जो गौरा के चाचा ने दिखाया था। दया पहुँचते ही दहाड़े—'बासमती, तुम यहाँ से उठो! हटो वहाँ से...!'

सभी सकपका गये। दया ने सोखा को अपना परिचय देते हुए डराया-धमकाया—'अभी पुलिस को रिपोर्ट करता हूँ। तुम्हें जेल भेजूँगा। किताब की एक लाइन पढ़ तो सकते नहीं, चले हो भूत उतारने? कहाँ लिखा है कि प्रेत-बाधा से सन्तान नहीं होती? वेद, पुराण कुछ जानते हो! बताओ! नहीं तो लगाऊँगा चार लात चूतड़ पर। एक घूँसे में भूत तुम्हारा उतर जायेगा। बाबा बने हो साले हरामी!'

दया बासमती की माँ की ओर मुखातिब हुए—'आपको मुझसे पूछना चाहिए था। दुनिया कहाँ से कहाँ चली गयी और आप अभी भूत में हैं! जिस ससुरे को जीवन का क-ख नहीं मालूम, वह आपके दिमाग पर अधिकार जमाया है। भूत-प्रेत! जो जीते-जी कुछ उखाड़ नहीं सका, वह मरने के बाद क्या रोआँ नोच लेगा।'

सबकी साँस थम गयी थी। हाँ, दया हाँफ रहे थे। दया और सोखा को छोड़कर सभी घर से बाहर निकल आये। सोखा दया के पैरों पर लिपट गया।

दया पहले तो बिगड़े, फिर समझाने लगे—'तुम अपने को बर्बाद कर रहे हो, साथ ही दूसरों को भी। तुम्हारे अन्दर जो मौज मारने का मन हो गया है, उसे दूर करो! अपनी औरत में सुख तलाशो! तुम्हें वहाँ से अधिक सुख नहीं मिलेगा कहीं। मेहनत करो, अपना परिवार सँभालो, बच्चों को रास्ता दिखाओ। पढ़े नहीं हो तो क्या, अच्छी संगत करके तुम समझदार हो सकते हो। नहीं तो एक दिन तुम्हें तुम्हारी भूत-प्रेत की यह वेदी लील जायेगी।'

सोखा सकते में आ गया। भले वह ऐसी भाषा बोल न पाए, लेकिन समझ तो रहा ही था। दया का भाषण जारी था–'सैक्स का यह विकृत रूप है, जहाँ तुम गाँववाली भोली औरतों को लाभ का लोभ देकर काम-सुख भोग रहे हो। एक दिन ऐसा आयेगा कि तुम्हारा अण्डकोष सड़ जायेगा, कमर में हिलनी बीमारी लग जायेगी। आँख तो जायेगी ही, जितनी ज्ञानेन्द्रियाँ हैं सब गल जायेंगी।' दया ने वही हथियार चलाया जो सोखा अपने लिए प्रयोग करता था।

'मुझे बचाए लो साहेब, अब कभी न करेंगे ई करम।' सोखा ने पैर पकड़ लिए।

बासमती अपने माता-पिता के साथ घर चली आयी थी।

बासमती सोचती तो बहुत-कुछ थी, लेकिन अपनी संवेदना और भीतरी संत्रास कह नहीं पाती थी–'आखिर क्यों वह परिवार में मुख्य पात्र की तरह है? क्यों सारी घटनाएँ उसी के इर्द-गिर्द घूमती रहती हैं? स्त्री जीवन की शुरुआत करती है, तो क्या परिवार का वह पहला शुरुआती दिन होता है जिस दिन एक बहू आती है? पूरा समाज स्त्री पर टिका है, इतनी मुख्य भूमिका होते हुए भी स्त्री की औकात! मैं तो एक वस्तु हूँ चाहे जहाँ बैठाओ, ओझाई-दवाई कराओ। सन्तान नहीं जनी तो क्या माटी हो गयी! घूरे की राख! हे भगवान, अब किसी को औरत न बनाना!'

बासमती जिन शब्दों के द्वारा सोचती, कह नहीं पाती। वह तलाशती रहती कि कैसे दया से वह यह सब कहे जो उसके भीतर है?

बासमती दया के घर आ गयी।

'क्या बोला था सोखवा?' दया ने पूछा।

'मुझे तो यह सब पसन्द नहीं है जी, लेकिन क्या करूँ मेरे मुँह से 'नहीं' निकलता ही नहीं।' बासमती बोली।

'नहीं' निकालना जरूरी है, सीखो 'नहीं'!...क्यों नहीं निकलता 'नहीं'? 'नहीं' में आधा संसार है।...लेकिन मेरा उत्तर तो दो!'

'भूत-प्रेत की बहुत बातें कर रहा था। किसको कब प्रेत लग जाये, किन-किन लोगों को उसने ठीक किया है...यही सब कहकर बहका रहा था। एक बात उसने खास बताई कि मैंने दही किसी के घर खा लिया है और उस दही में प्रेत-बाधा का टोटका कर दिया गया है।'

'हाँ, तो बात अब चावल के दाने यानि अक्षत से दही पर आ गयी!... हगण्डी साला...भला किसान के बच्चे दूध-दही नहीं खाएँगे तो क्या चाट-पकौड़ी खाएँगे? पेप्सी पीने को कहाँ मिले? किसान दूध पीता है, दारू नहीं! और

सोखवा तो एक बोतल दारू लिया ही होगा। पीएगा, नशे में पूरी रात औरत के साथ रंगरेलियाँ मनाएगा।...घबराओ नहीं, खूब डोज दिया हूँ। इस काम से वह तौबा कर लेगा।'

बासमती की जान में जान आयी कि 'अब कोई बेवजह मुझे इस्तेमाल नहीं करेगा।'

और फिर उजाले में आँख बन्द किये हुए!

गौरा ने कई बार कहा—'और सब भले न मानो, लेकिन दया, तुम बहू को लेकर देव-स्थान जाकर मनौती मानो, जरूर फल मिलेगा, कोई न कोई देवता जरूर तुम्हारी अरज-गरज सुन लेगा।' दया लड़ते-झगड़ते रहे, अन्त में वे एक एक लाभ देख रहे थे कि इसी बहाने कुछ घूम-फिर लेंगे, यह एक स्थान पर सड़ने से अच्छा है। जब तक माँ-बाप जिन्दा हैं और सन्तान नहीं है तो देशाटन का मजा भी है। नहीं तो फिर नून-तेल-लकड़ी में भूल जायेगा राग-रंग।

मनौती मानने के हेतु सम्भावित यात्रा के लिए दया सूची बनाने लगे। दफ्तर के विजय, वंशधारी, लालचन्द की सलाह थी कि लखना देवी, अजमेर शरीफ, देवा शरीफ, मखदूम शाह, वैष्णो देवी को तो भूलना नहीं है। गौरा ने चेताया कि—हरसूबरम, दइतरा बाबा, मुण्डेश्वरी देवी का दर्शन-पूजन जरूरी है और गंगा-स्नान हो तो और भी बात बने। शिवरतन ने सुझाया कि बनारस से बड़ा तीर्थ कहीं नहीं है, वहाँ दुर्गापूजा जमकर होती है। दुर्गाकुण्ड, बाबा विश्वनाथ, संकटमोचन के हनुमान जी, मानस मन्दिर, गंगा मन्दिर का दर्शन निष्फल नहीं जाता। लोलार्क कुण्ड का स्नान भी। बासमती के नैहर से खबर आयी कि बासमती 'छठ माई' का व्रत अवश्य करे।

दया ने सारी बात स्वीकार कर ली थी। वे सूची बनाने में जुटे थे। दया ने यह भी कहा कि मैं स्वयं नवरात्र (दोनों) का व्रत रखूँगा, निर्जला जेठ एकादशी, जन्माष्टमी, रामनवमी, शिवरात्रि, एकादशी और पूर्णिमा का व्रत भी रख लूँगा, लेकिन पहले नहीं, जब सन्तान हो जायेगी तब। दया स्वयं व्रत की बात स्वीकार कर विजयी मुद्रा में आ गये थे, क्योंकि यह सब करना सन्तान के बाद था। वे मन-ही-मन गौरा का मुहावरा दुहराते—'हो गया जूँजा, बिसर गया पूजा।'

'सोखवा और क्या कह रहा था बासमती?' दया ने चाय पीते हुए पूछा।

गौरा आलू छील रही थीं। मार्च का महीना था, होली का माहौल बना था। मौसम के बदलते समय पुरुष का काम बढ़ा होता है, जिसे सहज ही ब्लडप्रेशर

की तरह नापा नहीं जा सकता। लेकिन बासमती अब जान गयी थी कि दया को 'काम-ज्वर' कब अधिक चढ़ता है।

'क्या कहेगा...कह रहा था दही खाते समय मैं डर गयी थी।'

बासमती के उत्तर से दया हँसे।

कुण्ठा चाहे जिसकी हो, बाधक होती है। दया की नजर में बहुत लोग थे जो कुण्ठित थे। नेता, अफसर और दफ्तर के अनेक लोग उन्हें कुण्ठित लगे। दया यह भी जानते थे कि जब तक माँ-बाप, सास-ससुर हैं, अन्धविश्वास से उनकी लड़ाई कमजोर होगी। यह कमजोरी इस कदर सीना उत्तान किये है कि वे स्वयं वैचारिक बाधा पार नहीं कर पा रहे हैं, और कोई तीर ऐसा नहीं बना कि जिससे कमजोरी का सीना छलनी कर सकें। हजारों साल से स्वार्थसिद्धि और थोड़े-से व्यक्तिगत लाभ के लिए ये शब्द संसार में रहनेवाले लोगों ने, अन्धविश्वासों को इतना ठूँसा-भरा कि आगे चलकर ये अन्धविश्वास संस्कृतियों में बदल गये, कुप्रथाएँ स्वभाव हो गयीं। अन्धविश्वास ने मौलिक-विश्वास की न जाने कितनी हत्याएँ की हैं, यह किसे पता है और यह क्रम आज भी जारी है।

दया और बासमती को सुबह की गाड़ी पकड़नी थी।

एक

रेलगाड़ी या बस सुबह पकड़नी हो तो साधन टटके लगते, मानो कसरत करती आ रही रेल और दण्ड पेलकर बस। कुछ ताजे कुछ ऊँघते लोगों को देखना भी नयापन दे जाता। लेट-लतीफ न हो तो मजा ही मजा, जगह वगैरह मिल जाये तो मानो यात्रा का स्वर्ग-सुख भोग लिया।

एक्सप्रेस गाड़ी थी, समय से आ गयी। मुगलसराय से दूसरी गाड़ी पकड़नी थी, उसी में इटावा के लिए दो सीटें आरक्षित भी थीं। दया ट्रेन से यात्रा तो किये थे, लेकिन आरक्षित सीट और पूरी रात सोने की व्यवस्था पहली बार हुई थी। पहला सुख भीतर तक गुदगुदाता है, जल्दी भूलता भी नहीं। बासमती तो जानती ही नहीं थी कि ट्रेन में गद्दीदार सीट होती है। कभी रेल में बैठी न थी। कहीं जाना भी हुआ था तो बस से, जबकि उसके मायके से आती-जाती ट्रेन दिखती थी।

इटावा से पहले गाड़ी भरथना रुकी। यहाँ से लखना बस से करीब पड़ता था। लखना देवी का पुराना मन्दिर। लखौरी ईंटें, कुछ मिट्टी की दीवारें। यहाँ झण्डा चढ़ता है और दया के पास कोई झंडा नहीं था। छोटे झंडेकम थे। पूरे

बड़े बाँस में झण्डे लगे थे, जिनकी संख्या अधिक थी। लखना देवी झंडों से खुश होती थीं। कितना अच्छा लगता है जब कोई देवी-देवता पूड़ी, मिठाई, सोना-चाँदी या आभूषण से नहीं, लहराते झण्डों और बड़े-बड़े बाँसों से खुश हो। कहने को तो लोग कहते हैं कि यहाँ बड़े-बड़े डाकू वर्ष में एक बार जरूर दर्शन करते हैं। शायद ही कोई बड़ा डाकू सरदार छूटा हो दर्शन-पूजन और झण्डा चढ़ाने से। पूरा मन्दिर झण्डों से पटा था। ऊपर आसमान दिखाई नहीं देता था। बासमती को एक ही मनौती करनी थी। दया ने मन-ही-मन कहा—'देवि! मैं नहीं जानता कि यहाँ कितना सच है, लेकिन इतना ज्ञात हुआ है कि जिसकी जितनी बड़ी मनौती उसकी उतनी बड़ी पूजा और उतना बड़ा झण्डा। मेरे पास कोई झण्डा नहीं है। आप किसी झण्डे को मेरा मान लें, कम से एक बाँस बचा रहेगा। हाँ, औलाद डाकू न हो, लेकिन तुम्हारा आशीर्वाद डाकू ही बनाएगा एक अबोध जीवन को। वह तुम्हारा दास तो रहेगा! यदि ऐसा करना होगा तो औलाद मत देना। माँ, तुम चाहो तो एक डाकू पुत्र जन्माकर देख लो! देवि, तब तुम्हें स्वयं अपने पुत्र से नफरत हो जायेगी, तुम अपनी कोख को भला-बुरा कहोगी। और तुम सबकुछ दे सकती हो तो डाकुओं को सद्‌बुद्धि क्यों नहीं देती?'

दया को लगा वे बाँसों को उखाड़ रहे हैं। वे इन्हें फिर वहीं खोंस आयेंगे जहाँ से लाए गये थे। बाँस अपना परिवार पाकर खुश हो जायेंगे। बाँस तब भी खुश होते हैं जब वे किसी झोंपड़ी या घर बनाने के काम आते हैं। उन्हें इससे अमर होने का अहसास होता है। डाली, मोनी, दौरी, बेना बनते हैं तो परिवार का सुख मिलता है...और तब, जब वे अन्तिम यात्रा के लिए एक जीवन को लादे संवेदना के कन्धे पर मचर-मचर चले जाते हैं। बाँस पारिवारिक है। यहाँ झण्डे के रूप में खड़ा रो रहा है, उसके दुख-भरे एक-एक शब्द दया सुनते हैं। उन्हें लगा कि सारे झंडे भहराकर सिर पर गिरेंगे और सिर फोड़ डालेंगे। दया के मुँह से निकला—'आह!'

'क्या हुआ?' बासमती पास आ गयी थी।

'कुछ नहीं, मैं देवी का पाठ कर रहा था।'

'हाँ, मैं देख रही थी आप आँख मूँदे बैठे थे। काफी देर तक आपने देवी का पाठ किया। झण्डा न चढ़ा पाने की माफी माँग रहे थे न आप?'

'यहाँ डाकू भी आते हैं, जल्दी चलो। यहाँ ठहरने की व्यवस्था नहीं है। इटावा में रेलवे स्टेशन के पास होटल है।' ढलती दोपहर देख दया अब रुकना नहीं चाहते थे।

'होटल में कैसे रुकेंगे, होटल में तो खाना मिलता है।' बासमती को दया

की बात अटपटी लगी और आखिरी बार देवी को प्रणाम कर मन्दिर के बाहर आ गयी।

बाहर ताँगा तुरन्त मिल गया जो बकेवर तक जाता था। वहाँ से बस पकड़कर इटावा पहुँचे दया और बासमती।

दो

घर से बाहर दोनों परानी रहें, बच्चे न हों, जवानी चढ़ी हो तो उत्साह दूना रहता है। खुलकर हँसना-बोलना, और एकान्त पाते ही गोपनीय हरकतें...न जाने फिर कभी मौका मिले न मिले खुलने का।

होटल का बीस रुपये प्रतिदिन सुनकर बासमती चौंकी थी—'बीस रुपये एक दिन रहने का...खाना-पीना अलग!' लेकिन उन्मुक्त मन से रात को दया का साथ पाकर बासमती अर्थ का मूल्य भूल गयी। गाँव नहीं था कि अम्मा खाँसेंगी...छोटकन पानी माँगेगा...दरवाजे को देखना पड़ेगा कई बार कि बन्द है कि नहीं...बादल छा गया, बिना मौसम बरसने लगें दई भगवान! बाहर दौरी का चावल और टँगी साड़ी हटानी है, नहीं तो चार बात अम्मा कहेंगी...दया भी बोले बिना नहीं मानेंगे। शब्दों की मार तो बासमती को ही सहनी पड़ेगी।

होटल में रहकर बासमती के पैर जमीन पर नहीं थे। न खाना बनाना न बरतन धोना, सबकुछ बैठे-बिठाए। बस, पैसा निकालो और...।

'तुम बहुत खुश हो भीतर से, तुम्हारी चाल बता रही है...ऐसी चाल पर तो मन ही नहीं होता यहाँ से जाने का, लेकिन सामान बाँधो। इतनी दूर आ गये हैं तो वैष्णो देवी का दर्शन कर लें, शायद देवी को हमारा इन्तजार हो।' दया सामान बाँधने लगे!

बासमती के पास लेडीस घड़ी थी। चचेरे भाई ने बासमती की शादी में दी थी—एच एम टी सुप्रिया। गाँव में कभी बाँधने का मौका ही नहीं मिला। छोटी घड़ी उसे अच्छी लग रही थी। काम-काज में भीगने के डर से और थोड़ी-बहुत लाज के कारण वह बाँध नहीं पाती थी घड़ी सुप्रिया। वह हर आधे घण्टे पर घड़ी देखती थी—'आधा घण्टा रह गया है, टिकट ले आइएगा कि बीहड़ की कथा बाँचिएगा।'

'अब वैष्णो देवी नहीं जायेंगे। पहले आगरा, फिर मथुरा, तब कहीं वैष्णो देवी।' दया ने सम्भावित यात्रा-योजना बताई।

'अपनी जेब तो देख लीजिए!' बासमती ने चेताया।

दया ने रुपये गिने—सौ, दो सौ, तीन सौ...पूरे एक हजार। दस-बीस पचास के भी कुछ नोट ये यानि तेरह सौ बीस रुपये पचहत्तर पैसे। काफी थे। होटल न लेकर प्लेटफॉर्म पर सोए रहते तो पचास और होते।

'इफरात है, बस तुम घूमने का मन बना लो। छुट्टियाँ भी अभी आठ दिन बाकी हैं।'

आगरा बस से जाना हुआ। ऐसी बस में बासमती कभी बैठी न थी। सुपर डीलक्स बस थी। दो-दो सीटों का क्रम था और हाथ रखने के लिए हत्था भी लगा था। खूब गुदगर सीट, बैठो तो गच्च से करे। ऐसी बसों में थकान नहीं लगती। दया को लगा कि वे साहब-सुब्बा है और बासमती मेमसाहब। आगरा पहुँचते-पहुँचते शाम हो गयी। यहाँ महँगा था होटल। आगरा ताजमहल देखने बहुत लोग आते हैं। यहाँ आकर ताजमहल के सामने खड़े होकर प्रेमी अपने प्रेम को प्रमाणित करते हैं और दिल में प्रमाणपत्र धारण कर आह्लादित होते हैं। जब ताजमहल नहीं था तो कौन देता था प्रमाणपत्र? तब क्या प्रेम प्रमाणित नहीं होता था? शायद तब उसे किसी प्रमाण की आवश्यकता नहीं थी। आस्था जिस बिन्दु को पकड़ लेगी उसे वृत्त बना देगी चाहे कोई विषय हो। आस्था को केवल भीड़ चाहिए।

'देखो कैसा है ताजमहल! यह प्रेम की निशानी है।' दया बोले।

'प्रेम कैसे करते हैं मुझे तो पता नहीं, नहीं तो हम भी निशानी बनाते।' बासमती प्रेम की परिभाषा नहीं जानती थी।

'प्रेम करना थोड़े होता है! यह तो होता रहता है।'

'क्या होता है प्रेम में?'

'यह बताना कठिन है...यह कोई ऐसी चीज नहीं कि उसे पकड़कर करना हो...यह तो अनुभूति है...चलो भीतर चलकर देखें।'

दोनों भीतर पहुँचे, सीढ़ियों से होते हुए नीचे की ओर, जहाँ कब्र है।

दया कब्र देखते ही बासमती के कान में फुसफसाए 'कुछ माँग लो...आखिर ये भी कुछ देने लायक हो गये हैं। मरकर मनुष्य दुख हरने लगता है, जीते-जी भले न कुछ कर पाएँ और सिर्फ सताने या दुख देने का काम किये हों।' दया बासमती को देखते रहे, फिर बोले—'ये प्रेम के साथ सन्तान भी दे सकते हैं।'

दया ने मन-ही-मन कहा—'हे प्रेमी जोड़ा महराज! हे मुमताज, तुम तो बासमती पर रहम करो! तुम औरत हो, बासमती की पीड़ा समझ सकती हो। हो सकता है देवी मईया न समझपाई हों लेकिन तुम तो देवी नहीं, रानी हो...एक बादशाह की प्रेमिका। शायद हम पहले आदमी हैं जो इस तरह की चीज माँग रहे

हैं। यहाँ कोई जीते-जी नहीं देता, आत्मा देह के कब्जे में होती है; लेकिन जब वह निकलकर आजाद होती है तो ताकतवर हो जाती है। हम तुम्हारी आत्मा को प्रणाम कर रहे हैं, हे मुमताज!'

और दया के मुँह से निकला—'वाह मुमताज!'

'अरे चलोगी भी! अभी मथुरा जाना है।' दया को मथुरा दिखाई दे रहा था—'यहाँ लोग फँस जाते हैं, प्रेम के चक्कर में। जो प्रेम का क ख ग भी नहीं जानते वे भी घूमते रहते हैं। हमें यहाँ से चलना चाहिए, नहीं तो प्रेम में पागल होकर कब्र बन जायेंगे...और भी काम है।'

'आगरा का होटल बड़ा मजेदार था।' बासमती के दिमाग पर होटल छाया था।

'हाँ, तुम मुमताज थी मैं शाहजहाँ। पूरी रात तुम्हें देखता रहा। अब नींद आ रही है, तुम्हें देखने से ऊब हो रही है।'

'अच्छा! अब मुमताज याद आ रही हैं? मेरी सूरत में आप उन्हें कैसे देख लिए? मैं तो आप में शाहजहाँ नहीं देख पाई।'

तीन

अभी सूरज डूबा नहीं था। दया और बासमती मथुरा पहुँचे। कृष्ण जन्म-स्थान घूमने के बाद मारवाड़ी होटल में खाना खाया और रेलवे स्टेशन के मुसाफिरखाना में चादर बिछा ली।

'ताजमहल मुसलमानी मन्दिर है न?' बासमती ने पूछा था और खूब हँसे थे दया।

'मैं वहाँ उर्दू में बोलने की कोशिश कर रहा था। लेकिन अल्लाह के अलावा जानता ही क्या हूँ। बासमती, ये सारे धर्म हमें मूर्ख बनाते हैं, इनका/एक किस्म का व्यापार है। यही ऐसी दुकान है जहाँ जानते हैं कि ठगे जायेंगे, फिर भी बार-बार आते हैं। जैसे तुम समझती हो कि यह मुसलमानी मन्दिर है।' दया ने ठहाका लगाया।

बासमती झेंप गयी। उसे लगा कि कुछ गलत मुँह से निकल गया। घर के बाहर सोच-समझकर बोलना चाहिए था, नहीं तो बड़ी बदनामी होगी।

'हाँ तो मैं कह रहा था भाषा...' दया ने क्रम बिगाड़ना नहीं चाहा—'मस्जिद में उर्दू-अरबी और मन्दिर में संस्कृत में पूजा करें तो सुनेगा भगवान। जिसे यह भाषा न आये, वह क्या करे? छूछे लौट जायेगा? जानती हो एक बार मेरे घर सत्यनारायण की कथा हुई। पण्डित जी हिन्दी में कथा कहने लगे तो अम्मा बोली

कि 'पूजावाली भाखा नाहीं आवत का पंडी जी?' देवता भाषा से खुश होता है। लोग समझें चाहे न समझें, पहले एक श्लोक...फिर उसका अर्थ। एक देवता के लिए, दूसरा जनता के लिए। कोई नमाज हिन्दी में पढ़कर तो देखे या कोई वेदमंत्र अरबी में। देवता क्या खुश होने से रहेगा? अल्लाह क्या नाराज हो जायेगा? अरे भई! ईश्वर को भाषा से क्या लेना? उसे सिर्फ भावना चाहिए। और तुम जानती भी हो कि मैं ईश्वर-अल्लाह नहीं मानता। बस घूम रहा हूँ...यूँ कहो ठोकर खा रहा हूँ इस मन्दिर...उस मजार।'

भीड़ समय को खा जाती है। दया-बासमती भीड़ में सोए थे। रात कट गयी, पता नहीं चला—सोते, जागते, बतियाते, ऊँघते। सुबह सीधे नन्दगाँव। दया को लगा कि जरूर कृष्ण यहाँ रहे होंगे। छोटी-सी पहाड़ी पर बसा गाँव, नीचे खेत...सीवान। जैसे कहीं कृष्ण गाय चरा रहे हों। दया ने बासमती से कहा, 'यदि पुत्र होगा तो यहीं बस जायेंगे, बेटा चरवाही करेगा कृष्ण की तरह।' बासमती तिनक गयी थी—'हमारा बेटा गोरू चराएगा? उसे साहेब नहीं बनाएँगे!' दया फिर बोले—'यहाँ आकर तो कृष्ण में मन लगता है।'

इत्मीनान से नन्दगाँव घूमकर कोख हरी हो जाने की प्रार्थना नन्द बाबा से करते हुए दया-बासमती बरसाना आये।

'कितना साफ-सुथरा गाँव है!' बासमती अचरज से गाँव देखती रही। यहाँ का मन्दिर भी ऊँचाई पर है। बासमती सीढ़ियाँ चढ़ती जाती और गाँव निहारती जाती—'इस गाँव का क्या नाम है जी? बड़ा सुन्दर है गाँव!'

'बरसाना...राधा यहीं की थी।' दया ने बताया।

'यहाँ तो रास रचाने का मन कर रहा है। इसी गाँव के हम होते तो एक घर अपना भी होता। बड़ा मजा आता रहने में।'

'हम रास रचाने नहीं आये हैं, बच्चा माँगने आये हैं—वहाँ, जहाँ बच्चे-फच्चे का काम नहीं है, प्रेम है, रास है, सैक्स है, गीत है, संगीत है, किशोर मन की उच्छृंखलता है। जानती हो राधा ने कृष्ण से खूब रास रचाया, लेकिन बच्चे पैदा नहीं किये। सन्तान प्रेम में बाधक है। आश्चर्य होता है बड़े लोगों की इस सोच पर। हम छोटे लोग तो बेटा-बेटी के बिना जीवन सुफल मानते ही नहीं।'

मथुरा वापस होते हुए एक बड़े वृत्त का कुआँ दिखा। चारों ओर चार गड़ारी लगी थीं। बीस-पच्चीस स्त्रियाँ पानी भर रही थीं। एक आगे से डोर खींचती, दूसरी पीछे से। बस वहीं दस मिनट के लिए रुक गयी थी। कस्बेनुमा बड़ा गाँव था। घाँघरा-चोली-ओढ़नी यही वस्त्र था स्त्रियों का। बासमती का मन फिर डोल गया, 'अजी यहाँ तो जीवन का आनन्द है! देखिए, लाइन लगा के पानी भर रही

है, आती-जाती भी हैं लाइन से और किसी-किसी के पास एक घड़ा है, नहीं तो ज्यादा दो-दो तीन-तीन गगरी लिए हैं। कितना बढ़िया मटकती हैं!'

'दूसरी बार आयेंगे तो यहीं एक-दो महीना रहेंगे, छुट्टी ले लेंगे, सतुआ-पिसान बाँध लेंगे। राधा बनकर साध पूरी कर लेना। मैं भी धोती-कुर्ते में रहूँगा और तुम्हें गोपियों वाले चार जोड़े कपड़े।'

अभी दया और बासमती को गोवर्द्धन, मथुरा में यमुना का किनारा, वृंदावन घूमना था। मथुरा का पेड़ा खाना था। इसके लिए एक रात रुकना जरूरी था, पैसे भी बचाने थे। सो होटल न लेकर धर्मशाला लिया दया ने। यहाँ एक रात के दो रुपये देने पड़े। हाँ, सिर्फ एक चौकी थी और खिड़कियों में पल्ले नहीं थे। रात को दया ने अपनी लुंगी खिड़की पर टाँगकर उसे सलाखों में फँसा दिया था।

'मथुरा का पेड़ा छीलकर खाया जाता है?' बासमती सिर्फ प्रश्न करती थी या कोई जिज्ञासा लेकर बैठ जाती थी।

'यहाँ का पेड़ा मशहूर है। आज रात हम पेड़ा छीलकर खाएँगे।'

'आपको मजाक ही सूझता है या मेरी बात पर हँसते हैं! मैं तो आपकी बात मजाक नहीं बनाती।'

'नाराज न होओ बासमती! यह मथुरा है, यहाँ गोपियाँ खूब रूठा करती थीं कृष्ण से। कल वृंदावन चलना तो देखना और अन्दाजा लगाना कि कृष्ण ने गोपियों के वस्त्र पेड़ पर टाँग दिये थे जब गोपियाँ नंगी नहा रही थीं। कृष्ण कह रहे थे कि बाहर निकलो और हाथ ऊपर करके याचना करो तो कपड़े मिलेंगे। तुम्हें तो कृष्ण की कई कथाएँ याद हैं, वो कालिया नाग और कृष्ण का गेंद खेलना...।'

चार

दया को वैष्णोदेवी की यात्रा भी करनी थी। बस से दिल्ली, फिर रेलगाड़ी से लुधियाना, जालंधर, पठानकोट होते हुए जम्मूतवी। जम्मू से बस पकड़कर कटरा और फिर धर्मशाला में शरण।

सुबह चौदह किलोमीटर की चढ़ाई। 'जै माता दी! जै माता दी' कहते डण्डे से टेकते आगे बढ़ते लोग। कभी न टूटनेवाला क्रम। दया का ध्यान भले कहीं और था लेकिन बासमती 'जै माता जी' कहती जाती। वह 'दी' नहीं कह पाती थी। आठ घण्टे में पहुँच पाए थे दया-बासमती। अप्रैल का आखिरी दिन, फिर भी ठण्ड! पानी भी खूब बरसा था। वैष्णो देवी धर्मशाला में कम्बल मिलता है। कम्बल और जय माता दी के सहारे रात बितानी थी।

और पहाड़ी सुबह का पहला सुख। यात्रा हो तो बहुत-कुछ पहला मिल जाता है जैसे गुफा के रास्ते वैष्णो देवी का दर्शन।

'आप कहीं कुछ चढ़ाते नहीं, खाली हाथ मनौती मानते हैं। कोई देवी-देवता आपकी नहीं सुनेगा।' बासमती हाँफती हुई बोली। जितनी मेहनत पहाड़ पर चढ़ने में थी उतनी उतरने में नहीं लेकिन पूरी देह सँभालनी थी। आधा रास्ता पार कर गये थे दोनों।

'पहले सुस्ता लो। देखो! सुस्ताने के लिए बना है, यहाँ अर्धकुमारी का मन्दिर भी है।' दोनों परानी बैठ गये। तलवे फूल गये थे, पिण्डली तन गयी थी, जाँघ की नसें खिंची-खिंची सी और रीढ़ धनुष। सब सीधा करना और मलना-सहलाना था—'मुझे तब खराब लगता है जब देवी को खुश करने के लिए किसी जीव की बलि दी जाती है। भैंसा काटा जाता है, बकरा काटकर उसका सिर चढ़ाया जाता है। एक बेजुबान की हत्या! वाह रे देवी को चढ़ाया जानेवाला प्रसाद। कुछ मूर्ख तो अपनी जीभ काटकर चढ़ाते हैं, कुछ सिर। ऐसी देवी जो जान लेकर, जीभ काटकर खुश हो तो मैं लात मारता हूँ। मुझे लगता है बासमती कि महिषासुर की सवारी भैंसा है और युद्ध में महिषासुर के साथ भैंसा था। जब देवी और उसमें युद्ध हुआ तो भैंसा भी मारा गया। विजय उत्सव के रूप में भैंसे को काटते हैं। अब बताओ, आज के भैंसे का क्या दोष है? निरीह बकरा तो मुहावरा बन गया—बलि का बकरा। अगर पुनर्जन्म मानो तो मनुष्य ही घूम-फिरकर भैंसा और बकरा हुआ न! हो सकता है कोई भैंसा मेरा पूर्वज हो—बाप-दादा। इस समय आवाँट-बवाँट न बकवाओ। सुस्ताओ और चलो।' दया थक कर चूर थे।

बासमती का चेहरा उतर गया था, लेकिन अन्दर ही अन्दर अपने पति की तर्क-शक्ति पर प्रसन्न थी जो उतरे चेहरे को चीरती हुई मुस्कान के रूप फैली थी।

दया और बासमती ने जम्मू में अखरोट खरीदे थे जो बहुत सस्ते थे। कभी अखरोट देखा था न खाया था। हाँ, सुना था कि बादाम की जाति का होता है अखरोट, जो महँगा बिकता है। जम्मू से डायरेक्ट ट्रेन मिल गयी। टी टी से बतियाकर सीटें भी आरक्षित हो गयीं। दिन-रात का सफर और पहले से थके थे दया-बासमती, लेकिन उल्लास था जो ताकत दे रहा था, जैसे दोनों ने शिलाजीत खा लिया हो—वह भी दूध के साथ। बनारस पहुँचते ही दया रही-सही कसर निकाल लेना चाहते थे।

'बासमती, उतरो! बनारस आ गया।' बासमती चौंकी तो दया ने कहा—'...उतरो भी! लो यह बैग तुम ले लो, अटैची और झोला मुझे दे दो।'

'यहाँ तो नहीं उतरना था न!' बासमती को दया की योजना का पता नहीं था।

'लेकिन मैंने सोचा ले-देकर जो रास्ते में पूरा हो जाये। मनौतियों की गठरी हल्की हो जायेगी। बनारस का किराया भी बचेगा।'

'आप पूरी लिस्ट लिए बैठे हैं। ...हम थके-माँदे हैं, घर चलकर आराम करना चाहिए। और आप हैं कि घूमते-घुमाते पूरा गोबर निकाल लेंगे।'

पाँच

'ए भाई रिक्शावाले, धीरे-धीरे चलना, सड़क पर बड़ा गड्ढा है।' रिक्शावाले को चेताते हुए दया बासमती से बोले—'जब हम लोग पहली बार बनारस आये थे, तब यह सड़क चमाचम थी। यह कागज पर कई बार बनी होगी।'

दया रिक्शे पर बैठी बासमती के पीछे हाथ ले गये। उनका पूरा हाथ बासमती की पीठ को छू रहा था। दया को लगा कि वे अपनी प्रेमिका के साथ बैठे हैं। वे ऐसा पहली बार कर रहे थे। बासमती को भी यह अच्छा लग रहा था।

रिक्शे ने रफ्तार पकड़ी। वह गड्ढे बचाता जा रहा था—'सब सारे नेता और साहेब-सुब्बा चाट-पोंछ के खाए जात हैं। सड़क नाहीं सुधरी भैया।'

दया ने उसकी बात पर ध्यान नहीं दिया।

'जानती हो बासमती! कहते हैं कि भैरों बाबा वैष्णो देवी की सुन्दरता पर मोहित हो गये थे। वैष्णो को पाने के लिए भैरों ने पीछा किया। वैष्णो देवी भागीं। भैरवा का सामना नहीं कर सकीं और गुफा में छिप गयीं। अवसर देखकर उन्होंने भैरों का सिर कलम कर दिया। अपने ऊपर पड़ता है तो ताकत का अन्दाजा लग जाता है। सबको फूँक मारते प्राण फूँकनेवाले देवता, सहायता करनेवाले, खुद राक्षसों से त्राहिमाम् कहते दिखते हैं। भस्मासुर के डर से शिव भी भागे थे।'

'कहाँ रुकेंगे?' कुछ रुककर बासमती ने पूछा। उसे अब कथा में आनन्द नहीं आ रहा था।

'अब तो कई पहचानवाले यहाँ भी हैं, लेकिन उनके यहाँ नहीं रुकेंगे। बी एच यू अस्पताल के पास कई ठहरने के स्थान हैं। मरीजों के घरवाले वहीं रुकते हैं। वहीं कोई एक कमरा ले लेंगे।'

बासमती मरीज के नाम पर मुँह बनायी थी लेकिन बोली नहीं। दया बासमती की असहजता भाँप गये—'हम किसी मरीज से कम हैं क्या! हमारा डॉक्टर भगवान है। अभी हम कई अस्पतालों से ही दिखा के तो आ रहे हैं। अरे बासमती, हमारा एक डॉक्टर नहीं, कई हैं और साथ में डॉक्टरनी भी। अभी एक

डॉक्टरनी वैष्णो देवी को मर्ज दिखाया कि नहीं! कितने मरीज थे, देखा तुमने? इन मामलों में बनारस के बाबा विश्वनाथ पढ़े-लिखे हैं, डिग्री-धारक—जबरदस्त।'

और फिर एक जानी-पहचानी सुबह—बनारस की सुबह! 'कितना बढ़िया घाट है गंगा के किनारे! और मन्दिर तो मानो मन की शान्ति!' बासमती के मुँह से निकला।

दया के सिर पर बनारसी बोली चढ़ी थी। बासमती हँसती, उसे बहुत अच्छी लग रही थी दया की बोली। और दया को बिना भाँग के ही नशा हो रहा था। यही तो बनारस की मस्ती है—फिकर काहे की ससुर!

संकटमोचन हनुमान जी! आस्था में सुन्दरता का क्या काम! प्रत्यक्ष प्रमाण हैं संकटमोचन महराज। मंगलवार को भीड़ देखते बनती है। बन्दरों की भी चाँदी कटती है। हनुमान मानकर कोई कुछ बोलता नहीं। भक्तगण चने आदि खूब खिलाते हैं। बासमती ने भी बन्दरों को लड्डू खिलाया था।

लोलार्क कुण्ड में बिना नहाए बनारस आना व्यर्थ होता दया-बासमती का। नहाना बासमती को था। बासमती ने पाँच बार डुबकी लगाई। कुण्ड का पानी गन्दा होकर हरा हो गया था। बासमती ने साड़ी, साया, ब्लाउज, ब्रा वहीं छोड़ दिया। नहाकर वहीं कपड़े छोड़ देना होता है सन्तान चाहनेवाली स्त्री को। यही वस्त्र उसकी कोख से कुण्ड का सम्पर्क भिड़ाते हैं। यदि साड़ी-साया तार की तरह जुड़ गया तो समझो मुकद्दमा शुरू हो गया और कोख हरी।...दुर्गा माता यहाँ भी हैं। कुण्ड में नहाने के बाद माता का दर्शन आवश्यक है। माँ ही साड़ी-साया जोड़ती हैं, कोख से कुण्ड का मिलान करती हैं।

तीन बज रहे होंगे। गाड़ी चार बजे की थी, लेकिन उसे पकड़ना नहीं चाहते थे दया।

'रात की गाड़ी पकड़ेंगे, बूढ़े विश्वनाथ बाबा का दर्शन कर लेते हैं। फिर छ से नौ वाला शो देख लेते हैं।'

'भला कौन-सी फिल्म देखेंगे?' बासमती ने पूछा। उसे पिक्चर देखना बहुत अच्छा लगता था।

'कई अच्छी फिल्में लगी हैं—राजा जानी, शोले, कभी-कभी, प्रेमरोग, बॉबी।'

'जय सन्तोषी माँ का पोस्टर भी चिपका था।'

'चलो वही देख लेते हैं।'

हाउसफुल शो जा रहा था। दूर-दूर से स्त्रियाँ देखने आती थीं। दया औरतों की भीड़ में ऐसे, मानो भेड़-बकरियों के बीच में गदहा। स्त्रियाँ घास बेचतीं—'जय सन्तोषी माँ' देखतीं, दूध बेचती, सब्जी बेचतीं, दही बेचतीं अपनी सन्तोषी माँ के

लिए। बिना सन्तोषी माँ देखे सन्तोष न होता। कुछ तो ऐसी थीं कि नाक की कील या नथ बेचकर आयी थीं, अपनी ननद और सखियों के साथ। शुक्रवार को तो पुलिस बुलानी पड़ती थी, नहीं तो सन्तोषी माता का पोस्टर-पर्दा सब नोंच लें ये।

दो कौड़ी की पिक्चर...हाँ, गाने लुभावने थे। गाया भी था गायक ने जमकर। ...और सभी कलाकार...हिरोइन-हीरो सब बेवकूफ टाइप के। दया ने देखा कि कई स्त्रियाँ पूरे तीन घंटे हाथ जोड़े बैठी रहीं।

रात की गाड़ी पैसेंजर थी। डायरेक्ट कोई एक्सप्रेस मिलती तो अपने स्टेशन दया को पहुँचते देर न लगती, यही कोई दो-ढाई घंटे का सफर। दया ने जान-बूझकर रात को चलना चाहा था। रात प्लेटफॉर्म और ट्रेन में कट जायेगी। यदि शामवाली एक्सप्रेस पकड़ते तो आठ-नौ बजे भला कौन साधन मिलता गाँव जाने के लिए? तब और खलता! ...पैसेंजर गाड़ी थी कि बैलगाड़ी। चली और आउटर पर रुक गयी, फिर एक हाल्ट आ गया, फिर बढ़ी और पता नहीं क्यों पीपल के पेड़ के किनारे लग गयी। जहाँ आधे घंटे में पहुँचना था वहाँ एक घंटा लगा। उसे छोड़कर मुगलसराय में दूसरी पैसेंजर पकड़नी थी जो दो घंटे बाद मिलती। ठाट से मुगलसराय के कुल छः प्लेटफॉर्म दो घंटे तक मजा देते रहे। यह सुख जल्दी कहाँ मिलेगा! कभी-कभार तो निकलना होता था। असली सवारी गाड़ी तो यही थी, जो मजा दे रही थी। और सब नकली गाड़ी।

पूरे संसार का विकास हो सकता है लेकिन दया के क्षेत्र का विकास खार खाए है, कौन दुश्मनी है विकास भाई! कोई योजना आती है तो उछलती-कूदती, प्रसाद बाँटती, अफसर नेता को पूरा का पूरा दक्षिणा देती ऐसे निकल जाती है जैसे साँप पैरों के पास से सर्र से सरक जाय, या कोई सुअरी बिना देखे-मुड़े तुलबुल-तुलबुल भागती सड़क पार कर जाये।

दया और बासमती घर पहुँचे तो सूरज नहीं निकला था, सिर्फ मुँह दिखाई देता था।

दया घर पहुँचकर देवी-देवताओं की आलोचना करते तो गौरा बिगड़ जातीं। शिवरतन भी भला-बुरा कहते, लेकिन बेटे की विद्वत्ता पर खुश होते। उन्हें लगता कि पढ़ाई में दी जानेवाली फीस वसूल हो गयी।

बासमती देवता-देवी का बखान न कर गाड़ी, मोटर और प्रकृति का वर्णन करती—'...हम लोग लखना पहुँचे। वहाँ बीहड़ है, ऐसा बीहड़ कि दो हाथ पर खड़ा कोई देख न सके। ऊँचा-नीचा बहुत है। डाकू वहीं रहते हैं। देवी मइया

के यहाँ भी आते हैं। फिर हम लोग आगरा गये, वहाँ मुमताज देवी है, शाहजहाँ से प्रेम करती थीं, वही बनवाए हैं मुमताज कब्र। ऐसा बना है अम्मा कि का कहें!...बस तो ऐसी मिली जइसे हवाई जहाज। हर-हर-हर-हर चलती थी। पेड़ तो ऐसे भागते थे जइसे साथ नहीं छोड़ेंगे। आगरा में मुसलमानी राजा के घर बहुत हैं बड़े-बड़े...। हमको मजा आया अम्मा मथुरा में, ऐसा लगा कि सच में कृष्ण यहाँ मिल जायेंगे। यमुना नदी का पानी हराऽऽ, गहरी भी थी जमुना माई।' बासमती ने गौरा के कान में कहा–'अम्मा, बेटा होगा तो कन्हैया नाम रखेंगे, बेटी हुई तो राधिका रानी!'

गौरा खिलखिला उठी। दर्शन के बाद इतना खुश रहें तो देर सबेर माँग पूरी होती ही है। बासमती की कोख आबाद होने का विश्वास था उन्हें।

'...और अम्मा, वैष्णो देवी जाने में पहाड़...अरे लगता था कि उस पहाड़ पर कैसे पहुँचेंगे! लेकिन बस थोड़ी देर बाद उसी पहाड़ पर! नीचे झाँकने पर अम्मा कूद जाने का मन करे और लगे कि कोई पीछे से ढकेल रहा है। पहाड़ के बीच से पानी निकलता था। साफ पानी! मैं तो जानती थी कि पहाड़ में पत्थर ही होता है, जैसा हम लोग आर्ट में सीनरी बनाते थे। लेकिन अम्मा, वहाँ तो खूब पेड़-जंगल था। घर भी बना था। कैसे वहाँ रहते होंगे? शेर, बाघ, हुँड़ार, साँप, बिच्छू तो रहते होंगे न अम्मा!'

बासमती को बतियाने का मसाला काफी मिल गया था। चाहे तो एक में तीन जोड़कर हर स्थान की कथा सुनावे सालभर, और किसी बात की जरूरत नहीं पड़ेगी। इस समय बासमती के दिमाग का पेटा भरा था।

दया अपनी आगामी यात्रा में लगे थे। जल्दी छुट्टी पा लेना चाहते थे।

'क्या लिख रहे हैं? फिर कहीं चलने का इरादा है?' बासमती को लगा कि सूची बन रही है।

'बनारस जाकर बुद्ध का दर्शन नहीं किया। इस बार गये होते तो ज्ञान मिल गया होता।...मैं इस बार बुद्ध से प्रार्थना करूँगा कि हे बुद्ध! आप हमें सन्तान का लाभ दे दें ताकि मैं भी आपकी तरह बीवी-बच्चों को छोड़कर ज्ञान की खोज में निकल सकूँ और बुद्ध बन जाऊँ।'

'चुप रहिए! मुझे सन्तान नहीं चाहिए। मुझे तो अपना पति चाहिए जिसके साथ मैं जीवन भर से ठीक से रह सकूँ।'

'बुद्ध होना आसान नहीं है। वैष्णो देवी भी नहीं आसान। सोचो कि वैष्णो कितनी दौड़ी थी। तुम तो मड़ई तक नहीं दौड़ सकती, एक गोंजर नहीं मार सकती।'

'औरत इज्जत पर आती है तो कुछ भी हो सकता है, शेर-बाघ भी कुछ नहीं हैं।'

'इस बार छठ का व्रत रखोगी?' दया विषय बदल रहे थे।'

'हाँ, दीपावली के बाद न! अभी तो नागपंचमी बीती है। अम्मा अभी से दौरी खरीदकर रख ली हैं।'

'अच्छा ये बताओ—यात्रा के समय कहाँ मजा आया?'

'आगरा और मथुरा में।'

'क्यों?'

'आगरा में आप शाहजहाँ की तरह लग रहे थे, मैं मुमताज। मथुरा में तो मत पूछिए! मैं खुद को राधा मान बैठी थी। ...और आप काले-कलूटे कृष्ण।'

'दूसरे मर्द को याद करना ठीक है क्या?'

'ये सब मैं नहीं जानती। मुझे जो अच्छा लगा बता दिया, छिपाया तो नहीं! आप तो हर बात में तर्क भिड़ा देते हैं। इसीलिए डर लगता है बतियाने में।'

दया बासमती का डर खत्म करना चाहते थे, लेकिन अभी यात्रा की योजना सामने थी—'...अभी पैंसठ दिन खाते में छुट्टी है। फण्ड से पाँच हजार निकाल लूँ तो यात्रा भी होगी और जाड़े के कपड़े भी बन जायेंगे। चुपचाप निकालना होगा, पाँच हजार की रकम खूब होती है। आवेदन भी करना होगा तो झूठ लिखकर कि घर कच्ची मिट्टी का बना था, गिर गया है, बनवाना जरूरी है। असल बात जान जायेंगे दफ्तरवाले तो मजाक में मुझे ले उड़ेंगे। पाँच हजार की रकम से अम्मा-बाबूजी भी चकित होंगे।'

और फिर एक जोश!

दया अकेले गये और दइतरा बाबा को गाँजा चढ़ा आये। पागल की तरह बैठे वहाँ के बाबा जब गाँजा पा गये और यह जान गये कि यह आदमी गाँजा पीता नहीं है, सिर्फ चढ़ाएगा, तो उन्हें दूनी खुशी हुई। गाँजा भी कम न था, कम से कम चार चिलम भर। बाबा को देख दया का मन पसीज गया। बाबा की दशा ठीक नहीं थी। फटे-मैले कपड़े थे और देह कमजोर थी। दया द्वारा दिये गये पाँच रुपये से बाबा देर तक दाँत निपोरते रहे।

दया आशीर्वाद लादे घर आये और बासमती को इसका वर्णन सुनाया। दइतरा बाबा के बगल में श्मशान घाट था, गंगा का किनारा तो था ही। जलती लाशों के गंध की जानकारी से बासमती मुँह बनाने लगी थी, मानो शवों की दुर्गंध उसे ही लग रही हो। आदमी मिट्टी में मिल जाता है...जलकर राख हो जाता है और दुर्गंध छोड़ता हुआ हवा में विलीन...। इसी आदमी के लिए इतनी हौं-हौं पट-पट।

'परसों हरसूबरम जाना है अम्मा।' दया ने गौरा से कहा।

'हरसूबरम से कोई खाली हाथ नाहीं आवा बेटा!' गौरा बोली और अपने मायके के साथ और भी रिश्तेदारियों का स्मरण कराया। यह भी कहा कि अपने मामा का हाल-चाल भी लेते आना।

दया का अब नानी-गाँव रुकना तय था। इक्का चार बजे नाध दिया गया। दो-दो नदी पार करना था लेकिन पानी कम था, घुटने बराबर। बाँस का अस्थाई पुल था, जिसपर इक्का नहीं जा सकता था। कर्मनाशा और दुर्गावती दो नदियों को पार कर हरसूबरम का दर्शन करके दया वापस नानी के गाँव आ गये थे। इक्का पुल से नहीं, नदी में चलकर पार हुआ था।

'जानती हो बासमती, जब कोई बाभन अकाल मौत मरता है तो बरम होता है।'

'अब आप नानी के यहाँ आ गये तो आराम करना चाहिए ये नहीं कि कथा...कहीं जाओ मामी, ये उस जगह का किस्सा जरूर सुनाएँगे।'

'ब्राह्मण हुआ बरम, मतलब ब्रह्म। सीधे ब्रह्मा से तार जुड़ गया उसका। मतलब लिंक ईश्वर से हो गया, या यूँ भी कह लें कि वह भगवान हो गया, भले मूर्ख हो, पापी हो, अत्याचारी हो। बस ब्राह्मण होना चाहिए। इसी प्रकार दइतरा बाबा वे हुए जो छोटी जाति के अकाल मृत्यु को प्राप्त हुए। उनमें भी सभी दइतरा नहीं होते। दइतरा माने दैत्य। यह दैत्य भी भगवान की तरह शक्तिशाली होता है, उसे अलौकिक शक्ति का दर्जा मिला है। पावरफुल है, सब जानता है। जो नीचा है वह दैत्य, जो ब्राह्मण है वह ब्रह्म। वाह रे आत्मा का वर्गीकरण!'

'वाह भांजे वाह! मजा आ गया! कोई बाभन सुन ले तो औंधे मुँह गिरे। है कोई बतियाने वाला? भई बिल्कुले कृष्ण के जैसा दिमाग पाए है दया!'

'कृष्ण न कहें मामा, नहीं तो मैं आपको कंस कह दूँगा।'

मामा खूब हँसे—'लो, हमको भी नहीं छोड़ रहा है, पटक न दिया! इसे कहते हैं दिमाग!' मामा के चेहरे से प्रसन्नता फूट रही थी।

यह अच्छा था कि गाँव में बिजली थी और बिजली की रातवाली पारी थी। बरामदे में बेहतरीन बल्ब लटक रहा था, जिसका प्रकाश आँगन तक फैला था। भोजन में अभी एक घण्टे की देर थी और तय हुआ कि भोजन के बाद भी दया को सुना जायेगा।

'का देख रहे हो दया? ई बिजली का तार अइसे खींच लिया हूँ। कवनो मीटर-सीटर नहीं है। घर पीछे दस रुपया लेता है लाइनमैन। कुछ बोलता नहीं है। जदि इस पर भी बोल दिया तो मार लाठी पीट के रख दूँगा। हाँ तो दया तुम अपना बताओ?'

'क्या कहें मामाजी! हम तो देश घूमने निकले हैं, यही देवी-देवता, मजार-चौरा का बहाना है।...अब देवा शरीफ और अजमेर शरीफ जाना है। इधर का प्लान यही है कि जो मर गये और अगमजानी हो गये, उन्हें देखूँ, उनकी औकात आँकूँ। मामाजी, आप ही जरा सोचिए कि मरने के बाद कोई क्या करेगा? शहीद बाबा हो गये मरने के बाद, दरगाह हो गयी...कहिए अब अरज-गरज मुर्दे के सामने! मुर्दा कितना महान! जीते-जी मनुष्य के आगे। बरमबाबा भी अब जनम नहीं लेंगे। जब तक धरती रहेगी, प्रेत ही न रहेंगे! अजमेर शरीफ और देवा शरीफ को भी कयामत तक प्रतीक्षा करनी होगी।...और कयामत न आये तो अच्छा! कम-से-कम ये दोनों शरीफ बाबा तो रहेंगे, दुआ के लिए। मामा, मैं अब इनके यहाँ जाने से पहले कव्वाली गाना सीखूँगा, रियाज करूँगा और आप तो जानते ही हैं कि मैं कहीं कुछ चढ़ाता नहीं चाहे लड्डू या चादर।'

'अच्छा तो दया, तुम भीतर तक घुसते हो, घुन की तरह और पूरा चाट-खा के दम लेते हो। तुम जो इतना बताय दिये कि उतने से हम गाँव में किसी को बोलने थोड़े दूँगा! एक पटखनिया में जमीन धर लेंगे, जो बोलेंगे।'

आधी रात ने जब साथ छोड़ दिया, तब जाकर बहस पर विराम लगा। बल्ब वैसे ही जल रहा था।

जफर मियाँ कब के सो गये थे। उन्हें न किसी शहीद बाबा से मतलब न किसी मजार से, उन्हें तो सुबह इक्का नाधना था।

और सुबह वही टिक्-टिक्...बच के बेटा...जा-जा...घोड़ी देख बिदकता है साला...नहीं देखा है का कभी? भैंस है, धीरे से निकल जा...अबे साले हाथी है, कभी-कभी आ जाता है...कई बार देख चुके हो साले, तब्बो बिदकत हौ? जा बेटा जा...अरे मोरे राजा!...

जी.पी.एफ. का आधा पैसा अभी खर्च करना शेष था। दीपावली आने में समय था। छठ के पहले बासमती कहीं भी जा सकती थी। दया अजमेर शरीफ और देवा शरीफ हो आये। मुस्लिम संतों की दरगाह पर अनगिनत हाथ जोड़े हिन्दू, हाथ खोलकर आईने की तरह बने हुए हाथ भी किये हुए। इबादत करना नहीं आता था। दया ने मुसलमानी टोपी खरीदी थी, चारखाने की लुंगी लगा वह किसी उर्दू के प्रोफेसर से कम नहीं लगते थे। दाढ़ी भी कुछ बढ़ गयी थी,जो उनके चेहरे पर फबती थी। बासमती ने अपना रूप नहीं बदला। दया को एक बात अच्छी लगी कि यहाँ हिन्दू-मुसलमान का भेद नहीं था। इसी तरह मुसलमान

भी यदि मन्दिरों, बरमबाबा, दइतरा बाबा जाते, दर्शन करते, कुम्भ मेले में झुण्ड के झुण्ड स्नान करते गंगा में, तो सारा झगड़ा खत्म हो जाता। एक धर्म दूसरे से मिलकर ईश्वरीय हो जाता, और तब वास्तव में दुख दूर हो जाता। न कहीं तनाव, न दंगा-फसाद, न डर, न छूत-अछूत। लेकिन हिन्दू को क्या कहें! किसी मुसलमान को मन्दिर में जाते देख ले तो पारा गरम! अजीब धर्म है भाई! किसी को घुसने नहीं देता। अपने देवता को बाँधकर अपने लिए रख लिया हो जैसे। मानो देवता अब सिर्फ हिन्दुओं के दास हो गये हैं। कुछ विशेष मस्जिदें भी है, जहाँ गैर मुस्लिम का जाना मना है। दया की समझ में नहीं आता कि इस प्रकरण पर वे क्या कहें, किससे कहें। सबके कान बन्द हैं, आँख फूटी है। दया बासमती से जिरह करके क्या उखाड़ लेंगे? दूसरी बात यह कि जब हिन्दू मुसलमान को अछूत मान रहा है तो क्यों शहीद बाबा...दरगाहों...मजारों पर मनौती के लिए जाता है? अछूत माननेवाले हिन्दू की क्या ये मुस्लिम शक्तियाँ मनौती पूरा करेंगी, जीते-जी तो छुआ पानी अँटकता था, अब प्रसाद के रूप में मलीदा गपागप खा रहे हैं! स्वार्थ में कहीं कोई रुकावट नहीं आती...न धर्म...न कर्म...न भाषा। अपने ऊपर गाज गिरती है तो पता चलता है।...सोचो अरे आदमियो! ठीक से सोचो! आदमी को सोचो! ठीक से सोच न सको तो अपना भेजा कूच दो! क्यों ऐसा दिमाग लेकर सड़ रहे हो?

'अम्मा! अब सब तीरथ-पीरथ हो गया।

'मकदूम बाबा तो होई लो, बाकी बेंचू बीर बाबा भी धियान में रहें।

'क्या अम्मा...एक के बाद एक...।' दया निरीह की तरह बोले।

'अरे नाहीं बेटा, बेंचूबीर का परताप तू का जानो!' और गौरा ने उन सभी लोगों के नाम गिनाए जिन्हें लाभ मिला था। यहाँ यह विश्वास था कि यदि प्रेत-बाधा से किसी होनी-अनहोनी में बाधा है तो दूर होने की सोलहो आने गारन्टी है। ...उसे पुत्र मिल गया...वह बाँझ थी, डॉक्टर तक हार गये थे, लेकिन बेंचूबीर के जाते ही कोख भर गयी! ...वह पगला गयी थी, ठीक हो गयी! ऐसा रोग था फँलाने को कि पूछो मत, कोई दवा नहीं लगी, बस बेंचूबीर गया तो ठीक हो गया!

तमाम लघु कथाएँ दया सुनते रहते थे।

...और छठ आते कहीं देर लगती है! दीपावली के बाद छठ। और छठ के कारण इसबार दीपावली फीकी थी।

'तुम्हारी खुजली ठीक हो गयी बासमती?' दया ने पूछा।

'आज खुजली की याद कैसे आ गयी? कब की ठीक हो गयी!' बासमती

आँगन लीप रही थी। एक कोठरी लीप-पोतकर साफ कर दिया गया था, छठ का सामान उसी में रहेगा।

'पूरा एस्केबियाल लगा ली थी न?' दया ने फिर पूछा।

'अभी आधा से ज्यादा है। दो बार में ठीक हो गयी थी।'

'लोलार्क कुण्ड का पानी बहुत गन्दा था। यह कहो कि दुर्गा माई का परताप था कि खुजली ही हुई, हैजा नहीं हुआ। इसको कहते हैं देवी की कृपा। और सुनो! नहाने से कुछ तो मिला, भले खुजली मिली! अगर कुछ न मिलता तो सुफल न होता। अब समझो तुम्हारे ऊपर कुण्ड की कृपा है।'

दया का व्यंग्य बासमती को अच्छा लगा, लेकिन वह व्यस्त थी—'आप जाइए मड़ई पर, काम करने दीजिए। कल से छठ की घड़ी शुरू है।'

'मैं क्या रोक रहा हूँ? मैं तो कहता हूँ खुशी-खुशी नदी के मशहूर घाटों को देखो! पापी इतना पाप धोते हैं कि पानी जहरीला कर देते हैं। पानी के नीचे कीचड़ ही कीचड़...बजबजाता कीचड़...फूलमाला से सना कीचड़! तुमने देखा नहीं दशाश्वमेध घाट? मैं एक बार बक्सर गया था, रामरेखा घाट है शायद। अरे बाप रे...! हर साल नानी, फुआ, चाची...तमाम औरतों को साथ लिवा जाना पड़ता था। मैं नहाता नहीं था, मुझे चाहे जितनी डाँट पड़े। एक साल तो जो गाँव की भौजी लगती थीं, वह भी गयी थीं। मेरे मुँह से निकला—'ऊपर-ऊपर टीप-टाप, नीचे रमरेक्खा घाट।' भौजी सुनी तो मारने को दौड़ी तो सभी हँसने लगीं। मैं तो घाट की गन्दगी देखकर बोला था, भौजी क्यों दौड़ाईं? अब पता चला है कि भौजी क्यों चिढ़ गयी थीं।'

'चुप रहिए!...आप जाते हैं कि...।' बासमती तुनुक गयी। घर में न गौरा थीं न शिवरतन, छठ का सामान लेने बाजार गये थे।

सारा समान आ गया था। कल फल और गन्ना आयेगा। गन्ना बिकता नहीं था और शिवरतन के यहाँ दीमक की वजह से गन्ना नहीं होता था। रिश्तेदार यदि जानते कि शिवरतन की पुत्रवधू इस बार छठ पर रहेगी तो गन्ना गाँज देते। गन्ने का जुगाड़ भी कल होगा।

आज से ही छठ माई का घर नियुक्त कर दिया गया। बिना आज्ञा प्रवेश निषेध है। चरम पर सफाई है। क्या मजाल कि पूजा के सामान पर मक्खी बैठ जाये! मक्खियों को दाल-भात है ही बैठने के लिए, एक खुली बटलोही धरी थी।

पूरे चार दिन का टिटिम्मा। पहले दिन लौकी, चने की दाल और भात खाना है। शाम के भोजन की तैयारी कर रही थी बासमती, उसे छठ माई के माध्यम से

खुद खाना था। दया गन्ना ले आये, गन्ना रोगिहा था, पाइरिला रोग लगा था। छठ माई ने अपने गन्ने को भी नहीं छोड़ा और पाइरिला भेज दिया। शायद उन्हें भक्तों की श्रद्धा, ताकत और धैर्य देखना था। भक्तों को आँख कहाँ! वे छठ माई के रास्ते पर चलते हैं, उन्हीं की आँख से देखते हैं।...लौकी, चने की दाल के बाद दूसरे दिन व्रत रखा बासमती ने। फलों में चीटें रेंग रहे थे, चींटे-चींटी तो शुद्ध हैं, कार्तिक में गौरा देशी घी की पंजीरी खिलाती ही थीं। दिन में उपवास, रात में गुड़ की खीर। तो खीर खाएगी बासमती आज।

'आज बाजार में खूब भीड़ है।' दया बाजार की भीड़ में कुछ तलाशने गये थे।

'अभी कुछ लोग कल भी फल-फूल खरीदेंगे।' बासमती ने दया का साथ दिया।

'पूछो मत बासमती, कुंजड़ों का तो भाग जाग गया है। सड़ा-गला-कच्चा केला, पेड़ुँकी-पेड़ुँकी सेब, सब काने-कोतरे फल...अरे लूट मची है, दूना दाम! एक स्त्री तो मूली ले रही थी। खट्टा वाला बड़ा-सा नींबू, नींबू क्या था पूरा बड़ा साइज का संतरा जैसा था, एक बूँद जीभ पर रस टपका दो तो दिन-भर घूमरी घेरे रहे। अजीब-अजीब के फल सजाये बैठे हैं। छठ माई को बहुत किस्म का फल चाहिए न! और यह देखो कि बेचनेवाला मुसलमान जानता है छठ माई की पसन्द। पेट की आग के सामने धर्म नहीं दिखाई देता। बुत भी पूजना-गढ़ना पड़े तो भी। अल्लाह सब माफ कर देता है। माफ न करे तो क्या करे? जब इन्सान भूखा मर जायेगा तो कौन नाम लेगा खुदा का या ईश्वर का! और जानवर से क्या काम अगवान-भगवान से। कितना मुक्त है पशु! इस मामले में जानवर होना कितना अच्छा है!'

'अब आपको मिल गयीं छठ माता!'

'अरे हाँ, याद आया। अम्मा से कहा था कि मखदूम शाह की यात्रा बाकी है, तो वो बोलीं कि बेंचूबीर को छोड़ना नहीं लेकिन इतनी लम्बी सूची में एक खास जगह रह गयी—माँ मुण्डेश्वरी देवी। भभुआ के आगे भगवानपुर के पास हैं। वहाँ राम नवमी में जाना अच्छा होता है। बाकी टाइम देवी अपने व्यक्तिगत काम में व्यस्त रहती है।'

'आप अभी तक छठ में थे, बीच में एक और देवी घुसेड़ दिये। आपके पास बात बढ़ाने का हुनर बहुत है।

'आ गयीं मुण्डेश्वरी तो क्या करूँ! चुप लगाना भी देवी का अपमान ही है।...राजवंश गये थे पिछले साल, बता रहे थे। देवी का मन्दिर पहाड़ी पर है। नीचे...जहाँ से चढ़ाई शुरू होती है वहाँ अच्छी-खासी जगह है, पूरा सीवान है। पेड़ों की छाया है, चबूतरा है, हवन-पूजन जगह-जगह हो रहा है। यहाँ रात-भर

भीड रहती है। पूरा माहौल देवीमय है। वहाँ लगता है कि देवी गाँव की हैं, शहरवाली नहीं, न जम्मूवाली न कलकत्ता, असमवाली। मेला लगा रहता है रामनवमी के दिन। पूरी रात ढोल-नगाड़े बजाते लोग, देवी-गीत गाते दर्शन के लिए जाते हैं। छोटी-सी पहाड़ी पर मन्दिर है। सीढ़ियाँ बनी हैं—पक्की मजबूत। लोगों का हजूम देखते बनता है। कहते हैं कि यहाँ कोई बलि नहीं देता। बलि के लिए जब बकरा पत्थर पर लिटाया जाता है तो वह बेजान होकर लुंजपुंज हो जाता है, बिल्कुल मरा हुआ। देवी उसका रक्त खींच लेती हैं, जरूरत के मुताबिक। इसके बाद जब बकरे को छोड़ा जाता है तो नशे की हालत जैसा गिरता-पड़ता ढँगिलाता चलता है। नया जनम पाता है बकरा बेचारा!'

'का आप भी पँवारा लेके बैठ जाते हैं! जब राम नवमी आयेगी तो चलिएगा और सब बक दीजिएगा।'

दया पँवारा शब्द सुनकर देवी-पचरा याद करने की कोशिश करते रहे।

थोड़ी-सी खीर गुड़ की और दिन-भर के उपवास के बाद सुबह बासमती पर शौच का दबाव ही नहीं बना। वह दो बार खेत हो आयी लेकिन बेकार।

छठ के दिन बिना पानी-दाना के रहना था, निर्जला एकादशी की तरह। भूखी रहकर स्त्रियाँ देह को तपाती थीं और माता का प्रसाद सुबह से बनाना शुरू कर देती थीं। जो व्रती थीं वो वास्तव में भूखी थीं लेकिन माता को चाहिए पकवान की सुगंध। चना भीगकर फूल गया था। परात में पसरा था चना! पाँच फल थे—केला, सेब, बड़ा खट्टा नींबू, शरीफा, मूली। अनन्नास, अनार कस्बे में कहाँ मिले? शहर की चीजें कस्बे में आ जायेंगी तो शहर क्या और कस्बा क्या! गन्ना खड़ा किया गया था और ऊपर चुनरी के टुकड़े से बाँध दिया गया था। अबदौरी में सारा सामान रखना था। गौरा देशी घी की पूड़ी बना रही थी, कुछ मीठी पूड़ियाँ और भी बनानी होंगी।

दोपहर तक प्रसाद तैयार हो गया। सारा इन्तजाम छठ माता का दुरुस्त था। लड़के-लड़कियाँ छोटे-बड़े सब तैयार हो रहे थे। जिसके पास जो था, नाप-जोख रहा था। उसे छठमाता को दिखाना था अपना धराऊँ वस्त्र। जो व्रती नहीं थी उन्हें भी कपड़े का ध्यान था। बासमती व्रती है तो वह नहाने के बाद नयी साड़ी-ब्लाउज-साया पहनेगी। पहला छठ व्रत है तो महँगी साड़ी खरीदी गयी थी।...घर में धमाचौकड़ी मची थी। पीछे-पीछे छोटे बच्चे भी थे—कभी दया के घर, कभी किसी और के घर। उन्हें पता करना था कि कब चलना होगा।

गौरा छठमाता की कोठरी में बैठी दौरी सहेज रही थी। उन्हें पता था कि सूप में क्या-क्या रखा जायेगा और दौरी में क्या। उनकी पतोहू व्रती है तो जिम्मेदारी

गौरा की ही बनती थी। कोई चीज छूट न जाये और इस समय छोटे-छोटे सामान को याद रखना जरूरी था। गौरा पान का पत्ता और कसैली खोज रही थी—'कवन रखि दिया रे ई मुरई के नीच पान! ...अरे कसैली कहाँ अँड़स गयी रे!'

गाँव में दो-तीन लोग ही बाजावाले को बुलाते थे। बाजा बजते ही स्त्रियों-पुरुषों की भीड़ एकत्र हो जाती थी। शिवरतन ने भी बाजा किया था। गाँव के हिसाब से बैण्ड-बाजा—तुड़तुड़...झन्न-झन्न...ढिब्-ढिब्।

तो उठ गयी दौरी छठ माई की! पुरुषों ने दौरी सिर पर उठा ली। तीन बजे ही चल दिये। कुछ स्त्रियाँ तो पहले से चली गयी थीं। वेदी के लिए जगह आरक्षित करनी थी। शिवरतन के सिर पर दौरी थी, छोटकन ने गन्ना ले रखा था, बासमती लोटे के ऊपर रखे जलते घी का दीप लिए हथेली पर। जो झुण्ड आता, छठ माई का गीत गाता।

आगे की दो स्त्रियाँ गातीं—'काचहिं बाँस के बहँगिया, बहँगी लचकति जाइ।'

पीछे की पाँच-सात टेक मिलाती-दोहरातीं—'बहँगी लचकति जाइ।'

आगेवाली स्त्रियाँ फिर दूसरी पंक्ति को लय देतीं—'बाट में पूछेला बटोहिया, ई बहँगी केकरा के जाई?'

पीछेवाली स्त्रियाँ उसी क्रम से—'ई बहँगी केकरा के जाई।'

'ते त अन्हरा हव रे बटोहिया, ई बहँगी छठि मइया के जाई।

हमरा जे बाड़ी छठिय मइया, ई दल उनके के जाई।'

पूरी सड़क पर इसी एक गीत का सस्वर पाठ करती स्त्रियाँ। लगता था कि पूरी दुनिया के पक्षी एकत्र हो गये हों। कहीं-कहीं पुरुष-स्वर गर्दभ का आभास दे रहा था।

दया अपनी टोली के पीछे थे। गंगा का कछार! कोई निश्चित घाट नहीं था। हाँ, दस कदम आगे-पीछे कहीं भी नहाया-धोया जा सकता है। मीलों गंगा का किनारा भरा था, टिमटिमाते दीये दीख रहे थे, दीपावली के बाद इतने दीप! छठ माई की कृपा है यह!

सूरज जब डूबने को होता है तो पहले 'लाल गोला' बनता है जैसे निकलते समय। इसी समय का इन्तजार था, अब बना कि तब बना सूर्य लाल थाल-सा ...लो हो गया लाल!

सबको जल्दी थी अर्घ्य देने की। सूर्य से तारतम्य बैठाती स्त्रियाँ भीगे वस्त्रों में सिकुड़ी जड़ाती।

बासमती एक डुबकी लगा चुकी थी। उसके हाथ में फलों-प्रसादों से भरा सूप था, मूली की पत्तियाँ और नारियल स्पष्ट दिखाई दे रहा था। सूप में भरे

और फल झाँक रहे थे, मानो वे सूर्य को अपनी उपस्थिति जताकर पुण्य कमाना चाह रहे हों।

दया, छोटकन, शिवरतन ने सूप के आगे दूध का अर्घ्य दिया, दूध गाय का था। अन्य लोगों में नहानेवालों की संख्या कम थी। सर्दी लगने का भय था। बासमती काँप रही थी, लेकिन चेहरे से पूरी श्रद्धा झलक रही थी। बिना कुछ खाए-पिए उसका पिचका चेहरा मन्द-मन्द मुस्काता रहा।

जो स्त्रियाँ व्रती नहीं थीं, उनका जोर फट रहा था। ऊर्जा छठ माता से मिल रही थी...और स्त्रियों का वही गीत स्वर जारी था—

काचहिं बाँस के...बहँगी लचकत जाई
ए छोडु छोडु ए बाँझिनी, छोडु रे दुआरी।
ए कवना अवगुनवे ए बाँझिनी, छेकेलु दुआरी ॥
ए सासु मारे हुढुका ए दीनानाथ, ननदिया पारे गारी।
ए संगे लागल पुरुखवा ए दीनानाथ, हमरा के डण्डा से मारी।
ए असों के कतिकवा ए तिरिया, घरवा चलि जाई।
ए अगिला कतिकवा ए तिरिया, तोरा बेटा होई जाई ॥
काचहिं बाँस के...

अर्घ्य होते ही शीघ्र घर पहुँचने की जल्दी थी। गीत भूल गया। दौरीवाले सिर उठाए भागने लगे। लोटे पर रखा दीप जल रहा था। दया ने छठ माता का गीत ध्यान से सुना। उन्हें 'दीनानाथ' का पता नहीं था। कौन है आखिर दीनानाथ?

स्त्रियाँ अर्घ्य का अर्थ समझती है कि नहीं—पता नहीं। लेकिन दया को एक बात समझ में नहीं आयी कि पूजा छठ माता की, व्रत-उपवास भी उनके नाम पर, फिर सूर्य को अर्घ्य क्यों? रास्ते-भर खोद-विनोद करते रहे। दया को लगा कि हो सकता है छठ माता का अर्थ 'गर्भ शक्ति' से हो और सूर्य को दूध का अर्घ्य देना 'वीर्य शक्ति'। बहुत सोच-समझकर यह ईजाद किया गया होगा। कितना नियोजित तरीके से एक बड़ी जनसंख्या को उलझा दिया गया! ...छठ माता की पूजा-अर्चना में छठ माता नहीं दिखी दया को, सिर्फ सूर्य का एक स्थान था।

बस एक सुबह तक की और लड़ाई थी। बासमती का गला बैठ गया। एकदम लटुआ गयी थी। लेकिन यही धैर्य देखती हैं छठ माता। छठ माता भले कभी उपवास न रखें, चार घण्टा पानी न मिले तो आता-माता सब निकलकर बाहर आ जाय। लेकिन वो अगमजानी उपवास रखकर भी पानी से भरी रहेगी, कोई क्या कर लेगा! दया के मुँह से निकला 'हे माई! अपने जैसी बेटी देना और

बेटा सूरज की तरह, नाम रख दूँगा 'छठसूर्य प्रताप' यही मेरी मनौती है।' न हर्रे न फिटकरी, सिर्फ एक संज्ञा शब्द।

रात सवा तीन बजे बैण्ड-बाजावाले तुड़तुड़-धम्मड़-धम्म करने लगे। और फिर वही क्रिया शामवाली। बेदम बासमती ने कलश उठा लिया। इस बार छोटकन ने दौरी सँभाली, शिवरतन ने गन्ना।

आधे घण्टे के अन्दर सब अपनी-अपनी वेदी पर। गंगा की शान्त लहरें संगीतमय हो गयीं। भोर के प्रथम द्वार पर दस्तक हुई और मुँह अँजोर समझ में आने लगा। अन्य स्त्रियों को देख बासमती भी गंगा में पैठ गयी, डुबकी लगाकर सूप हाथ पर ले लिया। स्त्रियाँ छठमाता के गीत में मगन हो गयीं। शाम से भीड़ कम थी। बच्चे चूतड़ उठाए कुछ अंग्रेजी के तीन बने, तो कुछ मेंढक की तरह, और कुछ पेट के बल औंधे गहरी नींद में घर पर ही रह गये। बासमती के घर से सभी आये थे।

जैसे ही सूर्य ने मुँह निकाला, अर्घ्य के लिए हलचल शुरू हो गयी। बगल में बैठा था कपिल देव का परिवार, स्वयं कपिल देव भी थे लेकिन दूर खड़े थे। दया भी वही थे लेकिन अर्घ्य देने चल दिये थे गौरा का संकेत पाकर।

'अरे लोटवा कहाँ है रे!...कवनों औरत सुन रही है कि नहीं!...? हरे लड़की! देख लोटा कहाँ है? मैदान लगी है...टट्टी-मैदान के बखत तुम लोग का अरघ-परघ दियाता है। बड़ा खराब काम है भाई!' कपिल देव को टट्टी लगी थी। पता नहीं और कोई लोटा था कि नहीं। दया सब सुन रहे थे, टट्टी उन्हें भी लगी थी, दबाए थे। दो मिनट का काम था अर्घ्य का...बस।

औरतों में खुसुर-फुसुर होने लगी—'हर साल इनको मैदान लगि जात है। ...लगे चोकरने! जे नाहीं जाने उहौ जान जाय कि हगास गये कपिल देव।' कपिल देव की चाची और भौजी की आवाज साफ सुनाई दे रही थी, शेष औरतें खीसें निपोरकर हँस रही थीं। लोटा सभी खोज रही थीं।

दया खाली थे, निपटने चल दिये कपिल देव के साथ—'दया! तुम तो भारी विद्वान हो, बताओ कि ई बेला का छठमाई को टट्टी नहीं लगती होगी का? भई हमारे से तो बरदाश्त नहीं होता।'

दया हँस तो दिये लेकिन उनका ध्यान बासमती पर था। प्राणहीन हो गयी थी। एक चीज अच्छी लगी दया को, वह यह कि बासमती की कमर पतली हो गयी थी, क्षीणकटि! 'बाकी देह भरी होती और कमर-पेट ऐसे ही, तो कितना अच्छा लगता!' दया भूखी-प्यासी बासमती में सौन्दर्य खोज रहे थे।

गंगा उसी तरह बहती रही। सूर्य उगता-डूबता रहा। बहना, उगना सब शान्तभाव से...।

गाँव में कई भैंसें, गाएँ, बकरियाँ, भेड़ें बियाईं। यह सब छठमाता का परताप था। दया ने ऐसा ही सुना कि छठमाई इस बार जानवरों पर दया की है।

यह अन्तिम मनौती नहीं है

दया गौरा को कैसे समझाते? माँ के पास कोख में पालने और दूध पिलाने का अस्त्र है, गौरा कभी भी इस्तेमाल कर सकती हैं। धर्म के सम्बन्ध में माँ की बात वे टाल नहीं सकते। दया सोचने लगे—भावना कितनी महान चीज है, वह भीड़ को अपने पक्ष में कर लेती है, और भीड़ गिर जाती है किसी खाई में।

दया राजवंश से भी अपनी मानसिक पीड़ा नहीं कह सकते थे। वे गौरा की तरफ ही थे। शायद मखदूम शाह के लिए उन्हीं की सलाह थी। दया को कभी-कभी राजवंश से चिढ़ भी होती। इतने पढ़-लिखकर वे अन्धविश्वासों पर आँख खोलकर विश्वास क्यों करते हैं? लेकिन दया को विश्वास था एक न एक दिन राजवंश जरूर विश्वास में आ जायेंगे। आखिर दया के एकमात्र गहरे मित्र वे ही तो थे!

'बेंचूबीर कब चलना है बासमती? अम्मा का कहना मानना जरूरी है।' दया घर में घुसते ही बोले—'देख लेना कि कितना बचा है पैसा। जाड़ा भी शुरू होनेवाला है। औकात जाड़े में पता चलती है कि कौन कितने पानी में है और किसकी पतीली में क्या पक रहा है।'

'अम्मा कह रही थीं कि शनिवार की सुबह नगीना का ट्रैक्टर जायेगा।' बासमती ने सूचना दी।

गौरा खेत से सब्जी लेने गयी थीं, बासमती चाय चढ़ा चुकी थी चूल्हे पर, और अब वह आटा चाल रही थी।

'ट्रैक्टर से!' दया को आश्चर्य हुआ था—'बहुत हचकेगा, और बहुत औरतें अँड़सी भी होंगी।'

'औरतों से भागते क्यों हैं? खा थोड़े जायेंगी! छोटी बहू-बेटियों को एक ओर कर दिया जायेगा, बड़ी औरतें मर्दों के साथ बैठ जायेंगी, कोई हर्ज है क्या?'

'जो पटकेगा ट्रैक्टर उठाके! उसका क्या होगा?'

'अम्मा बात कर आयी हैं। उन्हें हमारा खूब खयाल है। नगीना चाचा भी समझते हैं। अम्मा ने कहा नगीना चाचा से कि किराया दूना ले लेना, लेकिन फैलकर बैठने की जगह दे देना। ट्रैक्टर में खूब मोटा पुआल बिछ जायेगा, ऊपर से दरी। हम गद्दा भी ले लेंगे, कौन-सा ढोना है!'

'पूरा इन्तजाम पहले से है! सॉकर तक की व्यवस्था है।'

गुड़, चना-लाई दाना, पूड़ी-सब्जी—खाने का सामान् झोले में रखा गया। कम्बल एक ले लिया गया, सुबह का चला ट्रैक्टर शाम तक पहुँचेगा। अहिरौरा के आगे पहाड़ी पर जाना था। सूर्य निकलते-निकलते ट्रैक्टर चल पड़ा था।

ट्रैक्टर की चाल ही क्या! तीन बज गये पहुँचते-पहुँचते। दया-बासमती की कमर टेढ़ी हो गयी। पलथी मारे-मारे नसें चिंगुरा गयीं। अभी दो-तीन किलोमीटर और चलना था कि बेंचूबीर का क्षेत्र आ गया।

लगभग सभी पीड़ित स्त्रियाँ झूमने लगीं, प्रेत सिर पर आ गया था—'बेंचुआ रे बेंचुआ! अरे बेंचुआ रे बेंचुआ!' का स्वर तेज हो गया। यही स्वर प्रेत बोल रहा था जो स्त्रियों के सिर पर सवार था। मुँह स्त्री का, स्वर भी स्त्री का, लेकिन शब्द प्रेत के थे। जैसे-जैसे बेंचूबीर का स्थान निकट आता जाता, स्वर जोर पकड़ता जाता और पीड़ितों का जोर से सिर हिलाना। स्थान पर पहुँचते ही लगभग सभी पीड़ित स्त्रियाँ 'बेंचुआ रे बेंचुआ' कहने लगीं और बाल खोलकर झूमने लगीं। एकाध पीड़ित स्त्री जो स्वर दे पाती न झूमती ही, वह अपने को अभागिन समझती। उसे लगता कि बेंचूबीर की कृपा नहीं है। जिसका प्रेत जितना प्रबल रहता वह उतना ही झूमती, गर्दन से वृत्त बनाते हुए, मानो कोई गोल पिण्ड हो जो बिना किसी इंजन की सहायता से एक रफ्तार में वृत्त बना रहा हो। तब सिर के बाल दर्शनीय होते।

बासमती भी उन एकाध स्त्रियों में से थी जो स्वर दे पाई न सिर हिला पाई।

स्थान पर जाकर माथा टेकना और खेलना जरूरी था। सभी माथा टेक रहे हैं। भूत खेलनेवाली जमकर खेल रही थीं।

दया को अचरज हुआ कि कोई पुरुष नहीं खेल रहा है। भूत-प्रेत मर्द से दूर भागता है। मर्द से हारने का भय अवश्य भूत में है। कमजोर स्त्रियों से वैसे भी भूत-प्रेत को फुरसत नहीं।

आर्यसमाजी अपने काम में जुटे हैं—'देवियो! और सज्जनो! इस व्यर्थ के पाखण्ड में न फँसें!' आर्यसमाज का पण्डाल लगा है। मंच पर कई आर्य विराजमान हैं। एक महानुभाव माइक पर खड़े हैं। अपनी पूरी सामर्थ्यभर वे चेष्टा कर रहे थे। जरूर वे स्वयं को दयानन्द समझ रहे होंगे—'सज्जनो! वेद की ओर लौटें! पूरे विश्व को आर्य बनाएँ! 'कृण्वन्तो विश्वमार्यम्'—यही वेद की आज्ञा है। विश्वानिदेव सब प्रकार से आपकी रक्षा करेंगे। वे आपके अन्दर की सारी बुराइयों को निकालने में समर्थ हैं। वेद की ओर लौटेंगे तो अवश्य आप योग की ओर भी होंगे। आप में मुद्राएँ विकसित होंगी। आप मानसिक रूप से स्वस्थ होंगे।'

आर्यसमाजी सज्जन एक घण्टा तीस मिनट बोले। वे थककर स्वेद से तर थे।

मंच पर दूसरे सज्जन आये—'देवियो! आप किस चरवाहे के चक्कर में फँस गयी हैं? बेंचू चरवाहा था। जो जीते-जी पशु चराया तो क्या मरने के बाद ईश्वर हो गया? ईश्वर एक है। उसकी शक्ति कहीं और नहीं जा सकती। वह स्वयं उसका इस्तेमाल करता है। आप अवश्य किसी मानसिक रोग की शिकार हैं। आपका हृदय कमजोर है...आप अति-संवेदनशील हैं। कोई भी असर आप पर आसानी से हो जाता है। बेंचू का स्थान देखते ही आपको लगता है आप के सिर पर भूत सवार है।'

आर्यसमाजी आधी रात तक वेद समझाएँगे। सिर्फ शब्दों में अपनी ऊर्जा व्यय करेंगे। यह भीड़ वेद क्या जानेगी! वह लबेद जानती है। दर्शक-श्रोताओं में से एक कह रहा था—'अरे ई आर्यसमजिया बेवकूफ हैं, वेद-वेद चिल्लात हैं, वेदवा का बेंचू बाबा से बढ़िके है। हमार मेहरारू इहाँ आयी और परेत खेले लगी, नाहीं तो भइया तीन बरस से केतना ओझा लपटे रहि गये, झाँट नाहीं सुनी...बहुत अड़ियल भूत चाँपे था।'

दूसरे श्रोता ने कहा—'ई सब चूतिया हैं! न कवनो काम न धाम...हर साल आते रहते हैं, कौन सुनता है इनकी बात? चिल्लाए दो ससुरों को।'

दया-बासमती ने खूब जायजा लिया। कल दिन में भूतों का नजारा और देखने को मिलेगा।

दया ने बासमती से कहा—'सामान नगीना के यहाँ सुरक्षित है ही, आओ थोड़ा रात में घूमकर और नजारा लिया जाये। शाल ओढ़ लो, बाल खोल दो, लगे कि बड़ा भूत कपार पर चढ़ा है।'

'अब क्या देखना बाकी है? इक्का-दुक्का छोड़कर सभी लेटे हैं। कुछ तो गहरी नींद में हैं। थके हैं बेचारे! कहाँ-कहाँ से आये होंगे! आपको थकान तो लगती नहीं।'

'अरे चलो! मौका बार-बार नहीं आयेगा।'

एक जगह पेड़ के नीचे कई स्त्रियाँ बैठी थीं, दो पुरुष भी थे। एक खेल रही थी, खेल क्या हिल रही थी धीरे-धीरे। यहाँ यह स्पष्ट था कि भूत चढ़ा है—

सासु मोरी कहेलीं बँझिनियाँ, ननद ब्रजबासिनि हो।
रामा जिनकी मैं बारी रे बियाही, उइ घर से निकारेनि हो ॥
घर से निकरि हम बाँझिनी, जंगल बिच ठाढ़ी हो।
रामा बन से निकसे ले बेंचूबीर, तो दुख-सुख पूँछइ हो ॥
तिरिया कौनी बिपती की मारी, जंगल बिच ठाढ़ी हो।
सासु मोरी कहेलीं बँझिनियाँ, ननद ब्रजबासिनि हो ॥

दया थोड़ी देर ठहरे फिर आगे बढ़ गये।

'बासमती, ये देखो!' दया आश्चर्य से ऐसे बोले कि सिर्फ बासमती सुने—'देखो कम्बल में...दोनों हिल रहे हैं, भूत का काम चालू है। चलो आगे और देखते हैं। ...यह देखो! यह औरत शाम से ही अपने मन-माफिक मर्द के प्रयास में थी। ये जो बैठी है, उसके बगल में कोई मर्द सोया है—घुसुरने के प्रयास में है...इधर-उधर तजवीज कर कम्बल में घुसेगी...देखा? घुस गयी! बड़ा लासफूस लगाई थी।'

पूरी रात यही कार्य घुसने-पैठने का सम्पन्न हो रहा था। प्रेत-पीड़ित स्त्रियाँ अपना प्रेत उतार रही थीं। ज्यादातर स्त्रियों को मर्द मिल ही जाते थे...और पूरी रात मिलन-क्रिया का शान्त खेल चलता रहता। यहाँ वही स्त्रियाँ होतीं जिन्हें पूरी तरह प्रेम मिलन का मानसिक सुख नहीं मिला होता। कुछ ऐसी भी थीं जिनके पति सन्तान की उत्पत्ति के योग्य नहीं थे। ऐसी स्त्रियाँ मनमाफिक मर्द खोज रही थीं।...और उन्हें जब ऐसे सेक्स-व्यवहार से गर्भ ठहर जाता था तो बेंचूवीर का प्रसाद और प्रताप मानती थीं। ऐसी ही हर साल की घटनाओं के चलते बेंचूबीर प्रमाणित होते रहते थे...और आज वे पूरे क्षेत्र के लिए 'बेंचुआ रे! बेंचुआ' जैसे नारा बन गये हैं।

दया अब सिर्फ मखदूम शाह जायेंगे। यह उनकी अन्तिम 'मनौती यात्रा' होगी। अकबरपुर से टाण्डा और वहाँ से किछौछा। जनता मखदूम शाह या मकदूम शाह कहती है। यहाँ सैयद महमूद शाह अशरफ जहाँगीर की दरगाह है—प्रेत भगाने का एक महत्त्वपूर्ण स्थान।

'विचारों का बुरा समय आ गया है। तालु से न जाने कितने शब्द उच्चारित किये हैं मैंने। कोई फर्क नहीं पड़ा; उल्टा दाँत जम गया तालु में। तालु भले न घिसा हो; लेकिन घबरा गया है और शुद्ध बोलने में कठिनाई महसूस कर रहा है। जहाँ असुविधा होती है सिर चकरा जाता है। मैं अपनी खोपड़ी का क्या करूँ? ओ मेरी 'मनौती यात्राओ!' तुम कितना मेरा साथ दोगी? नहीं कह सकता। मैंने सभी मूर्द्धा से उच्चारित होनेवाले वर्ण—ट,ठ,ड,ढ,ण,र,ष का पाठ किया है। अपने विचारों की हत्या कई बार की है। हाँ, विमर्श अवश्य करता रहा ताकि सच सामने आये। आखिर एक सामान्य व्यक्ति कितना कर सकता है! और ठीक से पढ़ना-सोचना आ जाये तो वह कब तक डोर से बँधा रहेगा!' दया खुद से बात कर रहे थे।

'...मैंने मंगल सोचा और मंगल के दिन हनुमान को याद किया। देवी का

चित्र औचक आ जाता मंगल को। मंगल को ही शुभ होना है तो शेष दिवस क्या खाक होते हैं? मुसलमान बृहस्पति और शुक्र को मान देते हैं। क्या और दिन अल्लाह या ईश्वर नहीं रहता? यह कैसी आँख है ईश्वर की या किसी देवता की जो और दिनों में बन्द रहती है, सिर्फ खास अवसरों पर खुलती है। ...'कल्याण' पढ़ा कि शायद कोई नयी बात मिले। लेकिन यहाँ मूर्ख बनने के अलावा कोई नया वैचारिक विकास नहीं था। धर्म को ठहरना नहीं चाहिए। कल्याण से एक फायदा हुआ—धार्मिक शास्त्रों का ज्ञान। और यह भी कि किस विधि से धर्म-शस्त्र चलाकर या कथा सुनाकर भीड़ को बाँधा जाये। ...मनुष्य को पक्षी होना चाहिए था कि उड़कर देख सके ऊपर से नीचे, नीचे से ऊपर—फल, फूल, मांस-मुर्दा...पानी, छाँह और धरती के भीतर घुसकर भूकम्प के संकेत—साँप बनकर! लेकिन क्या बताऊँ! ऐसी हवा चली कि बदबू जाती नहीं। वर्षों तक दुर्गंध सूँघते-सूँघते हम सभी उसे सुगंध मान बैठे हैं। ईश्वर को चाहिए था कि किसी विधि से सच्ची दुर्गंध का ज्ञान कराता और सिर्फ सुगंध बिखेरता, परन्तु ऐसा हुआ नहीं। यही कारण था कि एक ऐसे शून्य का समूह बनता गया, जिसका न कोई अर्थ था न कोई होनेवाली क्रिया। ऐसे में जब पता चलता है कि 'अरे! असलियत यह है' तो मेरे जैसा आदमी सिर्फ आकाश ताकेगा या हिनहिनाएगा। मेरे घर के देवता शिव हैं। क्या शिव से मेरे घर की पीड़ा या समस्या नहीं सुलझती, जो मुझे 'मनौती यात्राएँ' करनी पड़ीं? शिव देवों के भी देव हैं, फिर इतने हल्के कैसे हो गये? शिव! तुम सच में हो या प्रतीक हो तुम भी?'

दया का ध्यान टूटा तब, जब गौरा और शिवरतन ने साँकल बजाई।

गाड़ी अकबरपुर खड़ी हो गयी। बस से सीधे जाना था मखदूम शाह। आज ही लौटना भी था। रातवाली गाड़ी से फायदा हुआ कि, भोर होने से पहले पहुँचने पर जैसे पूरा दिन काम का हो गया।

मखदूम शाह की मजार के आसपास खूब पेड़ थे। छोटी-छोटी छतनुमा झोपड़ियाँ तनी थीं जिनमें कोई आड़ नहीं था, सिर्फ घास-फूस की छत थी जिसे बाँस-डण्डे के सहारे तान दिया गया था। दूर-दराज के लोग उसी में बैठे सुस्ता रहे थे या यहाँ की रीति के अनुसार व्यक्तिगत योजना बना रहे थे। ऐसे ही एक स्थान पर कुछ देर हाथ-पैर सीधा करने के बाद दया और बासमती एक बार फिर इस नये स्थान का जायजा लेने चल पड़े थे।

यहाँ एक गन्दा तालाब था कि ताकने का मन न करे। काला पानी! काई

जमी, हरी-हरी छींटदार। लगता था जैसे नाली का पानी वर्षों से सड़ रहा हो। स्त्रियाँ नहा रही थीं बेलाज-बेझिझक। और अपने कपड़े वहीं छोड़कर दूसरा वस्त्र धारण कर रही थीं लोलार्क कुण्ड की तरह। फर्क था तो यह कि यहाँ केवल पुत्र के लिए ही नहीं आयी थीं, प्रेत-पीड़ा से भी ग्रसित थीं। इनमें पाँच-पाँच पुत्रों की माताएँ भी थीं, लेकिन सिर पर भूत सवार है तो क्या करें बेचारी माताएँ! भूत सवार जो न कराए! दूसरी बात—यहाँ पुरुष भी स्नान करके अपने कपड़े छोड़ देता था। बिना ऐसा किये भला कोई मजार तक कैसे जाता! मखदूम शाह का दम देखिए कि वे अपना तालाब साफ नहीं करवा सकते थे।

'इस तालाब में नहाना जरूरी है।' दया ने बताया।

'अरे बाप रे! इसमें मैं नहीं नहाऊँगी।' बासमती अब चेत गयी थी।

'बिना इसमें नहाए कोई मजार तक नहीं जाता।'

'तो क्या! घर लौट जाऊँगी, लेकिन नहाऊँगी तो नहीं।'

'एक काम करो, बाल खुले छोड़ दो, थोड़ा सिकुड़ी-सिकुड़ी रहो।'

'हाँ, यह कर लेती हूँ। बाकी पानी में तो कीड़े पड़े हैं! पहली बार लोलार्क कुण्ड में तो खुजली ही हुई थी, अबकी बार तो देह सड़ जायेगी।'

दया को इंच-भर सफलता मिली। चलो बासमती चेती तो! दया की सारी थकान दूर हो गयी। दिमाग का सारा बोझ एक वाक्य ने दूर कर दिया।

दया ने देखा कि कुछ मुसलमान ढोलक लेकर घूम रहे हैं। उनके साथ दो-तीन और हैं हारमोनियम-झाँझ के साथ। इसी प्रकार कुछ नट-टाइप के भी हैं जिनकी गर्दनें मोटी हैं, कान में बाली हैं, काले धागे से बँधा जन्तर गले से चिपका है। कहीं कोई देवी का पचरा गा रहा है।

दया की समझ में नहीं आया कि इस मुसलमानी स्थान पर देवी का पचरा क्यों? वह भी मुसलमान गा रहा है! वह अपने दो-तीन साजिंदों के साथ टेर रहा है और सामने बैठी प्रेतबाधा से ग्रसित स्त्री, जो धीरे-धीरे झूमते हुए जमकर खेलने लगी है।

'बासमती, आओ देखो! यह नयी चीज है!' बासमती थककर बैठ गयी थी, दया इधर-उधर टहल रहे थे। बासमती ने सुना और न चाहते हुए भी खड़ी हो गयी।

दया थोड़ा आगे बढ़े। एक पीड़ित स्त्री बैठी थी। उसके साथ दो पुरुष, एक स्त्री और थी। पचरा गानेवाला मुसलमान पीड़िता के आगे बैठा पुचकार रहा था—'अरे मोर रानी, तनि खेल देती माई। खेल माई! अरे रानी खेल! देखो हम माई का गीत बजाय रहे हैं।' ढोलकवाला नट-टाइप का मुसलमान बोले जा रहा था।

वह जवान कमाल का ढोलकिया था! गानेवाले ने पचरा शुरू किया, ढोलक टनटना उठी—टन्-टन्...टन् टन् टन् बिम्मऽऽ। हारमोनियम वाले ने अँगुली नचाई—सा रे ग म...म ग रे सा, धनिसा-धनिसा, धपम-धपम...। पचरे ने लय पकड़ी—

'निमियाँ की छइयाँ मइया डालेली झूलुववा हो कि झूली-झूली ना,
मइया गावेली...गावेली गीतिया हो कि झूली-झूली ना।

पचरा शुरू था। स्त्री के साथ आये एक अधेड़ ने कहा—'बिटिया खेल लो! दुख कटि जाइ बेटी! हियाँ खेले में कवनो हरज नाहीं है।'

पचरे ने लय पकड़ी—

...हो कि झूली-झूली ना।
झुलत झूलुववा मइया के लागेली पियसिया हो कि चली अइलीं ना,
मालिन् होरिया के घरवा मइया चली अइलीं ना।
कइसे के पियाईं पनिया हो शीतली मइया मोरे गोदिया ना,
बाड़न सेवक तोहार मइया मोरे गोदिया ना।
बालक सुताव मालिन् सोने के खटोलवा हो कि बूँद एकै ना,
हमके पनिया पीयाव हो कि बूँदै एकै ना।
सोने के खटोलवा मइया टूटी फाटी जइहै हो बलकवा रउरै ना,
हे भुइयवाँ लोटि जइहै हो बलकवा रउरै ना।
...हो कि झूली-झूली ना।'

पचरा कई बार दोहराने के बाद स्त्री मस्त हो गयी, मुस्कराने लगी।...और फिर क्या था! वह झूम-झूम खेलने लगी। स्त्री के साथ आये लोगों के चेहरे खिल उठे। जो स्त्री कई साल की मेहनत के बाद भूत सिर पर नहीं चढ़ा सकी, वह एक पचरा गा देने से झूम गयी, इसे कहते हैं स्थान का महत्त्व।

'तुम यहाँ खेल सकती हो बासमती!' दया ने जैसे याद दिलाई हो।

'चुप रहिए! मैं क्यों खेलूँ? मुझे कोई भूत नहीं पकड़ा है।'

'अरे ई मुसलमान इतना बढ़िया पचरा गा रहा है, और ढोलक क्या बजाया है! मैं खुद हिलने लगा था, मस्त हो गया था। मन करता था जी भरकर मैं भी नाचूँ-खेलूँ। भूत खेलने का भी एक मजा है—मैं तो यहाँ आकर यही जाना हूँ। मेरी इच्छा भी थी कि मैं तुम्हें खेलते हुए देखूँ। लेकिन तुमने तो पानी फेर दिया।'

'खेलना होता तो जब अम्मा के चाचा आये थे, तब न खेल दी होती। मैं इतनी कमजोर दिल नहीं कि धुन बजे तो भूत खेलूँ।'

'चलो अच्छा ही है। मनौती की शुरूआत खेलने से हुई और अन्त भी...।'

तभी एक नट दया के निकट आकर बोला—'मालिक कहें तो मलकिन को

खेलाय दें। आप जो देदेंगे माथे चढ़ाय लेंगे–दुई...पाँच...दस रुपया। हम पइसा के लिए जिद नाहीं करत है मालिक!'

'अरे भाग यहाँ से! चला है भूत खेलाने! जाओ, उधर सब बैठी हैं चुड़ैलें ...सिर पर तेल चाँते...लट की तरह बाल देखो कि कितनी गन्दी हो गयी हैं!'

मजार ऊपर बनी थी। सीढ़ियों से जाना था। दया और बासमती ऊपर पहुँचे। भीड़ थी, क्रम से जाना था। मजार के पास बैठा पुजारी-टाइप का मुसलमान हर एक से कहता रहता–'चलो निकालो चादर...अगरबत्ती दो...चलो-चलो आगे बढ़ो! कितना रुपया चढ़ा रहे हो? ...जल्दी चढ़ाओ! ...अरे, यहाँ रखो जनाब!'

दया के पास न चादर थी न कोई प्रसाद, न अगरबत्ती। चढ़ाने के नाम पर एक रुपया का नोट। मुसलमान पुजारी ने एक रुपया देखा और दया की बाँह पकड़कर आगे ठेल दिया, मानो वह कह रहा हो कि यही चढ़ाना था तो मखदूम शाह क्यों आये? आखिर बाबा की बदनामी ही तो होगी!

दया अब मजार से बाहर थे। जैसे वे बन्धनमुक्त हो गये हों, अभी तक वे कब्र में थे। दया का दिमाग छिटककर बाहर आ गया था।

औरतें कितनी भावुक होती हैं! पचरा से झूम उठीं। झूमे तो दया भी थे, अंग वाकई हरकत में थे, लेकिन भूत का प्रभाव नहीं था। यह तो दया जानते थे। ...हर स्थान किसी न किसी चमत्कार से जुड़ा था। चमत्कार भी ऐसा जो किसी शास्त्र-पुराण में न मिले। ये स्थानीय बुद्धिजीवी कैसे रहे होंगे–ऋषि, पण्डित या मुल्ला-मौलवी? ...कितनी छोटी-छोटी परिकल्पनाएँ की होंगी! ...शोध किये होंगे पुराण पढ़कर, नबी की कथाएँ पढ़कर, मुहम्मद साहब की शिक्षा-सम्बन्धी बातें जानकर। ...ईजाद किये गये चमत्कार घटते नहीं बढ़ते ही हैं। बढ़ेंगे क्यों नहीं! सिर्फ धनात्मक ध्यान है, ऋणात्मक बुहारकर एक कोने में लगा दिये तो...। ऐसे ही स्थानीय शास्त्र-ज्ञान घर-घर में घुसे हैं। 'कोस-कोस पर पानी बदले, पाँच कोस पर बानी।' यह पानी और बानी क्या है? परम्परा ही तो है! कर्म-धर्म के स्थानीय तरीके हैं। 'दस कोस पर पगरी बदले, बीस कोस पर छानी।' देखा! सब बदल गया। भीड़ की मान्यता के आगे किताबी शब्दों की कोई औकात होती है! जयकारे! नारे!! अरे ये हूँफ-भर दें तो सारे किताबी शब्द बेहोश हो जायें, कोमा में चले जायें।

'बेंचूबीर में कैसा लगा था, और यहाँ कैसा?' दया ने पूछा।

बासमती चुप रही।

'मैं अकेले जाता बेंचूबीर तो किसी के कम्बल में घुसा होता या कोई ठीक-ठाक औरत मेरे कम्बल में घुसती जरूर, मुझे विश्वास है।'

बासमती हँस दी।...उसके मन में इतना जरूर आया कि 'यदि दया न होते बेंचूबीर में तो क्या मैं भी किसी मर्द के कम्बल में घुसती?' बासमती के मुँह से निकला—'धत!'

'एक अच्छे आस्वाद से वंचित रह गया बासमती, यह तो मानती हो।'

'इसके लिए साल-भर प्रतीक्षा कीजिए।' बासमती फिर हँसी।

मखदूम शाह में बासमती यदि झूम जाती तो! मानना होता कि बासमती के सिर पर भूत है। ...और बासमती यह न जान पाती कि वह तो धुन से झूमी थी—हो कि झूली-झूली ना...।

आगे कथा का वर्तमान है

दया अब तक भूतकाल का सहारा ले रहे थे, लेकिन अब उनके पास सिर्फ वर्तमान था। वे अपनी कथा का अन्त करना चाहते थे, लेकिन कथा के बिना वे जी भी तो नहीं सकते थे।

बलवन्त चार साल का हो गया है। बलवन्त ने दया को खूब छकाया है। सारा ज्ञान भीतर घुस गया है। कहाँ बनते थे दया कि मोह नहीं है उनको, लेकिन वे तो पुत्रमय हो गये हैं! एक बात पर टिके थे कि एक ही रहेगा बलवन्त सौ के बराबर, और इसी प्रतिज्ञा के चलते वे सावधानी बरतने लगे।...कहाँ तो एक मुहाल था, और अब तो एक बूँद दया को धो देगी। सावधानी में जो भी चूक होती है वह क्षमा योग्य नहीं होती। छोटी-सी चूक सारी सावधानियों पर पानी फेर देती। दया दो बार चूके और दोनों बार बासमती को डॉक्टर के पास जाकर निश्चिंत होना था।

दया का जी नहीं लग रहा था। कथा को छोड़ें कि आगे बढ़ें, या कोई पैरा लिखकर इति कर दें। कथा बढ़ाएँ तो कैसे? दया ने तय किया कि अब राजवंश के यहाँ जाना जरूरी है। वही कुछ रास्ता बताएँगे। प्रारम्भ करानेवाला कुछ रास्ते छिपा लेता है, वक्त-बे-वक्त के लिए।

'कथा हो गयी पूरी? अब तो आप कचहरी के अलावा मिलते भी नहीं!' अपनी ओर दया को आते देख राजवंश चारपाई बिछाते हुए बोले।

'आपके बिना कथा कैसे पूरी होगी? अरे, इस गाँव में रहना तक न होगा।' दया चारपाई पर बैठ गये।

'क्या मैं कोई गुण्डा-वुण्डा हूँ भाई?'

'धाकड़ तो हैं! और अच्छे लोग अच्छे लोगों के बिना नहीं रह सकते। आपको देखने का मेरा नजरिया दूसरा है।'

'अच्छा! तो आप मुझे देखते हैं। मुर्गलड़इया के बाद आप हमें देखने लगे और आ रहे हैं साल-भर बाद!'

'राजवंश जी, मुझे लगता है कि कुछ चीजें ऐसी होती हैं कि जी नहीं भरता। लेकिन एक उम्र के बाद चुप रहना पड़ता है।'

राजवंश दया की बात बड़े ध्यान से सुनने लगे थे।

'...औरतें को बच्चा हो जाये, तो भी वे तृप्त नहीं होतीं। यह बात समझ में नहीं आती कि क्यों? बार-बार वह बच्चा चाहती हैं, क्यों? कई पुत्रों की माता होना क्या उन्हें गौरवान्वित करता है या वे अपनी गर्भ-शक्ति दिखाना चाहती हैं? ...और औरतें श्रृंगार करके भी ऊबती नहीं। मुझे तो श्रृंगार करती औरत अच्छी लगती है। लेकिन उसका नेचुरल रूप रंग तो और ही जँचता है।'

राजवंश की वही मुद्रा थी जो दया की थी। दृष्टि में विशेष प्रकार की गम्भीरता और चेहरे पर लाली थी, वाणी में दर्शन—'मुझे तो लगता है कि औरत मिलन-क्रिया सम्पन्न करके, बच्चा पैदा करके, श्रृंगार कर आदमी को लुभाकर उसे आकर्षित कर, आदमी को बनाती है। यहाँ उसका सुख छिपा है। सुख के आजू-बाजू प्रेम भी बैठा है। प्रेम और आदर्श औरत के बिना सम्भव नहीं लगता। इनके प्रवेश का मार्ग-माध्यम औरत है। हो सकता है औरत में ऐसी वस्तुओं, भावनाओं, कल्पनाओं, कलाओं का प्रवेश आदमी के माध्यम से होता हो। यह भी हो सकता है कि औरत के लिए आदमी एक रहस्य हो, भले ही वह रहस्यवाली बात न जानती हो, न कहती हो।'

'...और इन्हीं सबके बीच काम बैठा हो। बिना सेक्स के तो कुछ भी नहीं ...न प्रेम...न भावना...न कल्पना। मुझे लगता है कि जो अतिकामी है वह औरत से भय खाता है। सेक्स में डर है, लेकिन यह नहीं समझ में आता कि क्या अतिकामी औरत भी आदमी से डरती है?'

'...यही सेक्स हर औरत का रहस्य है। उसकी तमाम क्रियाएँ रहस्य-सी लगती हैं, यह शक पैदा करता है। एक सत्य घटना आपको सुनाता हूँ—'रामपुर के परायन को आप जानते होंगे। बात क्या थी कुछ नहीं...उसकी औरत साधारण थी, लेकिन औरत है तो रहस्य है। दोनों रोज खेत में काम करते थे। पास-पड़ोस के खेतों में काम करनेवाले आदमी से उसकी औरत बतिया लेती थी जो घर के भी पड़ोसी थे। सामान्य-सी बातें रोज होती थीं और किसी का ध्यान भी नहीं रहता था, परायन का भी नहीं। ...लेकिन एक दिन परायन अपनी औरत को निहारने लगा, जब वह पड़ोसी युवक से बतिया रही थी। परायन ने अपनी औरत की नाचती, घूमती, तिरछी होती आँखें देखी। उसने लाल होते गाल देखे, होंठों को निहारा, दाँत-जीभ

तक वह गया, स्तन की गोलाइयों को परखा...परायन को शक हो गया। सन्देह की क्या दवा? वह रोज बतियाती थी उस युवक से, लेकिन आज परायन की दृष्टि और थी। यही दृष्टि सन्देह बनकर रहस्य तलाशने लगी। उसकी औरत का सत्य बोलना-समझाना कुछ काम न आया। परायन के सिर पर औरत का रहस्य शक के घेरे में बँधा सिर पर बैठा था...और फिर तो हँसिया उसकी गर्दन पर। परायन बहुत सीधा-सादा किसान था। पता नहीं कैसे अपनी औरत को चरित्रहीन समझ लिया था, जबकि ऐसे शब्द भी नहीं कहे गये थे। परायन सीधा तो था, लेकिन उसका चरित्र? कौन देखेगा? क्या उसकी औरत? ...खेत में रोपनी-सोपनी करनेवाली कई औरतों को परायन अपनी नजर में ले चुका था और अपने उत्थान को पतन की सीमा तक पहुँचा चुका था। आदमी के चरित्र की सूचना उतनी नहीं ली जाती जितनी औरत की। आदमी दारू, गाँजा, भाँग पीए, अफीम चाटे, जहाँ चाहे अपनी चीज की खुजली दूर करे। क्या नोटिस ले सकती थी परायन की पत्नी या ऐसी ही कोई औरत? औरत हमेशा शब्द से वंचित रही है। आदमी चाहे जितनी खुलकर बात करे, नंगे नाचे, लेकिन औरत? यही कारण है कि जब कोई औरत मिलती है तो वह बतियाती खूब है, और यहाँ भी एक सन्देह कि घर की बात बाहर तो नहीं कर रही है? यहाँ औरत का चरित्र दूसरे प्रकार का रहस्य पैदा करता है।'

दया अपनी बात कहने आये थे, लेकिन यहाँ आकर वे उलझ गये थे—'भाई राजवंश, स्त्री एक रहस्य है। उसके पास वृत्त है, गोलार्द्ध है, तो क्या पुरुष रहस्य नहीं है? उसके पास केन्द्र है, एक कड़ापन है। क्या स्त्री पुरुष के शिथिल पड़े रहने को रहस्य नहीं मानती होगी? औरत को कौन समझाएगा? कुछ मर्द भाई ऐसे भी हैं कि उत्तेजना की तमाम वस्तुओं के बाद भी ठंडे! यहाँ स्त्री क्या सोचती होगी? मैं आदमी होकर आदमी के विषय में सोच नहीं पाता। खैर, मैं तो अपनी समस्या लेकर आया था। अपनी कथा की, रुकी हुई कथा! ...हाँ, तो मैं यह कह रहा था कि बासमती को देखकर लग जाता है कि वह एक बच्चे से सन्तोष नहीं कर रही है। दो बार गर्भ-समापन करा चुका हूँ। उस समय बासमती का चेहरा पढ़ा जा सकता था। जबकि वह प्रसवपीड़ा से खूब परिचित है और उस वक्त तो कसम भी खा रही थी कि अब बच्चे नहीं चाहिए।'

'देखो दया! औरत रहस्य तो है, इसे सभी मानते हैं। उसके बिना घर झाड़-झंखाड़...खेत का जंगल भी कहाँ साफ होता है! जैसे एक गाड़ी है, लेकिन उसमें तेल नहीं है, औरत गाड़ी का तेल है। तुम्हारी कथा में बासमती है तो कैसे नहीं बढ़ेगी कथा? औरत कभी अन्त नहीं रही।'

'मेरी कथा में भूतकाल नहीं है अब, जो है वह इस कथा के अनुरूप नहीं है।'

'अरे यार, बासमती तो है! वर्तमान तो है! बासमती से संवाद करो, तर्क करो। औरत वर्तमान है, भूत है...भविष्य भी। अपने वर्तमान की समय-सीमा तय कर लो और पाँच-दस पाँच दिन में एक बार बासमती को सुनाओ, तब लिखो। दस-पन्द्रह दिन के जीवन में कथा के मिजाज का कुछ मिल जायेगा।'

बहुत चालाक है राजवंश, निकाल दिया रास्ता, छुड़ा लिया अपना पीछा। वकील है तो दिमाग भी है—दया के मन में यही आया। अभी तक तो वह छिपाकर लिख रहे थे बासमती से, लेकिन जब वह जान जायेगी कि यह तो रोज-रोज की हिल्ला-हवाली, उटक नाटक...इसी घर के और मेरे बारे में है तो क्या उसका सहज जीना हो सकेगा? ...शायद नहीं।

...और फिर पुत्र की चाह!

दया कथा को यही रोक सकते थे, लेकिन क्या करें! बासमती इस बार महीने से नहीं रही। माहवारी सात दिन चढ़ गयी। अबकी बार वे कौन मुँह से सफाई कराने को कहेंगे? नर्स और दाइयाँ भी चार बात सुनाएँगी। डॉक्टर कुछ बोलेगा तो नहीं, लेकिन मुस्कराएगा जरूर। दया को अब पग-पग पर सावधान रहना पड़ेगा—चाहे कथा में, चाहे बासमती में...।

'औरते बहुत झेलती हैं बासमती!' दया ने कहा।

'औरत है तो दुख भी है। बिना तकलीफ के औरत कैसी! अब ठहर गया न! तो मैं ही झेलूँगी। चाहे सफाई हो या बच्चा हो, हर हाल में मैं ही...।'

'सफाई में आसानी होगी। अबकी बार शहर चलेंगे, कोई जानेगा भी नहीं। पिछली बार भी कोई जाना क्या? पन्द्रह-बीस दिन का हो तो दो-तीन घंटे में चंगा और इतनी देर तो घूमने के बहाने में कट जायेगा।'

'चाहे जो हो, मैं अबकी जन्म देने के मूड में हूँ।'

दया के समझाने का असर नहीं हुआ तो वे स्त्री की संवेदना को अपनी तरह से कुरेदने लगे—'कम उम्र में शादी हो जाये तो औरत कमजोर हो जाती है, तब और अधिक जब कम उम्र में बच्चा हो जाये। आदमी पर असर नहीं पड़ता। तुम्हारी उमर तो है ठीक, लेकिन मुझे अपनी लाज भी रखनी है।'

दया भाँति-भाँति से समझाते, लेकिन इस बार बासमती मुकर गयी तो मुकर गयी। बासमती चतुर हो गयी थी। उसने तत्काल गर्भ ठहरने की बात गौरा को बता दी। अब गौरा के आगे किसकी चलती? वह भी स्त्री थीं और एक सन्तान के पक्ष में कतई नहीं थीं। दया गौरा से इतना ही कह पाए कि 'एक

को पाल-पोस लूँ तो बहुत है, आज के समय में दो को सँभालना भूसा ढोने के बराबर है।'

दया की एक भी बात नहीं सुनी गयी, उल्टे गौरा की डाँट खानी पड़ी।

गौरा सोचतीं कि बल्लू जब नहीं था तब दया कैसा था, अब कैसा हो गया है, कैसी बात करता है? गाँव में एक-एक औरत को चार-चार, पाँच-पाँच औलादें हैं। वह अभागा है जिसको एक सन्तान के बाद दूसरी नहीं हुई। एक हम लोग थे कि एक के बाद दूसरा न हो तो घबराहट होती थी, चिन्ता में जी डूबा रहता था, और दया है कि दूसरा होने से बेचैन है!

...और बासमती का सौन्दर्य पहले से अधिक निखर आया था। इस बार वे देखते रहते थे—गालों की लाली, उभरे नितम्ब...।

'एक पुत्र लेकर सिंहनी निर्भय होकर सोती है और दस पुत्रों को लेकर गधी रोती है। हमारे भी रोने का वक्त आ गया।' दया का चेहरा रोने जैसा हो गया। यह उनका अभिनय था जो सचाई बयान कर रहा था।

'आप इतने गये-गुजरे हैं कि एक से दो होने में रोना आये! जिनके पाँच हैं वे अपनी हालत पतली नहीं किये हैं! सीना फुलाकर चलते हैं। समाज में इज्जत भी होती है। सिर्फ ज्ञान से इज्जत नहीं मिलती, इसके लिए सबको साथ रखना और बात मानना भी होता है।' बासमती स्पष्ट थी।

'इसी को कहते हैं, साँच कहो मुँह मारल जाय...अरे झूठे सीना तान लें।'

'हाँ, तानना पड़ेगा। अम्मा कहती हैं कि किसी घर में एक भैंस, एक धोती, एक बेटा ठीक नहीं होते।'

'आपको बस अम्मा-अम्मा। अम्मा की हर बात सही और मेरी चूतियों जैसी! अम्मा ने यह क्यों नहीं बताया कि घर में एक औरत भी ठीक नहीं होती?' दया का आवेग क्रोध की ओर जा रहा था।

'गुस्सा क्यों होते हैं? आप तो ज्ञानी हैं, एक औरत का मतलब पत्नी नहीं। पूरे परिवार में एक भैंस...एक औरत...हाँ।

बासमती की बातें धाव पर नमक जैसा लगा। दया तिलमिलाते हुए बाहर निकल आये।

वर्तमान कठिन होता है, लेकिन जीना तो यहीं है। दया अब वो दया नहीं थे कि जो कहें वही हो।

दया के हाथ में एक किताब थी करीब सौ पृष्ठों की। दया का एक-एक

पृष्ठ उलटना जीवन के वर्ष गिनने जैसा था। अभी तक तो विश्वास था कि वे सौ साल तक बासमती के साथ प्रेम करेंगे। दया ने फिर पृष्ठ गिना और वे अस्सी पृष्ठ पर ठहर गये, मानो वे अब यहीं तक जी पाएँगे। जब वे पचास पर थे तो लगता था कि यहीं तक प्रेम की मुस्कान बनी रहेगी। वे घबराए, कहीं ऐसा न हो ये पृष्ठ कम होते-होते आज तक चले आयें! दया ने किताब पटक दी, जैसे वे जीवन से नाराज हो गये हों। फिर वे किताब उठा लाए, झाड़ा-पोंछा, फर्र-फर्र की तरह उसे पलटा, जैसे जीवन में प्रेम मिला रहे हों और रूठकर मान गये हों।

किताब भी ऐसी कि ऊपर के कई पृष्ठ नहीं थे और अन्त वाले भी नहीं। शीर्षक तो पहले ही फट चुका था। यह किताब दया के हाथ में देर तक रही।

दया ने बोलकर पढ़ना शुरू किया, शायद वे बासमती को सुनाना चाहते थे—'ऊधमपुर नगर में एक सेठ रहता था। उसके सभी भाई-बन्धुओं ने सुनार का पैतृक काम शुरू किया था, लेकिन दीनदयाल नाम के सेठ ने कपड़े की दुकान खोल रखी थी। दुकान खूब चलती थी। न खाने की सुध, न दिशा-फरागतकी फुर्सत। सुन्दर-सी स्त्री पाकर वह और गद्‌गद था। उसका मन कपड़े में था और स्त्री में। उसकी पत्नी ने पुत्र को जन्म दिया। कुछ ही दिन बीते थे, पत्नी से प्रेम कम होने लगा जबकि यही उमर होती है प्रेम करने की। स्त्री-सुख का आनन्द तभी है जब दोनों अनुभवी हों। स्त्री का प्यार दो भागों में बँट गया। सेठ अब बजाज हो चुका था। कर्म के अनुसार उसने अपने नाम के आगे कर्मबोध वाला उपनाम 'बजाज' रख लिया था। स्त्री के द्वारा कम होते प्यार के कारण उसका जी नहीं लगता था। उसका व्यापार प्रभावित होने लगा। बजाज ने पहले अपने को तौला—'कहीं मेरे में रस की कमी हो गयी क्या' यह सोचकर वह स्त्री के संग रोज सहवास की इच्छा रखता। स्त्री नकारती तो वह झगड़ा करता। अब वह स्त्री के रस की जाँच करने पर तुला हुआ था। कुल मिलाकर वह व्यर्थ के जाल में उलझ गया। वह देखता कि उसकी पत्नी पुत्र को प्यार करती है तो मुझे क्यों नहीं? उस बजाज के कई पुत्र हुए। बड़े पुत्र का विवाह उसने कर दिया। पुत्रवधू के आने के एक वर्ष के भीतर रहा-सहा प्यार भी चला गया। सिर्फ नाम मात्र के लिए वह किसी स्त्री का पति था। वह घर में घुसने में संकोचता। घर उसका है, लोग उसके हैं, और उसकी यह स्थिति! उसकी दशा चौकीदार की हो गयी। उसने बरामदे में स्थायी रूप से अपनी खाट बिछा ली। बजाज अपने पास डायरी रखता था। उसने पहले पृष्ठ पर लिखा—'संसार में पुत्र जैसा कोई शत्रु नहीं।'

दया चुप हो गये। उनके सामने बलवन्त का पूरा चित्र था। वे उठे और आँगन में बैठे बलवन्त को पुकारने लगे—'क्या हो रहा है बेटा?'

'पापा, 'कमल' लिख रहा हूँ। फिर कबूतर बनाऊँगा। 'पापा-मम्मी' भी लिखूँगा पापा!' बलवन्त स्लेट पर गोल-गोल वृत्त बना रहा था।

'ससुरी कहानी दो कौड़ी की। मेरा बेटा शत्रु नहीं हो सकता। न कभी कोई बात टाली, न उसने कभी जिद की।'

'किसको कह रहे हैं? मुझे आपने बुलाया क्या?'

'नहीं मम्मी! पापा मुझसे बात कर रहे हैं।' बलवन्त बीच में बोल पड़ा। बासमती बेटे की बात से खिलखिला उठी। दया भी हँस दिये। अब उन्हें किताब के सौ पृष्ठ कम लग रहे थे। 'अभी और होने चाहिए थे दस-पाँच पन्ने।' वे बोल पड़े थे।

दया झोंपड़ी की ओर चल दिये। उनकी चाल बता रही थी कि तनाव नहीं है। '...एक भैंस कब तक दूध देगी? दो हों तो एक दूध दे, दूसरी गाभिन रहे। दूध का क्रम टूटना अच्छा नहीं है। ...एक धोती से भला काम क्या चलेगा! कहीं धो दिये और कहीं तुरन्त जाना हो तो? कहीं कीचड़-खाँच में गिर पड़े तो या कहीं धोती खराब हो गयी तो? ...एक स्त्री परिवार में कितना करेगी? और कहीं बीमार हो गयी तो? प्रसवपीड़ा तो होनी ही है...व्रत-उपवास भी। तब मर्द क्या घर सँभाल लेंगे? सत्तू पीकर रहना पड़ेगा। ...और एक पुत्र! कहीं नौकरी पर चला गया तो अकेले रहना पड़ेगा, बीमार हुआ तो माँ-बाप का परान पत्ता पर, तरह-तरह की शंकाएँ। बलवन्त को जुकाम भी हो जाता है तो मेरा हगना-मूतना भूल जाता है। ...चलो इसी बहाने से बासमती तृप्त तो हो जायेगी।' दया सोचते और बड़बड़ाते झोंपड़ी पर पहुँचे।

जफर मियाँ बेकार हो गये थे। अभी तीन साल पहले अपने बेटों के लिए दो इक्के बनवाए थे, घोड़े भी। बेटे अब इक्का हाँकने को तैयार नहीं थे। स्टेशन से गाँव तक या तहसील-बाजार तक टेम्पो चलने लगे थे। बिदाई वगैरह में भी यही चलते थे। समस्या यह थी कि अब इक्के के लिए सवारियाँ नहीं थीं। सभी को जल्दी मची रहती है। टेम्पोवाले सवारियाँ घेर लेते थे। बेचारे इक्केवाले मुँह ताकते रह जाते। जफर को इक्का बेचने के अलावा कोई रास्ता नहीं था।

जफर के बेटों ने एक टेम्पो ले लिया। लिया क्या, पूरा घर खाली कर दिया। तीन घोड़े-इक्के बिके। दो बीघा जमीन बन्धक रखी गयी, फिर भी कम ...तब रिश्तेदारों से कर्ज लिया गया। यही कर्ज टीस-भरा बड़ा घाव था। जफर को चिन्ता थी कि जितना जल्दी हो सके कर्ज पटे। छोटा बेटा पढ़ा भी था और तेज भी। वह बैंक से कर्ज लेकर दूसरा टेम्पो ले आया था। जफर दो टेम्पो के मालिक। रिश्तेदारों के कर्ज पट गये। रिश्ते बिगड़ने से बचे। जफर को काम

कहाँ! वे बैंक के कर्ज की चिन्ता में डूबे रहते और दिन-रात शिवरतन के यहाँ बैठे रहते।

जनवरी का अन्तिम हफ्ता। सूर्य तेज तो हो रहा था, तीखी धूप होने लगी थी, लेकिन पछुवा हवा सिहरा देती थी। आज शाम को हवा झुरुकने लगी थी।

'भइया, बड़ा ठंडा है। ई हवा तो हाड़ छेद के निकल रही है।' जफर चादर ओढ़ते काँप रहे थे।

'अभी आग जलाए देता हूँ जफर!।' शिवरतन ने अलाव जला दिया। जाड़े में आग से कोई स्वागत करे तो क्या कहने हैं! उधर से जो भी गुजरता, शिवरतन के अलाव से हाथ गरम किये बिना न लौटता।

दया को देखते ही शिवरतन थोड़ी सूखी घास और लकड़ी अलाव में डालने लगे।

'जफर चाचा! आपका टेम्पो जब चाहे तब मिल जायेगा।' दया ने पूछा।

'का कोई जरूरत है? ...और ई बताओ दया कि मंतरी जी के आडर से सड़क का पैसा साहेब सब खाय रहे हैं का?'

जफर की बात पर किसी ने ध्यान नहीं दिया।

'बहू का दूसरी बार गोड़ भारी भवा है।' शिवरतन के चेहरे पर खुशी थी।

'ई तो हम जानत हैं। हमरी औरत भी कहत रही। अल्ला देता है भाई तो झोली भर देता है, नाहीं तौ ढेला नाहीं हाथे लागत।' जफर ने साफ-साफ बताया कि कोई बात औरतों से छिपी नहीं रहती। शिवरतन की पतीली का चावल भी जफर की खबर में था।

बासमती को बल्लू के समय जब प्रसव-पीड़ा हुई थी तो शिवरतन ने दया से एक जरूरी बात बाद में बताने कहा था। 'बाबूजी, आप कभी चमाइन मइया के बारे में बता रहे थे, तब बात अधूरी रह गयी थी।' दया को याद आया।

'अरे उ तो कई साल पहिले की बात है बेटा! तुम अभी याद किये हो!'

दया जब पैदा हुए थे तो जान-परान नहीं था, इतने कमजोर कि बचना मुश्किल था, रोए भी थे देर में। चमइनिया भौजी के कारण बचे थे—उठा के, लिटा के, उलट-पलट के, थपकी दे के...बड़ी मेहनत की थी बेचारी ने। शिवरतन की पहली औलाद दया थे। तब डॉक्टर भी नहीं था कोई आसपास में। गौरा को दस दिन तक दूध नहीं हुआ था। चमइनिया भाभी ने दूध पिलाया, अपने स्तन का दूध! वह लरकोर थी, तीन महीने की बच्ची थी उसकी। तब से वह शिवरतन के घर की एक सदस्य है। दया में चमइनिया मइया का दूध दौड़ रहा था, जो उनका प्रथम प्राण-आधार बना था। शिवरतन अब 'चमइनिया भाभी'

पुकारने लगे थे। बिल्कुल सगी भाभी की तरह, जैसे वे किसी देवी को पुकार रहे हों—काली मइया! ...शिवतरन ने घोषणा कर दी कि वे अब अपने नाम के आगे कोई भी जातिबोधक शब्द नहीं लगाएँगे। मित्रों, सम्बन्धियों, गाँववालों ने कहा भी कि बिना सरनेम के आदमी कैसा? लेकिन शिवरतन तो आदमी से ऊपर थे। वे कहते भी थे कि 'मैं पढ़ा-लिखा तो हूँ नहीं, नहीं तो इस जाति वाले नाम के लिए जलूस निकालता, गाँव-गाँव जाता, लोगों को तैयार करता। हर गाँव में जाति वाला नाम हटाने के लिए एक समिति बनाता।' शिवरतन कभी जाति से नहीं बँधे, मनुष्य बने रहे।

दया सोचते रहे—'मनुष्य स्वयं एक जाति है। पृथ्वी पर मनुष्य, पशु, पक्षी, मछलियों की जातियाँ हैं। इनके पैरों के निशान अलग-अलग हैं। आदमी के पाँव का चिह्न देखकर भला कोई कह सकता है कि बाभन का है या ठाकुर का?...ये देखो, कोई नीच जाति का आदमी इधर से गया है, देखो पैर का निशान!...आदमी टट्टी कर दें तो पता कोई लगा सकता है कि यह अहीर का है, और यह लोहार का और यह पासी का?' दया का तर्क अपना था।

आज उन्हें पता चला कि वे किसी ऐरे-गैरे विचारवाले व्यक्ति के सन्तान नहीं हैं। 'कितना गौरवान्वित है मेरे पिता का कार्य!' दया के मुँह से निकला।

दया विचारों में फिर खो गये—...सफाई का काम करनेवाले शूद्र को महान् क्यों नहीं समझा जाता? वह कितना बड़ा काम कर रहा है कि दूसरे का गन्दा उठाकर स्वच्छ वातावरण तैयार कर रहा है! फिर वह नीच, अछूत, गाली के योग्य क्यों? कैसे अच्छा है हमारा समाज?...थू!...कौन गन्दगी साफ नहीं करता? क्या कोई पंडित टट्टी फिरने के बाद किसी शूद्र से अपनी गाँड़ धोवाता है? राजा, रानी, मंत्री, प्रधानमंत्री...गुरु महाराज...शंकराचार्य के हाथ में गू नहीं लगता क्या?...कई बार जुकाम से पीड़ित होना होगा तो क्या नाक छिनकते देह पर पोंटा-नेंटा नहीं गिरा होगा? देह काट देंगे क्या?...पेट खराब होने पर ऐसा भी हुआ होगा कि जाँघिया खराब हो गयी होगी...टट्टी बह गयी होगी, धीरे से धोकर सुखाया गया होगा। लाज के मारे कौन बताए कि गाँड़ बह गयी? क्या राम, कृष्ण, दुर्गा, काली, सीता, लक्ष्मी, पार्वती...हगते नहीं होंगे?...अपना गू महकता नहीं! दूसरे की गन्दगी पहले दिखती है और गू बदबू मारता है।

...अरे काहे का बाभन...ठाकुर...लाला...सेठ-बनिया...और काहे का डोम... मेहतर...चमार...? अस्पताल की कई दाइयाँ, रेलवे में सफाईकर्मी सवर्ण मिल जायेंगे। बात जब रोटी पर आती है, पेट चलाना मुहाल होता है, तब सारे शास्त्र ताख पर धरे रह जाते हैं। तब सिर्फ जीवन दिखता है। सारे काम पेट से जुड़े हैं।

चमइनिया मइया के यहाँ अब प्रसव का कार्य नहीं होता। सबके अपने धन्धे हैं। जो कार्य ये नीच कहे जानेवाले करते थे, उसका आधुनिक रूप देकर कइयों ने पैर फैलाया है—कोई ब्यूटी पार्लर खोल के बैठा है, कोई लॉण्ड्री चला रहा है, कोई सुलभ शौचालय के बरामदे में बैठा टट्टी फिरके आनेवालों से एक-एक रुपया ले रहा है। कल एक सुलभ शौचालय का उद्घाटन था, विधायक जी ने किया था उद्घाटन, वो भी बिना टट्टी फिरे बिना एक रुपया दिये।

दया हँसे। बाहर हवा थी। शिवरतन और जफर मियाँ दुनिया-भर की बातें लेकर बैठे थे, अलाव से चिपके, पता नहीं आग थी भी कि नहीं। पछुआ का जोर था। दया को पेशाब करना था। रात में कौन देखता है! वे खड़े-खड़े निवृत्त होने लगे। लुंगी पर पेशाब के छींटे पड़े, पैर भी मूत के छींटों से भर गया। दया ने कस के थूका तो आधा उनके मुँह पर ही आ गया। दया का मुँह पश्चिम दिशा में था। इन गन्दगियों ने दया को पुनः विचारों में ढकेल दिया।

...काम के बँटवारे से जातियाँ बनीं। अब तो पढ़-लिखकर डॉक्टर, इंजीनियर, अध्यापक, अधिकारी बन गया तो सरनेम कर्म से जुड़ा न! चाहे वह किसी जाति का हो। बाभन-ठाकुर के सरनेम भी कर्म के अनुसार होने चाहिए न!...ब्यूटी पार्लरी, लॉण्ड्री वाले, सुलभ...। अब काहे की जाति, काहे की पाँति! कार्य की निष्ठा देखें तो पंडित जी पूजा सम्पन्न कराते समय गजड़-मजड़ मंत्र पढ़ रहे हैं। ठाकुर साहब गुण्डई के अलावा क्या रक्षा करेंगे! वे तो रण्डी का नाच देख रहे हैं और निम्न-वर्ग कही जानेवाली श्याम रंग की बालाओं पर रीझ रहे हैं। सेठ-बनिया चाहे जितना ठगे, कम तोले, मिलावट करे, नकली सामान को असली कहकर बेचे, लोकल माल को मिल-फैक्ट्री का बताए, सोने में ताँबा-पीतल मिलाएँ, कहीं कोई कुछ पूछने बोलने वाला है?...ये रहे जाति के गुण!

...और जो शूद्र कहे जाते हैं, सेवा करते हैं, ...ये अगर कोताही कर दें तो क्या गति होगी? झाड़ू लगाएँ और विष्ठा किसी कोने में टार दें, क्षौर कर्म करें और दाढ़ी के बाल कहीं-कहीं छोड़ दें, मूँछ सेट करने में पतला-मोटा कर दें, कपड़े के दाग पर ध्यान न दें...तो? इनका कोताही करना कठिन है। गन्दगी पहले दिख जाती है। सवर्ण की गन्दगी नहीं दिखती। वह सिर्फ शब्दों में है और शब्द हैं कि समझ के बाहर हैं। चमइनिया मइया ने काम बन्द कर दिया तो अच्छा किया। अब जाओ अस्पताल की दौड़ लगाओ, दाँत चियारो दाई के आगे। बल्लू के समय कैसी मेरी हालत पतली हो गयी थी भाग-दौड़ करते-करते। लेकिन अब सिर्फ अस्पताल जरूरी है।

बासमती की प्रसव-पीड़ा का वक्त अब करीब था। डॉक्टर ने तारीख बता दिया था। और दया पूरी तैयारी से थे।

शिवरतन का खाना झोंपड़ी पर छोटकन ले आया था। जफर मियाँ घर से खाकर यही सोने चले आये थे। जब से इक्का हाँकना बन्द था, तब से जफर यहीं सोते थे। दया की इच्छा घर जाने की नहीं थी। छोटकन घर गया और दया के लिए भी रोटी, सब्जी, दूध ले आया।

दया को शिवरतन की बात पर बड़ा मजा आया—'मेरी कोई जाति नहीं।' दया बहुत खुश थे।

दया को एक यात्रा याद आयी—बाबूजी को आरा (बिहार) जाना था। मैं भी था। ट्रेन में जगह मिल गयी थी। बात-बात में बगल में बैठे एक सज्जन ने पूछा—'आप कौन?' बाबूजी बोले, 'शिवरतन!' उसने फिर पूछा—'इसके आगे-पीछे भी कुछ होगा कि बस शिवेरतन!' बाबूजी उत्तर लेकर बैठे थे, बोले, 'है भाई, है न आगे-पीछे...आगे महतारी है, बाप हैं और भरा खानदान है और पीछे पत्नी है, दो बेटे हैं।' उसने खूब प्रयास किया लेकिन जाति नहीं जान पाया और गाड़ी आरा स्टेशन पर लग गयी। परिचय में नाम से कोई मतलब नहीं, सिर्फ जाति जानने की जिज्ञासा थी। नाम पूछना तो एक बहाना था।

बासमती प्रसव के करीब होती जा रही थी।

बलवन्त फुदकता हुआ आया और बासमती के पेट पर सिर टिका दिया—'मम्मी का इतना बड़ा पेट!' मम्मी का पेट बच्चों का खिलौना है। पेट पर मुँह लगाकर भड़-भड़ की ध्वनि निकालना, नाभि के आगे-पीछे सहलाना, मुक्के मारना, गुदगुदाना, यह बच्चों की सामान्य क्रिया है।

'मम्मी! पेट में कुछ चल रहा है।' बलवन्त आश्चर्य से बोला।

'देख रहे हैं? आज के लड़के कितने समझदार हैं...बहुत चालू हैं!' बासमती दया से बोली।

'हरिजन बस्ती में कभी यज्ञोपवीत संस्कार होते नहीं सुना।' दया के बेवजह बात बदल रहे थे।

बासमती चुप रही।

'आप सुन नहीं रही हैं क्या? मेरे दूसरे बच्चे की बननेवाली माँ जी!' दया जैसे जबरदस्ती कर रहे हों।

'सुन रही हूँ दो बच्चों के बाप जी, लेकिन यह मैं क्या बताऊँ कि क्यों नहीं होता उनके यहाँ जनेऊ!...बाबूजी से पूछ लीजिए।'

'मैं भी बलवन्त का यज्ञोपवीत संस्कार नहीं कराऊँगा। बिना जनेऊ के रहेगा।'

बलवन्त अभी भी बासमती से खेल रहा था। अब वह बासमती का दूध नहीं पीता था बस दूध पीने का नाटक करता था।

'चल रहा है...मम्मी के पेट में बच्चा चल रहा है!' बलवन्त कूदने लगा।

'इस बार पेट में उलट-पलट कम है क्या?' दया ने पूछा।

'लड़की है, तभी चुप है। लड़का होता तो उधम मचाए रहता। लड़कियाँ पेट में से ही डरी होती हैं बेचारी! लजाती हैं।' बासमती ने बताया।

...और दिन आ गया। जफर के छोटे बेटे ने अस्पताल ले-जाने की जिम्मेदारी सँभाली। सड़क पर कोई ताक-देख नहीं रहा था। अब कोई घबराहट नहीं थी। सिर्फ बासमती की हालत पहले से भी खराब थी। ...और सड़क बहुत खराब थी। टेम्पो तेज चलता तो खाया-पिया सब बाहर हो जाता, पेट का बच्चा कौन कहे! ...बासमती के पेट की नस-नस टूट गयी! टेम्पो कितना भी धीरे चले, गचकी का क्या करे! ...और दया को जिसकी आशंका थी वही हुआ। प्रसव-कक्ष में प्रवेश के पूर्व ही शिशु के रोने की आवाज...यह कन्या थी।

'लक्ष्मी आयी है' कहकर गौरा मुस्कराईं, लेकिन वो खुशी नहीं थी। बासमती की खुशी का तापमान भी गौरा जैसा ही था। दया के लिए पुत्र हो या पुत्री, स्नेह, दुलार, संवेदनाएँ वही थीं। लेकिन पहले बच्चे की खुशी वे भोग चुके थे।

'चलो बेटी हो गयी, आपकी साध पूरी।' दया बोले।

'आपही को साध लगी थी।' बासमती कुछ और कहना चाहती थी लेकिन गौरा ने किसी काम से बुला लिया। दया को अच्छा नहीं लगा, गौरा का बुलाना। किसी स्त्री का जन्म खुद स्त्री को उतना सुख नहीं देता जितना वह पुरुष को जन्मा कर सुख की अनुभूति करती है।

दया किसी बहाने से बासमती को बुलाना चाहते थे। मनुष्य भड़ास निकालने के लिए कितना यत्न करता है! दया ने तो सिर्फ बासमती को बुलाया था। भड़ास निकलने के बाद का सुख तो दया से पूछिए!

'बेटी बहुत मोटी-ताजी है। आप ठीक कहती थीं कि अगर यह बेटा होती तो बात ही और थी।' दया अपनी बात पर आ गये—'शान से कहते कि दो बेटे हैं।...इसका चेहरा-मोहड़ा भी बेटों जैसा है। बताना पड़ता है कि लड़की है।'

'बल्लू को राखी बाँधनेवाली तो आ गयी। चाची की लड़कियाँ अब तक बाँधती थीं। चाची नाक-भौंह सिकोड़ती थी। यह भी कहती थी पूरे गाँव की

औरतों से कि कुछ देते-वेते हैं नहीं, फिर भी मेरी बेटियाँ राखी बाँधती हैं हर साल!' बासमती बोली।

'क्यों, सबको फ्रॉक ओढ़नी लाकर मैं ही तो देता हूँ, फिर भी ऐसे क्यों कहती हैं और घर की बदनामी करवाती है! अच्छा राखी-राखा छोड़िए और कुछ बचाने का जुगाड़ कीजिए। मलीदा निकल जायेगा शादी में।'

'हाँ जी! अम्मा कह रही थी कि अब चाहे जितना कमाओ, लूट के ले जानेवाली आ गयी!'

दया चुप रहे।

'लेकिन...यह भी कह रही थीं कि बिना कन्यादान के जीवन सुफल नहीं माना जाता।'

'इसलिए कि बेटी से ही संसार है, वह जन्म देती है। आदमी ससुरा बेकार है यहाँ। बिना औरत के वंश बढ़ा है कहीं!' दया को याद आया कि पहले लोग पुत्री को जाँघ पर बैठाकर कन्यादान करते थे। शायद इसलिए कि वे बताना चाहते थे—उनकी बेटी सुच्चा है...कुँवारी है...खरा सोना है। और वही कन्यादान असली माना जाता था, जब तक कन्या को मासिक धर्म न हुआ हो। यह मासिक धर्म कन्या को स्त्री बनाता है।

बासमती अपने कन्यादान के दिन पिता की जाँघ पर बैठी नहीं थी।

'बासमती, मुझे कन्यादान की कई घटनाएँ याद आ रही हैं।' दया गगरी से पानी गिलास में उँडेल रहे थे। पानी ज्यादा छलक गया था।

'कन्यादान की कोई घटना जरूर बताइए, लेकिन इतना पानी गिराएँगे तो बल्लू फिसल जायेगा।' बासमती को अच्छा नहीं लगा पानी का ज्यादा छलकना। एक गगरी पानी भरने में कितनी देर लगती है! हैण्डपम्प चलाना पड़ता है! कमर तो टेढ़ी होती ही है! हाथ भी दुखता है। इधर कई दिनों से वासर भी खराब है, भारी चलता है। गौरा भी गुस्से से देख रही थी दया को, शायद कह रही हो कि इतना बड़ा हो गया—दो बच्चे का बाप, और शऊर दौ कोड़ी का।

'यह घटना गाँव के सभी बुजुर्ग जानते हैं।' दया ने कहना शुरू किया, '...हमारे खानदान में एक बाबा थे, उनके दस बेटे हुए। बेटी खोजते रहे, बेटा होता रहा। तीन तो जुड़वाँ हुए थे। क्या गजब की ताकत थी भाई! अन्त में हार मान गये, बेटी न हुई। बाबा की जो औरत थी यानी हमारी दादी...कन्यादान के बिना जीवन असफल समझती थी। उनका कहना था कि कन्यादान न हुआ तो सीधे नरक में जायेंगे। अपने भाई की बेटी का कन्यादान कर वे नरक जाने से बचीं। ...लेकिन बेटी का न होना उन्हें आजीवन खलता रहा और इसी चिन्ता

को गाँठ बाँधे एक दिन नरक के बगल से स्वर्ग चली गयीं। ...हम बेटे की रट लगाए हैं। बेटी हो गयी तो पूरा घर मुँह पर गोबर लगाकर सूँघ रहा है, मुँह चिपोर रहा है।'

'आप किसी घटना या कहानी को अपने से जोड़ने लगते हैं, यह ठीक नहीं। किसी का नाम आ जायेगा तो वह नाराज हो जायेगा।

अब कन्या आ गयी तो दया-बासमती के जीवन का उद्देश्य पूरा हो गया। छछूँदर का जन्म नहीं होगा, कोई बढ़िया-सा जानवर बनेंगे अगले जनम में। ऐसे ही तमाम विश्वासों, सुखों, कल्पनाओं में समय बीतता जाता और बेटी बड़ी होती जाती।

...और कई तरह की बातें-कुबातें

इधर कई दिनों से दया राजवंश को खोज रहे थे। पता नहीं कितना केस लगता है कि राजवंश पेशाब करना तक भूल जाते हैं। मिलने और बात करने की कौन कहे! कर्म ही पूजा है और जिस कर्म में रुपया बरसता हो तो पूजा क्या, यज्ञ सम्पन्न हुआ जानिए। दया ईमानदार बनकर पछता नहीं रहे थे, खुश थे। ...लेकिन बेटी का आना मायने रखता है। बिना धन-संग्रह के भला कैसे बिठा पाएँगे उसे डोली में? 'बेटी रुपये पर चलकर जाती है' यही मित्र अलाप रहे थे और सलाह दे रहे थे कि अब ईमानदारी की चुस्त कमीज उतारो!...बेईमानी का ढीला कुर्ता पहनकर जर्दावाला पान जमा लो। फिर तो जहाँ चाहो पीक मारो। कुर्ते पर चू जाय तो बिना संकोच के पोंछ दो।

जब से दया को बेटी हुई है, तब से दफ्तरी दोस्त मौका ढूँढ़ रहे हैं। दया की बात सबको याद है कि 'एक महादेव रहेगा। जो फूल चढ़ेगा उसी पर...।'

दया की साइकिल घर से बाहर निकल चुकी थी। पहिए में हवा नहीं थी। पैदल हवा भरवाने जाना पड़ेगा।...आज रात में वे स्त्री और अछूत से सम्बन्धित कोई किताब पढ़ रहे थे। वही सब दिमाग में घूम रहा था। इसी बीच दया को याद आया कि जब सन्तान नहीं थी तो चुपके से वर्गाकार, आयताकार, गोलाकार, त्रिभुजाकार, दो त्रिभुजों को एक-दूसरे के ऊपर विपरीत रखकर, वृत्त के भीतर दो विपरीत त्रिभुज एक-दूसरे के ऊपर बनाकर मंत्र लिखे थे जाप करने के लिए—'क्लीं क्लीं क्लीं साध्यम् क्लीं क्लीं क्लीं' 21 दिनों तक 500 बार जप करना...'ह्रीं क्लीं ह्रीं क्लीं' छः दिनों तक हजार बार जाप...'ह्रीं' पैंतालीस दिनों तक पन्द्रह हजार जाप। दया ने लिखा पढ़ा और याद किया था, लेकिन कुछ

किया नहीं था। यह क्रिया बासमती नहीं जानती थी। अब तो वे एक नहीं, दो बच्चों के बाप हैं तो चिन्ता नहीं है, लेकिन एक चिन्ता है कि क्या स्त्री के प्रिय बने रहेंगे? पौरुष साथ देगा उनका? पूर्ववत् समस्त काम-क्रियाएँ प्राणवान रहेंगी? ऐसे ही अनेक प्रश्न थे। दया अपने यंत्र को एक बार फिर टटोलते हैं। उन्हें याद आया कि वह डायरी अभी तक चल रही है जिसमें यंत्र लिखे थे। झोले में हाथ गया कि डायरी है कि नहीं, और डायरी थी।...साइकिल में हवा भरी जा रही थी। तेल देने और साफ करने के लिए भी दया ने कहा था। अभी नौ बजे थे, काफी समय था, यहाँ से सिर्फ दस मिनट का रास्ता तय करना था।

डायरी में बाकायदा लिखा था—'क्लीं क्लीं क्लीं साध्यम् क्लीं क्लीं क्लीं को छः दिनों तक बिना यंत्र बनाए एक हजार बार जाप करें तो स्त्रियों को आकर्षित करने की शक्ति आ जाती है।' दया ने आगे पढ़ा—'का क्लीं क्लीं क्लीं वा' मंत्र का जाप पैंतालीस दिन तक एक हजार बार करें। 'ऐं क्लीं सौः' तीन दिन तक पच्चीस हजार बार जाप।

हवा भर गयी। साइकिल एकदम टनाटन! दया साइकिल पर बैठते ही सुख का अनुभव करने लगे थे।

और आज घेर लिए गये थे दया। कल से दीपावली की छुट्टी थी। काम कम था। कार्यालय के आधे लोग घर भाग गये थे। रह गये वही जड़ियल दोस्त जिनको तहसील मुखयालय छोड़कर कहीं जाना नहीं था।

'आ गयी धन-लुटनी...? क्यों दया जी, अब तो चूतियापा नहीं न करियेगा?' महेश प्रश्नवाचक में थे।

देखते ही दया भीतर तक काँप गये। वे एक सन्तान की शपथ में हार गये थे, जो भूलता नहीं था। मानो वे कोई चोर हों और चोरी पकड़ ली गयी हो।

'पहली बार में दम दिखा गये थे, अब वो जोर नहीं रहा। भाई, आदमी को जोर हो तो बेटा ही होगा, औरत जोरदार होगी तो लड़की।' विजय जोर लगा रहे थे।

'बात सही है, लेकिन...।'

दया तैश में थे कि बीच में वंशधारी कूद पड़े—'दया पहले यह कहें कि बातचीत में उराण-पुराण नहीं पेलेंगे। इनके उदाहरण से हम सबकी हवा निकल जाती है। क्यों, मैं गलत तो नहीं कह रहा हूँ?'

'मैं कोई जबरदस्ती उदाहरण तो लाता नहीं। जगह बन जाती है तो क्या

करूँ? पहली बात तो यह कि क्षमा माँगूँ कि मैं दो बच्चे का बाप बना...और जो अभी विजय कह रहे थे वह सही है, परन्तु इस तरह से है कि बेटा-बेटी में पौरुष शक्ति का काम नहीं है। हाँ, जिम्मेदार पुरुष ही है। आप शायद जानते होंगे—एक्स-वाई...। मैं यहाँ स्त्री-पुरुष की अजीब मानसिकता देखता हूँ। आदमी कहता है कि मर्द में दम होगा तो बेटा होगा; और औरत कोसती है औरत को कि बेटा क्यों नहीं जना? न जाने कितनी औरतें बेटी जन्माने के कारण प्रताड़ित होती रहती हैं।'

'ऐ भाई! यहाँ तो हमारा ध्यान ही नहीं गया!' महेश चकित थे।

'हमारी सगी भौजी जब लगातार तीन बेटियाँ जन्माईं तो मेरी खुद की माँ ने बोलना बन्द कर दिया था उनसे। भैया भी खफा थे, खुद कहते रहते कि 'सुसुरी का पता नहीं कैसा पेट है कि अपना रूप उतार देती है। कभी मेरा रूप नहीं उतारती साली! लगता है उस समय आँख बन्द कर लेती है। मेरा मुँह देखती तो शायद...। लेकिन साली के दिमाग मे मेरा मुँह आता ही नहीं।' भैया बिना शर्म-लिहाज के बोलते रहते।' लालचन्द सत्य उगल रहे थे।

दया बोले—'मैं तो कहता हूँ कि मर्द की गलती भी औरतें झेलती हैं। और वह ऐसी दलित है जिसे छुआ जा सकता है। औरत देवी है शब्दों में, कविता में, ग्रन्थों में। घर में वह देवी कहाँ है? समाज में वह माता कहाँ है? घर से निकल-भर जाये, सभी स्तन निहारते मिलेंगे और वह आँचल ठीक करती रहेगी—कब तक? मर्द का क्या? कहीं कुर्ता लटका हो, बिना जाँघिया के धोती पहने हो...क्या फर्क पड़ता है खड़े- खड़े मूतने में।'

'यार दया! कहाँ से ऐसे शब्द ले आते हो भाई? हमसे तो वाक्य ही नहीं बनता। बताओ हमें भी, कुछ पढ़ा-वढ़ा जाय, नहीं तो अब बदनामी होगी। तुम्हारी बात के आगे हम क्या करेंगे? मुँह चिपोरेंगे!' महेश ने हथियार डाल दिये।

'अभी महेश कह ही रहे थे कि बेटी धन लूट ले जायेगी।' दया आगे बोले—'धन तो पुत्र लूटता है, सारी सम्पत्ति का मालिक। पुत्र समझदार हो जाये, पढ़-लिख ले, बस उसकी निगाह बाप की दौलत पर टिकी रहती है। यह भी एक कारण है भ्रष्टाचार का।...एक बात तो हार गया, लेकिन अब नहीं हारूँगा। मैं गलत पैसे लेनेवाला नहीं। भले बेटी की शादी किसी गरीब से कर दूँगा, गरीब हो समझदार, नेक, ईमानदार, स्वस्थ हो तो हर्ज क्या है? बाकी तो आने-जाने की वस्तुएँ हैं।'

दया ने लकड़हारा और राजकुमारी की कथा सुनायी।

'आप चाहे जो कहें, हमें स्वीकार है, लेकिन...।' लालचन्द अपनी तरह

से दया का भला चाहते थे—'आप पर ईमानदारी का ठप्पा लगा है। आपको परगनाधिकारी महोदय मानते भी हैं। राजवंश जो पूरी तहसील पर हावी हैं, आप चाहें तो सोना बरसे।'

'एसडीएम भई एकदम लट्टू है दया पर। कहता है कि एक ही आदमी है मेरे मन-माफिक, बाकी तो सब...। इन्होंने सरनेम लगाना जो छोड़ दिया है। एक तो एसडीएम अनुसूचित जाति का है और यहाँ बाभन, ठाकुर, भूमिहारों का गढ़...और ऐसे में कोई इन्हीं में से अपनी जाति को सम्बोधित न करे तो कोई भी दलित अफसर खुश हो जायेगा।' वंशधारी ने अपना क्रोध उडेला और सभी हाँ-हाँ करते रहे।

'दया कमाएँ चाहे भरसाँई में जायें, लेकिन एसडीएम तो मानेगा नहीं, इनका भी हिस्सा गड़प कर जायेगा।' विजय बोले।

'अब तुम छुओ चाहे न छुओ, रखो पानी का गिलास अलग और हगते रहो जीवनभर!' लालचन्द ने स्पष्ट कहा।

'एसडीएम तो चाहते हैं कि मैं कमाऊ सीट ले लूँ, वे दे भी रहे थे लेकिन...।' दया बोले।

'बने रहो भैया हरिश्चन्द्र। मैं तो घर से निकाल ही दिया जाऊँ जिस दिन जेब न भरे। बीवी पिछाड़ी पर चार लात मारेगी।' विजय की अपनी समस्या थी।

एसडीएम को आये दो माह ही हुए थे। खूब कमाने कमवाने वाला अफसर था यह। कोई साथ दे न दे पिछड़ा वर्ग उनके साथ था। सुना तो भी गया कि लखनऊ, इलाहाबाद और बनारस में कई मकान हैं इनके। बेटा महँगी कोचिंग से पढ़कर इंजीनियरिंग कर रहा है, किसी प्राइवेट कालेज से। बीवी के पास कितने सोने चाँदी के गहने हैं, कौन गिनता है। कपड़े तो इतने कि समझो पूरी दुकान...यह भी खबर है कि कई बीघे खेती की जमीन खरीद चुका है यह एस डी एम—भाई भतीजे और बीवी के नाम से। और ऐसा अधिकारी हमको पच भी रहा है। भाई, हम भारत की उदार जनता हैं।

महेश खुलेआम कोसते रहते नेताओं को—'साला देश है कि...सारी राजनीति सिर्फ वोट में है। चाहे जो करना पड़े, नेता को वोट चाहिए ताकि वह लूट सके। देश-वेश सिर्फ शब्दों में...मुँह में है, कलेजे में तो कुछ और ही...।'

'अब तो देश की जनता जान गयी कि ये कभी पिछड़ों को, कभी हरिजनों को, कभी मुसलमानों को लेमनचूस दिखाकर राज भोगेंगे और हम सब तो उनके लिए चूतिया रहेंगे, जायेंगे कहाँ? कभी हमें भी रेवड़ी दिखाकर तो देखें!' विजय भी दुखी थे।

'क्या भाई! बात हो रही थी दया से, और कहाँ-कहाँ की बात लेकर तुम लोग राजनीति में कूद गये जैसे अब तुम्हीं चुनाव लड़ोगे।' वंशधारी नहीं चाहते थे कि पार्टीबन्दी यहाँ चले।

'हाँ यार! अपना घर तो सँभलता नहीं, देश की बात करेंगे!' लालचन्द ने साथ दिया।

'बात आ गयी है तो चार गाल बतियाने में क्या जाता है!' महेश को राजनीति में रुचि थी—'अब देखो, चन्द्रशेखरो तो हुए थे प्रधानमन्त्री, इतिहास में नाम आ गया, बस!'

'लेकिन भाई कांग्रेस में दम है। सरलो हाथी तौ नौ लाखी।' विजय बोले—'जनता पार्टी नहीं है कि फुस्स...यह पाँच साल ठेल-ठालकर ले जायेंगे।'

'और आरक्षण? यहाँ मैं बोलूँगा।' दया ने जोर दिया—'यह उनका हक है और आप देख लें, सभी उच्च पदों पर सवर्ण ही बैठा है। एकाध आ गये तो मिर्चा लग रहा है। सरकार तो साथ देगी ही। बिना इनको साथ लिए राजनीति में आप कुछ नहीं कर सकते। ठीक है एसडीएम कमा रहे हैं जो अनुचित है, लेकिन आपको याद होगा वो मूँछों वाले...अरे, आज से तीन साल पहले जो ठाकुर साहब एसडीएम थे, वे कितना लूटे! सब अलग-गलत मुकद्दमों का फैसला कर गये। वो न मकान खरीदेंगे न जमीन, और खरीद भी लिए तो अपने नाम से नहीं...किसी को पता भी नहीं चलेगा। छोटी नदी भरती जल्दी है और उफन जाती है, थोड़ी जगह होती है। ऐसे ही समझिए कि दिमाग में जगह नहीं है कि बात पचा लें। वर्षों से दबे हैं, मौका मिला दिखाने का तो मकान ही सही...।'

'देखावें भैया! हम कोई रोक रहे हैं! अरे, एक दिन के लिए हुमायूँ को बचानेवाला भिश्ती भी बादशाह बना था। आ गया था न अपनी औकात पर और चला दिया चमड़े का सिक्का! लेकिन यार, चन्द्रशेखर कुछ किये चाहे नहीं लेकिन धोती पहनते थे जानदार!'

महेश की बात कोई सुना ही नहीं।

'छोटी सी नदी कितना भरे, उफनाए, रहेगी छोटी ही। एसडीएम साहब को देख लो! तेल चाँतकर बीच में माँग निकाल बबरी फेरते हैं तो भले लग जाय कि कौन हैं लेकिन जँचते जरूर हैं। अभी जाड़े में सूट निकलेगा मुड़ा-तुड़ा।' वंशधारी बोले।

'आप कुछ भी कहो उनका रहन सहन साधारण और प्राकृतिक है। हमें उनका सम्मान करना चाहिए।' दया बोले तो ठीक थे लेकिन महेश को अच्छा नही लगा।

'करो तुम करियऊ का अभिनन्दन! तुम आदमी ही झंडू हो!' महेश उखड़ गये—'तुम कहना पड़ा रहा है आपको, एकदम जी खिसिया गया है। आप ही तो कहते थे कि हराम की कमाई कहीं न कहीं से निकल जाती है, कहाँ निकली इस ससुरे की? हमारे बीच बाभन-ठाकुर बना बैठा है।

दीपावली की छुट्टी होनी थी। दया को साथ लेकर एसडीएम के यहाँ दिवाली की मिठाई पहुँचाने का कार्यक्रम तय हुआ। सबके हाथ में था मिठाई का डिब्बा था। और प्लास्टिक के एक थैले में तिलवाला गुड़। हाथ खाली था तो दया का।

दया सोचते रहे कि यदि एसडीएम औरत होते तो किसी दलित मजदूर के यहाँ ब्याह दिये जाते, और तब वे स्त्री होने की पीड़ा और अछूत होने का दंश दोनों झेलते। दलित औरत हर तरफ से एक विशेष मानसिक यातना से गुजरती है। लेकिन अब दलित औरतें बहुत हद तक अपनी मानसिक वेदना से उबर रही हैं, उनका ढीठ होना बहुत जरूरी है।...चाहे जो हो श्रम करने वाले स्त्री-पुरुष आकर्षक होते हैं।

दया का ध्यान बासमती पर गया—यदि बासमती दलित होती तो और ठोस होती। और मैं दलित होता तो मेरे अन्दर मेहनती मर्दानगी होती, तब बासमती को मैं कैसा लगता?

दया मुस्कराए, मुट्ठी भींचकर कलाई तानकर नसें उभारीं और मुश्क निकालकर उसे अँगूठे से दबाने लगे।

...कि दिन जाते देर नहीं लगती

'अर्थो हि कन्या परकीय एव...' दया ने पढ़ा और पुस्तक पटक दी—'कैसे है दूसरे का धन कन्या? मैंने पाला-पोषा...मेरे अंश को बासमती ने धारण किया। सारी प्रक्रिया वही होती है जो पुत्र-जन्म में होती है, सिर्फ जन्म लेनेवाला शिशु स्त्री जाति का होता है, बस! इसी से हो गयी वह पराया धन? मेरी बेटी पराया धन नहीं होगी। वह मेरी सम्पत्ति है और रहेगी...क्या विवाह के बाद पति के साथ रहने से वह मेरी थाती नहीं है? पुत्र कैसे सम्पत्ति है? इसीलिए न कि वह पिता के धन का उत्तराधिकारी है, बेटी भी तो है!' दया जोर से बोल रहे थे।

'क्या चिल्ला रहे हैं? किससे बात कर रहे हैं?...मैं यहाँ हूँ।' बासमती ने विराम लगाया।

'आप कूटिए जौ-बाजरा, यहाँ पढ़-पढ़ के दिमाग खराब हो रहा है। लिखनेवाले ऐसे-ऐसे महाधिराज रहे हैं कि पूरा मानव-समाज बिगाड़ के रख दिये। वर्ग बाँट दिये, जातियाँ बना दीं, भेद पैदा किया, हमेशा छिन्न-भिन्न करनेवाली बात...। लाज आयी न भय रहा। आधी आँख से देखा समाज को। ...दफ्तरवाले साले सब चूतिए हैं। अब एसडीएम पर पिले हैं, भड़ास निकाल रहे हैं; राजनीति की समझ तो है नहीं, सबकी ऐसी की तैसी कर रहे हैं। दूसरे बच्चे का बाप बन गया और अभी भी मेरी मर्दानगी पर सन्देह कर रहे हैं!'

'जो आपपर सन्देह करे उसका मुँह नोंच लीजिए।...काहे नहीं खोल के दिखा देते हैं?' बासमती सच में परिपक्व हो गयी थी। भाषा में परिवर्तन था। बासमती की जाती हुई लाज दया देख रहे थे।

जाती हुई बासमती के नितम्बों पर दया की नजर टिक गयी थी और स्मृति में देवासुर-संग्राम आ गया था—...संग्राम में दानव, असुर, राक्षस आदि मृत्यु को प्राप्त हो गये। स्त्रियाँ विधवा हो गयीं, जवान बालाएँ असहाय...जो मन-माफिक थी उसे रखैल बना लिया गया। बची हुई शेष स्त्रियाँ इन्द्र के सामने बैठी थीं। इन्द्र ने एक नजर दौड़ाई और बोले—'हे स्त्रियो! तुम वेश्यावृत्ति स्वीकार कर लो। तुम शुल्क लेकर पुरुषों की सेवा करो, काम-सुख दो...रतिक्रिया से पुरुषों को भर दो। राजा और उसका पुत्र तो तुम्हारे पति के समान हैं।' स्त्री के बिना सुख कहाँ! ...और इन्द्र कैसा समाज बनाना चाह रहा है कि वेश्यावृत्ति का आदेश दे रहा है!

दया अभी भी बासमती को निहार रहे थे। श्रम की गति में एक सौन्दर्य था जो दया को खींच रहा था। बासमती बाजरा कूट रही थी—घम्म-घम्म... घम्म-घम्म। मूसल के नीचे जाते ही बासमती का चेहरा नीचे हो जाता, तब चेहरे पर लालिमा उभर जाती और नितम्ब पीछे की ओर स्पंदित होते। दो लटें गालों पर झूल जाती। दया के मुँह से निकला—'इला को देखकर काम-पीड़ित बुध ने यत्न किया।' दया बासमती के पास पहुँचे, मूसल थाम लिया, बोले—'बल्लू—छोटकी कहाँ है?'

'अम्मा लेकर गयी हैं कथा में, चिरौंजी लाला के घर सतनरायन की कथा है। बाबूजी सुबह के निकले हैं, आलू का पैसा किसी कुजड़ा के यहाँ बकाया है। दो बार दौड़ चुके हैं, लगता है आज बिना पैसा लिए नहीं आयेंगे।' बासमती पूरे घर का हाल कह गयी। दया को लगा कि सबकी अनुपस्थिति बताना शायद जरूरी काम हो।

'एक चींटा था...।' दया बासमती की पीठ पर हाथ फेरते हुए बोले।

बासमती की प्रतिक्रिया न हुई। वह ओखल का बाजरा गोल-गोल कर रही थी।

'...चींटा एक दिन किसी चींटी को देखकर काम-पीड़ित हो गया। चींटे के पास लड्डू था। वह उठा और एक लड्डू चींटी को दे दिया। औरत मीठी वस्तु से खुश होती है सो चींटी अघा गयी और चींटा की काम-इच्छा के लिए हाजिर हो गयी।' दया आगे की कथा जानते नहीं थे।

'आगे भी है कुछ कि बस यही...।'

दया गुड़ निकाल लाए, डिब्बे में गुड़ हमेशा रहता था। एक टुकड़ा अपने हाथ से बासमती को खिलाया। बासमती ओखल से हट गयी। दिन में सतानेवाली काम-पीड़ा अपने उत्कर्ष पर थी। दया को बहाना चाहिए, चाहे कथा ही क्यों न हो।...और अब तो बासमती को भी आदत हो गयी थी कि आज कोई कथा नहीं हुई तो मन कैसे माने! दिन में तृप्त होने का आनन्द ही और है।...और बासमती-दया कोठरी से बाहर आ गये।

इस समय कोई दया को देख ले तो तेज चलती साँस और थकान, फिर पसीने की बूँदों का कारण पूछ सकता था। वैसे मौसम नहीं था ऐसा कि पसीना निकले। हाँ, माथे पर हल्की स्वेद बूँदें ही बहाना खोजने पर मजबूर कर सकती थी दया को।

यह सेक्स भी अजीब है। ऐसी भूख जो रोटी से कम नहीं, जिसका समय निश्चित है, यह पूरी उम्र तो रहती नहीं। जब तक देह में जान है, सेक्स का संसार है। मिलन का सुख बुढ़ापे में जवानी-जैसा कहाँ! सिर्फ मन की बात मुँह में आ जाती है। मन भी हो तो पूछेगा कौन? और तैयार होने में सहयोग कौन करेगा? कौन समय देगा इतना, जब आग की मद्धिम लपटें अपनी सीमा लाँघ रही हों। दया अपनी नाभि निहार रहे थे, जो अभी भी ऊपर-नीचे हो रही थी। वे बासमती को देख रहे थे लेकिन मुस्करा नहीं पा रहे थे। बासमती की कुटिल मुस्कान से उन्हें अपनी पराजय होने का बोध हो रहा था।

बासमती बोलना चाहती थी लेकिन बोली नहीं। फिर वही कुटिल मुस्कान और आँख छोटी करके तिरछी नजर से देखती ओखल के पास बैठ गयी। मूसल में चिपके बाजरे के कण को छुड़ाना जैसे अन्न के महत्त्व को जानना था, और मुस्कान सेक्स का अबूझ रहस्य। ओखल का बाजरा अब वह सूप में निकाल रही थी, जैसे अभी वह खुराक देकर जीवन को शक्ति प्रदान करेगी। इस समय वह पाँव के सहारे इस तरह बैठ गयी जैसे वह उत्तेजक कोणों पर उरोज ताने, नितम्ब उभारे हो। सूप में बाजरा निकल चुका था, जैसे काम की इति हो गयी और तोष हो गया हो।

'मेरे सवालों का उत्तर तो दो! आज क्या रहस्य था कुटिल मुस्कान का?' दया अभी प्रतीक्षा में थे कि कुछ शब्द बासमती की ओर से आये तो चैन की साँस लूँ।'

'मैं औरत हूँ, हारनेवाली औरत। आप ही ने कहा था औरत रहस्य है। मुझे खुद अपना रहस्य नहीं पता है।' बासमती बोले जा रही थी जो उसकी समझ में आया–'कई बार आप इच्छा भरने की बात पूछ चुके हैं। मेरी इच्छा आपकी इच्छा है। प्रेम के लिए समय का ध्यान क्यों? आप अपना सुख बताते हैं तो मैं भी उसी सुख पर होती हूँ। यहाँ मैं घड़ी-घन्टा नहीं जानती। समर्पण में ही मैं खुशी से भर जाती हूँ। और अब तो आप कोई न कोई कथा लेकर बैठ जाते हैं। आधा मन तो कथा-कहानी से भर देते हैं आप।'

दया को आश्चर्य हुआ। आज बासमती कितना सधा-सधाया बोल रही थी! कुछ दया से सुन लेती थी, कुछ कहीं से पढ़ लेती थी। और बात-बात में कह भी देती थी कि मैं पढ़ी-लिखी ज्यादा तो नहीं।

दया ने फिर कथा की राह पकड़ ली–'जानती हैं आप?...बृहस्पति की पत्नी तारा को सोम ने अपहरण कर लिया था और अपनी इच्छा पूरी किया था। सोम के मिलन-प्रेम में तारा ने खूब साथ दिया। सोम-तारा को मन-माफिक सुख मिला। तारा को मुक्त कराने हेतु बृहस्पति ने खूब यत्न किया, लेकिन सोम ने तारा को छोड़ा नहीं।'

'अच्छा चुप तो रहिए। जाइए मँड़ई पर। अम्मा आती होंगी।' बासमती ने दया को चुप करा दिया। इस बार वह हँसी थी दया की कथा पर।

साँझ हो गयी, बत्ती जल गयी। गौरा छोटी-सी बच्ची को गोद में सुलाए और बल्लू की अँगुली एक हाथ से पकड़े घर की ओर आ रही थीं। पीछे थे शिवरतन।

स्त्री इतनी सुन्दर और सुख देनेवाली है तो उसका वध क्यों? शास्त्रों में स्त्री का वध निषेध है। इसी कारण से युद्ध में प्राप्त स्त्रियों को रखैल या दासी बनाया जाता था। श्रम के सुख के साथ काम-सुख का भी ध्यान था। शास्त्र की बात जो उचित है वह कोई मानता ही कहाँ है! अपने स्वार्थानुसार बात मानने-न मानने की क्रिया न जाने कब से चल रही है और अब तो स्वभाव में आ गया है। हाँ, आडम्बर और अन्धविश्वासी बातें अवश्य मानेंगे। अलौकिक शक्ति के पीछे भागेंगे। भाग्य के भरोसे रहेंगे। स्त्रियों की हालत अजीब है। जो नामधारी थे जाति से, वैभव से, धन से या राज्य से, वे कन्या-जन्म को तौहीन समझते थे

और कन्या शिशु को जिन्दा जमीन में गाड़ देते थे। अपने सुख और वंश के लिए स्त्री का अपहरण होता था या क्रय कर ली जाती थी। कन्या शिशु को नमक चटाकर भी मार डाला जाता था। कुछ तो अफीम चटा देते या कोई जहर...। गाँव या शहर में गर्भ-समापन की अनेक घटनाएँ भरी पड़ी हैं। दया ने जाँच नहीं कराई, ठीक ही रहा, नहीं तो क्या पता मन बदल जाये या मित्रों के सामने 'एक ही पुत्र रहने का' संकल्प याद आ जाये और यह सुन्दर-सी बेटी संसार देखने से वंचित रह जाये!

दया के दिमाग में स्त्री-वध के अनेक चित्र उभरे जो जीते हुए मरे के समान था—स्त्री धन है और युद्धों में बाकायदा लूटी जाती है। वह दूसरों की सम्पत्ति है, इसी कारण वह अपना होना दुर्भाग्य समझती है। उसके पास योनि है तो वह सन्देह के घेरे में है। यह कैसी तुच्छ मानसिकता है कि स्त्री 'उद्दंडताओं की राशि है। टेढ़े-मेढ़े कामों की खान है। कपटी और विश्वास न करने योग्य है। चालबाजियों और धोखे से फलने-फूलनेवाली भूमि है। नीच हृदय है। स्त्री-रूपी मशीन में अमृत हो न हो, विष अवश्य भरा है, वह नागकन्या है। स्त्री पुरुषों का धर्म नष्ट करनेवाली है। स्त्री सिर्फ भोग्या है। वह अपने सौन्दर्य से छलती है, नयन मारती है। पुरुष से ज्यादा खाती है, अशुद्ध होती है। स्त्री का सेक्स पुरुष से कई गुना ज्यादा है। यह सब क्या है? उसके सम्मान की हत्या करने का उपक्रम ही तो है! जरूर स्त्री मानसिक रूप से मर जाती है।

दया सोचते-सोचते पागल हो रहे थे। दया को लगा कि वे स्वयं अपने मस्तिष्क की हत्या कर रहे हैं। और सारे उपक्रम बासमती से होते हुए उन तक पहुँच रहे हैं। यह तो सच ही था कि स्त्रियों के स्वभाव और पुरुषों की श्रेष्ठता की मनगढ़ंत कहानियाँ लिखी गयी हैं। बार-बार स्त्री के ऋणात्मक स्वभाव की चर्चा से स्त्री प्रभावित हुई है। इसका प्रभाव बासमती, गौरा, चाची पर दया देख ही रहे हैं। लेकिन यह भी कि पुरुष को श्रेष्ठ कहकर उसके आत्मबल को अतिआत्मबली बना दिया जो पुरुष के क्रूर स्वभाव का एक कारण भी बना। ...और फिर धीरे-धीरे पुरुष के स्वभाव के साथ स्त्री का स्वभाव भी वंशानुगत हो गया। स्त्री को हमेशा भय सताने लगा, अनहोनी घटना का खतरा स्त्री के मन में बैठ गया। वैसे भी स्त्री प्राकृतिक रूप से पुरुष से देह में कमजोर है। उसकी संरचना ऐसी है कि वह मर्द की तरह लड़ नहीं सकती, सो उसका हथियार सिर्फ शब्द बना। उसकी ऐसी मानसिक स्थिति तैयार करने में पुरुष का पूरा हाथ है। स्त्री द्वारा प्रयोग किये गये मानसिक कुंठा से निकले शब्दों के कारण स्त्री के अन्य स्वभाव की भी परिभाषाएँ और कहानियाँ बनीं।

प्राचीन काल में जब स्त्री-सत्ता थी तब उसने पुरुष शिशु का वध नहीं किया, न उसको चिन्ता थी पुरुषों की संख्या की। दया के मन में एक बात और आयी कि स्त्री के गर्भ से जन्मे पुरुष में सारे गुण-अवगुण होने चाहिए जो माँ में हैं। फिर तो पुरुष भी उसी अवगुणों की खान है, उसी स्वभाव का मालिक है जो एक स्त्री में है।...दया को स्वयं से घृणा होने लगी। उन्होंने अपनी हथेली पर थूक दिया; मन हुआ कि इसे मुँह पर चुपड़ लें।

बासमती कोई किताब लिए थी जिस पर बल्लू झुका था।

'क्या पढ़ रही हो?' दया ने पूछा।

'अरे! आप आज सोए नहीं?' बासमती अचानक घबरा-सी गयी—'आज अम्मा भी है, छोटकी उन्हीं के पास है। चावल खत्म होनेवाला है, अम्मा वही हिसाब लगा रही हैं कि धान होने तक चावल चलेगा कि खरीदना पड़ेगा। छोटकी बैठी चावल-चावल चिल्ला रही है।'

बल्लू दया से चिपक गया। दया ने पुस्तक ले ली। मतिराम की कविता वाला पन्ना खुला था। दया पढ़ने लगे—

'केलि कै राति अघाने नहीं, दिन ही में लला पुनि घात लगाई।
'प्यास लगी, कोउ पानी दै जाइयो', भीतर बैठि के बात सुनाई।
जेठी पठाई गयी दुलही, हँसि हेरि हरैं मतिराम बुलाई।
कान्ह के बोल पै कान न दीन्हीं, सुगेह की देहरि पै धरि आयी।'

'आज दिन में घात न लगाने दूँगी।' बासमती ने कविता का उत्तर दिया।

'मेरी ऐसी इच्छा नहीं है। मैं तो यह कह रहा था कि औरत की आवश्यकता कितनी है! बिना उसके जीव का मतलब नहीं, यह सभी जानते हैं। फिर कन्या की हत्या कर देंगे तो क्या औरत बचेगी सुख भोगने और आदमी की गति बढ़ाने हेतु? माँ कितनी सुन्दर लगती है! माँ को देखकर काम नहीं जागता। माँ का वध करना कोई नहीं चाहता, लेकिन यह क्यों भूल जाता है बासमती कि हर कन्या माँ है!...औरत का बलात्कार किया और यदि औरत ने इसे जग-जाहिर करने की धमकी दी तो मार दिया...अपहरण किया, सम्भोग किया और हत्या भी कर दी। क्या जब औरत मालिक थी तब औरत ऐसा व्यवहार करती थी?' दया प्रश्नों से भरे विमर्श से घिरे थे।

दया कथा से परेशान थे और कथा वर्तमान की हो तो व्यथा बढ़ जाती है... और कथा ऐसी जो अपनी हो तो व्यथा के साथ बेचैनी भी होती है! भय रहता

है। यहाँ किसी कल्पना की या उटकनाटक की गुंजाइश नहीं रहती। अन्य कथाएँ तो इधर-उधर से हाथ मारकर अंडबंड घटनाएँ ईजाद कर, खींच-तानकर पूरा कर देते दया, पर यहाँ तो अपनी बात थी।

'पारसनाथ को जानती हो बासमती?' दया ने पूछा।

'हाँ, उनको पुत्र नहीं है, चार लड़कियाँ ही हैं।'

'चार तो बची हैं, इसके बाद जो भी लड़की पैदा हुई उसे अफीम चटा देते थे। यह सब जानते हुए भी पारस सीना ताने रहते थे। तब अफीम की खेती होती थी। जिसको अफीम की खेती का लाइसेंस मिल जाता था, वह माल काटता था...अरे चुराकर ब्लैक में बेचता था, जिनके घर पक्के के हैं उनमें से ज्यादातर अफीम की खेती करते थे।'

दया को एक घटना और याद आ गयी—'तब अफीम की खेती नहीं होती थी यहाँ। जीवनलाल अभी जिन्दा हैं। एक ही पुत्र है उनको, जो पहले हुआ था। तुमने देखा होगा उसका पैर हल्का है, एक पैर से भचकता है। बाद में पैर खराब हुआ। जीवन को कई सन्तानें हुईं, लेकिन लड़कियाँ ही। जीवना को क्या कहें, अब बुड्ढ़ा हो गया।...जो भी लड़की हुई, उसके छठवें दिन यानि छठी के दिन प्रसव-घर में घुसकर दीया बुझा देता था और कन्या की गर्दन टीप देता था। सुबह हल्ला होता था कि जम ने छू दिया बच्चे को, प्राण खींच ले गया, तभी जीभ निकली है। इस तरह से सात कन्याएँ उसने मार डालीं। गाँव में यह कहा भी जाता है कि छठी को जम आता है, जम माने यमदूत। उस दिन पूरी रात दीप जलता था या लालटेन। दीप बुझा नहीं कि जम आ गया और बच्चे के प्राण निकाल लिए। यह जम कोई और नहीं, उसी घर का कोई आदमी हुआ करता था, ज्यादातर पिता ही। या यह जम टिटनेस के रूप में आता था, तब टिटनेस के टीके नहीं लगाए जाते थे। गाँव में प्रायः सभी के घर जम आया है, लेकिन जीवनलाल और पारसनाथ साक्षात् जम हैं—यमदूत! जिन्हें देखते ही लगता है कि ये भैंसे पर सवार हाथ में परशु या खड्ग लिए हों।'

वध का स्त्री से कितना नजदीकी सम्बन्ध है! सारी आफतों के बाद एक मृत्यु सदैव सिर पर सवार रहती है। हर प्रसव-वेदना मृत्यु की दस्तक साथ ले आती है। बासमती को अपने स्त्री होने का कभी दुख होता कभी सुख, कभी-कभी वह आक्रोशित भी होने लगी थी। बासमती ने सोचा—'यह योनि ही ऐसी है जो सभी समस्याओं की जड़ है। प्रतिष्ठा इसी से जुड़ी है। स्त्री को कोई अन्य व्यक्ति देख-भर ले, गयी इज्जत! अरे वाह रे इज्जत! हर मर्द के पास एक योनि होनी चाहिए और हर स्त्री के पास एक पुरुष-लिंग।' बासमती का हाथ

अचानक नाभि के नीचे जाँघों के बीच चला गया। उसका मन हुआ कि कोई कटा हुआ लिंग मिल जाता तो वह भी लगाकर हेंकड़ी के साथ घूमती। मर्द-स्वभाव में रहती। बासमती को अपनी सोच पर हँसी आ गयी।

'छोटकी का नामकरण नहीं हुआ जी!' बासमती ने याद दिलाया।

'अभी रख देते हैं, कब तक 'छोटकी' कहेंगे!' दया सोचने लगे—प्रज्ञा, रजनी, पुष्पा, पृथ्वी, काजल, मोहनी...आखिर अभी तक छोटकी का नाम क्यों नहीं रखा गया? बलवन्त का तो बाकायदा नामकरण संस्कार हुआ था। कन्या है इसी कारण न! दया के मन में पुत्र-पुत्री के भेद की एकाध बूँद कहीं कोने में पड़ी थी।

'इसका नाम 'मोहनी' रख देते हैं, ठीक है?' दया ने नाम सुझाया।

बासमती को नाम पसन्द आया—औरत मोहक होती ही है और छोटकी घर में सबसे गोरी है। अभी तो दोहर देह है, आगे चलकर देह भी ठीक हो जायेगी।

'बासमती, इसका हम मुण्डन संस्कार भी करेंगे।' दया गलती सुधार रहे थे।

'मुण्डन कम ही होता है लड़कियों का, वैसे ही नाई के यहाँ जाकर सिर का बाल मुड़वा दिया जाता है। किसी पूजा-पाठ और हवन की क्या जरूरत?'

दया ने देखा कि बासमती भी पुत्र की ओर है, उसके अन्दर भी एक भेद है। गाँव में लाली साव की औरत खूब भेद रखती थी। छठी के दिन खुद दीप बुझाकर कन्या शिशु की नरेटी दबा देती थी। दो लड़कियों को ऐसे ही वह मार चुकी थी, दो बेटे पहले से ही थे। लाली साव को जब पता चला तो अपनी औरत को खूब पीटा...धमकाया-डराया। घघेला दबाकर मार डालने और गंगा में फेंक देने की धमकी दी। चिल्ला-चिल्लाकर संकल्प लिया कि 'यदि ऐसी हरकत तुमने की तो गले में डोर बाँध के धरन में लटका दूँगा।' और अगली सन्तान संयोग से कन्या हुई। आखिर लाली साव किसके लिए कमा रहे हैं? पूरे गाँव को ठग रहे हैं, बीवी-बच्चों के लिए ही न! और कन्यादान के बगैर तो जीवन अकारथ हुआ जा रहा था। उन्हें एक बेटी चाहिए थी। दहेज के लिए दुकान के पीढ़े पर थोड़ा और बैठ लेंगे, कर लेंगे चूतड़ का चमड़ा और मोटा, थोड़ा ठग लेंगे...बतिया लेंगे। गाँव में चलती दुकान में नाम है और नामी बनिया का सब बिक जाता है।

'क्या सोच रहे हैं?' बासमती बोली—'नाम रखने से ही काम नहीं चलेगा! लड़की है...दिन जाते देर नहीं लगती, जैसे आपकी कथा में टाइम नहीं लगता। लड़कियाँ जल्दी बढ़ती हैं और छोटकी की तो भाभस माटी है, बढ़ते-बौराते देर नहीं

लगेगी। मुण्डन-फुण्डन का चक्कर छोड़िए, कुछ रुपया जुटाइए। जोड़ना-गाँठना जरूरी है। बेटी है...और बेटी का एक मतलब है चिन्ता।'

लड़कियाँ बढ़ती जल्दी हैं—यह दया नहीं मानते, और बौराने का अर्थ...? शायद बेटी के किशोर होने को बौराना कहते हों, स्तन जब आता है तभी बेटी के सयानी होने पर निगाह जाती है। सच में छोटकी दो साल की हो गयी और पता नहीं चला। लगती भी है कि तीन-चार साल की होगी। दया को भी कथा लिखते कई साल हो गये, समय का पता चला नहीं न! लगता है कि आज से शुरू हुआ है कथा का लिखना...इसी तरह से छोटकी युवती हो जायेगी, और पता भी नहीं चलेगा। तब अचानक शादी-ब्याह के लिए कहाँ से आयेगा रुपया? जमाना पहले जैसा नहीं है। एक-दूसरे की होड़ लगी है दहेज देने में भी, लेने में भी।... सच तो यह है कि लड़कियों पर ध्यान जाता ही नहीं। जब किशोर हो जाती है, तब निगाह उठती है और लगता है कि 'अरे? इतनी बड़ी हो गयी?' तब अपनी धरी पूँजी पर नजर जाती है।...और फिर वही मुँह से निकलता है कि 'कितनी जल्दी बड़ी हो गयी!' यह आश्चर्य सिर्फ दहेज की धनराशि और वर की तलाश को लेकर है। जिनके पास बेटी नहीं है, वे वर की तलाश और दहेज की चिन्ता से मुक्त हैं; लेकिन यह कितना जरूरी है कि पुत्र भले न हो, बेटी जरूर हो।

'सारी चिन्ता दूर करो बासमती! बल्लू के समान समझो मोहनी को, और उसी तरह पढ़ाओ। फिर देखो मोहनी का रूप!...लोग वर की तलाश में निकलते हैं लेकिन लोग मोहनी का हाथ माँगने आयेंगे।' दया एक कथा मोहनी को लेकर भी सुनाने लगे।

कहाँ तो एक मुहाल था...अब मुसीबत कि प्रेम को क्रिया का रूप कैसे दें?

'पर्वतराज हिमालय के घर एक कन्या ने जन्म लिया। यह कन्या कोई और नहीं, भवानी थी—साक्षात् देवी। जब से कन्या हिमालय के घर पैदा हुई है, तब से हिमालय का यश और बढ़ गया है।'—दया अपनी डायरी में लिखा हुआ पढ़ रहे थे। शायद वे इसे बनारस की यात्रा के समय किसी पुस्तक से नोट किये थे। '...पार्वती देवाधिदेव शंकर के साथ कैलास पर रहने लगीं। पार्वती ने शंकर से ऐसी कथा सुनाने का आग्रह किया जिससे चित्त प्रसन्न हो। शंकर ने इधर-उधर की अनेक कथाएँ सुनाईं तो पार्वती ने रुष्ट होकर कहा—'आप मुझसे कपट कर रहे हैं। आप-जैसे स्वामी से ऐसी आशा नहीं थी। मैंने आपसे इतना आग्रह किया और आप...। मैं अब समझ गयी हूँ कि आप मुझसे अधिक गंगा से प्रेम करते

हैं। निश्चित ही आप गंगा से दबे हुए हैं, तब फिर आप मेरे कैसे हो सकते है। ...शंकर का मानना था कि देवता अधिक सुखी और मनुष्य अधिक दुखी होता है, इसलिए इनकी कथा मनोहर नहीं होती। शंकर की एक और मान्यता थी कि स्त्रियाँ किसी बात को गुप्त रखने में असमर्थ होती हैं, पार्वती भी। बावजूद इसके वे पार्वती को दुखी नहीं देख सकते थे और उन्होंने विद्याधरों की कथाएँ सुनाईं।

दया ने डायरी रख दी।

दया खुद को हिमालय समझने लगे। मोहनी के जन्म लेने के कारण उनका यश बढ़ा है, और अभी बढ़ेगा. यह उन्हें विश्वास होने लगा। लेकिन मोहनी के लिए शिव जैसा पति नहीं चाहिए था।

एसडीएम का तबादला और कहीं हो गया। जो नये परगनाधिकारी महोदय आये थे, वे अपने एक खास बाबू को रखना चाहते थे जो सारा कमीशन रखे, हिसाब दे और वे खुद साफ-पाक बने रहें। दया उन्हें पसन्द नहीं थे, वे एसडीएम की नजर में सबसे बड़े गुनहगार थे। डर भी था कि कहीं दया सच बोलने के चक्कर में फँसा न दे।

दया जल्दी-जल्दी कौर निगल रहे थे। देर से दफ्तर जाना उनके स्वभाव में नहीं था और प्रतिकूल परिस्थितियों से भी परिचित थे। मौका नहीं देना चाहते दया। बल्लू स्कूल गया है। मोहिनी आँगन में टट्टी करके खड़ी थी गौरा उस पर राख डाल रही—'अपनी बिटिया को कुछ नाहीं सिखावत, तीन बरस की होइ गयी, जब देखो तब हगत रहत है। बल्लू हमार इतना बड़ा रहा तो बतावत रहा... खेत में जात रहा।' दया गौरा की बात मानो सुन नहीं रहे थे, लेकिन सोच रहे थे—पता नहीं किस स्वभाव के कारण बेटी पर बोली-बानी होती है। ...और स्त्री की सहनशक्ति जवान होती रहती है। दया भी जितना बलवन्त के पीछे-पीछे रहते थे, उतना मोहनी के लिए? नहीं! वह तो बेटी है, और वे उसका शान के साथ कन्यादान करेंगे।

चाहे जो हो, दया सीना ताने कचहरी गये। हिमालय की तरह उनका मान बढ़ा था।

विजय, लालचन्द, वंशधारी, महेश...राजवंश और एक-दो अन्य वकील दफ्तर के बरामदे में खड़े उदास थे...बतिया रहे थे। दया ने देखा, समझ गये कि 'मेरी ही कोई बात होगी।'

विजय ने लिफाफा पकड़ा दिया। उनकी आँख भर आयी थी।

—

'क्या है? आप लोग इतने...?' दया ने पूछा।

'आपका तबादला हो गया।' महेश का गला भर गया।

'दया कहें तो ट्रांसफर रुकवाने की कोशिश की जाये।' राजवंश को कब अच्छा लगता दया का जाना!

'यह तो अच्छा ही है, अब जिले में काम करूँगा। यहाँ भी एसडीएम को मैं पचता नहीं।' दया के इतना कहने पर भी उनकी पीड़ा छिपी नहीं थी।

खाँटी दूध नहीं पचता, और अभी तक तो दया खाँटी थे। भविष्य में क्या होगा कौन जानता है। एक नेक इन्सान दूर हो रहा है। दया का साथ एक भिन्न प्रकार की ऊर्जा भी देता था। वे दफ्तर की मुस्कान थे—स्फुटित दिनचर्या। लेकिन विजय, महेश, लालचन्द, वंशधारी को भिन्न खुशी भी थी कि दया के न रहने से अब कमाई मन-माफिक हो सकेगी। इस समय खाऊवीर एसडीएम है तो हम छोटों को कौन रोकेगा? ज्यादा दुखी थे तो राजवंश। पहले तो दो रुपये में ही फाइल बढ़वा लेते थे, लेकिन अब दो की जगह पाँच और पाँच की जगह दस... राजवंश को दिलवाना है अपने मुवक्किल से और वह मरा हुआ है...गाँव का किसान है...मजदूर है...दलित है...सवर्ण है भी तो नाम का। ऊपर से पोलभर है। भीतर खोखला है। उसका अपना दर्द है—सवर्ण पीड़ा। खेत है दस-बीस बीघा, लेकिन खाने-भर ही होता है, सैंतने-भर को नहीं। मजदूर-बनिहार मजदूरी बन्नी तो लेते हैं, सब नोंच-बकोटकर आधा कर देते हैं, शेष हैं अभी पवनी-पँजहर...। राजवंश की अपनी पीड़ा थी जो वे कहते नहीं थे। वकील का पेशा ऐसा ही है, क्या करें? इसी में कमाना है, कमवाना भी। यहाँ संवेदना काम नहीं करती, सिर्फ रुपये से भावना बनती है, आँख खुलती और उठती है। जो किसान अपनी कमाई बचा नहीं पाते, उसी कमाई से कचहरी का परिवार मस्त रहता है और उन वस्तुओं का मालिक रहता है जो किसान के सोच के बाहर है।

दया घर आये। स्थानान्तरण आदेश झोले में था। वे यहाँ से कार्यमुक्त हो चुके थे। अभी गाँव-घर में किसी को पता नहीं था। दया अपना भाव रोके थे, लेकिन चेहरा छिपा नहीं पा रहे थे। देखकर कोई भी समझदार कारण पूछ सकता है कि क्या बात है दया?

पश्चिमी हवा ने छेदनहाड़ ठंड को आमंत्रित कर दिया था, और दया पूरी तरह सड़सड़ा गये थे।

'मोहनी की जन्मकुण्डली आप रखी हैं न?' दया ने पूछा।

'अम्मा के पास है।' बासमती ने बताया।

'बलवन्त की तो तुम मरम्मत से बक्से में रखी हो और मोहनी की...।' दया

देख रहे थे कि बेमन से सारे काम हो रहे हैं—'मोहनी शायद लड़के के भ्रम में पैदा हो गयी है क्या?'

'मैं तो बेटी चाह रही थी। मेरा शौक था कि बेटी होगी तो फ्रॉक पहनाऊँगी... आँगन में नाचेगी...किसी त्योहार, शादी-विवाह में बेटियों से ही रौनक होती है।'

'बेटी को तो गम्भीर होना चाहिए, बेटे चंचल होते हैं।'

'गम्भीर का मतलब यह थोड़े है कि नाचो-गाओ मत!'

इतना होने के बावजूद मोहनी प्रथम पंक्ति में शामिल नहीं थी, प्रथम तो बलवन्त ही था। हालाँकि दया और बासमती तब पेट खूब निहारते थे, टोहते थे। तब दया कहते थे—'दाहिने तरफ पेट उभरा नहीं है, दोनों ओर समान है, बेटी होगी।' बासमती बोली थी, 'मेरी इच्छा इससे पूरी हो जायेगी। कन्या के बिना घर सूना और औरत के बिना समाज उदास रहता है।

गौरा से माँगकर दया मोहनी की जन्मकुण्डली देख रहे थे, जिसे पंडित जी ने बेमन से बनाई थी। गौरा भी सवा पाँच रुपये ही तो दे आयी थीं। इस बार रामअवतार पांडे भी घर नहीं आये, न कोई आर्यसमाजी आया। पुत्र जैसे समाज की खुशी, और पुत्री?...न कोई साइत-सगुन, न राशिफल-विचार, न कोई ग्रह-नक्षत्रों का विवेचन। लड़की हुई तो क्या माँगेंगे राम अवतार? कितना भर गया है स्त्री के विरुद्ध! पुत्री को परिवार की साक्षात् पीड़ा समझा गया—वह दुख-दर्द है। पूरा पुरुष-समाज स्त्री के पीछे हाथ धोकर पड़ा है और स्त्रियाँ उनका साथ दे रही हैं।

दया उठे और बक्से में रखे बलवन्त की जन्मकुण्डली के बगल में मोहनी की कच्ची की गयी जन्मकुण्डली रखकर एक लम्बी साँस खींचे।

गौरा यह न समझ सकी कि इतनी रात गये सोना चाहिए तो दया जन्मकुण्डली माँग रहे हैं।

'आपको शंकर की कथा कैसी लगी?' दया बोले।

'आप जो कहते हैं अच्छा लगता है।' बच्चों को एक किनारे करते बासमती जगह बनाती हुई दया के बगल में लेट गयी। अब एक रजाई में बच्चे और दूसरी रजाई में दया-बासमती।

हवा बन्द हो गयी थी, लेकिन ठंड खूब थी...कुहरा भी छाया था। बर्फ-सी जमी रात...शान्त।

'जब बच्चा नहीं हो रहा था तो एक के लिए तरस रहे थे।' दया बोले।

'अब दो हो गये। जब होने लगते हैं तो...बस एक बार कोख खुल भर जाये।' बासमती एक हाथ रजाई के ऊपर करती हुई बोली।

दया बहाने खोजते रहते कि क्या करें कि बासमती से बात लें। कथा तो एक प्रकार की दवा हो गयी है।

'शंकरवाली कथा में एक बात छूट गयी थी।' दया वहीं आना चाहते थे जहाँ थे।

'कौन-सी?' बासमती जानना चाहती है।

'एक बार ब्रह्मा ने गंगा के नख को देख लिया। देखना था कि मोहित हो गये। पैर के नख जब इतने सुन्दर लुभावने हैं तो पूरी गंगा कैसी होगी? ब्रह्मा अपनी कल्पना में मरे जा रहे थे।'

'आपने किसी का नाखून देखकर तो कोई कल्पना नहीं की?'

'मुझे कहाँ अवसर मिला और मेरी कल्पना इतनी ऊँची भी नहीं। साक्षात् देखकर भी कोई कल्पना नहीं हो पाती। लेकिन अपने से अच्छा मिलने पर इच्छा जरूर बढ़ जाती है। यह एक भूख है, जैसे–पेट, नींद, नौकरी, घर, कपड़े, बच्चे आदि की भूख। बच्चे की भूख थी, मिल गया बेटा, अब कैसा सामान्य लग रहा है! मैं जब इस भूख को समझ ही रहा था कि आप आ गयीं।

'अब सो जाइए, मेरी आँख लग रही है।'

'मेरी आँख आप पर है।'

'आप कोई कहानी सुनाइए, मैं सुनते-सुनते सो जाऊँगी। कहानी सुनते समय सोना अच्छा लगता है।

'सोने का मजा आप लें और मैं बकबक करता बेवकूफ बना रहूँ। कथा-वाचक को शुल्क तो चाहिए! अच्छा सुन लो–'कार्तिकेय और गणेश आँखमिचौनी खेल रहे थे। कार्तिकेय गणेश को खोजते-खोजते अपनी माँ पार्वती के पास पहुँचे कार्तिकेय ने सोचा कि गणेश माँ के आँचल में छिपा होगा। पार्वती का स्तन गजकुम्भ के समान था। यह सोचकर उन्होंने माँ का आँचल हटा दिया। गणेश को न पाकर वे अन्य स्थानों पर खोजने चले गये। अवसर देखकर शंकर जी मुस्कराए और वे शीतल, कठोर का आकलन करने लगे। शंकर जी सोचने लगे कि पार्वती मुझे ही सुख देनेवाली हैं, इसी कारण ये सर्वोत्कृष्ट हैं।'

इस समय दया स्वयं को शिव और बासमती को पार्वती समझ रहे थे।

दया के स्थानान्तरण से पूरा घर उदास हो गया था।...छुट्टी के आखिरी दो दिनों में वे बासमती से रात सोते वक्त में यही कह रहे थे कि 'बिना प्रेम के नींद कहाँ! मन उचटा है। बड़े स्थान का सुख तो है, लेकिन यह अपनी तहसील

थी। स्थानीयता से प्रभाव बना रहता है। अपने घर में सियार भी शेर होता है।' फिर एक बात यह भी थी कि घर की मुर्गी साग बराबर। दया पर यह लागू नहीं होता था। लेकिन दया घर में शेर रहे न सियार; जो थे असल में वही रहे और घर में खीर-बराबर बने रहे।

'आपकी नींद को क्या करूँ? मैं आपके जागने में साथ हूँ तो नींद में क्यों नहीं रहूँगी, लेकिन एक कथा सुनाइए।'

दया जानते थे कि कथा से अनुबन्ध स्थापित हो गया है! अब कोई बहाना ढूँढ़ने की आवश्यकता नहीं है।

'एक क्या, हजार कथाएँ सुनिए। मैं तो हर घटना को कथा के रूप में देखता हूँ, और तुम भी तो किसी भी छोटी-मोटी घटना को कथा मान लेती हो!...कुबेर को तो जानती हो। गाँव के पूरब में ज्यादा खेत उन्हीं का है। बड़ा परिवार है कुबेर का। कुबेर के पिता तीन भाई हैं और सभी एक घर में हैं, बँटवारा नहीं हुआ है। कुबेर अपने पिता के अकेले हैं, बाकी चाचा के कई लड़के-लड़कियाँ हैं। कुबेर को चिन्ता थी कि यदि कोई पुत्र नहीं होगा तो आगे चलकर सारा हिस्सा चाचा के लड़कों का ही होगा। कुबेर से ज्यादा कुबेर की पत्नी 'लाची' चिन्तित थी। लाची ने दवाई कम, ओझाई ज्यादा कराई, कोई लाभ नहीं हुआ। हाँ, कुबेर इस भय से अपने वीर्य की जाँच नहीं कराए कि यदि कोई खराबी हुई तो बदनामी होगी और लाची उन्हें छोड़ भी सकती है। कुबेर के पड़ोस में श्रीपत का घर है। देखने में वह ठीक-ठाक है। लाची की नजर उस पर लग गयी। श्रीपत के बच्चे हैं। कुबेर देखते थे कि लाची बार-बार श्रीपत को निहारती है। किसी-न-किसी बहाने उसके घर जाती है।...आखिर संकेतों से लगा कि दोनों ओर से हाँ हो गयी है। अब लाची अपने स्तन श्रीपत को दिखाती, जाँघें उघाड़ती, मटकती हुई नितम्बों के भार को प्रमाणित करती। वह किसी भी भाँति श्रीपत को ऐसी सीमा पर ले-जाना चाहती थी जहाँ से श्रीपत पीछे न लौट सके। आदमी को यदि सेक्स का नया स्वाद मिल जाये तो वह अपने जीवन की आधी सफलता मानता है। मैं जहाँ तक जानता हूँ बासमती, आदमी रुपये में दस पैसा ही शब्द बोलता है, चालीस पैसा उसका टोन और शैली है या संकेत, बाकी के पचास तो देह की भाषा है। चाहे पढ़ा-लिखा हो या न हो, व्यक्ति इन्हीं प्रतिशतों के साथ अपनी बात कहता है।...और जब बात प्रेम की हो तो वह भाषा पहुँचती भी ठीक से है। अब लाची को कहीं जाने की जरूरत ही नहीं। अपना खेत है... बाजरा बोया है और बीच में जगह भी है। रौंदे गये पौधे को कुबेर पूछता तो लाची कहती—'इतना बड़ा नुकसान नहीं हो गया कि पता लगाया जाये।' लाची

खेत की रखवाली में अब अधिक दिलचस्पी रखने लगी। अपना खेत अपने घर जैसा है। अब लाची के कई बच्चे हैं।'

दया के व्यवहार में थोड़ा रूखापन आ गया था। छुट्टी के दिनों में वे बहाने बनाते रहते। कभी कहते कि नींद नहीं आ रही है तो कभी कहते कल सपना देखा था, और उसकी काट है तुम्हारा साथ-संग। बासमती कहती, 'मैं तो एक बूँद की तरह हूँ जो पत्तों पर टिकी हूँ। मेरे नीचे आप हैं, जैसे जल। यदि उसमें मिल जाऊँ तो जीवन सुफल, नहीं मिट्टी या कूड़े में जाने से तो जीवन बेकार ही चला जायेगा।'

'जानती हो, मिट्‌टी में मिलोगी तो मिट्‌टी की ताकत बढ़ेगी। मिट्‌टी को जब पानी मिलता है तभी अनाज पैदा होता है। अच्छा छोड़ो मैं जलराशि हुआ तो आओ मुझमें मिल जाओ।'

अक्सर मोहनी जाग जाती और मन घूमकर अपनी विश्राम-अवस्था में आ जाता। दया को लगता कि सब किया-कराया माटी में मिल गया। और अब पूरे खेत में बड़े-बड़े सूखे ढेले हैं। बूँद गिर भी जाये तो ढेलों का क्या बने-बिगड़ेगा! ढेलों में नमी नहीं है। ...कभी मोहनी को पेशाब लगती, कभी बलवन्त को प्यास, कभी बासमती को अम्मा बुला लेतीं तो कभी बिल्ली रसोईघर में घुसकर कुछ गिरा देती और यह सब तभी होता जब दया प्रेम को केन्द्र में रखकर बात करते रहते। अब उन्हें गुस्सा भी आने लगा था।

दया यह भी सोचते कि क्या मोहनी पुरुष रूपी जल पर निर्भर रहेगी? आनेवाले समय में बलवन्त की दशा मेरी-जैसी होगी। बलवन्त को ऐन मौके पर बूढ़ी बासमती पुकारेगी और मैं हमेशा के लिए झोंपड़ी पर ठेल दिया जाऊँगा।

स्त्री-पुरुष की पहचान भिन्न है और व्यवहार अलग। स्त्री के साथ सोने की इच्छा कितनी प्रबल है! स्त्री से बतियाना भी सुख देता है, झुँझलाहट भी नहीं होती। स्त्री-संग के आनन्द की तुलना नहीं की जा सकती। जब इतना आनन्द देती है स्त्री? तो स्त्री को नीचा दिखानेवाले शब्द-व्यवहार की क्यों जरूरत पड़ी और कन्या-शिशु का वध क्यों करना पड़ा? दया के दिमाग से ये बातें जाती नहीं।

दो बच्चों की चिल्ल-पों में दया की कथा सफल रही और बहाने पकड़ में नहीं आये। यदि बासमती जान भी गयी हो कि ये श्रीमान जी बहाने के माध्यम से अब सम्बन्ध बना रहे हैं, तो भी कभी यह नहीं जताया कि 'मैं जान गयी हूँ बहाना आपका'।

दया की छुट्‌टी बस एक दिन बची थी। बासमती चुप रही। थोड़ी उदास... थोड़ी मुस्कान भी।

दया को लगा कि वह कुछ और सोच रही है, इसलिए बोल नहीं रही है।

'गर्भवती औरत को देखकर गेहुँअन साँप अन्धा हो जाता है।'

'सुनी तो हूँ।'

'कभी सामने पड़ी हैं?...नहीं न!...इस बार गर्भ पालना तो गेहुँअन के सामने आना।'

बासमती चुप रही।

दया फिर बोले—'कुबेर की पत्नी लाची जब-जब गर्भवती हुई, कुबेर साँप दिखानेवाले को बुला लाए थे। लाची को दिखाते, फिर देखने की कोशिश करते कि साँप अन्धा हुआ या नहीं?'

'अन्धा तो तब होता जब असल बाप का बेटा होता।'

बासमती की इस बात पर दया खूब हँसे—'जानती हो बासमती! इसी तरह की एक और कथा है।'

'सुना दीजिए, लेकिन कथा के बाद एकदम चुप!'

'अरे, आप कथा सुनिए! बिल्कुल कुबेरवाली! ...राजा सौदास को पुत्र नहीं था। कोई उपाय न सूझने पर सौदास ने वशिष्ठ से निवेदन किया। वशिष्ठ स्वाद का सुख लेने की कल्पना करने लगे कि रानी होगी तो काम-कला में निपुण तो होगी ही और हर प्रकार से अतिसुन्दर, अतिकोमल भी। देह का हर अंग कमनीय और कामक्रीड़ा के लिए विशेष रूप से निर्मित होगा। रानी अपने प्रत्येक अंग पर ध्यान देती थी। वशिष्ठ अनेक प्रकार की क्रियाओं में चले गये। सौदास से बोले, 'तुम्हारी पत्नी मदयन्ती के साथ मैं मिलन करूँ तो पुत्र-लाभ होगा, और कोई उपाय नहीं है।' सौदास को सिर्फ सन्तान चाहिए, वे तैयार हो गये। इस प्रकार वशिष्ठ ने ज्ञान के साथ सेक्स का भी खूब आनन्द लिया और ऐसे ही आनन्द से विभोर हो गयी थी रानी भी।'

दया की हाँ में बासमती का ना ऐसे घुल जाता जैसे दूध में पानी घुलकर सिर्फ दूध रहता है, यही तो दया का जीवन था। बासमती कल के लिए सामान सहेज रही थी। उसने तीन गमछे धोए, दो मोजे बक्से से निकाले, रुमाल भी... और एक पुराना टिफिन भी धो-माँज लिया, झोला तो कई साल बाद धोया गया।

लड़की है तो जल्दी मरेगी नहीं

दया के तहसीलवाले साथी छूट गये और बल्लू भी गाँव की पुरानी प्राइमरी पाठशाला में दो वर्ष तक पढ़ने के बाद नये खुले नर्सरी स्कूल में दाखिल हो गया।

दया को अर्थ-संकट ने घेर लिया—बस का किराया, बल्लू की फीस। ...कभी-कभी दया साइकिल से ही चले जाते थे, जबकि एक तरफ की दूरी पच्चीस किलोमीटर थी। कभी एक तरफ साइकिल से और वापसी में बस पर साइकिल लादकर आते तो कभी दफ्तर में ही छोड़ देते। दोनों ओर से साइकिल से आते-जाते तो बीमार पड़ जाते। वे सोचते कि अभ्यास नहीं है, इसी कारण बुखार आ जाता है। बल्लू का स्कूल भी थोड़ी दूर पर था। उसे भी लंच-बॉक्स ले-जाना पड़ता। धूल-धूसरित घर आता और प्रायः बासमती की डाँट खाता। गौरा के दुलार से बलवन्त पर पड़ी डाँट का कहीं अता-पता न होता।

जिला कार्यालय में कमाई खूब थी, लेकिन दया हरिश्चन्द्र बने रहे। पहली बात तो यह कि उन्हें कमाना नहीं आता, दूसरा यह कि वे डरते भी थे। कोई दस-बीस थमाता भी था तो छूते नहीं थे—कहीं रंग-लगा नोट न हो और यहीं कहीं सतर्कता विभाग के लोग न खड़े हों! दया सिर्फ डरते नहीं थे तो अन्धविश्वास से और निपुण थे तो बासमती से बतियाने में।

यहाँ आये उन्हें छः माह ही हुए थे। काना-फूसी अभी तक रुकी नहीं थी। दफ्तर के साथी कर्मचारी दया को समझ गये थे कि ईमानदारी को छोड़कर दया में कोई दम नहीं है। व्यक्तिगत रूप से दया पर कोई छींटाकशी नहीं करता। यहाँ अधिकारियों के अवैध सम्बन्ध बहुत थे। उन्हीं की चर्चा से कर्मचारियों को फुर्सत नहीं और शेष बचे समय में सब्जी का जुगाड़। ...और हर कर्मी कोई न कोई मुल्ला फँसा लेता और मुर्गा बना देता। दया जानते थे कि बड़े से लेकर छोटे तक सब मौसेरे भाई हैं। अरे भई जब चोर से कुतिया मिल जायेगी तो पहरा कौन देगा?

दया बीमार हैं, 'यह खबर हो गयी थी तहसील में। विजय, लालचन्द, महेश, वंशधारी दया से मिलने आये। दया से हालचाल लिया। मित्रों ने बासमती से दया का हाल पूछा तो बासमती बोली—'कमजोर हो गये हैं, थक जाते हैं।'

बासमती का यह वाक्य मित्रों के लिए जगह बना गया—अरे भाई, दया में अब वो जोर नहीं रहा, थक जाते हैं...कमजोरी है, अब दया को ताकत की दवा लेनी पड़ेगी। कमजोरी हो जाये तो ताकत भी कम हो जाती है। दया को कमजोरी है, 'यह तो भाभी ने प्रमाणित ही कर दिया है।'

तहसील के दफ्तरी दोस्तों के साथ दया खूब हँसे थे, आधी बीमारी दूर हो गयी थी।

'आपने दो शब्द कहकर, मेरी खूब हँसी उड़वायीं।' दया बोले।

'बीमार होने पर कौन नहीं थकता और कमजोर होता! इसमें कौन बेइज्जतीवाली बात है?' बासमती सफाई देती।

'थकान और कमजोरी को सेक्स के पलड़े पर लोग तोलते हैं। उन चूतियों का कहना था कि मैं पूरी तरह से समर्थ नहीं हूँ। साले हमेशा पीछे पड़े रहते हैं। बीमार हूँ, तब भी शब्दों की लाठी लेकर घुसेड़ने की कोशिश...और तुम भी ऐसा शब्द!'

'भला कोई बीमारी में ऐसी बात सोचता है! मैं क्या जानूँ कि हर सीधी-सादी बात उसी जगह टिकती है। और दस दिन आराम करिए, फिट हो जायेंगे। कहनेवालों का कौन मुँह रोकेगा! आप झुँझलाइए नहीं। अभी आप खुश थे तो कितने स्वस्थ लग रहे थे! एकदम भले-चंगे!'

मोहनी बीमार नहीं होती थी और बल्लू आये दिन कभी पेट और कभी बुखार से पीड़ित रहता था। संयोग से मोहनी कभी बकइयाँ चलते समय मिट्टी या गोबर मुँह में डालती तो गौरा कहती थीं कि 'लड़की है मरेगी नहीं, सब जहर-माहुर पचा लेगी।' स्त्री समाज का विष पी जाती है। स्त्री यदि मर जाये तो? स्त्री का रहना कितना जरूरी है! दया अपने अध्याय में लिख भी रहे थे कि, 'घर में स्त्री न रहे तो घर कबाड़ी की दुकान होता है। कोई सामान तरतीब से नहीं रहता। कोई मेहमान आ जाये तो स्त्री बाकायदा प्लेट में दालमोठ रखेगी, कटोरी में गुड़ और चाय-पानी सब संस्फारित तरीके से। और स्त्री न रहे तो पुरुष दालमोठ का डिब्बा ही उठा लाएगा। स्त्री का जिन्दा रहना संस्कार का होना है। सिर्फ भाषा से संस्कारित नहीं हुआ जा सकता, उसे क्रिया का रूप देना होगा। कुछ क्रियाएँ तो ऐसी हैं कि उनके लिए भाषा ही नहीं है।

सिधारी की तीन साल की बेटी ने बैंगन पर छिड़कनेवाली दवा चख ली। डिब्बा खाली था, दवा नहीं थी। भूल हो गयी या सिधारी की लापरवाही कहें, डिब्बे को जमीन में गाड़ देना चाहिए था। छोटी-सी बच्ची ने खाली डिब्बे में हाथ डाला तो कुछ दवा लग गयी हाथ में। उसका हाथ मुँह में चला गया था फिर तो एक घंटे के भीतर आँख उलटने लगी। सरकारी अस्पताल ले-जाना पड़ा। दवा हुई... पानी चढ़ा...डॉक्टर ने उल्टा-सीधा लटकाया। चार-पाँच घंटे में लड़की चंगी हो गयी। पूरे गाँव में शोर हुआ कि 'लड़की है मरेगी नहीं, लड़का होता तो टें हो गया होता।' मृत्यु से स्त्री ही लड़ सकती है। वह लड़ने की अभ्यासी है। प्रसव-पीड़ा तो जग-जाहिर है। स्त्री स्वस्थ है, कोई बीमारी नहीं, कोई दुर्घटना नहीं, फिर भी प्रसव के समय वह मृत्यु से बातें करती है। दया स्त्री के भीतर बैठे युद्ध को देख रहे थे। और यह भी सोचना होता कि इतनी ताकत और सामर्थ्य समेटे वह दास बनी डरी-सहमी क्यों रहती है?

'क्यों बासमती, ननद से लड़ना अच्छा लगता है?' दया ने पूछा।

'मैं नहीं लड़ती। लेकिन मेरे गाँव में ननदें खूब अपनी भाभी को तंग करती थीं।' बासमती बोली।

'हजार में एक हो तो मैं नहीं कह सकता, लेकिन ननद-भौजाई में कभी पटी नहीं। ननद अपनी भाभी का सिंगार-पटार देख मुँह बिचकाती है और चाहती है कि भाभी अपना सारा समय उसे दे। हो सकता है उसे अपनी भाभी से अधिक लाड़-प्यार की आशा हो। भाभी भी ननद है और ननद भी भाभी होगी, फिर तो सिर्फ प्रेम होना चाहिए। औरत को औरत देखना सीख ले तो आधी व्यावहारिक समस्या हल हो जायेगी। ननद-भाभी को सखी होना चाहिए। ननद ही नहीं, भाभियाँ भी कम नहीं हैं, तुम तो जानती होगी!' दया का भाषण चालू था। वे अब पूरी तरह से स्वस्थ थे।

'मेरे गाँव में एक घर ऐसा है जहाँ ननद के लिए तरसते हैं।' बासमती बीच में बोल पड़ी है।

'आपका तो गाँव यही है, बचपन के गाँव-घर को अब नैहर कहिए।'

'ठीक है बाबा! लेकिन सुनिए तो...!' दया का बीच में बोलना बासमती को अच्छा नहीं लगा। वह भी एक घटना या एक कथा कहना चाहती थी, सच्ची कथा अपने नैहर की, जहाँ की भाषा प्यारी लगती है, बोली में रस दिखता है। ससुराल में रहकर स्त्री जीवनभर अपरिचित रहती है, लेकिन नैहर के पेड़, रास्ते, नदी-नाले घाट सब पहचानते हैं; परम्पराएँ तो जैसे बुलाती रहती हैं और स्मृति से जल्दी उतरती नहीं। बासमती थोड़ी देर चुप रही, फिर बोली—'वह परिवार झूरी पांडे का है। पाँच भाई तो हैं लेकिन बहन के लिए तरस गये। घर में बेटी जन्मी ही नहीं। कुछ साल तो बड़ा मजा रहा कि चलो बेटी घर में नहीं है। न शादी-बियाह का झंझट न दान-दहेज का। जो कमाओ अपने खाओ! लेकिन जब पाँचों भाइयों में किसी की शादी नहीं हो पाई तो बेटी का मतलब समझ में आया। अब एक बूढ़ी माँ कब तक घर सँभालेगी? जबकि पाँच मुस्टण्डे घर में हैं। खेती-बारी कम नहीं है, लेकिन औरत के बिना बरक्कत नहीं है। भाई सोचते, खासतौर से झूरी पांडे कि अगर एक भी बहन होती तो उसकी शादी जहाँ करते वहाँ से एक लड़की माँग लाते। ऐसा बहुत परिवारों में होता है, नहीं तो जिस बाभन की शादी अपनी बहन से करते वह उनके लिए कोई औरत खोज देता। वंश चलता। मेरे बाबूजी ने किसी तरह झूरी के छोटे भाई कालिका की शादी करा दी तो जैसे घर भर गया।'

बासमती को और बोलने का अवसर दया ने नहीं दिया।

'पाँच भाई में एक औरत! बड़ा बोझ रहा होगा उस बेचारी को।'

पुरुष सत्ता का परिचायक है। वह बाहर के सारे कार्य करता है। सत्ता उसे चाहिए, वह पौरुषवाला है, एक बाहरी शक्ति। इस बाहरी शक्ति का भीतरी सच योनि है। स्त्री की अपनी सत्ता है जो पुरुष को संचालित करती है। स्त्री के पास बाहरी शक्ति दिखने जैसा कोई अंग नहीं है। उसके पास स्तन तो हैं, लेकिन इनमें ममता है, 'यह एक खुराक भी है, पोषण है। यहाँ दो तरह के प्रेम हैं—एक काम-पीड़ा और उत्तेजना का और दूसरा शिशु का प्रथम आहार...ममता...श्रद्धा का प्रथम केन्द्रबिन्दु जहाँ सारा संसार नत है। झूरी पांडे के घर पुरुष की सत्ता थी, लेकिन स्त्री का भीतरी सच मौजूद नहीं था। जीवन के लिए आवश्यक संवेदनाओं की कमी थी। न तो शक्ति थी, न कला, न कोई सलाह। तीज-त्योहार भी सामान्य दिनों की तरह बीत जाते थे। खर्च के नाम पर या सैंतने के लिए कुछ नहीं था।

'मर्द कितना कूड़ा है! मैं भी रहता घूरदास यदि बासमती न होती।' दया धीरे से बोले।

दया के दिमाग में एक बात बैठ गयी कि 'पुरुष-सत्ता' की तरह स्त्री की भी एक सत्ता है, जिससे पुरुष ताकतवर बनता है। स्त्री के अवचेतन मस्तिष्क से जब उसकी सत्ता-शक्ति बाहर निकलती है तो कई पुरुषों पर भारी हो जाती है, जिसका मुकाबला नहीं है। स्त्री को मारने की कितनी कोशिश हुई! वह मरी नहीं। और कहावत बन गयी कि 'लड़की है जल्दी मरेगी नहीं'। अब तो यह सुनकर लगता है कि मानो लड़की के मरने की प्रतीक्षा हो रही हो। स्त्री, पुरुष की प्रतिष्ठा बचाती है, लाज रखती है फिर मारना क्यों। दया को झूरी पांडे की कथा में एक कथा याद आयी, वह यह कि—'समुद्रदत्त नाम का एक बनिया दूसरी स्त्री के साथ मन्दिर में प्रेम-क्रिया सम्पन्न करने में लीन था। वे एक-दूसरे के प्रति काम-उत्तेजना उँड़ेल देना चाहते थे। एकान्त था, रात थी, सो वे अपनी भावना का प्रदर्शन भी खुलकर कर रहे थे। गश्त लगाते दरोगा ने देख लिया और दोनों को मन्दिर में बन्द कर दिया। समुद्रदत्त की पत्नी शक्तिमती ने जब यह समाचार सुना तो होश उड़ गये, लेकिन वह तुरन्त सामान्य हो गयी और पति की लाज बचाने का उपाय सोचने लगी। शक्तिमती ने तुरन्त अपनी सखियों को एकत्र किया और उसी मन्दिर में रात्रि-पूजन हेतु चल पड़ी। मन्दिर के बाहर पुजारी और दरोगा मिल गये। मन्दिर बाहर से बन्द कर दिया गया था। सखियाँ विशेष रूप से पूजा का थाल लिए थीं। पुजारी और दरोगा ने समझा कि कोई रात्रि की विशेष पूजा है, इसी कारण ये स्त्रियाँ मन्दिर में आयी हैं। लेकिन दरोगा ने सबको साथ जाने से रोक दिया। शक्तिमती के निवेदन को स्वीकारते हुए दरोगा ने उसे अकेले जाने दिया। भीतर जाकर शक्तिमती ने देखा कि उसका पति लाज

से गड़ा जा रहा है। पुरुष सत्ता की यह संवेदनात्मक पराजय थी। धैर्य के साथ उस स्त्री से शक्तिमती बोली–'तुम अपने कपड़े उतारो, लो मेरे पहन लो! मैं तुम्हारा वस्त्र पहन लूँगी। तुम जल्दी से मन्दिर के बाहर पूजा का थाल लेकर चली जाओ। बाहर निकलूँगी तो खबर लूँगी श्रीमान जी की।' दूसरी स्त्री अपनी बचती लाज से खुश हो गयी। सुबह कोतवाल ने देखा कि 'अरे ये तो पति-पत्नी हैं!'

दया सोचने लगे–और कौन-से कारण हो सकते हैं जिससे शक्तिमती को अपने पति की लाज बचानी पड़ी? निश्चित रूप से प्रेम ही कारण होगा। लोग कहेंगे कि शक्तिमती में प्रेम की ऊँचाई नहीं है, सौन्दर्य मद्धिम पड़ गया है, अब शक्तिमती आकर्षणहीन हो गयी है। इसी कारण इसका पति किसी अन्य स्त्री के फेर में है। लोग शक्तिमती के प्रेम में कोई न कोई खोट होने का सन्देह करेंगे। शक्तिमती किसी भी हालत में अपने प्रेम को पराजित नहीं देख सकती थी। वह चाहती थी कि उसका प्रेम एक मिसाल बने, लोग विश्वास करें उसके प्रेम पर।'

दया को झूरी पांडे फिर याद आये–झूरी के घर तो अब तो कई पुत्र हैं और पुत्रियाँ भी। स्त्री आबाद है, तो घर आबाद है, उसके बिना सब बर्बाद है। उसका होना कितना जरूरी है! फिर क्यों मरेगी वह? स्त्री जल्दी मरेगी नहीं, इसलिए कि वह संस्कृति है, वह संस्कार है, वह व्यवहार है। स्त्री के बिना किसी भी प्रकार के जीवन की कल्पना नहीं की जा सकती।

झूरी पांडे के घर की बात कौन जानता था! सिर्फ कल्पना की ज़ा सकती थी। लेकिन पाँचों भाई प्रसन्न थे, कोई तनाव नहीं, कोई उदास नहीं, घर खुशियों से भरा। दया ने खूब कल्पना की और मुस्कराते रहे। द्रौपदी के भी पाँच पति थे ऐसा सुना और पढ़ा था दया ने, लेकिन मानते नहीं थे। द्रौपदी सिर्फ युधिष्ठिर की थी, भले अर्जुन के बहाने मिली थी। दया महाभारत की कथा में नहीं जाना चाहते थे। उनकी अभी इच्छा बन रही थी किसी स्त्री से स्त्री के विषय में बात करने की। माँ से बात करने में संकोच होता था, लेकिन वे मौके की तलाश में थे।

दया ने देखा कि बासमती किसी मर्द को देख रही है, दरवाजे पर खड़ी है। क्यों देख रही है? क्या दया से तुलना कर रही है? या पुरुष सत्ता के व्यवहार का अध्ययन कर रही है? या फिर मर्द होना चाहती है? उसे अपनी शक्ति का आभास नहीं है। बासमती का सड़क पर देखना दया को अच्छा लगा। देखना चाहिए। अन्य व्यक्ति की चाल-ढाल देखेगी तो संसार में अपने तरीके से व्यवहार करेगी। दया बाधक नहीं होना चाहते थे।

बलवन्त मड़ई पर खेल रहा था और मोहनी आँगन में। चूल्हा जल रहा था, शायद भात पक रहा था। तभी गौरा चिल्लाई–'अरे दया! दया, दौड़ आ रे! आह रे

माई! ई का हो गया! अरे ई कइसे गिर गयी हमरी रानी! अरे बसमतिया, आव रे!'

गौरा इतना तेज चिल्लाईं कि आवाज बाहर तक गयी। बासमती आँगन में थी, शायद लोटे में पानीं निकाल रही थी और दया जूता पहन रहे थे। साँझ होनेवाली थी, बल्लू को मड़ई पर से ले आना था। गौरा का चिल्लाना सुनकर बदहवास रसोई की ओर दया और बासमती दौड़े। बासमती के हाथ से लोटा छूट गया और दया के पैर से एक जूता...।

मोहनी का हाथ जल गया था।

'बासमती, जल्दी स्वेटर उतारो...जल्दी!' दया घबरा गये।

'अम्मा, कैसे हाथ जला लिया?' बासमती ने पूछा।

भात पक गया था। गौरा ने चूल्हे से अभी उतारा ही था कि मोहनी कहीं से खेलती आयी और बटलोही पर गिर गयी, उसका हाथ बटलोही में चला गया।

गौरा की आँख भर गयी थी।

दया, बासमती और गौरा जल्दी-जल्दी स्वेटर उतार रहे थे। नीचे बल्लू की पूरी बाँह की कमीज भी पहने थी मोहनी। कपड़े उतारते-उतारते हाथ का चाम फफोलों से भर गया और नुचकर चमड़ी झूल गयी। लाल-लाल मांस देखते नहीं बनता था। गौरा ने आँख बन्द कर मुँह पर हाथ रख लिया। सी-सी करती बासमती मोहनी की पीड़ा से पीड़ित थे। मोहनी पहले तो खूब रोई-चिल्लाई, लेकिन अब चुप थी। कभी-कभी हूँ-हूँ कर रही थी। वह अपना जला हाथ देख रही थी। स्त्री का प्रारम्भिक धैर्य और सहनशक्ति देख रहे थे दया।

'बासमती, तुरन्त स्याही की बोतल लाओ, उँड़ेल दो!' दया ने कहा तो बासमती ने स्याही बाँह पर उँडेल दी।

शिवरतन ने सुना, नंगे पाँव भागे। पीछे-पीछे छोटकन और उसके पीछे बलवन्त।

'अरे सुनो! इस पर आलू पीस के छोप दो, सब आग खींच लेगा।' शिवरतन ने बताया तो गौरा आलू कूचने लगीं।

'अम्मा! आलू धो लो, तब कूचो।' दया आलू पर लगी मिट्टी देख रहे थे।

'अरे का कही हो! हड़बड़ी में कछु सुझात नाहीं।' गौरा आलू धोने लगी।

जफर मियाँ तो मड़ई पर ही थे, वे भी भागे आये; बोले, 'भौजी, बालू-पानी छोपाय जात तौ बिटिया को तुरतै अराम मिलत।' छोटकन बालू लेने भागा।

राजवंश भी भागे आये। आते ही डाँटकर बोले, 'क्या दया! पहले डॉक्टर को दिखाइए, चलिए मैं भी चलता हूँ। ...छोटकन कहाँ है? ...जफर चाचा, बाहर कोई टेम्पो रुकवाइए!'

आलू छोप गया...बालू भी आ गया...बालू-पानी का लेप हो गया और डॉक्टर ने भी देखा। सूई लगी, मलहम लगा और खाने की दवाइयाँ। धीरे-धीरे मोहनी ठीक हो गयी। एक महीना लगा ठीक होने में, लेकिन दया के कानों में वे शब्द अभी गूँज रहे थे–'लड़की है जल्दी मरेगी नहीं...बेटा होता तो अब तक क्या से क्या हो जाता! लड़की है, दया की कमाई ले-देकर रहेगी।' ऐसी बातें गौरा ने भी कहीं। जफर मियाँ, राजवंश और डॉक्टर भी यही कह रहे थे, 'बेटी जल्दी मरती नहीं, मार भले दी जाती है।'

हाँ लड़की संस्कृति है, मरती भला कैसे!

•

कितनी भारी, कितनी हल्की, गरम है कि ठण्डी यह संख्या तीन की!

इतने उतावले क्यों हो भाई! क्या है तीन में?
यह न तो तीन में न तेरह में और तीन-पाँच में भी नहीं।

यह तीन अनादि है, जीव प्रकृति। कोण, काल, ताप और अर्थबोधक शब्दों में घूमते हम।
अपने कर्म, अपना गणित और गुण, गुरु और ऋषि के साथ प्राणायाम करते-करते कहीं स्वयं को व्यर्थ तो नहीं कर रहे हैं।

हमारी सारी आवश्यकताएँ एक दिन जल समाधि ले लेंगी, राख होकर, या फिर धरती में समा जायेगा जीव।

थोड़ा ठहरिए भाई! यह संध्याकाल है और प्रबल है रूप।
यहाँ किसने बना दिये त्रिभुज? यह कोई क्यों नहीं देखता कि है यह त्रिफला?
अरे यार! फँस तो गये ही न त्रिदोष में! अब त्रिकुटा का असर देखो, लेकिन न होने दो प्रदूषण। थोड़ा निहारो तो सही अपना स्थान!
तीन का बड़ा बोझ है, तीन का सम्मान बहुत है। तीन के बिना पूरा नहीं कुछ?
तीन व्यर्थ है? फिर से सोचिए तीन!

हे ईश्वर! तुम्हारा अस्तित्व है! कुछ और कहीं भी तो बताओ मुझे! हे ईश्वर!
तीन पर तर्क करो और उबारो मुझे! ...तो जानूँ कि तुम हो ईश्वर!

जिला कार्यालय में दया सबसे बेवकूफ कर्मी थे। कारण था दया का सीधापन और घूस आदि न लेना, यह बड़ी कमजोरी समझी जाती थी। ऐसा व्यक्ति भीतर से तो बहुत मजबूत होता है, लेकिन व्यवहार बना नहीं पाता, जिसके कारण उसे तमाम बाधाएँ झेलनी पड़ती हैं। दया का झेलना कोई समझे न समझे, दया समझते थे। अधिकारी या कर्मचारी...कहीं कदर नहीं थी, हाँ 'गाँधी बाबा' या हरिश्चन्द्र कहकर सभी हँसी जरूर उड़ाते थे। अक्सर ऐसा भी होता कि गलती कोई करता और नाम दया का लगता। दया दण्डित भी होते और डाँट खाते रहते। वही बात हो गयी कि 'खाँय भीम हगै नकुल'। दया किसी की परवाह किये बिना मस्त अपने विचार में।

दफ्तर बहस-लायक नहीं था। गौरा से वैचारिक बहस हो नहीं सकती थी। माँ से स्त्री पर विमर्श कैसे करें और पिता से सेक्स पर...।

स्त्री पर कितना बतियाते दया बासमती से! लेकिन मोहनी के जन्मते ही उन्हें लगा कि स्त्री पर बहस खत्म नहीं हो सकती।

बासमती बातचीत में यह दर्शा ही देती थी कि दया से विवाह करके वह सौभाग्यवती हुई है। दया कभी बासमती को धन्यवाद नहीं देते कि 'तुमसे शादी करके मैं धन्य हुआ हूँ।' हाँ, दया यह जानते थे कि पुरुषों के स्त्री सम्बन्धी जुड़ाव स्वार्थी हैं और ऐसे स्वीकार सम्बन्ध हैं जिनकी भीतरी सचाई पुरुष अपने तक सीमित रखना चाहता है। स्त्री के गुलाम होने का यह भी एक कारण बनता है। ऐसे ही अनेक उपादानों ने, स्त्री के रहस्य ने स्त्री-सम्बन्धी कल्पनाओं को जन्म दिया है। यह कल्पना-यात्रा उसके गुलाम होने की प्रक्रिया तक चलती है। मुहावरों में ढेरों स्थान स्त्री को मिले हैं। बिना उसके कोई घटना, कथा-कहानी जैसे पूरी नहीं...और वह गुलाम रही, जैसे—'घोड़ा औरत रान तले।'

दया को यह समझ में नहीं आता था कि मोहनी क्यों मुझसे लगी रहती है, मेरा हाल-चाल जानना चाहती है। अपने खिलौने मुझे दिखाती है और अनेक शिकायतें, समस्याएँ मुझे ही सुनाती है। मेरे बिस्तर पर सोना और साथ खाना चाहती है। यह प्रश्न दया से हल नहीं हो रहा था।

'क्यों बासमती! मोहनी आपसे ज्यादा चिपकती नहीं, मुझसे ही वह हर बात करना चाहती है। बेटी तो माँ की ओर सटती है?' दया ने प्रश्न किया।

'मैं भी अपने पिता से खूब खेलती थी। माँ डाँटती रहती थी और पिता दुलारते रहते थे। मेरी हर बात मान लेते थे।'

दया आँख मूँदे मोहनी की क्रियाओं, व्यवहारों को पढ़ने लगे। उनकी समझ में आया कि मैं जैसे माँ से हिला-मिला रहता था, वैसे ही मोहनी मुझसे। विपरीत लिंगी-सम्बन्ध आकर्षित करते हैं चाहे वह सम्बन्ध आदरणीय हो, श्रद्धा का हो या किसी पत्थर की मूर्ति का। मीरा ने कृष्ण से प्रेम किया, औरतें शिवरात्रि का व्रत खूब रहती हैं। पुरुष-वर्ग देवी-जागरण में लगा रहता है। स्त्री बचपन में पिता से प्रेम करती है। दूसरे अर्थ में पहला प्रेमी पिता हुआ। स्त्री के अवचेतन में पति का पहला रूप पिता में निहित है। वह पिता में प्रेम देखती है, लेकिन वह अपना देखना समझ नहीं पाती। इसी तरह पुत्र और माँ में है, पुत्र माँ में प्रेम देखता है। इस कल्पना-संवेदना में कहीं काम नहीं है, अवचेतन में भी नहीं। पति या पत्नी का रूप माँ-बाप में देखना आदरणीय है। यह अलग किस्म की प्रेम-पराकाष्ठा है।

दया के मुँह से निकला—'इसी कारण बल्लू बासमती की गोद में सोता है और मोहनी मेरी ओर।'

'बल्लू की क्या बात कर रहे हैं? मोहनी सो गयी है।' बासमती ने सुना, लेकिन आधा-अधूरा।

'कुछ नहीं।' दया की बन्द आँख खुल गयी—'बासमती, आपको और क्या अच्छा लगता था नैहर में? मेरा मतलब कि कैसे खेलती-रहती थीं?'

'मैं पेड़ पर खूब चढ़ती थी। घर के पिछवाड़े बगीचा था, बेर के पेड़ पर चढ़कर बेर खाने में मजा आता था। छोटी डाल पर चली जाती। पाँच हाथ ऊपर से धम्म नीचे कूद जाती थी। ...और घर में चित्र खूब बनाती थी। स्कूल में सबसे अच्छे मेरे चित्र होते थे। ...और शादी-ब्याह या त्योहार के समय गाना-बजाना अच्छा लगता था। गाँव में जो बारात आती थी, मैं दूल्हे से ऐसा मजाक बनाती कि दूल्हा भक्कू हो जाता था!'

अधलेटे दया ने फिर अपनी आँखें बन्द कर लीं—'यह व्यवहार वाकई कितना योगदानी है विकास की प्रक्रिया में! स्त्री कला-प्रेमी है, ऐसी कलाकार जो गुमसुम बैठी नहीं रहती, चंचल है, शोख है, फुदकती रहती है। स्त्री का चंचल होना एक स्वस्थ जीवन का जीना होता है। स्त्री घोर सामाजिक है। वह कार्यक्रम चाहती है और उसमें भागीदारी भी। कहीं न कहीं उसकी पुरुष से प्रतियोगिता है।'

दया चारपाई से उठे और सादा पन्ना लेकर बैठ गये। कलम कोई छूता नहीं,

लेकिन मोहनी ने बल्लू के बस्ते में सारी कलमें रख दी थीं, शायद यह सोचकर कि भैया को तो पढ़ना है, फिर पापा को कलम क्यों? कलम नहीं मिली। दया स्त्री और कलम के बीच में अपना पन्ना लेकर बैठे थे, जिस पर खुद को नहीं, बासमती को अंकित करना चाहते थे। बासमती जान गयी कि बच्चों ने कलम गड़बड़ की है। बिना बोले वह उठी और बल्लू के बस्ते से कलम लाकर दे दी। दया बासमती को निहारते रह गये। स्त्री के अगमजानी होने का विश्वास उन्हें होने लगा था।

अब दया थे, उनका एक पन्ना था और एक कलम—'मेरे सारे उपकरण खुले हैं बासमती, मेरी आँख बन्द हो चाहे खुली, मैं देखता रहता हूँ। मेरा देखना सिर्फ तुम्हें देखना नहीं है। बासमती, एक बात दिमाग से जाती नहीं, वह है 'स्त्री-वध।' स्त्री-वध के लिए एक बहाना और पढ़ा है कि खेत की उर्वरा शक्ति के लिए स्त्री की बलि दी जाती थी, मानो वह कोई बकरा या भैंसा हो कि देवी को खुश करने के लिए बलि दे दी। एक देवी को खुश करने के लिए पशु को काट दिया! लेकिन खेत कोई जीव नहीं है। उसकी ताकत बढ़ाने हेतु स्त्री का वध! जीवित स्त्री घर-परिवार के लिए उर्वर है, वह न रहे तो घर-रूपी खेत में कुछ नहीं होगा, बंजर समझो! बंजर! लगता है बासमती, कि यहाँ स्त्री के अथक परिश्रम को कहा गया हो कि स्त्री जान नहीं देगी तो खेत में कुछ पैदा नहीं होगा, मतलब जी-जान लगा देना। लोग समझ नहीं सके। वे सीधे स्त्री की मूड़ी काटने लगे कि धान-गेहूँ होगा। न समझने के कारण ही प्रदूषण फैला है। पूरा समाज विकृत, घिनौना, मूतने लायक है। सच तो यह है कि पुरुष जो आज है वह ऐसा न रहता, स्त्री से भी बदतर उसकी हालत होती। फालतू पुरुष का चिह्न लिए घूमता रहता। स्त्री-समाज पुरुष को एक खिलौना जानता, लेकिन उसके चिह्न को इतनी मान्यता मिल गयी कि वह राजा हो गया, ईश्वर हो गया, जैसे उसका कोई आरम्भ ही नहीं, जैसे वह बहुत वर्षों की एक शिष्ट परम्परा से आया हो। पुरुष स्वामी हो गया—मालिक, समर्थ, विशेष। यही विशेष, क्लेश का कारण भी है। पुरुष स्वयंभू हो गया और अन्य प्राणियों पर अधिकार करने लगा। जीव क्रिया है, उसमें चेतन तत्त्व है। पुरुष अपने को ही संज्ञा समझता है, शेष सभी को क्रियाएँ। जबकि सभी जीव अपने-अपने स्वभाव से जीते हैं, लेकिन पुरुष जानता है कि उसी के सब स्वभाव हैं, अन्य के स्वभाव तो उसी के अधीन हैं। यह मानना ही पुरुष की माया है और वह इसे सगुणों की पंक्ति में रखता है। पुरुष की यह प्रकृति मुझे नहीं जँचती बासमती! आपसे एक सच बात कहूँ, 'स्त्री ने ही खेती-बारी के कार्य से पुरुष को समाज में मान्यता दिलाई है।'

'...बासमती! आप खेती का काम खूब करती हैं न, नैहर में पढ़ती भी थीं

और खेती में पूरा हाथ बँटाती थीं। इसी कारण आपके भीतर एक कलाकार का जन्म हुआ। सिलना-बुनना और तस्वीर बनाना...और आपकी देह भी कलात्मक हो गयी है। उभरे स्तन और नितम्ब जो ठोस हैं, कमर लचकती रहती है और अँगुलियाँ किसी नर्तकी की तरह...मुझे विश्वास हो रहा है बासमती, स्त्री के भीतर कला का प्रवेश खेती से हुआ। यह भी एक रहस्य है कि स्त्री अपने भीतर अनेक कलाएँ लेकर बैठी है। स्त्री कविता है, संगीत गाना-बजाना और चित्र है। वह गेहूँ है, धान है, वृक्ष है, फूल है और गाय-भैंस के लिए हरा चारा भी। इतना होने के बावजूद पुरुष बुद्धि-ज्ञान का अधिकारी क्यों? स्त्री दुर्गंध क्यों? हो सके तो कभी समझाना बासमती!'

दया अर्थबोधक शब्दों में देर तक डूबते-उतराते रहे।

विज्ञ तो सभी हैं, अब कौन-सी कथा हो कि...

दया बड़ी आफत में थे। यहाँ दफ्तर में दोस्त नाम की कोई वस्तु नहीं। यहाँ रुपया कमाने की हाय-हाय थी। दया ही ऐसे थे कि खाली बैठे रहते। काम कम था। जहाँ काम था वहाँ पैसा था। दया-जैसों की पूछ प्रायः नहीं होती। और जिला कार्यालय! यहाँ तो दया कूड़ा थे। फिर भी दया परेशान थे कि कौन पूछने लगा उनको? बात यह थी कि इलाहाबाद का एक बाबू यहाँ स्थानान्तरण कराने के प्रयास में लगा था। एड़ी से चोटी का जोर था। उस बाबू का घर इसी जिले में था और वह पहुँचवाला भी था। उसके बदले कौन इलाहाबाद जाये बात यही फँस गयी। सभी बाबू अड़ियल और धाकड़ थे, पहुँचवाले भी। सिर्फ दया थे कि न कोई सोर्स न किसी किस्म का धाकड़पन, न चतुराई ही ऐसी कि किसी से बिगाड़ने की सोचें। इलाहाबादी बाबू को यह बात ज्ञात हो गयी कि यदि दया का तबादला करा दिया जाये तो वह चुपचाप चला जायेगा।

दया आदेश प्राप्त कर चुके थे। अब तो राजवंश भी नहीं हैं कि राय-सलाह ली जाये। जिले के भीतर तहसील तक बात होती तो यहीं से काम हो जाता। डी.एम. साहब से हाथ-पैर जोड़कर चिरौरी-विनती कर लेते। अब यह तो ऊपर के अधिकारी ने किया है। क्या करें? कैसे करें? किससे कहें? दया के आने-जाने या तबादले का कोई असर या प्रतिक्रिया भी दफ्तरी दोस्तों में नहीं थी। आदेश प्राप्त करने का मतलब अपना चार्ज बड़े बाबू को दीजिए और यहाँ से कार्यमुक्त होइए।

फाइलें कम थीं, दो घंटे में लिस्ट बनाकर बड़े बाबू को फाइल सौंपकर छुट्टी

पा गये दया, जैसे वे पूरे जिले का बोझ उतार दिये हों। कुल नौ दिन के मिले अवकाश में वे सिर्फ अपना जीना चाहते थे।

दया व्यर्थ किस्से-कहानी के धाकड़ हो सकते थे। लेकिन उनके स्वभाव में छल-छद्‌म और दुष्ट व्यवहार नहीं था। उनका जीवन एक कर्मचारी का ही था। और एक कर्मचारी क्या एकत्र कर सकता है जो दया जैसा है—गृह कलह, बच्चों की मूल आवश्यकताओं की चिन्ता, गाँव-मुहल्ले के सीधे-सादे लोगों के बीच व्यर्थ की वैचारिक बहसों की खीझ, दफ्तर में अधिकारी की डाँट वो भी झोलाभर, इकतरफा इच्छा का इतना जोर कि न चाहते हुए भी बीवी के साथ बिस्तर पर होना, माँ-बाप की दबी ढेर सारी आकांक्षाओं को सिर्फ शब्दों से तोष देना। दया को ऐसे ही अवसर मिलते रहते जहाँ वे विचारों की मथानी लेकर मन्थन करते—कभी भौतिक तो कभी आध्यात्मिक। रत्न मिलता है या नहीं, इसकी खबर नहीं लेते दया। जो भी तत्त्व दिखता उसी में बुद्धि दौड़ाते। कोई विद्वान होता तो वह अपना करना और होना जताकर अर्थ निकालता और अर्थ पैदा करता... ललाट चमकाता रहता बिना फेशियल और बिना क्रीम-तेल के।

दया कमजोर इसलिए थे कि वे सड़ी व्यवस्था के साथ काम कर रहे थे। लेकिन उनके पास प्रश्न चिह्न था। वे बासमती से भी सवाल करते रहते।

दया के हाथ में मिठाई का डिब्बा था। वह इसलिए कि गौरा या बासमती यह न समझें कि तबादले के कारण दया दुखी हैं।

'लीजिए बासमती, मुँह मीठा कीजिए।' दया झोला एक ओर झटकते हुए बोले। उनके हाथ का लड्डू बासमती के मुँह में था।

'इतना ठूँस दिये कि...कौन-सी, कैसी खुशी है?' बासमती लड्डू घोंटते हुए बोली।

'बिन माँगे मोती मिल गया बासमती! अब खूब कथा-कहानी होगी और भोगेंगे फल, मजा आयेगा। अरे, सास न ननदा, खूब आनन्दा।'

'आज आप सीधी बात नहीं कर रहे हैं!'

'ज्यादा खुशी जल्दी निकलती नहीं। दुख तुरन्त बक देता है आदमी। वैसे खुशी रुकती नहीं, लेकिन खुशी के अगल-बगल ढेर सारी चीजें होती हैं। थोड़ी भूमिका हो तो ये चीजें छँट भी जाती हैं।'

'अच्छा अब बता दीजिए कि खुशी किस बात की है?' बासमती बल्लू को दो लड्डू और मोहनी को एक लड्डू देकर मिठाई का डिब्बा बन्द करने लगी—'बताइए क्या बात है?' बासमती ने फिर पूछा।

दया चुप रहे। उन्हें मोहनी को दिया गया एक लड्डू दिखाई दे रहा था, वह लड्डू चाट रही थी। चाटना देर तक स्वाद लेने की चाह है। बल्लू दोनों लड्डू खा गया था। शायद एक लड्डू और माँगने के चक्कर में था।

'मम्मी, एक और...।' बल्लू ने हाथ फैलाया।

'अब नहीं, जाओ खेलो! तुमको देंगे तो मोहनी को भी देना होगा।'

दोनों बच्चे गौरा के पास चले गये। वहाँ दोनों 'एक और, एक और' की रट लगाए थे। गौरा के आश्वासन के बाद दोनों बच्चे खेलने लगे। दया कभी बासमती को देखते, कभी गौरा को और देर तक टिके रहते बच्चों पर।

'लड़के में जो अपनापन है वह लड़की में नहीं होता। बेटियाँ कितनी दूर रहती हैं आत्मीयता से!' दया बासमती से बोले।

'आप लड्डू को लेकर कह रहे हैं न! मैं और दे देती मोहनी को, लेकिन मीठा ज्यादा खाएगी तो थुलथुल हो जायेगी। अभी से खयाल कर रही हूँ। अब जमाना छरहरे का है।'

'बच्चों को मोटा-ताजा होना चाहिए। छरहरी काया भली तो लगती है, लेकिन बच्चे! इन्हें गोलमटोल होना चाहिए।'

मोहनी ने लड्डू खा लिया था। मुँह में लगा है अभी भी। दया फिर निहारने लगे मोहनी को—दूध भी कम मिलता है मोहनी को। लड़के के भ्रम में लड़की पैदा होगी तो यही मनोदशा रहेगी। एक बार दया ने कह दिया था कि 'मोहनी बेटे की चाह में आ गयी' तो बासमती खूब बड़बड़ाई, फिर खूब रोई। अब बासमती पहले से ज्यादा बोलती थी, और रोती भी। बात-बात पर जैसे गौरा रो देती थीं। 'बात अस बात नहीं, लोटा-भर आँसू'- स्त्रियों की इस संवेदना का दया ने पता लगाया और जानकारों से पूछा। पता चला कि स्त्रियों के दिमाग में सूचनाएँ उलझ जाती हैं। कुछ ऐसे ऊतक अधिक होते हैं जो इसके जिम्मेदार हैं। यही कारण है कि स्त्रियाँ निपुण होती हैं और बातूनी भी। बात-बहस में पुरुष का जीतना कठिन है। ...और स्त्रियाँ छोटी से छोटी भावना में भी आँसू बहा देती हैं। पुरुषों के तो नयन जैसे पत्थर के हैं, पानी सूख गया है आँखों का। कभी जरूरत पड़ जाती है तो आँसू के लिए मशक्कत करनी पड़ती है। संवेदनशील पुरुष भी चुप रहता है। एक बार दया छोटी-सी बात पर रो दिये तो राजवंश बिगड़ पड़े थे—'क्या छोटी-सी बात पर औरतों की तरह रोते हो!'

दया अभी कितना सोचेंगे, वह खुद नहीं जानते।

'आप भी एक लड्डू खाकर पानी पी लीजिए।' बासमती खुला मिठाई का डिब्बा आगे करती हुई बोली।

'मोहनी रोती अधिक है न!' एक लड्डू उठाते हुए दया बोले।

'बच्चे रोते ही हैं।' बासमती को क्या पता कि दया मोहनी से लेकर कहाँ पहुँच गये थे।

'मेरा मतलब अधिक से है, यानि बल्लू से ज्यादा।'

'मैं नहीं जानती।'

अपने विषय में जानना नहीं होता। यदि व्यक्ति अपने विषय में ठीक से जान जाये तो आधी समस्या स्वतः समाप्त हो जाये। दया को लगा कि मोहनी बल्लू से ज्यादा रोएगी भी और बात भी करेगी। आज जैसे बासमती नहीं जानती इस भावना-संवेदना का कारण, वैसे मोहनी भी नहीं जानेगी। दया तय कर चुके थे कि वे मोहनी को सबकुछ बताएँगे-समझाएँगे जब वह किशोरी हो जायेगी। लेकिन वे अभी बतियायेंगे और अपने पेट का पानी पचायेंगे।

'स्त्री को स्तन न हो तो लाज आयेगी? उभरे नितम्ब भी लाज के कारण बनते हैं...क्यों बासमती?' दया बासमती से पूछते थे।

'औरत का यही हथियार है—देह। भले ही रोना और बात करना उसकी आदत है लेकिन इसे भी कभी-कभी वह अपने बचने में इस्तेमाल करती है। इसके अलावा औरतों के पास है ही क्या? जो है सब मर्दों के पास है।'

दया सिर पकड़ लेते थे—'बाप रे! यह है लड़ाई का हथियार! अजीब है! मेरे पास तो इस तरह का कुछ नहीं है। भला ही है, नहीं तो औरत की जो थोड़ी-सी लड़ाई है...जीत की आस पर, वह भी पराजय में बदली रहती, फिर तो औरत की आत्मा का कोई वजूद ही न होता। बासमती का उत्तर कितना धाँसू है! वाह!'

'यदि मोहनी को स्तन आयेगा तो वह लजाना शुरू कर देगी?' दया ने पूछा।

'शर्म की शुरुआत है यह। और लाज तो औरत का गहना है। औरत चाहे जितना अंग दिखाना चाहे, वह कहीं न कहीं, कुछ न कुछ ढँकती जरूर है। मरी हुई औरत में लाज नहीं होती।'

दया के लिए यह भी एक समस्या आ सकती थी कि बेटी सार्थक और स्वस्थ लाज लायक बने। बेटे में वे ऐसी बात नहीं खोज पाते। बेटे में क्या दिक्कत आ सकती है? क्यों नहीं आ सकती—वह दुबला-पतला, बे-जान-परान का हो सकता है, नशेड़ी हो सकता है...और यदि नपुंसक हो गया तो? कुण्ठा कहीं भी आ सकती है। गाँव में कितने 'कुंठित जी' घूम रहे हैं!

'आपकी छाती तो समय से आ गयी थी?'

'जब मैं पाँच में पढ़ती थी तभी उभार आने लगा था। मेरी भाभस माटी थी। मेरी अम्मा कहती थीं कि दोहरे देह की है बसमतिया। खूब काम भी करती थी और खाती भी खूब थी। बाबूजी पूरी छूट दिये थे—लड़कियाँ चाहे जो खाएँ, जितना खाएँ घी, दूध।'

'मोहनी भी दोहर-देह है। खूब खाएगी। मैं इसे बेटे की तरह पालूँगा।'

लेकिन दया नहीं चाहते कि मोहनी बड़ी होकर सबकी सेवा करे—बाहर भी, घर में भी। लेकिन यह भी सोचते कि काम नहीं करेगी तो अनुभव नहीं होगा। हाँ, गुलामी नहीं करेगी। सबका सहयोग करना जरूरी है। खेती के काम से वह कला सीखेगी और घर के काम से सहेजना-सँवारना, अतिथि-सेवा से व्यवहार, और तीज-त्योहार, विवाह-शादी से सामाजिक ज्ञान।

बासमती के चुप रहने से दया को बोलना पड़ा—'मोहनी को छूट देना जरूरी है, अम्मा के साथ गाँव में किसी कार-परोज में जाया करे।'

'बेटी को छूट! अभी से आप सिखा दीजिए। बड़ी होगी तो नंगे घूमेगी।'

'चुप रहिए! नंगे घूमेगी! अरे बेटी है तो क्या दबकर रहेगी?' दया खीझ गये—'बेटी है, बेटे की तरह रहेगी और वह सब करेगी जो बल्लू करेगा।'

'मोहनी दूसरे का धन है। हम तो बस कुछ दिन के लिए उसके साथ हैं।'

'माँ-बाप कुछ दिन के लिए नहीं होते। बचपन का असर पूरे जीवन रहता है। अभी दब जायेगी तो दब्बू हो जायेगी।'

'आप खुली छूट की बात कर रहे हैं। कल की बात है। कल्लू का बेटा मुरलिया...मोहनी की उम्र का है। कल मोहनी को मड़ई पर फुन्नी दिखा रहा था। मोहनी ने खुद कहा कि वो गन्दी-गन्दी बात करता है मम्मी! मोहनी अभी कितने दिन की है—चार साल की न! अभी से पेशाब करने बैठती है तो ढँककर बैठती है। बेटियाँ समझदार होती हैं। आप क्या जानें औरत की लाज और अन्दर की बात? आप तो खड़े-खड़े पेशाब करते हैं, चाहे जहाँ!'

बासमती की भाषा ढीठ हो गयी थी। अब वह दबना नहीं चाहती।

अभी तो बेटी बाप की है

दोपहर एक बजे की गाड़ी थी। सामान बँध गया था। दया ने कभी सोचा भी नहीं था कि गाँव छोड़ना पड़ेगा। गौरा और शिवरतन जानते ही नहीं थे कि तहसील में काम करनेवालों का तबादला होता है। ऐसे अनेक कर्मी थे जो बीस साल से जमे थे। सिर्फ दया का सिधापा ले डूबा। झगड़ालू और दबंग होते तो यह नौबत

नहीं आती। तमाम कर्मचारी ऐसे थे कि अफसर क्या बिगाड़ लेगा! वह चार बात सुनेगा। मुँह पर गाली देकर पिच्च से पान की पीक थूककर, लाल-लाल आँख दिखाता कर्मचारी माँ-बहन और जाति-बिरादरी पर उतर आयेगा। पढ़ा-लिखा अधिकारी चुप रहकर थोड़ा मुस्कराएगा...खीझेगा और जगह मिलने पर भी कुछ बिगड़ने से अच्छा समझेगा कि 'छोड़ो, छोटे लोग हैं, इतनी ही अक्ल है इनके पास।'

गौरा जब से सुनी थीं कि दया का तबादला हो गया है, तब से उदास थीं। रह-रहकर आँख भर आती थी। इस वक्त तो झर-झर आँसू बह रहे थे। शिवरतन की पलकें गीली थीं। गला तो सबका रुँधा था। दया-बासमती का भी यही हाल था। खुश थे तो बच्चे। मोहनी को बल्लू समझा रहा था कि 'गाड़ी में बैठेंगे, खूब मजा आयेगा! शहर में खूब गाड़ियाँ हैं, अच्छी-अच्छी मिठाई मिलती है—बड़ा-सा चॉकलेट, जब चाहो खरीद लो। सबके पास वीडियो गेम है।' बच्चों की बातें मुस्कराहट पैदा कर रही थीं।

शिवरतन और गौरा को लगा कि 'मेरे राम को वनवास हो गया! हो सकता है कि पूरी नौकरी बिता दे दया और हम फिर बेटे के साथ रहने की प्रतीक्षा करते-करते देह त्याग दें।' गौरा जब बासमती को देखती तो लगता कि बेटी विदा हो रही है। दया भी बेटी की तरह लगे। जरूरी सामान न छूटे, गौरा एक-एक सामान को ध्यान से देख रही थी। अपना और बच्चों का खयाल रखने की सलाह दे रही थी। बासमती से भी कह रही थी कि 'हमार दया भोला है, अब तुमहीं माई और बाबू। औरत के जिम्मे रहत हैं घर के कुल परानी। हियाँ तो हम रहे देखत-सुनत, अब उहाँ तो तुमहीं हो बासमती! माई के जैसे देखे-सुने के होई...।'

बासमती फफककर रो पड़ी। बासमती नहीं जाना चाहती थी, लेकिन बिना उसके दया मुँह तक तो धो न पाते। गौरा और शिवरतन की जिद भी थी कि बासमती साथ जाये। बेटे का खयाल अभी तक वे करते थे। घर सूना हो जाने की चिन्ता नहीं थी...दिमाग में सिर्फ दया थे।

इलाहाबाद दूर तो था लेकिन कोई खास भी नहीं। पाँच-छः घंटे का ट्रेन में गुजारना आम बात थी। सामान कम था, जगह भी मिल गयी थी। चढ़ाने कई लोग आये थे...कोई दिक्कत नहीं हुई।

गाड़ी अपने रफ्तार में थी और दया चुप थे, वे कुछ और ही सोच रहे थे—छूट गया गाँव और वे लोग जो इतने सीधे कि अपनी खामी बताते—'भैया, यह आम

फलाँ के बाग से चोरी से तोड़ा हूँ, आप किसी से बताइएगा नहीं।' ऐसे तमाम कोण थे सीधे तने। लेकिन थे सभी सम, चाहे जिस बिन्दु से नाप लो स्केल लगाकर। शहरवाले कहते हैं कि गाँव में पहले जैसा प्रेम नहीं रहा, मुकद्दमेबाजी और पार्टीबन्दी हो गयी है। लेकिन मेरे गाँव में ऐसा नहीं है। जो भी हो, शहर से अच्छा तो है ही गाँव। मिट्टी पहचानती है, सम्बन्ध पुकारते हैं, आने-जानेवालों की खबर लेना स्वभाव है गाँव का। न शोर, न धुआँ, न गन्दा पानी। मेरे गाँव में पानी बड़ा साफ है। घर-घर हैंडपम्प लगा है। कुएँ का चलन कब का चला गया!'

दया देख रहे हैं भागते पेड़, तिरछे होते खेत और एक जगह घूमते दूर से दिखते खड़े कुछ लोग। ट्रेन की रफ्तार में सब नाच रहा है। यह शहर की ओर जाने की गति है जहाँ छँटकर चीजें आती हैं—आड़ी-तिरछी, घूमती-नाचती, भागती-पराती...और फिर एक शोर के साथ ठहरना। जहाँ विशेष होता तो फालतू भी होता। विशेष में दया को गाँव दिखता तो फालतू में शहर। कभी यह भी लगता कि अभी शहर में रहना नहीं हुआ तो शहर को बर्बाद क्यों कहें? हो सकता है शहर गाँव से अच्छा हो!

'और यह रहा हमारा घर'—बासमती को नया घर दिखा रहे थे दया। दो कमरे, न किचेन न बैठक। टट्टी के लिए व्यवस्था थी। कमरा ऊपर था, नीचे मकान मालिक का परिवार था।

शहर का मकान गाँव से अच्छा था। किराया था तो क्या! साफ-सुथरा था और बिजली भी थी। बरामदे में नल लगा था, इसी में नहाना-धोना था। बासमती पर्दा लगाकर नहा लेगी—दया सोचने लगे थे।

दया लेटे-लेटे हिसाब लगाने लगे। कुछ देर तक बासमती साथ में लेटी रही, लेकिन नयी व्यवस्था और गृहस्थी...बहुत काम था। किचेन के लिए एक कोना निर्धारित करना था, सामान तरतीब से लगाना था।

'बासमती हमें शहर के हिसाब से ध्यान देना होगा। एक-एक पैसा दाँत से पकड़ना होगा। यहाँ की सारी गणित पढ़नी पड़ेगी बीजगणित और रेखागणित भी।' दया बोलते रहे और बासमती सामान सहेजती रही। बासमती तो जैसे खुली हवा में आ गयी। निडर, संकोच-रहित, मटकती, दया को चूमती, अपने मन-माफिक व्यवहार करती। किसी के देखने-सुनने के भय से मुक्त।

दया भी जब चाहते बासमती को समझते और समझाते, चाहे प्रेम हो या मिलन। उन्हें यह पता हो गया कि स्त्री को रोकना कठिन है। स्त्री ठहरना नहीं

चाहती, वह गति में रहना पसन्द करती है। वह लम्बी प्रक्रिया से गुजरती है। वह प्रसव-पीड़ा झेलती है। लेकिन उसकी पीड़ा में भावना छिपी होती है, वह चुप रहकर भी बहस करती रहती है।

दया और बासमती नयी जगह का स्वाद ले रहे थे। एक नया वातावरण बनता जा रहा था।

दया गाँव के व्यवहारवाद से निकल आये थे। संयुक्त परिवार का सुख सिमट गया था और व्यवहार तो जैसे है ही नहीं। यहाँ चौड़ी सड़कें थीं, पार्क थे, सिनेमाघर थे, फैशन था। यहाँ हर एक व्यवहार में पैसा जुड़ा था। लेकिन अपना गाँव नहीं था।

दया के दफ्तर में सिर्फ कार्यालय की बातें, एक-दूसरे की निन्दा, अव्यवहारिक गप-शप और सुनते-सुनते ऊब जाते थे दया। शाम को घर आते थे तो बाजार—साग-सब्जी, नून-तेल। यहाँ कुछ न कुछ घटा ही रहता था, और सब कुछ पैसे से पूरा होता था।

दफ्तर में कुछ साथी-दोस्त बन गये थे। दया का मन-मुँह लगा था अनुराग, अमित, अखिल और अशोक से। महिलाएँ भी थीं, लेकिन पुष्पा, सुषमा, सावित्री से दया बतिया लेते थे। शुरू-शुरू में दया को सब देहाती मेंढक समझते थे, लेकिन अब किसी न किसी रूप में पछाड़ खाकर ढह चुके थे। फिर भी दया का देहातीपन झलक ही जाता था। वे साफ-साफ घर की बात बताते, और अपनी ठीक-ठीक हैसियत भी बक देते। ...दया के हाँडी में क्या पका है अब यह भी किसी से छिपा नहीं था।

'भई, कोई कुछ कहे, दया को सेक्स का गहरा अनुभव है।' अनुराग बोले।

'होगा क्यों नहीं! एक सौ एक स्वाद चखकर यहाँ पधारे हैं श्रीमान जी!' अखिल का स्वर व्यंग्यात्मक था।

'मैं तो दया का पक्ष लूँगा—सौ शहरी न एक गँवई।' अशोक बोले।

'सेक्स ही नहीं, बहुत-कुछ होता है दया की बात में। हँसी में उड़ाने से हासिल कुछ नहीं होगा। दो कौड़ी का ज्ञान नहीं है किसी के पास।' अमित ने कहा।

'गोली से बच सकते हैं, लेकिन दया की बोली से बच नहीं सकते।' अनुराग बात बढ़ाने के मूड में थे—'हाँ भाई दया, कुछ हो जाये।'

'अब क्या होगा! जो होना था हो गया—एक बेटा एक बेटी।' दया यहाँ पूरी तरह खुले थे, ज्ञान का भार था न गम्भीर कहलाने का दबाव। छिलछिले थे, जहाँ चाहें छप-छप करें...और भाई! मूँछ, पगड़ी, स्त्री को शुरू से सँभालकर रखना चाहिए।'

'वाह भई वाह! क्या बात कही है दया ने!' अशोक खुश हो गये—'ये हुआ किसी किताब के बीच के पन्ने पर लिखी गयी लाइन।'

'मूँछ का एक बाल छूट जाये तो मुँह में आता है, पगड़ी को न सँभालो तो हमेशा खुलती रहती है, और औरत ने यदि गलत पाँव निकाल दिया तो...।' अमित की इस व्याख्या से सबको हँसी आ गयी।

दूसरे कमरे में बैठी महिलाएँ लंच कर रही थीं। चुप्पी साधे थीं। सारी बातें सुन रही थीं।

'औरत को सँभालने का अर्थ यह नहीं कि उसे बाँधकर रखें। जैसे मूँछ और पगड़ी इज्जत मानी जाती है। वैसे औरत भी। जिस घर में औरतों का सम्मान होता है उस घर की इज्जत होती है, वहाँ मीठी बोली होती है, वहाँ सौन्दर्य और स्वास्थ्य होता है।' दया ने एक बोझ लाद दिया।

'आप भी एक बेटी के बाप हैं, अभी से आप खयाल करते होंगे?' अखिल बोले।

'अभी तो बेटी बाप की है। बेटे से ज्यादा खयाल करता हूँ। एक दिन उसे विदा होना है। बेटा तो यहीं रहेगा। औरत का जीवन आधार है नैहर, एक-एक बात रची बसी रहती है। उसके मानसिक विकास का ढाँचा नैहर में ही तैयार होता है। ...और मैं तो अपनी बीवी का भी खयाल रखता हूँ। आप भले न मानें, मुझे लगता है मेरी बीवी मेरे घर की बेटी है।' दया के जवाब से सबका मुँह खुला रह गया।

दया को महिलाएँ भी घेरती रहतीं। पुष्पा, सुषमा और सावित्री खूब बतियातीं। गाँवों के बारे में जानने की इच्छा और ग्रामीण अन्धविश्वास, सेक्स, रहन-सहन, जातिवाद...हर विषय में मजा आता। दया को उनका खुलापन अच्छा लगता।

दया शहर के व्याकरण में उलझ गये थे। पढ़ना-लिखना धरा रह गया था। छुट्टी के दिन पार्क और रोज-रोज शॉपिंग। आये दिन सिविल लाइन, जब देखो तब कटरा बाजार, चौक, मुठ्ठीगंज, साउथ मलाका। दारागंज में तो खुद रहते थे दया। चार महीना नहीं बीता और दया संगम घूम आये। संगम में पाप धोते लोगों को देखा, मानो ये फिर पुण्यात्मा होकर पाप-कर्म में लगेंगे और जब चाहेंगे त्रिवेणी में स्नान कर छुट्टी पा लेंगे।

गंगा-यमुना के संगम पर बासमती ने डुबकी लगाकर मोहनी को डुबकी लगाई और प्रार्थना की—'हे गंगा जमुना सरस्वती माई! मोहनी को बढ़िया घर-वर देना।'

'गंगा मइया को मोहनी से क्या मतलब! हमको देखना होगा घर-वर। और

हमारी मोहनी गाय थोड़े है कि जहाँ बाँध दो चली आयेगी। पूरी छूट होगी घर-वर पसन्द करने की। हम चारागाह भी देखेंगे और...हमें धन नहीं, स्वभाव देखना है, मोहनी के होनेवाले परिवार को देखना है, उसका मानसिक स्तर देखना है। दिल-दिमागवाला धनवाले से बेहतर होता है। संसार में हर कोई कमा-खा रहा है।' दया बल्लू की देह पोंछ चुके थे, अब अपनी पीठ रगड़ रहे थे।

'हर जगह टाँग अड़ाकर मर्द बनने की जरूरत नहीं है।' बासमती खीझी–'प्रार्थना में कोई पैसा नहीं लगतां।'

'तुम्हें यहाँ के विषय में पूछना चाहिए और मोहनी को बताना चाहिए। तुम इसे अपनी तरह गोबरचोथ बनाना चाहती हो! बस वही पूजा-प्रार्थना... अन्धविश्वास।' दया बासमती को अब 'आप' नहीं कहते थे। इसका कारण था कि यहाँ सभी अपनी बीवी को 'तुम' सम्बोधित करते थे। 'आप' कहना, वो भी बीवी को, पिछड़ापन माना जाता था या बीवी से डरनेवाला।

बासमती पण्डा को एक रुपया देकर भार उतार ली थी। दया-बासमती तने हुए थे उस दिन। 'अक्षय वट' देखा। दया फिर उसी भाषा में बोले–'यहाँ भी कर लो प्रार्थना, माँग लो दुआ!'

'आपके साथ कहीं भी जाऊँ, आप गुस्साते रहते हैं।'

'क्यों न गुस्साऊँ भाई! न चलने का ढंग, न बोलने का तरीका, न ढंग का शौक-सिंगार।'

'अभी तक गाँव में थी तो सब ठीक था। यहाँ इलाहाबादी बुखार चढ़ गया है क्या?'

दया कुछ बोले नहीं। बच्चे समझ नहीं पाए कि मम्मी-पापा क्यों लड़ रहे हैं। गंगा-यमुना की तरह हमेशा मिले रहनेवाले, अपने भीतर सरस्वती जगानेवाले मम्मी-पापा को हो क्या गया है? दया तब और चिढ़े थे जब बासमती ने बल्लू को चन्दन पंडा बाबा से लगवाया था।

दया को सामान्य होते देर न लगती। बासमती कई दिन लगा देती और जब तक वह सामान्य होती तब तक वह फिर किसी बात पर नाराज होकर तनाव पाल लेती। दया बासमती को सामान्य करने के प्रयास में बोलते रहे–'इसी प्रयाग में ब्रह्माजी ने बड़ा-सा यज्ञ किया था–ऐसा कहते हैं। प्रयाग का अर्थ है श्रेष्ठज्ञ। 'प्र' माने श्रेष्ठ 'याग' माने यज्ञ। ...यहीं भरद्वाज ऋषि का आश्रम भी था जहाँ वन जाते हुए राम ठहरे थे। ...महाभारत युद्ध के पश्चात् युधिष्ठिर यहाँ प्रायश्चित्त करने आये थे। ...कुम्भ के दिनों में यहाँ विश्वविख्यात मेला लगता है...कुम्भ के बारे में सही-सही फिर कभी बताऊँगा। ...जो तुमने हनुमानजी का

मन्दिर देखा, लेटे हनुमानजी...कहते हैं कि ये हनुमानजी प्रकट हुए हैं, किसी ने बनाया नहीं है।'

बासमती ऐसे चल रही थी कि जैसे दया से कोई मतलब ही न हो। इतनी छोटी-सी बात पर टिर्राना अच्छा नहीं लग रहा था। उसे दया की बात मूर्खों जैसी लग रही थी। दया भी सोचने लगे—'ये सब फालतू क्यों बके जा रहा हूँ जिसका आज कोई मतलब न हो?'

दया ने बात बदल दी कि बासमती सामान्य हो सके—'हाथी पार्क भी देखेंगे बासमती! बल्लू और मोहनी खूब खेलेंगे। एक सीमेन्ट का हाथी है, उसकी लम्बी सूँड़ बनी है। बच्चे हाथी के पीछे से घुसते हैं, पूरे पेट में भीतर ही भीतर सीढ़ी बनी है, आगे मुँह की ओर फिसलने के लिए बना है।'

बासमती थोड़ी मुस्कराई, लेकिन बोली नहीं। बच्चे जरूर हल्ला मचाने लगे—'पापा, हाथी पार्क तो जरूर चलेंगे।'

दया को लगा कि वे पत्थर के हाथी हैं। भीतर एक सीढ़ी बनी है। सभी घुस रहे हैं। सभी भीतर जाकर फिसलते हैं। पूरे घर के लिए वे सीमेन्ट के हाथी हैं—एक आनन्द की वस्तु।

'...चन्द्रशेखर पार्क देखना भी जरूरी है जहाँ वे खुद को गोली मारकर शहीद हुए थे। गिरजाघर और 'आनन्द भवन' फिर से देखेंगे बासमती!...अगले रविवार को झूँसी चलेंगे। झूँसी का नाम प्राचीनकाल में प्रतिष्ठानपुर था। वहाँ पहले राजा हरबोंग का राज्य था। हर वस्तु एक भाव बिकती थी। यही अँधेर नगरी कहलाती थी। तुमने कहावत सुनी होगी—'अँधेर नगरी चौपट राजा, टका सेर भाजी टका सेर खाजा।'

इस बार बासमती ने दया को देखा और हँस दी। दया की बकबक काम आ गयी। लेकिन दया खुद किसी अँधेर नगरी में फँस गये थे और उनका मोल भाजी के बराबर भी नहीं था— ऐसा उन्हें लग रहा था।

दया को यह बात समझ में नहीं आ रही थी कि 'वे कमा रहे हैं, पूरे घर को सँवारने में लगे हैं। हर प्रकार से सुख देने के प्रयास में हैं तो क्यों बासमती का व्यवहार बदल रहा है? यहाँ शहर की स्त्रियों के साथ अण्डबण्ड सीख रही है क्या? वे भी तो बदल गये हैं, 'आप' से 'तुम' पर आ गये हैं। उन्हें यह भी लगता कि बासमती का देहातीपन अभी गया नहीं है। हो सकता है बासमती को दया का व्यवहार शहरी लगता हो! उसके लिए शहरीपन ही पिछड़ापन हो! लेकिन ऐसा होता तो वह यहाँ की संस्कृति में ढलने का प्रयास न करती, वह तो शहरी जीवन में रुचि ले रही है।

दया को एक और बात समझ में आयी थी कि 'बासमती बेटी बनकर गाँव रही थी। उसे ससुराल का आभास ही नहीं था। मानो मेरा घर उसका नैहर हो। और यहाँ इलाहाबाद में वह ससुराल की तरह रह रही है, प्रभुत्व जमाना चाह रही है।'

शहरी तनाव ने दया से बहुत कुछ छीन लिया था। यहाँ आकर उनकी कथा ऐसे ठहर गयी थी जैसे किसी मरे हुए की आँख ठहर जाती है। वे चुप बैठते तो दिनभर की बहसों, क्रिया-कलापों, झगड़ों को याद करते। एक-एक बात दिमाग में ऐसे बैठती कि जब चाहे बक सकें।

'दफ्तरवाले कहते हैं कि मैं कई औरतों को भोग चुका हूँ।' दया को बतियाने का मूड था—'गलत जल्दी सोचना होता है, है न बासमती? मित्र कहते हैं कि गाँव में बहुत सुविधा सुलभ है। मैंने कहा कि वहाँ सम्बन्ध बसते हैं। हर बेटी बाप की है...बहन भाई की है और बहू लाज है। लेकिन बासमती, गाँव हो या शहर, गरीब या दलित की सुन्दर औरत, कभी-कभी अभिशाप बन जाती है।' दया की नजर बासमती पर थी।

'औरत का धन तो उसकी देह है। देह भी क्या!...जवानी तक।' बासमती सुबह की पहली चाय दया को थमाती हुई बोली।

'ठीक है, औरत की देह उसका धन है, लेकिन उसकी यह देह जैसे बन गयी वैसे है, इसमें किसी का हाथ थोड़े है! सबसे प्राकृतिक हैं औरत-आदमी का सम्बन्ध। पशुओं में भी यह सम्बन्ध है। लेकिन मैं मोहनी के बारे में सोच रहा हूँ। मोहनी सुन्दर है और मैं गरीब। कहीं उसकी सुन्दरता अभिशाप न बन जाये! तुमने सुना होगा 'गरीब की लुगाई, गाँव-भर की भौजाई'।'

'आप इतने भी गरीब नहीं हैं कि मोहनी की सुन्दरता को लेकर चिन्ता करें।'

'मुझसे जो ठीक-ठाक हैं उनके लिए तो गरीब हूँ। यहाँ हर कोई गरीब है, धनी भी...एक लाइन बनी है, और उसमें हम बहुत पीछे हैं।'

'गाँव में सुन्दर लड़की को लेकर चिन्ता होती है। शहर में सभी सुन्दर दिखते हैं, दिखना चाहते हैं और हमें गाँव नहीं जाना है। यही कहीं गिरही बनाकर रह जायेंगे।'

गाँव के बारे में जो दया सोचते रहते थे, वह बासमती नहीं सोचती। बासमती से गाँव दूर होता जा रहा था। कितना बन्धन था गाँव में! शहर में प्रदूषण तो है, लेकिन दिमाग खुला है। वह शहर की रौशनी में मुक्त रहना चाहती थी।

गाँव में लजाने, छिपने-छिपाने के कारण स्त्री अपना संसार छोटा कर देती है और उस छोटे को भी ठीक से सँवार नहीं पाती। एक घोंसला ही उसकी दुनिया होती है। वह कुछ आदरणीय और स्नेही सम्बन्धों को ही सबकुछ जानती-सहती रहती है—सहस्रों बार! इसी कारण वह स्त्री है!

एक आँख को आँख नहीं कहते!

यहाँ तहसीलवाली बात नहीं थी। तहसील की अपनी सीमाएँ हैं और कमिश्नरी का अपना विस्तार। स्त्री के नाम पर दया के लिए गौरा थी जो श्रद्धा के बिन्दु पर प्रतिष्ठित थी, और बासमती थी जहाँ वे प्रेम का प्रदर्शन करते। लेकिन यहाँ तो महिलाएँ सहकर्मी हैं। यही बात बासमती पर लागू होती, शिवरतन पिता तो दया पति। लेकिन यहाँ दया के दोस्त आते रहते और पड़ोस के पुरुषों से भी बोलचाल हो जाती, दुकान पर अकेले भी जाना होता और मकान-मालिक से सलाम-नमस्ते भी...।

गाँव में दया को देखते ही स्त्रियाँ रास्ता छोड़ देती थीं, चाहे वे भाभी लगें या चाची। दया सामने पड़ते तो चाची सिर पर पल्ला डालने लगतीं और भाभी आधा मुँह ढँकती। बासमती को भी कोई पुरुष देखता तो सिर नीचे किये चला जाता और वह दरवाजे पर आकर भी किसी पुरुष के न रहने पर खास बात बोल नहीं पाता। यह था गाँव का चरित्र!

बैठे-बैठे दया गाँव-शहर किया करते। और जब भी बैठते, कुछ न कुछ सोचा करते। अपनी समझ से वे नया ही करते। आज दफ्तर से देर में आना हुआ था। आते ही चाय मिल जाती थी। गाँव में चाय के लिए कहना पड़ता था। दया कर्ज में भले थे, लेकिन लकड़ी-उपले का काम नहीं था, न धुआँ न राख। गैस का चूल्हा आते ही ले लिया था। अब तो टी वी, फ्रिज और कपड़ा धोने की मशीन भी है। दया पूरी तरह से एक उपभोक्ता बन गये थे। वे बाजार के लिए बने थे, सारी कमाई वस्तुओं पर...चाहे आवश्यकता न हो। काम चलाना जानते हुए भी बासमती के आगे एक न चलती—कभी बरतन, कभी बेवजह कपड़े तो कभी प्लास्टिक का सामान।

दफ्तर में दया को खूब डाँट पड़ी थी। इस नये अधिकारी का स्वभाव ही ऐसा था कि बिना बिगड़े खाना नहीं पचता था। दया के साथ हुए व्यवहार से सभी दफ्तरी साथी दुखी थे। सावित्री ने कहा था कि 'मेरे साथ ऐसा करेंगे तो बेइज्जत कर दूँगी।' ढीठ और दबंग किस्म के अशोक ने कहा था कि 'कहो

तो चलके चार लात मारूँ पिछाड़े पर?' एक बार यदि उलझ गया कोई अफसर अशोक से, तो समझो जीवन नरक। दया ने सबको समझाया था, 'अरे भाई, यह सब तो कार्यालयी जीवन का अंग है, दो दिन में ठीक हो जाऊँगा, छुट्टी लेकर।'

चाय आ गयी थी। बच्चे स्कूल से मिले होमवर्क में उलझे थे। मोहनी लिख रही थी ए, बी, सी, डी। गाँव में होती तो हो-हो करती या गौरा के पास चिपकी होती। बासमती ने उदासी का कारण पूछा—'क्यों मुँह बनाए हैं? क्या बात है? आज सुषमा नहीं आयी थी क्या? देर क्यों हो गयी?...दफ्तर से जल्दी आ जाया करिए। बच्चे परेशान करते हैं, कोई काम करने नहीं देते, सिर पर चढ़े रहते हैं। ...अपने बच्चों को सँभालिए, नहीं तो बिना खाए रात बितानी पड़ेगी। ...सबके घर के लोग जल्दी आ जाते हैं और आप!'

बासमती बड़बड़ाती रही। दया ने कोई उत्तर नहीं दिया। वे चाहते तो कह सकते थे कि, 'जाम लग गया था, धुएँ से सिर में दर्द है। गाड़ी-टेम्पो का शोर तो इस कदर कि बहरे हो जायें। ऐसे नहीं मैं चिड़चिड़ा हुआ हूँ।' लेकिन उन्हें झूठ बोलना नहीं आता था।

बाहर अँधेरा नहीं था, लट्टू जल रहे थे। अगस्त का महीना था सो बादल चढ़े थे, लेकिन जमकर पानी नहीं बरसेगा। उमस नहीं थी। हाँ, झींसी पड़ रही थी। बरामदे में बैठे दया शहर की बरसात का आनन्द ले रहे थे। एक कप चाय और मिल गयी थी। गली में मकान था, सो ऊपर बादल का छोटा टुकड़ा दिख रहा था। गाँव में बरसात तो जैसे नशे की हालत में होती थी, झूमकर आती थी। शहर की बरसात तो जैसे लँगड़ाती हुई। शहर का अगस्त, गाँव का सावन था। गली में दया ने झाँका तो सड़क पर कुत्ते की टट्टी दिख रही थी जो पानी पड़ने से छितराने के कगार पर था। बरसात शहर की अपनी सीमा में और गाँव में अपने विस्तार के साथ...।

मन ठीक हो तो मौसम सुहावना लगता है। गर्मी हो, सर्दी हो या बरसात, सब आनन्द देते हैं। दया को झींसी कभी चुनमुन-चुलबुली लगती, कभी थकी-सी। नीचे खुली नाली थी पानी से भरी, बजबज। बदबू भी आ जाती जब हवा का झोंका दया की ओर आता। बरसात ने दया की मुस्कान लौटा दी। वे विचारों की दुनिया में चले गये थे।

गाँव में ग्राम देवता भीगते होंगे—डीह-डीहवार। शहर के मन्दिर तो काल्पनिक लगते हैं। गाँव में सप्त स्वर मौसम के साथ वे कन्धा मिलाते थे, यहाँ तो कानफाड़ू वाद्य हैं। दया ने सुना था सा-रे-ग-म-प-ध-नि। देखा था श्रमजीवी बैल...तनावमुक्त साँड...प्रसन्नता...विशाल बरगद। और यहाँ, कहने को स्वर्ग

जैसा सुख, लेकिन नरक ही नरक, मानो यमराज खड़े हों जगह-जगह। हर समय दुर्घटना का भय। लेकिन गाँव एक पत्थर की मूर्ति सा चुप, ठगा सा...लेकिन गाँव बिना अन्न कहाँ! गाँव एक सेना है। श्रम सैनिक को साथ लेकर कर्म को परिणाम तक ले जाने का अथक प्रयास करता है गाँव। एक गोभी के फूल और एक हरी मिर्च के लिए भी चिन्ता है वहाँ। मिट्टी को अपना धन समझनेवालों के पास पौरुष है, पराक्रम है जिससे गाँव संबल बनता है। और जिस गाँव में यह सब नहीं है वहाँ उजाड़ है, भुखमरी है।

दया तुलनात्मक सोच से उबरना चाहते थे। जहाँ रह रहे थे उसे हमेशा बुरा कहना ठीक नहीं। सबकी अपनी पहचान थी, अपना धर्म, अपनी प्रवीणता, अपनी कला, विद्या, हुनर, तासीर, प्रभाव, स्वभाव अपना। गाँव हो या शहर, सभी स्वभाव जीते हैं, अंकों में रहते हैं, सबकी अपनी प्रकृति है। हमेशा शहर-गाँव की रट लगाकर रस्सी बटना ठीक नहीं, गाँठ पड़ जायेगी। क्षेत्र को लेकर धनुष की प्रत्यंचा चढ़ाना ठीक नहीं। दया बार-बार गाँव में होते और शहर को सूचित करते। दया को कर्मभूमि से प्यार करना चाहिए, खोट है तो सुधारना-सँवारना चाहिए जैसे गाँव के लिए चिन्तित रहते थे।

दया के सामने खूब रौशनी थी, लेकिन अँधेरा लगता था। यह अँधेरा बासमती, मोहनी, बल्लू को लेकर था। बासमती बदलती जा रही थी जिसका असर मोहनी पर होगा। इस परिवर्तन से वे खुश थे, लेकिन भय था कि कहीं अति हो गयी तो बिखराव हो जायेगा। मोहनी, बल्लू अब गाँव में रह नहीं पाएँगे। शहर में समायोजन कैसे होगा? कड़ी मेहनत कर पाएँगे ये बच्चे? बासमती कितना सहयोग करेगी? वह तो कोई बात गम्भीरता से मानती ही नहीं! दोष देना उसे आ गया है, वह दोष देने को आसान समझती है। ...और ये शहर का शोर! कौन है जिम्मेदार? शायद हर तीसरा बच्चा कारण बनता है। दया के पास दो बच्चे थे। बल्लू को छोड़ दें तो मोहनी से कारण की शुरुआत होती थी और इसकी जिम्मेदारी दया और बासमती की बनती थी।

'एक आँख को आँख नहीं कहते' यही कहते हैं सब। दो बच्चों में एक बेटा है तो उसका घर कमजोर है। दया को लगता कि इस मामले में मेरा गाँव बुद्धू है और यह शहर पापी। कैसे हो गये हैं लोग कि विज्ञापन और दूसरे पुत्र के आगे-पीछे घूम रहे हैं। और तो और गलती हम करें, दोष ईश्वर को दें कि बच्चा-परानी तो भगवान की देन है!

दया खुद को एक पिता के रूप में देख रहे थे। बासमती को माँ के रूप में जैसे गौरा के बाद बासमती...। स्त्री का रूप, उसकी मानसिकता और उसके

परिवर्तन में उलझे दया भूल गये थे कि गाँव में एक गाय थी, दुधगर गाय... बछड़े ही जन्माए थे उसने। गौरा कहती रहती थी, 'घर गुन बहू, सार गुन बच्छा' लेकिन बच्छा एक! दूसरा बछड़ा पैदा होते ही शिवरतन पहले बछड़े को बेचकर छुट्टी पा लेते। कितना घास-भूसा जुटाएँगे? दया के मुँह से निकला—'दो के बाद बच्चा गलती से हो गया तो कितना जुटाएँगे राशन...कपड़ा...फीस...दवाई? यह भी सुनने में आया कि बच्चे ज्यादा हों तो वे बेचे भी जाते हैं लेकिन दया खुद बिक जायेंगे लेकिन बच्चों को पालेंगे जरूर।'

'क्या कह रहे हैं? खाना ठण्डा हो रहा है, बच्चे खा-पीकर सो गये हैं। वहीं बैठे रहेंगे रातभर क्या? अजीब आदमी से पाला पड़ा है! कोई काम टाइम पर नहीं करते।' बासमती हाथ पोंछती हुई बोलीं।

'एक कप और...। देखो पानी तेज हो गया। झींसी गाँव चली गयी।'

बासमती लगभग सभी व्रत-उपवास रखने लगी थी, खासतौर पर वह जो स्त्रियों से सम्बन्धित है। घर में कई देवी-देवता आ गये थे अपने चित्रों, भाव-भंगिमाओं के साथ। दुर्गा, लक्ष्मी, सरस्वती, काली और सन्तोषी माता...हनुमान, राम-लक्ष्मण-सीता, शिव, कृष्ण की फोटो बासमती टाँग चुकी थी। आरती संग्रह, चालीसा संग्रह, अगरबत्ती...दीवार में बनी आलमारी में सज चुका था, घण्टी भी आ गयी। दया को यह परिवर्तन पसन्द नहीं आया। उन्हें अपनी मेहनत पानी में जाती दिखी।

'तो अब तुम आडम्बर फैलाओगी घर में?' दया चिढ़े थे।

'यहाँ मैं अछूत की तरह नहीं रहना चाहती। सभी औरतें पूजा करती हैं। मन्दिर जाती हैं। व्रत रखती हैं। तरह-तरह के त्योहार मनाती हैं।' बासमती की दबी हीन-भावना बाहर आ गयी।

'इस आडम्बर और अन्धविश्वास के बारे में पचासों बार बता-समझा चुका हूँ। तुम मेरे विचार से परिचित हो और तुम ठीक-ठीक समझती भी हो, तो क्यों?'

'जिस घर में औरतें पूजा करती हैं वहाँ खूब पैसा आता है।'

'पैसा पूजा से नहीं, मेहनत से पैदा होता है।'

'मैंने भी पढ़ा है कि 'हे पत्नी, ज्ञान का उपदेश कर, अपने पति को धन कमाने का ढंग बता।'

'तो यह रहा तुम्हारा ढंग!'

'हाँ, यही तरीका यहाँ सबको आता है। सबके पास गहने हैं, खूब अच्छे-अच्छे

कपड़े हैं। मैं अब साड़ी के साथ-साथ समीज-सलवार भी पहनूँगी। यहाँ सूट का चलन है। साड़ी तो ईंट-गारा करनेवाली मजदूरिनें भी पहनती हैं। भगवान ने चाहा तो सब ठीक हो जायेगा।'

'बासमती, तुम कहाँ फँस रही हो? गहना, कपड़ा...ओफ!...तुम जानती हो मैं इसका विरोधी हूँ।'

'आप किस काम से सहमत होते हैं? सेक्स ही न, और पढ़ना...इसके अलावा आप जानते ही क्या हैं?...गाँव में विरोध तो करते थे, लेकिन बल्लू जब नहीं हुआ था तो दर्शन-पूजन हुआ कि नहीं? चाहे जिस कारण से, आपने माना कि नहीं? हाँ, आप कथाएँ जोड़-घटाकर सुनाते थे कि यह सब बेकार है। और जान लीजिए, बल्लू पूजा-पाठ का ही फल है! है कि नहीं कीनाराम का प्रसाद? बोलिए!'

'तो क्या पूजा करके एक और बच्चा चाहती हो?'

'चाहती तो नहीं, लेकिन यहाँ की औरतें भी अम्मा की तरह कहती हैं कि 'एक आँख को आँख नहीं कहते।' पता नहीं कब क्या हो जाये! शहर है, गाड़ी-घोड़ा खूब चलता है यहाँ, और तरह-तरह की भी बीमारी हैं।'

'गाँव में मैं पूजा-पाठ को मानता तो नहीं था, सिर्फ तुम्हारी मानसिक स्थिति ठीक रहे और अम्मा बुरा न माने और तुम बाँझ शब्द को सहने की शक्ति रख सको, इसीलिए। मैं तुम्हारा दिल नहीं दुखाना चाहता था।'

'पूजा-पाठ से मैं क्या आपको पीड़ा दे रही हूँ? कौन नहीं भगवान को मानता? और एक बात सुन लीजिए, यह घर हमें छोड़ना पड़ेगा।'

'घर में क्या हो गया? कोई प्रेत है क्या?'

'प्रेत नहीं जी!...किताब में लिखा है कि जिसके घर लड़कियाँ होती हैं और घर का दरवाजा पश्चिम में होता है, उसे तो ईश्वर ने ही मार रखा है।'

'मैं अपना माथा फोड़ लूँ क्या? किताब की बातें किताब से नहीं, दिमाग से समझी जाती हैं। अरे! मैंने तुम्हें इतना समझाया-सिखाया और तुम्हारे पल्ले कुछ नहीं पड़ा। लड़कियों का मतलब दहेज से है और दरवाजा पश्चिम का मतलब हुआ कि पश्चिमी हवा...यह हवा दुख देती है, जाड़े में पश्चिमी हवा बर्फीली होती है और गर्मी में लू पश्चिम से चलती है। उमस-भरे दिन में पूरब का द्वार राहत देता है। इसमें ईश्वर का क्या काम? अरे, तुम्हें औरतों ने बहकाया होगा कि तुम मकान खाली करो तो अपने खास आदमी को वे मकान दिलवा सकें। बासमती, यह शहर है, गाँव नहीं। यहाँ मकान की किल्लत हमेशा रहती है और यहाँ के लोग दोस्ती नहीं करते, अपना फायदा देखते हैं।'

बासमती कुछ बोली नहीं। गली में सब्जीवाला चिल्ला रहा था—'आलू दस का सवा किलो...टमाटर चार रुपये पाव...प्याज आठ रुपये किलो...गोभी, मटर, मूली, गाजर...ताजी हरी सब्जी!'

बासमती नीचे गली में उतर गयी। दया बासमती को जाते ऐसे देख रहे हैं जैसे स्त्री को पहली बार देख रहे हों। बासमती के हिप यहाँ कुछ अधिक उभर गये हैं। कहाँ गाँव का मोटा अनाज, साग-सत्तू और यहाँ डबल रोटी, मक्खन, दूध, जलेबी, आइसक्रीम और न जाने कौन-कौन-से फास्ट फूड!

झगड़े के बाद प्यार आता है। बात नहीं बन पाती तो सेक्स को हथियार के रूप में दया इस्तेमाल करते और बतरस में हूँ-टूँ हो जाता तो काम-क्रियाएँ आवश्यक हो जातीं।

दया मुस्कराए। बारजे से देखा कि बासमती बड़े करीने से मनपसन्द की सब्जी छाँट रही है, जैसे किसी अफसर की बीवी हो बिना ओढ़नी के मैक्सी पहने। दया बरामदे में बैठ गये, स्टूल पर पैर पसर गया।

'दया अपना पढ़ा, देखा, सुना सोच रहे थे—'कहते हैं कि फूहड़ स्त्री को चतुर पुरुष मिलता है और मूर्ख पुरुष को चतुर नारी। बासमती और मुझमें कौन फूहड़ है, कौन चतुर। इस प्रश्न का उत्तर कहाँ मिलेगा? शास्त्र कहता है कि 'जिसके पैरों में बाल हों, कर्कश हो, गालों में गढ़ढे पड़ते हों, ऐसी स्त्री से बचना चाहिए।' अम्मा के पैरों में तो बाल हैं लेकिन वे पिताजी के साथ कितनी सुखी हैं! कभी लड़े-झगड़े नहीं। गाँव में अम्मा का कितना मान है! किसी के घर कोई आयोजन हो, प्रयोजन हो, बिना अम्मा के नीरस लगता। विनती करके लोग अम्मा को लिवा जाते हैं, अम्मा का प्रवेश शुभ माना जाता है।...गाँव की सुभगिया कितनी कर्कश थी! उरेठ ही बोलती थी, लेकिन हृदय कितना कोमल था! किसी के बच्चे को चोट लग जाये या बीमार पड़ जाये, उसके घर भागकर जाती थी। आँसू तो जैसे झरझर बहते थे। खूब सेवा करती थी। गाँव का कोई आदमी सुभगिया की बोली का बुरा नहीं मानता था, मानो उसकी बोली आशीष हो। आदमी आदमी का अन्तर है—कोई हीरा है कोई पत्थर है। सुभगिया हीरा थी, उसके भीतर गहरी संवेदना थी। हाँ, शब्द कटु थे, लेकिन हृदय में प्रेम उमड़ता था। किसी को थप्पड़ तानती भी थी तो गाल तक आते-आते हाथ उसे सहला जाते थे।...अब गाल के गढ़ढे को क्या कहें! यह तो सौभाग्य है स्त्री का कि बोलते-हँसते वक्त गाल में गढ़ढे पड़ जायें। अम्मा को अच्छा लगता यदि ऐसी किसी औरत को देखतीं। वह इस गढ़ढे को डिंबिका कहतीं। यहाँ इसे डिम्पल कहते हैं। शर्मिला टैगोर को देखिए, क्या धाँसू हिरोइन हैं...गजब की एक्टिंग! शर्मिला के गाल का गढ़ढा

कितना प्यारा लगता है! कभी आलोचना भी नहीं हुई। सम्मानित अभिनेत्री है और सम्मानित परिवार भी बसा लिया। दूर क्यों जायें, मेरे दफ्तर में सुषमा के गाल पर गढ्ढे पड़ते हैं। दफ्तर की महिलाएँ बिना उसके चैन से नहीं रहतीं। सब प्यार करते हैं। सुषमा का पति भी स्वस्थ और सुन्दर है; दो बच्चे लुभावने। क्या कमी है सुषमा को? शायद लिखनेवाला यह सोचकर लिखा हो कि ऐसी स्त्री कामुक होती है, तो क्या सेक्सी होना बुरा है? बासमती क्या कम सेक्सी है, उसकी हर नाँ में हाँ की गूँज होती है।...और बासमती के पैर में बाल नहीं हैं, गाल में गढ्ढे भी नहीं पड़ते, कर्कश भी नहीं है...तो क्या वही विवाह के योग्य है? लेकिन इस समय उसकी बोली से ऐसा लग रहा है जैसे मैं अपराधी होऊँ और वह मुझसे बदला लेना चाहती है। किस बात का बदला लेगी? मैं प्यार तो जान लगाकर करता ही हूँ।'

बासमती सब्जी लेकर ऊपर आ गयी—'आलू...पालक...गोभी...आज आलू, गोभी, टमाटर, मटर की रसेदार बना देती हूँ, कल सुबह पालक-आलू...गाजर का हलुआ भी सुबह बनाऊँगी।' बासमती अपने से बात करती हुई टोकरी से सब्जी निकाल रही थी।

'आज पेट में गैस बनी है जी!' बासमती दया से बोली।

'गैस चाय पीने से बन रही है।' दया ने कहा।

'आप तो कहते थे कि चाय में अदरक पड़ जाये तो नुकसान नहीं करती, गैस तो बनती ही नहीं?'

'बीस कप दिनभर में पियोगी तो क्या होगा? गैस नहीं बनेगी?...शूगर हो जायेगा शूगर! वैसे भी समोसा, चाट, केक, आइसक्रीम खाकर मोटी हो गयी हो।'

नयी आलू है, छिलका नया है। गाँव में गौरा ऐसी आलू को थोड़ा-बहुत बोरे पर रगड़ देती थी। आधा-अधूरा छिलका छूटा और जो बचा गल गया। बासमती तो यहाँ आलू का बाकायदा छिलका उतार रही है, चाकू से खुरच-खुरच। कितना बदल गया रहने का स्वभाव! हो सकता है पेड़ा भी छीलकर खाने लगे बासमती।

दया कुर्सी पर नहीं थे, बासमती के करीब बैठे थे। कभी आलू गिनते, कभी गोभी को देखते कि खाद-पानी पाकर कितना फूल गयी है गोभी! बस फूटनेवाली है। टमाटर भी स्वादहीन है, मटर की मिठास गायब है।

नीचेवाली दीदी कह रही थी कि 'एक आँख को आँख नहीं कहते...तुम एक बच्चा और पैदा करो, हो सकता है बेटा हो जाये।' दीदी को भी पहला बेटा है, उसके बाद एक के बाद एक तीन बेटियाँ। वे हार नहीं मानीं। देखिए, अब बेटा

हुआ। तीन बेटियों की कोई गिनती है! दो बेटे हों तो सब पूछेंगे।' बासमती मटर छीलते हुए बोली।

'हाँ-हाँ, क्यों कहेंगे एक आँख को आँख! एक आँख से दिखाई कहाँ देता है! एक आँख का मतलब अन्धा...अरे, कह क्यों नहीं देती अपनी दीदी से कि एक पति को क्या कहेंगे? दूसरा कर लें!' दया बिगड़ पड़े—'तुम किसी की बात में क्यों आती हो? अब तुम बताओ कि मैं एक पिता को पिता नहीं कहता? देखो, एक ईश्वर है, एक माँ है, एक जीवन है, एक सूर्य है। एक का महत्त्व है कि नहीं, अरे एक को सँवारों तो!'

बासमती बोली नहीं।

'मेरा संकल्प तो टूट ही गया! अब क्या नंगा कर दोगी कि मेरी बात का वजन ही खतम हो जाये!' तुम्हारे साथ इतनी कोशिश कर रहा हूँ, लेकिन पता नहीं क्यों बात बनती नहीं।' दया की आवाज तेज थी।

दया को लगा कि उनका दूध फट गया है जो अब दूध नहीं बन सकता—'फटे दूध का व्यंजन किस तरह से बनाऊँ कि सबको भा जाय? स्त्री को माँ होने के कारण ही प्रतिष्ठा मिली है। एक की माँ बन गयी, तो भी माँ है। हाँ, माँ न बनी हों तो हमारा मध्यवर्गीय समाज उसे सम्मान नहीं देता जैसे वह कोई पशु हो। एक जगह लिखा भी था कि स्त्री को माँ होने से, गाय को दूध से, बकरे को गोश्त से, मुर्गे को स्वाद से ही सम्मान मिला है।'

दया ने मन ही मन कहा—'दुष्ट स्त्री को पाकर घर सुखी नहीं रहता और बासमती दुष्ट नहीं है।' दया ने स्वयं को निहारा—'दुष्ट पुरुष से घर बरबाद हो जाता है और समाज प्रदूषित। तो क्या मैं दुष्ट हूँ?' वे आईने में अपना चेहरा निहारने लगे जिसे बासमती नहीं देख रही थी।

छोटकन इलाहाबाद आया और दया से अपने विवाह की तारीख बता गया। एक छोटा भाई बड़े भाई के यहाँ मेहमान की तरह रहा। पता नहीं क्यों, न छोटकन को अच्छा लगा यहाँ आना, न दया-बासमती को। बल्लू, मोहनी जरूर दो दिन तक छोटकन की देह पर कूदते रहे।

शिवरतन ने दया को जिम्मेदारी सौंपी थी कि बहू के लिए कान की बाली और पायल, छोटकन के लिए कपड़ा दया को ले-आना है। दया की यह हालत थी कि ठेल-ठालकर महीना बीतता और किसी तरह पहली तारीख आती। फिर भी दया ने पिता का आदेश स्वीकार किया, कर्ज लिया और समय से गाँव चले

गये। छोटकन की शादी हँसी-खुशी सम्पन्न हो गयी। शिवरतन दो बहुओं के ससुर और गौरा सास बन गयीं। फूलकर कुप्पा दोनों बुजुर्गों के पाँव धरती पर नहीं थे। 'वे दो आँख के धनी हैं' यह जानकर वे इतराते रहते। बासमती जब तक रही, गाँव की स्त्रियाँ यही सवाल करतीं कि तीसरा कब पेट में आयेगा? गौरा तो जैसे आस लगाए थीं, 'हमरे जियते दयवा को एक और बेटा होई जात तो हम चैन से मरि जाइत।' गौरा का यह कहना मानो दया का एक और बेटा गौरा के इत्मीनान से मरने का कारण हो। दया को यह सब अच्छा नहीं लगा। दूसरा बेटा हर जगह उनका पीछा करता रहा। दया को एक ही सुकून था कि अब अम्मा-बाबूजी की सेवा हेतु एक बहू घर में आ गयी है।

दया दस दिन बाद बच्चों-सहित इलाहाबाद आ गये।

अपने मन को कहाँ कूटें...छानें...फेंक आयें?

दया को कुछ बदला हुआ गाँव लगा था! भाषा में खड़ी बोली, पहनावे में चटक-मटक, गीत फ़िल्मी और मानसिकता में पार्टीबन्दी। जातियों ने अपने-अपने दल थाम लिए थे, सबके अपने झंडे थे। राजवंश भी एक पार्टी का झंडा लेकर फहरा रहे थे। नये सोच, नये विकास के साथ व्यक्ति की चेतना प्रदूषित भी हुई जान पड़ी दया को। उन्हें प्राण-तत्त्वों की कमी खल रही थी, दूर होती आत्मीयता का वे क्या करें, सब अपने मन के राजा हैं। नयी बहू कैसी होगी? क्या व्याकरण रचेगी? ऐसे अनेक विचार लिए लौटे थे दया। उनकी हालत अजीब थी। जब वे गाँव होते तो शहर अच्छा लगता। शहर की सुविधाएँ, यहाँ की मानसिकता, कुछ भी करने की छूट और विस्तार पाता आदमी, न जात-पाँत का झंझट न पार्टी-वार्टी का दबाव...अपना कमाओ-खाओ, खुलकर रहो, टोका-टाकी नहीं है। और जब शहर आते तो गाँव अच्छा लगता—प्रदूषण-मुक्त गाँव, मर्यादा, नैतिकता का बन्धन, सम्बन्धों का प्यार, हर एक को हर एक की चिन्ता, पेड़-पालों तक की पहचान, सबकुछ टटका—चाहे साग-सब्जी या हवा-पानी।

'छोटकन को सुन्दर स्त्री मिली है।' दया ने कहा।

'बहू के गाल में गढ्ढे बनते हैं जब हँसती है।' बासमती ने कहा।

'वो तो और अच्छा है। लेकिन चाल-चलन कैसा है?'

'औरत का गुण दो-चार दिन में पता नहीं चलता।'

'वैसे वह बड़े करीने से काम करती है। पढ़ी कम है, फिर भी...।'

'अभी दो दिन के माधो-माधो में क्या जानेंगे आप! एकाध साल बीतने

दीजिए तो करीना पता चल जायेगा। शहर में रही है और आ गयी गाँव में। छका न मारी तो कहिएगा! उसका चेहरा बताता है कि बड़ी चालबाज होगी।'

'कैसे जान गयी उसका चेहरा देखकर?' दया ने पूछा फिर सोचा—'स्त्री एक स्त्री का चेहरा पढ़ लेती है। अन्दर से स्त्री दूसरी स्त्री को जानती है।'

'शहर में रहने से छोटकन की बहू में पढ़े-लिखों के गुण तो हैं, भले आठ पास है। बाप बेचारा चपरासी है, कितना पढ़ाएगा!' दया फिर बोले।

'आप नयी बहू के चक्कर में क्या हैं! मैं क्या किसी से कम हूँ?' बासमती मटकती हुई चावल की थाली लेकर दया के करीब आ गयी। चावल से कंकड़ ऐसे निकाल रही थी मानो वह अपना दोष चुन-चुनकर अलग फेंक रही हो—'मेरे पास क्या सुघर नहीं है?' बासमती अपने स्तन निहारने लगी। अब वह टाइट ब्रा और चढ्ढी भी पहनने लगी थी। गाँव में थी तो माहवारी के दिनों के लिए एक-दो चढ्ढी थीं। अब उसके पास एक दर्जन चढ्ढी है।

दया देखते और कहते—'बूढ़ी घोड़ी, लाल लगाम।' इस बात से बासमती चिढ़ जाती और सद्यःयौवना की तरह मटकती, तिरछी नजर से दया को भेदने का प्रयास करती।

'औरत के गुण पर एक कथा याद आ रही है, सुनोगी?' दया बोले।

'कथा ने पीछा नहीं छोड़ा!...सुनाइए!' बासमती इठलाई। चावल की थाली एक ओर सरक गयी। बुना हुआ चावल कंकड़वाले चावल में मिल गया। बासमती ने गाल पर हथेली लगाकर अपना मुँह दया की ओर कर दिया।

'हाँ तो सुनो!...एक राजा अपने राज्य के गाँवों को देखने की इच्छा से सूर्य निकलने से पहले ही घोड़े पर सवार हो घूमने के लिए निकला। वह एक गाँव के किनारे खाली पड़े खेत से गुजर रहा था कि एक औरत शौच करने बैठी थी। राजा की नजर उस पर पड़ी तो वह तुरन्त खड़ी हो गयी और अपना मुँह फेर लिया। राजा के सामने औरत की पीठ थी। औरत कैसी है, सुन्दर है कि नहीं, यह राजा ने विचार नहीं किया। उस औरत का शौच के समय राजा को देखकर लजाना अच्छा लगा। राजा बेहद खुश हुआ। उस औरत में अन्य गुणों की कल्पना करने लगा। उस समय राजा चला गया, लेकिन थोड़ी देर बाद वह लौटा तो औरत शौच से निपट कर घर जा रही थी। राजा ने उसे पहचान लिया, वह उसके घर गया। औरत अविवाहित थी—यह जानकर राजा और खुश हुआ। राजा ने उस स्त्री से शादी कर ली।'

दया की कथा समाप्त। निहारती बासमती के गालों को अपने हाथ में लेते हुए दया बोले—'वो देखो छिपकली ने शौच किया!...छिपकली को दूसरी छिपकली दौड़ा रही है। शायद वह नर है। मदन में है क्या!'

'शायद नर को उसका टट्टी करना अच्छा न लगा हो!' बासमती बोली।

'हो सकता है।' दया ने बासमती की कमर ऐसे पकड़ी जैसे नाप रहे हों।

'और वो औरत जो राजा के सामने शौच के वक्त खड़ी हो गयी... कौन-सा गुण है? गाँव में कोई भी मर्द ऐसे वक्त आ जाये तो लाज नहीं आयेगी? पहले तो आड़ में बैठेंगे, और कोई दिख गया तो क्या खड़े नहीं होवेंगे? औरत है तो क्या नंगी बैठेगी? यह सब मर्द करते हैं। लाज कहाँ है मर्द को? बनारस में आपने देखा नहीं? कुएँ पर लंगोट पहन के नहाते थे आदमी। गंगा के किनारे तेल लगाकर सबके सामने उठक-बैठक और सपाटा—चाहे सामने औरत रहे।'

'अरे छोड़ो! लगती हो बात को खींचकर पर-पर करने।' दया झुँझलाए—'बच्चे कहाँ हैं?'

'सामनेवाले भाई साहब...वो जो बिजली विभाग में हैं...आज छुट्टी है तो सब वहीं टी वी में सिनेमा देखेंगे। रंगीन टी वी है उनके यहाँ। अच्छी पिक्चर आयेगी आज—'सन ऑफ इण्डिया'।'

'बुद्ध पूर्णिमा के दिन पन्द्रह अगस्तवाली पिक्चर! टी वी वाले भी पगलाए रहते हैं...यानी पूरी दोपहर बच्चों से छुट्टी...जियो राजा!'

दया बासमती से लिपट गये। वे बासमती को उठाना चाहते थे, लेकिन बासमती कहाँ उठनेवाली! शहर में जब से आयी है आठ किलो वजन बढ़ गया है।

'बासमती थोड़ा मटक-मटक के नाच दो।' बासमती से दया ने चिरौरी की।

बासमती नाचने लगी।

'थोड़ा गाओ भी!' दया ने दूसरी विनती की।

बासमती नाचती और गाती रही 'सैयाँ भए कोतवाल अब डर काहे का!'

'रहोगी शहर में और सैयाँ भये कोतवाल! अरे कोई फिल्म का गाना भई!'

बासमती ने थोड़ा याद किया—'छोड़ाय के बहियाँ ना जाइयो सजना!'

'धत! गलत क्यों गाती हो? और कितनी मोटी आवाज है तुम्हारी! पागल कहीं की! रहोगी शहर में, बतकुच्चन करोगी नीचे जाकर...यहाँ की रीति अपनाओगी और 'वहाँ कौन है तेरा...' एस डी बर्मन की तरह गाओगी! नाचती भी हो तो बिल्कुल पिछड़ा...इतना सर-सिनेमा देखी, कुछ अकल नहीं आयी।'

'मैं कोई हिरोइन थोड़े ही हूँ कि वैसी नाचूँ? कोई लता मंगेशकर जैसा गला भी तो नहीं। गाँव में मेरी कोई टक्कर लेता था? यहाँ चाहे तुम जो कह लो।'

'अच्छा तो अब 'तुम' पर उतर आयी।'

'झगड़ा चाहते हो क्या? अभी कैसे थे, अभी क्या हो गया? नीचेवाली सभी

औरतें अपने पति को तुम कहती हैं। ईश्वर को तुम कहा जाता है। पति ईश्वर है तो उसे तुम ही कहना पड़ेगा।'

'चुप रहो! नीचेवाली-ऊपरवाली! अच्छा-खासा मूड बना था...सोचा कि तुम और मूड बना दोगी तो...।'

'मैं कोई रण्डी नहीं हूँ कि मूड बनाऊँ। पत्नी हूँ चाहे जब मूड बनाइए या बिगाड़िए। मैं तो पति के सामने इतना नाच भी देती हूँ। गाँव में अब भी कोई पूरी बात नहीं करतीं औरतें अपने मर्द से।'

'हो, शहर में गाँव की रट लगाए रहती हो। अरे, अब उमर वो नहीं रही मेरी, थोड़ा नाचना पड़ेगा, गाना होगा, थोड़ा सेक्सी रूप दिखाना पड़ेगा, तब कहीं...।'

'तो क्या मेरी उमर नाचने की है? टाइम पर बेटा हुआ होता तो अठारह साल का हो गया होता। आप-हम अब बुढ़ापे की ओर बढ़ रहे हैं। भीतर से ताकत खतम होने लगती है। कहीं और काम में मन लगाना होता है। देखिए, मैं पूजा-पाठ में रम गयी। हाँ, 'तुम' नहीं कहूँगी, बस खुश?'

दया भीतर ही भीतर लाल हो रहे हैं, लेकिन गुस्सा पीने का प्रयास सफल करते बोले—'जो मन करे, करो! हारना ही मेरे हिस्से में है, लेकिन आओ, झनक-पटक के दूर जाने से काम नहीं होगा।'

'अजी, पूरी रात बची है। कुछ काम अब दिन में ठीक नहीं। आज बुद्ध पूर्णिमा है, बुद्ध-बुद्ध करिए।'

'न दिन में अच्छा न रात में...जब शुभ हो तब अच्छा। ...मूड ऑफ हो गया है, साथ नहीं दोगी तो यह बेफिजूल की ग्रन्थि बन जायेगी। आन्तरिक प्यार सिर्फ सेक्स नहीं है, जब तुम नाच-गा नहीं सकती तो बचा ही क्या है!'

'बुढ़ापे में बहाना काम नहीं करता। पता चल जाता है कि बात क्या है।'

'वाह! क्या बात कही हो, विद्वान की तरह। अब तो आओ, मैं काहिलों की तरह पसरा हूँ। देखो तुम्हारे बिना मूँछ के बाल भी फिरा नहीं पा रहा हूँ, मूँछ के बाल मुँह में जा रहे हैं।'

बासमती हँस दी। दया ने बाँह पकड़ ली। वे बासमती को अपनी ओर खींचने लगे, वह दया की देह पर भहरा गयी। दया सँभाल नहीं पाए। चौकी के कोने से केहुँनी में ठक् हुआ, बाँह की नस झनझना गयी।

'लग गयी न चोट! बेकार परेशान करते हैं। अब तो जवानी रही नहीं, सँभालेंगे नहीं तो ऐसा ही होगा। अरे, कूलर चल रहा है, चुप मारकर सोते, मैं सहला देती सिर।' दया की बाँह सहलाती बासमती बोली।

दया सी-सी करने लगे थे। बासमती का चेहरा उतर गया था।

बच्चे घर में आ गये थे। और दया तकिया लगाए ऐसे सो रहे थे जैसे चार घण्टे से उसी करवट हों और अब जागने का समय हो गया हो।

'आज फिर जल्दी आ गये! दफ्तर से बारह बजे आने का टाइम हो गया क्या? लगता है दफ्तरवाली नाराज है...अरे वही सुषमा!' बासमती व्यंग्य बोलती हुई कपड़ा भिगा रही थी धोने के लिए।

'दफ्तर की कुछ महिलाएँ दोस्त हैं, लेकिन जहाँ तुम देख रही हो वो बात नहीं; खुलकर बात होती है, बस। तुम्हारे और उन सबों में बड़ा अन्तर है। वे अंग्रेजी फर्राटा बोलती हैं। सुषमा तो बहुत सुलझी और नेक है। उसे गाना भी आता है और नाचना भी। कपड़े पहनना भी आना चाहिए और सुषमा जानती है पहनना।'

'हाँ-हाँ, मैं क्या जानती हूँ! देहाती गँवार हूँ। गाँव के स्कूल में पढ़ी हूँ।' बासमती ने मुँह फुला लिया। आँखों में जैसे आँसू आ गये, उसे ऐसे पोंछा जैसे देर तक रोई हो। यह सब एक स्त्री के बस की बात है। बासमती कुछ देर चुप रही, फिर बोली—'यूनिवर्सिटी में पढ़ना और गाँव-कस्बे में पढ़ना, अन्तर नहीं है क्या? जो आपकी दफ्तरी सहेलियाँ हैं, गाँव में रहतीं और पढ़तीं तो देख लेती उनकी अंग्रेजी और उनका शहरीपन। खड़ी बोली न बोल पातीं। मैं देहाती बोली तो नहीं बोलती!'

'देखो बासमती, नाराज मत होओ। तुम कोई शंका न पालो! मैं जानता हूँ और खूब जानता हूँ 'पर स्त्री वृथा सुखम्', लेकिन भौंरा कमल के पास जाना पसन्द करेगा कि नहीं? आदमी औरत की ओर खिंचता ही है—यह स्वभाव है। औरत से बतियाना-बोलना अच्छा लगता है। कहीं न कहीं आदमी औरत के रहस्य को जानने की कोशिश करता है। यह सब जाने-अनजाने होता रहता है। औरत भी आदमी के करीब रहना पसन्द करती है, जब वह जान जाती है कि बलात्कार जैसी निगाह उस पर नहीं है। वह भी पुरुष की शक्ति का आकलन करना चाहती है। शायद औरत भी आदमी के भीतर का रहस्य जानना चाहती है। लेकिन इतना तो जरूर है कि औरत देखना चाहती है कि आदमी औरत के बारे में कितना जानता है।'

'अच्छा बताइए तो सही कि आज पहले क्यों आये? कल भी आप पहले चले आये थे।'

'कर्मचारी हड़ताल पर हैं।'

'तहसील में जब थे तो वहाँ ऐसा नहीं था।'

'वहाँ हड़ताल का असर नहीं था। कर्मचारी खुद नहीं चाहता था कि दफ्तर बन्द हो। आमदनी कैसे होगी? साग-भाजी कहाँ से आयेगी? यहाँ कोई खास आमदनी नहीं है तो हड़ताल पर हो गये, सरकार से लड़ गये, जैसे औरत आदमी लड़ते हैं। मुझे तो लगता है बासमती, कर्मचारी भी औरत की तरह है। वह बाजार की सामग्री है, ग्राहक है। बड़े-बड़े सेठ-महाजन की नजर औरत पर तो है ही, कर्मचारी पर भी है। जो कमाओ सब उनका, चाहे जिस बहाने। कोई ऐसा नहीं जो पूँजीवाद की गिरफ्त में न हो। अब तुम अपने को देखो—टीका, बुन्ना, तेल, स्नो-पाउडर, चाहे लगाने आये न आये, सुघर लगे या भद्दा लगे, तुम इस्तेमाल जरूर करोगी। कर्मचारी दाल-रोटी चला ले वही बहुत है। उसका ढेर सारा पैसा बड़े-बड़ों के पेट में जाता है।

'मुझे सब लगाने आता है स्नो-पाउडर...अच्छी भी लगती हूँ, यह क्यों कह रहे हैं कि तुम पर भद्दा लगेगा।'

'बेवकूफ कहीं की! अरे बात तो सुनो! हर बात को अपने पर ओढ़ लोगी तो हो चुका! दफ्तर की औरतों पर फबता है। वे जानती हैं और चीजों की पहचान रखती हैं, लेकिन उनमें भी कमी है। वे एक चीज के बाद दूसरी की चाह रखती हैं, और भी अच्छा, और भी बढ़िया के चक्कर में बर्बाद हैं। ब्राण्ड पर ब्राण्ड...विज्ञापनों के लुभावने स्लोगन में सब फँसे हैं। और हम जैसे लोग जो किसी प्रकार दाल-रोटी चलाते हैं, एकाध कम्बल खरीद लिया जाड़े में तो उसी में बहादुर बने हैं। बच्चों को पढ़ा-लिखा लिया तो मानो जग जीत लिए।'

दया ने साँस खींची, एक गिलास पानी पीकर गला तर किया, फिर बोले—'बासमती, तुमको इस जाल में नहीं फँसना है। जो अति आवश्यक है उसकी बात नहीं करता, न रोक रहा हूँ। अब देखो कि बाल में सरसों का तेल काफी है, लेकिन सिर्फ सुगन्ध बनाकर, उसे आयुर्वेदिक नाम देकर चूतिया ही तो बनाया जा रहा है!'

'लेकिन समाज में रहना है तो उसी तरह ढलना पड़ेगा। यहाँ सब औरतें करती हैं मुझसे दस गुना खर्च अपनी देह पर!'

'किसी का ऊँच लिलार देखकर फोड़ना नहीं है अपना लिलार। तुम दिल से काम लो, लेकिन दिमाग कहीं और रखकर नहीं।'

दया का अबतक जीवन द्वन्द्व में रहा। बल्लू को आक्रामक होता देखते तो लगता कि यह आक्रामकता कहीं न कहीं हीन-ग्रन्थि का शिकार होना भी है। वे स्वयं

को टटोलते और अपना आक्रमण याद करते। अब तो उन्हें अपने स्वभाव पर लाज भी आने लगी थी। वे अपनी जाँघ उघारकर खुद देख रहे थे और शर्म से पानी-पानी हो रहे थे। यदि किसी ने दया से कह दिया कि बड़े कानवाला अच्छा नहीं है तो उन्हें अपना कान बड़ा लगता। बल्लू और मोहनी का कान निहारते, फिर चैन से साँस खींचते कि चलो कान तो छोटा है। बासमती के कान कभी बड़े लगते, कभी छोटे। देह के अंगों से व्यक्ति के चरित्र को जानने का उनका अपना तरीका था।

दया को फिर 'एक बच्चे तक सीमित रहने का' संकल्प याद आया। दया के हाथ में पानी का गिलास था, वे उसमें झाँक रहे हैं कि नाक दिख रही है क्या? नाक कटती हुई लगी, फिर आँख पर नजर गयी—'यह आँख ससुरी अलग-अलग देखने पर बड़ी लगती है, लेकिन है छोटी।' गिलास के पानी का अपना दायरा था। फिर गिलास का पानी कोई गंगा तो है नहीं कि एक प्रवाह दिखे, एक पूर्णता हो, एक आस्था का जन्म हो और पले। यहाँ गंगा की तरह यात्रा भी नहीं थी। ...और गंगा-पुत्र भीष्म की तरह कोई प्रतिज्ञा भी नहीं कि चाहे जो हो संकल्प नहीं टूटेगा! दया तो स्त्री-पुरुष के संगम में रमे रहते, मानो गंगा-यमुना को मिलाकर सम्बन्धों को गहरा कर देना चाहते हों। गहराते सम्बन्धों की ध्वनि में वे अदृश्य गंगा की ध्वनि सुनते—कल-कल-कल और गिलास के पानी को निहारते। और जब ऊपर देखते तो लगता उत्तर से दक्षिण की ओर तारों का एक समूह है, जो नदी की तरह दिखाई दे रहा है। दया वहाँ तक उड़ना चाहते थे, किसी पक्षी की तरह। उन्हें तोष हुआ कि उनका संकल्प तहसील के दफ्तरी दोस्तों के अतिरिक्त कोई नहीं जानता। बासमती को वे अलग नहीं समझते, सो वह तो जानेगी ही। और कोई गंगाजल लेकर संकल्प थोड़े लिए थे। दया फिर पानी निहारने लगे। गिलास को थोड़ा-सा हिलाया तो तरंगें बनने लगीं। दया के मुँह से निकला 'वाह रे पानी!' और एक साँस में पानी पी गये। अब गिलास खाली थी। बाहर लू चल रही थी। ठण्डा पानी तृप्त कर गया था। दया मन-ही-मन बोले'—मरने के लिए होती है गंगा-यात्रा या मरने के बाद...मरकर गंगा-किनारे जलाया जाऊँगा...गाँव में शव प्रवाहित करने की भी प्रथा है, जो अच्छा नहीं है। शव का जलना हो या प्रवाहित होना, प्रदूषण तो तय है।'

'कहाँ खो गये जनाब? दो घंटे से देख रही हूँ एक ही जगह! जैसे किसी दर्शन का सुख ले रहे हों।' सुषमा ठुमकती पास आ गयी।

'आइए सुषमा जी, बैठिए। इधर...ये खाली कुर्सी है।

'मुस्करा रहे हैं। बैठूँगी नहीं...अभी निकल रही हूँ घर। आज बड़े बेटे का जन्मदिन है, आपको आना है।'

'अरे हाँ, परसों आपने कहा था। कौन-कौन लोग हैं यहाँ से?...बेटा अब बड़ा हो गया होगा।'

'हाँ, पाँच पूरा हो गया, छठवाँ लगेगा।...आइएगा जरूर, यहाँ सबको नहीं कहा है। बस आप, अनुराग, अमित, अशोक और अखिल। पुष्पा और सावित्री जी भी रहेंगी। जरूर आइएगा! आप लोगों के लिए विशेष इन्तजाम किये हैं श्रीमान जी!' सुषमा जाने को हुई।

'थोड़ी देर बैठिये। हम सब चलकर पूरा इन्तजाम करा देंगे।'

लेकिन सुषमा बैठी नहीं। यह कहते हुए कि 'बैठूँगी तो जरूर उलझ जाऊँगी दया-पुराण में! और आपका पुराण अनन्त है, समझने के लिए चलो ग्रन्थ पढ़ो... टाइम किसके पास है!'

दया सुषमा का कान देखते रहे, 'बड़ा है कि छोटा? कान बाली-झुमके से लटक गया है, लेकिन छोटा है। बासमती का कान जरूर सुषमा के कान से बड़ा है।' यही एक स्त्री थी बासमती के अतिरिक्त जिससे वे खुलकर बात कर लेते। अभी जो वह थोड़ी देर के लिए आयी तो दया सुषमा में जीवन-तत्त्व खोजने लगे। उन्हें लगा कि सुषमा की देह एक मन्दिर की तरह है जहाँ हर वस्तु पूजनीय है। उनकी बासमती भी है पूजा के योग्य। वे गाँव की है, इसी कारण शहरी स्वभाव पसन्द नहीं आ रहा है, लेकिन जो यहाँ के हैं उनके लिए तो गाँव का स्वभाव भी अच्छा नहीं लगेगा।' दया अपने सोचते, बोलते, मुस्कराते रहे।

अशोक आ रहे हैं, उनके साथ है अखिल, अनुराग और अमित।

'खूब चिपककर बतियाते हैं। क्या हुआ? बात बनी?'

'दया बहुत चालू हैं भाई! सिर से लेकर पाँव तक एक-एक अंग निहारते हैं।'

'...और वह किसी को भाव भी नहीं देती। दया का लह भी सकता है। ऐसे काम में सीधे-सपाट कामयाब हो जाते हैं और हम जैसे चूतिया-चपाट बस खें-खें करते...।' अमित ने और खोल दिया।

दया सोचने लगे, 'ठीक ही तो कह रहे हैं! मैं सुषमा के प्रत्येक अंग से बासमती के अंग की तुलना करता हूँ। यहाँ तक कि सेक्स-क्रियाओं तक चला जाता हूँ। यह मानसिक सेक्स हानि पहुँचा सकता है। हो सकता है कि उम्र के प्रभाव से ऐसा होता हो, तब तो स्त्री भी मानसिक सेक्स से तुष्ट होती होगी। बासमती से पूछूँगा।'

'तुम सब क्या करने आये हो और क्या कर रहे हो!' अशोक सबको डाँटा— 'कितने बजे चलना है? गिफ्ट क्या रहेगा? सामूहिक होगा कि अलग-अलग। कितने रुपये सबको देने हैं? कुछ सोचा है? टाइम वेस्ट मत करो!'

'सुषमा का इन्तजाम अच्छा है...दारू-वारू भी है।' अखिल के मुँह में पानी आ गया।

'मैं तो पीता नहीं। हाँ, सुषमा कह रही थी कि विशेष इन्तजाम है, शायद यही विशेष हो!' दया बोले।

'आज तो पीना पड़ेगा सुषमा का मन रखने के लिए।' अनुराग बोले।

'दया एक बार पी लें, फिर देखना! चिन्ता न फिकर, न कोई तनाव न उदासी, बस एक धुन...कुछ दबा नहीं रहता, सब बाहर आकर मौज-मस्ती में चार-चाँद लगाता है दारू। शराब का एक पैग स्वास्थ्य के लिए हितकर है। दूसरा पैग मनोरंजन करता है। हाँ, तीसरे पैग की सलाह नहीं दूँगा। तीसरा पैग सिर के ऊपर से बोलता है।' अखिल ने दारू की तारीफ की।

'मैं शराब को कतई स्वास्थ्य के हित में नहीं समझता, चाहे बूँद-भर सही।' दया की इस बात का सबने विरोध किया।

'बात दारू की नहीं, मात्रा की है। यदि इतनी नुकसानदेह है तो सरकार को बन्द करा देनी चाहिए। हर नुक्कड़ पर देशी-विदेशी दारू का अड्डा मिल जायेगा।' अमित भी चाहते थे एकाध घूँट।

'सरकार को टैक्स भी तो मिलता है।' अनुराग बोले।

'कभी-कभी...आर्टी-पार्टी में चलना चाहिए। विदेशों में तो आम बात है।' अशोक का अपना तर्क है।

'फायदा-नुकसान जाये भाड़ में, मुझे पीना है तो पीना है। देवता सुरा पीते थे। सुरा-सुन्दरी का मेल कहा गया कि नहीं? दया क्या जाने यह सुख! अरे एक बार लेकर तो देखे सुरा का मेल। ...तमाम साहित्य भरा है। कविताएँ क्या कम लिखी गयी हैं? शायरी तो बिना शराब के बनती ही नहीं। हुस्न...इश्क...शराब...मुझे तो रोज मिले तो गटक लूँ। अधिकारी रोज पीते हैं, देखो तो गाल कितने लाल-लाल... बिल्कुल सॉफ्ट।' अखिल के पास दारू के पक्ष में प्रमाण की कमी नहीं है।

'आज दया को पीना पड़ेगा। भरे जाम लेकर भले मर जायें।' अमित ने दया के गले में बाहें डाल दीं।

'ज्यादा पक्ष-विपक्ष की बात न करो, चलो!...और ज्यादा साहित्य-वाहित्य किया तो दया को लाइन मिल जायेगी, फिर कोई तर्क काम नहीं करेगा। चलो उठो!' अशोक ने समय दिखाया।

'आज फिर देर से आये! दस से ज्यादा बज गया!' बासमती प्रतीक्षा करते-करते थक गयी थी।

‘क्या बताएँ! यहाँ रोज-रोज ससुर के पार्टी ही है...कभी जन्मदिन तो कभी शादी का दिन! मैं इससे तंग आ चुका हूँ।’ दया के स्वर बता रहे थे कि वे सौ ग्राम चढ़ाकर आये हैं।

‘दारू तो मिलती है पीने को। इसी बहाने शराब पीना तो आ गया!’ बासमती व्यंग्य कर रही थी।

‘कोई फोकट में नहीं पड़ती दारू। गिफ्ट में शराब से ज्यादा घुस जाता है।’ पसीने से तर दया पैन्ट-शर्ट उतारकर चौकी पर ऐसे फेंक रहे थे, मानो वे इसे व्यर्थ ही पहन लिए हों। जून की गर्मी, ऊपर से शराब! बेचैन दया ने बनियान भी निकाल कर फेक दी—‘देखो! कितनी भीग गयी है! निचोड़ दो तो एक अँजुरी पसीना निकल जायेगा।’

बासमती बोली नहीं। बरामदे में बँधी अलगनी पर बनियान को फैला दिया। बच्चे सो गये थे। नशे में भोजन ठीक से खाया नहीं जाता।...पता चला कि जनाब पार्टी में सिर्फ रोटी बिना दाल-सब्जी लगाए चबा रहे थे जैसे चमड़ा चबा रहे हों। सलाद को ही हड्डी समझ चूस-चिचोर रहे थे। नशा व्यक्ति की सामान्य क्रियाओं और स्वभाव को प्रभावित करता है। दया तो बिना पिये विचारों के नशे में रहते थे, लेकिन अब तो शायद दारू बिना उन्हें कोई पार्टी रुचे ही न! दया बके जा रहे थे मन माफिक!

बासमती भी जानती थी कि शराब के नशे में व्यक्ति खूब मौज करता है। नीचे अपनी सहेलियों से बातचीत में बासमती जान गयी थी कि आदमी बहुत खुल जाता है। बिजलीवाले भाई साहब तो तकरीबन रोज पीते थे। बासमती यह जान गयी थी कि शराब से सेक्स का अनुबन्ध स्थापित हो गया तो प्राकृतिक सेक्स बाधित हो जायेगा। हो सकता है कि पुरुष नपुंसक हो जाये। जो चतुर हैं, थोड़ा दिमाग रखते हैं, वे शराब की मात्रा पर नियन्त्रण रखते हैं। जीवन में बहुत-कुछ मात्रा पर निर्भर है। यह मात्रा परिवार, समाज और बाजार तक की यात्रा करती है। शायद मात्रा के विषय में दया नहीं जानते। और ऐसा न हो कि जब जानकारी हो तो देर हो जाये। अक्सर चिड़िया द्वारा खेत चुग लिए जाने के बाद होश होता है।

फिलहाल इस समय तो दया बासमती के साथ मौज में थे।

और दस दिन बाद बिजलीवाले भाई साहब का निमन्त्रण आया—‘कल से मानस का अखण्ड पाठ है।’ दया सपरिवार आमन्त्रित हैं। परसों पूर्णाहुति होगी, भोजन

होगा। चाहे तो रामचरितमानस का पाठ करें या न करें। दो पार्टियाँ आयेंगी, वही झकझोरकर दोहा-चौपाई गाएँगी।

और चौबीस घंटे मानस का शोर! एक गूँज—चाहे अयोध्या में हो या राम के साथ वन में या फिर लंका के युद्ध-मैदान में...ये रहा अन्तिम काण्ड। 'मंगल भवन अमंगल हारी...' पर तो ध्वनि तेज हो जाती थी। महिलाओं ने भी खूब गया रामचरित मानस। मुहल्ले के पुरुष गाने में कम, बाहर बैठकर बतियाने में और चाय पीने में ज्यादा मशगूल थे।

बिजलीवाले भाई साहब भी जान गये थे कि दया भी पी लेते हैं। उन्होंने संकेत से दया को बुलाया और कहा—'उस कमरे में खास लोगों के लिए खास इन्तजाम है, आइए!'

'आइए! आइए श्रीमान! आज का यह कार्यक्रम सफल हो गया।' एक सज्जन बिजलीवाले भाई साहब से कह रहे थे।

'जानता हूँ। दया जी आज खास मेहमान हैं। और एक बात बताऊँ कि यह आयोजन क्यों है। तो भाइयो! मेरा प्रमोशन हो गया है। एक ओहदा बढ़ गया है।' बिजलीवाले भाई साहब गिलासों में जाम ढाल रहे थे—'और यह पोस्ट कमाऊ है, आप लोगों से क्या छिपाना!'

'पहला पेग पटियाला होना चाहिए।' एक प्यासे व्यक्ति की आवाज थी।

'यार, ये रामायण-फामायण की क्या जरूरत थी!' दूसरा बोला।

'यही तो बहाना है। धर्मवाले, संगी-साथी, दफ्तरी दोस्त, मुहल्लेवाले, सबको साथ ले लिया।' तीसरे ने कहा और काजू का एक टुकड़ा मुँह में डाल लिया।

'फिर मानस ही होता, हम ठंडा पीकर चले जाते। यह दारू-फारू की क्या जरूरत?' दूसरे ने फिर कहा।

'मैं तो आबकारी में हूँ।' चौथे साहब आबकारी इन्सपेक्टर हैं, बोले—'बिना शराब के स्वाद कहाँ! आप यही न कह रहे हैं कि इस धार्मिक आयोजन में शराब क्यों? शराब कोई अछूत वस्तु तो है नहीं! अब तो हाल यह है भाई साहब कि किसी भी प्रयोजन में बिना जाम के काम नहीं चलता। कल मेरे दोस्त के पिता की पुण्यतिथि थी और देर रात तक झोंक के दारू चली।'

सबकी बोलती बन्द! अब क्या कहेंगे?

सबको चुप देखकर दया बोले जो अभी तक कभी सलाद और कभी पापड़ टूँग रहे थे—'देवता भी शराब पीते हैं। महाभारत-काल में तो इसका खूब चलन था। शिवजी भाँग पीते हैं...सब अर्क ही तो है! खाने-पीने की वस्तुओं में रोक

काहे को! हाँ, कितना लेना है यह याद रहे। अधिक चावल-दाल भी नुकसान कर सकता है।'

'दया की मुहर लग गयी।' एक प्यासे व्यक्ति की खुशी है यह।

'उठाओ भाई!' कई एक-साथ बोले।

और फिर दारू का दौर! नहीं-नहीं कहते रहे दया, लेकिन माने कौन? हर एक ने अपनी ओर से एक पैग दया को पिलाया। 'इस दारू-सभा में दो औरतें भी रहतीं तो हम अंग्रेजी महफिल का मजा लेते।' किसी ने कहा और 'हा-हा-हा' की ध्वनि गूँज गयी।

रात के एक बजे का समय। बिजलीवाले भाई साहब दया को घर तक छोड़ने आये। भोजन समाप्त हो चुका था और सबका पेट भरा था दारू से।

दया को न पैर की खबर, न घर की, लेकिन अनायास ही सीढ़ियाँ चढ़ गये। बासमती कब की आ चुकी थी, आँख भी लग गयी थी उसकी।

'इतनी रात हो गयी! हाय राम! इतनी दारू पी गये?' बासमती ने दरवाजा खोलते ही दया को सँभाल लिया।

और फिर वही स्थिति व गति जो अक्सर दया की दारू पीने के बाद होती। बासमती की देह पर कपड़े नहीं हैं, कूलर चल रहा है, खूब अण्ड-बण्ड बोल रहे हैं दया। वे जैसे क्रिया में लीन नहीं हैं वरन् अनायास ही क्रियाएँ हो रही हैं जैसे उनकी आदत हो। ...गति की कोई सीमा नहीं...आनन्द की पराकाष्ठा का ज्ञान नहीं, न बोध कि समय कितना हो गया।

अचानक बासमती थम-सी गयी, बोली—'कण्डोम नहीं लगाए न? हाय राम सब चौपट!

'तुम फिकर...मत...करो...चुप रहना भी सीखो...इस समय फालतू न बोलो।' दया तेज चलती साँस में बोले और आश्वस्त किया। लेकिन सीमा तो लाँघ चुके थे दया।

और फिर सुबह बच्चे पहले जाग गये। 'मम्मी-मम्मी' की पुकार से बासमती की आँख खुली। दया को बासमती ने जगाया।

अब होश कहाँ दया को। रात के नशे से भी भारी...न तारे दिख रहे हैं न आकाश, न विशाल धरती का सौन्दर्य। सिर्फ दिख रहा है एक गर्भ में कई लड़ते शुक्राणु जो शीघ्र ही भ्रूण में बदलनेवाले हैं। दया नहाने चले गये। सिर पर पानी गिराते उन्हें लगा कि सिर पर घड़ों पानी गिर रहा है और वे बुरी तरह काँप रहे हैं।

अभी मुँह दिखाने लायक है, लेकिन लजाते तो रहेंगे!

'सब चौपट हो गया! कोई डॉक्टर तैयार नहीं है।' दया उदास थे।

'इस बार क्यों ऐसा है? गाँव में एक-दो बार सफाई कराई थी तो कोई बात नहीं थी।' बासमती सावन के उमड़ते बादल देख रही थी। छत पर कोई नहीं था। दिन के चार बजे थे और वहाँ धूप नहीं थी। बादल का उड़ना तो दया भी देख रहे थे।

'यहाँ डॉक्टर बड़े नाटकीय हैं। कहते हैं कि अबॉर्शन नहीं हो सकता। जान जाने का खतरा है।'

बासमती को कुछ नहीं सूझ रहा था कि क्या करे और क्या कहे।

'देखिये! अब तो दूध भी कड़ा हो रहा है, पेट भी भारी...ढाई महीना हो गया। आपने इस काम में लापरवाही की है।' बासमती बोल गयी।

'होने दो कड़ा!' दया बुरी तरह तनाव में थे—'क्या कर सकता हूँ! महीना पन्द्रह दिन चढ़ा था, जाँच हुई थी सब सही भी था।...जो कराना था उसी समय करा लेना चाहिए था लेकिन तुम बीमार हो गयी। डॉक्टर ने कहा था कि धड़कन तेज है। हाई ब्लडप्रेशर में न कराएँ, और तुम भी लापरवाह हो गयी।...और फिर तुम्हारी बीमारी ठीक हुई तो कभी देह में चुनचुनाहट, कभी उल्टी, कभी पेट में गैस और तो कभी आँत फँस गयी।' दया गुस्से में थे—'पता नहीं यह बीमारी है या कोई बहाना।...तुम्हें अपने शरीर का खयाल करना चाहिए, पता नहीं कौन काम पड़ जाये! साले को...एक बुलाए, तेरह आये।...आखिर तुम्हें तो पता चल गया था कि कण्डोम नहीं लगा है। मैं नशे में था, तुम तो नहीं थी।...लेकिन तुम्हें तो दो आँख की जरूरत है। पता नहीं किस स्वर्ग में जाओगी लेकर दो आँख।'

बासमती क्या बोलती!

'सेक्स में अन्धी हो गयी हो। सब यहाँ की तुम्हारी दोस्त तुम्हारा दिमाग धो डाली हैं। तुम रोज पूजा करने लगी, रोज बाजार...ब्यूटी पार्लर...बुढ़ापा आ गया मगर सूट पहनेगी! सबको जानता हूँ। सब बदचलन हैं, घूमती रहती हैं, न लाज है न डर, गाँव में जैसे थीं चाची की सहेलियाँ। दो अक्षर पढ़ क्या लिया कि आग में मूतने लगीं। सँभालो अपने को नहीं तो सिर पर टट्टी फिर देंगी।'

बासमती अब भी चुप रही। लाख कहेगी, लेकिन दया के चिल्लाने के आगे कौन सुनता है? स्त्री की सुनेगा कौन? कुछ भी कहे, गलती उसकी ही ठहरेगी। दया अपनी गलती मान नहीं सकते। समाज में भागीदार बनना है तो खाना-पीना पड़ेगा ही। ढलती उम्र का प्रारम्भ होनेवाला है तो अपनी ताकत

की जाँच करनी ही होगी। शहर है तो शहर के हिसाब से रहना पड़ेगा। दया पुरुष है, समाज के मुख्य भागीदार। पचासों जगह दिमाग लगाना है और उनकी बासमती को तो सिर्फ घर के काम। दया अब बासमती को क्या कहें, कितना कहें! उनके अनुसार तो वह फिर बच्चा चाहती होगी। दया अपनी गलती कहीं से नहीं ठहराते।

रोज-रोज किचकिच, झगड़ा। बासमती का कोई स्वभाव और कार्य दया को नहीं रुचता। हर स्वभाव पिछड़ापन लिए हुए, हर कार्य दोषपूर्ण। बासमती को आश्चर्य होता कि दया ऐसे कैसे हो गये? लेकिन अब तीसरा सन्तान तो होगी ही, क्योंकि बासमती का जीवन तो दाँव पर नहीं लग सकता।

'ये गोलियाँ मिली हैं अस्पताल से, नियमित खाती रहना।' दया आयरन और कैल्सियम की गोलियाँ थमाते हुए बोले।

'टिटनेस की सुई भी लगेगी, कब?' बासमती ने पूछा।

'अभी डॉक्टर ने बताया नहीं। परसों बुलाया है, तुम पूछ लेना।' दया बोले और बासमती के साथ बेली अस्पताल से बाहर आ गये।

पहले या दूसरे बच्चे के समय दया की जो मानसिक स्थिति थी, वैसी अब नहीं थी। एक सामान्य प्रक्रिया की तरह सबकुछ घट रहा था। लेकिन दया फुर्सत के क्षणों में खोए रहते अपने सोच-संसार में।

शहर में रोज मेला है। दशहरा का मेला कौन बच्चा नहीं चाहेगा देखना! बल्लू और मोहनी जिद करते। बासमती को इस समय मेला-ढेला से क्या मतलब! दया बच्चों के साथ पैदल जा रहे थे, वहाँ जहाँ रावण का पुतला लगा है। जा रहे हैं कहाँ और सोच रहे हैं क्या—'...यह तीसरा बच्चा पैदा होगा तो मेरा मुँह तो सिंघाड़ा हो जायेगा। कहेंगे लोग कि 'दयवा बुढ़ौती में पनिया गया है! बाल पक गये आधे...और यह हालत है! बासमती भी लाज से गड़ जायेगी।' दया को लगा कि वे कोई जल में पैदा होनेवाले पदार्थ हैं—'मछली होता तो बासमती खूब अण्डे देती, गिनती नहीं कि कितने बच्चे हैं। मरते-बिलाते रहते।' दया खुद को एक जाल में फँसा हुआ देख रहे थे, ऐसे छटपटा रहे थे कि मानो प्राण निकलने ही वाले हैं। ...पानी की पतली परत पर रहनेवाले इस दया को गहरे जल में नहीं उतरना चाहिए था—'उस दिन नशे में बड़े समुद्र को जोड़नेवाला पतला भाग दिखा था, उस पतली रेखा में मैं प्रवेश करना चाह रहा था, कितनी बैचेनी थी! ...हो बैचेनी! करे मन अंड-बंड! देखो सपना! करो कल्पना! ...भुगतो! यह पानी

ससुरा मुझे कहीं का नहीं छोड़ा। बेवजह प्यास लगी थी। व्यर्थ पानी बहने का परिणाम यही होता है।'

'पापा, कितनी दूर है रावण?' बल्लू ने प्रश्न किया।

'बस बेटा, एक बाल्टी दूर है।' दया ने अटपटा उत्तर दिया।

'भैया, रावण बहुत बड़ा है! उस घर से भी बड़ा!' मोहनी रावण की ऊँचाई एक घर दिखाकर बता रही थी।

'बस बेटा, आ ही गये हैं। पानीवाला रास्ता कट गया, चुपचाप चलो। पानी के बतासे खिलाऊँगा, उड़नेवाले गुब्बारे भी दिलाऊँगा।'

'...उस दिन देवता ही तो हो गया था! शराब का नशा आसमान पर चढ़ता है तो अपनी कहाँ सुध! देवता भी स्त्री को खुश रखता है सुरा पीकर। ...विमान उड़ते-उड़ते बादलों में छिप गया था, जमीन दिख नहीं रही थी...तारे भी दूर थे और दिन में तो दिखते ही नहीं...लेकिन उस दिन तो रात थी, देर रात...। तारे ही तो देख रहा था, गिन भी रहा था। शायद यही कारण था कि होश नहीं था। ...अब गिनो तारे! चाहा करो देवता होना! दारू पीकर! ...लो मजा जब तक चाहो! अरे जीवन मवाद न हो गया तो कहना!'

'पापा, पैर में दर्द होने लगा। रावण कब आयेगा?' मोहनी ने पूछा।

'देखो वो...दिख रहा है रावण।' दया ने तर्जनी उठाई।

'हमको नहीं दिख रहा है पापा! ...पेड़ से भी बड़ा होगा न रावण?' मोहनी ने एक पीपल का पेड़ दिखाया।

'बड़े हो जाओगे तो रावण दूर से दिखने लगेगा।' दया पीपल का पेड़ देखने लगे–'यह पीपल कितना भाग्यशाली है! जल्दी उगता नहीं, और पत्थर पर भी उग सकता है यदि कोई पक्षी गोदे खाकर बीट कर दे। तभी तो पीपल की भरमार नहीं है। जो महत्त्वपूर्ण है उसकी यह दशा! ...और बबूल अनायास उगा है जंगल की तरह। ...मैं भी वृक्ष होता तो अनायास उग जाता। कोई भी आता, मैं उसे पका फल देता, वह फल खा-चिचोरकर बीज-गुठली फेंक-गिरा देता और मैं फिर उग जाता। एक वृझ की हजारों सन्तानें...जरूरी सन्तानें। कोई न कहता कि बड़ा मूर्ख है, उग रहा है। लेकिन पानी तब भी चाहिए। पानी की रक्षा करना हमारा फर्ज है। उस दिन पानी ही तो चढ़ा था सिर पर! बर्दाश्त करना चाहिए था।'

सामने रावण खड़ा था। दया को लगा कि वे रावण हैं और उनके एक लाख पूत सवा लाख नाती हैं। रावण का भला क्या हुआ? इस सवा लाखी से रावण के व्यक्तित्व पर क्या असर पड़ा? यहाँ तो दो हैं, तीसरा गर्भ में है। एक था तो

पत्थर पर दूब की तरह, अब ये दोनों तो जमीन की दूब हैं। दया को लगा कि वे पगला जायेंगे, माथा फट जायेगा।

'बेटे, तुम लोगों के सिर में दर्द तो नहीं है?'

'नहीं पापा!' बच्चे बोले—'मजा आ रहा है।' रावण को घेरकर बैठे दर्शनार्थियों में दया और बच्चे भी हैं।

'पापा, रावण सिर-दर्द खत्म कर देता है।' बल्लू के लिए रावण अलौकिक शक्ति जैसा था।

दया देर तक देखते रहे। जलते रावण को और फूटते पटाखों से बार-बार कभी अपना, कभी बल्लू-मोहनी का कान बन्द कर रहे थे।

'डॉक्टर ने क्या बताया?' दया ने बासमती से पूछा।

'डॉ. गोयल थीं और वे बोलती कम हैं। डॉ. यादव खूब बतियाती थीं। लेकिन गोयल पुरानी हैं। कह रही थीं पन्द्रह दिन में बच्चा होगा, तारीख लिखके दी है।' बासमती ने एक कागज बढ़ा दिया।

'इसका मतलब यह हुआ कि जाऊँ और अम्मा को लिवा लाऊँ।'

बासमती 'हूँ' बोलकर चुप हो गयी। खर्चे का भार दया के सिर पर था। जम्हाई नहीं आ रही थी, फिर भी दया मुँह बा रहे थे, मानो भार हल्का कर रहे हों।

गर्मी धीरे-धीरे बढ़ रही थी। मौसम बदल गया था। इसी कारण दोपहर में प्यास अधिक लग रही थी। दया के पास समय नहीं था। उन्हें गाड़ी पकड़नी थी, रफ्तारवाली ट्रेन। शहर से गाँव तक जाने में कितने गाँव गुजर जाते थे, कितने कस्बे हाथ उठाए ऊँघते दिखते थे—कौन गिनता है!

गौरा छोटी बहू के साथ शहर आ गयीं।

'अम्मा, डॉक्टरनी ने आज की तारीख बताया है।' दया कौर निगलते हुए बोले।

'हियाँ कइसे होत है बेटा, हम का बतावें!' गौरा लाचार दिखी।

'मेरे विचार से आज बासमती को भर्ती कर दिया जाये।' दया ने साफ-साफ कहा।

'बिना दरद उठे अस्पताल में भर्ती?' गौरा को आश्चर्य हुआ।

'यहाँ हफ्ताभर पहले से बच्चा होनेवाली औरतें भर्ती होती हैं अम्मा!'

दया चले जा रहे थे अस्पताल मुँह बनाए, बासमती को लिए। उन्हें लगा कि वे इस संसार के सबसे मूर्ख व्यक्ति हैं। सारी समस्याओं की जड़ वे स्वयं है। दया का मन हुआ कि आटोरिक्शा से कूद जायें। उन्हें लगा कि उनके भीतर का हंस उड़ गया है, सिर्फ कौआ बैठा गू में ठोर मार रहा है। दया के मुँह में थूक भर गया जिसे वे चाहकर भी थूक न सके।

बासमती प्रसव-कक्ष में ले-जाई गयी। गौरा बाहर बैठी रहीं। यहाँ प्रसव-कक्ष में अन्य को जाने की मनाही थी। बाहर गौरा चुप बैठी रहेंगी घंटो। वे सोच रही थी कि भीतर कई स्त्रियाँ हैं, कहीं बच्चा बदल न दें। लड़की को लड़का बनाने में देर नहीं लगेगी। ...यहाँ सामान्य प्रसव किसी-किसी को होता है। प्रसव-पीड़ा बर्दाश्त नहीं होती, ऑपरेशन करवाकर सभी पीड़ा से छुट्टी पा लेती हैं। बासमती को सामान्य प्रसव की उम्मीद थी।

दया गौरा के पास नहीं थे। अस्पताल के बाहर टेलीफोन-बूथ पर थे। 'हलो! ...सुषमा जी, नमस्ते! मैं अस्पताल में पत्नी के साथ हूँ।'

'क्या हो गया? ...कौन? दया जी? ...हाँ, सुषमा बोल रही हूँ।'

'क्या बताऊँ!'...

'बताएँ तो सही...! मैं आ जाऊँ क्या?'

'नहीं...आप क्यों परेशान होंगी?...पत्नी को बच्चा हुआ है।' दया जल्दी से कह गये।

'क्या? ...बड़े छुपे रुस्तम निकले आप!'

दया ने फोन रख दिया। पूछना था मित्रों के फोन नम्बर और पूछ नहीं पाए। यह भी कहना था कि 'कल दफ्तर नहीं आयेंगे' लेकिन कुछ याद रहे तब न!

छोटी बहू यह सोचकर शहर आयी थी कि यहाँ घूमेंगे, वहाँ घूमेंगे, शौक-शृंगार करेंगे। गोबर-माटी से वह ऊब चुकी थी। लेकिन यहाँ शायद ही सम्भव हो। फिर भी वह बासमती से निवेदन करेगी। अभी तो उसे गौरा के लिए खाना बाँधना था। रात के दस बज रहे थे, बच्चे अभी सोए नहीं थे, वे अभी खा रहे थे—सब्जी, पराठा, दूध...

'भाई जी! दीदी ठीक हैं न?...क्या हुआ?' छोटी बहू ने पूछा।

'सब ठीक...बल्लू का छोटा भाई आया है।' दया खाने का डिब्बा झोले में रखते हुए बोले—'मुझे फिर आना पड़ेगा, वहाँ जगह भी नहीं है और यहाँ तुम सबको अकेले छोड़ना ठीक नहीं।'

अस्पताल में बेंच पर बैठ गौरा ने खाना खाया। यहाँ वे न खाती तो कौन पूछता, न शिवरतन थे न छोटकन।

'अम्मा, अब जा रहा हूँ। घबराना नहीं...बासमती को बिस्तर मिल गया है, तुम वहाँ रह सकती हो।' दया ने गौरा को आश्वस्त किया और लौट पड़े।

रास्ते भर सोचते रहे—'घर चलकर भरपेट खाऊँगा। पता नहीं पराठे कितने होंगे। अधिक होंगे तब भी माँगूँगा नहीं। छोटी बहू सोचेगी कि खब्बू हैं भाई जी। दूध पी लूँगा। लेकिन दूध बचा रहेगा तो सुबह चाय बन जायेगी। छः बजे तक अस्पताल आना है, चाय-ब्रेड लेकर। थर्मस बगल से माँगना पड़ेगा।'

'...एक घर में कैसे सो पाऊँगा? वैसे जाड़ा तो है नहीं, बरामदे में चटाई लेकर पड़ा रहूँगा। ...छोटी बहू अभी सोई नहीं होगी, बच्चे गहरी नींद में होंगे। बारह से आगे हो गयी घड़ी की सुई। आधी रात गयी। शेष बची रात में नींद नहीं आयी तो? कल अस्पताल, घर एक करना पड़ेगा। थकान अधिक होगी, कहीं बीमार न पड़ जाऊँ! यह बेटा बीमारी ले आया है क्या? बासमती तो भोग चुकी है, अब मेरी बारी है।

...और आधी बची रात!

पहली बार ऐसा था कि दया बासमती के अतिरिक्त किसी अन्य स्त्री के साथ एक कक्ष में रात बिता रहे थे। और वह स्त्री थी घर की छोटी बहू।

चटाई बिछा दी दया ने। उसके ऊपर साफ-सुथरी कथरी और फिर ऊपर एक चारखानेवाली चादर। तकिया लगा के ऐसे लेट गये दया जैसे नींद प्रतीक्षा कर रही है। बरामदे की तरफ कोठरीवाला दरवाजा खुला था। गर्मी में यह दरवाजा खुला रहता था। भीतर पंखा चल रहा था और मद्धिम रौशनीवाला लाल बल्ब नींद में होने का संकेत दे रहा था। दया को नींद कहाँ आती! वे तो सोच रहे थे कि यदि इस बिस्तर पर बासमती होती तो नींद का आनन्द कैसा होता? गाँव के आनन्द से चार गुना ज्यादा। चाँदनी का आधा-तिहाई प्रकाश यहाँ भी आ रहा था। बिस्तर में नवीनता थी और जब भी नया कुछ होता, दया सुख की कल्पना करने लगते।

सोचते-सोचते दया देव-सम्बन्धी कृत्यों की ओर मुड़ गये। कितने बदचलन थे देवता! इन्द्र तो चरित्रहीनता की हद पार कर चुके थे। तब देव-प्रमुख हों या कोई राजा, चाहे राजकुमार भोग में ही दिमाग खपाते रहते थे। दया उठे और कोठरी के भीतर घुस गये। बच्चे आड़े-तिरछे सो रहे थे। छोटी बहू गहरी नींद में थी। वह पेट के बल सोई थी। दया ने सोचा—'यदि यहाँ कोई देवता होता तो प्रणय निवेदन करता। मैं तो दया हूँ। छोटी बहू के साथ पूरा जीवन 'भाई जी' बनकर निभाना है। गाँव में भले ऐसे देह-सम्बन्धी कृत्यों की चर्चाएँ होती हैं। वे सभी सम्बन्धों को ठीक से नहीं जानते जो ऐसा करते हैं।...देखो! मोहनी कैसे

सोई है...पेट के बल! अभी बेटा लेकर बासमती आयेगी तो वह बहुत दिनों तक गर्भ में जैसा था वैसी स्थिति में सोएगा, गठरी की तरह।'

दया कमरे में देर तक खड़े रहे। उन्हें लगा कि तीसरे बच्चे के पीछे धुएँ के बड़े-बड़े गोले चल रहे हैं। साँस लेने में कितनी दिक्कत हो रही है! दमे जैसी साँस।...अब तो यह धुआँ आँखों में लगेगा, लाल हो जायेगी आँख। दया बरामदे में बिछी चटाईवाले बिस्तर पर आकर पसर गये—'...देह तो माटी है...पार्थिव शरीर! यही देह पंचभूत है, इसी में छिपा है सुख—इस लोक से सम्बन्ध रखनेवाला सुख। अभी कितना धुआँ निकल रहा था, तीसरे बच्चे के पीछे-पीछे! भला धुएँ में क्या सुख मिलता? मैं अभी छोटी बहू को सोए हुए देख रहा था। देह के कोणों से काम-अंगों का ध्यान आ गया था। काम-क्रियाओं का व्यवहार नहीं हुआ। लेकिन पास में स्त्री है तो पुरुष क्या करे? क्या वह सेक्स तक जायेगा? छोटी बहू नींद में जड़ थी। वह क्या व्यवहार करती और क्यों करती? मैं चेतन में था चेतनाशून्य! पुरुष की दृष्टि ही ऐसी है कि वह स्त्री में सेक्स-अपील ढूँढ़ता रहता है।

दया को लगा कि 'पानी बढ़ गया है, डूबने-भर का अभी नहीं है। कचरावाला पानी है, बदबूदार।...मेरे बच्चे डूब रहे हैं, उसके डूबने-भर पानी है। पानी की महक किसी सड़ते जानवर से भी तीखी है। गंध से लड़ना कठिन है। बच्चा मरेगा नहीं, घुट-घुटकर जीएगा।'

...और दया अपना उपकरण लिए ज्ञान का घूँट पी-पीकर बजबजाते पानी के प्रवाह को रोकने का असफल प्रयास कर रहे थे।...अचानक पानी से एक चेहरा निकला और दया की ओर बढ़ा। अजीब आकृति थी। पूरा धड़ पानी का था, तीन चेहरे बने थे। एक चेहरा तेज आँच से दहक रहा था, दूसरा चेहरा धुआँ-धुआँ था। तीसरा चेहरा कान बन्द किये चीख रहा था। 'धत् ऐसी आकृति!' दया बोल पड़े। एक बच्चा आकृति के आगे खड़ा था, गिड़गिड़ाता हुआ वह अपने प्राणों की भीख माँग रहा था। दया चाहते थे कि इस बेहूदी आकृति का गला दबा दें, लेकिन न बोल फूट रहे थे और न हाथ बढ़ रहे थे। दया चिल्लाते हुए रेलिंग तक आये, नीचे झाँका। शहर ऐसे सो रहा था जैसे उसे समय की खबर ही नहीं। दया बीते हुए समय पर क्रोध कर रहे थे। उन्हें लगता था कि उनकी कोई बात नहीं मानता। कोई उनके साथ नहीं है। अकेले कैसे लड़ेंगे इस भूत से? तीसरे बच्चे की जान खतरे में है। वे भूत भगाने की क्रिया भी नहीं जानते। भूत ठहाके मारकर हँस रहा है। उसकी हँसी में कुछ सुनाई नहीं दे रहा है, मानो वह कह रहा है कि, 'दया! तुम स्वार्थ-सिद्धि को महत्त्व देनेवाली सभ्यता में जी रहे हो।' दया को लगा कि उनके सिर में कीड़े रेंग रहे हैं। खुजलाते-खुजलाते

हालत खराब हो गयी है।कभी पीठ में खुजली हो रही है, कभी जाँघ में तो कभी पेट खुजला रहा है, जैसे चींटी रेंग रही हो।

दया घबरा गये। कमरे में आकर वहीं बैठ गये जहाँ नहीं बैठना चाहिए था। छोटी बहू की जाँघ उघार थी, साड़ी का पल्लू भी ब्लाउज से खिसक गया था। दया की समझ में नहीं आ रहा था कि वे क्या करें। दया की नजर मोहनी पर गयी। उन्होंने गौर से देखा—वह केवल चड्ढी पहने थी और सैंडो बनियान। वे कभी छोटी बहू को देखते कभी मोहनी को। सोचने लगे दया—'मोहनी बड़ी होकर छोटी बहू जैसी सुन्दर होगी। यह तो मेरी बेटी जैसी सुन्दर है। मोहनी बड़ी होकर ऐसी ही आकर्षक होगी।' रामचरितमानस की चौपाई दया बोल पड़े—'अनुज बधू भगिनी सुत नारी। सुनु सठ कन्या सम ए चारी। इन्हहि कुदृष्टि बिलोकइ जोई। ताहि बधें कछु पाप न होई।' दया सोचते और स्वयं से बतियाते—'मैने कोई अपराध नहीं किया, सोचना कोई अपराध है? ...है दया, यदि सोच ठहर जाती या सेक्स से आगे किसी घातक परिणाम की ओर सोच लेते तो? ...और तुम्हारे निवेदन या हठ को किसी भाँति छोटी बहू न स्वीकारती तो? क्या यह तुम्हारे जीवन की सबसे घिनौनी घटना न होती? '...होती, जरूर होती! मैं मुँह किसे दिखाता? दया, तुम स्वयं दोषी हो! तुम हमेशा सन्देह करते रहे, मूर्खतापूर्ण कार्य के लिए तुमने पहले पाँव निकाला। दूसरा बेटा भी तुम्हारी मूर्खता का ही परिणाम है। ...अब बासमती तुम्हें अच्छी नहीं लग रही है। पहले तो तुम किसी स्त्री की तरफ आँख उठाते नहीं थे और आज छोटी बहू में सेक्स-अपील खोज रहे हो! खोजो! देखा न तुमने अपनी बेटी को! मोहनी जैसी लगी न छोटी बहू? अब मारो दिमाग पर एक घूँसा।' दया को लगा कि वे छत से कूद पड़ेंगे। किसी तरह अपने को बचाते, मुँह बन्द कर अपने गाल पर कई तमाचे जड़ते हुए बरामदे में आये और ढह गये।

दया खूब रोना चाहते थे, लेकिन आँसू थे ही नहीं। गले में जैसे कोई काँटा अटक गया हो। वे भागना चाहते थे, लेकिन लगा कि पैरों में लकवा मार गया है। दया न मर सकते थे न जी सकते थे। वे अपने अपने तीसरे बच्चे को लेकर समाज में जाना चाहते थे। लेकिन समाज उनपर सिर्फ थूकेगाा, उन्हें ऐसा लगता था।

एक बार फिर दया कमरे में गये। उन्हें लगा कि छोटी बहू भी तीन बच्चों की माँ है। दया ने अपने से प्रश्न किया, 'क्या मोहनी भी कई बच्चे जनेगी? बल्लू भी हमारी तरह नींद के लिए व्याकुल रहेगा?' दया ने एक बार फिर छोटी बहू को देखा, वह सिकुड़ी-सी सो रही थी, मोहनी उसकी पीठ से चिपकी थी। दया को लगा कि वे अपने मन और हृदय को निकालकर मसल रहे हैं।

दया छोटी बहू के पाँव छूकर मनही मन माफी माँग रहे थे, तभी अज़ान हो गयी और पड़ोस में किसी ने हनुमान चालीसा का टेप बजा दिया।

कहीं अधूरा है बहुत कुछ, तो कहीं परिपक्व होने की जल्दी है

गौरा दस दिन रहीं। इतने ही दिनों में वे ऊब गयीं। छोटकन को उम्मीद थी कि उसकी पत्नी आयेगी और अम्मा रह जायेंगी। लेकिन गौरा को शहर कतई रुचता नहीं था। उनका शहर में रहना मुर्गी के दरबे में रहने जैसा था। पत्नी के बिना छोटकन उदास था। दया को लगा कि बल्लू उदास है। दया ने कहा था, 'घबराओ मत छोटकन! बस, एक महीने के अन्दर मैं बहू को भेज दूँगा। तुम चाहो तो चले आना और उसे शहर भी घुमा देना।' तब छोटकन के ओठ स्फुटित हुए थे।

यहाँ दफ्तर में आम जनता नहीं आती थी कि सिर पर चढ़ी रहे। लेकिन यहाँ की साथी महिलाएँ किसी न किसी बहाने दया से बतियाती रहतीं, अब वे भी बहाने बनाना सीख गये थे।

दया रास्ते भर सोचते रहे कि 'जब से यह दूसरा पुत्र हुआ है, यहाँ जीना नरक हो गया है। जो नमस्ते नहीं करते थे वे भी जान-बूझकर नमस्ते करने सीट तक आते हैं। मुहल्ले में बासमती की भी जान-पहचान बढ़ गयी है। जब देखो तब दो औरतें बासमती से बतियाती रहती हैं। जरूर बच्चे या मेरे सेक्स के बारे में खोद-खोद पूछती होंगी। बासमती का क्या! वह क्षणभर में फूलकर कुप्पा हो जायेगी और घर की सारी बातें उगल देगी। और मैं भी तो खुद अपनी हाँड़ी-गगरी की बात बता देता हूँ।

'ये यहाँ चप्पल क्यों है? ...इस कमीज को ऐसे किसने रखा?...लुड़रा गयी! एक चीज ठीक नहीं है।' दया घर में घुसते ही आपे से बाहर हो गये।

'कौन रखेगा? मैं ही तो हूँ! क्या हो जाता है आपको? आजकल आपको कोई चीज अच्छी नहीं लगती।' बासमती भी उसी तेवर में थी।

'अच्छा करोगी तो अच्छा लगेगा। शहर में रहने से नहीं आ जायेगा, दिमाग लगाओ!...सिर्फ बतियाओगी तो कुछ नहीं होगा!'

'दिमाग है मेरे पास, आप ही अपना दिमाग दफ्तर में सुषमा के यहाँ छोड़ आते हैं। जैसी भावना होगी, वैसी सूरत दिखाई देगी।'

'धीरे तो बोल सकती हो। छोटी बहू क्या सोचेगी? पाँच-सात दिन बाद चली जायेगी, तब लड़ना मुझसे।'

'आप खुद दिखो रहे हैं कि आप हैं कौन!'

बासमती मर्द होना चाहती है। आखिर वह अब तीन बच्चों की माँ है। मर्द होने का मार्ग बासमती के लिए खुला है। बच्चे जैसे-जैसे बड़े होंगे, बासमती के सहयोगी बनेंगे। तीसरा बच्चा होने के बाद तो सारा काम-धाम पीछे, मर्द होना पहले। दया भी तो स्त्री होना चाहते थे। स्त्री को मर्द बनना ही चाहिए। स्त्री चाहे जिस विधि से हो, वह रहना चाहती है परिपक्व होकर; और मर्द बन जाने पर वह बहुत विज्ञ हो जाती है, जैसे पुरुष स्त्री होकर बहुत-कुछ जान लेता है। मगर पुरुष मर्द होकर सिर्फ सेक्स और लड़ना जानता है। पुरुष को रहना ठीक से नहीं आता और सिर्फ शासन करना ही जीवन नहीं है।

छोटी बहू जब तक रही, दया उसके व्यवहार को पढ़ते रहे। वह सुन्दर है। कम पढ़ी-लिखी है तो क्या, कस्बे और छोटे शहर में रही है, नौकरीवाले की बेटी है, शहर में खप जायेगी, तो क्या बासमती अपील नहीं करती? ऊब गये दया बासमती से? स्वाद के चक्कर में कहीं उलझ गये क्या?...दया के सामने प्रश्नों का ढेर था जिसको वे किसी से पूछ नहीं सकते थे, बासमती से भी नहीं।...और प्रश्नों के उत्तर मिले बिना चैन नहीं रहता। प्रश्न दया को खा रहे थे और वे धीरे-धीरे गुस्सैल होते जा रहे थे। सिर्फ एक काम था, वह था कमी निकालना। मगर छोटी बहू से खूब बतियाते थे। बासमती ध्यान भी न देती कि क्या बातें हो रही हैं। वह सिर्फ इतना जानती थी कि सुषमा नाम की कोई जवान स्त्री दफ्तर में दया के साथ काम करती है, जिससे दया खूब बातें करते हैं। इस पर बासमती को सन्देह होता। वह दया से ही सीख चुकी थी कि पुरुष स्त्री को देखकर सेक्स का खयाल जरूर करता है, भले ही वह मुँह से न कहे। कभी-कभी उस स्त्री के साथ कामुक सपने भी आते हैं।

छोटकन दस दिन बाद ही आ गया था, दो दिन रहा। छोटकन और छोटी बहू आनन्द भवन, संगम, किला, चर्च, हाईकोर्ट, आजाद पार्क, हाथी पार्क के साथ एक पिक्चर भी देख आये। 'गोपी' फिल्म दोनों को खूब अच्छी लगी। फिल्म की कहानी बासमती को सुना कर छोटकन ने फिल्म का दोहरा मजा लिया।

दया ने कई सेट कपड़े, पैसे देकर छोटी बहू को विदा किया और उस दिन रोए भी, मानो उनकी सगी बेटी विदा हो रही है।

'छोटी बहू में अपील ज्यादा है।'दया मुस्कराए।

'अच्छा! तो यह है प्रपंच! मैं कहूँ कि क्यों रो रहे थे आप, जब वह विदा हुई! कारण अब समझ में आया।' बासमती की बोली दया को अच्छी नहीं लगी।

'तुम गलत क्यों सोचती हो? मैं उसे देखते-देखते अपनी मोहनी से मिलान करने लगा था, वह बेटी लगी थी मुझे। क्या मैं अपनी निगाह से देख भी नहीं सकता?'

'खूब देखिए! अब आप बेटी में पता नहीं क्या-क्या देख रहे हैं। अभी तक तो तिरिया-चरित्तर सुना था, आप तो उसके भी आगे हैं! मर्द-चरित्तर को भला कौन औरत समझ सकती है!'

'कोई बुरी बात हुई होती तो भला तुमसे क्यों कहता? सन्देह का कोई इलाज है?'

'अपने काम में सफल हो गये होते तो गोई गये होते।...और सन्देह तो आप करते हैं मुझ पर। मैं किसी मर्द से बात नहीं कर सकती! भला शहर में रहना क्या खाक सीखूँगी! आप तो मर्द हैं, कुछ भी बतिया लें किसी से, आपको कौन बोलेगा?'

दया डरते थे कि कहीं बासमती और लोभ में आकर अनर्थ न कर बैठे! पड़ोस के किसी भी पुरुष से बात करना बासमती के लिए आसान था, जबकि दया हर स्त्री से बात नहीं कर पात थे। उन्हें बदनामी का डर था। वे जानते थे कि अवगुण तेजी से फैलता है। बासमती कुछ भी सुनती, चार बात उल्टे सुनाती, और रोती-धोती अलग। तनाव बढ़ता जाता, जिसका कारण दया बासमती को मानते और बासमती दया को।

बासमती को परिपक्व होने की जल्दी थी, मानो आफत मची है। ...दूसरा बेटा भी रोज एक पायदान आगे बढ़ रहा था—बँकइयाँ...और फिर एक डग पाँव आगे!

दया को जैसे मौसमी दोष पीछा कर रहा हो। वे हर बार दफ्तर से आते मूड बनाकर कि खुश रहेंगे, लेकिन घर में घुसते ही तूफान खड़ा कर देते। सभी वस्तुएँ काटने को दौड़तीं, बिखरी लगतीं। उन्हें लगता कि बासमती के कारण वे हीन-ग्रन्थि के शिकार हो रहे हैं। कभी क्रीम-पाउडर लगाना उन्हें देहाती लगता तो कभी बाल चिपकाकर सँवारना अनपढ़ गँवार की तरह। वे बासमती को समझाते लेकिन वह अच्छा करने की कोशिश में और फूहड़ कर देती जिससे दया खीझ उठते। हर बात की जड़ बासमती...एक मुद्दे की तरह बासमती!

'होंठ-लाली लगाती तो पहले लाइन बना लिया करो। ओठ के बाहर फैल गया है। लगता है गाँव की नौटंकी में नाचनेवाला लवंडा लगाया है।' आईने के सामने खड़ी बासमती चोटी बना रही थी, पीछे खड़े दया बोले—'सुषमा को आता है शृंगार-पटार।'

'हाँ-हाँ, सब अच्छी हैं, मैं तो फूहड़ हूँ। मुझमें रखा क्या है? घर की खाँड़

किरकिरी, पड़ोसी का गुड़ मीठा।' बासमती झनक-पटक के उठी, वह बाल आधा ही गूँथ पाई थी।

'मेरा विश्वास करो बासमती, मैं पाक-साफ हूँ। कभी पड़ोस के लोभ में नहीं रहा। आज भी तुम मुझे बीस-बाइस साल जैसी लगती हो। पता नहीं मैं तुम्हें पच्चीस वर्ष का जवान लगता हूँ कि नहीं।' दया ने बासमती के गाल को चूम लिया।

'यह क्या कर रहे हैं आप?...धत!' बासमती ने दया को ढकेला, उसे गालों पर जीभ लगाना अच्छा नहीं लगा।

'यह शहर का आधुनिक प्यार है। चाटना प्रेम की और ममता की सबसे बड़ी पायदान है।' दया बोले और गिरते-गिरते बचे।

'यह अच्छा तो लगता है, लेकिन गन्दा जैसा है। आपके मुँह में क्रीम चली गयी होगी।'

'पशु प्यार करता है चाटकर— अपनों को चाटना... अरे, खुद को देख लो!'

'मैं गाय-भैंस नहीं हूँ।'

'अरे सुनो तो! बीच में कूद पड़ती हो! बकर-बकर से अकल नहीं आयेगी।... जानवर अपने बच्चे को चाटता है। प्यार ही नहीं करता, उसकी मालिश भी करता है। हमने बच्चे को मालिश करना कहाँ से सीखा? यहीं से न! और जब मनगर होता है जानवर तब भी वह...ये प्रेम-क्रियाएँ हैं। यह सूँघना ही चुम्बन है। ये अपने आप होता रहता है। इसे गन्दा कह रही हो!...आज तुम देख रही हो फिल्मों में—ओठ चूमते हैं, चाटने जैसा। हम कहाँ से सीखे? बोलो!...पशु बड़े काम के होते हैं, हमें व्यवहार सिखा गये।...चाटना ममता और प्रेम की सहमति है।...मैं चाहता हूँ कि आज तुम्हें चूम लूँ। रक्त-संचार बढ़ेगा, तुम जवान बनी रहोगी। फेशियल क्या है, बोलो!...मुँह पर क्रीम पोता और बीस चपत धीरे-धीरे लगाया, आड़ा-तिरछा हाथ घुमाया...चमक गया चेहरा! खून दौड़ने लगा! अब निकालो पचास रुपये। मैं तुम्हारी देह की मालिश करके दो सौ रुपये बचा लूँगा, यही मसाज है।'

'क्या बके जा रहे हैं! हटिये! छोटू ने टट्टी कर रखी है बरामदे में।' बासमती बोलती हुई बरामदे में आ गयी—'अरे राम हो! हग के तोप रखा है अखबार से। छीः! हट! खड़ा रह!' बासमती हँसती-बड़बड़ाती छोटू का हाथ पकड़े बाथरूम की ओर जाने लगी। छोटू कागज के कई टुकड़े हाथ में लिए था, इन्हीं कागजी टुकड़ों से वह टट्टी ढँक रहा था।

'बासमती, तुम अभी तक गाँव की बोली नहीं छोड़ पाई। तुम्हारी बोली में

कभी-कभी गाँव की गन्ध आती है। हग कहने की क्या जरूरत थी? टट्टी कहती, लैट्रिन कहा करो।...सब इज्जत-पानी धो दोगी तुम। सब नीच-गँवार समझेंगे।'

बासमती को अपनी गलती स्वीकार नहीं, और कोई देहाती कह दे तो वह क्रोध से लाल हो जाती। आज दया भी दस बात सुने, खूब झगड़ा हुआ। सब किया-कराया दया का व्यर्थ गया। भूल गया चूमना-चाटना। दया ने मन-ही-मन कहा—'वीर्यनाश से ओज कम होता है', और वे सन्तोष की साँस लेने लगे।

आज दया का मन स्कूटर से जाने को नहीं हुआ। वैसे भी स्कूटर उन्हें पसन्द नहीं था। साइकिल को ज्यादा महत्त्व देते थे। पाँच किलोमीटर तक साइकिल का मजा कोई दे सकता है भला! जब चाहो चढ़कर चलो या कुछ दूर पैदल चलकर रवाँ हो जाओ। सिर्फ हवा-भराई का खर्च। गाना भी गा लो, थूक-खखार लो, पेशाब कर लो...मन के राजा...चले जा रहे हैं खरामा-खरामा।...स्कूटर तो वे प्रतिष्ठा के चलते ले लिए थे। यहाँ चपरासी भी हीरो होण्डा चलाता था। किस्त पर स्कूटर लेकर भोग रहे थे दया। जो बचत भविष्य के लिए होनी चाहिए, वह कर्ज देने में जा रही थी, ऊपर से पेट्रोल का खर्च।

दया ने साइकिल को पोंछा, फिर तेल डाला, फिर पोंछा और चल पड़े दफ्तर।

दफ्तर जाने में दो घंटे की देर हो गयी है। कई बहाने सोच लिए हैं दया। लेकिन सबसे सटीक और विश्वसनीय बहाना है लूज़ मोशन। बहाना खोजते हुए दया को छोटू का बरामदे में टट्टी फिरना याद आ गया था। वैसे भी पूछता कौन था! अधिकारी स्वयं देर से आते थे। उन्हें कौन कहे और उनके लिए तो तमाम बहाने हैं। सबसे धासूँ बहाना है मीटिंग का।

दया आज सबसे दूरीवाला रास्ता तय करना चाहते थे और सोचना भी कि यह तीसरा बच्चा एक परिवर्तन है क्या? बासमती को हर काम की जल्दी क्यों मची रहती है। क्यों हो रहा है हर रोज किचकिच? क्या मेरा प्रेम कम हो गया है? बासमती क्या साबित करना चाहती है? ...सवालों का बड़ा बोझ दया कि सिर पर था।

आगे की सड़क चढ़ाईवाली थी। दया काँखते-कूँखते जोर लगाकर साइकिल नहीं चलाना चाहते थे। अब वो जवानी का जोर नहीं रहा, सिर्फ हिम्मत-भर थी। उतर गये दया साइकिल से।

'छोटू कितना आगे बढ़ना चाहता है! लेकिन बल्लू से तेज नहीं होगा। हमारा बल्लू मस्त था। परसों छोटू आँगन में टट्टी करके लीप रहा था, बच्चों का क्या! मस्त रहते हैं! न गन्दगी का बोध, न छोटे-बड़े की लाज...चूतड़ देखो चाहे फुन्नी...क्या मतलब! पूरा संसार खेलने की चीज और करना क्या है! सिर्फ

रोना। खूब छका रहा है छोटू। हमारा बल्लू ऐसा नहीं था। इस बच्चे को आगे बढ़ने की बड़ी जल्दी मची है। तीसरी चीज पर नजर रहती ही है।...मोहनी तो गाय है, कभी कोई दिक्कत नहीं हुई...डरी-सहमी रहती है, लेकिन इसको हम ताकतवर बनाएँगे। मोहनी खुद अपना पति चुनेगी, मैं सिर्फ सहयोगी रहूँगा। आज मुझे कोई कहे कि बासमती को चुन लो तो? भाड़ में जाये ऐसी पत्नी! ...मैं सुषमा को चुनता। आदमी को एक-जैसा रहना चाहिए। लोगों के पास कई बच्चे हैं। है कोई परेशानी? बच्चा है तो सामान गिराएगा, तोड़ेगा, फोड़ेगा, बीमार होगा, हगेगा-मूतेगा।...कोई ऐसे बड़ा नहीं हो जाता, ओखरी में मूड़ी डाल के कूचना-कुचवाना पड़ता है।'

चढ़ाई खत्म हो गयी, लेकिन दया का पैदल चलना जारी था।

'इतनी देर काहे हो गयी दया भाई?' अशोक ने पूछा।

'चले तो ठीक समय से थे, लेकिन चलते ही लैट्रिन लग गयी, और हर दस मिनट पर...तीन बार जाना पड़ा...मरोड़ हो रहा था...पुदीन हरा पीना पड़ा। आधा रास्ता पैदल आया हूँ। हिम्मत नहीं थी साइकिल चलाने की।' दया बहाने को प्रमाणित कर रहे थे।

'स्कूटर तो है, फिर साइकिल!' अनुराग आश्चर्य प्रकट कर रहे थे।

'तीन बच्चे हो गये, काहे का स्कूटर? नून-सतुआ मिल जाये खाने को, यही बहुत है।' अशोक सुर्ती मलते हुए बोले।

'तीन बच्चे जिसके हो गये वो बिना मार खाए मराता रहता है।' अमित को जैसे दया आ रही हो दया पर।

'आप लोग कुछ भी कहें, अभी दया में ताकत है।' अखिल दया को ऊर्जा दे रहे हों जैसे।

'नौ महीना किसी से नहीं बताए, यह कम बात नहीं है। दया में धैर्य है भाई! ये सबकुछ सह लेंगे।' सुषमा बोली और वहाँ से चली गयी। पुरुषों को फूहड़ मजाक गैर-स्त्री के सामने नहीं करने चाहिए और यहाँ कोई माननेवाला नहीं था।

'ताकत तो है ही और बच्चे पैदा करने में जोर नहीं, शुक्राणु जरूरी है।' दया बोले।

'सारी ताकत घुस जायेगी भीतर...तीन बच्चे आज के जमाने में!' अनुराग की बात को अखिल ने बढ़ाया—'भैया, एक बच्चे में हग-मूत रहे हैं। जो कमाओ, प्राइवेट स्कूल को दो, छींक आ जाये तो डॉक्टर को...मुर्गी के दरबे जैसा घर, किराया देखो तो जान मार देगा।'

'सबकी फट रही है, अब दया अपनी कैसे बचाएँगे?' अशोक बोले।

'कैसे दया ने तीसरा बच्चा पैदा कर दिया!' अनुराग फिर बोले—'इतने समझदार और शान्त हैं, और उस काम में बड़े फरहर हैं।'

'कण्डोम लगाया था भाई, फट गया...क्या करें? तब कोई युक्ति काम नहीं कर रही थी।' दया पहली बार बड़ा झूठ बोल रहे थे।

'अरे साला फट कैसे जायेगा? दया की तो वो दशा होगी कि...' अनुराग को मौका मिला है—'कुत्ते जैसी दशा! माँगे भीख भी न मिलेगी। अब का बताए दया को! दो बच्चे थे, एक बेटा एक बेटी, चूम लेने लायक। हीरा कहाते दया, आधुनिक समझ के बाप होते, लेकिन मति मारी गयी।'

अनुराग के बाद एक-एक ने खबर ली दया की। वे लाख चिल्लाते रहे, अपनी उम्र के लोगों की समझ का प्रमाण देते रहे, लेकिन कौन सुनेगा?

और शाम को पाँच बजे दफ्तर बन्द होने के बाद दया उसी रास्ते घर की ओर...सिर भारी था। कब घर आ गये पता ही नहीं चला। कब चाय आ गयी और ठंडी हो गयी यह भी पता नहीं। दया खयालों में ऐसे डूबे मानो वे मृत्यु से साक्षात्कार कर रहे हों या कोई भयानक विपत्ति आनेवाली हो।

...कितना अच्छा लगता है जब एक बच्चा परिपक्व होना चाहता है! वह हर वस्तु पर सवाल दागता है। अपना छोटू तो अभी से सब जान लेना चाहता है। मैं खुद सीखने लगता हूँ छोटू से, आखिर उसको उत्तर तो देना ही है। लेकिन बच्चों के आगे बड़े कहाँ सीख पाते हैं! एक रहता तो ठीक से खुद सीखते-सिखाते रहते। छोटू बहुत बाधक है। सारी भयावहता, विपत्तियाँ, अभाव, हीनपन, घर के झगड़े, अवरोध है तीसरा बच्चा...शायद हर तीसरी वस्तु भी।...ऐसा भी तो हो सकता है कि यही पुत्र मेरे खानदान की नाक बने! मैं छोटू से जाना जाऊँ! हर बच्चा एक ऐसा भविष्य है जिसकी कल्पना नहीं की जा सकती। वह अपराधी बनेगा कि प्रधानमंत्री या मजदूर या विद्वान प्रोफेसर, कौन जानता है भला! मैं एक भविष्य पाल रहा हूँ, पोष रहा हूँ। इसके बावजूद छोटू की जो आवश्यकताएँ हैं उन्हें पूरा करने से दब तो रहा ही हूँ, मगर पहले बच्चे की जरूरतें मारकर। बल्लू का विकास बाधित होगा, मोहनी को कम करके सोचना होगा। यही प्रक्रिया देश पर भी है। अनुराग कह तो रहा था कि 'दया, आपने बेटा नहीं, बोझ पैदा किया है। अब लादे फिरो सिर पर! अरे देश की तो सोचते!' मैंने तब बचाव में कहा था कि 'कुछ ऐसे भी देश हैं जहाँ बच्चें के लिए लोग तरस रहे हैं।' इस पर अनुराग का पलटवार था—'तब दे दो अपने तीसरे बच्चे को उस देश के लिए दान, कोई तो लेगा! अरे अपनी सोचो! अपने देश की सोचो! अपने घर दीया पहले जलाते हैं, तब मन्दिर में जाते हैं। अपना ठिकाना नहीं, संसार-भर

की चिन्ता। दया, आपने कीचड़ बढ़ाने में सहयोग दिया है। कमल ऐसे कीचड़ में नहीं खिलते और खिल भी जाये भाग-जोग से तो कमल खिलाने के लिए अथक परिश्रम करना होता है। हम ठहरे रोज कुआँ-खोदू। बच्चा ठीक से पाल लेने की मेहनत से ही चूतड़ का मांस सूख जायेगा, कमल तो सौ कोस दूर है।' अब हो गया तो पालने-पोसने में जोर लगाऊँगा। वैसे होनहार तो लगता है। बच्चे होनहार ही लगते हैं, बड़ा होकर कुछ बनके दिखाए तब न! बड़ा होकर हम जैसों के बच्चे नौटंकी दिखाते हैं, हींग हगते हैं, एक कहा नहीं मानते। जिनका बनना होता है उनके बच्चे भी कहे में रहते हैं। हम जैसों के बच्चे अधिकारी-अफसर नहीं बन पाते। हाँ, आसानी से अपराधी जरूर बन जाते हैं।...नहीं-नहीं, मेरा छोटू वीरप्पन नहीं बनेगा। उसे चोर-डाकू-हत्यारा नहीं होना है। पान की दूकान कर ले, पंचर बना ले, बटाई पर खेती कर ले, लेकिन अपराधी! बाप रे! मैं आत्महत्या कर लूँगा।'

चाय-पानी हो गयी थी। दया की आँख से आँसू झरने लगे। नीचे गली में तीनों बच्चे खेल रहे थे। छोटू चबूतरे पर बैठा अपने से बड़ों की धमा-चौकड़ी देख रहा था। वह खेल में शामिल होना चाहता था, बार-बार चबूतरे से उतरकर फुदक रहा था और बल्लू उसकी कमर में बाँह लपेटकर उठा रहा था। बार-बार चबूतरे पर बैठाने से छोटू रोने लगता था।

बल्लू ने आवाज लगाई—'पापा! छोटू खेलने नहीं दे रहा है, इसे ले जाइए।'

दया बर्जे से झाँकते हुए कहते कि, 'मिलकर खेलो बेटा! अभी थोड़ी देर में ले आता हूँ।' बच्चे दया के आँसू देख नहीं पाते। कौन बेटा अपने पिता की गीली आँखें देख पाता है!

'अरे! आपकी चाय बरफ हो गयी। भूल गये क्या?...पता नहीं कहाँ खोए रहते हैं।' बासमती चाय का कप उठाती हुई बोली।

दया कुछ बोले नहीं। उनके आँसू सूख चुके थे, लेकिन भीगी आँखें देर तक आभास देती थी कि कोई रोया है। बासमती को समझते देर न लगी कि दया उदास हैं और इस उदासी में आँसू भी आ गये हैं।

'क्या बात है? दफ्तर में कुछ हो गया?...मैं आज से एक नया काम करने जा रही हूँ।' बासमती खुश थी और दया को प्रसन्न देखना चाहती थी—'ये देखिये, दो सूट का कपड़ा लाई हूँ, एक पैंट भी अपने लिए।' और वह कपड़े दिखाने लगी।

दया का माथा ठनका! समीज-सलवार तो ठीक है, लेकिन यह पैंट क्यों?

'आप पैंट देखकर घबरा रहे हैं न!...बताती हूँ...नीचे की सभी औरतें पैंट-शर्ट

पहन चुकी हैं। मुझसे पूछती हैं तो मैं लजा जाती हूँ। एक औरत तो कहने लगी कि तुम गाँव की हो, क्या जानो पहनना-ओढ़ना...शौक करना। ...मैं घर में पहनूँगी। महँगा नहीं है...जीन्स महँगा था और चुस्त भी। आदमी का जनम मिला है तो जहाँ तक हो सके पहन लो, ओढ़ लो। जिन्दगी का कोई ठिकाना है!'

दया को लगा कि अनुराग की बात आज ही सच हो जायेगी। दया को भीख का कटोरा दिख रहा था, टँगा झोला और भीख माँगने की धोकरी भी।

'तुम इस उमर में पैंट! कमर तो देखो! कैसा लगेगा!' दया शान्त भाव से बोले।

'पहनने-ओढ़ने की कोई उमर होती है! जिन्दगी में है ही क्या!' बासमती भी सामान्य ढंग से बोली।

'जिन्दगी में क्या है—पहनना-ओढ़ना, खाना, हगना, सोना, बतियाना।' दया सोचने लगे—'यही हाल रहा तो स्कूटर बेचना पड़ेगा। मैं कर्ज से लदा हूँ और इधर...अरे मूर्ख, जिन्दगी में कुछ और भी तो करना है—बच्चों के लिए, दाँत से पकड़कर पैसा रखना पड़ेगा! न साले को घर है न द्वार, न खेत न बारी-बगीचा और सूट बनेगा, पैंट...! मति मारी गयी बासमती की। शहर देखकर बौराय गयी है। अब तो मैं उसके लिए मिर्च हूँ, सोंठ हूँ, पीपर हूँ। कभी मुझे देखते ही उसके सारे रोग भाग जाते थे जब गाँव में थी, और अब तो वह कहती है कि मेरे कारण ही वात-पित्त-कफ ने घर बना लिया है। क्या मैं उसके लिए एक रोग हूँ? मैंने तो सिर्फ सम्मान करना सीखा है। सुबह-सुबह याद करता हूँ बड़ों को—माता-पिता, सास-ससुर। बासमती को सुबह नमस्ते बोलता हूँ, उसके नमस्ते की प्रतीक्षा नहीं करता। मेरे घर का मिठास कहाँ चली गयी? कहाँ चली गयी घर की ठंडई? कहाँ खो गयी मुस्कान? शहर के काल्पनिक सुख और नाटकीय हँसी ने बहुत-कुछ छीन लिया है। क्या मेरे छोटू को भी कोई शहर छीन लेगा? नहीं, छोटू चाहे शहर रहे या गाँव, मेरा रहेगा। भला कोई रहन-सहन माँ-बाप से दूर है? मैं बासमती में चाह देखता रहा हूँ, उसमें रास्ते तलाशता रहा हूँ। बासमती को एक प्रारम्भ मानता हूँ...शहर में आकर वह मुक्त होने का प्रयास ही तो कर रही है, यह उसका प्रारम्भ है। मैं चाहता भी तो हूँ कि औरत बन्धन में न रहे। मैं कब चाहूँगा कि मेरी मोहनी दासी का जीवन जीये, जाल में फँसी रहे! बासमती तो परम्परा है, संस्कृति है, कर्म की प्रेरक है और मेरे युवा होने का प्रमाण है। औरत चाहे तो दिशा-दशा बदल सकती है। परिवर्तन औरत ने किया है। औरत यदि किसी आदमी को जवानी का प्रमाण न दे तो वह डूबकर मर नहीं जायेगा!' दया न जाने क्या-क्या सोचते रहे।

बासमती ने कपड़े तहकर अलमारी में रख दिये थे।

'फिर कुछ सोचने लगे? एकटक देख रहे हैं, उधर क्या है देखने लायक? ...सोचिए मत! हँसिए-बोलिए, हल्के रहिए। अच्छा, एक नाम सोच लीजिए। छोटू का नाम रखना जरूरी है और मुण्डन भी।' बासमती ने दया का ध्यान भंग कर ही दिया।

दया नाम सोचने लगे। थोड़ी देर बाद बोले—'कुलवन्त रख दो।'

'बड़ा सटीक नाम मिल गया कुलवन्त-बलवन्त। दोनों भाई लगेंगे, एक बाप के।' बासमती खुशी जाहिर करती बोली।

'भाई हैं ही। और चाहो तो कुलवन्त के आगे दया जोड़ दो। कुलवन्त दया, बलवन्त दया, बासमती दया। आजकल यही चलन है।'

'दया कोई जाति थोड़े है!'

'पिता को जाति मान लो, पति को जाति मान लो, क्या हर्ज है!'

'नहीं जी, अच्छा नहीं लग रहा है। किसी के पति का नाम घूरहू होगा तब?'

बासमती का तर्क सुनकर दया को हँसी आ गयी। हँसी से उदासी जाती है। और हँसी-हँसी में आ भी जाती है उदासी। दया का हँसना बासमती को अच्छा लगा।

छोटू टीवी के सामने बैठा है, जैसे कोई गुड्डा बैठा हो।

'समय से बल्लू हो गया होता तो वह बीवीवाला होता और मैं दादा...' उनके मुँह से निकला—'जिस घर में सास-बहू एक-साथ बच्चे को जन्म देती हैं वहाँ दरिद्रता रहती है।'

यह असर शहर का...

गाँव से शिवरतन का पत्र आया था। कई दिनों तक चिट्ठी चुराए फिर रहे थे दया। कौन-सी बात थी जो वे बासमती ने कहना नहीं चाहते? दया आज भी चिट्ठी का आना नहीं बताना चाहते। उस दिन मकर संक्रान्ति थी और सभी दही-चूड़ा खान रहे थे। चिट्ठी मेज पर रखी थी, किसी किताब से दबी। दया बार-बार उधर ही देख रहे थे कि कहीं बासमती चिट्ठी उठा न ले!

आखिर कब तक छिपाते चिट्ठी! एक दिन बात खुल ही जानी थी। छिपी बात जब खुलती है तो हंगामा होता है। दया उठे और चिट्ठी बासमती के हाथ में थमाते हुए मूँछ में लगी दही पोंछने लगे।

शिवरतन की चिट्ठी देख बासमती खुश हुई। लेकिन पढ़ते ही चेहरे का

भाव बदल गया—'कल की आयी हमें अलग करेगी! दो भाइयों में फर्क करेगी! क्या बनाई है वह? शहर की क्या आ गयी, आफत है! हम उसका हिस्सा मार रहे हैं क्या! हमारे जीते-जी यह नहीं होगा। न घर की इज्जत का खियाल, न किसी का डर। अरे, मैं तो देखते ही जान गयी थी कि गोर रंग पाई है तो अपनी गोराई का असर दिखाएगी। अरे ऊ तो आपको भी फाँसना चाहती थी। जब यहाँ आयी थी तो उसके तेवर मैं देखी थी। बड़ों के सामने उसे रहने आता है क्या?'

'क्यों छोटी बहू को बोल रही हो? पत्र बाबूजी ने लिखा है। छोटकन की इच्छा है और बाबूजी चाहते हैं कि उनके जीते-जी हिस्सा-बखरा लग जाये।' दया बासमती को शान्त करने की कोशिश कर रहे थे—'तो क्या लिख दूँ? चिट्ठी का जवाब तो देना ही होगा।'

'छोटकन हमारा इतना कहाँ सोचनेवाला! अरे ऊ जो आयी है शहरी... नौकरिहा की बेटी, वही कान भरी है। उसको जलन है कि बड़ी दीदी शहर में कैसे रह रही हैं। अरे ई बदली-फदली न हुई होती तो काहे को...। दो भाई हैं और यह हाल है! पाँच होते तो क्या होता? सिर-फुटौवल!'

'मैं क्या पूछ रहा हूँ और तुम क्या बक रही हो!' दया को गुस्सा आ रहा था—'ठंडे दिमाग से कोई चीज नहीं सोच सकती, हमेशा नाक चढ़ाई रहती हो। तुम्हारे शक की कोई दवा नहीं है। बस अब पीटना बाकी है।'

'वह भी साध पूरी कर लीजिए। हिस्सा वे बँटवाएँ और मार-पीट हम करें आपस में...हद है! औरतों को कोई बोलने नहीं देता। मीठी बात बोलूँ तो मिर्चा लगे तो मिर्चा क्यों न बोलूँ?'

'अच्छा तो बोलो तीता, हींग हगो, कौन मना करेगा! घर तुम्हारा है, किसी के बाप का क्या! अरे यह तो सोचो कि बच्चों पर क्या असर पड़ेगा! बच्चे बिगड़ जायेंगे कि नहीं!'

'लिख दीजिए कि हमें हिस्सा-फिस्सा नहीं चाहिए। कौन-सा गाँव जाकर रहना है! यहीं कहीं चार धूर जमीन लेकर ठीहा बना लेंगे।' बासमती थोड़ा नरम पड़ी।

'ये हुई बात मेरे मन की! है ही कितना खेत? क्या बँटेगा? घर में दीवार पड़े, यह न हम सह सकते हैं न तुम...तो छोड़ो साले को! भाई भी क्या कहेगा!'

'लेकिन किसी के नाम से घर-खेत लिखेंगे नहीं।' बासमती इतना कहकर उठी और सीढ़ियाँ उतरने लगी। चीनी और नमक खत्म हो गया था, बिना नमक के एक दिन चलनेवाला नहीं है—'मेरा संकोच बहुत कम हो गया है। मैं इतने बड़े शहर में अकेले रह सकती हूँ। गाँव में रहती तो डरती रहती अभी तक।' इतना कहती बासमती अन्तिम सीढ़ी उतर गयी।

दया देखते रह गये...देखते रहे बासमती के पेट पर पड़ी तीन रेखाएँ जो नाभि के ऊपर बनी थीं, वे देखते रहे पेटी। दया इसे त्रिवली कहते थे। वे देखते रहे एक प्रौढ़ सौन्दर्य जो शहर में रहकर निर्भीक हो गया है। दया का तनाव दूर हो रहा था। गुस्सा तो मानो था ही नहीं।

तीन महीने बाद फिर एक बाद पत्र आया। यह पत्र छोटकन ने लिखा था। पत्र पढ़ते ही ढह गये थे दया।...शिवरतन नहीं रहे। दया देर तक बिलखते रहे। बासमती के आँसू रोते-रोते सूख गये। बल्लू समझता था मरना-जीना। वह भी 'बाबा-बाबा' कहके रो रहा था। मोहनी और कुलवन्त इसलिए रो रहे थे कि मम्मी, पापा और भैया रो रहे थे। वैसे रोना आसान नहीं। जब रोने की जरूरत हो और रोना न आये तो बड़ा कष्ट होता है। बिना स्मृति के भी रोना नहीं आता।...और ऐसे मौके पर स्मृतियों में जान-बूझकर लोग जाते हैं कि रोना आ जाये। शोक मनाने का यह तरीका स्वाभाविक है। दया के पास तो पिता की स्मृतियों का भंडार था। अब वे जब भी पिता का खयाल करेंगे, रो देंगे। स्मृति उनका पीछा नहीं छोड़ेगी।

जब बासमती के पेट में बच्चा था, तब दया एक भिन्न प्रकार के मानसिक युद्ध से गुजर रहे थे। कई बार रोना आ गया था। 'कहीं जुड़वाँ न हो जाये' यह सोचकर भी बिलख पड़े थे एक दिन।...और अब तो वे अपने को संसार में अकेला महसूस कर रहे थे। कहाँ जायेंगे? किससे कहेंगे अपनी समस्या? ऐसा पिता कहाँ खोजेंगे जो पिता-पुत्र के बीच मित्र बना हो? बिना संकोच के, चाहो तो सेक्स पर बात कर लो—घंटों। दया को आज ठीक से पता चला कि वे अब उमरदराज हो गये हैं। लेकिन शिवरतन की उम्र अभी जीने की थी। वे पूरा काम करते थे खेती-बारी का। शरीर का क्या ठिकाना, कब घुन लग जाये! कोई बीमारी नहीं थी और चल बसे शिवरतन। बस एक रात पेट झरा था।

सबसे दुखी गौरा थी। दया ने देखा—गौरा दो दिन में झटक गयी हैं। बिल्कुल कमजोर। आँखें गीली की गीली। हमसफर का जाना इतना कष्ट देता है,यह दया ने पहली बार जाना।

दया पन्द्रह दिन की छुट्टी लेकर आये थे। दो दिन गम में बीत गये। फिर तो बच्चों ने जिद करना शुरू कर दिया कि 'पापा, चलिए इलाहाबाद, यहाँ अच्छा नहीं लगता।' बासमती की भी राय थी कि 'अम्मा को इलाहाबाद ले चलेंगे, किसी तरह तेरही बीत जाये।' लेकिन होना तो कुछ और ही था। दस दिन तक गौरा

चुप रोती रही, न खाना न पीना न सोना...और दसवें दिन सुबह लाख जगाने पर भी सोयी ही रह गयीं। एक ऐसी निद्रा, जो टूटती नहीं। ऐसी निद्रा जिसकी सभी अनजाने में प्रतीक्षा करते हैं।

दया की हालत सबसे खराब हो गयी। दया की गौरा-जैसी स्थिति देखकर छोटकन उनके पैरों पर गिर पड़ा था। हिस्सा-बखरा वाले पत्र पर वह माफी माँगने लगा था। छोटकन को दया शिवरतन लग रहे थे। छोटकन में घर-समाज का बोझ उठाने की परिपक्वता नहीं थी और इधर बासमती थी कि उसे गाँव अच्छा नहीं लग रहा था। भले दुख दोगुना था, एक के बाद दूसरी मौत से गाँव में हाहाकार मचा था। रोज दो नये आदमी आते और गाँव के लोगों का तो ताँता लगा था। कुछ लोग तो दिन में कई बार आते, दया को पूछ जाते। राजवंश तो सिर्फ खाने और सोने घर जाते। तहसील के कर्मी भी आ-जा रहे थे। दुख में अपनों का स्नेह मिले, साथ रहें तो दुख जाते देर नहीं लगती। दया सामान्य हो गये। गौरा की तेरही तक दया गाँव रहे। छोटकन और छोटी बहू को यह कहकर कि 'अब सब तुम्हारा है, तुम मालिक हो, चिन्तामुक्त रहना और कोई आवश्यकता हो तो निडर होकर कहना। बाबूजी-अम्मा नहीं हैं तो क्या, मैं तो हूँ।' दया की इस बात का छोटकन पर असर पड़ा, वह जैसे पहली बार मुस्कराया। बासमती ने भी जब दया की बात दोहराई तो छोटी बहू बासमती के पैरों पर गिरकर रोने लगी।

संसार बड़ा माया जाल है। यहाँ जंजाल है, बखेड़ा है, झगड़ा-झमेला है। आडम्बर ढोंग और छल-कपट है यहाँ। यहाँ तमाम प्रपंची घटनाएँ है। नाक है तो सिकुड़ेगी, बहेगी। कान है तो बात इस कान से उस कान होगी, कभी-कभी पेट में चली जायेगी और कभी कान बहरा भी हो सकता है...अक्सर लोग कान में तेल डाल लेते हैं। दया को घर की नाक रखनी थी और कान खुले रखने थे। लेकिन वे अपने मुँह का क्या करें! चेहरे पर से उदासी की छाया जाती नहीं। लाख चाहने पर भी स्माइली चेहरा नहीं हो पा रहा था। यहीँ सबकी आवश्यकताएँ बढ़ गयी थीं और उन्हें पूरा करना कठिन हो रहा था। सीमा के बाहर की जरूरतों से वे तंग आ गये थे। अच्छा सोचकर भी मुँह से मृदुवाणी नहीं निकलती थी। कठोर बोली और झुँझलाहट-भरे शब्द न बासमती को अच्छे लगते न बच्चों को। जब दया अरुचिकर बोलते तो कुछ देर बाद मुँह से फूटता—'मृदुल बचन है औषधी, कटुक बचन है छार।' और फिर सोचने लगते, 'वाणी रस से युक्त होनी चाहिए और स्त्री पुत्र से युक्त...तभी वहाँ लक्ष्मी रहती है।' स्त्री को पुत्र-सुख हो लेकिन

एक, दर्जन-भर नहीं। दरिद्रता का कारण दया तलाशते रहे। एक बार वे बासमती से कहे भी थे कि 'तुम सुन्दर हो, अभी तुम्हारे अन्दर काम-जिज्ञासा मैं देखता हूँ, पति भी मौजूद है। पुत्र भी एक नहीं दो हैं, एक बेटी भी है, फिर हम दरिद्र क्यों होते जा रहे हैं? मुझे लगता है कि तुम विज्ञापन में फँस गयी हो। बाजार देखकर तुम अपनी औकात भूल जाती हो। सुन्दरता विचारों से होती है बासमती! गाँव में जब थी तो तुम्हारा दिमाग सुलझा लगता था। यहाँ शहर की गलियों की तरह उलझ गयी हो।' बासमती इतना सुनते ही भड़क जाती और खूब झगड़ा होता।

दया के सामने उलझनें थीं, जिन्हें दूर करना कठिन था। कोई बात सुलझती नहीं थी। अब उनके कन्धों पर समाज और सम्बन्धों का भार भी लदा था। कैसे दिल की बात बताएँ कि वे बासमती से क्या चाहते थे। कैसा सहयोग छोटकन से...और क्या अपेक्षाएँ थीं बच्चों से? सीने के बाल पकने शुरू हो गये थे। तीसरे बच्चे को बेटा कहने में लाज आ रही थी और दिल है कि तमाम इच्छाओं को पाल रहा था। बासमती भी इच्छाओं के घेरे में थी।वैसे अच्छी इच्छाओं को दबाना उचित नहीं, खुलकर चीजें सामने आती हैं तो उलझन नहीं रहती। सारा कष्ट कुलवन्त को लेकर था। वह बड़ा होकर क्या गाँव में रह पाएगा? दया के पास ऐसे ही कई प्रश्न थे।

'सास-ससुर के नाम की याद ही रहेगी तुम्हें। सुनते हैं कि सास के न रहने पर औरत चढ़बाँक हो जाती है।' दया बासमती से बोले।

'अम्मा की याद आते ही आँख भर जाती है। सबकुछ सँभालना, वो भी बाहर निकलकर...अब इसे आप ठीक नहीं समझते तो न समझें।' बासमती ने कहा।

'अरे चाची तो हैं!'

'सास तो अपनी अच्छी, अम्मा जैसी। नानी-मामी के तरफ की सास भी अच्छी, लेकिन चचिया सास और फुफुआ सास अच्छी नहीं, ये घर को बिगाड़ती हैं।'

'तुम भी तो किसी की चाची सास और किसी की फुफुआ सास होगी।'

'आप सिर्फ मुझमें कमी देखते हैं। अरे कौन गाँव जाना है! न गाँव जायेंगे, न ये सम्बन्ध गले पड़ेगा।'

'मैं गाँव के बिना जिन्दा न रह सकूँगा।'

'क्यों?...अभी गये थे तो आप ही कह रहे थे कि गाँव कोई रहने लायक है! साँप-बिच्छू का डर बना रहता है। न कोई सुविधा न रास्ता, न पानी निकलने के लिए नाली। दरवाजे की नाली संडास की तरह बदबू मार रही थी और आप एक लीटर मिट्टी का तेल छिड़क आये थे। दवाई-पढ़ाई की हालत आपसे छिपी है

क्या? बच्चे एक दिन रहना पसन्द नहीं करेंगे। अँधेरे से डरते हैं। न कुछ बढ़िया खा सको न पहन सको। गाँव में डाह-जलन ज्यादा है। बड़े-बूढ़े इतने अधिक हैं कि लाज में रहो। फटा-पुराना पहनो। अपनी बात दबाकर रखो। जहाँ देखो वहीं इज्जत खड़ी है गोड़ निकाले, कब चली जायेगी पता नहीं। शहर में यह सब बात तो नहीं है।...सब दे देंगे छोटकन को। आपको जो फंड का पैसा मिलेगा उससे घर-जमीन हो जायेगी। और आप जब मन करे तब गाँव हो आया करिए, कौन मना करता है? लेकिन ठीक से खुश रहिए।'

बासमती का लम्बा भाषण दया ने ध्यान से सुना। दया के अनुसार बासमती सामान्य व्यवहारों से ऊपर उठ चुकी थी। इसका फायदा यह था कि मोहनी को आधुनिक वातावरण मिलेगा, वह खुले विचारों की होगी। दया चाहते तो यह भी थे कि बासमती मुक्त रहे, लेकिन बन्धन-रहित व्यवहार पचा नहीं पा रहे थे और बासमती में खोट तलाश लेते थे। कोई कमी ही देखने बैठ जाये तो दिनभर में सैकड़ों गलतियाँ होंगी जो रोजमर्रा के व्यवहार में होती रहती हैं। इसे गलती न मानें तो ठीक, नहीं तो कलह।

दया फिर विचार-क्षेत्र में चले गये—'कहाँ से आता है मनुष्य और कहाँ चला जाता है? हर एक का चेहरा भिन्न और दिमाग भी...व्यवहार भी...विचार भी। क्या मनुष्य-मनुष्य का सम्बन्ध जन्म-जन्म से है? कहते तो लोग ऐसा ही हैं। लेकिन प्रमाण है कोई? ...और मान्यता इतनी कि न चाहो तब भी मानो। सम्बन्धों का खेल बड़ा अजीब है और पेट न हो तो सम्बन्ध बने ही न। पेट सम्बन्धों का प्रारम्भ है। कुलवन्त जब बासमती के पेट में था तो वह अपने सम्बन्धों के प्रारम्भ में था। बासमती उस समय पेट छिपाती थी। इस उम्र में पेट से होना लज्जा का कारण बनता है। तो क्या उम्र के हिसाब से सम्बन्ध स्वीकार होते हैं? बाद के सम्बन्ध व्यक्ति को मनुष्य बनाते हैं। फिर समाज बनता है... और तब एक देश...तब हमारी संस्कृति और परम्पराएँ अर्थ देती है। जहाँ अर्थ नहीं वहाँ व्यर्थ है। जो भी वस्तुएँ हैं, परिस्थितियाँ हैं, सरोकार हैं, कुछ न कुछ अर्थ देते हैं। मेरा कुलवन्त भी एक अर्थ है।'

दया को बासमती का चेहरा दिखा और साथ में मोहनी, बलवन्त, कुलवन्त के चेहरे भी। ये चेहरे दया को बीमार लगते थे, इनके बीच दया खुद को घुटने के बल बैठा पाते थे। वे बीमार तो नहीं थे, परन्तु घायल जरूर थे।...आज का देखना दया के लिए भिन्न था। कुलवन्त को गाँव का पानी नुकसान कर गया। गाँव में फिल्टर कहाँ!...सफाई का व्यावहारिक चलन शहर-जैसा नहीं था। मक्खी के दिन थे तो खाने में मक्खी पड़ेगी ही। शहर-जैसा झाड़ू-पोंछा और डस्टिंग

आदि गाँव में नहीं था। कुलवन्त बिना बाथरूम के नहाता भी नहीं, सो बीमार पड़ गया। क्या पता कुएँ का पानी कोई पिला दिया हो! कल तक जो कुएँ प्यास बुझाने के लिए प्रसिद्ध थे, वे आज बीमारी का घर बने हैं। अब न कुएँ की सफाई होती है न मरम्मत। अब तो कविता-कहानी में कहीं पनघट का जिक्र मिल जाये तो बहुत है। सूखकर काँटा हो गया था कुलवन्त। अब दया एक महीना जमकर खिलाएँगे-पिलाएँगे तो देह धरेगा। कुलवन्त न तो गाँव की भाषा-बोली समझता था, न बोलता था। लाल को रेड कहता, हरा को ग्रीन। गाँव में कौन लंच, डिनर, बाथरूम, फ्रेश होना बोलता है? जब भाषा-बोली अपनी नहीं लगती तो रहेगा कैसे? शहर में रहकर कुलवन्त मजदूरी कर लेगा, रिक्शा चला लेगा, लेकिन गाँव नहीं जायेगा। उसे सम्बन्धों के घनिष्ठ होने का विश्वास नहीं होगा। दया एक बार फिर कुलवन्त को निहारे तो काँप गये। संसार का हर तीसरा बच्चा कुलवन्त-जैसा लगा। दया को तीसरे बच्चे का बाप होने पर थूकना आ रहा था और याद आ रही थीं अनुराग की बातें। दुख था तो अपनी बोली का। एक भाषा को स्थापित करने में अपनी बोली मारी जा रही थी। मोहनी भी नहीं बोलती गाँव की बोली। दया को लगा कि उनके सारे सम्बन्ध-भावनाएँ कोई लूट रहा है।

दया मोहनी को देखते थे तो वह स्वस्थ दिखती थी। गाँव में खूब खेली-कूदी और पारम्परिक गीतों को गाया-सीखा। वह गोबर से घिन तो करती थी, लेकिन गोबर से लीपा गया आँगन उसे बहुत पसन्द था। वह आटा लेकर चौक पूरती रहती थी। सिर्फ जूँ पड़ गये थे मोहनी के बाल में और बलवन्त को सर्दी लग गयी थी। बाहर धूप में नहाया और ठंडी हवा का हाड़ छेदना बलवन्त झेल नहीं पाया। हो सकता है कि खट्टी चीजें खाकर पानी पी लिया हो और गला खराब हो गया हो या तेल-घी की चीजें खाकर, जो भी कारण हो, हफ्तेभर के बुखार से बल्लू भी झटक गया था। बासमती भी काली पड़ गयी थी। खुली धूप और हवा में निजी रंग स्पष्ट हो जाता है। शहर में न धूप मिलती थी न हवा। वहाँ घर में बैठे-बैठे देह के पीलेपन को सुन्दरता मान रहे थे दया। शहर की हवा धुएँ से भरी है, यह हवा मुँह-देह काला नहीं करती, फेफड़े पर बैठती है। भीतर का धुअँरट्ठा होता कोई देख नहीं पाता। बासमती के भीतर धुआँ तो नहीं भर गया!

बासमती उबटन लगाती। फेस-पैक भी खरीद लाई। नींबू, ग्लिसरीन, गुलाब जल मिलाकर बोतल में रख ली। काली पड़ी काया को गोरा बनाने का प्रयास था, एक जिद थी।...और बार-बार गाँव को कोसती रहती। दया देखते और बनावटी मुस्कान बिखेरते। वे शहर की काली-चमकीली बाहों में जकड़ते जा रहे थे। तीन बाहें थीं—पानी, शोर और धुएँ की बाहें। न पानी पीने-लायक, न ध्वनि कानों को

प्रिय...और धुआँ! इससे तो भगवान बचाए! शहर में ये बाहें बहुत लम्बी और मुसुकदार थीं। गाँव में पानी थोड़ा-बहुत अपनी बाँह फैलाता। हाँ, वहाँ की मिट्टी रासायनिक प्रयोग के कारण जरूर अपनी आत्मा खोती जा रही थी। कुछ भी हो बासमती को शहर का चस्का लग गया था।

कितना भारी हो गया हूँ!

'ये तौलिया यहाँ क्यों टँगी है? यही इसकी जगह है? और जूते यहाँ क्यों हैं? ये किताबें बिस्तर पर किसने बिखेरीं? चादर ऐसे लुँड़ेरे हैं जैसे इसे कूड़े में फेंकना है! कोई सामान अपनी जगह पर नहीं। सब साले नालायक हैं। तुम तो समझदार बनती हो! मैं तुमसे ही कह रहा हूँ बासमती! यही तरीका है शहर में रहने का! नीचों का घर बना रखा है। दरिद्रता नहीं आयेगी! लाख समझाने पर समझ नहीं आ रही है। तुम सब कर लो मेरे सिर पर पेशाब!' दया दफ्तर से आये और घुसते ही आग-बबूला हो गये।

'क्या ठीक नहीं है जी? घर है, बच्चे हैं...कितना कोई रखेगा? तहियाएगा? आदमी बाहर से आता है तो चुप मारकर बैठता है।' बासमती भी नाक चढ़ाकर बोली।

बलवन्त पन्द्रह साल का हो गया, मोहनी दस साल और कुलवन्त पाँच साल का। हर बच्चे में पाँच साल का गैप। दया को नौकरी करते बीस साल से ऊपर हो गये। उनकी गिनती वरिष्ठों में होने लगी और बचत के नाम पर शून्य। किसी बैंक में पैसा नहीं जमा है। दया भविष्य को लेकर बेहद चिन्तित थे। वेतन मिला नहीं कि बिना आवश्यकता के जरूरत बन जाती। जहाँ एक से काम चलता, वहाँ दो। अभावों का पूरा प्रभाव स्वभाव पर था और दूसरी बात जो बेचैन करती थी वह था परिवार का शहरीपन। अभाव न होता तो शहरीपन में होनेवाला खर्च दया को बर्दाश्त था। और इधर ईमानदारी का भूत इस कदर सवार था कि दरिद्र हुए जा रहे थे। अब तो दया चाहते थे कि कुछ ऊपर-झापर मिले, लेकिन न तो ऐसी सीट मिलती, न युक्ति ही जानते थे। सिर्फ चाहने से क्या होगा? दया बार-बार कुल्लू को देखते और अभावों की सारी जड़ उसे ही मानते, लेकिन बेटा है तो बेटा है, शत्रु नहीं...खूब प्यार करते दया कुलवन्त को।

अब बात-बात में खूब झगड़ा होता और दया बासमती को मारने तक दौड़ते। उसे कुरूप और भद्दी कहते। कभी कहते कि तुम नाचना जानती हो न गाना, कभी कहते कि 'भद्दी हो गयी हो, पेट निकालकर तोंद बना लिया और

सब कुछ ढीला कर लिया, क्या बात करूँ! अब तो साथ बैठने का भी मन नहीं करता।' बासमती भी कब मानती—'क्यों नहीं...कोई और ले आइए, हमारे में रस कहाँ है! बच्चों के सामने मेरी बेइज्जती करना क्या ठीक है? आप तो बड़े विद्वान बनते हैं, क्या उम्र के साथ देह नहीं ढीली होगी?' बच्चे भी दया से आजिज़ आ गये थे। कलह के लिए कोई विषय खोजना नहीं पड़ता, जैसे साग में हल्दी नहीं है नहीं तो पीला होता साग। साग में हल्दी का कहाँ पता चलता है! यह झगड़ा नहीं, रगड़ा है। दया रगड़ा करते थे।

ऐसा भी नहीं था कि दया हमेशा तने ही रहे। कल से दीपावली की छूट्टी है। शहर की दीपावली खर्चवाली। गाँव की तरह नहीं था कि पाँच दीया बाहर और पाँच घर के भीतर...चूरा गुड़, लाई, गट्टा खाए, हो गया! वहाँ लक्ष्मी-पूजन का कोई खास चलन नहीं था। शिवरतन कहते थे कि लक्ष्मी-पूजा तो दुकानदार करते हैं, जो बिज़नेस करते हैं। हम तो किसान हैं, व्यापारी नहीं। अरे पाँच दीया काफी हैं—एक मन्दिर में, एक घूर पर, एक गौशाला, एक कुआँ, एक डीह बाबा को।

दया खुश थे। दफ्तर से आये तो देखते ही बासमती समझ गयी कि आज मूड ऑफ नहीं है। दया की जेब में दो सौ रुपये थे।

'पटाखे छोड़कर लिस्ट बना लो, परसों दीपावली है। सामान तो लाना ही होगा।' दया किसी प्रकार का प्रदूषण नहीं चाहते थे।

बासमती दया के आगे गुड़-पानी रखकर लिस्ट बनाने लगी—'कितने पैसे हैं? उसी अन्दाज से सामान लिखूँ।' बासमती बोली।

'पापा! चीनीवाली मिठाई...हाथी-घोड़ावाली।' मोहनी की जरूरत थी।

'पापा! बम, फुलझड़ी, सटाकबम, रॉकेट, पापा प्लीज!' कुलवन्त ने अपनी जरूरत बताई।

'नहीं पापा, आप सिर्फ मोमबत्ती ला दीजिए और कोई अच्छी-सी मिठाई।' बलवन्त समझदार है।

'तुम सब चुप रहो! चलो अपना काम करो!' बासमती ने डाँटा।

दया बैठ-बैठे मुस्कराते और सोचते रहे—'बासमती कितनी खुश है! कमी मेरे अन्दर है। बुरा जो देखन मैं चला...। उम्र के साथ समय को देखते हुए उसके अन्दर विश्वास पैदा हो गया है। लेकिन क्या वह अपने आत्म-विश्वास का सही प्रयोग कर सकेगी? वह अपने पड़ोसियों से बड़ा बनना चाहती है। बासमती के स्वभाव में कितना फर्क हो गया है! उसकी तासीर बदल गयी है। मेरा ही विश्वास खतरे में है। मैं सप्तस्वर से लड़ूँगा तो वह क्यों नहीं? वह तो ग्राम-देवताओं तक

की सीमा में रही है, छोटे-से गाँव की जन्मी, और मैं तमाम वेद-पुराण, शास्त्र पढ़कर बड़े गाँव में जन्मा जो कस्बे-सा है। मैं तो ईश्वर की बखिया उधेड़ता हूँ, और वह पूजा करती है। शहर में आकर बासमती को अन्धविश्वासों, आडम्बरों ने घेर लिया है। मेरा कई साल बरबाद गया जो उसे समझाने में लगा था। आखिर वह डीह-डिहवार से निकल नहीं पाई। शहर में कुछ ज्यादा ही आडम्बर है, लेकिन शहर है आधुनिक। गाँव में अन्धविश्वास अधिक है।...बासमती तो मेरा उद्देश्य है। वह मात्र मेरे सुन्दर स्वप्नों की मुस्कान नहीं...वह तो मेरे कर्म का स्फुटन है। मैं स्त्री को एक पड़ाव नहीं मानता, वह जीवन है और सहयात्री। बासमती मुझे कितना खुश रखती थी! लेकिन जब से कुलवन्त की जन्माई है, तब से वह शब्दों को तोड़-मरोड़ कर बोलने लगी है। हमारे बीच के तमाम मूक समझौते भंग होने लगे हैं। बासमती के अंग कुछ विशेष भाव ही प्रकट करने लगे हैं। मैं तो उसे जीवन के हर आयाम समझा चुका हूँ—त्याग, विरह, मोक्ष और मृत्यु। लेकिन एक भी वाक्य उसके गले में नहीं उतरा। किसी का मूल स्वभाव बदलना हँसी का खेल नहीं।...और बासमती बदली भी तो ऐसे रूप में कि सबकुछ भोग लेने की उत्कट अभिलाषा। व्यर्थ इच्छाएँ मूल कार्य में बाधा पहुँचाती हैं। बारह बरस का परिश्रम घूर पर फेंक गया। घर की दशा जस की तस। गाँव में बहस तो करते थे! रोज एक नयी बात तो निकलती थी! यहाँ तो झगड़ा होता है।' दया को लगा कि वे बगुला मार तो दिये, लेकिन हाथ लगा पंखों का ढेर।

'भैया! पहले के जमाने में लड़कियों को पढ़ाया नहीं जाता था। लड़की कमजोर कही जाती थी। विवेकानन्द ने लोगों को इकट्ठा किया और जोर से बोल थे कि लड़कियों को पढ़ाओ! तब...उनके मम्मी-पापा बेटियों को पढ़ाने लगे।' मोहनी ने बलवन्त से कहा।

'दादी पढ़ी थी भैया?' कुलवन्त ने पूछा।

'दादी नहीं...मम्मी पढ़ी हैं, तभी खड़ी बोली बोल लेती हैं।' बलवन्त ने बताया।

'लड़के पढ़के क्या करते हैं भैया? चोर ही तो बनते हैं!' मोहनी बोली।

'लड़कियाँ भी तो चोरनी बनती हैं।' बलवन्त हँस दिया।

'पापा ज्यादा पढ़े हैं, इसलिए गन्दे हैं। मम्मी को डाँटते रहते हैं।' मोहनी ने कहा।

'पापा गुस्से में रहते हैं, इसीलिए डाँटते हैं।...है न भैया!' कुलवन्त सहजता से बोला।

'अरे क्या बक-बक कर रहे हो?' बासमती ने डाँटा।

'कुछ नहीं मम्मी, हम लोग बातें कर रहे हैं।' मोहनी बोली।

'मम्मी! दीदी पापा को गन्दा कह रही है।' कुलवन्त सच बोला।

'कहने दो!...लड़ना नहीं और धीरे-धीरे बोलना।' बासमती ने हिदायत दी।

'हम आपकी तरह लड़ेंगे नहीं मम्मी, बस बातें करेंगे।' बलवन्त ने कहा।

बासमती बच्चों की बतकही से मुस्करा रही थी, अभी भी कान उधर ही लगे थे। फिर बासमती अपने काम में लग गयी।

'मम्मी कहती है कि तीन लोक हैं...एक स्वर्ग है बादल में, दूसरा पाताल है जमीन के नीचे, और तीसरा जहाँ हम रहते हैं।' मोहनी पर पूरा असर है बासमती का।

'कहीं बादल में घर होता है! बेवकूफ! जमीन के नीचे खनिज हैं, पानी है। आदमी थोड़े न रहते हैं। पागल हो क्या? मम्मी जो कहेगी क्या सब सच होगा!' बलवन्त दया की तरह बोल रहा था।

'चन्दा मामा ऊपर ही तो रहते हैं। कितने अच्छे हैं न दीदी!' कुलवन्त को मोहनी की बात जँची।

'भैया, खनिज क्या होता है?' मोहनी ने पूछा और बल्लू की गर्दन पकड़ के झूल गयी। उसे झूलता देख कुलवन्त अपने भैया की गर्दन छुड़ाने लगा—'बहुत दम है मुझमें। छोड़ो दीदी, भैया का गला!'

'जो धरती के भीतर है जैसे लोहा, कोयला...उसे खनिज कहते हैं। लेकिन यह एक दिन खत्म हो जायेगा। जानती हो क्यों? क्योंकि जनसंख्या बढ़ रही है। समझी?'

बलवन्त की बात मोहनी को भले समझ में न आयी हो, दया खूब समझते थे। इसलिए वे बोझ से दबे जा रहे थे। दया को लगा कि पूरी पृथ्वी उन्हीं के सिर पर है और मेरे बच्चे उनके साथ दबे जा रहे हैं। बच्चों ने बात-बात में दया को उनकी भूल का एहसास कराया था। बात बच्चे न बढ़ाएँ, इसलिए वे बोले—'चुप रहो! पढ़ो-लिखो! कुछ खेलो-कूदो! ये क्या सुबह-सुबह बूढ़ों की तरह गप मार रहे हो?'

'कुछ बात नहीं हो रही है पापा!' बलवन्त बोला—'मोहनी ने बिस्तर में हाथ पोंछ दिया है। उसी को मना कर रहा हूँ।'

'मैंने नहीं पापा!' मोहनी अपने को बचाना चाहती है—'भैया बिस्तर पर नाक छिनक रहे हैं।'

'हरामजादे!' दया गुस्से से लाल हो गये। उन्हें खुद नहीं ज्ञात कि उन्हें इतनी

जल्दी गुस्सा क्यों आया, कोई खास बात भी नहीं थी—'कमीने! तुम सब सुअर की औलाद हो। कुत्ते! चुप नहीं रह सकते, थोड़ी भी शान्ति नहीं है घर में।' और दया बच्चों को पीटने लगे। कुल्लू मेज के नीचे बैठ गया, सो बच गया। दया उसे देख नहीं पाए। घर में रोने-चिल्लाने की आवाज बाहर तक जा रही थी।

'ये क्या कर रहे हैं? क्यों मार रहे हैं? पागल हो गये हैं क्या?' बासमती ने बच्चों को दूर किया। सभी बच्चे सिसकने लगे।

'हाँ, पागल हो गया हूँ।...तुम क्यों नहीं बच्चों के साथ रहती हो? कहाँ चूतड़ उठाए घूम रही हो? अंड-बंड बकते रहते हैं बेहूदे!...और तुमने मेरा दिमाग खराब कर रखा है। तुम औरत हो जिसे चाहो खुश कर सकती हो, लेकिन यह भी चाहो कि मैं खुश रहूँ। लेकिन अब तुम्हें पूछेगा कौन? जवानी चली गयी, कोई ताकेगा भी नहीं। मैं तो मर्द हूँ, चाहूँ तो दस जुगाड़ बना सकता हूँ।'

'ठीक है, आपकी बात सब सही। लेकिन शान्त हो जाइए। बच्चे हैं, समझा दूँगी।'

दया अकेले में बैठकर रोने लगे।

'क्या हो गया है आपको? बच्चे कुछ खास बोले कहाँ! और बच्चे तो पता नहीं क्या से क्या कहते करते हैं।' बासमती ने दया को समझाया, फिर बच्चों को दुलारने लगी। कुलवन्त दया के गाल कई बार सहला गया। दया के आँसू सूख चुके थे, फिर भी वहीं बैठे रहे। अकेले, शान्त। एकटक कहीं निहारते!

दया मोहनी को खूब पढ़ाएँगे, भले भीख माँगना पड़े। लेकिन तीन बच्चों की पढ़ाई का बोझ उनसे उठाए न उठेगा। शहर में कोई कायदे का सरकारी स्कूल नहीं था। पब्लिक स्कूल वाले तो खून चूस लेना चाहते हैं। दया अपनी चेतना में रहते-रहते संज्ञाशून्य हो जाते थे और होश आता तो स्वयं को कोसते, कभी बासमती को। दया सबसे मेल बढ़ाना चाहते थे। मित्रता ही उनके जीवन एक अन्य उद्देश्य भी था। बल्लू जब छोटा था तो दया ने सोचा था कि पुत्र को मित्र की तरह रखूँगा, लेकिन बुद्धि मारी गयी और वे शत्रु की भाँति मारने दौड़ते लगे थे। 'यह कैसा मानसिक प्रभाव है? किस वस्तु ने उन्हें अपने कब्जे में कर रखा है!'—दया सोचते-सोचते थक जाते थे, और इसी थकान की वजह से बासमती से प्यार भी नहीं कर पाते थे।

दया उठे और बाथरूम की ओर बढ़े, उन्हें पेशाब जोर से लगी थी। वे अपने को निहारने लगे। बाथरूम में लगे दर्पण में उनका चेहरा मुस्कराते हुए भी दुखी लग रहा था।

'मुझे लगता है कि आदमी मारपीट करे या बड़ाई, उसका उसमें मतलब

छिपा होता है। अब देखो, जो मैं कहता हूँ तुम नहीं मानती तो मैं मार-पीट करने लगता हूँ, जरूर मैं मतलबी हूँ। कोई जरूरी नहीं कि मैं जो कहूँ वो सच ही हो।' दया बासमती को समझा रहे थे और वह डर रही थी कि कहीं किसी बात पर गुस्सा हो गये तो मेरा झोंटा पकड़कर नोंच लेंगे।

बासमती बालों का जूड़ा बनाने लगी। उसके मुँह से केवल 'जी' शब्द निकला। लेकिन वह सोच रही थी कि 'अगर अब दया ने बाल पकड़के खींचा तो आज मैं भी हाथ उठा दूँगी।'

'जी' क्या! मैं तुमसे बात करना चाहता हूँ और तुम बस 'जी'...और ये बाल तो खुले रहने दो, अच्छे लगते हैं। हवा चल रही...उड़ते बाल...वाह! खोलो जूड़ा-जूड़ी। हवा के आघात से बालों में लचक है और एक ध्वनि भी...।'

'खींचेंगे तो नहीं?'

'खींच लूँगा तो क्या!...लेकिन प्यार से।'

बासमती अब अपने हर अंग को बचाना चाहती थी। स्त्री अपने अंग से ही असहाय हो जाती है। कहीं बाल हैं तो कहीं स्तन।!

हवा तेज हो गयी थी। माघ पूर्णिमा बीते हफ्ता हो गया था। सुबह से ही फनुगहटा जोर पर था। लेकिन जब से कुल्लू हुआ है, हवा का विद्रूप देखने लगे हैं दया। हवा पर किसका वश हैं। जब गाँव में थे तो गेहूँ की कटाई-मड़ाई के समय हवा में भूसा मिला होता था, हवा भूसा-भूसा हो गयी थी। कभी धूप-छाँव में बवण्डर उठा तो लगता था कि हवा में कुम्हार के आँवे की राख मिली है। आषाढ़ में जब बादल होता और हवा चलती तो वे देर तक उड़ते बादल देखते रहते और सुनते शिवरतन के शब्द 'हवा ससुरी उड़ाय ले गयी बदरी, अब का ठेंगा पानी बरसेगा! होइ गयी खेती पीछे...भागे जोगे।' और दया को शहर की हवा विषभरी लगती। धुआँ उनका पीछा नहीं छोड़ता। और अब तो एसी का जमाना है। घर और वाहन से गर्म हवा छोड़ते ये एसी किसी यमदूत से कम नहीं हैं। इसी गर्म और ठंड़ी हवाओं में मानव जाति घुटकर मर-बिला जायेगी।

'क्या बैठे-बैठे मुझे निहार रहे हैं! मुझे देखे नहीं है क्या? जाइए दफ्तर! दस बज गये हैं।' बासमती ने दया का ध्यान भंग किया।

दया दफ्तर के लिए तैयार हो गये। आज फिर वे साइकिल से हैं। यही नहीं, वे शपथ ले चुके हैं कि स्कूटर आपातकाल में ही चलाएँगे। दफ्तर तो साइकिल से ही जायेंगे। रास्ते-भर उन्हें माधो मास्टर की पत्नी और मोती बाबू याद आये।

माधो मास्टर की पत्नी को मस्टरानी कहते थे गाँववाले। उनके तीन बेटे और दो बेटी। लेकिन उम्र थी, बच्चा हो सकता था। सभी बच्चे एक-डेढ़ साल के अन्तर पर थे। मस्टरानी अभी तीस साल की भी नहीं हुई थी। माधो ने कहा—'मस्टरानी, तुम नसबन्दी करवा लो। पाँच पाल लें, यही बहुत हैं।' गाँव में पाँच बच्चों की माता होकर वे सीना तानकर चलती थीं' मस्टरानी पहले तो नानुकुर की, बाद में समझाने पर तैयार हो गयीं। गाँव में समझदार औरतों में एक थीं। मस्टरानी और जब डॉक्टर का औजार देखा तो डर गयीं। वह कभी ऑपरेशन-रूम देखी थीं न औजार। शायद ही कभी अस्पताल आयी हों। मस्टरानी बेड छोड़कर भाग खड़ी हुईं और सीधे घर पहुँचकर ही दम लीं। माधो मास्टर के पास अब अपनी नसबन्दी के अलावा कोई रास्ता न था। मस्टरानी अपनी जान-पहचानवाली औरतों से कहती फिरतीं—'अरे ई मस्टरवा हमरे खातिर नस कटवा आया। अब तो हमके सब नसकटवा की मेहरारू कहेंगे।' माधो ने सुना तो मस्टरानी से बोले—'तुम का समझती हो कि हम कमजोर होइ गये? बोलो, कौन-सा काम करना है? अभी वही ताकत है, मजबूत टनाटन्न हूँ।' कहकर हँसने लगे मास्टर।

अब मोती बाबू दया के आगे-पीछे घूम रहे थे—कौन नहीं चाहता कि पहला बेटा हो, लेकिन मोती बाबू की पहली सन्तान बेटी हुई। बेचारे पति-पत्नी प्रतीक्षा ही करते रह गये, एक के बाद एक बेटियाँ ही हुईं। क्या पता बेटे की आस में चौथी भी बेटी हो! उनकी पत्नी खुद चाहती थी कि नसबन्दी हो जाये। बार-बार बच्चा जन्माने से जी छूटे। आज भी गाँव में उनकी चर्चा होती है। उनसे कोई कहता कि 'पाँच पूत मोरे, घर आवें चढ़ के घोड़े' तो वे छूटते जवाब देतीं—'तीन दमाद मोरे, जब बुलाऊँ धावै आवे घोड़े-घोड़े'। वे अपनी बात से लजवाती रहतीं और कभी अपने को हीन भी नहीं समझतीं।

दया का सीना तन गया।

'आइए! आइए!' अखिल के शब्दों में व्यंग्य था।

'बड़ी देर भई दयावाला, तेरी राह तके आफिसवाला।' कोई बोला।

'क्या फालतू बोले जा रहे हैं आप लोग! कोई नयी बात हुई है क्या?' दया थोड़ा झुँझलाते हुए पूछे।

'दया भाई, सब गड़बड़ हो गया। पब्लिक-डीलिंगवाली सीट तुम्हें दिलाने की हम कोशिश कर रहे थे, लेकिन...।' अनुराग बोलते-बोलते रह गये।

'लेकिन सब माटी हो गया—गुड़-गोबर।' अखिल ने पूरी बात बताई—'हम

सब छोटे साहब को पोट लिए थे। लेकिन ऊ साला भिखारी लाल, बड़े साहब को तेल लगाकर खूब चाट आया। भनक लग गयी उसे...हम सब तुम्हारी मजबूरी का रोना रोते रह गये, लेकिन बड़े साहब सुने ही नहीं।'

'बड़े साहेबवा चूतिया है साला! एक आदमी बीस साल से दोकड़ा नहीं कमाया और दूसरा है कि माल-पर-माल काटे जा रहा है।' अशोक चिढ़ते हुए बोले।

'भिखरिया की औरत भी गयी थी बड़े साहब के घर...पोटने।' अमित ने बताया।

'मालदार सीट है, कुछ भी हो सकता है...कुछ भी किया जा सकता है।' अनुराग ओठों पर जीभ फेर रहे थे।

'कोई भी बात करिए, लेकिन भिखारी की औरत को बीच में मत लाइए। औरत की अपनी इज्जत है।' दया को अमित की बात अच्छी नहीं लगी।

'आप देखे नहीं हैं न! ...देख लेंगे तो कमाऊ सीट क्या, नौकरी छोड़ देंगे।' अखिल की इस बात पर सब हँस पड़े।

'छोड़ो साले को, कोई बहुत कमाऊ सीट नहीं है। बस साग-सब्जी का काम चल जाता।' अशोक ने ऐसे कहा जैसे अँगूर खट्टे हों।

'भिखरिया साले को सोचना चाहिए। उसी के बाल-बच्चे थोड़े हैं, और लोग भी बाप हैं।' अनुराग हाथ नचाकर बोले।

'किस्मत जब गदहे के टाँग से लिखी गयी है तो कोई क्या करे! कोई न कोई भेंड़ हो ही जायेगा।' अशोक अपना माथा दिखा रहे थे जैसे वहाँ कुछ लिखा हो।

'दया की भाग्य-रेखा देखो तो जरूर चिपोराई होगी।' अखिल ने हँसकर कहा।

'कर्म तो उसी दिन दया का फूट गया जब ये इस उम्र में तीसरे बच्चे के बाप बने।' अनुराग बोले।

'मैं कर्म को तो मानता हूँ, लेकिन भाग्य-रेखा जैसा कुछ नहीं मानता। आप सभी जानते हैं, मैं अन्धविश्वासी नहीं, न मेरा पूजा-पाठ में विश्वास है। मैं कोई ऐसी चीज नहीं मानता जो सिर्फ कल्पना हो। मैं कर्मकांडी नहीं, कर्मचारी हूँ।' दया कम बोलत थे, लेकिन जब बोलते तो पूरी बात कहते थे।

'आप कुछ भी कहें। लेकिन हम सभी पूर्वजन्म का फल भोग रहे हैं।' अशोक भाग्य-भरोसे जीनेवालों में आगे थे।

'मेरी बड़ी भूलों में से एक है—मेरी सन्तानें कोई आग्य-भाग्य नहीं। और यह मेरा ही दुख नहीं है, आपका भी है। यह पीड़ा का पर्वत है। ...जो प्रदूषण

आप देख रहे हैं, इसका बड़ा कारण ज्यादा पैदा होते बच्चे हैं। मैं तो इस बात से दुखी हूँ कि मनुष्य की इस पीड़ा के कारणों में मेरा भी अंश है। आप सभी मेरी वजह से कहीं न कहीं नुकसान उठा रहे हैं।' दया थोड़ा ठहरे।

'ए बनवारी!...बनवारी...!' अशोक ने चपरासी को आवाज दी और वह हाजिर हो गया—'एक जग पानी...साफ, और सुनो, फस्ट क्लास की स्पेशल पाँच चाय ले आओ। कह देना जवाहिर से कि अदरक डाल के बढ़िया बनाएगा।'

बनवारी अपने काम में लग गया।

'आज पता चला इनकी चिन्ता का कारण। हम भी कहें कि काहे मुँह गिराए रहते हैं।'

'अशोक जी आप वरिष्ठ हैं आपके आगे मैं क्या बोलूँ! मैं सिर्फ अपना दुख बयान कर रहा हूँ। अपनी चिन्ताएँ परोस रहा हूँ।...रोज एक बच्चा बढ़ रहा है तो उसकी जरूरतें भी होंगी। दवा, भोजन, पानी, अनाज अधिक पैदा करना पड़ेगा तो खाद ज्यादा डालेंगे। खाद के लिए फैक्टरी लगेगी, कचरा निकलेगा, धुआँ होगा और मिट्टी की ताकत रसायन के अधीन होगी। लोग बीमार ज्यादा होंगे तो दवा की खपत, इसके लिए भी फैक्ट्री और कचरा...। कपड़ा, वाहन, ईंधन, पानी की खपत बढ़ेगी। पानी का खर्च बढ़ेगा तो पानी की कमी होगी। खनिज कैसे बचेगा? अपनी आवश्यकताओं की पूर्ति के लिए संसाधन जुटाएगा आदमी, तब प्रकृति के साथ बलात्कार करेगा, दोहन करेगा। पर्यावरण का क्या होगा? प्रदूषण कितना फैल जायेगा? प्रदूषण से फिर बीमारी और फिर दवा, फिर फैक्ट्री...फिर कचरा, धुआँ...बाप रे! आप अनुमान नहीं लगा सकते! चक्रवृद्धि-ब्याज की तरह बढ़ता हुआ प्रदूषण एक दिन पूरी मानव-जाति को सभ्यता-संस्कृति समेत लील जायेगा।...समय ने सबकी छाती में कील ठोंकी है।...कभी आपने खयाल किया है कि ये शोर हमें क्या हानि पहुँचाते हैं? जब आप किसी कोलाहल और कान-फाड़ ध्वनि से घिरे होते हैं तो नहीं लगता कि पगला जायेंगे? अल्सर तक हो जाता है शोर से। चिन्तन-शक्ति है किसी के पास? सब हवा हो गयी ताकत। भाई, हम सब जहर पी रहे हैं और एक काल-कोठरी में रह रहे हैं। जीवन जैसे सजा काट रहा हो और प्रतीक्षा कर रहा हो कि कब फाँसी होगी। दिन काटना कोई जीवन है? किसी तरह निर्वाह करना कोई जीवन है? हम सब अपने को बैल मानकर सिर्फ जुते जा रहे हैं। आप सभी जानते हैं कि मरना एक दिन सबको है, लेकिन धरती आप मनुष्य के बिना चाहेंगे। कल्पना मात्र से सिहरन पैदा होती है भाई! इसका सिर्फ एक कारण है, जो आप जानते हैं। मैं तो उसी दिन से हजार बातें सोच-सोचकर रो रहा हूँ जिस दिन मेरा कुलवन्त हुआ। अब कहूँगा तो लोग

कहेंगे बेटे से प्यार नहीं है। मेरा बात सुन लेगी तो पत्नी भी जीने नहीं देगी। मैं अपने कुलवन्त से खूब प्यार करता हूँ। लेकिन सत्य जो है वह कह रहा हूँ। मुझे तो प्रलय की रात दिखाई देती है। दहकता सूरज रोज बढ़ता हुआ लगता है। लगता है कि धरती फिर आग का पिंड हो जायेगी।...अरे भाई, पढ़े-लिखे समझदार लोग भी सिर्फ बात करते हैं, करते कुछ नहीं। बल्कि प्रदूषण फैलाने में दो जौ आगे। एक दिन ये हिमशिखर पिघलकर पूरी धरती को पानी-पानी कर देंगे।...सब ढोंगी हैं, वेद की रीति से चलेंगे! कर्म का मार्ग अपनाने का संकल्प करेंगे! क्या प्रकृति के साथ खिलवाड़ करने की रीति सिखाई गयी है! एक दिन ऐसा आयेगा जब ज्वर उतारने के लिए कोई दवा काम नहीं करेगी और ज्वर अपने उच्चतम तापमान पर पहुँचकर एक-एक कर सबकी जान लेता रहेगा।'

दया का गला सूख गया।

अमित, अनुराग, अखिल, अशोक का भी आनेवाली कालरात्रि का आभास होने लगा था। सबकी निगाह दया की ओर थी और आँख थी कि अपना पानी सुखा चुकी थी—निर्निमेष!

'पहली बात है दया हमें मार्ग सुझावें कि क्या करना चाहिए।' अशोक बेहद गम्भीर थे और खूब प्रभावित भी—'दूसरी बात कि आज से एक नियम लगा दिया जाये कि ऊपरी आमदनी जो भी करेगा वह कम से कम एक रुपया और अधिक से अधिक कमीशन का पाँच प्रतिशत दया को उसमें से देगा।'

'कमाऊ सीट के लिए कौन दंत-निपोरिया करे बड़े साहब से?' अनुराग बोले—'यह छोटे साहब से शुरू होगा। अभी चलकर बात कर लेते हैं।'

सभी उठे और छोटे साहब के कक्ष में घुस गये।

दया की साइकिल जाम में फँस गयी थी। चारों ओर मोटरसाइकिलें, कारें, जीपें, टैम्पों की भरमार। घुर-घुर करती गाड़ियों के बीच फँसे दया की आँख में जलन होने लगी थी। गर्म हवा से देह का पानी सूखने लगा था। रात हो गयी थी, वाहनों की लाइटें दया की आँख चमका रही थीं। कई बार वे लड़ने-भिड़ने से बचे थे। सिर भारी हो गया था, दया का मन किया कि किसी कार के नीचे आ जाऊँ या किसी जीप से लड़ पड़ूँ, कर दूँ इहलीला समाप्त। उस दिन किसी तरह दया घर पहुँचे।

'सफेद शर्ट अब मत सिलवाइएगा। एक दिन में काली पड़ जाती है।' बासमती दया के हाथ से झोला पकड़ती हुई बोली।

'प्रदूषण से तनाव बढ़ जाता है बासमती! सिर भारी है, आँख में जलन है। लौंग पीसकर ललाट पर लेप कर दो।' दया थक के चूर थे।

'हाँ, आँख तो लाल है। पहले ठंडे पानी से छींटा मारकर धो लीजिए। अभी अदरक की चाय बनाती हूँ, काली चाय नींबूवाली।'

'स्कूल, घर, हर जगह तनाव है। बच्चे पहले से ज्यादा गुस्सैल हो रहे हैं। घर में छोटी बात भी कोई बर्दाश्त नहीं करता और दफ्तर में भी कोई मेरी बात नहीं सुनता। यहाँ सिर्फ कंकरीट का मकान खड़ा करके अपने को सुरक्षित मान रहे हैं। शास्त्र-साहित्य ताखे पर रखे सड़ रहे हैं।'

'आप थके हैं, कम बोलिए, आराम मिलेगा।' दया की बात बासमती की समझ में नहीं आयी। वह तनाव के बारे में ज्यादा नहीं जानती थी, भले झुँझलाती, उदास रहती और चिन्ता करती।

दया ने हाथ-मुँह धोया। चाय की गर्माहट ने दया थोड़े ठंडे हुए—'प्रदूषण का असर कुलवन्त पर ज्यादा होगा। पेट में था तो यहीं! कोई बीमारी न लगे भगवान!...कुलवन्त का ध्यान रखना।'

'भला आपके मुख से भगवान शब्द तो निकला!'

'हमारे अभावों का कई कारण है गाँव में रहना सम्भव नहीं रहा। अब और यहाँ व्यवस्था करना सम्भव नहीं है। हमें कोई उपाय खोजना चाहिए। क्या करें हम?'

'जब समय आयेगा तो सोच लेंगे। हमसे भी गरीब लोग शहर में रह रहे हैं। और हम गरीब कहाँ हैं! आप नौकरी में हैं, तनख्वाह पाते हैं। रोटी की गारंटी तो है।'

'हमें लगता है कि हम अशिक्षित हैं—पढ़े-लिखे अशिक्षित। हमारी समझ अँगूठा-छाप जैसी है।'

'आपको फर्क नहीं लगता, मुझे लगता है। आप सिर्फ यही न कहेंगे कि कुलवन्त को जन्मा कर हमने बेवकूफी की है।...संसार में बहुत लोग हैं, लेकिन कोई इतना सोचता है! 'बीती ताहि बिसार दे, आगे की सुध ले'...छोड़िए ये चिन्ताएँ।'

'यही तो चिन्ता है बासमती, लोग इतना क्यों नहीं सोचते! दफ्तरवाले दोस्त भी पूछते हैं कि हमें क्या करना चाहिए जिससे पर्यावरण की सुरक्षा हो सके।

बासमती की समझ में ठीक से न प्रदूषण आता न पर्यावरण, फिर भी वह पूछ बैठी—'क्या कहा आपने?'

'अभी तो सिर्फ साइकिल चलाने का संकल्प लिया हूँ। हर महीने एक संकल्प

लूँगा। चार लोग स्कूटर का बेवजह इस्तेमाल छोड़कर चला रहे हैं साइकिल।'

दया की चाय कब की खत्म हो चुकी थी, अब फिर चाय की इच्छा हो रही थी। बासमती दया की तलब जान गयी।

दया के सामनेवाले घर में एक ठूँठ पेड़ दिखा। कुछ महीने पहले वह हरा-भरा था। पता नहीं क्यों पड़ोसी महोदय काट दिये थे। दया ने बासमती से पूछा तो पता चला कि हरे ठूँठ-तने से जो नया कल्ला निकलेगा, उसका लुक कुछ और ही होगा।

दया सोचने लगे—'स्वतंत्रता क्या प्राकृतिक नियमों को तोड़ने के लिए है? हम प्रकृति के नियम तोड़कर क्या अपने लिए फन्दा तैयार नहीं कर रहे हैं! हमारे ज्ञान का आधार प्रकृति है। हम आधार मिटाकर कहाँ रहेंगे? हमारी समझ पहले से हजार गुना ज्यादा बढ़ी है। हमें तो चाहिए कि सम्बन्ध जोड़कर चलें, न कि तोड़कर। भला प्रकृति से लड़कर कोई बच सकता है? हम हारते हैं, लेकिन लगता है कि जीत गये हैं। हमें प्रकृति के समक्ष समर्पित होना चाहिए, लेकिन हम तो नियन्त्रण करने पर तुले हैं! प्रकृति के साथ होड़ लेने की कैसी मानसिकता है?'

दया ने संकल्प लिया कि रोज एक घंटा पर्यावरण को देंगे। कम से कम महीने में पाँच आदमी को प्रकृति के बारे में समझाएँगे। एकता में बड़ी ताकत है, आनेवाले हर जोखिम का मुकाबला करना आसान हो जाता है।

कोई क्यों नहीं सोचता अर्थ प्रदूषण?

दया के पास एक डायरी थी। नयी डायरी। पर्यावरण की डायरी। कल किससे मिलना है, क्या करना और कहना है—सब नोट था। जो बात कहनी है उसके प्वाइंट नोट थे। कुछ नयी बातें जो वे सीखते थे, वह भी अंकित था। सुबह उठते ही वे डायरी खोलते थे। डायरी-वर्क एक घंटा चलता। वे तमाम किताबें खरीद लाए थे। जो भी पुस्तक दिखती और लगता कि प्रकृति से सम्बन्धित कुछ है, वे उसे ले लेते थे।

दया ने डायरी में लिखा—'शोर मशीनों से हो रहा है। मशीनों की संख्या क्यों बढ़ रही है? क्योंकि हमें अपनी आवश्यकताओं की पूर्ति के लिए उत्पादन करना है और लोग बढ़ रहे हैं जैसे मेरा कुलवन्त। लोग बढ़ रहे हैं तो रोजगार नहीं मिल रहा है...बेरोजगारी का कारण? बेरोजगारी दूर करने के लिए उद्योग-धन्धे बढ़ाए जायेंगे तो शोर मचेगा। ऊर्जा की खपत भी होगी। हमें उपाय खोजना चाहिए।'

दया के दाहिने लाउडस्पीकर का शोर उठा। स्पीकर का मुँह दया की ओर ही था—'बोल दो राजा रामचन्द्र की जय! ...जय!! मंगल भवन अमंगल-हारी...।'

'ये क्या हो रहा है बासमती?' दया चिल्लाए।

'आप देख तो रहे हैं, जानते ही हैं कि हर साल बिजलीवाले भाई साहब अखण्ड रामायण करवाते हैं, तुलसीदासवाली।' बासमती बोली।

'अरे जाकर बन्द कराओ ये लाउडस्पीकर-फाउडस्पीकर...जाओ बाबा!' दया ने अपने कान बन्द कर लिए।

'आप जाइए। पूजा-पाठ में मैं भेंड़ डालने नहीं जाऊँगी।'

'अजीब औरत हो! सब तुम्हीं समझ जाओगी तो मैं घास न छीलूँ? अरे भई, आदमी आदमी की बात नहीं मानता, लेकिन वही बात औरत कहे तो मान लेता है। ये है तुम्हारा जलवा!

बासमती चली गयी। भोंपू का मुँह विपरीत दिशा में घुमा दिया गया।

दया आजकल बहुत व्यस्त हैं। तनिक भी फुर्सत नहीं। इस समय वे रिक्शेवालों के यहाँ चक्कर लगा रहे हैं। कई रिक्शेवाले उनके दोस्त बन गये हैं।

दया ने कई मुसलमान दोस्त पहले से ही बना लिए थे। वे डायरी के अन्तिम पृष्ठ पर मुहल्लों के नाम लिखे थे—कटरा, राजापुर, मिन्टो रोड, साउथ मलाका, दारागंज, मट्ठीगंज, रोशनबाग, सिविल लाइन्स, रसूलाबाद, चौक, घुम्मनगंज, नागबासुकी, तेलियरगंज।

'लीजिए भोंपू का मुँह उधर करा दिया।' बासमती हाँफती हुई हाथ से संकेत कर रही थी—'अब सीढ़ी चढ़ने पर हाँफ जाती हूँ।'

'धूल-धुएँ और ध्वनि ने तुम्हारे फेफड़े को कमजोर कर दिया है। ऊपर-ऊपर चमकाए रहो...ताने रहो। भीतर दम गायब है!'

'हमें भी अब समझ में आने लगा है।'

'तो तुम अपनी सहेलियों को जानकारी दो, जहाँ दिक्कत हो मुझसे पूछ लो। एक बार काम करने लगोगी, बड़ा मजा आयेगा। एक औरत को भी समझा ले गयीं तो समझो जीवन सफल! एक से ही तुम्हारा विश्वास बढ़ जायेगा। बिजलीवाले की बीवी से ही शुरू करो...क्या नाम है उसका?'

'स्वरबेला।'

'बहुत अच्छा नाम है।...उसे इतनी अच्छी बीवी मिली है, उसका अपना घर शहर में है, क्या कमी है? फिर भी साला! हर साल शोर मचवाता है। भगवान की पूजा में लाउडस्पीकर का क्या काम? किसे सुना रहे हो भाई ये रामायण! भगवान को न! तुलसीवाला रामचरित! भगवान भी क्या सोचेगा! अपने को धन्य कहेगा,

कितने दिनों बाद लोगों ने सुध ली है!...भगवान को सुना रहे हो ये भोंपू तो आसमान की ओर ऊपर क्यों नहीं कर देते? हमारी तरफ ही उन्हें राम दिखाई दे रहा है। साला...मूर्ख! मन करता है चलकर खूब गरिया आयें, बाल पकड़ के नोंच लें, लगाएँ चार झापड़ और कहें कि चूतिया साले, यही पढ़े हो? बड़े समझदार बनते हो! टीवी, रेडियो, अखबार तो प्रदूषण के बारे में चिल्ला-चिल्लाकर समझा रहे हैं, कुछ समझ में नहीं आया। सब पढ़े-लिखे मूर्ख हैं। मैं नहीं चाहता कि किसी की आस्था को चोट पहुँचे। ठीक है रामायण कराओ, भागवत बँचवाओ, कोई मरे तो गरुणपुराण बैठा दो। लेकिन अपने घर में, शान्ति से। लोगों का जीना तो हराम न करो! पूजा शान्ति की चीज है, शोर की नहीं। भगवानों ससुर खुश क्या होंगे? बहरे हो जायेंगे और शाप दे देंगे।'

'आप अब चुप हो जाइए।'

'मैं अब चुप नहीं रह सकता! आज शाम को रिक्शेवालों के यहाँ जाना है, शोर के बारे में बताने। ...शादी-ब्याह में बैंड, बाप रे! बैंडवालों में जैसे शोर करने की होड़ लगी है। बैंड तो बजाते ही हैं, लाउडस्पीकर भी बजाते चलते हैं, पाँच भोंपू आगे, पाँच भोंपू पीछे। बैंडवाले भी मेरे निशाने पर हैं। जानती हो शोर से कौन-सी बीमारी हो सकती है? अल्सर, सिरदर्द, बहरापन, उच्च रक्तचाप, निराशा, पागलपन, मानसिक शान्ति का भंग होना।'

बासमती को आश्चर्य हुआ कि शोर से इतनी बीमारियाँ!

'आज मैं बहुत खुश हूँ, दस मुसलमान दोस्त बन गये हैं और मुझे बुलाया है परसों। बस एक ही भय है कि यदि उनके धर्म में कहीं अन्धविश्वास, आडम्बर देखा और विरोध किया तो फतवा जारी! अपनी बात कहने की वहाँ आजादी नहीं है। इसी कारण वहाँ खुलकर बोलने सोचने का विस्तार नहीं हुआ। कोई धर्म के विरोध में सुनने को तैयार नहीं। और हिन्दुओं में तो खुद हिन्दू ही अपने धर्म का विरोध करते हैं, ईश्वर को नहीं मानते, गरिया भी देते हैं साधु-सन्तों को। क्या कोई मुसलमान ऐसा है जो अल्लाह को न माने? बहस होनी चाहिए, बहस से गति मिलती है। लेकिन मुझे इससे क्या मतलब? मैं तो बस पर्यावरण ही लेकर चल रहा हूँ और इसी के बारे में बात करूँगा।'

'कहीं मुसलमान न हो जाइएगा!' बासमती को सन्देह हुआ।

'देखने से तो मैं हिन्दू भी तो नहीं। और मुसलमान हो भी जाऊँ तो क्या फर्क! दाढ़ी रखने से, नमाज-रोजा से या खतना कराने से कोई मुसलमान थोड़े

होता है! विचार होना चाहिए। मुसलमान वही है जो ईमानदार है, अपने कर्म के प्रति निष्ठावान है और गरीबों की मदद करनेवाला है। असहयोग नहीं होना चाहिए। और मैं हिन्दू भी नहीं। मैं तो सिर्फ इन्सान हूँ और यही रहना चाहता हूँ, यही मेरी पहचान भी है।'

दया का आना-जाना मुस्लिम बस्ती में खूब था। वकार भाई, अफजाल, इकबाल, साजिद, बिस्मिल्ला और गरीब चाचा दया के करीबी दोस्त थे। दया जान चुके थे कि क्यों यहाँ के लोग नसबन्दी के पक्ष में नहीं हैं। शायद पढ़ाई जिम्मेदार है। शिक्षा जब धर्म पर आधारित होगी तो ऐसा ही होगा। आज कर्म के लिए शिक्षा की अनिवार्यता है। मदरसे की पढ़ाई से कितना रोजगार मिलेगा और कहाँ मिलेगा? गरीबी बढ़ेगी और बच्चे भी...जबकि होना यह चाहिए कि जो गरीब हैं उनके बच्चे कम हों, लेकिन गरीबों के यहाँ बच्चों की कतार लगी है। दया अपने मुस्लिम मित्रों से खूब बहस करते थे। दया को यह विश्वास हो गया था कि उनके ये दोस्त अभियान में साथ देंगे। साजिद तो पूरी तरह से दया के साथ है, वह एमए पास है। साजिद ने एक बार दया से कहा था—'हमारे यहाँ तो औरतों को एक चीज मानते हैं, ऐसी चीज जो सिर्फ मर्द के लिए हो। छिपाकर रखते हैं औरतों को, जैसे कोई हीरा हो। हाड़-मांस की सुन्दर देह को बेजान कर दिया। पता नहीं क्यों औरतों को इतने पर्दे में रखते हैं दया भाई! मुझे यह अच्छा नहीं लगता, लेकिन मैं कुछ कह भी तो नहीं सकता। मर्दों की तरह औरतों को आजादी मिले तो जरूर बच्चे कम पैदा होंगे, मगर मर्द कहा मानें औरत का तब न!' साजिद आजाद किस्म का आदमी है। दया की तरह वह भी अपने धर्म की आलोचना करना चाहता है, सत्य की खोज करना चाहता है, परन्तु अपने मन की बात किसी से भय के कारण कह नहीं पाता।

शाम के चार बज चुके हैं। दया तीन बजे ही दफ्तर से छुट्टी लेकर निकल पड़े थे। आज साजिद के घर बहस होगी। साजिद का घर दूर नहीं था।

दया ने देखा कि दो और साइकिलें साजिद के दरवाजे पर खड़ी हैं।

'बहुत समय से आ गये भाई जान! आइए! इधर...हाँ, बैठिए।' साजिद ने स्वागत किया। वकार, बिस्मिल्ला, अफजाल, इकबाल पहले से मौजूद थे, जो दया के आने के बाद खड़े हो गये थे।

'ये साइकिलें किसकी हैं?' दया ने पूछा।

'एक अफजाल की और दूसरी इकबाल की।' वकार ने बताया।

'मैं तो बता चुका हूँ। भूल गये क्या?' साजिद बोला—'गरीब को छोड़कर सबके पास स्कूटर हैं, लेकिन अब कोई स्कूटर से नहीं चलेगा। हम सबने

साइकिल ले ली है। गरीब चाचा ने वादा किया है कि वे बीड़ी पीना छोड़ देंगे, वे भी कसम खा चुके हैं।'

'चाचा आखिर हैं कहाँ?' दया ने फिर पूछा।

'आज उनके यहाँ मेहमान आये हैं। बेटी की शादी होने वाली है। आज ही बात पक्की हो जायेगी और तारीख पड़ जायेगी।' बिस्मिल्ला बोले।

'गरीब चाचा भी परेशान हैं बेचारे। पाँच बेटे, तीन बेटियाँ, दो जने अपने। दस खानेवाले और कमानेवाला एक। दो बीवियाँ थीं। पहली तो अल्लाह को प्यारी हो गयी, जन्नत मिले बेचारी को। इसी बेटी को पैदा करते समय उसका इन्तकाल हो गया था।' इकबाल गरीब के पड़ोस में रहते थे।

'गरीब चाचा के बारे में आज बात करेंगे हम, लेकिन पहले मैं एक सच्ची कहानी सुनाना चाहता हूँ।' दया बोले।

'हाँ-हाँ, सुनाइए जनाब! आपके जुबान से सबकुछ भला लगता है। बहुत मीठा बोलते हैं आप!' अफजाल ने हाथ उठाकर स्वीकृति दी।

साजिद का छोटा भाई सूजी का हलुआ ले आया, साथ में समोसे भी। हलुआ घर का बना था और समोसे भोला हलवाई की दुकान के बने थे–'आप लोग नाश्ता करिए, चाय बन रही है' कहकर साजिद का भाई चला गया।

'मेरे गाँव के बगल का गाँव मुसलमानों का है। हिन्दू हैं, लेकिन पाँच-दस घर। वहीं मेरा एक दोस्त रहता है–अजीमुल हक। हम साथ-साथ पढ़े हैं। अजीमुल के अब्बा ने तीन शादियाँ कीं। तीनों से ग्यारह बच्चे हुए। संयोग देखिए कि सब लड़के हुए। सब कमा-खा रहे हैं, लेकिन कोई अपनी कमाई जुए में हार आता है तो कोई दारू पीकर बरबाद हुआ जा रहा है। कभी मैंने यह नहीं सुना कि उनके घर में आज झगड़ा नहीं हुआ। भाइयों में लाठी-डंडे भी चले, चाकू भी। एक बार तो अजीमुल के अब्बा का सिर फूट गया। घर में तनाव के कारण अजीमुल की माताएँ बीमार रहने लगीं और एक-एक कर चल बसीं। अब्बाजान जहर खाकर अल्ला को प्यारे हुए। भाई अलग-बिलग हो गये। अजीमुल बहुत मेहनती है, लेकिन घर का माहौल इतना गन्दा हो तो पढ़ाई पर असर पड़ेगा ही। बेचारे के चालीस परसेन्ट से अधिक नम्बर कभी नहीं आये। नौकरी नहीं लगी। चाहता था कि पढ़-लिखकर कोई अच्छा ओहदा पा जाय, लेकिन मदरसे में मौलवी साहब बन गया। अपने घर में वही पढ़ा था, बीए पास। लेकिन मूर्खता कर बैठा...शादी तो एक ही औरत से की, लेकिन बच्चे पैदा किये सात। उसकी मूर्खता को क्या कहूँ! दस साल में सात बच्चे!...वह मुझे चिढ़ाता था! कहता था–'दया, तुम हिजड़े हो तो बच्चे कहाँ से होंगे?' मेरा पहला बच्चा देर से हुआ था, करीब दस साल बाद।'

हिजड़ेवाली बात पर इकबाल और अफजाल हँसने लगे तो साजिद ने डाँटा– 'तुम लोग हँस क्यों रहे हो? बात की गम्भीरता देखो और सचाई। मजाक नहीं हो रहा है। एक-एक बात पर विचार करो भाई! दाँत बा देने से कुछ नहीं होगा।'

कहानी आगे बढ़ी–'संयोग देखिए कि अजीमुल को भी सातों बेटे ही मिले। अभी मैं पिछले माह घर गया था तो उससे देर तक बातें कीं। उसने दो कसमें खाईं हैं। एक तो यह कि अब बच्चा नहीं जन्माएगा। नसबन्दी कराने के लिए अजीमुल की बीवी तैयार नहीं है, लेकिन निरोध का इस्तेमाल मंजूर है। मेरे कहने से अजीमुल भी मान गया और उसकी बीवी भी। अब उसके घर में कण्डोम जरूर मिलेगा, जैसे खाने-पीने जैसी आवश्यक वस्तु, ताकि जरूरत पड़ने पर हाथ न मलना पड़े।...दूसरी कसम यह है कि, अजीमुल हर बेटे के हिसाब से दस पेड़ लगाएगा, यानि कुल सत्तर पेड़। उसके पास खेती-बाड़ी नहीं है तो पेड़ कहाँ लगाएगा? उसकी इस समस्या का समाधान कि वह रेलवे लाइन के किनारे, प्राइमरी स्कूलों में, नहर के किनारे पेड़ लगा सकता है। बड़ी बात तो यह है कि वह सिर्फ लगाकर छोड़ नहीं देगा, उसे बड़ा बनाकर छोड़ेगा।'

'ये है दया भाई का काम!...हमारे यहाँ भी पेड़-पानी बचाने की बात है।' साजिद बोला।

'कैसे बचेगा पेड़-पानी? सवाल यह है। कौन प्रभावित कर रहा है? कारणों की तलाश करनी होगी।' दया आगे बढ़े।

'ये हुई बात! वजह क्या है?...भई सोचना पड़ेगा।' वकार आँखें फैलाते हुए बोला।

'आदमी का पहला जरूरी काम है कि वह प्रकृति की व्यवस्था के साथ तालमेल बैठाता चले। हमारे यहाँ पुराणों में पेड़ लगाने और पानी को साफ रखने की बात कही गयी, लेकिन कोई माने तब न! कहने को है कि पेड़ भी जीव है, इसमें देवता रहते हैं, लेकिन मानता कौन है? सब ढोंगी हैं। पत्थर की मूर्ति को मानेंगे, जिन्दा पेड़ को नहीं।'

'और दरिया को गन्दा कर देंगे।' बिस्मिल्ला ने वाक्य पूरा किया।

'गन्दा ही नहीं!... उसमें हगते हैं बेवकूफ! सारा कचरा गन्दा सब नदी के हवाले। गंगा में नहाकर पाप धोएँगे और उसी में नाक छिनकेंगे। शहर के सब नाले नदी में मिले हैं। राजापुर का नाला देख लो जाकर, टट्टी बहती हैं। नाला घूमता-घामता कहाँ जायेगा?' दया तेवर में आ गये।

'भाई जान! आप में हिम्मत है कि आप यह सब कह दे रहे हैं।' वकार दया को दाद दे रहे थे।

‘तुम तो साजिद, राजनीति-शास्त्र पढ़े हो। रूसो ने नहीं कहा कि ‘प्रकृति की ओर लौटो?’ पढ़ा-पढ़ाया उपयोग में तो लाओ भाई! ये विद्वान मूर्ख थोड़े थे। वे जान गये थे कि किसके साथ खिलवाड़ किया जा रहा है। प्राकृतिक जीवन ही हमें दिशा देते रहे हैं। लेकिन कोशिश की हमने जानने की कि आज ऐसे क्यों हैं हम?’ दया लाइन से हटे नहीं।

‘रात हो गयी। अब दया भाई को छोड़ो! कल दिन में फुर्सत रहेगी। दया भाई आ जायें तो ठीक रहेगा।’ इकबाल ने घड़ी देखी।

‘कल मैं बारह बजे तक आ जाऊँगा। लेकिन गरीब चाचा के बारे में बात हो जाये।’ दया साजिद की ओर देखते हुए बोले—‘हाँ साजिद, बोलो क्या सोचा है तुमने?’

‘सीधी-सी बात है, हम उनकी मदद करना चाहते हैं। दया भाई को छोड़कर हम पाँच लोग हैं। मैं चाहता हूँ कि कम-से-कम पचास हजार का उनका बीमा करा दिया जाये।’ साजिद ने अपनी बात रखी।

‘उनके बेटों को हिदायत दे दी जाये कि वे भी अपने अब्बा का पूरा साथ दें और जब बीवी आये तो ज्यादा बच्चे न पैदा करें।’ अफजाल बोले।

‘सीधे-सीधे कह देंगे कि कण्डोम लगाओ—बेहिचक। अन्धविश्वास छोड़ो!’ इकबाल की बात से सबको हँसी आ गयी।

‘लेकिन बीमे की किस्त कहाँ से आयेगी?’ वकार का सवाल था।

‘मैं बताता हूँ।’ साजिद ने उपाय सोच लिया है—‘पहले ही कह चुका हूँ कि हम पाँच हैं और यह कसम खा लें कि बीड़ी, सुर्ती, पान, गुटखा नहीं खाएँगे-पीएँगे...जिन्दगी-भर नहीं। एक आदमी चार रुपया दे तो रोज बीस हुआ... महीने में छः सौ, साल में सात हजार से ज्यादा। इतना तो बेवजह हम खर्च करते ही हैं। कोई मुश्किल नहीं है। और यदि गरीब चचा हमारे अभियान में जी-जान से आ गये तो मुस्लिम समुदाय के आम आदमी में हमारा सन्देश ठीक से पहुँचेगा।’

दया अपने समय से उपस्थित थे। गरीब चाचा भी थे और यह जानकर कि ‘मेरी इतनी फ्रिक है, इन लोगों में’ उनकी आँखें गीली हो गयी थी। गरीब ने मन-ही-मन सोच लिया था कि दया के अभियान में जी-जान लगा देंगे। देर तक प्रकृति, पर्यावरण और प्रदूषण पर बात होती रही। पानी, शोर, जहरीली हवा, मिट्टी पर खूब बहस हुई। आज दया ने साजिद के घर खाना भी खाया।

‘आप सभी को बता दूँ कि प्रकृति हमारी बहुत देखभाल करती है।’ भोजन

के बाद आज के अन्तिम दौर की दया ने शुरुआत की—'क्योंकि पर्यावरण एक निरन्तर चलनेवाली प्रक्रिया है। हमारा जीवन-चक्र इसी पर निर्भर है। मैं तो प्रकृति से बड़ा किसी को भी नहीं मानता। ईश्वर को भी नहीं। आप अकेले बैठकर ठीक से सोचकर देख लें। हमारी आस्था, हमारा विश्वास प्रकृति में होना चाहिए। प्रकृति का शोषण करेंगे और ईश्वर की पूजा करेंगे, नमाज पढ़ेंगे, व्रत-रोजा रखेंगे तो क्या प्रकृति या कोई देवी खुश रहेगी? या जिसे खुदा मान रहे हैं वह खुश होगा? निश्चित रूप से कुदरत हमसे रूठ जायेगी और रूठना बहुत खतरनाक है। सोचिए कि यदि जड़ी-बूटियाँ प्रभावहीन हो जायें तो प्राण संकट में पड़ने पर कौन उबारेगा?'

'दया भाई ठीक कहते हैं। हमें कुदरत को खुदा मानकर माथा ही नहीं टेकना है, उसकी हिफाजत भी करनी है।' साजिद ने कहा।

'यह सब तो ठीक है साजिद, लेकिन कल की कहानी से एक चिन्ता हुई है। एक सवाल हमारे मन में भी है कि क्यों मुसलमान इतने बच्चे पैदा करता है? न अपनी गरीबी देखता है न बच्चों की पढ़ाई, न ठीक-ठाक रोजगार। क्यों करता है कई शादियाँ?' इकबाल दया के मन की बात कर गया।

'मैं बताता हूँ। खोलकर दिखाता हूँ सच।' गरीब चाचा बोले—'पहली बात यह है कि मैं गलत कहूँ तो माफी देना भाई! और दया तो अपने खास हो गये हैं।...मुसलमानों में एक डर बैठा है कि हम कम रहेंगे तो सताए जायेंगे। उसे हर तरफ से दुर्र-दुर्र किया जाता है। खूब बच्चा पैदा करो और पूरी दुनिया अपनी कर लो, फिर डर काहे का! कई बीवियाँ हों तो एक मर्द सौ बच्चे बना ले। मजहब में मनाही भी नहीं है। भले गरीब रहो, गम में डूबे रहो, दर्द सहो, लेकिन औलाद पैदा करो, नहीं तो गुलाम हो जाओगे—यह जेहन में बैठ गया है। क्या कोई आगे बढ़ेगा? ठीक से कमाए-खाएगा? हमारी खुद बदकिस्मती! मेरे पास भी कई औलादें हैं, जेहन में तो कुछ और घुसा है। अब दो कोठरी में रहो, मुर्गी की तरह। कोई जिन्दगी है! अब दो कमरे में बीस लोग रहेंगे तो वैसे ही हवा-पानी में बदबू रहेगी। गन्दगी से बीमारी होगी। हाँफते रहो जिन्दगी-भर।'

'मैं तो कहता हूँ कि बच्चे ज्यादा रहेंगे तो गरीबी कभी जायेगी नहीं।' बिस्मिल्ला बोले।

'बच्चे ज्यादा होंगे तो जरूरतें भी बढ़ेंगी और हवा पानी भी गन्दा रहेगा।' वकार ने कहा।

'दर्जन-भर पैदा कर दो और डाल दो सड़क की पटरी पर। कोई मूँगफली बेच रहा है, कोई सब्जी, कोई तरबूज...बच्चों का जीवन चौपट! कोई मजा नहीं

ले पाते बेचारे बच्चे, न तालीम हासिल कर पाते हैं। बस अब्बा के साथ चार पैसे के लिए ग्राहक को आवाज देत-देते शाम कर देते हैं।' गरीब सचाई बयान कर रहे थे–'गरीब आदमी सोचता है कि जितने बच्चे रहेंगे, इतनी ही आमदनी होगी। सब बेचेंगे-खरीदेंगे।'

'मैं बताता हूँ उपाय, वजह और नतीजा भी।' दया हाथ उठाकर बोले।

'दया भाई, पहले मुझे कुछ कह लेने दीजिए।' साजिद की बात अधूरी थी–'हिन्दू भाई हमें अछूत मानते हैं। यह भी एक कारण है। हम ज्यादा रहेंगे तो छूने-छाने का झमेला अपने-आप खत्म। क्या लगा है मेरी देह में? आपके यहाँ हमें मलेच्छ कहा जाता है, मैंने सुन रखा है। लेकिन मैं बताना चाहता हूँ, हिन्दू भाई दया से सीख लें। दया हमारे साथ खाते-पीते हैं बिना किसी भेद के। एक बार तो ऐसा हुआ कि दया मेरे साथ एक ही थाली में पराठा-सब्जी खाने बैठ गये। मेरी आँख भर गयी थी। ये खुशी के आँसू थे।'

सभी दया का मुँह ताकने लगे, जैसे कोई बड़ी घटना दया के द्वारा हो गयी हो।

'साजिद भाई, मैं तो भेद मानता ही नहीं। कभी अपने स्वभाव और जीवन के बारे में बताऊँगा। भई आदमी आदमी में क्या भेद! भेद तो जानवर और आदमी में होता है। लेकिन अभी तो मुझे गरीब चाचा की बात पर बहस करनी है। चाचा ने कारण बताया कि पूरी दुनिया पर मुसलमान कब्जा करना चाहता है ताकि डर खत्म हो जाये। यह नहीं पता कि तब डर अपने मुसलमान भाइयों से रहेगा। और क्या करेंगे संसार को मुट्ठी में करके? अपना वर्तमान जानवरों की तरह बना रहे हैं। आने वाले वक्त के खतरे का अन्दाजा ही नहीं है। सब जगह आदमी ही तो हैं! एक कौम का क्या मतलब? यही सोच खतरनाक है। मैं नसबन्दी पर जोर नहीं दे रहा हूँ, लेकिन कण्डोम का प्रयोग तो कर सकते हैं। अल्लाह ने मना तो नहीं किया? धर्म अपनी सुविधा-समय के अनुसार होना चाहिए। जब धर्म बना तब ऐसी स्थिति नहीं थी। क्या खुदा चाहेगा कि आप तकलीफ में रहें! किसी धर्म में कहीं भी नसबन्दी आदि नहीं लिखा है, लेकिन समय के अनुसार हमें वह सबकुछ करना है जो इन्सान के फायदे में है। आदमी को हानि है तो हम ईश्वर की बात भी नहीं मानेंगे। हमारे यहाँ राजाओं, ऋषियों, देवताओं के सैकड़ों बच्चे पैदा होते थे। समय रहते हमें सोच लेना चाहिए। आखिर जब आदमी ही नहीं रहेगा तो क्या फैलाव! नये विचारों को मानना चाहिए। आपका दुख मेरा दुख है और आपको सुखी देखकर मैं खुश होऊँ–तब बात बनेगी। विचारों के आने-जाने से बहुत-सी चीजें हल हो जाती हैं, हमें रास्ता मिलता है, पुराने पड़ चुके विचार

में भी परिवर्तन होता है। मैं तो कहता हूँ कि हिन्दुओं के यहाँ 'पूजाघर' की जगह 'प्रकृति का घर' होना चाहिए। आप शुक्रवार को मस्जिद में जाते हैं, नमाज पढ़ते हैं, क्यों न एक-साथ बैठकर इस धरती के लिए विचार करें, प्रदूषण की वजहों से निजात पाने के लिए उपाय खोजें और अमल भी करें! एक बात भूल गया कि आप काबिल होंगे तो न कोई सताएगा न आप भय में रहेंगे, और यह तभी होगा जब आपके घर में मानसिक शान्ति रहेगी, बच्चे कम होंगे। भीड़ में विकास नहीं होता, लड़ाई होती है, भगदड़ मचती है और भगदड़ का नतीजा आप जानते हैं। हाँ, एक बात और याद आ गयी--अभी साजिद ने कहा कि 'दया मेरे अजीज दोस्त हैं, हिन्दू होकर भी मेरे लिए अभिन्न हैं, मेरे सबसे खास दोस्त!' क्या मित्र बनने के लिए मुझे मुसलमान होना पड़ेगा या आपको हिन्दू? मित्र होने के लिए सिर्फ इन्सान की जरूरत है। कोई भी तिलक लगा लेने, जनेऊ पहन लेने, गंगा नहा लेने से या गीता-रामायण पढ़ लेने से हिन्दू नहीं बन जाता। पत्थर पूजो या यज्ञ करो, सब बेकार है, यदि आप मनुष्य नहीं बने। होना इन्सानियत का जरूरी है, न कि हिन्दू का होना। इसी तरह दाढ़ी रखकर, खतना कराकर, नमाज-रोजा से कोई मुसलमान नहीं होता। हम उदार हों, एक-दूसरे के सहयोगी बनें। जरा सोचिए बहुत पहले हम सब एक ही थे—एक पिता की सन्तान। तब न धर्म था न मजहब। सीधा है इसका अर्थ—मुसलमान सोचें कि चाहे हिन्दू हो या कोई अन्य, हैं तो हम ही! और हिन्दू सोचे कि चाहे मुसलमान हो या अन्य, हम ही तो हैं! एक-दूसरे में अपना चेहरा देखें। देखें कि हमारा ही दिल है, हमारे ही जज्बात हैं उसके दिल में। जब मैं यहाँ के लिए चलने को हुआ तो मेरी बीवी ने पूछा—'कहाँ जा रहे हैं?' मैंने कहा कि 'साजिद के घर और वहीं हमें मिल जायेंगे गरीब चाचा, अफजाल, इकबाल, वकार भाई और बिस्मिल्ला। खूब बातें करूँगा और वहीं खाना भी खाऊँगा।' जानते हैं आप कि मेरी बीवी ने क्या कहा? उसने कहा कि—'कहीं मुसलमान न हो जाइएगा!' मैंने कहा कि 'नहीं बेगम साहिबा! मुसलमान नहीं, इन्सान बनने जा रहा हूँ...और अगर मुसलमान हो भी गया तो रहूँगा इन्सान ही...जानवर नहीं बनूँगा'।'

दया ने देखा कि सबकी आँखें गीली थी, सब दया को चूम लेना चाहते थे। साजिद ने तो कन्धे पर दया को उठा लिया था।

'अरे! ये क्या कर रहे हो साजिद? गिर जाऊँगा।' दया की आँखें भी नम हो गयी थीं।

'हम गिरने नहीं देंगे आपको! लोक लेंगे।' गरीब जोर देकर बोले।

और फिर एक साथ खुशी की हँसी गूँज उठी थी।

अब तो मांस ढीले हो रहे हैं

उम्र के साथ कार्य करने की क्षमता का गहरा सम्बन्ध है। दया की जब उम्र थी तो कोई रास्ता न था, न अक्ल आयी; और अब वो जोश नहीं रहा। दया आईने में अपना चेहरा देख रहे थे। वे दाढ़ी बनाने पर जवान तो लगते थे, लेकिन झुर्रियों का झाँकना छिपा नहीं पाते थे। छुट्टी के दिनों में वे अपनी दाढ़ी मजे से खुरचते। बासमती चाहती थी कि रोज ऐसा चिकना गाल रहे। लेकिन कहाँ हो पाता था! हाँ, जब दाढ़ी बनाते तो बरामदे में चटाई बिछाकर और देर तक आसमान निहारते रहते।

वे ऊपर देख रहे थे, और बादल के छोटे-छोटे टुकड़े एक निश्चित गति से आगे बढ़ रहे थे। शायद दया यही सोच रहे थे कि, यदि हिन्दू-मुसलमान पर्यावरण की सुरक्षा हेतु एक-समान सोच रखे और करें भी तो मैं जिन्दगी भर मुसलमानी कट की दाढ़ी रखूँगा और माथे भर का मोटा तिलक लगाऊँगा, खूब मोटी चोटी रखूँ, रात-दिन तुम्हारी माला फेरूँगा, अल्लाह और राम एक साथ बोलूँगा। हरे रंग की लुंगी और केशरिया कुरता पहनूँगा, सिर पर गोल सफेद टोपी।

दया की दृष्टि अब आसमान पर नहीं थी। बादल के टुकड़े अभी भी उसी गति में आगे भागे जा रहे थे।

'पूजा-पाठ से कोई फायदा हो रहा है?' दया ने बासमती से पूछा।

'फायदा क्या! झगड़ा हो रहा है। जब से यहाँ आकर मैंने धरम-करम शुरू किया है, तब से आप झगड़ रहे हैं।' बासमती बोली।

'मियाँ-बीवी का झगड़ा भी सीमा में रहे तो वह प्रेम ही है। अब तो बिना लड़े जोश ही नहीं आता। जोश तलाशना पड़ता है कि कहाँ है ताकत।' दया हँसे।

'स्वर्ग के देवता नहीं लड़ते आपस में। पाताल में राक्षस रहते हैं, वे देवताओं से लड़ते हैं। झगड़ा तो मृत्युलोक में होता है।' बासमती ने कहा।

'मेरी बात तुम समझ नहीं रही हो...खैर! एक काम करो—तुम अब प्राणायाम किया करो। झगड़ा कम करोगी और बीमारी भी दूर रहेगी। सब हवा का खेल है। हवा और पानी में बड़ी ताकत है।' दया का सुझाव था।

'मैं नहीं जानती कि ये प्राणायाम क्या होता है। आप ज्यादा बोलते हैं, इसीलिए मैं आपकी बातों में भटक जाती हूँ। थोड़े में कहेंगे तो समझ लूँगी।'

'प्राणायाम श्वास-क्रिया है। साँस खींचना रोकना छोड़ना है बस—एक गति में, एक लय में। इसे पूरक, कुम्भक और रेचक कहते हैं।

दया बासमती को प्राणायाम करके दिखाने लगे थे।

'आप खूब मुसलमान दोस्तों के यहाँ चक्कर लगा रहे हैं।' बासमती बोली।

'केवल रविवार को जाता हूँ।...और दिनों में दूसरी जगह।' दया ने कहा।

'कौन आपकी बात मानेगा कि बच्चा न पैदा करो, गाना न सुनो, टीवी न चलाओ, शादी में बैंड बाजा धीरे बजाओ, रामायण में लाउडस्पीकर न बजाओ, स्कूटर न चलाओ... ।'

'तुम खुद नहीं समझ रही हो तो क्या सिखाओगी अपने दोस्तों को! मनाही कहाँ है! एक सीमा है। सीमा इतनी कि वह प्रदूषण का कारण न बने।... मुसलमानों के यहाँ जाने से अनुभव बढ़ा है। मिश्र के एक गीत में प्रेमिका को पृथ्वी कहा गया है। मतलब यह कि पृथ्वी से प्यार करो, यह भी अर्थ लगा सकते हैं कि प्रेमिका को भोगो! प्रेमिका पर प्रेमी का भार इतना है कि जितना पृथ्वी ढोती है। अर्थ लगाने को कौन मना करता है? इस्लाम में औरत को खेत कहा गया है, अँगूरों का बगीचा भी। अब औरत खेत है तो बच्चे पैदा करते रहोगे क्या!'

दया को लगा कि उम्र के साथ-साथ वे कमजोर तो हो गये हैं, लेकिन उनका अनुभव मजबूत हुआ है।

पुरुष राही है, रास्ता नहीं। रास्ता तो स्त्री है। पुरुष को स्त्री के बताए मार्ग पर चलना चाहिए। चलनेवाला महत्त्वपूर्ण है, लेकिन रास्ता कम महत्त्वपूर्ण नहीं है। राही को रास्ते के नियमों का पालन करना चाहिए। पेड़ न हों तो किनारे पेड़ लगाने चाहिए, जब फुर्सत मिले।

'आज मूड कुछ और है क्या?...मैं समझ रही हूँ।' बासमती दया के मन की बात समझने की कोशिश कर रही थी।

'मूड हो भी तो क्या! इस उम्र मे हमें थोड़ा सोचना भी चाहिए।' दया बोले—'मैं समझता हूँ कि अब आँखों-बातों से भी काम चलाना चाहिए।'

'आप जब भी दाढ़ी खुरचते हैं, मूड बनाने लगते हैं...और उम्र क्यों नहीं है! प्रेम की उम्र नहीं होती...और उम्र के साथ जो है, उसी में प्रेम तलाश लेना चाहिए।'

दया समझ गये कि बासमती कुछ ज्यादा समझदार हो गयी है।

'माता निर्माता है, उसे पर्यावरण की शिक्षा मिलनी चाहिए। तभी धरती बचेगी।'

'पढ़ाई बुरी चीज तो है नहीं। लेकिन आप रात-दिन अन्ड-बन्ड रट रहे हैं। इतना सोचेंगे तो पगला जायेंगे।' बासमती को अब दया की बात अच्छी नहीं लग रही थी।

‘यहाँ तो हाल यह है कि सब साले घूमेंगे मोटर में और बनेंगे मॉडर्न और विश्वास करेंगे टोने-टोटके में, मूर्ख कहीं के!’ दया पर बासमती की बात का कोई असर नहीं।

‘आपको फुर्सत हो तो बैठे-बैठे सोचिए! बड़बड़ाइए! मुझे बहुत काम है। घर गन्दा पड़ा है, कपड़े धोने हैं, पूरे बरतन जूठे हैं, गिलास तक साफ नहीं मिलेगा।’ बासमती उठी और मटकती चली गयी। अभी भी उसके स्वभाव से युवापन नहीं गया था। वह चंचल रहने का प्रयास करती रहती और दया गम्भीर, बुजुर्ग, अनुभवी होने का। दिखने-दिखाने की कोशिश करते रहते दोनों थे।

‘एक बात और सुन लो! भूल जाऊँगा तो बात फिसल जायेगी, किसी तरह याद आयी है बात।’ दया जैसे निवेदन कर रहे हों।

‘भूल जायेगी तो भूल जाये, अब नहीं सुनना है मुझे। वहीं बैठे-बैठे रट रहे हैं। कहना हो कुछ तो यहीं आकर कहिए-सुनिए।’ बासमती बरतन माँजती हुई बोली।

दया उठे और बासमती के पीछे बैठ गये। उनका एक हाथ बासमती के कन्धे से होता हुआ कमर तक जाकर ठहर गया—‘मैं यह कह रहा हूँ कि बच्चा भीड़ में रहना नहीं चाहता, वह भीड़ में रोता है। बच्चा किसी भी प्रदूषण से रोने लगता है। कितना प्राकृतिक है यह स्वभाव!’ दया का हाथ बढ़ा और बासमती के नितम्बों को छूने लगा।

‘अच्छा बस! ...अब जाइए! ...भागिये तो यहाँ से!’ बासमती मुस्कुराती हुई खीझी और धीरे से दया का हाथ झटक दिया।

दया एक महीना हो गया दाढ़ी बनाए। बासमती के कहने पर दया अपनी दाढ़ी खुरच रहे थे—‘आज ससुरी जल्दी बनेगी नहीं...दो ब्लेड खर्च करने पड़ेंगे।’ दया जैसे अपनी दाढ़ी से बात कर रहे हों। वे बार-बार आसमान निहारते और फिर आईने में चेहरा, फिर थोड़ा दाढ़ी खुरचते। दाढ़ी ने दया को सोच की ओर ढकेल दिया—हे ईश्वर! कोई गाण्डीव क्यों नहीं चलाता कि सारे आतंकवादी समाप्त हो जाते या पर्यावरणकर्मी होकर प्रकृति को समर्पित हो जाते? सुना हूँ कि देवताओं के अस्त्र-शस्त्रों में बड़ी ताकत है। शिव का पिनाक किस काम आयेगा? यदि शिव सिर्फ संहार ही करेंगे तो किस दिन? जब सामाजिक, राजनीतिक और प्राकृतिक प्रदूषण हमें लील लेगा? एक बाण के छूट जाने से पानी बरसने लगता था, जंगल में लगी आग बुझ जाती थी, बंजर भूमि हरी-भरी दिखने लगती थी,

समुद्र रत्न उगलने लगता था—यह सब तब होता था जब धरती पर पुण्य ही पुण्य था। पुण्यात्माओं से धरती पटी थी। पाप नहीं होते थे या कम होते थे। आज तो हर घर पापी है ईश्वर! क्या आज तुम्हारे पास कोई रूप नहीं है? अपराधियों को जरूर धमकाओ! आखिर क्यों अपने हथियारों में ज़ंग लगा रहे हो ईश्वर? वे मुर्दा हो जायेंगे। विष्णु! तुम्हारा धनुष कहाँ गया—सारंग! और चक्र का भी पता नहीं चल रहा है। यही हो पालनहार? आओ! इसी धूल, धुएँ, शोर और गन्दे पानी में रहो। आतंकवादी तो तुम्हें छेड़ नहीं सकते, तुम तो क्षीरसागर-निवासी हो, किंतु जल को प्रदूषित होते तो देख ही रहे हो! लानत है तुम्हारे 'विष्णु' कहाने पर! देखो, ब्रह्मा जरा-सा भी हिल-डुल नहीं रहे हैं। पत्थर बने हैं। अपनी रची सृष्टि के विद्रूप को देख रहे हैं। वह तो उस रात्रि की प्रतीक्षा कर रहे हैं जिसमें सृष्टि लय की दशा में रहती है—अँधेरी भयावह रात। कहते हैं कि यह रात प्रति सत्तरवें वर्ष के सातवें मास की सातवीं रात होती है। हो सकता है कि इस रात को लय की दशा का प्रभाव किन्हीं कारणों से न होता हो और संसार नष्ट होने से बच जाता हो! ब्रह्मा शायद उस महारात्रि की प्रतीक्षा में तो नहीं हैं, जब उनका स्वयं लय होकर दूसरा महाकल्प प्रारम्भ होता है? ब्रह्मा बैठे-बैठे तनाव में हैं, उनकी पूछ नहीं है। जब नयी सृष्टि बनानी होगी तो ब्रह्मा ही ब्रह्मा नजर आयेंगे। तब ब्रह्मा अपनी जयकार देख खुश होंगे। काम मिलेगा तो दाम भी! मन-ही-मन ब्रह्मा इतराते हुए महारात्रि की प्रतीक्षा में हैं! अरे देवताओ! सृष्टि तो धीरे-धीरे लय हो रही है और अब तुम्हारे सँभाले नहीं सँभलेगी। अब तो पृथ्वी को मनुष्य ही बचा सकता है।

'तुम्हें तो बता चुका हूँ बासमती!' दया जैसे विचारों से निकले हों—'सारे प्रदूषण की जड़ अधिक पैदा होती सन्तानें हैं। हमने बड़ा अपराध किया है तीसरे को जन्माकर।' दया दुखी स्वर से बोले।

'जब से कुलवन्त जन्मा है, आप उसके पीछे पड़े हैं।' बासमती चिढ़ गयी।

'भूमि, जल, ध्वनि, हवा...कारण कौन है? दया जैसे बासमती का चिढ़ना न देख पाए हों—'जानवरों वृक्षों की कमी का कारण कौन है? कीटनाशक दवाई का ज्यादा इस्तेमाल...जमीन को लगातार समतल करते जाना...नदी के प्रवाह को मोड़ना...क्या इसका कारण हर तीसरा बच्चा नहीं है? मतलब हमारा कुल्लू... ।'

'चुप रहिए!...चुप!!' बासमती चिल्लाई, फिर अपनी तर्जनी से दया के ओठों पर लम्बा ताला लगाती हुई बोली—'खबरदार, अब आप कुछ भी बोले!...जब देखो तब एक ही बात रटते रहते हैं—कुल्लू-कुल्लू...जैसे वही इनका सबसे बड़ा दुश्मन हो।'

दया पर जैसे कोई असर ही नहीं!

'हम कसम खाते है कि कोई ऐसा कचरा नहीं करेंगे जिससे हवा पानी बिगड़े। प्लास्टिक तो कतई नहीं जलाएँगे, कबाड़ीवाले को दे देंगे। पानी भी गन्दा नहीं करेंगे बासमती!'

बासमती का गुस्सा आपे से बाहर था। वह बिना कोई बात सुने गली की ओर चली गयी। और दया बोले जा रहे थे—'हवा में जानती हो कितनी जहरीली गैसें भरी है—कार्बन डाय-ऑक्साइड, कार्बन मोनो ऑक्साइड, सल्फर डाय-ऑक्साइड, नाइट्रोजन।' दया ने देखा कि वे हवा से बातें कर रहे हैं, और बासमती तो गली में किसी औरत से बतिया रही है। दया ने आईना उठा लिया, अपना चेहरा देखा, दाढ़ी खूब साफ हो गयी थी। कान के पास सेविंग क्रीम सूखकर लकड़ा गयी थी। अभी ब्रश करना और नहाना भी था। ग्यारह से ऊपर का समय हो गया था। बासमती होती तो अभी और बतियाते, शायद शाम तक न नहा पाते।

दया ने मन-ही-मन कहा—'अजीब औरत है! अच्छी बात बोलो तो चिढ़ती है, गुस्सा करो तो प्यार जताती है। चली गयी नीचे!...अभी कितनी बातें रह गयीं कहने को। अभी तो कहना था कि मोहनी को ऐसे घर में ब्याहेंगे जहाँ धुआँ-रहित चूल्हा हो और प्रकृति-पर्यावरण को समझनेवाला परिवार हो। घर में हवा का आवागमन ठीक हो, वहाँ औरत को आजादी हो। उसे अपना विचार रखने की छूट हो। ऐसा घर जहाँ औरत सिर्फ झाड़ू-पोंछा, बरतन-बासन, और बनाने-खाने तक की सीमा ही न रहे, वह वैचारिक रूप से भागीदारी भी निभाए। बासमती से यह भी कहना था कि औरत का मुक्त होना मर्द होना नहीं है। औरत का मर्द होना अच्छा नहीं है, मर्द में बहुत दोष होते हैं।...बासमती चली गयी आधी बात सुनकर। अच्छी बातें कभी-कभी जेहन में आती हैं। पता नहीं यह सब आगे याद रहे न रहे!' दया उठे और नहाने चले गये।

दया नहा लिए थे और बासमती भी आ गयी थी। लेकिन अभी उसका वही तेवर था। दया ने सिर्फ इतना कहा—'मैं तो यह कह रहा था कि जो कुछ मैं जानता हूँ तुम भी जान-समझ लो। बच्चे बड़े हो रहे हैं, वे मेरी बात मानते नहीं, बच्चे हैं! तुम समय-समय पर उनका ज्ञान बढ़ाती रहोगी। मैं कुलवन्त को बहुत प्यार करता हूँ, बल्लू से भी ज्यादा। मैं कुलवन्त को 'पर्यावरण पुरुष' बनाना चाहता हूँ ताकि मैं अपनी गलती का प्रायश्चित्त कर सकूँ।'

बासमती चुप रही।

बच्चे नीचे से खेलकर आ गये थे और दया से लिपट रहे थे। दया बच्चों

का अब जंगल की कहानी सुनायेंगे। आज बच्चे मानेंगे नहीं; हाथी पार्क जरूर जायेंगे। बासमती सब्जी छौंक रही थी। कड़ाही से उठती तीखी गंध से सभी खाँसने लगे थे।

कथा चलती रहती है, लेकिन पूर्ण विराम तो है

दया के दफ्तर पहुँचते ही खबर आयी कि गरीब चाचा नहीं रहे। दिल का दौरा पड़ा था। दफ्तर में भी आज उपस्थिति जरूरी थी। अशोक को निलम्बित कर दिया गया था। छोटे-बड़े सभी अधिकारियों को घेरना था। छोटे साहब अप्रत्यक्ष रूप से अशोक की ओर थे। बिना किसी खास कारण के सिर्फ अव्यवहारिकता दिखाकर निलम्बित कर देने के कारण सभी कर्मचारी बौखलाए थे।

'आज मैं किसी के खिलाफ कुछ बोल नहीं पाऊँगा अनुराग!' दया की आँखे भरी थी।

'क्या हुआ? रो क्यों रहे हैं?' अनुराग ने आश्चर्य से पूछा।

'गरीब चाचा का इन्तकाल हो गया।' दया ने बताया।

'कौन गरीब चाचा?' अनुराग ने फिर पूछा।

दया ने पूरी कहानी बता दी।

'आप भी...क्या मुसलमानों के चक्कर में पड़े हैं! वे कभी हिन्दुओं के सगे नहीं, और आप हैं कि सम्बन्ध बना रहे हैं।' अनुराग ऐसे कह रहे थे जैसे दया ने कोई गलती कर दी हो–'आपको यहाँ रहना है मजबूती से...आक्रोश प्रकट करना है...प्रश्नों का उत्तर देना है...भई सवाल-जवाब तो होगा ही...खासी बहस हो सकती है।'

'ठीक है, मैं रहूँगा।' दया का स्वर थोड़ा तेज था, जैसे कि गुस्सा अब आया कि तब आया–'मेरे रहने से आपको ताकत मिलेगी तो रहूँगा। लेकिन आप यह क्यों सोच रहे हैं कि मुसलमान सगे नहीं? कभी करीब गये हैं आप? दफ्तर से बाहर निकलकर दुनिया भी देखिए! ...गरीब चाचा मेरे सगे थे, सगे से बढ़कर। चाहे कुछ भी हो, मैं उनकी मिट्टी में जाऊँगा जरूर! ...आप सम्बन्धों की मजबूती नहीं जानते। सिर्फ हिन्दू-मुसलमान के अन्धे कुँए में घूमने से फुर्सत कहाँ आपको? वही मेंढक-सीमा...' दया ने खूब भला-बुरा सुनाया।

दया गम और गुस्से के बीच अपनी संवेदनाओं से लड़ रहे थे। वे इतने दुखी और उदास थे कि मानो उनके पिता की मृत्यु हो गयी हो, और आक्रोशित भी इतने कि जैसे वही निलम्बित हुए हों। करुणा और क्रोध के मिश्रण से दया एक

भिन्न प्रकार की संवेदनात्मक उत्तेजना से ग्रसित थे खैर, दया ने घेराव में भाग लिया। और दो बजते-बजते गरीब चाचा के घर भी पहुँच गये।

साइकिल चलाते-चलाते दया का दम भर गया था, जाँघें मोटी लगने लगीं थीं—'घर चलूँगा और बासमती से कहूँगा कि गरीब चाचा गुजर गये तो पछाड़ खाकर वह रोएगी। आज खाना नहीं बनेगा, लेकिन बच्चे भूखे नहीं रह सकते, डबलरोटी बिस्कुट ले लूँ। अब रोज शाम को गरीब के घर जाना पड़ेगा। कितने अच्छे चाचा थे! मेरे अभियान को पूरी ताकत से चला रहे थे। कई घर सुधार दिये थे चाचा ने। गरीब लोग चाचा की बात मान लेते थे। क्या मुलायमियत थी और बेजोड़ समझाने की कला!...गरीब चाचा मेरे घर के सदस्य ही तो थे!' दया मन-ही-मन बतियाते बढ़ रहे थे घर की ओर!

दया विमर्श और भावनाओं में डूबते उतराते और बहते रहे। कभी दिल से, कभी दिमाग से जूझते वे घर का दरवाजा खटखटा रहे थे, आवाज भी लगा रहे थे, कोई सुन नहीं रहा था। गली में एकत्र कूड़े में किसी ने आग लगा दी थी। कूड़े में प्लास्टिक के सामान ज्यादा थे जो जल-सुलग रहे थे। अब दया दरवाजा पीटने लगे थे। नीचे से उठती गंध और धुएँ से दया का जी मिचलाने लगा, जैसे वे उल्टी कर देंगे। गन्ध की कडुआहट अब बर्दाश्त के बाहर थी।

'क्यों इतना पीट रहे हैं? खोल रही हूँ...एकदम घबरा जाते हैं।' यह कहती हुई बासमती ने दरवाजा खोला।

'कौन नीचे प्लास्टिक जलाया है?' दया गुस्से से लाल हैं—'घंटे-भर से चिल्ला रहा हूँ! मर गयी थी क्या!'

'घर में घुसते ही दुनिया सिर पर उठा लेते हैं।...मैंने जलाया है। कई दिन का कूड़ा है, कूड़ेवाला आ नहीं रहा है तो क्या करूँ? गली में मेरे घर के सामने ही लगा है।' बासमती भी तेज बोली।

'तुम उसमें से प्लास्टिक छाँटकर अलग कर लेतीं। बाकी एक बोरे में भर देतीं, मैं ले जाता, कहीं मिट्टी में गाड़ देता।'

'मैं चलूँ सबके घर का कूड़ा छाँटू-बीनूँ! जाइए, आप ही सबका हगा-मूता साफ करिए।'

'हरामजादी! जबान लड़ाती है?' दया यकायक उठे और बासमती का बाल पकड़कर घसीटने लगे। बासमती लुढ़ककर गिर गयी। दया चढ़ बैठे—'मार डालूँगा!' और वे बासमती का गला दबाए गाल पर थप्पड़ बरसाने लगे।

बासमती चिल्लाई—'अरे जान गयी रे! बल्लू दौड़! पापा का हाथ पकड़!'

'हाथ पकड़! अँय!' दया झकझोरते रहे, पीटते रहे—'हम नहीं साफ करेंगे

तो कौन करेगा? और ऊपर से कूड़ा जला आयी...धुआँ फैलाएगी...गन्ध से उल्टी होने को हुई थी। साली! तुम नहीं समझी अभी तक। उमर भर की तपस्या मिट्टी में मिला दी।...मर्द बनती है, लड़ेगी! हमसे लड़ेगी! पीट के रख दूँगा!'

बल्लू बीस साल का हो गया था, जवान। शोर सुनकर दौड़ा आया। दो कमरे का घर—एक में टीवी चल रहा था और कुल्लू देख रहा था, दूसरे में टेप बज रहा था। बाथरूम का नल खुला था और पानी गिर रहा था।

दया उसी तरह दबोचे थे बासमती को। वह चिल्ला रही थी, 'अरे बाप रे! जान ले के छोड़ेगा क्या यह मर्द? अरे, क्या हो गया आज रे!'

बलवन्त ने दया का हाथ पकड़ लिया। बासमती छटककर अलग हो गयी।

'तू हाथ पकड़ेगा हरामी! दिन-रात टीवी-टेप...नल खोलकर छोड़ा है...क्या पढ़ा? आज बोल! बाप की कमाई में एक भी औकात नहीं है मूर्ख! और तुम सब एक भी बात नहीं मानते! बदतमीज हो गये हैं सब!' और एक हाथ दया ने छुड़ा लिया। वे बलवन्त को पीटने लगे—'हाथ पकड़ता है! जवानी दिखाएगा!... नल खुला क्यों छोड़ा? बोल! टेप सुनेगा? उसे तेज बजायेगा?...जवानी पढ़ने में दिखा बेहूदे!'

'पापा! शान्त हो जाइए! चुप हो जाइए पापा!' बलवन्त जोर से बोला और दया को धक्का देकर अलग हो गया।

दया गिर पड़े। नौजवानों जैसी फुर्ती अब कहाँ! जहाँ गिरे, देर तक वहीं उसी अवस्था में पड़े रहे।

बासमती को मौका मिल गया। गुस्से से तो लाल थी ही, उसने दया को दबोच लिया, ठीक उसी तरह जैसे दया—'बोलोगे? बोलो! मैं कूड़ा साफ करूँगी? ...जब से बहू बनकर इस घर में आयी हूँ तब से आपका भाषण सुन रही हूँ। आदमी हो कि जानवर!' बासमती ने दो-तीन थप्पड़ लगाए। मारने-पीटने से ज्यादा वह झकझोर रही है—'कउआ-हकनी बना डाला तुमने! मेरा मर्द बनना देखेगा? ले देख!' बासमती ने दया का बाल पकड़ लिया।

दया के नाक से पानी गिरने लगा। आँख में भी पानी था। यह पानी आँसू नहीं था, बासमती द्वारा सिर के बाल खींचने से आँख में पानी आ गया था।

बलवन्त ने मम्मी को बाहों से जकड़कर दूर किया, तब जाकर दया छूटे। मोहनी पहले 'पापा नहीं...नहीं पापा...मम्मी को चोट लग जायेगी, मत मारो पापा' कहती-हकलाती सिसकती रही, और जब मम्मी की बारी आयी तो 'नहीं मम्मी... पापा बूढ़े हैं...नहीं मम्मी...!' कहकर रोती और हाथ पकड़कर खींचती रही। कुलवन्त अपनी जगह यानी मेज के नीचे छिपा, देखता रहा। वह अभी भी डर

से काँप रहा था।...तीनों बच्चे दया को घेरे खड़े थे। बासमती बरामदे के एक कोने में उकड़ूँ बैठी घुटनों में चेहरा छिपा ली थी। बच्चों का ध्यान बासमती पर नहीं था, वे पापा को उठा रहे थे।

अब सबके आँसू सूख गये थे, लेकिन बच्चों की गीली-लकड़ाई पलकें बता रही थीं कि आँसू की अभी-अभी अविरल धारा बही है—गालों पर आँसू की पड़ी थी सूखी लम्बी रेख!

बच्चों के सहारे दया उठे और बिस्तर पर ढह गये।

देर तक बच्चे दया के पास खड़े रहे। कुलवन्त सिरहाने बैठ गया। कभी सिर सहलाता कभी गाल, कभी आँख की पलक फैलाकर लाल डोरे गिनता। मोहनी खड़े-खड़े थक-सी गयी, वह दया के पैर के पास बैठ गयी...कभी अँगूठे के चौड़े नाखून पर वृत्त बनाती, कभी दया के तलुओं की रेखाओं पर तर्जनी घुमाती। बलवन्त खड़ा ही रहा। हाथ जोड़ने की इच्छा होते हुए भी वह जोड़ नहीं पाया। वह चाहता था कि पापा के सामने खूब रोए, अपनी गलती के लिए क्षमा माँगे, पैरों पर देर तक लोटता रहे। लेकिन बलवन्त ऐसा कुछ भी नहीं कर पाया।

बलवन्त आखिर कब तक खड़ा रहे! उसे अभी बासमती को सँभालना था।

'मम्मी जी, उठिए! जो हो गया उसे भूल जाइए! चलिए, चाय बनाकर सबको पिलाइए।' बलवन्त के इतना कहने का असर सिर्फ यह हुआ कि बासमती की सूखी आँखें फिर गीली होने लगीं।

'मम्मी, आप लोग क्यों लड़ते हैं?...ठीक है मैं ही चाय बनाता हूँ।'

बलवन्त चाय बनाने लगा।

चाय बन गयी। एक कप दया को, एक बासमती को और सबको आधा-आधा कप—बलवन्त ने चाय परोस दी। मोहनी और कुलवन्त ने दया को सहला-फुसलाकर चाय थमा दी और बलवन्त बासमती से चाय पीने की जिद करने लगा।

बासमती उठी और बाथरूम में नाक छिनकने लगी। चाय में पपड़ी पड़ गयी थी। कप को मुँह लगाते ही बासमती सिसकने लगी जैसे किसी की मृत्यु की याद आ गयी हो। मर ही तो गये थे आदर-सम्मान! क्रोध ऐसे नहीं आता, बहुत-कुछ मारना पड़ता है क्रोध के लिए। बासमती के चेहरे पर दुख था, लेकिन उदासी नहीं थी।

कप मुँह से लगाते ही दया की भी आँखें गीली हो गयीं, लेकिन सिसके नहीं। दुख भी नहीं लग रहा था चेहरे पर, था तो बस तनाव, एक उदासी और ऐसी संवेदनात्मक यात्रा जो मृत्यु के साथ समाप्त होती है। दया के आगे वह

चित्र अभी भी घूम रहा था, जब बासमती उनके सिर के बाल पकड़कर गरदन झुका दी थी। तब वे बोल नहीं पाए थे...मुँह खुला रह गया था...मुँह बन्द करने पर नाक से साँस लेना कठिन हो रहा था।...आँखों की लालिमा बढ़ रही थी और खुले मुँह से लार टपक रही थी, जैसे कोई भैंसा बाँस के झुरमुट में अपने सींग फँसाकर जीभ निकाल देता है।

चाय पी चुके थे दया, ठंडी चाय! पानी जैसी, जैसे इस समय सब ठंडा है, शान्त! चाय बलवन्त ने बनाई थी। शायद पहली बार उसे बनानी पड़ी चाय–ठंडे और गर्म माहौल के बीच। दूध ज्यादा हो गया था, चाय की पत्ती और चीनी की मात्रा भी जरूरत से ज्यादा हो गयी थी। मिठास और गाढ़ेपन के बीच खूब कड़ी चाय थी।...चाय बनाने का अनुभव बलवन्त को नहीं था। इसी कारण उसे लगा कि कोई मात्रा कम न हो जाये।

दया ने तय किया कि आज से वे किसी से बोलेंगे नहीं और मुस्कराएँगे भी नहीं।

'यह क्या कर दिया मैंने! मैं कैसे मुँह दिखाऊँ दया को? बच्चों के सामने भी लाज आती है।...सीता तो धरती में समा गयी थीं, धरती फट गयी थी। मेरी तो छाती फटी जा रही है!' बासमती अपने व्यवहार को कोसती, स्वयं को दोषी ठहराती, धिक्कारती रहती–'जब मैं बाँझ जीवन बिता रही थी तो दया ने मेरी कोख भरने के लिए कितने उपाय किये! जो नहीं मानते थे वे भी अपने दिमाग पर पत्थर रख, विचारों की हत्या कर मानने लगे थे। खुश रखने का तरीका उनसे कोई अच्छा जानता ही नहीं। हे भगवान! क्या अनर्थ कर डाला मैंने!...मर्द बनते-बनते मैं लड़ बैठी!...वही तो कहते थे कि सिर्फ झाड़ू-पोंछा ही नहीं, औरत को लड़ना भी चाहिए। मर्द से टक्कर लेनेवाली औरत सुन्दर लगती है।...कैसी टक्कर हो गयी! हे भगवान!...कितना प्यार करते हैं वे! अरे, आग लगे मेरी जवानी को, भाड़ में जाय मेरी सुन्दरता!...मैं शहर आयी ही क्यों? गाँव से अच्छा नहीं है यहाँ! जब से शहर आये हैं पता नहीं क्या-क्या सोचते रहते हैं! यहाँ न आती तो कुल्लू भी न होता। पता नहीं क्या सोचते रहते है, जो भी करते हैं उसमें मुझे साथ देना चाहिए था। गाँव में कितनी प्रतिष्ठा थी दया की! आज तक किसी ने उन्हें को टेढ़ा तक नहीं बोला, न टिर्राते मैंने देखा।...मेरा स्तन सूख क्यों नहीं गया! मेरी आँख फूट जाती तो अच्छा होता! जब बल्लू ने दया का हाथ पकड़ लिया था तो मुझे बच निकलना चाहिए था। क्यों मैं गुस्से में हो गयी और दया पर हाथ तक उठा दिया! अरे मूर्ख बासमती, तुझे कौन माफी देगा? किसके आगे जायेगी क्षमा

माँगने? दया ने ही तो कहा था कि औरत की पूजा होती है, वह दास होते हुए भी महान् है, मैं दास नहीं मानूँगा अपनी बासमती को। एक बार तो वे यह भी कह चुके थे कि मैं तुममें माँ देखता हूँ। वह तो यह भी कह रहे थे कि—औरत माँ तो है ही, वह पिता भी हो सकती है, लेकिन पिता माँ नहीं हो सकता। बच्चों को माँ पहले चाहिए। ...फिर क्यों लड़ गये मुझसे? छोटी-सी बात पर! ऐसी ही बातों पर मार-झगड़ा हुआ तो हो चुका जीवन! खूब चलेगा घर! हर हँसी बेकार होगी और मुस्कान फालतू। लेकिन मैं तो औरत हूँ, मुझे संस्कारित होना चाहिए, मुझमें सहने की शक्ति होनी चाहिए। बच्चों पर बहुत बुरा असर पड़ा होगा।...हे भगवान! मेरे नितम्ब सूख क्यों नहीं जाते?...देखो! मैं शहर में रहने के काबिल नहीं, मैं देहाती हूँ, गँवार हूँ। मेरे हर काम में पिछड़ापन दिखता है भगवान!' बासमती का सिर दुखने लगा था।

बासमती जब भी गली में कूड़ा देखती तो लगता कि उसके घर में धुआँ भर गया है...जहरीली गन्ध से सभी बच्चे उल्टी कर रहे हैं, सबसे ज्यादा कुलवन्त की हालत खराब है...नल खुला है, पानी सब बह गया, कल से पानी नहीं आयेगा। शायद पीने को भी न मिले...बच्चे प्यास से तड़पेंगे तो क्या करूँगी? अब तो स्तन में दूध भी नहीं है।...रोज-रोज टेप बजने से दया को कम सुनाई देने लगा है। कुछ भी बोलती हूँ तो कान को हथेली से घेरकर सुनते हैं। हम लोगों का जीवन तो बीत चला है, लेकिन ये बच्चे तो बिना मशीन के सुन ही नहीं पाएँगे। हो सकता है कुल्लू आजीवन बहरा हो जाये! टीवी से आँखें भी खराब हो रही हैं, कुल्लू को तो डॉक्टर ने चश्मा लगाने की सलाह भी दी है।...हे भगवान! मैं क्यों नहीं समझ पाई दया को?

बासमती गली में झाँक रही थी। रोज की तरह आज भी कूड़े का छोटा-सा ढेर दिखाई दे रहा था। उसे लग रहा था कि कूड़े में ढेर सारे मासिक धर्म के लुड़राये लत्ते पड़े हैं। जैसे कोई औरत अपनी पहचान के साथ सड़क पर उतर आयी हो।...उसी में एक लत्ता उसके घर का भी था। वह सोचती थी कि अब तो मेरा मासिक आना बन्द होना चाहिए। अभी कितने दिन कपड़े में रहना पड़ेगा? ...अच्छा होता कि महीना शुरू से आता ही नहीं और मैं बाँझ ही रहती।

रोज तीनों बच्चे उठते ही दया के पाँव छूते, फिर हाथ जोड़ते और चले जाते इस उम्मीद में कि पापा एक दिन बोलेंगे और मुस्कराकर कहेंगे—'बेटे, खुश रहो!'

'पापा नाराज क्यों हैं मम्मी?' कुल्लू ने पूछा और सिरहाने तकिया लगाने लगा।

'हम सब मिलकर रोज पापा को मनाएँगे। पापा की आरती गाएँगे—हाथ जोड़कर विनती करते, हम तुमसे पापा, जै पापा देवा।' मोहनी का सुझाव था।

बासमती के ओठ पहली बार स्फुटित हुए। वह बरामदे में झाँककर देखने लगी कि कहीं दया भी बच्चों की बात पर मुस्करा तो नहीं रहे हैं! लेकिन नहीं।

दया बरामदे में बैठे डायरी लिख रहे थे—साँस का क्या भरोसा कभी भी अँटक सकती है। क्या बच्चों से मार खाने के लिए जिन्दा हूँ? ...मुझे बाँझ शब्द बड़ा प्यारा लग रहा है। अभी तक दिल में चोट नहीं लगी थी, चलो वहाँ भी एक धाव हो गया, यह कम बात नहीं...।

दया को याद आयी बासमती की प्रसव-पीड़ावाली रात। दया को लगा था कि बासमती की तरह उन्हें भी प्रसव-पीड़ा होने लगी है। वे बरामदे में पड़ी कुर्सी पर बैठ गये। दया अजीब तरह के मानसिक द्वन्द्व में थे। उन्होंने फिर डायरी उठा ली—'मैं हमेशा 'मैं' को महत्त्व देता रहा। 'मैं' की अति हो गयी थी। अति का भला कभी हुआ है! अब चुप की अति है, क्या करूँ? बासमती! तुम क्यों नहीं बोलने की पहल करके मेरी चुप्पी तोड़ती हो? मेरी कुछ तो लाज रखो! मैं घर का बुजुर्ग हो गया हूँ। ...स्त्री तो लचीली होती है, बासमती! तुम लड़ी क्यों? ...नहीं, मैं ही पहल किया था। तुम प्रतिष्ठा हो और मुझे तुमसे लड़ना नहीं चाहिए। मैं तो तुम्हारे क्रोध करने पर अनुराग प्रकट करनेवाला हूँ, फिर यह घटना कैसे घट गयी बासमती? तुम नहीं बोलोगी तो मैं घुटता रहूँगा। देखो! मर्द का गुस्सा और औरत की जिद ठीक नहीं है। तुमने मेरा स्वभाव अपनाया, अपना नहीं। और अब मैं चुप रहने की जिद करके तुम्हारा स्वभाव अपना लिया हूँ। ज्यादा दोष तो मेरा ही है बासमती!...यह स्वभाव और व्यवहार का स्थानान्तरण है, जो बुरे स्वभाव के कारण हम लोगों के लिए ठीक नहीं है।...अरे मैं किससे बातें कर रहा हूँ! बासमती तो सो गयी है!'

पानी बरसने लगा था। अप्रैल में पानी क्या, ओले पड़ेंगे। 'अरे! ओले गिर रहे हैं!' दया धीरे से बोले और कुर्सी को भीतर खींच ले आये। इस बरसात में प्रेम और काम-क्रियाओं के एक-एक चित्र स्मृतियों से निकलकर याद आने लगे थे। आयी नहीं तो दया की मुस्कान। दया का मन हुआ कि चलें और बासमती से कह दें कि अब यह बरसात बर्दाश्त नहीं होती। लेकिन दया ऐसा नहीं कर सके।

दया की दृष्टि बासमती की मोटी उघार जाँघों पर टिक गयी थी।

'तब आप सम्बन्धों में मधुर थे और कोई बात किसी को लगती नहीं थी।

आज तो आप चुप रहने की हद भी पार कर चुके हैं।' दया को लगा कि वे ऐसा ही सुन रहे हैं।

दया ने स्टेशन की राह पकड़ी। कम से कम एक घंटा लगा था पैदल जाने में। क्या यह मुक्ति का मार्ग है? वे छुटकारा पाना चाहते थे, लेकिन किससे? यह मुक्ति है या पलायन? और जब भागना ही था तो इतनी समझ का क्या अर्थ! ज्ञान के बाद प्रयोग और संघर्ष होना चाहिए, न कि पलायन। दया अपने यथार्थ का बोध करते तो उनका पूरा चरित्र-व्यवहार खड़ा हो जाता। उन्हें अपने व्यवहार से घृणा होने लगी। तो क्या घृणा भागने का कारण है? कैसी ऊब है कि मोक्ष चाहता है व्यक्ति! तो क्या मोक्ष का रास्ता गाँव जाकर खत्म होगा? लेकिन मोक्ष का मार्ग तो धर्म से होकर जाता है। दया अधर्मी तो नहीं थे। और वे जानते थे कि धर्म में उपासना भी है, इसी से मोक्ष का मार्ग बनता है। दया ने उपासना तो की है! क्या किसी अलौकिक के सामने हाथ जोड़ना, आँख बन्द कर एक नाम रटना ही उपासना है? उपासना का अर्थ तो पास बैठने की क्रिया है। दया बासमती के बहुत करीब हो गये थे। उन्हें बासमती और स्वयं में फर्क ही नहीं लगता था, शायद इसी कारण वे अधिक उत्तेजित हो गये थे और बासमती को नहीं, स्वयं को पीटने लगे थे।...तो क्या यह उपासना की पराकाष्ठा थी जो व्यवहार में आ गयी थी? किसी भी वस्तु का सिर चढ़ना ठीक नहीं होता।

दया एक रुकी हुई ट्रेन देख रहे थे—'...डिब्बे में बड़ी भीड़ है! मेरी बासमती कहीं होगी?' दया दौड़-दौड़ डिब्बे में बैठे यात्रियों को निहार रहे हैं थे—'तुम्हारे बिना मैं कैसे इस जीवन की यात्रा कर सकता हूँ?'

दया रोज स्टेशन जाते, आती-जाती ट्रेनों को देखते। जीवन की यात्रा को ट्रेन के सफर से मिलाते। कभी ट्रेन के डिब्बे में बासमती को खोजते, कभी अपने बच्चों को देखने का असफल प्रयास करते।

और एक दिन अचानक उन्हें दुल्हन दिखाई दी। दूल्हा भी साथ में था और बाराती भी...पूरा डिब्बा आरक्षित था। दया को अपने विवाह का दिन याद आया—'गुणों का मिलान हो रहा है...माँ पितरों की पूजा कर रही है...हाथ में धागे का कंगन...रोज उबटन का लेप...कन्यादान...हवन...धान का लावा...अरे लावा तो भूसी को छोड़ता ही नहीं, जल-भुनकर भी! मैं क्यों भाग रहा हूँ बासमती से?...बासमती भी सिल-बट्टे पर पैर रखकर आयी थी मेरे घर में।'

दया अब कहीं नहीं जाते।

दया ने गली में झाँका तो कहीं कूड़ा नहीं दिखा। इधर कई दिनों से वे कूड़ा तलाश रहे थे गली में, लेकिन जिस चीज की तलाश होती है वह जल्दी मिलती नहीं। दया एक साँस में ठंडी चाय पी गये और देखने लगे कि खाली हो गया कप।

कल एक पत्र आया था। पत्र राजवंश का था जो गाँव से आया था। कुल्लू को याद आया कि जो चिट्ठी आयी है वह तो वही रखा है।

'पापा जी! आपकी चिट्ठी।' कुल्लू ने चिट्ठी दे दी। उसके हाथ में एक प्लास्टिक का थैला था।

दया को पत्र पढ़ते ही हँसी आने लगी, जिसे वे जबरन रोक रहे थे—'अपने इलाहाबादी बच्चे को कब दिखाओगे?...क्या बुढ़ौती आ गयी है? मुझे कोई बूढ़ा कह दे तो कमर में गगरी बाँधकर गंगा में कूद जाऊँ और डूब मरूँ, क्यों दया, मुर्गलड़इया हो रही है? क्या कर रहे हों, तारे गिन रहे हो! है न अँजोरिया रात!' दया हँसी रोक नहीं पाए। एक ऊबी हँसी, एक मुस्कान जिसकी हत्या होते-होते बच गयी थी...लौट आयी दया के ओठों पर, शायद वे मनही मन कह रहे हों कि राजवंश आज यदि तुम होते तो मैं उदास कभी नहीं होता।

बच्चों ने अपने पापा की मुस्कान देखी—'हिप-हिप-हुर्रे!'

बलवन्त सुना तो वह दौडता हुआ आया और दया की आँखें पीछे से बन्द कर दिया। कुल्लू दया के सिर पर चम्पी करने लगा। मोहनी ने दया का गाल सहलाया। बच्चे दया के आगे ठुमुक-ठुमुककर नाचने लगे। बासमती कमरे में नाच रही थी। बच्चे फूले नहीं समा रहे थे, बहुत दिनों बाद उन्हें पापा का स्पर्श मिला था, और तभी कुल्लू के हाथ से प्लास्टिक का थैला गिरकर बिखर गया। 'अरे यह तो कूड़ा है! तो क्या मेरा कुल्लू गली के कूड़े उठाता है अरे! इसमें प्रयोग की गयी कई गन्दी चीजें हैं! ...कण्डोम भी!' दया ने मन ही मन कहा, और उनकी मुस्कान देर तक ठहरी रही!

□□